Irvin D. Yalom
Und Nietzsche weinte

SERIE PIPER

Zu diesem Buch

1882: Die selbstbewußte junge Russin Lou Salomé spürt Josef Breuer, den angesehenen Wiener Arzt und Mentor Sigmund Freuds, in Venedig auf. Sie drängt ihn, dem suizidgefährdeten Freund Friedrich Nietzsche zu helfen, der unter entsetzlichen Kopfschmerzen leidet und von einer Obsession für Lou befallen zu sein scheint. Breuer will ihn seiner neuartigen »Redekur« unterziehen, die er gerade mit seiner Patientin Anna O. entwickelt hat. Um Nietzsche zum Reden zu bringen, beginnt Breuer, von seiner eigenen Obsession für eine junge Patientin zu erzählen. Zwischen dem ruhigen, einfühlsamen Breuer und dem verschlossenen, verletzlichen Nietzsche entstehen heftige Rededuelle. Und Breuer muß schließlich erkennen, daß er Nietzsche nur heilen kann, wenn er seinerseits von ihm Hilfe annimmt. – Mit Witz und großem Einfallsreichtum verwebt Irvin D. Yalom Fiktion und Wirklichkeit zu einem dichten Roman. Wie nah seine Fiktion der Realität kam, ist im Anhang kommentiert. 2003 wurden Briefe entdeckt, aus denen hervorgeht, daß Freunde Nietzsches tatsächlich versucht hatten, ihn zu Josef Breuer nach Wien in eine Behandlung zu schicken.

Irvin D. Yalom, 1931 als Kind russischer Emigranten in Washington geboren, ist emeritierter Professor für Psychiatrie an der Universität Stanford. Er veröffentlichte psychotherapeutische Standardwerke, psychoanalytische Geschichten und Romane.

Irvin D. Yalom
Und Nietzsche weinte

Roman

Aus dem Amerikanischen von
Uda Strätling

Mit 6 Fotos, einem neuen Nachwort des Autors
und neuen Dokumenten

Piper München Zürich

Das neue Nachwort des Autors wurde übersetzt von Anja Urban.

Der Verlag dankt der Stiftung Weimarer Klassik/Goethe- und Schiller-Archiv für die Abdruckgenehmigung des Briefs von Siegfried Lipiner an Heinrich Köselitz und des Entwurfs eines Antwortschreibens aus GSA 102/428 sowie Frau Renate Müller-Buck, Tübingen, für ihre wertvollen Hinweise und die Transkriptionen dieser beiden im Anhang wiedergegebenen Dokumente.

Dieses Taschenbuch wurde auf FSC-zertifiziertem Papier gedruckt.
FSC (Forest Stewardship Council) ist eine nichtstaatliche, gemeinnützige Organisation, die sich für eine ökologische und sozialverantwortliche Nutzung der Wälder unserer Erde einsetzt (vgl. Logo auf der Umschlagrückseite).

Taschenbuchsonderausgabe
Oktober 2005
© 1992 Irvin D. Yalom
Titel der amerikanischen Originalausgabe:
»When Nietzsche wept«, Basic Books, New York 1992
© der deutschsprachigen Ausgabe:
1994 Piper Verlag GmbH, München,
erschienen im Verlagsprogramm Kabel
Umschlag/Bildredaktion: Büro Hamburg
Heike Dehning, Charlotte Wippermann,
Alke Bücking, Kathrin Hilse
Umschlagabbildung: Gustav Klimt (»Fritza Riedler«; akg-images)
Satz: IBV Satz- und Datentechnik GmbH, Berlin
Papier: Munken Print von Arctic Paper Munkedals AB, Schweden
Druck und Bindung: Clausen & Bosse, Leck
Printed in Germany
ISBN-13: 978-3-492-24635-4
ISBN-10: 3-492-24635-4

www.piper.de

Dem Kreise von Freunden
die über viele Jahre zu mir hielten
und mir Halt boten:

Mort, Jay, Herb, David,
Helen, John, Mary, Saul, Cathy, Larry,
Carol, Rollo, Harvey, Ruthellen, Stina,
Herant, Bea, Marianne, Bob, Pat.

Meiner Schwester *Jean*
und meiner besten Freundin *Marilyn.*

Mancher kann seine eigenen Ketten nicht lösen, und doch ist er dem Freunde ein Erlöser.

Verbrennen mußt du dich wollen in deiner eigenen Flamme: wie wolltest du neu werden, wenn du nicht erst Asche geworden bist.

Also sprach Zarathustra

1

Das Glockenspiel von San Salvatore riß Josef Breuer aus seinen Träumen. Er zog seine schwere goldene Uhr aus der Westentasche. Neun. Zum wiederholten Male studierte er das Billett mit Silberrand, das er am Vortage erhalten hatte.

21. Oktober 1882
Doktor Breuer,
ich muß Sie in einer dringlichen Angelegenheit sprechen. Die Zukunft der deutschen Philosophie steht auf dem Spiele. Ich erwarte Sie morgen früh um neun im Café Sorrento.

Lou Salomé

Eine Impertinenz! Eine Unverfrorenheit, dergleichen er seit Jahren nicht erlebt hatte. Er kannte keine Lou Salomé. Keine Adresse auf dem Kuvert. Keine Möglichkeit, dieser Person mitzuteilen, daß neun Uhr eine unpassende Zeit sei, daß es Frau Breuer ganz und gar nicht gefiele, alleine frühstücken zu müssen, daß Dr. Breuer Ferien mache und daß ihn ›dringliche Angelegenheiten‹ nicht interessierten, ja, daß Dr. Breuer gerade deshalb nach Venedig gereist sei, um sich ›dringlicher Angelegenheiten‹ zu entziehen.

Und doch saß er nun Punkt neun hier im Café Sorrento, musterte die Gesichter der Gäste und fragte sich, wer von den Damen wohl die impertinente Lou Salomé sein mochte.

»Nehmen Sie noch Kaffee, Signore?«

Breuer nickte auf die Frage des Kellners, eines Knaben von dreizehn oder vierzehn Jahren mit naß zurückgekämmtem schwarzem Haar. Wie lange saß er wohl schon versunken da und träumte vor sich hin? Er blickte abermals auf seine Taschenuhr. Wieder zehn Minuten Lebenszeit vergeudet. Und womit? Wie gewöhnlich war er in Gedanken bei Bertha gewesen, der lieblichen Bertha, zwei lange Jahre seine Patientin. Er hatte an ihre spöttischen Worte denken müssen: ›Doktor Breuer, was fürchten Sie von mir?‹ Und daran, was sie gesagt hatte, als er ihr hatte eröffnen müssen, er könne sie nicht länger betreuen: ›Ich werde warten. Sie werden immer der einzige Mann in meinem Leben sein.‹

Er wies sich zurecht: ›Genug! Hör auf! Höre auf zu denken! Wozu hast du Augen! Sieh dich um! Gewähre der Welt Einlaß!‹

Breuer hob seine Tasse und sog zusammen mit tiefen Zügen kalter, venezianischer Oktoberluft den Duft des aromatischen Kaffees ein. Er wandte den Kopf und schaute. Sämtliche Tische des Café Sorrento waren mit Frühstücksgästen besetzt – größtenteils Touristen, größtenteils ältere Herrschaften. Einige Gäste hielten Zeitungen in der einen Hand, Kaffeetassen in der anderen. Hinter den Tischen stoben Wolken stahlblauer Tauben auf. Auf dem stillen Canal Grande ließ nur das Kielwasser einer einsam dahingleitenden Gondel die schimmernden Spiegelungen der Palazzi an beiden Ufern erzittern. Andere Gondeln schliefen noch, vertäut an schiefstehenden Pfählen, die da und dort aus dem Kanal ragten wie wahllos von Riesenhand hingeschleuderte Speere.

›So ist's recht, alter Narr, mach die Augen auf!‹ sagte sich Breuer. ›Von überallher kommen die Menschen, um Venedig zu bewundern, Menschen, die sich weigern zu sterben, ehe sie nicht der Gnade seiner einzigartigen Schönheit teilhaftig geworden sind. Wieviel vom Leben mag wohl schon an mir vorbeigezogen sein, allein, weil ich nicht hingesehen habe? Oder

8

hingesehen habe, ohne zu sehen?‹ Gestern hatte er einen einsamen Spaziergang unternommen, hatte die Insel Murano umrundet und hatte gleichwohl nach einer Stunde nichts gesehen, nichts wahrgenommen; es waren keine Bilder von der Netzhaut ins Gehirn gelangt. Seine Aufmerksamkeit hatte einzig Bertha gegolten: ihrem betörenden Lächeln, ihrem hingebungsvollen Blick, der Wärme ihres vertrauensvollen Körpers und ihrem beschleunigten Atem, wann immer er sie untersuchte oder massierte. Diese Bilder besaßen Macht, sie führten ein Eigenleben. Sobald seine Wachsamkeit nachließ, stahlen sie sich in sein Bewußtsein und usurpierten seine Vorstellungen. ›Soll das mein Los sein?‹ fragte er sich. ›Bin ich dazu verdammt, die Bühne zu sein, auf der sich bis in alle Ewigkeit meine Erinnerungen an Bertha in Szene setzen?‹

Am Nebentisch erhob sich jemand. Das metallische Scharren der Stuhlbeine auf dem Pflaster brachte ihn zur Besinnung, und erneut hielt er Ausschau nach Lou Salomé.

Ah, da kam sie! Die Dame, welche nun die Riva del Carbon herunterschritt und die Café-Terrasse betrat, die mußte es sein. Nur sie konnte jenes Billett verfaßt haben, diese stolze, schlanke Frau im Pelz, welche sich nun gebieterisch einen Weg zwischen vollbesetzten Tischen hindurch zu ihm bahnte. Aus größerer Nähe erkannte Breuer, daß sie jung war, jünger womöglich noch als Bertha, ein Schulmädchen gar. Aber was für ein sicheres Auftreten! Bei einem solchen Charisma würde sie es noch weit bringen!

Lou Salomé hielt zielstrebig, ohne das geringste Zögern, auf ihn zu. Wie konnte sie sich dessen nur so sicher sein, daß er der Gesuchte war? Mit der linken Hand strich sich Breuer hastig über den krausen, rötlichen Bart, damit auch ja keine Krümel vom Frühstücksgebäck darin hingen, die Rechte zupfte den schwarzen Rock zurecht und sorgte dafür, daß der Kragen sich nicht unvorteilhaft im Nacken hochschob. Kaum einen Meter vor ihm blieb sie unverhofft stehen und blickte ihm einen Moment lang geradewegs in die Augen.

9

Mit einemmal verstummte das Geschwätz in Breuers Kopf. Plötzlich bedurfte das Hinsehen keinerlei Anstrengung. Nun spielten sich Netzhaut und Hirnrinde das Bild Lou Salomés ohne weiteres zu und schleusten es bereitwillig in sein Bewußtsein. Eine ungewöhnliche Frau von nicht landläufiger Schönheit: ausgeprägte Stirn, kräftiges, gut geschnittenes Kinn, strahlend blaue Augen, volle, sinnliche Lippen, achtlos frisiertes, am Oberkopf zum Knoten geschlungenes silberblondes Haar, die Ohren und der lange, schlanke Hals gut sichtbar. Insbesondere gefiel ihm, wie einzelne, widerspenstige Haarsträhnen sich der Bändigung widersetzten und verwegen in alle Richtungen standen.

Drei Schritte noch, und dann stand sie an seinem Tische. »Doktor Breuer, ich bin Lou Salomé. Darf ich?« Sie deutete auf einen Stuhl. Und dann saß sie auch bereits, ohne daß Breuer Zeit geblieben wäre, sie angemessen zu begrüßen – also sich zu erheben, sich zu verbeugen, einen Handkuß anzudeuten, den Stuhl zurechtzurücken.

»Cameriere!« Breuer schnippte forsch mit den Fingern. »Einen Kaffee für die Dame. Cafèlatte?« Er blickte fragend zu Fräulein Salomé hinüber. Sie nickte. Trotz der morgendlichen Frische legte sie ihren pelzgefütterten Umhang ab.

»Ja, cafèlatte.«

Breuer und sein Gegenüber schwiegen einen Augenblick lang. Dann sah ihm Lou Salomé forschend in die Augen und hob zu sprechen an: »Ich habe einen zutiefst verzweifelten Freund. Es steht zu befürchten, er könnte sich in naher Zukunft das Leben nehmen. Das wäre für mich ein schmerzlicher Verlust, und überdies insofern tragisch, als ich selber daran einen gewissen Anteil hätte. Nun, das könnte ich ertragen und überwinden, doch…« – sie beugte sich zu ihm vor und senkte die Stimme – »… der Verlust ginge weit über meine Person hinaus; der Tod dieses Mannes hätte gewaltige Folgen – für Sie, für die europäische Kultur, für uns alle. Glauben Sie mir.«

Breuer wollte protestieren. ›Sie übertreiben gewiß, mein

Fräulein‹, wollte er sagen, brachte die Worte jedoch nicht heraus. Was bei ihren Altersgenossinnen den Eindruck jugendlicher Emphase gemacht haben würde, wirkte an ihr nicht überzogen, klang vielmehr durchaus glaubwürdig. Ihr Ernst und ihre Eindringlichkeit waren nicht so leicht abzutun.

»Wer ist der Herr, der Freund, von dem Sie sprechen? Ist mir der Name geläufig?«

»Noch nicht! Aber sein Name wird bald in aller Munde sein. Er heißt Friedrich Nietzsche. Vielleicht mag Ihnen dieser Brief von Richard Wagner an Professor Nietzsche als Empfehlung dienen.« Sie zog einen Brief aus ihrer Handtasche, strich den Bogen glatt und hielt ihn Breuer hin. »Eines sollten Sie jedoch zuvor wissen: Weder ahnt Nietzsche, daß ich hier bin, noch, daß dieser Brief in meinen Händen ist.«

Fräulein Salomés Bekenntnis ließ Breuer zögern. ›Ja, darf ich die Zeilen denn lesen? Einen Brief, von welchem dieser Professor Nietzsche nicht weiß, daß sie ihn mir aushändigt – nicht einmal weiß, daß sie ihn hat! Wie ist der Brief in ihren Besitz gelangt? Geborgt? Gestohlen?‹

Einer Reihe seiner eigenen Wesenszüge maß Breuer großen Wert bei. Er war loyal, er war großzügig, er war für seinen diagnostischen Spürsinn berühmt. In Wien war er Hausarzt bedeutender Wissenschaftler, Künstler und Denker wie Brahms, Brücke und Brentano. Mit vierzig Jahren genoß er in ganz Europa eine hohe Reputation, distinguierte Persönlichkeiten aus aller Welt nahmen lange Reisen auf sich, um ihn zu konsultieren. Doch weit mehr Wert als auf all dies legte er auf seine *Gradsinnigkeit*: In seinem ganzen Leben hatte er sich nichts Unehrenhaftes zuschulden kommen lassen. Es sei denn, man legte ihm die Wollust zur Last, welche in seinen Phantasien Bertha galt, und nicht, wie es hätte sein sollen, seiner Frau Mathilde.

Er zögerte daher, den Brief entgegenzunehmen, den ihm Lou Salomé reichen wollte. Aber nur kurz. Ein Blick in ihre ungewöhnlichen kristallblauen Augen, und er griff nach dem

11

Schreiben, das als Datum den 10. Januar 1872 führte und mit der Anrede ›Mein lieber Freund!‹ begann. Mehrere Absätze waren angestrichen.

Nun veröffentlichen Sie eine Arbeit, welche ihresgleichen nicht hat. Was Ihr Buch vor allen anderen auszeichnet ist die vollendete Sicherheit, mit welcher sich eine tiefsinnige Eigentümlichkeit darin kundgibt. Wie anders hätte sonst mir und meiner Frau der sehnlichste Wunsch erfüllt werden können, einmal von außen Etwas auf uns zutreten zu sehen, das uns vollständig einnehmen möchte? Wir haben Ihr Buch – früh jedes für sich – abends gemeinsam – doppelt durchgelesen; wir bedauern, nicht bereits die uns verheißenen doppelten Exemplare zur Verfügung zu haben. Um das eine Exemplar streiten wir uns.

Aber Sie sind krank. Sind Sie auch mißmutig, o! so wünschte ich Ihren Mißmut zerstreuen zu können. Wie soll ich das anfangen? Genügt Ihnen mein grenzenloses Lob?

Nehmen Sie es wenigstens freundlich auf, selbst wenn es Ihnen nicht genügt! –

Herzliche Grüße von
Ihrem
Richard Wagner

Richard Wagner! Bei aller Wiener Weltläufigkeit, bei allem vertrauten Umgange mit den großen Gestalten seiner Zeit war Breuer doch zutiefst beeindruckt. Ein Brief, und gleich ein solcher Brief, von des Meisters eigener Hand! Er fing sich jedoch rasch wieder.

»Überaus interessant, mein liebes Fräulein, aber vielleicht sagen Sie mir, was ich für Sie tun kann.«

Lou Salomé neigte sich abermals vor und legte eine behandschuhte Hand leicht auf die Breuers. »Nietzsche ist krank, sehr krank. Er braucht Ihre Hilfe.«

»Welcher Art ist denn sein Leiden? Welche Symptome zeigt er?« Breuer, verwirrt durch die Berührung, war froh, sich auf vertrautes Terrain begeben zu können.

»Kopfschmerz. Vor allem quälender Kopfschmerz. Dazu wiederholte Anfälle von Übelkeit. Und drohende Erblindung, seine Sehkraft nimmt seit einiger Zeit stetig ab. Zudem Magenbeschwerden; keine Arznei gewährt ihm den benötigten Schlaf, so daß er bedenkliche Mengen Morphin einnimmt. Schwindelgefühle; mitunter ist er auf festem Boden tagelang wie seekrank.«

Endlose Aufzählungen von Symptomen waren für Breuer, der täglich zwischen fünfundzwanzig und dreißig Patienten behandelte und der nach Venedig gekommen war, um sich eine Erholung von eben diesem beruflichen Einerlei zu gönnen, weder neu noch von sonderlichem Reiz. Und doch sprach Lou Salomé mit einer Eindringlichkeit, daß er nicht umhin konnte, ihr aufmerksam zuzuhören.

»Zu Ihrer Frage, verehrtes Fräulein: Gewiß, ich bin gerne bereit, Ihren Freund zu untersuchen. Das versteht sich von selbst. Schließlich bin ich Arzt. Aber bitte, erlauben Sie mir eine Frage. Weshalb wählen Sie und Ihr Bekannter nicht den direkten Weg? Warum schreiben Sie mir nicht nach Wien und ersuchen um einen Termin?« Und mit diesen Worten sah sich Breuer nach dem Kellner um, damit man ihm die Rechnung bringen möge. Mathilde wäre angenehm überrascht, dachte er, ihn so zeitig schon ins Hotel zurückkehren zu sehen.

Doch die unerschrockene junge Frau ließ sich nicht ohne weiteres abspeisen. »Herr Doktor, ein paar Minuten noch, ich bitte Sie. Die Bedenklichkeit der Verfassung Nietzsches, das Ausmaß seiner Verzweiflung, sie lassen sich gar nicht genug betonen.«

»Ich will es Ihnen gern glauben. Doch ich muß Sie abermals fragen, Fräulein Salomé: Weshalb konsultiert mich Herr Nietzsche nicht in Wien? Oder einen Arzt in Italien? Wo hält sich Ihr Freund auf? Kann ich Ihnen vielleicht mit der Empfehlung eines Kollegen in seiner Heimatstadt dienen? Weshalb kommen Sie zu mir? Woher wußten Sie überhaupt, daß ich in Venedig bin? Und daß ich ein Freund der Oper und Verehrer Wagners bin?«

Lou Salomé zeigte keinerlei Verlegenheit. Sie lächelte, als Breuer sie mit Fragen zu überschütten begann, und ihr Lächeln wurde um so schelmischer, je mehr Fragen es wurden.

»Fräulein, Sie lächeln, als hüteten Sie ein Geheimnis. Sie lieben wohl Rätsel!«

»Fragen über Fragen, Doktor Breuer. Erstaunlich. Da unterhalten wir uns gerade erst wenige Minuten miteinander, und schon gibt es zahlreiche, verwirrende Fragen. Das läßt Gutes hoffen für künftige Gespräche. Lassen Sie mich Ihnen Näheres über unseren Patienten berichten.«

Unseren Patienten! Während Breuer nur erneut über ihre Kühnheit staunen konnte, fuhr Lou Salomé fort: »Nietzsche hat die medizinischen Möglichkeiten in Deutschland, der Schweiz und Italien erschöpft. Kein Arzt war imstande, sein Leiden zu bestimmen oder seine Symptome zu lindern. In den vergangenen vierundzwanzig Monaten hat er, seiner eigenen Darstellung nach, ebenso viele der besten Ärzte Europas konsultiert. Er hat Heimat und Freunde verlassen, er hat seine Dozentur aufgegeben. Er ist zum rastlosen Wanderer geworden, beständig auf der Suche nach einem erträglichen Klima, nach ein, zwei Tagen Erlösung vom Schmerz.«

Die junge Frau schwieg einen Moment lang, hob ihre Tasse an die Lippen und nippte, indes sie Breuers Blick gefangenhielt.

»Verehrtes Fräulein, zwar suchen mich häufig Patienten in ungewöhnlicher oder unerklärlicher Verfassung auf, aber in aller Offenheit: Wunder kann ich nicht vollbringen. In einem Falle wie diesem – Blindheit, Kopfübel, Schwindel, Gastritis, Schwäche, Schlaflosigkeit –, in welchem viele ausgezeichnete Kollegen konsultiert und für machtlos befunden worden sind, besteht kaum Aussicht, daß ich mehr erreichen könnte, als der fünfundzwanzigste hervorragende Arzt in ebenso vielen Monaten zu werden.«

Breuer lehnte sich zurück, zog eine Zigarre hervor und zündete sie an. Er blies dünne blaue Rauchschleier aus, wartete, bis sich der Dunst verzog, und fügte hinzu: »Wie dem auch sei, ich wiederhole mein Angebot, Professor Nietzsche in meiner Ordination zu empfangen. Es ist jedoch durchaus möglich, daß Diagnose und Heilung eines solch hartnäckigen Leidens wie des seinen die Möglichkeiten der Medizin des Jahres achtzehnhundertzweiundachtzig übersteigen. Vielleicht ist Ihr Freund um eine Generation zu früh geboren.«

»Zu früh geboren!« Sie lachte. »Eine hellsichtige Bemerkung, Doktor Breuer! Wie oft habe ich Nietzsche eben diese Ansicht äußern hören! Das überzeugt mich restlos davon, daß Sie der richtige Arzt für ihn sind.«

Trotz seiner Aufbruchsstimmung, und trotzdem er im Geiste Mathilde voller Ungeduld im Hotelzimmer in Straßenkleidung auf und ab schreiten sah, war Breuer plötzlich ganz Ohr. »Das müssen Sie mir erklären!

»Er selbst bezeichnet sich oft als ›posthumen Philosophen‹ einen Philosophen, für den die Welt nicht reif ist. Stellen Sie sich vor, im neuen Werk, an dem er arbeitet, dreht es sich eben darum: Ein Prophet, Zarathustra, vor Weisheit übergehend, will den Menschen die Erleuchtung bringen. Doch es versteht ihn keiner. Die Menschen sind nicht reif für ihn, der Prophet muß erkennen, daß er zu früh gekommen ist, und kehrt in die Einsamkeit zurück.«

»Fräulein, was Sie sagen, ist sehr interessant – ich habe ein Faible fürs Philosophieren. Doch meine Zeit ist heute knapp bemessen, und eine klare Antwort auf die Frage, weshalb Ihr Freund mich nicht in Wien aufsuchen will, haben Sie mir vorenthalten.«

»Doktor Breuer.« Lou Salomé blickte ihm direkt in die Augen. »Verzeihen Sie, wenn ich dunkel spreche oder zu umschweifig. Immer habe ich mich gern in der Gesellschaft gro-

15

ßer Geister gewußt – sei's, weil ich selbst ihrer als Mentoren bedarf, sei's, weil ich sie einfach gern ›sammle‹. Es ehrt mich, mich mit einem Manne Ihres Tiefsinns und Ihres Horizonts unterhalten zu dürfen.«

Breuer spürte, wie ihm das Blut ins Gesicht stieg. Er konnte ihrem Blick nicht standhalten und schlug die Augen nieder, als sie fortfuhr:

»Ich will damit andeuten, daß ich mich möglicherweise der Umschweife schuldig mache, um unser Gespräch in die Länge ziehen zu können.«

»Noch einen Kaffee, Fräulein Salomé?« Breuer winkte den Kellner herbei und orderte zudem noch von den köstlichen Frühstückshörnchen. »Haben Sie jemals über den Unterschied zwischen deutscher und italienischer Backkunst nachgedacht? Erlauben Sie mir, Ihnen meine Anschauung über die Übereinstimmung zwischen Brot und Nationalcharakter darzulegen.«

Breuer eilte also nicht an Mathildes Seite zurück. Während er in Gesellschaft Lou Salomés gemächlich frühstückte, wurde er der Ironie der Situation inne. War es nicht seltsam, wie er, der er nach Venedig geflohen war, um das Unheil wiedergutzumachen, welches eine schöne Frau angerichtet hatte, hier nun im Tête-à-tête mit einer noch reizvolleren Frau beisammensaß? Es fiel ihm außerdem auf, daß er sich zum erstenmal seit Monaten frei fühlte von den um Bertha kreisenden Zwangsvorstellungen.

›Vielleicht‹, sinnierte er, ›besteht ja doch noch Hoffnung. Vielleicht gelingt es mit Hilfe dieser Frau, Bertha von der Bühne meines Bewußtseins abzudrängen. Könnte ich gar eine psychologische Entsprechung zur pharmakologischen Substitutionstherapie entdeckt haben? Mit einer harmlosen Droge wie Baldrian läßt sich eine gefährlichere wie Morphin ersetzen. Entsprechend mit Lou Salomé Bertha – was bedeutete dies für einen erfreulichen Fortschritt! Diese junge Frau ist gereifter, geformter. Gegen sie ist Bertha – wie soll ich sagen – sexuell unterentwickelt, femme manqué, ein in einem Frauenkörper gefangenes, ungelenkes Kind.‹

Und doch wußte Breuer sehr wohl, daß es gerade die vorsexuelle Unschuld Berthas war, die ihn anzog. Beide Frauen erregten ihn, der bloße Gedanke an sie erzeugte Hitze in seiner Lendengegend. Und beide Frauen jagten ihm Angst ein, beide waren gefährlich, jede auf ihre Weise. An Lou Salomé erschreckte ihn ihre Macht, das, was *sie ihm* anzutun vermöchte, bei Bertha hingegen war es die Duldsamkeit, das, was *er ihr* anzutun vermöchte. Er schauderte, als er daran dachte, wie nahe er mit Bertha dem Abgrund gekommen war, wie nahe er daran gewesen war, die Grundregeln der ärztlichen Ethik zu verletzen, sich und seine Familie ins Verderben zu stürzen, sein Leben zu ruinieren.

Indessen aber war er so ins Gespräch vertieft und so in den Bann seiner jungen Frühstücksgefährtin geschlagen, daß zuletzt sie diejenige war, die wieder auf die Krankheit ihres Freundes zu sprechen kam – genauer, auf Breuers Bemerkung über medizinische Wunder.

»Ich bin einundzwanzig Jahre alt, Herr Doktor, und ich glaube nicht mehr an Wunder. Der Mißerfolg Ihrer vierundzwanzig achtbaren Kollegen kann nur bedeuten, daß wir die Grenzen des heutigen medizinischen Wissens erreicht haben, darüber bin ich mir im klaren. Verstehen Sie mich nicht falsch! Ich bilde mir nicht ein, Sie vermöchten Nietzsches körperliche Gebrechen zu heilen. Nicht aus diesem Grunde habe ich mich an Sie gewandt.«

Breuer betupfte sich Schnurrbart und Bart mit der Serviette. »Verzeihen Sie, wertes Fräulein, nun bin ich vollends perplex. Soviel ich aus Ihren Worten ersehe, haben Sie um meine Hilfe gebeten, weil Ihr Freund krank sei.«

»Nein, Doktor Breuer, ich sprach von einem Freunde, der verzweifelt ist und der Gefahr läuft, seinem Leben ein Ende zu machen. Es ist Nietzsches *Verzweiflung*, die ich Sie zu heilen bitte, nicht seinen Körper.«

»Aber Fräulein, wenn doch Ihr Freund über seine gesundheitliche Verfassung verzweifelt ist und ich keine medizinische Abhilfe bieten kann, dann ist nichts zu machen. Ich kann nichts ersinnen für ein krank Gemüt.«

Breuer deutete Lou Salomés Kopfnicken als Wiedererkennen der Forderung Macbeths an seinen Arzt und sprach weiter: »Fräulein Salomé, es gibt keine Arznei gegen die Verzweiflung, keinen Arzt für die Seele. Ich kann wenig mehr tun, als eine Reihe ausgezeichneter Heilbäder in Österreich oder Italien zu empfehlen. Oder eine Unterredung mit einem Priester oder anderen gläubigen Ratgeber, vielleicht einem Angehörigen oder einem Freunde und Vertrauten.«

»Doktor Breuer, ich weiß, daß Sie mehr tun können. Ich habe einen Spion. Mein Bruder Jenia ist Medizinstudent und hat Anfang des Jahres in Wien bei Ihnen gehört.«

Jenia Salomé! Breuer überlegte angestrengt, ob er den Namen je vernommen hatte. Es gab so viele Studenten.

»Von ihm erfuhr ich, daß Sie Wagner lieben, daß Sie eine Woche im Hotel Amalfi in Venedig zu verbringen gedächten und auch, woran ich Sie erkennen könnte. Allem voran aber war er derjenige, von dem ich hörte, Ihre Heilkunst erstrecke sich sehr wohl auf die Verzweiflung. Im Sommer des Vorjahres besuchte er ein Kolleg, bei welchem Sie über Ihre Behandlung einer jungen Frau sprachen, einer gewissen Anna O., einer Patientin, die tiefer Verzweiflung anheimgefallen war und welche Sie mit einer neuen Methode behandelten, einer ›Redekur‹, einer auf der Vernunft beruhenden, mit dem Entwirren vermengter gedanklicher ›Assoziationen‹ befaßten Kur. Jenia meinte, Sie seien der einzige Arzt in Europa, der sich tatsächlich auf eine Behandlung der Psyche verstünde.«

Anna O.! Breuer schrak bei der Erwähnung des Namens zusammen, und er verschüttete Kaffee, als er zitternd seine Tasse an die Lippen hob. Er trocknete sich die Hand möglichst unauffällig mit der Serviette ab und hoffte, Fräulein Salomé habe sein Ungeschick nicht bemerkt. Anna O.! Unfaßlich! Wohin er sich auch wandte, überall stieß er auf Anna O. – sein Deckname für Bertha Pappenheim. Aufs peinlichste diskret, benutzte Breuer niemals die wirklichen Namen von Patienten, wenn er seinen Studenten Fälle vorstellte. Statt dessen bildete er ein Pseudonym, indem er die Initialen der Patienten um einen Buchstaben weiter zum Anfang des Alphabets hin verschob, also B. P., Bertha Pappenheim, zu A. O. oder Anna O.

»Jenia war tief von Ihnen beeindruckt, Doktor Breuer. Er schilderte mir Ihr Kolleg und Ihre Behandlung der Anna O. nicht ohne zu beteuern, wie er es als Gnade empfinde, vom Lichte eines solchen Genies gestreift worden zu sein. Und Jenia ist wohlgemerkt kein leicht zu beeindruckender Jüngling. Nie zuvor hatte ich ihn so reden gehört. Ich beschloß, eines Tages Ihre Bekanntschaft zu machen, vielleicht bei Ihnen zu studieren. Dieses unbestimmte ›eines Tages‹ nahm eine neue Dringlichkeit an, als nun Nietzsches Verfassung im Laufe der letzten zwei Monate immer bedenklicher wurde.«

Breuer blickte sich um. Viele Gäste waren aufgebrochen, indes er noch immer hier saß, auf der Flucht vor Bertha, und sich mit einer außergewöhnlichen Frau unterhielt, welche erstere ihm zugeführt hatte. Ein Frösteln befiel ihn. Wäre er denn niemals vor Bertha sicher?

»Fräulein«, hob Breuer an und mußte sich räuspern, ehe er fortfahren konnte: »Der Fall, den Ihr Bruder Ihnen schilderte, war eben dies und nicht mehr: ein Einzelfall, bei dem ich eine äußerst ungesicherte, experimentelle Methode erprobte. Es besteht keinerlei Grund zu der Annahme, daß die nämliche Methode Ihrem Freund helfen könnte. Im Gegenteil, es besteht aller Grund zu der Annahme, daß sie es nicht täte.«

»Weshalb, Doktor Breuer?«

»Ich fürchte, ich kann Ihnen aus Zeitnot nicht ausführlich antworten. Nur soviel: Die Leiden von Anna O. und Ihrem Freund unterscheiden sich stark voneinander. Anna O. war Hysterika und litt an gewissen Gebrechen, die Ihr Bruder Ihnen beschrieben haben wird. Meine Methode bestand darin,

19

Schritt für Schritt alle Symptome aufzulösen, indem ich der Patientin unter Hypnose dazu verhalf, sich an das vergessene psychische Trauma zu erinnern, aus welchem das Symptom entsprungen war. Sobald der eigentliche Anlaß ausgemacht war, verschwand das Symptom.«

»Gesetzt, Doktor Breuer, wir betrachteten die Verzweiflung als Symptom. Könnten Sie nicht ebenso verfahren?«

»Die Verzweiflung ist kein klinisches Symptom, Fräulein, sie ist zu vage, zu wenig faßbar. Jedes der Symptome von Anna O. zeigte sich an einem ganz bestimmten Körperteil, jede Störung wurde durch das Abströmen intrazerebraler Erregung über bestimmte Nervenbahnen verursacht. Ihrer Beschreibung zufolge ist hingegen die Verzweiflung Ihres Freundes rein ideogener Natur. Für diese Gemütsverfassung ist keine Behandlungsmethode bekannt.«

Zum erstenmal wirkte Lou Salomé unsicher. »Aber, lieber Herr Doktor…« Erneut bedeckte sie seine Hand mit der ihren. »Vor Ihrem Versuche mit Anna O. gab es auch für die Hysterie keine psychologische Behandlung. Meines Wissens gab es nur Bäder und diese abscheuliche elektrische Therapie. Ich bin überzeugt, daß Sie – Sie vielleicht als einziger! – eine neue Therapie für Nietzsche entwickeln können.«

Unvermittelt wurde sich Breuer wieder der verstrichenen Zeit bewußt. Er mußte zu Mathilde zurück. »Fräulein, ich will gern alles in meiner Macht Stehende tun, um Ihrem Freunde zu helfen. Bitte sehr, meine Karte. Ich erwarte einen Besuch Ihres Freundes in Wien.«

Sie ließ den Blick nur flüchtig auf der Visitenkarte ruhen, ehe sie sie einsteckte. »Doktor Breuer, ich fürchte, die Sache ist so einfach nicht. Nietzsche kann man nicht unbedingt – wie soll ich sagen – als willigen Patienten bezeichnen. Genaugenommen weiß er nichts davon, daß ich mit Ihnen spreche. Er ist ein sehr verschlossener Mensch und ein furchtbar stolzer Mann. Niemals würde er sich dazu verstehen können, seine Hilfsbedürftigkeit anzuerkennen.«

»Dennoch sagen Sie mir, er rede unverhüllt von Selbstmord.«

»In jedem Gespräch, in jedem Brief. Aber er bittet nicht um Hilfe. Wüßte er von unserer Begegnung, er würde mir niemals verzeihen, und ganz gewiß würde er sich weigern, Sie zu konsultieren. Selbst wenn ich ihn irgend bereden könnte, Sie aufzusuchen, würde er die Konsultation auf seine körperlichen Beschwerden beschränken. Nie, um nichts in der Welt, würde er sich in die Lage desjenigen begeben, der Sie darum bäte, ihm die Verzweiflung zu nehmen. Er hat sehr entschiedene Ansichten über Schwäche und Macht.«

Breuer verspürte Verärgerung und Ungeduld. »Soso, Fräulein, das Drama gerät vollends zum Verwirrspiel. Sie verlangen von mir, ich möchte mich mit einem gewissen Professor Nietzsche treffen, welchen Sie für einen der bedeutendsten Philosophen unseres Jahrhunderts halten, und möchte ihn davon überzeugen, wie das Leben – oder zum mindesten sein Leben – lebenswert sei. Aber nicht genug damit, Sie verlangen, ich möchte dies bewerkstelligen, ohne daß unser Philosoph davon das geringste weiß.«

Lou Salomé nickte und sank in ihren Stuhl zurück.

»Aber wie das möglich!« rief er. »Allein das erste – jemandem die Verzweiflung zu nehmen – übersteigt an sich schon die Möglichkeiten der Medizin. Und gar Ihr zweites Anliegen – daß der Patient unter der Hand behandelt werde – verweist das gesamte Unternehmen ins Reich des Phantastischen. Womöglich bestehen weitere Hemmnisse, die Sie verbergen? Womöglich spricht Professor Nietzsche nur Sanskrit, oder er weigert sich, überhaupt seine Einsiedelei in Tibet zu verlassen?«

Breuer schwamm der Kopf. Als er aber Lou Salomés belustigten Gesichtsausdruck bemerkte, riß er sich zusammen. »Im Ernst gesprochen, Fräulein Salomé, wie sollte ich das Unmögliche vollbringen?«

»Sehen Sie, Doktor Breuer! Sehen Sie nun, weshalb ich Sie aufgesucht habe und keinen Geringeren?«

Die Glockenschläge von San Salvatore meldeten die volle Stunde. Zehn Uhr! Mathilde würde sich mittlerweile beunruhigen. Ja, wenn Mathilde nicht wäre... Breuer winkte erneut dem Kellner. Während sie auf die Rechnung warteten, machte Lou Salomé einen – ungewöhnlichen Vorschlag.

»Doktor Breuer, darf ich Sie morgen zum Frühstück einladen? Wie ich eingangs schon sagte, ich trage ein Teil Verantwortung für Professor Nietzsches Verzweiflung. Es gibt noch vieles, was ich Ihnen darlegen müßte.«

»Bedaure. Zwar geschieht es nicht alle Tage, daß ich von einer so reizenden Dame zum Frühstück gebeten werde, Fräulein, aber es ist mir nicht möglich, Ihre Einladung anzunehmen. Die Beweggründe für meine Reise nach Venedig lassen es unratsam erscheinen, meine Frau ein zweites Mal im Stich zu lassen.«

»Dann mache ich Ihnen einen anderen Vorschlag. Ich versprach meinem Bruder, ihn in diesem Monat noch zu besuchen. Tatsächlich hatte ich bis vor kurzem die Absicht, die Reise in Gesellschaft Professor Nietzsches anzutreten. Erlauben Sie mir, Sie bei meinem Aufenthalt in Wien noch genauer zu unterrichten. Und in der Zwischenzeit will ich mein Bestes tun, Professor Nietzsche zu bewegen, Sie offiziell wegen seines gesundheitlichen Verfalles zu konsultieren.«

Sie verließen das Café gemeinsam. Es waren nur wenige Gäste, Bummler, geblieben, die Kellner stellten bereits Tische und Stühle zusammen. Als Breuer sich verabschieden wollte, nahm Lou Salomé seinen Arm und zog ihn mit.

»Doktor Breuer, diese Stunde war viel zu kurz. Ich bin gierig, ich möchte Ihnen gern noch mehr Zeit stehlen. Darf ich Sie zum Hotel zurückbegleiten?«

Ihre Äußerung erschien Breuer unerhört gewagt, männlich. Und doch klang die Aufforderung aus ihrem Munde passend, ungekünstelt – so, wie es im Verkehr mit den Menschen Usus sein sollte. Wenn eine Frau die Gesellschaft eines Mannes genoß, weshalb sollte sie nicht seinen Arm nehmen und bitten, ihn begleiten zu dürfen? Und doch würde keine einzige Frau seiner Bekanntschaft die Worte ausgesprochen haben. Er hatte eine vollkommen neue Art Frau vor sich. Diese Frau war frei!

»Selten habe ich so bedauert, eine Bitte ausschlagen zu müssen!« versicherte Breuer und drückte ihren Arm. »Doch ich muß zurück, und zwar allein. Meine liebe wie besorgte Frau wird am Fenster stehen und warten, und ich muß ein wenig Rücksicht auf ihre Gefühle nehmen.«

»Gewiß, aber...« – sie entzog ihm ihren Arm und wandte sich ihm zu, unumschränkt und bestimmt wie ein Mann – »...mich mutet Ihr ›muß‹ bleischwer und drückend an. Ich selber habe meine Pflichten auf eine einzige zusammengestrichen: die, meine Freiheit zu wahren. Die Ehe mit ihrem ganzen Gefolge von Besitzdenken und Eifersucht versklavt den Geist. Hiervon will ich nie die Beute werden. Ich hoffe, Doktor Breuer, es wird eine Zeit kommen, da weder Männer noch Frauen sich mehr zu freiwilligen Opfertieren ihrer gegenseitigen Schwächen herabwürdigen.« Sie wandte sich mit dem gleichen Aplomb, welcher ihr Erscheinen gekennzeichnet hatte, zum Gehen. »Adieu, Doktor Breuer. Bis zum Wiedersehen in Wien.«

2

Vier Wochen danach saß Breuer am Schreibtisch seines Ordinationszimmers in der Bäckerstraße Nummer sieben. Es war vier Uhr nachmittags, und er erwartete mit Ungeduld die Ankunft Lou Salomés.

Bei seinem arbeitsreichen Tag kannte er Augenblicke der Muße kaum, da er der Zusammenkunft jedoch entgegenfieberte, hatte Breuer die letzten drei Patienten schneller als gewöhnlich abgefertigt. Alle drei waren mit unzweideutigen Krankheitsbildern gekommen, die wenig Aufwand erfordert hatten.

Die ersten zwei, beides Männer um die Sechzig, litten an nahezu identischen Beschwerden: Atemnot und einem trockenen, rasselnden Bronchialhusten. Seit Jahren behandelte Breuer beide wegen eines Lungenemphysems; bei nassem, kaltem Wetter verschlechterte sich ihr Befinden durch akute Bronchitis und die mit ihr einhergehende Beeinträchtigung der Lungentätigkeit. Beiden Patienten verschrieb er Morphin gegen den Husten (Doversches Pulver, fünf Gramm dreimal täglich), geringe Dosen eines schleimlösenden Mittels (Brechwurz), Inhalationen und Senfwickel für die Brust. Nicht wenige Kollegen rümpften über Senfwickel die Nase, doch er hielt große Stücke auf dieses bewährte Mittel und verschrieb es häufig – namentlich in diesem Jahr, da halb Wien es an der Lunge hatte. Seit drei Wochen kein Sonnenstrahl, dafür anhaltender kalter Sprühregen.

Der dritte Patient, Hausbursche bei Kronprinz Rudolf, ein fiebriger, pockennarbiger junger Mann mit Halsschmerzen, war so genierlich, daß Breuer ihn schließlich recht barsch hatte auffordern müssen, sich zur Untersuchung zu entkleiden. Diagnose: follikuläre Angina. Wiewohl in der Handhabung der Instrumente zur Tonsillektomie geschickt, hielt Breuer den Eingriff in diesem Falle für verfrüht. Er verschrieb statt dessen kühlende Halskompressen, zum Gurgeln Kaliumchlorat und zum Inhalieren fein zerstäubtes, mit Kohlensäure gesättigtes Wasser. Da es die dritte Halsentzündung des Patienten in diesem Winter war, empfahl ihm Breuer zur Abhärtung der Haut und Erhöhung der Widerstandskraft täglich kalte Körpergüsse.

Während er nun also wartete, nahm er noch einmal den Brief zur Hand, welchen er vor drei Tagen von Fräulein Salomé erhalten hatte. Nicht minder herrisch als in ihrem ersten Billett kündigte sie an, sie werde heute um vier Uhr in seiner Praxis zur Besprechung erscheinen. Breuers Nasenflügel bebten vor Empörung. »*Sie* dekretiert, zu welcher Stunde ich sie zu erwarten hätte! *Sie* verfügt! *Sie* erweist mir die Ehre…«

Er bezwang rasch seinen Ärger. ›Nimm dich nicht so wichtig, Josef. Was liegt schon daran? Zwar kann dies das werte Fräulein Salomé nicht wissen, doch paßt der Mittwochnachmittag zufällig auch mir ganz hervorragend. Was liegt also letztlich daran?‹

»*Sie* schreibt *mir* vor…« Breuer ließ den entrüsteten Tonfall noch einmal nachklingen: Er zeugte von eben jener Aufgeblasenheit und Selbstgefälligkeit, die ihm an Kollegen wie Billroth und dem älteren Schnitzler verhaßt war – desgleichen an etlichen seiner illustren Patienten wie Brahms und Wittgenstein. Die Eigenschaft, welche er hingegen an seinen nächsten Bekannten, zum großen Teil ebenfalls Patienten, am meisten schätzte, war ihre Bescheidenheit. Ihretwegen fühlte er sich beispielsweise zu Anton Bruckner hingezogen. Vielleicht, daß Anton als Komponist Brahms tatsächlich nie das Wasser würde reichen können, dafür jedoch glaubte er wenigstens nicht, schon durch seinen Umgang zu begnadigen.

Das größte Vergnügen bereiteten Breuer die despektierlichen jungen Söhne einiger seiner Bekannten – der junge Hugo Wolf, Gustav Mahler, Theodor Herzl und der unwahrscheinlichste aller Medizinstudenten: Arthur Schnitzler. Ihnen fühlte er sich verbunden, und waren seine eigenen Altersgenossen außer Hörweite, führte er zur allgemeinen Erbauung lästerliche Reden auf die herrschende Klasse. So hatte er erst letzte Woche auf dem Ball in der Poliklinik die umstehenden jungen Leute erheitert, als er bemerkt hatte: ›O ja, die Wiener sind durchaus fromme Zeitgenossen, ihr Gott ist das Decorum.‹

Breuer, ganz der Wissenschaftler, konstatierte, mit welcher Leichtigkeit er in nur wenigen Augenblicken die eine Geisteshaltung gegen die andere getauscht hatte – den Hochmut gegen die Bescheidenheit. Ein interessantes Phänomen! Ob sich der Vorgang wiederholen ließe?

Auf der Stelle führte er ein Gedankenexperiment durch. Zunächst versuchte er, in jene Wiener Persona zu schlüpfen, deren blasierte Selbstgefälligkeit ihn verdroß. Indem er sich aufblies und vor sich hin schimpfte ›Was bildet dieses Frauenzimmer sich ein!‹, die Augen zu Schlitzen verengte und die Stirn runzelte, vermochte er tatsächlich die Pikiertheit und Entrüstung heraufzubeschwören, welche denjenigen ankommen, der sich selbst zu wichtig nimmt. Als er dann jedoch tief ausatmete und sich entspannte, fiel die Gereiztheit sogleich von ihm ab, so daß er wieder in seine eigene Haut und ein Bewußtsein schlüpfen konnte, welches über sich selbst, über sein lächerliches Gehabe schmunzeln mußte.

Er bemerkte, daß zu jedem dieser inneren Zustände eine eigene emotionale Färbung gehörte: Der Hochmut hatte scharfe Konturen, war ebenso von Bosheit und Reizbarkeit bestimmt wie von Überheblichkeit und Einsamkeit, wohingegen die andere Haltung eine runde, weiche, zustimmende Empfindung erzeugte.

Es waren klar unterscheidbare Affekte, dachte Breuer, aber auch gemäßigte Affekte. Wie wäre es wohl bei starken Affekten und den Bewußtseinszuständen, aus denen sie sich zusammenbrauten? Ließen sich womöglich auch starke Gemütsregungen beeinflussen? Könnte hier nicht der Weg zu einer wirksamen Psychotherapie liegen?

Er bedachte seine eigenen Erfahrungen. In seinem Falle bestand die größte Anfälligkeit betreffs der Frauen. Es gab Momente – wie heute, verschanzt in der Feste seines Sprechzimmers –, da fühlte er sich stark, unangreifbar. Da vermochte er die Frauen als das zu sehen, was sie waren: bemühte, ans Licht strebende Geschöpfe, welche mit den endlos drängenden Problemen des täglichen Lebens rangen; nüchtern betrachtet waren ihre Brüste Gebilde aus Bindegewebe, Fett und Drüsen, und er wußte um Frauenleiden wie Ausfluß, Dismenorrhöen, Ischiasbeschwerden und diverse Fehlbildungen: Blasen-, Gebärmuttervorfälle, blau geschwollene Hämorrhoiden, Krampfadern.

Dann wiederum gab es jedoch Momente – magische Momente der Verzauberung durch das Weib an sich, dessen pralle Brüste sich machtvoll wölbten, Momente, da er verzehrt wurde von dem brennenden Verlangen, mit dem Weibe zu verschmelzen, an seinen Brüsten zu saugen, in seine dunkle, feuchte Wärme zu gleiten. Diese süße Lockung konnte überwältigend sein, konnte ein Leben zugrunde richten; und ihn, Breuer, hatte sie im Verlaufe der Behandlung Berthas um ein Haar alles gekostet, was ihm lieb und teuer war.

Alles eine Frage der Perspektive, des Wechselns des gedanklichen Rahmens. Könnte er seine Patienten lehren, diesen Wechsel nach Belieben zu vollziehen, dann mochte er wohl in der Tat zu dem werden, was Fräulein Salomé suchte: ein Arzt für Verzweiflung.

Aus diesen Höhenflügen wurde er herausgerissen, als er die Tür des Vorzimmers auf- und zuklappen hörte. Breuer ließ eine halbe Minute verstreichen, um ja nicht übereifrig zu erscheinen, und trat dann ins Wartezimmer hinaus, um Lou Salomé zu begrüßen. Sie war naß geworden – der Wiener Niesel war einem regelrechten Platzregen gewichen –, doch ehe er ihr aus dem triefnassen Mantel helfen konnte, hatte sie diesen bereits abgestreift und hielt ihn seiner Ordinationshilfe Frau Becker hin.

Er führte Fräulein Salomé ins Sprechzimmer, deutete auf einen schwarzen Lederfauteuil und ließ sich neben ihr auf einem Stuhl nieder. Er konnte sich nicht enthalten zu bemerken: »Wie ich sehe, ziehen Sie es vor, sich selbst zu helfen. Aber rauben Sie damit den Herren nicht das Vergnügen, Ihnen zu Diensten zu sein?«

»Wir wissen beide sehr wohl, daß einige der Dienste, welche Männer zu bieten haben, dem Wohle der Frauen nicht eben förderlich sind!«

»Ihr künftiger Mann wird von Grund auf umlernen müssen. Alte Gewohnheiten sind schwer abzulegen.«

»Ehestand? Nein, für mich nicht! Das sagte ich Ihnen bereits. Höchstens als Intermezzo, das möchte noch angehen, aber eine endgültige Bindung kommt nicht in Frage.«

Breuer musterte seine schöne, mutwillige Besucherin und fand, es spreche durchaus einiges für die Idee eines Ehe-Intermezzos. Allzu leicht vergaß man, daß sie halb so alt war wie er. Sie trug ein schlichtes, schwarzes, hochgeschlossenes Kleid, um die Schultern hatte sie eine Fuchsstola mit ausgestopftem Tierkopf, Klauen und Schwanz geschlungen. ›Seltsam‹, dachte Breuer, ›im kühlen Venedig hat sie ihren Umhang abgelegt hier jedoch, in meinem überheizten Sprechzimmer, bleibt sie eingemummt.‹ Einerlei, es war Zeit, zur Sache zu kommen.

»Nun, Fräulein«, sagte er, »dann wollen wir uns der Krankheit Ihres Freundes zuwenden.«

»*Verzweiflung*, nicht Krankheit. Wenn Sie erlauben, möchte ich Ihnen den einen oder anderen Rat erteilen.«

›Kennt ihre Anmaßung denn gar keine Grenzen?‹ fragte er sich empört. ›Sie redet wie ein Konsilarius – wie der Leiter einer Klinik gar, ein Arzt von dreißig Jahren Erfahrung – und nicht wie ein unwissendes junges Ding, ein Schulmädchen!‹

›Immer mit der Ruhe, Josef!‹ mahnte er sich gleich darauf. ›Eben – sie ist jung. Sie huldigt nicht unserem Wiener Gott Decorum. Zudem kennt sie diesen Professor Nietzsche besser. Sie verfügt über einen feinen Intellekt, und sie hat aller Wahrscheinlichkeit nach etwas Bedenkenswertes mitzuteilen. Ich kenne weiß Gott kein Mittel gegen die Verzweiflung. Ich weiß mich ja selbst nicht von ihr zu kurieren.‹

Er blieb gelassen. »So? Bitte, Fräulein.«

»Mein Bruder Jenia, den ich heute vormittag gesprochen habe, erwähnte, wie Sie Ihrer Patientin Anna O. dank Mesmerismus dazu verhelfen konnten, den ursprünglichen psychischen Anlaß eines jeden ihrer Symptome aufzudecken. Wenn ich mich recht entsinne, sagten Sie mir in Venedig, dieses Reproduzieren des Anlasses eines Symptomes habe irgendwie zu seiner Auflösung geführt. Und eben dem *wie* dieses ›irgendwie‹ gilt mein Interesse. Eines Tages, wenn wir mehr Zeit haben, hoffe ich, daß Sie mir erklären werden, wie der Mechanismus im einzelnen beschaffen sei, dank dessen die Aufdeckung des Anlasses das Symptom auflöst.«

Breuer schüttelte den Kopf und hob Lou Salomé ratlos die Handflächen entgegen. »Eine rein empirische Feststellung. Und wenn wir alle Zeit der Welt hätten, ich fürchte, mit der Erklärung, die Sie wünschen, könnte ich nicht dienen. Aber Sie hatten Ratschläge?«

»Deren erster dieser ist: *Unternehmen Sie nicht den Versuch, das mesmerische Verfahren bei Nietzsche anzuwenden.* Es würde nichts fruchten! Sein Geist, sein Intellekt ist ein Phänomen – ein Weltwunder, das werden Sie selbst noch feststellen. Und doch ist er, um es mit einer seiner Lieblingswendungen auszudrücken, ›menschlich, allzu menschlich‹, und auch er ist gegen vieles blind.«

Lou Salomé legte jetzt ihre Stola ab, erhob sich ohne Hast, schlenderte durchs Zimmer und legte sie auf Breuers Diwan.

Einen Augenblick lang studierte sie die gerahmten Urkunden an der Wand, rückte eine von ihnen, die eine Idee schief hing, gerade, kehrte dann auf ihren Platz zurück und schlug die Beine übereinander, ehe sie fortfuhr:

»Nietzsche ist überaus empfindlich, wann immer sich die Frage der Macht stellt. Niemals würde er sich auf Vorgänge einlassen, bei welchen er nach seiner Anschauung jemandem Macht einräumte. In seinem philosophischen Denken steht er den Vorsokratikern nahe, namentlich was deren Konzeption des Agon anbetrifft, der Überzeugung, ein jeder bringe seine Fähigkeiten nur durch den Kampf, den Wettkampf, zur Vollendung, und er hegt das tiefste Mißtrauen gegen alle, welche den Wettkampf scheuen und sich als Altruisten bezeichnen. Sein Ziehvater in diesen Fragen war Schopenhauer. Keiner, so Nietzsches Standpunkt, wünsche dem anderen zu helfen, vielmehr wolle der Mensch über die Menschen herrschen und seine Macht mehren. Die wenigen Male, welche Nietzsche sich der Macht anderer auslieferte, hinterließen bei ihm den bitteren Nachgeschmack von Vernichtung und Zorn. So erging es ihm mit Richard Wagner, und so, fürchte ich, ergeht es ihm erneut mit mir.«

»Was wollen Sie damit sagen: Es ergeht ihm mit Ihnen so? Halten Sie sich in irgendeiner Weise persönlich für die Desperation Nietzsches verantwortlich?«

»Er hält mich für verantwortlich. Und deshalb ein zweiter Rat: *Verbünden Sie sich nicht mit mir.* Sie blicken fragend. Freilich, damit Sie verstehen, muß ich Ihnen alles über mein Verhältnis zu Nietzsche berichten. Ich will Ihnen nichts verschweigen. Und ich bin gerne bereit, alle Fragen freimütig zu beantworten. Das wird nicht leicht sein. Ich gebe mich in Ihre Hände, aber was ich sage, muß unter uns bleiben.«

»Selbstverständlich. Seien Sie dessen versichert, Fräulein«, beteuerte er, entzückt von ihrer direkten Art. Wie erfrischend war es doch, im Gespräch ein solch freimütiges Gegenüber zu haben.

»Gut. Ich begegnete Nietzsche vor etwa acht Monaten zum erstenmal, im April.«

Frau Becker klopfte und brachte Kaffee herein. Wenn sie überrascht war, Breuer neben Lou Salomé sitzen zu sehen anstatt wie gewöhnlich hinter seinem Schreibtisch, so ließ sie sich dies nicht anmerken. Wortlos stellte sie ein Tablett mit feinen Porzellantassen, Löffeln und einer blanken Silberkanne ab und verschwand wieder. Breuer schenkte Kaffee ein, während Lou Salomé den Faden wieder aufnahm.

»Ich mußte letztes Jahr aus gesundheitlichen Gründen meine russische Heimat verlassen – einer Atemwegserkrankung wegen, von der ich mich unterdessen weitgehend erholt habe. Zunächst weilte ich in Zürich, hörte dort bei Biedermann Theologie und arbeitete zudem mit dem Dichter Gottfried Kinkel – ich vergaß, glaube ich, zu erwähnen, daß ich angehende Dichterin bin. Als ich Anfang dieses Jahres mit meiner Mutter nach Rom reiste, gab mir Kinkel ein Empfehlungsschreiben an Malwida von Meysenbug mit, die Verfasserin von *Memoiren einer Idealistin.* Sie kennen sie vielleicht?«

Breuer nickte. Er kannte die Werke Malwida von Meysenbugs, besonders ihre Streitschriften für die Frauenemanzipation und umfassende politische und pädagogische Reformen. Weniger behagten ihm ihre jüngsten sozialistischen Traktate, deren Darlegungen er für unwissenschaftlich hielt.

Lou Salomé erzählte: »Ich verkehrte also in Malwidas Kreis, und dort lernte ich einen charmanten, hochbegabten jungen Philosophen kennen, Paul Rée, mit dem ich mich bald anfreundete. Herr Rée hatte Jahre zuvor in Basel Vorlesungen Nietzsches gehört, und die beiden verband eine innige Freundschaft. Es war unverkennbar, daß Rée Nietzsche über alle Maßen bewunderte. Nun, da ich und er Freunde seien, fand er, müßten ich und Nietzsche gleichfalls Freunde werden. Herr Rée – ach, Doktor Breuer...« – unterbrach sie und errötete flüchtig, aber nachhaltig genug, daß es Breuer nicht entging und sie inne werden mußte, daß es ihm nicht entgangen war – »... gestatten Sie

31

mir, von ihm als Paul zu sprechen, denn so nenne ich ihn, und wozu uns heute lange mit Konventionen aufhalten? Ich stehe Paul sehr nahe, auch wenn ich mich niemals durch die Ehe mit ihm oder sonst irgend jemandem aufopfern werde!

Nun«, fuhr sie ungeduldig fort, »jetzt habe ich genug Zeit darauf verschwendet, einen Anflug von Erröten zu erklären. Wir sind die einzigen Säugetiere, welche die Schamesröte kennen, nicht wahr?«

Breuer wußte nichts darauf zu erwidern. Er nickte lediglich. Eine Zeitlang, umgeben von den Insignien seines Standes, hatte er sich sicherer gefühlt als bei ihrer letzten Begegnung. Allmählich jedoch, in ihren Bann geschlagen, entglitt ihm das Empfinden der Selbstsicherheit. Ihre Bemerkung über die Schamesröte war verblüffend. Noch nie hatte er eine Frau, oder – wenn er's recht bedachte – überhaupt irgend jemanden so freimütig über Regeln des gesellschaftlichen Umganges sprechen hören. Und das Mädchen war erst einundzwanzig!

»Paul war der festen Überzeugung, daß Nietzsche und ich die innigsten Freunde werden müßten«, setzte Lou Salomé ihren Bericht fort, »daß wir wie geschaffen seien füreinander. Er sah mich schon als Schülerin, Schützling und Alter ego Nietzsches. Er sah Nietzsche als meinen Lehrer und weltlichen Propheten.«

Ein zaghaftes Klopfen an der Tür unterbrach sie. Breuer durchquerte den Raum, um zu öffnen, und wurde von Frau Becker in betont lautem Flüsterton vom Eintreffen eines Patienten unterrichtet. Breuer kehrte auf seinen Platz zurück, versicherte Lou Salomé, es bestünde kein Grund zur Eile, da unangemeldete Patienten sich auf längere Wartezeiten einrichten müßten, und bat sie fortzufahren.

»Paul arrangierte also ein Treffen im Petersdom, dem wohl unpassendsten Orte für ein Rendezvous unserer unheiligen ›Dreieinigkeit‹ – wie wir unsere Verbindung später nannten, wenngleich Nietzsche unseren Bund gern auch als ›pythagoräische Freundschaft‹ titulierte.«

Breuer ertappte sich dabei, daß er seiner Besucherin auf den Busen schaute statt ins Gesicht. ›Wie lange schon?‹ fragte er sich entsetzt. ›Hat sie es bemerkt? Hat es andere Frauen gegeben, die solches von mir bemerkt haben?‹ Im Geiste sah er sich einen Besen packen und sämtliche erotischen Hintergedanken auskehren. Er konzentrierte sich ausschließlich auf ihre Augen und ihre Worte.

»Ich fühlte mich sogleich zu Nietzsche hingezogen. Äußerlich ist er wenig einnehmend – er ist durchschnittlich groß, hat eine sanfte Stimme und einen durchdringenden Blick, welcher eher nach innen als außen gerichtet scheint, als gälte es, eigene, innere Schätze zu hüten und zu bewahren. Ich wußte zunächst nicht, daß er dreivierteiblind ist. Und doch ging eine unsagbare Anziehungskraft von ihm aus. Die allerersten Worte, die er an mich richtete, lauteten: ›Von welchen Sternen sind wir hier einander zugefallen?‹

Wir drei unterhielten uns. Und was war das für eine Unterhaltung! Eine Zeitlang wollte es scheinen, als könnten sich Pauls Hoffnungen auf eine Freundschaft zwischen Nietzsche und mir, gleichsam ein Verhältnis zwischen Lehrer und Schüler, erfüllen. Geistig waren wir verwandt. Unsere Gedanken fügten sich ineinander wie der Schlüssel ins Schloß; Nietzsche sprach von ›Geschwistergehirnen‹. Ach, er las mir die trefflichsten Stellen seines neuesten Werkes vor, er setzte Gedichte von mir in Musik, er verriet mir, was er der Welt in den kommenden zehn Jahren zu vermachen gedächte – denn auch damals glaubte er nicht, daß ihm noch mehr als ein Jahrzehnt vergönnt wäre.

Bald schon hatten Paul, Nietzsche und ich beschlossen, zusammenzuleben, gewissermaßen eine *ménage à trois* zu führen. In unseren Köpfen reifte der Plan, gemeinsam in Wien oder vielleicht Paris zu überwintern.«

Eine *ménage à trois!* Breuer räusperte sich und bewegte sich unruhig auf seinem Stuhl. Er sah, daß sie über seine Verlegenheit lächelte. Ja, entging ihr denn gar nichts? Was für eine überragende Diagnostikerin diese Frau abgäbe! Ob sie jemals an eine medizinische Laufbahn gedacht hatte? ›Würde sie es in Betracht ziehen? Als meine Studentin? *Meine* Schülerin? Meine Kollegin, rechte Hand in der Ordination und im Labor?‹ Die Vorstellung übte einen Sog aus, einen machtvollen Sog. Doch dann rissen ihre Worte Breuer aus seinen Phantastereien.

»Ja, ich weiß, daß die Welt zwei Männern und einer Frau, die in Keuschheit zusammenleben, nicht wohlgesinnt ist.« Sie hatte die ›Keuschheit‹ geschickt angebracht: klar genug, um keine Mißdeutung zu erregen, beiläufig genug, um einem Tadel zu entgehen. »Doch wir sind Freigeister und Idealisten, wir lehnen gesellschaftlich diktierte Regeln ab. Wir vertrauen auf unsere Kraft, uns eigene moralische Maßstäbe zu setzen.«

Als Breuer darauf nichts sagte, wirkte seine Besucherin zum erstenmal unsicher, so als wisse sie nicht recht weiter.

»Soll ich fortfahren? Bleibt uns noch Zeit? Verletze ich Ihre Gefühle?«

»Fahren Sie unbedingt fort, gnädiges Fräulein. Zum einen gehört meine Zeit Ihnen.« Er langte zu seinem Schreibtisch hinüber, hielt seinen Terminkalender hoch und zeigte auf die großen Lettern L. S., welche in das für Mittwoch, den 22. November 1882 vorgesehene Feld eingetragen waren. »Sehen Sie, ich habe heute nachmittag keine weiteren Termine. Und was meine Empfindungen angeht, nein, Sie brüskieren mich nicht. Im Gegenteil, ich bewundere Ihre Freimütigkeit, Ihre Offenheit. Wenn doch Freunde stets so aufrichtig miteinander reden wollten! Das Leben wäre um einiges reicher und wahrhaftiger.«

Lou Salomé nahm das Kompliment kommentarlos an, schenkte sich Kaffee nach und sprach weiter. »Zunächst müssen Sie wissen, daß mein Verhältnis zu Nietzsche zwar innig, aber von kurzer Dauer war. Wir sind uns nur viermal begegnet, und fast immer unter den wachsamen Augen meiner Mutter, der Mutter Pauls oder Nietzsches Schwester. Tatsächlich konnten Nietzsche und ich selten ungestört Unterhaltungen führen oder auch nur Spaziergänge unternehmen.

Die geistigen Flitterwochen unserer unheiligen Dreieinigkeit waren ebenfalls kurz. Es kam zu ersten Anzeichen von Entfremdung. Dann zu romantischen Hoffnungen und sinnlichen Begierden. Vielleicht, daß sie von vornherein im Spiele waren. Vielleicht, daß ich Verantwortung hierfür trage, weil ich sie nicht erkannte.« Sie zuckte unwirsch die Achseln, als werfe sie diese Verantwortung ab, und berichtete dann vom verhängnisvollen weiteren Verlauf der Ereignisse.

»Schon gegen Ende unserer ersten Begegnung kamen Nietzsche Bedenken ob meiner Vision einer unschuldigen *ménage à trois*. Er fürchtete, die Welt sei für dergleichen nicht reif. Er bat mich, unser Vorhaben geheimzuhalten. Vornehmlich seine Familie bereitete ihm Sorgen; unter gar keinen Umständen dürften seine Mutter oder seine Schwester von unseren Plänen erfahren. Diese unverhoffte Konventionalität! Sie überraschte und enttäuschte mich, und ich fragte mich ernstlich, ob ich mich von seinen couragierten Reden und seinen freigeistigen Proklamationen hatte irreführen lassen.

Wenig später nahm Nietzsche einen noch gestrengeren Standpunkt ein: Eine Lebensführung wie die geplante sei für mich gesellschaftlich bedenklich, ja unter Umständen gar verhängnisvoll. Um mich zu schützen, so Nietzsche, sehe er sich aufgerufen, mir einen Antrag zu machen, und er bat Paul, für ihn zu sprechen. Können Sie sich vorstellen, in welch mißliche Lage dies Paul versetzte? Aus Treue gegen den Freund trug mir Paul pflichtschuldigst, wenn auch eher unwillig, Nietzsches Ansinnen vor.«

»Hat Sie der Antrag überrascht?« fragte Breuer.

»Sehr sogar, um so mehr, als dieser unmittelbar auf unsere allererste Zusammenkunft folgte. Und er verwirrte mich. Nietzsche ist ein bedeutender Mann von immenser geistiger Größe und doch überaus sanftmütig, eine fesselnde Persönlichkeit… ich will nicht bestreiten, Herr Doktor, daß ich mich sehr zu ihm hingezogen fühlte, doch nicht im romantischen Sinne. Es ist nicht ausgeschlossen, daß er meine Faszination verspürte und entgegen meinen Beteuerungen nicht recht glauben mochte, daß ich ebensowenig an Heirat wie überhaupt an romantische Liebe dächte.«

Ein heftiger Windstoß rüttelte am Fenster und lenkte Breuer einen Augenblick lang ab. Plötzlich kamen ihm sein Nacken und die Schultern verspannt vor. Er hatte so gebannt zugehört, daß er minutenlang keinen Muskel gerührt hatte. Bisweilen vertrauten ihm Patienten persönliche Dinge an, doch niemals in dieser Weise. Niemals von Angesicht zu Angesicht, niemals so rückhaltlos. Bertha hatte viel von sich preisgegeben, doch nur während ihrer geistigen ›Absencen‹. Lou Salomé indes sprach ungeniert offen und schuf dennoch, selbst bei der Schilderung lange zurückliegender Ereignisse, eine so vertrauliche Atmosphäre, daß Breuer zumute war, als wären sie ein Liebespaar und besprächen sich wie Geliebte. Ihn überraschte keineswegs zu hören, Nietzsche habe ihr nach nur einer einzigen Begegnung einen Antrag gemacht.

»Und dann, Fräulein?«

»Ich dachte, mich bei unserer nächsten Begegnung offen mit ihm auszusprechen. Doch das erwies sich als unnötig. Nietzsche hatte unterdessen erkannt, daß ihn der Gedanke an eine Ehe ebensosehr erschreckte, wie er mich abstieß. Als ich ihn nämlich zwei Wochen später in Orta wiedersah, war das erste, was er mir sagte, ich möge seinen Vorschlag vergessen. Er drängte mich statt dessen, gemeinsam mit ihm nach dem Ideal eines geistig leidenschaftlichen außerehelichen Verhältnisses zu streben.

Wir drei versöhnten uns. So zuversichtlich war Nietzsche betreffs unserer *ménage à trois*, daß er eines Nachmittags in Luzern darauf drängte, von einem Photographen diese Aufnahme anfertigen zu lassen, das einzige Bildnis unserer unheiligen Dreieinigkeit.«

Auf der Photographie, welche sie Breuer reichte, waren zwei

Männer vor einem Leiterwagen zu sehen, während sie selbst darauf kniete, eine kleine Peitsche in der erhobenen Hand.

»Der Mann vorne rechts mit dem Schnurrbart, der zum Himmel aufblickt, ist Nietzsche«, sagte sie in zärtlichem Ton. »Neben ihm steht Paul.«

Breuer studierte die Aufnahme aufmerksam. Der jämmerliche Anblick der beiden Männer – zwei unters Joch gezwungene Riesen unter der Knute dieser schönen jungen Frau mit ihrer winzigen Peitsche – beunruhigte ihn.

»Nun, was sagen Sie zu meinem Stall, Doktor Breuer?«

Zum erstenmal verfehlte eine ihrer respektlosen Bemerkungen ihre Wirkung, und Breuer wurde plötzlich wieder inne, daß er ein einundzwanzigjähriges Schulmädchen vor sich hatte. Er wand sich: Es mißfiel ihm, an diesem Wesen ersten Ranges Makel entdecken zu müssen. Er fühlte mit den beiden unterjochten Männern – seinen Brüdern. Hätte nicht ebensogut er an ihrer Stelle stehen können?

Seine Besucherin mußte ihren Fauxpas bemerkt haben, dachte Breuer, denn sie fuhr hastig fort.

»Wir haben uns noch zweimal getroffen, einmal vor etwa drei Monaten in Tautenberg, Nietzsches Schwester war zugegen, und dann noch einmal in Leipzig, im Beisein von Pauls Mutter. Doch Nietzsche hat mir regelmäßig geschrieben. Hier ein Brief von ihm, seine Antwort auf meine Beteuerung, wie tief mich sein Werk *Morgenröte* bewegt habe.«

Breuer las geschwind den kurzen Brief, den sie ihm reichte.

Meine liebe Freundin,
Auch ich habe jetzt Morgenröten um mich, und keine gedruckten! Was ich nie mehr glaubte, einen Freund meines *letzten Glücks und Leidens* zu finden, das erscheint mir jetzt als möglich – als die *goldene* Möglichkeit am Horizonte alles meines zukünftigen Lebens. Ich werde bewegt, sooft ich nur an die tapfere und ahnungsreiche Seele meiner lieben Lou denke.   Ihr FN

Breuer schwieg. Er verspürte eine noch tiefere Empathie mit Nietzsche. Morgenröten zu entdecken und goldene Möglichkeiten, eine tapfere und ahnungsreiche Seele zu lieben – wer wünschte das nicht, dachte er, wenigstens einmal in seinem Leben.

»Zur selben Zeit«, fuhr Lou fort, »begann mir Paul ähnlich inbrünstige Briefe zu schreiben, und trotz aller meiner Vermittlungskünste wuchsen die Spannungen innerhalb unserer Dreieinigkeit in erschreckender Weise an. Die Freundschaft zwischen Paul und Nietzsche wurde zunehmend zerrüttet, bis sie am Ende begannen, sich in Briefen an mich gegenseitig schlechtzumachen.«

»Aber das kann Sie doch nicht ernstlich verwundern!« wandte Breuer ein. »Zwei leidenschaftlich verliebte Männer, welche eine innige Beziehung zur selben Frau unterhalten!«

»Vielleicht war ich wirklich naiv. Ich hatte wahrhaftig geglaubt, wir drei könnten ein geistiges Leben teilen, könnten bedeutende philosophische Arbeit zuwege bringen.«

Offenbar ungerührt von Breuers Einwurf erhob sie sich, reckte anmutig die Glieder und trat ans Fenster. Unterwegs blieb sie stehen, um die Gegenstände auf seinem Schreibtisch zu betrachten: den Bronzemörser mit Pistill aus der Renaissance, die kleine ägyptische Tonfigur, das kunstvoll gearbeitete Holzmodell der Bogengänge des Ohrlabyrinths.

»Nun, vielleicht bin ich starrsinnig«, räumte sie ein und blickte zum Fenster hinaus, »doch bis heute glaube ich nicht, daß unsere geplante *ménage à trois* zum Scheitern verurteilt war! Sie wäre durchaus zu verwirklichen gewesen, hätte sich nicht Nietzsches abscheuliche Schwester eingemischt. Nietzsche hatte mich eingeladen, den Sommer mit ihm und Elisabeth in Tautenberg zu verbringen, einer kleinen Ortschaft in Thüringen. Ich traf mich in Bayreuth mit Elisabeth, wo wir Wagner besuchten und einer Aufführung des Parsifal beiwohnten. Gemeinsam reisten wir nach Tautenberg weiter.«

»Warum nennen Sie sie abscheulich, Fräulein Salomé?«

»Elisabeth sät Zwiespalt, sie ist eine dumme, kleingeistige, unredliche, antisemitische Gans. Als ich den Fehler beging, ihr zu sagen, daß Paul jüdischer Abstammung sei, hatte sie nichts Eiligeres zu tun, als selbiges in Wagners Kreis zu verbreiten und somit dafür zu sorgen, daß Paul dort niemals willkommen sein wird.«

Breuer setzte seine Kaffeetasse ab. Während Lou Salomé ihn mit ihrem Bericht zunächst ins liebliche, geschützte Reich der Liebe, der Kunst und Philosophie entführt hatte, so rissen ihre Worte ihn nun unsanft in die Realität zurück, in die häßliche Welt des Antisemitismus. Heute morgen erst hatte er in der *Neuen Freien Presse* einen Bericht über die Hetze einiger Burschenschaften an der Universität gelesen, deren Mitglieder in die Vorlesungssäle eingedrungen waren, ›Hinaus mit den Juden!‹ skandiert, alle Juden mit Gewalt vertrieben und eigenhändig solche Kommilitonen hinausgezerrt hatten, welche sich zur Wehr setzten.

»Verehrtes Fräulein, ich bin selbst Jude. Ich muß Sie daher fragen, ob Professor Nietzsche ebenso dem Antisemitismus anhängt wie seine Schwester.«

»Ich weiß, daß Sie Jude sind. Jenia sagte es mir. Und seien Sie versichert: Nietzsche interessiert nur die Wahrheit. Er haßt das Übel des Vorurteils, jedes Vorurteils. Er verabscheut den Antisemitismus seiner Schwester. Es bestürzt und schaudert ihn, daß Bernard Förster, einer der vorlautesten und rührigsten Antisemiten Deutschlands, in ihrem Hause verkehrt. Seine Schwester Elisabeth...«

Sie sprach jetzt hitziger, ihre Stimmlage rutschte eine Oktave höher. Breuer spürte deutlich, daß sie wider Willen von ihrer Hauptsache abging, ohne indes an sich halten zu können.

»Elisabeth, Herr Doktor, ist ein Greuel! Sie hat mich liederlich geschimpft. Sie hat Nietzsche belogen und ihm eingegeben, wie ich aller Welt die Photographie gezeigt und mich damit gebrüstet hätte, wie gern er mich die Peitsche schwingen

39

sähe. Sie lügt unentwegt! Sie ist gefährlich. Glauben Sie mir, eines Tages wird sie Nietzsche noch großen Schaden zufügen!«

Im Stehen erging sich Lou in dieser Tirade und hielt dabei krampfhaft die Rückenlehne eines Stuhls umklammert. Als sie sich nun setzte, fuhr sie ruhiger fort: »Sie werden sich denken können, daß jene drei in Tautenberg in Gesellschaft Nietzsches wie auch Elisabeths verbrachten Wochen heikel waren. Waren wir für uns, so war es vortrefflich. Wir haben lange Spaziergänge gemacht, haben uns sehr konzentriert unterhalten. Manches Mal gestattete ihm seine Gesundheit, zehn Stunden am Tag zu debattieren! Ich bezweifle, daß je zuvor eine solche philosophische Offenheit zwischen zwei Menschen bestanden hat. Wir haben über die Relativität von Gut und Böse gesprochen, über die Notwendigkeit, sich von der geltenden Moral zu befreien, um ein moralisches Leben führen zu können, über das religiöse Empfinden im Freigeiste. Nietzsches Urteil schien gerechtfertigt: Wir hatten wirklich Geschwistergehirne. Über wie vieles konnten wir uns mittels halbfertiger Worte, halbfertiger Sätze, ja Gebärden verständigen! Und dieser paradiesische Zustand wurde uns vergällt, weil wir zugleich ständig dem scheelen Blick dieser Natter, seiner Schwester ausgesetzt waren. Man sah förmlich, wie sie horchte, wie sie mißverstand, wie sie Ränke schmiedete.«

»Aber ich begreife nicht recht. Warum sollte Elisabeth Sie verleumden?«

»Weil sie um ihr Leben kämpft. Elisabeth ist eine kleingeistige, seelisch verkümmerte Frau. Sie darf nicht riskieren, ihren Bruder an eine andere zu verlieren. Sie weiß nur zu gut, wie ihre Stellung in der Welt, ihre Bedeutung mit Nietzsche steht und fällt und wie dem immer so sein wird.«

Lou blickte auf die Uhr und dann zur geschlossenen Tür. »Die Zeit läuft davon. Ich will Ihnen rasch das übrige berichten. Vergangenen Monat verbrachten Paul, Nietzsche und ich trotz der Einwände Elisabeths drei Wochen in Leipzig bei

Pauls Mutter. Dort debattierten wir wiederum ernstlich, namentlich über die Entwicklung des Glaubens. Vor zwei Wochen erst trennten wir uns, Nietzsche reiste in der Erwartung ab, wir drei würden das Frühjahr gemeinsam in Paris verleben. Doch das wird nicht sein, ich sehe es inzwischen deutlich. Seiner Schwester ist es gelungen, ihn gegen mich zu wenden, und letztlich hat er begonnen, Briefe zu schicken, die voller Verzweiflung und Haß gegen Paul und mich sind.«

»Und heute, Fräulein Salomé? Wie liegen die Dinge heute?«

»Alles zuschanden. Paul und Nietzsche sind sich spinnefeind. Paul gerät außer sich, wenn er Nietzsches Briefe an mich liest, er will nichts wissen von der Achtung und Zuneigung, die ich Nietzsche unverändert entgegenbringe.«

»Paul liest Ihre Briefe?«

»Ja, warum nicht? Unsere Freundschaft ist inniger geworden. Ich denke, ich werde Paul immer sehr nahe stehen. Wir haben keine Geheimnisse voreinander, wir geben uns sogar unsere Journale zu lesen. Paul flehte mich an, ich möchte mit Nietzsche endgültig brechen. Ich habe mich zuletzt gebeugt und Nietzsche geschrieben, an die geplante *ménage à trois* sei bei aller Freundschaft, einer Freundschaft, die ich stets in Ehren halten würde, nicht mehr zu denken. Ich schrieb ihm, seine Schwester, seine Mutter, die Zänkereien zwischen ihm und Paul verursachten zuviel Kummer, richteten zuviel Unheil an.«

»Und seine Antwort?«

»Wild! Beängstigend! Er schreibt rasende Briefe, mal verletzend oder voller Drohungen, mal zutiefst verzweifelt. Da, sehen Sie sich diese Abschnitte aus Briefen an, welche ich erst letzte Woche erhielt!«

Sie reichte ihm zwei Briefe, deren Schriftbild allein schon von großer Erregung zeugte: eine unruhige Handschrift, viele Worte abgekürzt oder mehrfach unterstrichen. Breuer starrte angestrengt auf die von ihr angestrichenen Passagen, da er jedoch kaum mehr als vereinzelte Wörter zu entziffern vermochte, händigte er sie ihr wieder aus.

»Ach«, sagte sie, »ich vergaß, wie unleserlich seine Handschrift ist. Lassen Sie mich Ihnen diesen Absatz an Paul und mich vorlesen:

> Beunruhigt Euch nicht zu sehr über die Ausbrüche meines ›Größenwahns‹ oder meiner ›verletzten Eitelkeit‹ – und wenn ich selbst aus irgend einem Affekte mir zufällig einmal das Leben nehmen sollte, so würde auch da nicht allzuviel zu betrauern sein. Was gehen Euch meine Phantastereien an! ... Zu dieser, wie ich meine, verständigen Einsicht in die Lage der Dinge komme ich, nachdem ich eine ungeheure Dosis Opium – *aus Verzweiflung* – eingenommen habe.«

Sie brach ab. »Das dürfte genügen, um Ihnen eine Vorstellung vom Ausmaße seiner Verzweiflung zu vermitteln. Ich halte mich seit einigen Wochen auf dem Familiensitz der Rées in Bayern auf, und meine gesamte Post wird dorthin geschickt. Einige der häßlichsten Briefe Nietzsches hat Paul vernichtet, um mich zu schonen, doch dieser, der an mich allein gerichtet war, ist ihm wohl entgangen:

> Wenn ich Sie jetzt von mir weise, so ist das eine fürchterliche Zensur über Ihr ganzes Wesen! ... Sie haben Schaden getan, Sie haben *Wehe* getan – und nicht nur mir sondern alle den Menschen, die mich liebten: – dies Schwert hängt über Ihnen.«

Sie blickte zu Breuer hoch. »Doktor, verstehen Sie *nun*, weshalb ich Ihnen widerrate, sich in irgendeiner Weise mit mir zu verbünden?«

Breuer sog heftig an seiner Zigarre. Zwar fesselte ihn diese Lou Salomé und erlag er dem Reize des Melodrams, das sie vor ihm entfaltete, doch war er auch beunruhigt. War es wirklich klug gewesen, sich zur Übernahme eines Parts in diesem

Drama bereit erklärt zu haben? Was für ein Urwald! Was für machtvolle, rohe Triebe in diesen Verhältnissen walteten: der unheiligen Dreieinigkeit, Nietzsches zerrütteter Freundschaft mit Paul, der starken Verbindung zwischen Nietzsche und seiner Schwester! Und das vergiftete Klima zwischen letzterer und Lou Salomé! ›Ich muß mich sehr in acht nehmen‹, mahnte er sich, ›nicht in die Bahn dieser geschleuderten Blitze zu geraten! Am explosivsten natürlich ist Nietzsches verzweifelte Liebe zu Lou Salomé, inzwischen fraglos in ihr Gegenteil, in Haß, verkehrt. Doch es gibt kein Zurück. Ich habe mich bereits in Venedig verpflichtet, habe leichtfertig erklärt, ich verweigerte mich niemals einem Kranken in Not.‹

Er wandte sich wieder Lou Salomé zu. »Die Briefe machen mir Ihre Bestürzung sehr begreiflich, Fräulein Salomé. Ich teile Ihre Sorge um Ihren Freund: Sein Seelenfrieden scheint beträchtlich gestört, und der Freitod ist unleugbar eine manifeste Gefahr. Da Sie aber wohl kaum noch Einfluß auf Professor Nietzsche geltend machen können, wie wollen Sie ihn dazu bewegen, mich aufzusuchen?«

»Ja, die Lage ist freilich verzwickt – ein Hemmnis, über welches ich viel nachgegrübelt habe. Schon mein Name ist ihm mittlerweile verhaßt; ich werde auf Umwegen ans Ziel gelangen müssen. Und es ist Ihnen wohl klar, daß er niemals, um nichts auf der Welt, von meiner Vermittlung in dieser Sache erfahren darf! Sie dürfen es ihm niemals verraten! Wenn ich aber wahrhaftig davon ausgehen kann, daß Sie zu einem Treffen bereit sind…«

Sie setzte ihre Tasse ab und sah ihn so unverwandt an, daß Breuer sich beeilte zu sagen: »Gewiß, mein Fräulein. Wie ich Ihnen bereits in Venedig sagte, ich will gern alles in meiner Macht Stehende tun.«

Lou Salomé lächelte erlöst. Aha! Sie war sich also ihrer Sache weniger sicher gewesen, als er vermeint hatte.

»Nach dieser Zusage, Doktor Breuer, werde ich unsere Kampagne einleiten, welche Nietzsche in Ihr Sprechzimmer führen soll, ohne daß er im mindesten ahnt, daß ich die Finger im Spiele gehabt habe. Sein Benehmen ist ja so befremdlich, daß ohne Zweifel auch seine Freunde sich allesamt sorgen und jeden raisonnablen Vorschlag, der Abhilfe verspricht, dankbar aufnehmen werden. Ich werde morgen auf der Rückreise nach Berlin in Basel Station machen und unseren Plan Franz Overbeck, einem langjährigen Freund Nietzsches, unterbreiten. Ihr glänzender Ruf als Diagnostiker wird uns helfen. Ich bin mir fast sicher, daß Professor Overbeck Nietzsche bereden kann, Sie wegen seiner körperlichen Beschwerden aufzusuchen. So es gelingt, erhalten Sie schriftlich Nachricht von mir.«

In rascher Abfolge steckte sie die Briefe Nietzsches wieder ein, erhob sich, zupfte ihre Turnüre zurecht, las ihre Fuchsstola vom Diwan auf und streckte Breuer die Hand entgegen. »Und nun, lieber Herr Doktor…«

Als sie die ihr gereichte Hand mit beiden Händen ergriff, beschleunigte sich Breuers Puls. ›Sei kein Narr!‹ wies er sich zurecht, überließ sich dann aber doch dem Wohlgefühl des warmen Händedrucks. Gern hätte er ihr gesagt, wie sehr es ihm gefiel, wenn sie ihn berührte. Vielleicht, daß sie es ohnedies wußte, denn sie gab seine Hand nicht frei, als sie sprach.

»Ich hoffe, wir bleiben in Verbindung. Nicht allein wegen meiner aufrichtigen Bewunderung für Nietzsche und der Befürchtung, daß ich selbst, unwissentlich, mit Schuld trage an seiner Schwermut. Nein, ich hoffe außerdem, daß wir beide, Sie und ich, Freunde werden mögen. Ich habe, das dürfte Ihnen kaum entgangen sein, viele Fehler. Ich bin ungestüm, ich verletze Ihr Schicklichkeitsempfinden, ich bin unkonventionell. Doch ich habe auch Vorzüge. Ich habe einen untrügerischen Blick für geistige Größe. Und wann immer ich einem großen Manne begegne, möchte ich an ihm festhalten. Wir werden also korrespondieren.«

Sie ließ seine Hand los, schritt energisch zur Tür und blieb dann plötzlich stehen. Sie griff in ihre Handtasche und zog zwei schmale Bände hervor.

»Ah! Doktor Breuer, um ein Geringes hätte ich es vergessen. Ich fand, Sie sollten Nietzsches zwei jüngsten Werke kennen. Sie werden daraus viel über seine Denkungsart erfahren. Aber er darf nicht wissen, daß Ihnen die Bücher bekannt sind. Das würde seinen Argwohn wecken, denn von diesen Schriften sind nur sehr wenige Exemplare verkauft worden.«

Wieder berührte sie Breuers Arm. »Ach, und ein Letztes noch. Obgleich Nietzsche bisher kaum Leser hat, ist er fest davon überzeugt, daß ihm fürderhin der Ruhm gewiß ist. Mir versicherte er einmal, ihm gehöre das Übermorgen. Verraten Sie also niemandem, daß Sie ihn behandeln. Erwähnen Sie niemandem gegenüber seinen Namen. Sollten Sie es doch tun, und sollte er es erfahren, wird er darin einen üblen Verrat sehen. Ihre Patientin ›Anna O.‹ – sie hieß doch nicht in Wirklichkeit so? Sie haben doch einen Decknamen gewählt?«

Breuer nickte.

»Dann möchte ich Ihnen empfehlen, es bei Nietzsche ebenso zu halten. Auf Wiedersehen, Doktor Breuer.« Sie hielt ihm abermals die Hand hin.

»Auf Wiedersehen, Fräulein«, erwiderte Breuer, verbeugte sich und deutete einen Handkuß an.

Nachdem er die Tür geschlossen hatte, besah er sich die beiden schmalen Bände und studierte die Titel – *Die fröhliche Wissenschaft* und *Menschliches, Allzumenschliches* –, ehe er sie auf seinem Schreibtisch ablegte. Er trat ans Fenster, um einen letzten Blick von Lou Salomé zu erhaschen. Sie öffnete ihren Schirm, dann eilte sie die Vortreppe hinunter und stieg, ohne sich noch umzublicken, in einen wartenden Fiaker.

3

Breuer wandte sich vom Fenster ab und schüttelte den Kopf, um jeden Gedanken an Lou Salomé zu vertreiben. Er zog an der Klingelschnur über seinem Schreibtisch, das Zeichen für Frau Becker, den Patienten vorzulassen, der im Wartezimmer saß. Kurz darauf stand Perlroth, ein gebeugter, langbärtiger orthodoxer Jude, zögernd auf der Schwelle.

Vor fünf Jahren, hörte Breuer, habe sich Herr Perlroth einer Mandeloperation unterzogen, eine qualvolle Prozedur, derer er mit solchem Grauen gedenke, daß er sich bis zum heutigen Tage geweigert habe, jemals wieder einen Arzt aufzusuchen. Auch seinen Besuch bei Breuer habe er immer wieder hinausgeschoben, doch eine ›akute medizinische Krisis‹ – wie er sich ausdrückte – lasse ihm keine Wahl mehr. Breuer schlüpfte hierauf aus der Rolle des nüchternen Klinikers, kam hinter seinem Schreibtisch hervor und nahm, wie schon bei Lou Salomé, auf dem Stuhl neben seinem Besucher Platz, um ein wenig mit diesem neuen Patienten zu plaudern. Sie sprachen über das Wetter, über die neue Welle jüdischer Einwanderer aus Galizien, die antisemitische Hetze des Österreichischen Reformvereins und über ihre gemeinsame Herkunft. Herr Perlroth hatte – wie fast jedermann aus der jüdischen Gemeinde – Breuers Vater Leopold gekannt und geschätzt, und prompt übertrug er das Vertrauen in den Vater auf den Sohn.

»Nun, Herr Perlroth«, fragte Breuer schließlich, »was kann ich für Sie tun?«

»Ich kann kein Wasser abschlagen, Doktor. Den ganzen Tag, und auch in der Nacht, verspüre ich Harndrang. Ich trete aus; es kommt nichts. Ich stehe und stehe, und schließlich tröpfelt es. Zwanzig Minuten, und es geht von vorne los: Die Blase drückt, aber...«

Wenige gezielte Fragen klärten Breuer über die Ursache von Herrn Perlroths Beschwerden auf. Es konnte nicht anders sein, als daß die Prostata des Patienten dessen Harnröhre einengte. Eine entscheidende Frage jedoch blieb zu beantworten: Handelte es sich in Herrn Perlroths Fall um eine harmlose Wucherung oder um ein Karzinom? Bei der Rektaluntersuchung ertastete Breuer keine harten Krebsknötchen, sondern eine schwammige, gutartige Geschwulst.

Als ihm versichert wurde, es liege kein Krebs vor, strahlte Herr Perlroth übers ganze Gesicht, ergriff Breuers Hand und küßte sie. Seine Miene verfinsterte sich jedoch, als ihm Breuer – so schonend als möglich – die unangenehme, aber unumgängliche Behandlung beschrieb, bei welcher die Harnröhre durch das Einführen einer Reihe von Metallstäben oder Sonden zunehmender Stärke in den Penis geweitet werden müsse. Da Breuer selbst diese Behandlung nicht durchführte, verwies er Herrn Perlroth an seinen Schwager Max, der Urologe war.

Als Herr Perlroth sich verabschiedete, war es bereits nach sechs und Zeit für Breuer, zu seiner zweiten Hausbesuchsrunde aufzubrechen. Er vervollständigte die Vorräte in seiner großen, schwarzledernen Bügeltasche, legte seinen pelzgefütterten Mantel um, setzte den Zylinder auf und trat vors Haus, wo sein Kutscher Fischmann mit dem Zweispänner wartete. (Noch während er Herrn Perlroth untersuchte, hatte Frau Bekker an der nächsten Straßenecke bereits einen Dienstmann – einen jungen Burschen mit roter Nase, blutunterlaufenen Augen, unübersehbar an die Brust gehefteter Dienstmarke, Schirmmütze und gewaltigem, schmutziggrünem Uniformmantel mit Epauletten – herbeigerufen, ihm zehn Kreuzer zugesteckt und ihn losgeschickt, um Fischmann zu holen. Breuer, besser situiert als die meisten seiner Wiener Kollegen, zog es vor, das ganze Jahr über einen Fiaker zu mieten, statt jedesmal bei Bedarf einen zu heuern.)

Er reichte Fischmann wie immer die Liste der Patienten hoch, die zu besuchen waren. Zweimal am Tage machte Breuer Hausbesuche: des Morgens, nach einem bescheidenen Frühstück, bestehend aus Kaffee und knusprigen Kaisersemmeln, und noch einmal, wie jetzt, im Anschluß an seine Sprechstunde. Gleich der Mehrzahl Wiener Internisten schickte auch Breuer einen Patienten nur dann ins Spital, wenn es keine andere Möglichkeit gab; die Menschen wurden daheim nicht nur besser versorgt, sie waren dort auch vor den ansteckenden Krankheiten sicher, die allzuoft die öffentlichen Krankenhäuser heimsuchten.

Folglich war Breuers zweispänniger Fiaker viel in Gebrauch, ja, er glich geradezu einer Ordination auf Rädern, gut bestückt wie er war mit den neuesten medizinischen Journalen und Nachschlagewerken. Vor wenigen Wochen hatte Breuer einen jungen Kollegen, Sigmund Freud, eingeladen, ihn einen Tag lang zu begleiten. Ein Fehlschlag, wie es schien! Der junge Mediziner quälte sich gerade mit der Wahl seines Spezialgebietes, und fast wollte es Breuer scheinen, der Anschauungsunterricht an jenem Tag habe Freud vor der Entscheidung für die allgemeine, innere Medizin endgültig zurückschrecken lassen – hatten seine Berechnungen doch ergeben, daß Breuer sechs Stunden im Fiaker zugebracht hatte!

Schließlich waren sieben Patienten – drei von ihnen ernstlich krank – besucht, und Breuers Tagwerk war getan. Fischmann lenkte die Droschke Richtung Café Griensteidl. Dort pflegte Breuer in einem Kreise von Arzt- und Forscherkollegen, welcher sich seit fünfzehn Jahren an seinem Stammtische, einem großen, eigens reservierten Ecktisch an bevorzugter Stelle, zusammenfand, einen Kaffee zu nehmen.

Doch an diesem Abend überlegte es sich Breuer anders. »Heim, Fischmann. Heute bin ich zu müde fürs Kaffeehaus.«

Er ließ den Kopf in die schwarzledernen Sitzpolster zurücksinken und schloß die Augen. Ein langer Tag, der schlecht begonnen hatte: Aus einem Alptraum hochgeschreckt, hatte er ab vier Uhr in der Frühe wach gelegen. Vormittags war kaum Zeit zur Besinnung gewesen – zehn Hausbesuche, neun Patienten in der Praxis. Nachmittags wieder Konsultationen und nicht zuletzt die stimulierende und zugleich beunruhigende Unterredung mit Lou Salomé.

Auch jetzt gehörten seine Gedanken nicht ihm. Heimtükkisch beschlichen ihn Phantasien, die um Bertha kreisten: Er lustwandelte Arm in Arm mit ihr unter einer milden Sonne, fernab dem schweren, grauen Schneematsch Wiens. Dann schoben sich wieder mißliebige Bilder davor: eine zerrüttete Ehe, Kinder, welche er verließ, um auf immer davonzusegeln und mit Bertha ein neues Leben in Amerika zu beginnen. Die Visionen quälten ihn. Wie er sie haßte. Sie raubten ihm den Seelenfrieden, sie waren fremd, weder möglich noch wünschenswert. Und zugleich waren sie ihm teuer; die einzige Lösung – sich Bertha ein für alle Male aus dem Kopf schlagen – war undenkbar.

Der Fiaker rumpelte über eine Holzbrücke, die den Wienfluß überwand. Breuer blickte hinaus und sah Menschen auf den Trottoirs von der Arbeit nach Hause eilen, Männer zumeist, jeder mit einem schwarzen Schirm bewehrt und ähnlich gekleidet wie er selbst – im dunklen, pelzgefütterten Mantel, mit weißen Handschuhen und schwarzem Zylinder. Eine vertraute Gestalt zog seinen Blick auf sich. Der eher kleine, barhäuptige Mann mit dem gepflegten Bart, der alle überrundete, der den Wettlauf gewann! Dieser zügige Schritt – unverkennbar! Wie oft hatte er nicht im Wienerwald alle Mühe gehabt, mit den stramm marschierenden Beinen mitzuhalten, die nie stille standen, außer um der Suche nach den köstlichen Herrenpilzen willen, die versteckt unter den Föhren wuchsen.

Breuer hieß Fischmann anhalten, öffnete das Fenster und rief: »Sigmund, wohin so eilig?«

Sein junger Freund, in einem bescheidenen, aber ordentlichen blauen Überzieher, klappte den Schirm zusammen und wandte sich nach dem Fiaker um. Als er Breuer erkannte, grinste er und erwiderte: »Ich bin unterwegs in die Bäckerstraße Nummer sieben. Eine reizende Dame hat mich heute abend zum Nachtmahl eingeladen.«

»Ach! Da habe ich aber schlechte Nachrichten für Sie!« Breuer lachte. »Ihr reizender Gatte ist nämlich in diesem Augenblick auf dem Nachhauseweg! Steigen Sie ein, Sigmund! Ich habe Feierabend und bin zu müde fürs Griensteidl. So bleibt uns noch Zeit zum Plaudern vorm Essen.«

Freud schüttelte seinen Schirm aus, stampfte kurz aufs Trottoir auf und stieg dann in den Fiaker. Es war bereits dunkel, und die Kerze, die das Innere der Droschke beleuchten sollte, warf mehr Schatten als Licht. Nach einem Moment des Schweigens beugte sich Freud vor und musterte prüfend das Gesicht des Freundes. »Sie sehen erschöpft aus, Josef. Ein langer Tag?«

»Ein anstrengender. Er begann und endete mit einem Hausbesuch bei Adolf Fiefer. Kennen Sie ihn?«

»Nein, aber ich habe einige seiner Beiträge in der *Neuen Freien Presse* gelesen. Er schreibt ausnehmend gut.«

»Wir haben als Kinder zusammen gespielt. Wir sind morgens zusammen zur Schule gegangen. Er ist seit Eröffnung meiner Praxis Patient bei mir. Vor etwa drei Monaten habe ich bei ihm ein Leberkarzinom diagnostiziert, sehr fortgeschritten. Inzwischen hat er eine Gelbsucht mit Verschlußikterus. Das nächste Stadium ist Ihnen klar?«

»Nun, ist das Gallengangsystem nicht mehr funktionstüchtig, tritt Galle direkt in die Lymphe über, bis der Patient schließlich der Insuffizienz erliegt. Zuvor wird er in ein Leberkoma verfallen.«

»Ganz recht. Damit ist jetzt täglich zu rechnen. Aber das kann ich ihm doch nicht sagen! Ich setze ein zuversichtliches, fröhliches Gesicht auf, obwohl ich mich lieber in aller Freundschaft von ihm verabschieden wollte. Nie werde ich mich daran gewöhnen können, daß ich einen Patienten verliere.«

»Daran wird sich hoffentlich keiner von uns je gewöhnen.« Freud seufzte. »Ohne Hoffnung geht es nicht, und wer, wenn nicht wir, sollte sie aufrecht erhalten? Für mich gehört eben dies zu den schwersten Pflichten des Arztes. Mitunter zweifele ich wirklich daran, ob ich der Aufgabe gewachsen bin. Der Tod ist so mächtig. Unsere Mittel sind so kümmerlich – namentlich in der Neuropathologie. Dem Himmel sei Dank, daß ich die Lehrzeit im Spital bald hinter mir habe! Man ist dort in einem Maße von der Lokalisationslehre besessen, es ist geradezu obszön! Sie hätten Westphal und Meyer heute bei der Visite darüber streiten hören sollen, wo der Krebs des Patienten denn nun im Hirn genau zu lokalisieren sei – *und das in seiner Gegenwart!*

Ach...« – er stockte – »... ich brauche grad reden! Vor kaum einem halben Jahr, als ich noch im physiologischen Laboratorium arbeitete, war ich entzückt, als das Hirn eines Säuglings auf meinem Seziertisch landete und mir somit die Ehre der exakten Bestimmung der Lokalität des kranken Gewebes zufiel! Vielleicht werde ich zum Zyniker, doch mehr und mehr neige ich der Anschauung zu, daß unsere endlosen Debatten über den Sitz krankhafter Gewebsveränderungen die Wahrheit verschleiern: daß nämlich unsere Patienten sterben und wir Ärzte machtlos sind.«

»Schlimmer noch, Sigmund: Es ist ein Skandal, daß die Studenten von Westphal und Medizinern seines Schlages nie lernen, einem Sterbenden mit Trost beizustehen.«

Die beiden Männer schwiegen, während der Fiaker im starken Wind schaukelte. Der Regen war jetzt wieder heftiger geworden, er trommelte aufs Verdeck. Breuer wollte seinem jungen Freund gern einen guten Rat geben, zögerte jedoch und wählte seine Worte mit Bedacht, denn er wußte um Freuds Empfindlichkeit.

»Sigmund, hören Sie. Ich weiß, wie bitter es Sie enttäuscht, als praktischer Arzt arbeiten zu müssen. Ihnen möchte es wohl wie eine Niederlage erscheinen, so als ob Sie sich mit einem unwürdigen Los begnügen müßten. Ich hörte gestern im Café zufällig, wie Sie Brücke attackierten, weil er Ihrer Beförderung nicht gewogen ist und Ihnen rät, die Hoffnung auf eine akademische Laufbahn aufzugeben. Aber Sie dürfen es ihm nicht verargen. Ich weiß, daß er große Stücke auf Sie hält. Aus seinem eigenen Munde hörte ich, daß er Sie für den begabtesten Studenten hält, den er jemals gehabt habe.«

»Weshalb will er mich dann nicht befördern?«

»Wozu, Sigmund? Zum Nachfolger Exners oder Fleischls – wenn sie dereinst aufhören? Zu einem Tagessatz von hundert Gulden? Betreffs des Geldes hat Brücke vollkommen recht! Forschungsarbeit ist nur etwas für Begüterte. Von dem Stipendium könnten Sie nicht leben. Oder gar Ihre Eltern unterstützen. Sie könnten frühesten in zehn Jahren heiraten. Mag sein, Brücke war nicht eben taktvoll, aber er hat unbestreitbar recht, wenn er sagt, daß Sie, um sich weiterhin der Forschung widmen zu können, nach einer Braut mit großzügiger Mitgift Ausschau halten müßten. Als Sie vor einem halben Jahr Martha einen Antrag machten, wohl wissend, daß sie nichts in die Ehe einbringt, haben *Sie* – nicht Brücke war es – Ihr Schicksal entschieden.«

Freud schloß einen Augenblick die Augen, und dann antwortete er: »Was Sie sagen, verletzt mich, Josef. Ich habe Sie immer schon der Mißbilligung Marthas verdächtigt.«

Breuer wußte sehr genau, wie schwer es Freud wurde, sich ihm gegenüber – dem um sechzehn Jahre älteren Freunde, aber auch Mentor, Vater, Bruder – so freiheraus zu äußern. Er streckte die Hand aus und berührte Freuds Handrücken.

»Da irren Sie sich, Sigmund! Dem ist ganz und gar nicht so! Uneins sind wir uns allein, was den Zeitpunkt anbetrifft. Ich war der Ansicht, Ihnen stünden noch zu viele lange Lehrjahre bevor, als daß Sie sich binden sollten. Was aber Martha anbetrifft, so stimme ich vollkommen mit Ihnen überein. Wiewohl ich ihr erst einmal begegnet bin, auf der Gasterei vor Abreise der Familie nach Hamburg, war ich gleich von ihr eingenommen. Sie hat mich ein wenig an Mathilde im selben Alter erinnert.«

»Kaum verwunderlich…« Freuds Ton wurde wieder milder. »Ihre Frau war das Vorbild. Seit dem Augenblick, da ich Mathilde kennenlernte, hielt ich Ausschau nach einer Frau wie ihr. Sagen Sie ehrlich, Josef, wäre Mathilde mittellos gewesen, hätten Sie sie nicht trotzdem zur Frau genommen?«

»Ehrlich gesprochen, Sigmund – und Sie dürfen mich deswegen nicht verachten, denn es liegt vierzehn Jahre zurück; die Zeiten waren andere –, ich hätte in jedem Falle dem Willen meines Vaters entsprochen.«

Freud schwieg. Er zog eine seiner strohigen Zigarren hervor und bot sie Breuer an, der, wie stets, ablehnte.

Während Freud sie anzündete, fuhr Breuer fort: »Sigmund, ich fühle mit Ihnen. Sie gleichen mir. Sie sind wie eine jüngere, zehn, elf Jahre jüngere Version meiner selbst. Als Oppolzer, mein damaliger Chef, unerwartet an Typhus starb, endete meine Universitätslaufbahn ebenso jäh, ebenso unerbittlich, wie es mit Ihrer geschehen ist. Auch ich hatte mich immer als ›vielversprechenden‹ jungen Mann betrachtet, als designierten Nachfolger Oppolzers. Und der hätte ich auch werden *müssen*; alle Welt rechnete damit. Doch statt meiner wurde ein Nichtjude berufen. Wie Sie war auch ich gezwungen, mich dreinzufügen.«

»Dann müssen Sie mir doch nachfühlen können, wie hart mich die Niederlage anficht, Josef. Sehen Sie sich doch an, wer den medizinischen Lehrstuhl innehat – Nothnagel, dieser Rohling! Sehen Sie sich an, wer der Psychiatrie vorsteht – Meynert! Bin ich weniger fähig? Ich könnte unerhörte Entdeckungen machen!«

»Und das werden Sie auch, Sigmund. Vor elf Jahren verlegte ich mein Labor und meine Tauben in mein Heim und setzte meine Forschungen fort. Es ist nicht unmöglich. Sie werden schon Mittel und Wege finden. Nur die Hochschullaufbahn ist Ihnen versperrt. Und wir wissen beide, daß es nicht am Gelde allein liegt. Haben Sie heute morgen den Bericht in der *Neuen Freien Presse* gelesen über die Burschenschaften, welche Vorlesungen sprengen und Juden aus den Sälen zerren? Sie drohen damit, sämtliche von jüdischen Professoren gehaltene Kollegien zu stören. Oder die gestrige Ausgabe: den Beitrag über den Prozeß gegen einen Juden in Galizien, dem vorgeworfen wird, einen Ritualmord an einem Christenkinde begangen zu haben? Sie behaupten allen Ernstes, er hätte für die Zubereitung von Mazzen Christenblut benötigt! Da schreiben wir das Jahr achtzehnhundertundzweiundachtzig, und es nimmt kein Ende! Wir haben es mit Höhlenmenschen zu tun, mit Wilden, umhüllt von einer nur hauchdünnen Haut Christentum. *Deshalb* gibt es für Sie keine akademische Zukunft! Brücke persönlich weist zwar jeden Verdacht auf dererlei Vorurteile weit von sich, doch wer weiß, was er wirklich denkt? Mir hat er immerhin unter vier Augen gesagt, daß letztlich der Antisemitismus Sie Ihr akademisches Fortkommen kosten würde.«

»Aber Josef, ich bin Wissenschaftler! Ich bin nicht für die medizinische Praxis geschaffen, wie Sie es sind. Ganz Wien weiß um Ihre diagnostische Begabung. Ich habe diese Begabung nicht. Soll ich auf immer ein Dasein als Allerweltsarzt fristen – Pegasus im Joche?«

»Sigmund, ich besitze keinerlei übernatürliches Wissen, nichts, was ich nicht an Sie weitergeben könnte.«

Freud lehnte sich aus dem Lichtkegel der Kerze zurück, dankbar für die tiefen Schatten. Nie zuvor hatte er sich Breuer derart offenbart, oder überhaupt einer Menschenseele, mit Ausnahme von Martha, welcher er täglich schrieb und welcher er seine geheimsten Gedanken und Gefühle anvertraute.

»Nur tun Sie eines nicht, Sigmund: Lassen Sie Ihren Unmut nicht an der Medizin aus. Sie geben sich in der Tat zynisch. Sehen Sie nur, welche Fortschritte wir allein in den letzten zwanzig Jahren gemacht haben – selbst in der Neuropathologie.

Denken Sie an die durch Bleivergiftung verursachte Paralyse, an die Brom-Psychose, die zerebrale Trichinose. Noch vor zwanzig Jahren waren dies ungelöste Rätsel. Die Wissenschaft schreitet zwar langsam voran, doch in jedem Jahrzehnt wird eine weitere Krankheit bezwungen.«

Eine lange Pause trat ein, ehe Breuer wieder das Wort ergriff.

»Lassen Sie uns von etwas anderem sprechen. Ich möchte Sie etwas fragen. Sie unterrichten doch viele Medizinstudenten. Ist Ihnen jemals ein junger Russe namens Salomé, Jenia Salomé, untergekommen?«

»Jenia Salomé. Ich glaube nicht. Weshalb fragen Sie?«

»Mich suchte heute seine Schwester in der Sprechstunde auf. Eine bemerkenswerte Begegnung.« Der Fiaker zwängte sich durch die enge Toreinfahrt zur Bäckerstraße 7 und blieb mit einem Ruck stehen – so plötzlich, daß der Wagenkasten noch einen Augenblick auf seinen starken Federn wippte. »Da wären wir. Ich erzähle es Ihnen drinnen.«

In einem prächtigen, in der Spätrenaissance angelegten, kopfsteingepflasterten und von hohen, efeuberankten Mauern umgebenen Innenhof entstiegen sie dem Gefährt und standen vor dem Patrizierhaus, über dessen von stattlichen Pilastern unterteilten Arkaden sich fünf Geschosse mit großen, vielsprossigen Bogenfenstern erhoben. Als sich die Männer dem Vestibüleingang näherten, lugte der wachsame Hausmeister durchs schmale Sichtfenster seiner Loge und schoß heraus, um unter beflissenen Verbeugungen das Portal aufzuschließen.

Sie stiegen die Treppe hinauf, an Breuers Ordination im zweiten Stock vorbei in die großzügigen Privaträume der Breuerschen Wohnung im dritten. Mathilde erwartete sie bereits. Auch mit sechsunddreißig Jahren war sie eine atemberaubend schöne Frau: frischer, schimmernder Teint, schmale, fein gemeißelte Nase, blaugraue Augen und schweres, kastanienbraunes Haar, das sie zu einem breiten Haarkranz hochgesteckt hatte. In blütenweißer Bluse und grauem Rock mit anlie-

55

gender Küraßtaille wirkte sie anmutig und elegant. Dabei hatte sie erst vor wenigen Monaten ihr fünftes Kind zur Welt gebracht.

Sie nahm Josef den Hut ab, strich ihm das Haar zurück, half ihm aus dem Mantel und reichte diesen dem Mädchen Aloisia, von allen schon seit ihrem Eintritt in den Dienst der Familie vor vierzehn Jahren nur »Louis« gerufen. Dann wandte sich Mathilde Freud zu.

»Sigmund, Sie sind pitschnaß und gewiß ganz durchgefroren. Ab in die Wanne mit Ihnen! Das Wasser ist schon heiß, und ich habe Ihnen frische Wäsche von Josef rausgelegt. Wie trefflich, daß ihr beide die gleiche Statur habt. Max kann ich diese Gastfreundschaft nicht angedeihen lassen.« Der Mann ihrer Schwester Rachel war ein Koloß; er wog über zwei Zentner.

»Max braucht dich wahrhaftig nicht zu dauern«, sagte Breuer. »Ich mache es ihm durch die vielen Fälle, die ich ihm überweise, mehr als wett.« Und an Freud gewandt fügte er hinzu: »Erst heute habe ich Max wieder eine Prostatahypertrophie geschickt. Schon die vierte in dieser Woche. *Da* haben Sie ein lukratives Fach!«

»Aber nein«, widersprach Mathilde energisch, hakte sich bei Freud unter und zog ihn Richtung Badezimmer. »Urologie ist nichts für Sigmund. Den ganzen Tag Blasen und Röhren ausputzen! Innerhalb einer Woche verlöre er den Verstand!«

Sie hielt in der Tür inne. »Josef, die Kinder sind beim Essen. Schau doch nach ihnen – aber kurz nur. Du sollst dich vor dem Essen noch ein wenig hinlegen. Du hast dich die ganze Nacht hin und her gewälzt, du kannst kaum geschlafen haben.«

Wortlos hielt Breuer aufs Schlafzimmer zu, überlegte es sich dann anders und beschloß, lieber Freud Wasser schleppen zu helfen. Als er umkehrte, sah er eben noch, wie sich Mathilde dicht zu Freud hinbeugte, und hörte sie flüstern: »Sehen Sie, was ich meine, Sigmund, er spricht kaum mit mir!

Im Bad schloß Breuer den Saugstutzen der Petroleumpumpe

nacheinander an die Hälse der Korbflaschen mit dampfend heißem Wasser, welche Louis und Freud eifrig aus der Küche herbeischleppten. Die gewaltige weiß emaillierte Badewanne, wie ein Wunder allein von vier zierlichen Löwenklauen aus Messing getragen, füllte sich rasch. Als er sich zurückzog, hörte Breuer, wie Freud sich mit einem wohligen Seufzer ins Wasser gleiten ließ.

Breuer legte sich aufs Bett, fand jedoch keine Ruhe. Er mußte daran denken, wie vertraulich Mathilde und Freud die Köpfe zusammengesteckt hatten. Mittlerweile gehörte Freud fast zur Familie, unter der Woche speiste er mehrmals bei ihnen zu Abend. Zunächst waren freundschaftliche Bande zwischen ihm selbst und Freud geknüpft worden; vielleicht ersetzte Sigmund ihm in gewisser Weise den jüngeren Bruder Adolph, der einige Jahre zuvor gestorben war. Doch im Verlaufe des letzten Jahres waren Mathilde und Freud sich stetig nähergekommen. Der Altersunterschied von zehn Jahren gestattete es Mathilde, mütterliche Gefühle auszuleben; sie betonte oft, Freud erinnere sie an ihn, Josef, wie er damals gewesen sei, als sie sich kennenlernten.

›Na und?‹ fragte sich Breuer. ›Was liegt daran, wenn Mathilde Freud von meiner Erkaltung unterrichtet? Was ändert das schon?‹ Freud wußte also Bescheid, schien es; ihm entging ohnehin nichts in diesem Hause. Er mochte zwar kein begnadeter Diagnostiker sein, doch für die Beziehungen zwischen Menschen hatte er einen Adlerblick. Er hatte wahrscheinlich auch bemerkt, wie sehr die Kinder die Liebe des Vaters entbehrten – ungestüm, wie Robert, Bertha, Margarethe und Johannes sich auf ihn stürzten, unter Freudengeheul und lauten Rufen nach ›Onkel Sigmund! Onkel Sigmund!‹. Selbst die noch nicht einjährige Dora strahlte, wann immer er erschien. Zweifelsohne, es war ein Segen, daß Freud in diesem Hause verkehrte; Breuer wußte nur zu gut, daß er selbst zu zerstreut war, um die Art Hinwendung bieten zu können, welche seine Familie benötigte. Ja, Freud sprang für ihn ein, doch beschämte Breuer das keineswegs, im Gegenteil, er empfand vor allen Dingen Dankbarkeit dem jungen Freund gegenüber.

Und wie sollte er auch Mathildes Klagen über ihre Ehe begegnen? Sie hatte allen Grund zur Klage! Nahezu jeden Abend hielt er sich bis fast Mitternacht in seinem Labor auf. Sonntags bereitete er am Vormittage in seinem Sprechzimmer die Vorlesungen vor, die er nachmittags vor Medizinstudenten hielt. Mehrere Abende in der Woche blieb er bis acht oder neun im Café. Noch dazu spielte er in letzter Zeit eher zwei- denn einmal die Woche abends Tarock. Selbst das Mittagessen, früher unumstößlich der Familie vorbehalten, schwänzte er jetzt gelegentlich. Zum mindesten einmal in der Woche geschah es, daß Breuer sich mit Terminen übernahm und mittags durcharbeitete. Und zu allem Überfluß zog er sich, wenn Max kam, mit dem Schwager zu einer Partie Schach ins Studierzimmer zurück.

Breuer gab den Versuch eines Nickerchens auf und schlenderte in die Küche, um nach dem Stand der Essensvorbereitungen zu sehen. Wohl wußte er, daß Freud sich gern ausgiebig in der heißen Wanne aalte, er selbst jedoch wollte das Nachtmahl gern hinter sich bringen, um noch Zeit für die Laborarbeit zu haben. Er klopfte an die Badezimmertüre. »Sigmund, wenn Sie soweit sind, kommen Sie doch ins Studierzimmer. Mathilde erlaubt uns, dort in Hemdsärmeln zu speisen.«

Freud trocknete sich rasch ab, zog die bereitgelegte frische Wäsche an, stopfte seine getragenen Sachen in den Wäschekorb und eilte hinaus, um Breuer und Mathilde beim Richten der Tabletts und beim Auftragen zu helfen. Als er die Küchentüre aufstieß, deren Fenster ganz beschlagen war, empfing ihn der köstliche Duft einer mit Gerste angedickten Selleriesuppe.

Mathilde, die Schöpfkelle in der Hand, begrüßte ihn mit den Worten: »Sigmund, bei dem ungemütlichen Wetter dachte ich, eine heiße Suppe könntet ihr beide gut vertragen.«

Freud nahm ihr das Tablett ab. »Wie, nur zwei Teller? Sie essen nicht mit uns?«

»Wenn Josef darum bittet, im Studierzimmer speisen zu dürfen, dann meint er in der Regel, daß er sich ungestört mit Ihnen unterhalten will.«

»Mathilde«, protestierte Breuer, »davon war mit keinem Wort die Rede. Sigmund wird die Bäckerstraße bald meiden, wenn er auf deine Gesellschaft verzichten muß.«

»Nun, ich bin etwas müde, und ihr beide hattet diese Woche noch gar keine Gelegenheit, euch in Ruhe zu unterhalten.«

Als sie den langen Flur hinuntergingen, schlüpfte Freud kurz in die Zimmer der Kinder, um ihnen einen Gutenachtkuß zu geben; den flehentlichen Bitten um eine Gutenachtgeschichte widerstand er mannhaft und versprach, bei seinem nächsten Besuch dafür zwei zu erzählen. Er folgte Breuer ins Studierzimmer, einen dunkel getäfelten Salon mit einem hohen, von schweren braunen Samtportieren gerahmten Fenster. Zwischen äußerer und innerer Scheibe des Doppelfensters war die Fensterbank mit Kissen ausgestopft – gegen Zugluft. Davor stand ein wuchtiger dunkler Walnußschreibtisch, auf dem sich aufgeschlagene Bücher türmten. Den Boden bedeckte ein prächtiger Kaschan mit einem Rankenmuster in Blau und Elfenbein, und an drei Wänden reichten Regale voller Bücher in kostbaren dunklen Ledereinbänden bis unter die Decke. Im hinteren Winkel des Zimmers hatte Louis auf einem Biedermeierspieltisch mit gedrechselten, alternierend schwarz und gold lackierten und sich nach unten hin spindlig verjüngenden Beinen bereits Platten mit kaltem Backhendl, Krautsalat, Kümmelstangerln und Giesshübler Sauerbrunn abgestellt. Jetzt nahm Mathilde Freud die Suppenteller vom Tablett, setzte sie auf dem Tisch ab und wandte sich zum Gehen.

Breuer, sich Freuds Gegenwart nur zu bewußt, berührte ihren Arm und sagte: »Bleibe doch noch. Sigmund und ich haben doch vor dir keine Geheimnisse.«

»Ich habe bereits mit den Kindern gegessen. Ihr zwei kommt ohne mich zurecht.«

»Mathilde!« Breuer bemühte sich um einen scherzhaften

Ton: »Du klagst, du sähest zu wenig von mir. Nun bin ich da, und du gehst fort.«

Doch sie schüttelte den Kopf. »Ich komme später noch mal auf einen Moment herein und bringe euch Strudel.«

Breuer warf Freud einen flehentlichen Blick zu, so, als wollte er sagen: ›Was soll man da machen?‹ Einen Augenblick später, gerade als Mathilde die Tür leise zuzog, sah er sie Freud einen bedeutungsvollen Blick zuwerfen: ›Sehen Sie, wie es um uns steht?‹ Da dämmerte Breuer, was für eine unbehagliche und undankbare Rolle seinem jungen Freund zugemutet wurde: die des Vertrauten beider sich entfremdender Eheleute!

Die Männer aßen schweigend. Breuer bemerkte, daß Freud den Blick über die Buchreihen schweifen ließ.

»Soll ich schon mal ein Regal für Ihre künftigen Werke reservieren, Sigmund?«

»Schön wär's! Aber in diesem Jahrzehnt wird daraus nichts, Josef. Ich komme ja nicht zum Nachdenken. Mehr als den einen oder anderen Postkartengruß wird kaum ein Aspirant am Städtischen Krankenhaus Wien je verfaßt haben! Nein, ich dachte gerade weniger an das Schreiben als an das Lesen von Büchern. Teufel! Die Mühsal der Intellektuellen: diese Wissensfülle durch eine drei Millimeter messende Öffnung der Iris ins Hirn schleusen zu müssen!«

Breuer schmunzelte. »Ein treffliches Bild! Schopenhauer und Spinoza in destillierter, kondensierter Form in den Trichter der Pupille gegossen, am optischen Nerv entlang schnurstracks in die Hirnlappen geschwemmt. Wie herrlich wäre es, mit den Augen essen zu können; ich bin dieser Tage meist viel zu müde zu ernstlicher Lektüre.«

»Und Ihr Schläfchen?« fragte Freud. »Was ist daraus geworden? Ich dachte, Sie wollten sich vorm Essen hinlegen.«

»Ach, es klappt nicht mehr mit den Schläfchen. Ich fürchte, ich bin selbst zum Schlafen zu müde. Mich hat mitten in der Nacht wieder der Alptraum geweckt – der vom Sturz.«

»Erzählen Sie mir Ihren Traum noch einmal genau, Josef.«

»Er ist stets unverändert.« Breuer trank in einem Zug ein Glas Selters aus, legte die Gabel weg und lehnte sich zurück, um das Essen rutschen zu lassen. »Und täuschend echt; ich muß ihn bestimmt zehnmal geträumt haben im letzten Jahr. Zuerst bebt die Erde unter mir. Ich fürchte mich, und ich laufe hinaus und suche…«

Er mußte einen Moment lang überlegen, wie er den Traum beim letzten Mal wiedergegeben hatte. Er suchte im Traum unweigerlich Bertha, doch was er Freud anvertrauen mochte, hatte schließlich seine Grenzen. Nicht allein deshalb, weil ihn beschämte, wie sehr Bertha sein Denken und Empfinden beherrschte, sondern auch, weil er Freuds Beziehung zu Mathilde nicht unnötig belasten wollte, indem er ihm Dinge anvertraute, welche dieser dann ihr verschweigen müßte.

»… jemand. Die Erde beginnt sich unter meinen Füßen zu verflüssigen, gibt nach, wie Treibsand. Ich versinke und stürze vierzig Fuß in die Tiefe – und zwar akkurat vierzig. Ich schlage auf einer großen Steinplatte auf. Sie trägt eine Inschrift. Ich versuche, diese zu entziffern, doch es gelingt mir nicht.«

»Ein fesselnder Traum, Josef. Eines scheint mir gewiß: Der Schlüssel zu seiner Bedeutung liegt in der nicht entzifferbaren Inschrift der Steinplatte.«

»Wenn der Traum überhaupt eine Bedeutung birgt.«

»Das *muß* er doch, Josef. Haargenau derselbe Traum, zehnmal? Sie würden sich doch kaum von Belanglosigkeiten um den Schlaf bringen lassen! Was mich noch ausnehmend interessiert, sind die vierzig Fuß. Woher wissen Sie, daß es exakt vierzig sind?«

»Ich weiß es, aber ich weiß nicht, wie ich es weiß.«

Freud, der wie üblich seinen Teller rasch geleert hatte, schob sich hastig den letzten Bissen in den Mund und sagte: »Ich zweifle nicht daran, daß die Zahl stimmt. Schließlich haben *Sie* den Traum entworfen! Sie wissen ja, Josef, daß ich nach wie vor Träume sammle, und ich gelange immer mehr zu der Überzeugung, daß genaue Zahlenangaben im Traum unfehlbar von manifester Bedeutung sind. Ich habe einen neuen Beleg, von dem ich Ihnen, soviel ich weiß, noch nicht berichtet habe. Letzte Woche gaben wir ein Essen zu Ehren von Isaac Schönberg, eines Freundes meines Vaters.«

»Ja, ich kenne ihn. Interessiert sich nicht sein Sohn Ignaz für die Schwester Ihrer Braut?«

»Gelinde gesagt. Nun, Isaac feierte sechzigsten Geburtstag, und er erzählte mir einen Traum, welchen er am Abend zuvor geträumt hatte. Er ging eine lange, dunkle Gasse hinunter, und er hatte sechzig Goldstücke in der Tasche. Ebensowenig wie für Sie bestand für ihn irgendein Zweifel an diesem genauen Betrag. Er wollte seine Münzen beisammenhalten, doch sie fielen nach und nach durch ein Loch in seiner Tasche, und im Dunkel fand er sie nicht wieder. Also ich meine, es kann kein Zufall gewesen sein, daß er an seinem sechzigsten Geburtstag von sechzig Münzen träumte. Ich bin fest davon überzeugt – wie könnte es anders sein? –, daß die sechzig Münzen seine sechzig Jahre symbolisieren.«

»Und das Loch in der Tasche?« fragte Breuer und griff nach einem zweiten Hühnerbein.

»Der Traum kann nur den Wunsch ausdrücken, die Jahre möchten von ihm abfallen und er jünger werden«, antwortete Freud und bediente sich ebenfalls erneut mit Huhn.

»Oder aber eine Angst, Sigmund. Die Angst, daß ihm die Jahre entgleiten und ihm bald keine bleiben! Bedenken Sie, er ging einen langen, dunklen Weg und mühte sich, etwas habhaft zu werden, das er verloren hatte.«

»Ja, möglich. Vielleicht können Träume Wünschen wie auch Ängsten Ausdruck verleihen. Oder beidem. Aber zu Ihnen, Josef. Wann hatten Sie diesen Traum das erstemal?«

»Lassen Sie mich überlegen.« Breuer entsann sich. Es war nicht lang gewesen, nachdem ihm die ersten Zweifel am Nutzen seiner Behandlung Berthas gekommen waren und er mit Frau Pappenheim die Frage erörtert hatte, ob man Bertha ins Sanatorium Bellevue in die Schweiz schicken solle. Das mußte

62

etwa Anfang 1882 gewesen sein, vor nahezu einem Jahr also, wie er Freud nun darlegte.

»Und war ich nicht im Januar zum Essen anläßlich Ihres vierzigsten Geburtstages geladen?« fragte Freud eifrig. »Mitsamt der ganzen Altmann-Familie? Da haben Sie es doch! Wenn der Traum seitdem wiederkehrt, liegt es dann nicht auf der Hand, daß die vierzig Fuß vierzig Jahre vorstellen?«

»Nun, bald werde ich einundvierzig. Wenn Sie recht haben, müßte ich wohl ab Januar im Traum einundvierzig Fuß fallen.«

Freud warf die Arme hoch. »Ah! Da müßten wir einen Experten zu Rate ziehen. Ich bin mit meiner Traumtheorie am Ende. Erfährt ein einmal geträumter Traum Wandlungen, um Veränderungen im Leben des Träumers gerecht zu werden? Eine überaus interessante Frage! Warum überhaupt Jahre als Fuß kaschieren? Warum macht der kleine Traumbildner, der unserem Bewußtsein innewohnt, so viele Umstände, um die Wahrheit zu verschleiern? Meiner Vermutung nach werden aus den vierzig Fuß des Traums keine einundvierzig werden. Ich glaube, der Traumbildner müßte befürchten, daß das Hinzufügen eines Fußes für jedes Jahr allzu durchsichtig wäre und den Traumschlüssel verriete.«

»Sigmund«, lachte Breuer und wischte sich Mund und Schnurrbart mit der Serviette ab. »Das ist wie stets der Punkt, an dem sich unsere Geister scheiden. Wenn Sie anfangen, von sekundären, selbständigen psychischen Kräften zu sprechen, einem beseelten Kobold in unserem Innern gewissermaßen, welcher verwickelte Träume spinnt und sie dem Bewußtsein kostümiert vorführt – dann reizt mich das zum Lachen.«

»Zugegeben, es klingt lächerlich. Aber sehen Sie sich doch an, wie viele Hinweise in diese Richtung deuten! Wie viele Wissenschaftler und Mathematiker berichteten nicht davon, daß sie entscheidende Fragen im Traum lösten! Außerdem, Josef, gibt es keine konkurrierenden Erklärungsmodelle. Gleich wie lächerlich es erscheinen mag, es muß eine zweite, unabhängige, unbewußte Intelligenz geben. Ich bin mir sicher –«

Mathilde betrat mit einer Kanne Kaffee und zwei unter Bergen von Schlagobers begrabenen Portionen ihres gerühmten Apfelstrudels den Raum. »Wessen sind Sie so sicher, Sigmund?«

»Nun, einer Sache bin ich mir ganz sicher: daß wir hoffen, Sie möchten sich zu uns setzen und uns Gesellschaft leisten. Josef wollte mir soeben von einem Patienten erzählen, der heute bei ihm war.«

»Tut mir leid, Sigmund, ich kann nicht. Johannes weint, und wenn ich nicht gleich nach ihm sehe, weckt er die anderen.«

Als sie die Tür hinter sich geschlossen hatte, wandte sich Freud Breuer zu. »Berichten Sie mir, Josef, von Ihrer bemerkenswerten Begegnung mit der Schwester dieses Medizinstudenten.«

Breuer zögerte, mußte seine Gedanken sammeln. Zwar wollte er Lou Salomés Vorschlag sehr gerne mit Freud debattieren, fürchtete aber zugleich, das könne eine zu eingehende Erörterung seiner Behandlung Berthas nach sich ziehen.

»Ihr Bruder hatte ihr vom Fall Bertha Pappenheim erzählt. Und nun bittet sie mich, die gleiche Behandlung einer Person ihrer Bekanntschaft angedeihen zu lassen, die aus dem seelischen Gleichgewicht geraten ist.«

»Wie konnte dieser Medizinstudent, dieser Jenia Salomé, überhaupt von Bertha Pappenheim wissen? Sie waren immer sehr zugeknöpft, was diesen Fall angeht, Josef, selbst *mir* gegenüber. Ich kenne keine Einzelheiten, ich weiß lediglich, daß Sie mit Hypnose gearbeitet haben.«

Breuer fragte sich, ob Freuds Stimme eine Spur Neid verriet. »Es stimmt, ich habe über Bertha Stillschweigen gewahrt, Sigmund. Ihre Familie ist in der Gemeinde zu bekannt. Und besonders Ihnen gegenüber habe ich mich zurückgehalten, seit ich erfuhr, daß Bertha eine gute Freundin Ihrer Verlobten ist. Und doch habe ich vor einigen Monaten ihren Fall unter Verwendung des Pseudonyms Anna O. in einem medizinischen Kolleg vorgetragen.«

64

Freud beugte sich erregt vor. »Wenn Sie wüßten, wie sehr ich darauf brenne, mehr über Ihre neue Behandlungsmethode zu erfahren, Josef! Können Sie mir nicht zum mindesten das berichten, was Sie Ihren Studenten dargelegt haben? Sie können sich darauf verlassen, daß ich ärztliche Diskretion wahre – selbst Martha gegenüber.«

Breuer schwankte. Wieviel durfte er offenlegen? Gewiß, es gab einiges, was Freud bereits wußte. Schließlich hatte Mathilde monatelang keinen Hehl aus ihrer Verstimmung darüber gemacht, wieviel Zeit ihr Mann Bertha opferte. Und Freud war an jenem Tage zugegen gewesen, als Mathilde die Geduld gerissen war und sie Breuer verboten hatte, je wieder den Namen seiner jungen Patientin in ihrer Gegenwart auszusprechen.

Zum Glück jedoch war Freud nicht Zeuge des letzten, verheerenden Schlußakts seiner Behandlung von Bertha geworden! Nie würde Breuer vergessen, wie er an diesem grauenhaften Tage seinen Besuch machte und eine schmerzgekrümmte Bertha sich in den Wehen einer eingebildeten Schwangerschaft winden sah und für alle Ohren laut und vernehmbar verkünden hörte: »Jetzt kommt das Kind, das ich von Doktor Breuer habe!« Als Mathilde dies erfahren hatte – Nachrichten dieser Art verbreiteten sich wie Lauffeuer unter den jüdischen Ehefrauen –, hatte sie kategorisch verlangt, Breuer müsse die Betreuung Berthas auf der Stelle einem Kollegen übertragen.

Hatte Mathilde dies alles längst Freud erzählt? Breuer wagte nicht zu fragen. Jetzt nicht. Zu einem späteren Zeitpunkt vielleicht, wenn sich die ganze Aufregung gelegt hatte. Demzufolge wählte er seine Worte mit Sorgfalt: »Nun, Sie wissen natürlich, daß Bertha alle typischen Symptome der Hysterie zeigte: Sinnes- und Bewegungsstörungen, Kontrakturen und Lähmungen, Taubheit, Halluzinationen, Amnesie, Aphonie, Phobien. Daneben auch einige Absonderlichkeiten. Es traten beispielsweise bizarre Sprachstörungen auf; manchmal beherrschte sie durch Wochen hindurch die deutsche Sprache nicht, namentlich morgens. Wir unterhielten uns dann auf englisch. Noch eigentümlicher waren die zwei gesonderten Bewußtseinszustände, die sich bei ihr zeigten: Einesteils lebte sie in der Gegenwart, andernteils galten ihre Affekte Ereignissen, die sich exakt ein Jahr zuvor zugetragen hatten – wie wir feststellten, als wir das Tagebuch der Mutter über diesen Zeitraum konsultierten. Überdies litt sie an schlimmen Gesichtsneuralgien, welche nur mit Morphin zu lindern waren, so daß sich natürlich eine Abhängigkeit entwickelte.«

»Und Sie haben sie mit Hypnose behandelt?« staunte Freud.

»Das war ursprünglich meine Absicht. Ich wollte Liébeaults Methode der Auflösung von Symptomen durch hypnotische Suggestion anwenden. Aber dank Bertha – einer geistig ungemein vitalen Frau – stieß ich auf ein vollkommen neues Behandlungsprinzip. Während der ersten Wochen besuchte ich sie täglich, fand sie aber unweigerlich in derartiger Aufregung, daß kein Vorankommen war. Dann entdeckten wir jedoch, daß sie ihre Affekte abreagieren konnte, wenn sie mir in aller Ausführlichkeit jedes einzelne Ärgernis des betreffenden Tages schilderte.«

Breuer unterbrach seinen Bericht und schloß die Augen, um seine Gedanken zu ordnen. Er wußte, daß das Folgende von enormer Bedeutung war, und wollte nichts Wesentliches übergehen.

»Der Vorgang war langwierig. Oft war des Morgens eine Stunde dieses ›chimney-sweeping‹, wie sie es nannte, vonnöten, allein, damit sie sich von Träumen und ungenehmen Phantasien befreien konnte, und wenn ich nachmittags einen zweiten Besuch machte, hatten sich bereits neue Irritationen gesammelt, die des ›chimney-sweeping‹ bedurften. Nur wenn wir den Unrat des Tages restlos ausgefegt hatten, konnten wir uns ihren schwerwiegenderen Symptomen zuwenden. Und an diesem Punkte, Sigmund, machten wir eine erstaunliche Entdeckung.«

Breuers feierlicher Ton ließ Freud mitten im Anzünden einer Zigarre innehalten. Vor lauter gebannter Aufmerksamkeit verbrannte er sich am Zündholz. »Verflixt!« schimpfte er, schüttelte das Zündholz und lutschte sich den schmerzenden Finger. »Weiter, Josef! Die erstaunliche Entdeckung?«

»Nun, wir bemerkten, daß jedes Symptom, zu dessen auslösender Ursache Bertha zurückkehrte und dessen veranlassenden Vorgang sie mir in Form dieser ›Redekur‹ akribisch schilderte, von selbst verschwand, *ohne daß die mindeste hypnotische Suggestion erforderlich gewesen wäre*!«

»Ursache?« fragte Freud. Er war jetzt so gefesselt, daß er seine Zigarre achtlos in den Aschenbecher warf und dort vergessen vor sich hinschwelen ließ. »Was meinen Sie mit Ursache des Symptoms, Josef?«

»Das ursprüngliche Trauma, das veranlassende Ereignis.«

»Bitte!« flehte Freud. »Ein Beispiel.«

»Nun, dann will ich Ihnen von der Trinkhemmung der Patientin erzählen. Bertha hatte seit mehreren Wochen kein Wasser trinken können oder wollen. Sie litt großen Durst, sobald sie jedoch ein Glas Wasser in die Hand nahm, war es ihr unmöglich zu trinken, so daß sie ihren Durst mit Melonen und anderem Obst stillen mußte. Eines Tages aber, in Trance – sie neigte zu hypnoiden Somnolenzen und verfiel bei der Abendhypnose ganz von allein in Trance –, erinnerte sie sich daran, daß sie Wochen zuvor das Zimmer ihrer Gesellschafterin betreten und deren Schoßhündchen aus ihrem Wasserglase hatte trinken sehen. Kaum hatte sie mir diese Begebenheit geschildert und dazu ihre beträchtliche Verärgerung und ihren Ekel abreagiert, da verlangte sie ein Glas Wasser und leerte dieses ohne Schwierigkeiten. Das Symptom kehrte nie wieder.«

»Unfaßbar, unglaublich!« rief Freud. »Und dann?«

»Bald schon nahmen wir uns des nächsten Symptoms in der gleichen systematischen Weise an. Mehrere Symptome – die Armparese zum Beispiel oder ihre Gesichtshalluzinationen von Totenköpfen und Schlangen – wurzelten im psychischen Trauma des Todes ihres Vaters. Nachdem sie alle Einzelheiten und Affekte dieses Erlebnisses beschrieben hatte – um ihrem

67

Erinnerungsvermögen nachzuhelfen, hatte ich sie sogar gebeten, die Möbel exakt so anzuordnen, wie sie bei seinem Tode gestanden hatten –, lösten sich auch diese Symptome auf.«

»Aber das ist ja grandios!« Freud war aufgesprungen und ging erregt auf und ab. »Die theoretischen Implikationen sind atemberaubend. Und stimmen vollkommen mit Helmholtzens Theorie überein! Sind die überschüssigen, für derlei Symptome verantwortlichen Hirnströme erst durch affektive Katharsis abgeleitet, dann verschwinden auch brav die Symptome! Und das erzählen Sie so seelenruhig, Josef? Das ist doch eine *wegweisende* Entdeckung! Sie müssen den Fall *unbedingt* veröffentlichen!«

Breuer seufzte tief. »Vielleicht. Irgendwann einmal. Jetzt ist nicht der geeignete Moment. Er berührt zu viele persönliche Empfindsamkeiten. Ich muß Rücksicht nehmen auf Mathildes Gefühle. Da ich Ihnen die Behandlungsmethode beschrieben habe, werden Sie verstehen, wieviel Zeit ich der Patientin Bertha widmen mußte. Nun, Mathilde konnte – oder wollte – nicht einsehen, von welcher wissenschaftlichen Tragweite dieser Fall sei. Wie Sie wohl wissen, begann sie, mir die Stunden zu verübeln, die ich bei Bertha zubrachte, und sie ist, unter uns, noch so verstimmt, daß sie sich weigert, mit mir darüber zu sprechen. Außerdem«, fuhr Breuer fort, »kann ich nicht einen Fall publizieren, der einen so unseligen Ausgang genommen hat, Sigmund. Mathilde bestand darauf, daß ich den Fall abgebe. Ich mußte Bertha im Juli in das Sanatorium Binswangers in Kreuzlingen einweisen. Dort ist sie noch immer in Behandlung. Man hat große Mühe, sie vom Morphium zu entwöhnen, und offenbar sind einige der Symptome, etwa die Unfähigkeit, Deutsch zu sprechen, wiedergekehrt.«

»Trotzdem…« – Freud mied das Thema der Verärgerung Mathildes peinlichst – »…der Fall ist bahnbrechend, Josef. Er könnte die Geburtsstunde einer gänzlich neuen Heilmethode anzeigen. Könnten wir die Sache nicht bei Gelegenheit gründlicher durchsprechen? Ich brenne auf jedes Detail.«

»Gern, Sigmund. Ich habe in der Praxis eine Abschrift des Verlaufsberichtes liegen, welchen ich Binswanger zukommen ließ – rund dreißig Seiten. Die könnten Sie schon mal studieren.«

Freud zog seine Uhr aus der Tasche. »Ach! So spät schon, und nun habe ich die Geschichte der Schwester des Medizinstudenten noch gar nicht gehört. Ist deren Freundin, die Sie mittels Ihrer neuen ›Redekur‹ behandeln sollen, ebenfalls Hysterika? Ähneln ihre Symptome denen Berthas?«

»Keineswegs, Sigmund. Das ist ja das Interessante. Es handelt sich nicht um Hysterie, und nicht um eine Patientin, sondern einen Patienten, einen Freund der Dame, der in sie verliebt war – oder ist. Jedenfalls wurde er bis in die Lebensmüdigkeit krank vor Liebesleid, als sie ihm einen anderen vorzog, noch dazu einen einst innigen Freund! Sie fühlt sich zweifellos schuldig, und sie möchte nicht, daß sein Blut an ihren Händen klebt.«

»Aber Josef!« Freud schien entsetzt. »*Liebesleid!* Das ist doch kein Fall für einen Arzt!«

»Das war auch mein allererster Gedanke. Genau das habe ich ihr auch gesagt. Aber nun warten Sie, wie es weitergeht. Es wird immer toller. Der Freund, der übrigens ein beachtlicher Philosoph und ein persönlicher Freund und Intimus Richard Wagners ist, wünscht keine Hilfe – oder ist vielmehr zu stolz, um Hilfe zu bitten. Die Dame verlangt also, ich solle zaubern. Unter dem Deckmantel einer vorgetäuschten medizinischen Konsultation soll ich heimlich seiner psychischen Not abhelfen.«

»Aber das ist doch ganz und gar unmöglich! Mein Gott, Josef, Sie werden es doch nicht wagen?«

»Ich fürchte, ich habe mich bereits verpflichtet.«

»Warum?« Freud nahm seine Zigarre wieder auf, setzte sich und beugte sich wieder gebannt vor, die Stirn um des Freundes willen kraus vor Bedenken.

»Ich vermag es selbst nicht genau zu sagen, Sigmund. Seit

dem unrühmlichen Ende des Pappenheim-Falles fühle ich mich rastlos und trete doch auf der Stelle. Vielleicht, daß mir eine Herausforderung wie diese fehlt. Doch habe ich den Fall auch aus einem anderen Grunde übernommen. Und das ist der eigentliche Grund! Die Überzeugungskraft der Schwester dieses Medizinstudenten, ihre Überredungskunst sind nachgerade übernatürlich. Man kann ihr nichts ausschlagen. Was gäbe sie für eine Missionarin ab! Ich wage zu behaupten, ihr möchte noch die Bekehrung eines Pferdes zum Huhn gelingen! Ein außergewöhnliches Frauenzimmer. Ich kann es Ihnen nicht recht verdeutlichen. Vielleicht lernen Sie sie noch kennen, dann werden Sie verstehen, was ich meine.«

Freud erhob sich, reckte sich, ging ans Fenster und schob die Samtportieren beiseite. Da die Scheiben beschlagen waren, mußte er mit dem Taschentuch erst ein Guckloch freiwischen.

»Regnet's noch, Sigmund?« fragte Breuer. »Wollen wir Fischmann rufen?«

»Nein, es hat fast aufgehört. Ich gehe zu Fuß. Doch vorher will ich noch mehr über diesen neuen Patienten wissen. Wann wird er Sie aufsuchen?«

»Ich habe noch keine Nachricht von ihm. Eine weitere Komplikation: Fräulein Salomé hat sich mit ihm überworfen. Sie zeigte mir sogar einige seiner bitteren Briefe. Und doch hat sie mir versichert, sie werde dafür ›sorgen‹, daß er mich wegen seiner körperlichen Leiden konsultiere. Und ich hege nicht den geringsten Zweifel, daß sie hierin, wie in allen Dingen, ihren Willen durchsetzen wird.«

»Und rechtfertigen die Beschwerden dieses Herren das Aufsuchen eines Arztes?«

»Fraglos. Er ist schwer krank. Zwei Dutzend Ärzte, darunter sehr renommierte, haben bereits vor seinen mannigfaltigen Leiden kapituliert. Sie nannte mir eine lange Liste von Symptomen: extremer Kopfschmerz, zunehmende Blindheit, Übelheit, Schlaflosigkeit, Erbrechen, Verdauungsstörungen, Gleichgewichtsstörungen, Schwächeanfälle.«

Als er Freud staunend den Kopf schütteln sah, fügte Breuer hinzu: »Wenn Sie Arzt werden wollen, müssen Sie sich an dergleichen verwirrende Krankheitsbilder gewöhnen. Patienten mit vielfältigen Symptomen, die ständig den Arzt wechseln, sind bei mir etwas Alltägliches. Wissen Sie, hier hätten wir möglicherweise einen Fall, der für Sie äußerst lehrreich sein könnte. Ich werde Sie auf dem laufenden halten.« Breuer überlegte kurz. »Oder wollen wir gleich eine kleine Prüfung abhalten? Wie lautete, auf der Grundlage der genannten Symptome, Ihre Differenzialdiagnose?«

»Da bin ich überfragt, Josef, das paßt doch alles nicht zusammen!«

»Nicht so zaghaft. Spekulieren Sie frisch drauflos.«

Freud errötete. So sehr ihn auch nach Wissen dürstete, so ungern stand er als Ignoramus da. »Multiple Sklerose? Okzipitaler Hirntumor? Bleivergiftung? Ich weiß es wirklich nicht.«

Breuer ergänzte: »Nicht zu vergessen Hemikranie. Oder vielleicht Hypochondrie?«

»Das Vertrackte ist ja«, sagte Freud, »daß keiner dieser Befunde *sämtliche* Symptome erklärt.«

»Sigmund«, meinte Breuer in verschwörerischem Ton und stand auf, »ich werde Ihnen nun ein Zunftgeheimnis verraten. Eines Tages wird es Ihnen in der Praxis unschätzbare Dienste leisten. Ich habe es von Oppolzer. Der sagte einst zu mir: ›Hunde können sehr wohl Flöhe haben *und* Läuse.‹«

»Das heißt, der Patient kann —«

»Ganz recht«, bestätigte Breuer und legte Freud den Arm um die Schultern. Die beiden Männer gingen langsam den langen Flur hinunter. »Der Patient kann sehr wohl zwei Krankheiten haben. Und wissen Sie, bei solchen Patienten, die überhaupt einen Arzt aufsuchen, ist das fast die Regel.«

»Aber noch einmal zu den seelischen Leiden, Josef. Ihrem Fräulein Salomé zufolge gesteht dieser Mann seine psychische Not nicht ein. Wenn er nicht einmal zugibt, daß er an Selbstmord denkt, wie wollen Sie dann bloß vorgehen?«

»Das dürfte keine sonderlichen Schwierigkeiten bereiten«, meinte Breuer zuversichtlich. »Bei der Anamnese bieten sich mir Gelegenheiten genug, ins Seelische vorzudringen. Wenn ich etwa Schlaflosigkeit ergründen will, dann erkundige ich mich oftmals nach den Gedankengängen, welche einen Patienten wachhalten. Oder ich drücke, nachdem mir ein Patient die ganze Litanei seiner Symptome hergebetet hat, Mitgefühl aus und frage ganz beiläufig danach, ob ihn seine Krankheit mutlos mache, ob er sich am liebsten aufgäbe, mit dem Leben abschlösse. Das verfehlt selten seine Wirkung. Ehe er sich's versieht, schüttet mir der Patient sein Herz aus.«

An der Haustüre half Breuer Freud in den Mantel. »Nein, nein, Sigmund, da liegt nicht das Problem. Ich versichere Ihnen, es wird mir ein leichtes sein, das Vertrauen unseres Denkers zu gewinnen und ihn dazu zu bewegen, sich alles von der Seele zu reden. Die Frage ist vielmehr, was stelle ich mit dem an, was ich erfahre?«

»Ja, was wollen Sie tun, wenn er seinem Leben ein Ende zu machen denkt?«

»Sollte ich zu der Überzeugung gelangen, daß er ernstlich den Freitod erwägt, dann ließe ich ihn sofort einsperren – wiese ihn entweder in die Heilanstalt in Brünnfeld ein oder möglicherweise in ein Privatsanatorium wie das Breslauers in Inzerdorf. Nein, in diesem Betreff hege ich keine allzu großen Bedenken. Überlegen Sie doch, Sigmund, wenn er wahrhaftig kurz vor dem Selbstmord stünde, würde er sich dann die Mühe machen, mich zu konsultieren?«

»Natürlich!« Freud blickte leicht beschämt drein und tippte sich zum Zeichen seiner Schwerfälligkeit mit dem Finger an die Schläfe.

»Nein«, fuhr Breuer fort, »die heikle Frage ist, was tue ich, wenn er keineswegs an Selbstmord denkt, nur abscheulich leidet; was mache ich dann mit ihm?«

»Ja, was?«

»In diesem Falle werde ich ihn bereden müssen, einen Priester aufzusuchen. Oder eine lange Kur in Marienbad empfehlen. Oder ich werde selbst einen Weg finden müssen, ihn zu heilen!«

»Einen Weg finden, ihn zu heilen? Wie soll man das verstehen, Josef? Was für einen Weg?«

»Ein andermal, Sigmund. Wir reden ein andermal darüber. Nun gehen Sie schon. Stehen Sie nicht länger im Mantel hier in der Wärme.«

Freud trat zur Tür hinaus, wandte sich aber noch einmal um. »Wie war noch gleich der Name dieses Philosophen? Kenne ich ihn?«

Breuer zögerte. Lou Salomé hatte ihn schließlich zur Geheimhaltung verpflichtet; auf eine plötzliche Eingebung hin taufte er Friedrich Nietzsche gemäß der Verschlüsselungsregel, die aus Bertha Pappenheim eine Anna O. hatte werden lassen, um. »Nein, er ist weithin unbekannt. Er heißt Müller, Eckhardt Müller.«

4

Zwei Wochen später saß Breuer im Arztkittel in seinem Sprechzimmer und studierte diese Zeilen von Lou Salomé:

23. November 1882

Mein lieber Doktor Breuer,
unser Plan fruchtet. Professor Overbeck teilt unsere Einschätzung der Lage als besorgniserregend. Nie hat er Nietzsche in schlechterer Verfassung gesehen. Er will seinen ganzen Einfluß geltend machen, um ihn zu einem Besuche bei Ihnen zu bewegen. Weder ich noch Nietzsche werden Ihnen Ihre Güte in der Stunde unserer Not je vergessen.

Lou Salomé

»*Unser* Plan, *unsere* Einschätzung, *unsere* Not. Unser, unser, unser.« Breuer ließ den Bogen – dessen Botschaft er seit Erhalt vor einer Woche gewiß zehnmal gelesen hatte – sinken und griff nach dem Spiegel, der auf dem Schreibtisch lag, um sich dabei zu beobachten, wie er das Wort ›unser‹ formte. Er sah ein schmales rosa Lippenrund sich um ein dunkles Loch inmitten rotbrauner Borsten zusammenziehen. Er ließ die Öffnung größer werden, sah die Lippen geschmeidig über gelbliche Zähne zurückgleiten, die aus dem Zahnfleisch ragten wie halbversunkene Grabsteine. Haar und Öffnung, Horn und Zähne – Stachelschwein, Walroß, Schimpanse, Josef Breuer.

Der Anblick seines Barts war ihm zuwider. Dieser Tage sah man auf der Straße immer öfter bartlose Männer; wann fände *er* wohl den Mut, sich dieses elenden Gestrüpps einfach zu entledigen? Auch verstimmten ihn die grauen Strähnen, welche heimtückisch im Schnurrbart, links vom Kinn und an den Schläfen wucherten. Die weißen Stellen waren, das wußte er, die Vorhut einer unerbittlichen wintrigen Invasion. Der Vormarsch der Stunden, Tage, Jahre war unaufhaltsam.

Breuer mißfiel alles an seinem Spiegelbild – nicht nur der graue Gezeitenwechsel, die animalischen Zähne und das wild wuchernde Haar, nein, auch die gebogene, dem Kinn zustrebende Nase, die unanständig großen Ohren und die hohe, blanke Stirn, wo der Kahlfraß seinen Anfang genommen hatte, erbarmungslos vorrückte und seinen Schädel schamlos bloßlegte.

Und die Augen! Doch hier ließ sich Breuer erweichen und blickte mit Nachsicht in den Spiegel. In seinen Augen verbarg sich unvergängliche Jugend. Er zwinkerte. Oft zwinkerte oder nickte er sich aufmunternd zu – seinem wahren Ich, dem sechzehnjährigen Josef, der diese Augen beseelte. Heute jedoch grüßte kein junger Josef zurück! Statt dessen blinzelten ihn die Augen seines Vaters an – alt und müde, versunken in faltigen, geröteten Lidern. Breuer beobachtete gebannt, wie die Lippen seines Vaters sich zusammenzogen, um das Wort ›unser‹ zu formen. Immer häufiger mußte Breuer an seinen Vater denken. Leopold Breuer war zehn Jahre tot. Er war im Alter von zweiundachtzig Jahren gestorben, zweiundvierzig Jahre älter als Josef jetzt.

Er legte den Spiegel beiseite. Noch zweiundvierzig Jahre! Wie sollte er noch zweiundvierzig Jahre ausharren? Zweiundvierzig Jahre des Wartens darauf, daß die Jahre verstrichen. Zweiundvierzig Jahre lang in seine alternden Augen starren. Gab es kein Entrinnen aus dem Gefängnis Zeit? Ach, wieder von vorn beginnen zu können! Aber wie? Wo? Mit wem? Nicht mit Lou Salomé. Sie war Freigeist, und man müßte damit

75

rechnen, daß sie nach Belieben in sein Gefängnis herein- und ebenso wieder herausflatterte. Mit ihr gäbe es kein ›unser‹ – nie *unser* Leben, nie *unser* neues Leben.

Ebensowenig, er war sich darüber im klaren, gäbe es mit Bertha je wieder ein ›unser‹. Wann immer es ihm gelang, aus dem Teufelskreis der Erinnerungen an Bertha auszubrechen – dem Mandelduft ihrer Haut, dem üppig schwellenden Busen unter dem Kleide, der Hitze des Körpers, der während einer Absence an seine Schulter sank – wann immer es ihm gelang, zurückzutreten und sich aus der Ferne zu betrachten, erkannte er, daß Bertha von Anfang an eine Illusion gewesen war.

›Arme unfertige, irre Bertha – welche Torheit, welcher Wahn zu glauben, ich könnte sie vervollkommnen, formen, damit sie mir ihrerseits… was… schenkte? Ja, was eigentlich, das ist die Frage. Was erhoffte ich mir von ihr? Was fehlte mir? Führte ich nicht ein erfülltes Leben? Wem wollte ich vorhalten, daß mein Leben unaufhaltsam in den Schlund eines sich stetig verengenden Trichters strömt? Wer hätte Verständnis für meine Qualen, die schlaflosen Nächte, das Liebäugeln mit dem Selbstmord? Habe ich denn nicht alles, was man sich nur wünschen kann: Geld, Freunde, Familie, eine wunderschöne, liebreizende Frau, Reputation, Ansehen? Wer wüßte mich da zu trösten? Wem läge nicht die Frage auf den Lippen: Was willst du mehr?‹

Frau Beckers Stimme, die das Eintreffen Friedrich Nietzsches meldete, ließ Breuer, obwohl er auf den Patienten gewartet hatte, zusammenfahren.

Frau Becker, klein, korpulent, grauhaarig, energisch, führte Breuer mit ehrfurchtgebietender Effizienz die Praxis. So sehr ging sie in der Rolle der Ordinationshilfe auf, daß von einer privaten Frau Becker keine merklichen Spuren übrigblieben. In den ganzen sechs Monaten, die sie nun bei ihm in Stellung war, hatten sie nicht ein persönliches Wort miteinander gewechselt. Er konnte sich beim besten Willen nicht an ihren Vornamen erinnern oder sich vorstellen, daß sie irgend etwas anderem nachging als ihren Pflegepflichten. Frau Becker auf einer Landpartie? Beim Lesen der morgendlichen Ausgabe der *Neuen Freien Presse*? In der Badewanne? Die füllige Frau Becker entkleidet? Koitierend? Vor Lust keuchend? Undenkbar!

Und doch, trotz seiner Geringschätzung ihrer Weiblichkeit kannte Breuer Frau Becker als ausnehmend gute Beobachterin und maß ihren ersten Eindrücken großen Wert bei.

»Was macht dieser Professor Nietzsche für einen Eindruck?«

»Herr Doktor, vollendete Manieren bei etwas nachlässiger Toilette. Scheu bis zur Demütigkeit. Von ausgesuchter Höflichkeit, anders als einige andere Herrschaften, die zu uns kommen – wie letzthin diese russische Dame.«

Auch Breuer war die Artigkeit aufgefallen, mit der Professor Nietzsche in seinem Schreiben um einen Termin – zu jedem Doktor Breuer genehmen Zeitpunkt, wenn irgend möglich innerhalb der nächsten zwei Wochen – gebeten hatte. Er werde, hatte Nietzsche geschrieben, ausschließlich zum Zwecke einer Konsultation nach Wien reisen. Bis er Nachricht erhalte, bleibe er in Basel bei einem Freunde, Professor Overbeck. Breuer schmunzelte, als er im Vergleich hierzu an Lou Salomés Depeschen dachte, welche anzeigten, wann er ihr zur Verfügung zu stehen hätte.

Während er darauf wartete, daß Frau Becker Nietzsche hereinführte, ließ Breuer den Blick über seinen Schreibtisch schweifen und sah dort mit Schrecken die beiden Bücher liegen, welche ihm Lou Salomé überlassen hatte. Er hatte gestern eine halbstündige Pause genutzt, um die Werke zu überfliegen, und hatte sie unbedacht für alle sichtbar zurückgelassen. Soviel stand fest: Sollte Nietzsche die Bücher sehen, wäre die Behandlung beendet, bevor sie begänne, denn es wäre nachgerade unmöglich, ihr Vorhandensein zu erklären, ohne auf Lou Salomé zu sprechen zu kommen. ›Wie ungewöhnlich nachlässig von mir!‹ dachte Breuer. ›Versuche ich etwa insgeheim, den Plan zu durchkreuzen?‹

77

Er schob die Bände hastig in eine Schublade und erhob sich, um Nietzsche zu begrüßen. Der Professor entsprach ganz und gar nicht dem Bilde, welches er sich nach Lous Schilderungen von ihm gemacht hatte. Liebenswürdig und zurückhaltend wirkte er, und während die Statur des Mannes kräftig war – etwa eins zweiundsiebzig oder dreiundsiebzig bei schätzungsweise einem dreiviertel Zentner Gewicht –, schien seine Gestalt von einer eigenartigen Unkörperlichkeit, als könnte man durch ihn hindurchgreifen. Er trug einen groben, dunklen Anzug aus schwerem Tuch, wie es beim Militär verwendet wurde. Unter dem Rock schaute ein dicker brauner Janker hervor, welcher Hemd und malvenfarbene Halsbinde fast zur Gänze verdeckte.

Als sie sich die Hände schüttelten, fiel Breuer auf, wie kalt Nietzsches Finger waren und wie kraftlos sein Händedruck.

»Einen schönen guten Tag, Professor – wenn es auch kein günstiger für Reisende ist, möchte ich meinen.«

»Nein, Doktor Breuer, ganz recht. Kein günstiges Reisewetter. Nicht bei Beschwerden der Art, wie sie mich zu Ihnen führen. Ich habe gelernt, solches Wetter zu meiden. Allein Ihre Reputation lockt mich im Winter so weit nach Norden.«

Ehe er auf dem Stuhl Platz nahm, den Breuer ihm anbot, setzte Nietzsche umständlich erst zu seiner linken, dann zu seiner rechten Seite eine aus allen Nähten platzende, abgestoßene Dokumententasche ab, offenbar unschlüssig, welches der bessere Ruheplatz für sie wäre.

Breuer musterte den Patienten, während es sich dieser bequem machte. Entgegen seinem eher unscheinbaren Äußeren ging von Nietzsche eine starke Ausstrahlung aus. Schon sein gewaltiger Kopf zog das Augenmerk auf sich, und hier vornehmlich die Augen, welche von einem warmen Braun waren, dabei jedoch ungewöhnlich brennend und tiefliegend unter ausgeprägtem Stirnbein. Was hatte Lou Salomé noch von diesen Augen gesagt? Daß sie nach innen zu blicken schienen, wie Hüter und Bewahrer verborgener Schätze? Ja, Breuer stimmte

78

ihr zu. Das glänzende braune Haar des Patienten war sorgfältig gekämmt. Abgesehen von einem gewaltigen Schnurrbart, der wie eine Lawine über die Lippen zu beiden Seiten des Mundes zum Kinn hinabstürzte, war Nietzsche glattrasiert. Der Schnurrbart weckte in Breuer haarige Verwandtschaftsgefühle: Es drängte ihn, den Professor vor dem Genuß Wiener Patisserie – namentlich mit Schlag – in der Öffentlichkeit zu warnen, da er sonst nur noch mit der Bartpflege beschäftigt wäre.

Nietzsches leise Stimme kam überraschend, der Ton seiner beiden Bücher war weit kraftvoller, kühn und bestimmt, ja beinahe scharf. Wieder und wieder sollte Breuer über die Kluft zwischen dem Privatmanne und dem Mann der Feder staunen.

Abgesehen von dem kurzen Gespräch mit Freud hatte sich Breuer wenig Gedanken über diese ungewöhnliche Konsultation gemacht. Jetzt bezweifelte er zum erstenmal ernstlich, daß es klug gewesen war, sich in die Sache hineinziehen zu lassen. Lou Salomé, Beschwörerin, Verschwörerin, war fort, und an ihrer Stelle saß der nichts ahnende, düpierte Professor Nietzsche. Zwei Männer, unter falschem Vorwande zusammengeführt von einer Frau, die im nämlichen Augenblick zweifellos andernorts neue Intrigen spann. Nein, die Sache behagte ihm nicht.

›Nun‹, dachte Breuer, ›das gehört jetzt nicht hierher; vor mir sitzt ein Mann, ein Patient, der gedroht hat, sich das Leben zu nehmen, und ihm muß meine ungeteilte Aufmerksamkeit gelten.‹

»Wie war die Reise, Professor Nietzsche? Soviel ich aus Ihren Worten ersehe, kommen Sie geradewegs aus Basel?«

»Das war nur die letzte Station«, sagte Nietzsche, steif auf seinem Stuhl sitzend. »Mein ganzes Leben ist zur Reise geworden, und ich kann mich des Eindrucks nicht mehr erwehren, daß mein wahres Zuhause, der einzig vertraute Ort, an den ich unfehlbar zurückkehre, meine Krankheit sei.«

Kein Freund der Konversation, dachte Breuer. »Dann, Professor Nietzsche, wollen wir uns ohne Umschweife der Erforschung dieser Krankheit zuwenden.«

»Vielleicht wäre es von Nutzen, wenn Sie zunächst diese Unterlagen studieren wollten?« Und mit diesen Worten zog Nietzsche aus seiner Dokumententasche eine dicke Mappe hervor. »Ich bin wohl schon mein ganzes Leben krank, schwer leidend aber erst in den letzten zehn Jahren. Hier haben Sie die Ergebnisse vorausgehender Untersuchungen. Wenn Sie gestatten?«

Breuer nickte, und Nietzsche schlug die Mappe auf, langte über den Schreibtisch hinweg und breitete ihren Inhalt – Briefe, Krankengeschichten, Laborbefunde – vor Breuer aus.

Breuer überflog den ersten Bogen, der vierundzwanzig Ärzte und die Daten der Konsultationen aufführte. Er las die Namen mehrerer ästimierter Schweizer, deutscher und italienischer Kollegen.

»Einige der Herren sind mir bekannt. Allesamt eminente Ärzte! Diese drei zum Beispiel – Kessler, Turin, König – kenne ich gut. Sie haben ihre Ausbildung in Wien erhalten. Wie Sie sehr richtig bemerken, Professor Nietzsche, es wäre unklug, die Feststellungen und Schlüsse solcher Kapazitäten zu übergehen. Doch hat es auch einen gewaltigen Nachteil, so zu beginnen. Zu viele Autoritäten, zu viele gewichtige Ansichten und Diagnosen verschatten die eigene Findigkeit und Kombinationsgabe. Aus ganz ähnlichen Gründen ziehe ich es vor, ein Bühnenstück erst zu lesen, ehe ich seiner Aufführung beiwohne und sicherlich ehe ich die Kritiken lese. Kennen Sie das nicht auch aus Ihrer Arbeit?«

Nietzsche schien überrascht. ›Um so besser‹, dachte Breuer. ›Professor Nietzsche soll sich ruhig gewahr werden, daß er einen Arzt anderen Schlages vor sich hat. Er kennt offenbar keine Ärzte, die von Bewußtseinsvorgängen sprechen oder die sich, und das verständig, nach seiner Arbeit erkundigen.‹

»Gewiß«, antwortete Nietzsche, »diese Überlegung ist für meine Belange von großer Bedeutsamkeit. Mein ursprüngli-

80

ches Gebiet ist die Philologie. Meine erste Berufung, meine *einzige* Berufung, war jene auf einen philologischen Lehrstuhl in Basel. Ich habe mich stets besonders für die Vorsokratiker interessiert, und gerade bei ihnen habe ich gelernt, wie wichtig es ist, die Originalquellen zu studieren. Interpreten von Texten sind *immer* unredlich – ungewollt, selbstredend; es ist ihnen nicht möglich, sich aus ihrem eigenen historischen Rahmen zu lösen. Und auch nicht, nebenbei bemerkt, aus den Grenzen ihrer Biographie.«

»Macht man sich denn mit der Weigerung, den Interpreten Tribut zu zollen, nicht unbeliebt in akademischen Kreisen?« Breuer war zuversichtlich. Die Konsultation verlief nach Wunsch. Er war auf dem besten Wege, Nietzsche davon zu überzeugen, daß er, sein neuer Arzt, ein Geistesvetter sei, mit verwandten Interessen. Es dürfte nicht schwerfallen, diesen Professor Nietzsche zu verführen – und um nichts anderes als Verführung handelte es sich für Breuer bei diesem Unterfangen, einen Patienten in eine Beziehung zu locken, welche er nicht gesucht hatte, um Hilfe zu erhalten, welche er nicht verlangt hatte.

»Unbeliebt? Ohne Frage! Ich mußte vor drei Jahren meinen Lehrstuhl meiner Krankheit wegen aufgeben – der nämlichen Krankheit, noch undiagnostiziert, die mich heute zu Ihnen führt. Doch selbst wäre ich bei guter Gesundheit geblieben, ich glaube, mein Argwohn gegen die Interpreten hätte mich über kurz oder lang zum nur ungern gelittenen Gast an der akademischen Tafel werden lassen.«

»Aber Professor Nietzsche, wenn alle Interpreten an die Grenzen ihrer Biographie stoßen, wie entgehen Sie in Ihren eigenen Forschungen diesem Dilemma?«

»Zunächst einmal«, erklärte Nietzsche, »gilt es, die Grenzen genau zu bestimmen. Sodann muß man lernen, sich selbst aus der Ferne zu betrachten – obgleich mir leider die Schwere meiner Krankheit gelegentlich die Perspektive verstellt.«

Es entging Breuer keineswegs, daß es Nietzsche war, nicht

81

er, der das Gespräch immer wieder auf seine Krankheit lenkte, die schließlich auch Sinn und Zweck ihrer Zusammenkunft war. Lag in Nietzsches Äußerungen vielleicht eine sanfte Zurechtweisung? ›Übertreibe nicht, Josef!‹ mahnte er sich im stillen. ›Das Vertrauen des Patienten in den Arzt darf nicht erzwungen werden; es wird sich bei einer sachgerechten Konsultation von selbst einstellen.‹ Während er in anderen Lebensbereichen oft in übertriebenem Maße selbstkritisch war, erfreute sich Breuer als Arzt eines unerschütterlichen Selbstvertrauens. ›Unterlasse alle Anbiederei, Begütigung, Winkelzüge‹, sagte ihm sein Instinkt, ›verrichte einfach deine Arbeit in gewohnt gründlicher Manier.‹

»Ja, Ihre Krankheit... Wollen wir an die Arbeit gehen, Professor Nietzsche. Was ich sagen wollte, war, daß ich es vorziehen würde, zunächst eine Anamnese vorzunehmen und Sie zu untersuchen, und *hernach* erst die Unterlagen zu studieren. Bei unserem nächsten Termin würde ich Ihnen dann einen möglichst umfassenden Befund vorlegen.«

Breuer zog einen Notizblock zu sich heran. »In Ihrem Brief erwähnten Sie Einzelheiten Ihres Befindens: daß Sie seit wenigstens zehn Jahren am Kopfübel und an Sehstörungen leiden, daß Sie kaum jemals beschwerdefrei sind, daß Ihre Krankheit, wie Sie sich ausdrücken, ›immer auf Sie wartet‹. Und nun höre ich heute, daß mindestens vierundzwanzig Ärzte machtlos waren. Mehr weiß ich nicht von Ihnen. Wollen wir beginnen? Erzählen Sie mir doch bitte als erstes in Ihren eigenen Worten ausführlich von Ihrem Leiden.«

5

Anderthalb Stunden verbrachten die beiden Männer im Gespräch. Breuer, in seinem ledergepolsterten Lehnstuhl, schrieb fleißig mit. Nietzsche, der seinen Redefluß gelegentlich unterbrach, damit Breuers Feder Schritt halten konnte, saß ebenfalls in einem lederbezogenen Stuhl, ebenso bequem, aber kleiner als Breuers. Gleich den meisten Ärzten seiner Zeit ließ Breuer seine Patienten gern zu sich aufblicken.

Breuer ging gründlich und methodisch vor. Nachdem er zunächst des Patienten formloser Darstellung seiner Leiden aufmerksam gelauscht hatte, nahm er sich systematisch jedes der erwähnten Symptome vor – fragte nach erstem Auftreten, Entwicklung, Ansprechen auf Behandlungen. In einem dritten Schritt fragte er vom Scheitel bis zur Sohle den gesamten Organismus ab – also zuerst Gehirn und Nervensystem; er erkundigte sich hier zunächst nach der Funktionstüchtigkeit jedes der zwölf Hirnnerven, nach Geruchs- und Gehörsinn, Sehvermögen und Augenbewegungen, Beweglichkeit und Empfindungsfähigkeit von Gesicht, Zunge und Schlund, Schluck- und Sprechvermögen, Gleichgewichtssinn und Motorik.

Von dort weiter hinunter schreitend, prüfte Breuer nacheinander alle übrigen lebenswichtigen Organkomplexe: Herz, Atemwege, Magen- und Darmtrakt, Geschlechts- und Harnapparat. Die akribische Organ-Schau diente nicht zuletzt dazu, dem Gedächtnis des Patienten auf die Sprünge zu helfen und dafür zu sorgen, daß nichts übersehen wurde. Breuer ließ nicht einen einzigen Schritt aus, nie, selbst wenn seine Diagnose längst feststand.

Dann folgte die gewissenhafte Aufnahme der Krankengeschichte: Kinderkrankheiten, Gesundheit der Eltern und Geschwister sowie die Erkundung weiterer Lebensumstände wie Berufswahl, gesellschaftlicher Verkehr, Militärdienst, Umzüge, Ernährungsgewohnheiten und wie der Patient seine Mußestunden verbrachte. Breuer rundete seine Befragung stets damit ab, daß er seiner Intuition folgte und aufs Geratewohl noch solche Fragen stellte, die ihm seine bisherigen Notizen eingaben. Erst vor wenigen Tagen hatte er in einem rätselhaften Fall, der sich in Atemnot äußerte, die richtige Diagnose – nämlich Muskeltrichinose – nur deswegen stellen können, weil er danach gefragt hatte, wie lange die Patientin für gewöhnlich ihr Geselchtes gare.

Während der gesamten Prozedur ließ Nietzsches Aufmerksamkeit nicht einen Augenblick nach, vielmehr bedachte er jede Frage, die Breuer stellte, mit einem anerkennenden Nikken. Was Breuer nicht im geringsten überraschte; er hatte noch keinen Patienten erlebt, der nicht insgeheim Gefallen an einer so mikroskopischen Durchleuchtung seines Lebens fand. Je höher der Vergrößerungsgrad, desto größer der Genuß des Patienten. Die Freude an der Bespiegelung der eigenen Person war dergestalt, daß Breuer zu der Überzeugung gelangt war, die wahre Tragik und der Schrecken des Alterns, des Verlusts und des Überlebens der Freunde, liege darin, daß der teilnehmende Blick wegfalle und das eigene Leben unbezeugt bleibe.

Überrascht war Breuer hingegen von der Mannigfaltigkeit der Beschwerden Nietzsches und von der Genauigkeit der Selbstbeobachtung seines Patienten. Breuer füllte Blatt um Blatt seines Notizblocks. Seine Schreibhand erlahmte, indes Nietzsche ein erschreckendes Panoptikum von Symptomen skizzierte: rasende, unmenschliche Kopfschmerzen; Seekrankheit auf festem Boden – mit Schwindel, Gleichgewichtsstörungen, Übelkeit, Erbrechen, Anorexie, Ekel vor Speisen;

Fieberschübe, Nachtschweiß, der zum zwei- oder dreimaligen Wechseln von Nachthemd und Bettlinnen zwang; lähmende Erschöpfungszustände, die gelegentlich bis zur vollständigen Muskelparalyse reichten; gastrische Schmerzen, Blutbrechen, Darmkrämpfe, Darmstockungen, Hämorrhoiden; außerdem extrem hinderliche Sehstörungen – Übermüdung der Augen, unaufhaltsames Nachlassen der Sehkraft, Brennen, Tränen, verschwommene Sicht und Lichtüberempfindlichkeit – vor allem morgens.

Breuers Fragen förderten einige weitere Symptome zutage, welche Nietzsche entweder übersehen hatte oder lieber hatte unterschlagen wollen: Flimmern vor den Augen und Gesichtsfeldeinschränkungen, die oft den Kopfschmerzen vorausgingen, hartnäckige Schlaflosigkeit, schwere, nächtliche Muskelkrämpfe, allgemeine Überreizung, unerklärliche Stimmungen und Schwankungen.

Stimmungen und Schwankungen! Auf ein solches Stichwort hatte Breuer gewartet! Wie schon Freud gegenüber dargelegt, hielt Breuer bei seinen Patienten stets Ausschau nach einer geeigneten Pforte zum Seelischen. Diese ›Stimmungen und Schwankungen‹ mochten der Schlüssel sein, der ihm Nietzsches Verzweiflung und Selbstmordabsichten erschloß!

Breuer ging jetzt behutsam vor. Er bat um eine Ausführung zu diesen Stimmungen und Schwankungen. »Haben Sie affektive Veränderungen beobachtet, welche mit Ihrer Krankheit in Zusammenhang zu stehen scheinen?«

Nietzsche verzog keine Miene. Offenbar glaubte er nicht befürchten zu müssen, daß die Frage auf allzu persönliches Terrain führen könnte. »Es kommt vor, daß ich mich am Tage vor einem Anfall besonders wohl befinde – *gefährlich wohl*, wie mich die Erfahrung gelehrt hat.«

»Und nach einem Anfall?«

»Für gewöhnlich hält ein Anfall zwölf Stunden bis zwei Tage an. Nach einer solchen Attacke fühle ich mich in aller Regel erschöpft, bleiern. Selbst das Denken bleibt ein, zwei Tage

85

dumpf, träge. Gelegentlich jedoch, namentlich nach einem mehrtägigen Anfall, ist es anders. Dann fühle ich mich wie elektrisiert, gereinigt. Ich strotze vor Vitalität. Diese Episoden sind mir teuer, denn dann schwirrt mir der Geist vor trefflichen Gedanken.«

Breuer ließ nicht locker. Wenn er einmal die Fährte aufgenommen hatte, gab er die Verfolgung so schnell nicht wieder auf. »Ihre Erschöpfung, die Bleischwere – wie lange dauern diese an?«

»Nicht lange. Sobald der Anfall abklingt und mein Körper wieder sich selbst gehört, gewinne ich die Herrschaft zurück. Dann überwinde ich mit eisernem Willen die Schwerfälligkeit.«

Wohl doch ein schwierigeres Unterfangen, als er zunächst angenommen hatte, dachte sich Breuer. Er würde der Sache geradewegs auf den Leib gehen müssen, denn aus freien Stükken, soviel stand fest, wurde Nietzsche nicht über die Verzweiflung sprechen.

»Und Melancholie? In welchem Maße begleitet diese Ihre Anfälle oder folgt auf sie?«

»Ich kenne wohl Mitternächte der Seele. Wer tut das nicht? Aber ich werde nicht ihre Beute. Sie gehören nicht zu meinen körperlichen Nöten, sondern zu meinem Wesen. Sagen wir: Ich habe den Mut zu ihnen.«

Breuer bemerkte jetzt bei Nietzsche den Anflug eines Lächelns und einen forscheren Ton. Es war das erste Mal, daß Breuer die Stimme des Verfassers der zwei verwegenen und verwirrenden Bücher wiedererkannte, die in seiner Schreibtischschublade lagen. Sollte er Nietzsches ex cathedra Unterscheidung zwischen Krank-Sein und Sein anfechten? überlegte Breuer flüchtig und verwarf den Gedanken. Und was *meinte* er um alles in der Welt nur mit seiner Bemerkung über den ›Mut zu Mitternächten der Seele‹? Geduld! Lieber das Heft in der Hand behalten. Es würden sich noch Gelegenheiten genug bieten.

Er tastete sich weiter vor. »Haben Sie je genau Buch geführt über Ihre Anfälle – ihre Häufigkeit, Heftigkeit, Dauer?«

»In diesem Jahr nicht. Ich war zu sehr von gewaltigen Ereignissen und Umwälzungen in Anspruch genommen. Im vergangenen Jahr aber erlebte ich einhundertundsiebzehn Tage, an welchen ich bettlägrig, und zweihundert, an welchen ich zum mindesten beeinträchtigt war – durch leichte Kopfschmerzen, Augenschmerzen, Magenschmerzen oder Übelkeit.«

Da boten sich nun zwei vielversprechende Zugänge – doch welchen sollte er wählen? Sollte er nach der Natur der ›gewaltigen Ereignisse und Umwälzungen‹ fragen – zweifelsohne spielte Nietzsche hiermit auf Lou Salomé an –, oder sollte er das Vertrauen zwischen Arzt und Patient stärken, indem er ihn seines Mitempfindens versicherte? Eingedenk der entscheidenden Bedeutung des Vertrauens für das Gelingen einer Behandlung, schlug Breuer den zweiten Weg ein.

»Sie wollen sagen, es blieben Ihnen lediglich achtundvierzig gesunde Tage? Das ist ein sehr geringes Maß an Wohlbefinden, Professor Nietzsche.«

»Wenn ich über die Jahre zurückblicke, dann habe ich selten Zeitspannen gekannt, in denen ich mich länger als zwei Wochen wohl befand. Ich glaube fast, ich erinnere mich an jede von ihnen!«

Weil Breuer einen sehnsüchtigen, verlorenen Unterton aus Nietzsches Stimme herauszuhören meinte, beschloß er, alles auf eine Karte zu setzen. Hier bot sich doch ein direkter Zugriff auf die Verzweiflung des Patienten. In seinem väterlich-freundlichsten Arztton sagte er: »Eine derartige Lage der Dinge – das Gros seiner Tage unter Qualen verleben, eine Handvoll schmerzfreier Tage im Jahr, das ganze Leben lang Schmerzen – muß doch eine ideale Brutstätte der Verzweiflung abgeben, einer zutiefst pessimistischen Beurteilung des Daseinssinnes.«

Nietzsche stutzte. Diesmal hatte er keine Antwort parat. Er wiegte den Kopf, als müsse er bedenken, ob er sich trösten lassen solle. Doch seine Worte enthielten eine andere Botschaft.

»Das trifft zweifellos zu, Doktor Breuer, für viele Menschen, oder gar für die meisten – das zu beurteilen stelle ich Ihrer größeren Erfahrung anheim –, doch nicht für *mich*. Verzweiflung? Nein. Einstmals, vielleicht, aber nicht länger. Meine Krankheit ist ein Teil meines Körpers, aber sie ist nicht *Ich*. Ich bin meine Krankheit, und ich bin mein Körper, aber sie sind nicht Ich. Beide müssen überwunden werden, wenn nicht physisch, dann metaphysisch.

Und was Ihre Äußerung zum Sinn des Daseins angeht, so ist mein ›Daseinssinn‹ etwas vollkommen von diesem…« – er klopfte sich auf den Leib – »…erbärmlichen Protoplasma Geschiedenes. Ich kenne ein *Wozu* des Lebens; das *Wie* kann ich ertragen. Ich habe für zehn Jahre Gründe zu leben, eine Mission. Ich gehe schwanger, hier…« – er tippte sich an die Schläfe – »…mit Büchern. Fast gereiften Büchern, Bücher, die nur ich gebären kann. Manchmal betrachte ich meine Kopfschmerzen als zerebrale Geburtswehen.«

Nietzsche hatte offenbar nicht die geringste Absicht, über seine Verzweiflung zu sprechen oder sie auch nur anzuerkennen, und es wäre zwecklos, erkannte Breuer, ihn bedrängen zu wollen. Plötzlich kam ihn die Empfindung an, die er stets beim Schachspiel gegen seinen Vater, Meister der jüdischen Gemeinde Wiens, gehabt hatte: das Gefühl, überlistet worden zu sein.

Doch vielleicht gab es auch gar nichts anzuerkennen! Vielleicht, daß sich Fräulein Salomé täuschte! Nietzsche sprach wie einer, der geistig und seelisch alle Anfechtungen überwunden hatte. Und hinsichtlich einer Selbstmordgefährdung hatte Breuer seine eigene, unfehlbare Nagelprobe: Nahm der Patient die Zukunft im Plane voraus, ja oder nein? Nietzsche hatte die Probe bestanden! Er war kein Lebensmüder, er sprach von einer auf zehn Jahre angelegten Mission, von Büchern, die er seinem Geist noch abzuringen habe.

Allerdings hatte Breuer die von Selbstmord sprechenden Briefe Nietzsches gesehen. Täuschte er etwas vor? Oder ver-

88

spürte er momentan deshalb keine Verzweiflung, weil er *längst zur Selbsttötung entschlossen war?* Breuer hatte auch solche Fälle erlebt. Diese Patienten waren in der Tat gefährdet. Sie schienen auf dem Wege der Besserung – in gewisser Weise ging es ihnen ja wirklich besser; die Melancholie verflüchtigte sich, sie lächelten, sie aßen und schliefen wieder gut. Indes verbarg sich hinter ihrer ›Genesung‹ womöglich nichts anderes, als daß sie einen Ausweg aus aller Verzweiflung gefunden hatten: die Flucht in den Tod. War das Nietzsches Ansinnen? Hatte er beschlossen, seinem Leben ein Ende zu setzen? Nein. Breuer entsann sich dessen, was er Freud gesagt hatte: Wenn Nietzsche entschlossen war, ein Ende zu machen, weshalb sollte er kommen? Wozu sich dann die Mühe machen, noch einen Arzt aufzusuchen, wozu die weite Reise von Rapallo nach Basel und von dort nach Wien auf sich nehmen?

Bei aller Verärgerung darüber, daß er nicht die gewünschte Auskunft erhielt, war an der Kooperationsbereitschaft des Patienten nichts auszusetzen, räumte Breuer ein. Nietzsche hatte willig und ausführlich auf alle medizinischen Fragen geantwortet – eher schon *zu* ausführlich. Viele Kopfschmerzanfällige berichteten von empfindlichem Magen und Wetterfühligkeit, es überraschte Breuer daher nicht, daß dies auch für Nietzsche zutraf. Überrascht hatte ihn jedoch die Detailfreude der Angaben seines Patienten. Geschlagene zwanzig Minuten hatte sich Nietzsche über seine Reaktionen auf atmosphärische Reize ausgelassen. Sein Körper, hatte er gesagt, sei Barometer und Thermometer in einem und reagiere heftig auf jede kleinste Schwankung des Luftdrucks, der Temperatur, der Höhe. Grauer Himmel bedrücke ihn, Wolken und Regen zehrten an seinen Nerven, Trockenheit dagegen belebe ihn, der Winter sei wie geistiger ›Starrkrampf‹, erst die Sonne erlöse ihn. Jahrelang habe sein Leben in der Suche nach dem idealen Klima bestanden. Die Sommermonate seien erträglich. Das wolkenlose, windstille, sonnige Hochplateau des Engadin bekomme ihm, und er verbringe jedes Jahr vier Monate in einem bescheidenen Gasthaus im kleinen Schweizer Ort Sils-Maria. Die Winter aber seien ein Fluch. Er habe nie eine zuträgliche Winterbleibe gefunden; während der kalten Monate lebe er in Süditalien und ziehe von Ort zu Ort weiter, dem jeweils günstigeren Klima hinterher. Das düstere, kalte, zugige Wien sei Gift für ihn, hatte Nietzsche gesagt. Seine Nerven verlangten nach Sonne und trockenem, reinem Himmel.

Als Breuer sich nach Nietzsches Diät erkundigt hatte, hatte dieser ihm einen weiteren langen Exkurs über das Verhältnis von Diät, gastrischen Beschwerden und Kopfschmerzanfällen geboten. Und von welcher Präzision! Nie zuvor hatte Breuer einen Patienten erlebt, der auf jede Frage so umfassend zu antworten wußte. Wie kam das?

War Nietzsche ein besessener Hypochonder? Breuer hatte unzählige Hypochonder behandelt, langweilige und wehleidige Zeitgenossen, die es liebten, ihr Innenleben zu erkunden. Doch diese Patienten zeichneten sich durch eine ›Weltanschauungs-Stenose‹ aus, eine verengte Weltsicht. Und wie ermüdend war ihre Gesellschaft! Sie kannten keine anderen Gedanken als die des Körpers, hatten keine anderen Interessen oder Wertsetzungen als die Gesundheit.

Nein, Nietzsche zählte nicht zu ihnen. Seine Interessen waren breit gefächert, er war von einnehmendem, anziehendem Wesen. Zum mindesten hatte sich Fräulein Salomé angezogen gefühlt, tat es noch – selbst wenn ihr Herz eher Paul Rée zuneigte. Außerdem hatte Nietzsche mit der Schilderung seiner Symptome kein Mitleid erheischen wollen oder gar Hilfe – das war Breuer im Laufe des Gesprächs sehr bald deutlich geworden.

Wozu also diese übergenaue Beobachtung seiner Körperfunktionen? War sie womöglich einfach darauf zurückzuführen, daß Nietzsche einen wachen Verstand besaß, ein überragendes Erinnerungsvermögen, daß er auch eine medizinische Untersuchung in streng rationaler Weise anging und einem geschulten Diagnostiker umfassende Daten lieferte? Oder war er ungewöhnlich introspektiv? Unmittelbar vor Abschluß seiner Anamnese drängte sich Breuer eine andere mögliche Erklärung auf: Nietzsche hatte so wenig Verkehr mit seinen Mitmenschen, daß er ein großes Maß an Zeit im Dialog mit seinem eigenen Nervensystem verbrachte.

Als Breuer die Aufnahme der Krankengeschichte beendet hatte, schritt er zur ärztlichen Untersuchung. Er begleitete seinen Patienten ins Untersuchungszimmer – eine kahle, kleine Kammer, deren Ausstattung in einer spanischen Wand und einem Stuhl, einer mit gestärktem weißem Leintuch bespannten Liege, einem Waschbecken und einem Stahlschrank bestand, welcher eine Waage und Breuers Instrumente enthielt. Nachdem er Nietzsche ein paar Minuten allein gelassen hatte, damit sich dieser entkleiden und umziehen könne, fand ihn Breuer bei seiner Wiederkehr noch in langen schwarzen Strümpfen und Strumpfhaltern vor, wiewohl er den im Rücken offenen Kittel bereits übergestreift hatte. Er war dabei, seine Kleider sorgfältig zusammenzulegen. Nietzsche entschuldigte sich für die Verzögerung und erklärte: »Mein Nomadenleben verurteilt mich dazu, mit nur einem Anzuge auszukommen. Also muß ich Sorge tragen, daß er ordentlich gebettet ist, wo immer ich ihn auch ablege.«

Breuer führte die Untersuchung ebenso methodisch durch wie die Anamnese. Am Kopf beginnend, arbeitete er sich langsam in tiefere Regionen vor, horchte, klopfte, tastete, roch, musterte. Trotz der Fülle von beschriebenen Symptomen konnte Breuer körperlich nichts Auffälliges feststellen – abgesehen von einer langen Narbe oberhalb des Brustbeins, Folge eines Reitunfalls während des Militärdienstes, einer kaum sichtbaren, hell vernarbten Mensur auf dem Nasenbein und leichten Anzeichen einer Blutarmut: blasse Lippen und Handfurchen, Entzündung der Augenbindehaut.

Ursache der Anämie? Vermutlich die unausgewogene Kost. Nietzsche hatte angegeben, er esse oft wochenlang kein Fleisch. Später fiel Breuer wieder ein, das Nietzsche auch gesagt hatte, er spucke gelegentlich Blut, was auf eine Anämie infolge Magenblutungen hinweisen mochte. Er nahm etwas Blut ab für eine Zählung der roten Blutkörperchen und streifte nach der Rektaluntersuchung auch eine Stuhlprobe von seinem Handschuh, die er auf okkultes Blut untersuchen wollte.

Und was war mit Nietzsches Sehstörungen? Zum einen konstatierte Breuer eine einseitige Bindehautentzündung, die mühelos mit einer Augensalbe zu behandeln wäre. Doch trotz wiederholter Bemühungen gelang es Breuer nicht, seinen Augenspiegel exakt auf Nietzsches Netzhaut einzustellen; irgend etwas verdeckte die Sicht, eine Hornhauttrübung, wie es schien, möglicherweise ein Hornhautödem.

Besondere Aufmerksamkeit schenkte Breuer Nietzsches Nervensystem, nicht allein wegen der Natur der Kopfschmerzen, sondern auch, weil der Vater, als Nietzsche vier war, an einer ›Hirnerweichung‹ gestorben war – ein Allerweltsbegriff, der alle erdenklichen pathogenen Entwicklungen bezeichnen konnte, einschließlich eines Hirnschlags, eines Tumors oder einer Form vererbter zerebraler Degeneration. Obwohl er jedoch alle erfaßbaren Anzeichen der Gehirn- und Nerventätigkeit prüfte – Gleichgewichtssinn, Koordination, Empfindung, Muskelsinn, Gehör, Geruchssinn, Schluckbewegungen –, fand Breuer keinerlei Hinweise für eine organische Erkrankung des Nervensystems.

Während sich Nietzsche ankleidete, kehrte Breuer ins Ordinationszimmer zurück, um mit der Niederschrift des Untersuchungsbefundes zu beginnen. Und als Frau Becker wenige Minuten später Nietzsche wieder hereinführte, wurde Breuer inne, daß es ihm – und die Zeit ging zur Neige – nicht gelungen war, Nietzsche auch nur die leiseste Andeutung über eine vorliegende Melancholie oder Selbstmordabsicht zu entlocken. Er verlegte sich auf eine andere Taktik, eine Fragetechnik, die selten fehlschlug.

»Professor Nietzsche, schildern Sie mir doch bitte in aller Ausführlichkeit einen für Ihren Lebenswandel typischen Tag.«

»Da bringen Sie mich aber in große Verlegenheit, Doktor Breuer! Diese Frage ist von allen bisherigen am schwersten zu beantworten. Ich ziehe so viel umher, meine Umgebung ist unbeständig. Meine Anfälle diktieren meine Lebensordnung –«

»Nehmen Sie einen gewöhnlichen Tag, einen Tag zwischen den Anfällen der letzten Wochen.«

»Nun, ich erwache früh – das heißt, sofern ich überhaupt geschlafen habe –«

Breuer fühlte sich ermutigt. Hier bot sich doch schon ein Zugang. »Verzeihen Sie, wenn ich unterbreche, Professor Nietzsche. Sie sagten, *sofern* Sie geschlafen hätten?«

»Die Nächte sind ein Greuel. Mal sind es Muskelkrämpfe, mal Magenschmerzen, mitunter eine Anspannung, welche alle Regionen des Körpers erfaßt, mitunter meine Gedanken – in der Regel böse Nachtgeburten –, manches Mal liege ich bis zum Morgen wach, manches Mal schenken mir Drogen zwei, drei Stunden Schlaf.«

»Welche Drogen? Und in welchen Mengen?« fragte Breuer rasch nach. Obwohl es unumgänglich war, sich über Nietzsches Umgang mit Arzneien ein Bild zu verschaffen, erkannte er sogleich, daß er den falschen Weg einschlug. Es wäre besser, weit besser gewesen, nach den ›bösen Nachtgeburten‹ zu fragen!

»Chloral-Hydrat nehme ich fast jeden Abend, wenigstens ein Gramm. Mitunter, wenn der Körper nach Schlaf schreit, noch zusätzlich Morphium oder Veronal, was ich jedoch damit büße, daß ich den folgenden Tag im Stupor verbringe. Seltener Haschisch, welches ebenfalls am nächsten Tage das Hirn benebelt. Am liebsten Chloral. Soll ich mit der Geschichte dieses Tages fortfahren, der schon schlecht begonnen hat?«

»Bitte.«

»Ich nehme auf meinem Zimmer ein leichtes Frühstück ein – Sie wollen es wirklich in dieser Ausführlichkeit hören?«

»Ja, ja. Übergehen Sie nichts.«

»Nun, ein bescheidenes Frühstück. Der Wirt bringt mir heißes Wasser. Mehr nicht. Manchmal, wenn es mir besonders gut geht, verlange ich dünnen Tee und trocken Brot. Dann nehme ich ein kaltes Bad – unverzichtbar, wenn ich mit einiger Vitalität arbeiten will – und verbringe den Rest des Tages mit Schreiben, Denken, Lesen, sofern meine Augen dies gestatten. Wenn ich in guter Verfassung bin, gehe ich spazieren, oftmals stundenlang. Ich mache mir im Gehen Notizen, und ich komme auf diese Weise oft zu meinen besten Errungenschaften, meinen klarsten Gedanken – beim Gehen.«

»Ja, bei mir ist es ähnlich«, versicherte Breuer hastig. »Nach sechs, sieben Kilometern stelle ich verblüfft fest, daß ich die kniffligsten Rätsel gelöst habe.«

Nietzsche zögerte, von Breuers persönlicher Bemerkung offenbar aus dem Tritt gebracht. Er wollte auf sie eingehen, stotterte, ließ sie schließlich unbeachtet und fuhr fort: »Ich speise in der Pension mittags stets am selben Tisch. Meine Diät habe ich Ihnen bereits beschrieben – ungewürzte Speisen, vorzugsweise gekocht, kein Alkohol, kein Kaffee. Wochenlang bringe ich oft nichts herunter als ungesalzenes, gedämpftes Gemüse. Ich rauche nicht. Ich wechsle ein paar Worte mit Gästen, die mit mir an einem Tische sitzen, führe jedoch niemals längere Gespräche. Wenn ich außerordentliches Glück habe, begegnet mir ein Pensionsgast, der sich erbietet, mir vorzulesen oder etwas nach Diktat aufzuzeichnen; meine Mittel sind bescheiden, es ist mir nicht möglich, solche Dienste zu entlohnen. Der Nachmittag unterscheidet sich nicht vom Vormittag: Spazier- und Gedankengänge, Notizen. Abends speise ich auf meinem Zimmer, ich nehme wiederum nur heißes Wasser oder schwach gebrühten Tee zu mir und Zwieback. Dann arbeite ich, bis mir das Chloral zuraunt: ›Genug, du darfst ruhen.‹ So sieht mein leibliches Leben aus.«

»Sie erwähnen ausschließlich Pensionen; wie steht's mit Ihrem Heim?«

»Mein Heim ist mein Koffer. Ich bin eine Schildkröte, ich trage meine Hausung auf dem Rücken umher. Ich stelle sie in der Ecke meines jeweiligen Quartiers ab, und wenn das Wetter drückend wird, schultere ich sie und ziehe weiter in höhere, trockenere Gefilde.«

Breuer hatte die Absicht gehabt, zu Nietzsches ›bösen Nachtgeburten‹ zurückzukehren, glaubte aber, nun auf eine vielversprechendere Fährte gestoßen zu sein – eine, welche unweigerlich auf die Spur Fräulein Salomés führen mußte.

»Professor Nietzsche, mir fällt auf, daß in Ihrer Schilderung eines typischen Tagesverlaufs andere Menschen kaum Erwähnung finden. Verzeihen Sie – ich weiß, es sind für einen Arzt unübliche Fragen, aber ich hänge der Idee der Einheit des Subjekts an. Nach meinem Dafürhalten ist das körperliche Wohlbefinden vom gesellschaftlichen und seelischen untrennbar.«

Nietzsche errötete. Er zog einen kleinen Taschenkamm aus Schildpatt hervor, verharrte kurze Zeit zusammengesunken und schweigend auf seinem Stuhle und ordnete seinen gewaltigen Schnurrbart. Dann hatte er sich offenbar zu einer Entscheidung durchgerungen, er richtete sich auf, räusperte sich und sagte mit fester Stimme: »Sie sind nicht der erste Arzt, der diese Feststellung trifft. Ich nehme an, daß Sie die Erotik ansprechen. Doktor Lanzoni, ein italienischer Spezialist, den ich vor einigen Jahren konsultierte, deutete an, mein Befinden werde durch die Einsamkeit und Enthaltung verschlimmert, und empfahl mir, ich solle mir eine regelmäßige Befriedigung des Geschlechtstriebes verschaffen. Ich folgte seinem Rat und traf eine Vereinbarung mit einer jungen Bäuerin in einem Dorf bei Rapallo. Nach drei Wochen war ich vor Kopfschmerzen sterbenskrank – ein Quantum mehr von der italienischen Kur hätte den Exitus des Patienten bewirkt!«

»Weshalb entpuppte sich die Kur als so schädlich?«

»Ein Aufblitzen animalischen Genusses, gefolgt von Stunden der Selbstverachtung, der mühevollen Reinigung von den protoplasmischen Ausdünstungen der Wollust, das kann, nach meiner Auffassung, nicht der Weg zur – wie nannten Sie es? – ›Einheit des Subjekts‹ sein.«

»Gewiß nicht«, beeilte sich Breuer zu sagen, »und doch werden Sie nicht leugnen, daß wir alle in ein gesellschaftliches Ganzes eingebettet sind, einen Zusammenhang, der einstmals – historisch gesehen – dem Überleben diente und einem noch die Freuden zuteil werden läßt, welche mit der menschlichen Verbundenheit einhergehen.«

»Vielleicht sind derlei Herdenfreuden nicht für jedermann gemacht«, bemerkte Nietzsche und schüttelte den Kopf. »Dreimal habe ich andere aufgefordert, zu mir über den Steg zu kommen, dreimal bin ich verraten worden.«

Endlich! Breuer konnte seine Genugtuung kaum verhehlen. Fraglos war der eine der drei Fälle von Verrat Lou Salomé anzulasten. Ein weiterer vielleicht Paul Rée. Und der dritte? Endlich, endlich öffnete Nietzsche einen Spaltbreit die Tür. Zweifelsohne war jetzt der Weg frei für ein Gespräch über den Verrat und damit über die Verzweiflung, welche ein solcher Verrat auslöste.

Breuer legte soviel Mitempfinden als möglich in seine Stimme. »Dreimal gewagt, dreimal bitterer Verrat – und dann der Rückzug in die peinvolle Isolation. Sie haben gelitten, und wer weiß, auf Umwegen mag Ihr Leid Einfluß auf die Krankheit nehmen. Wollen Sie mir nicht die Einzelheiten dieser Fälle von Verrat anvertrauen?«

Abermals schüttelte Nietzsche den Kopf. Er schien sich in sich selbst zurückzuziehen. »Doktor Breuer, ich habe Ihnen heute sehr viel anvertraut. Ich habe heute mit Ihnen mehr intime Details aus meinem Leben geteilt als lange Zeit mit irgend jemandem. Doch Sie müssen *mir* vertrauen, wenn ich Ihnen versichere, daß meine Krankheit viel älter ist als diese persönlichen Enttäuschungen. Bedenken Sie meine Familiengeschichte; mein Vater starb an einer Gehirnerkrankung – vielleicht einer erblichen. Bedenken Sie, daß mich das Kopfleiden und die Unpäßlichkeiten seit der Schulzeit plagen, lange vor jedem Verrat. Umgekehrt haben die kurzen innigen Freundschaften, welche ich erleben durfte, nie eine Besserung herbeigeführt. Nein, ich habe nicht zu wenig vertraut; mein Fehler war, *zu sehr* zu vertrauen. Ich bin nicht willens, kann es mir nicht leisten, noch zu vertrauen.«

Breuer war wie vor den Kopf geschlagen. Wie konnte er sich nur so verschätzt haben? Eben noch schien Nietzsche bereit, ja beinahe begierig darauf, sich ihm anzuvertrauen. Und nun wies er ihn ab! Was war bloß geschehen? Er bemühte sich, den Hergang zu rekonstruieren. Nietzsche hatte von einem Steg gesprochen, den zu überqueren er andere aufgefordert habe, nur um verraten zu werden. An diesem Punkte hatte Breuer seine Teilnahme gezeigt und dann... und dann – Steg! Das Wort rief eine dunkle Erinnerung wach. Die Bücher! Aber ja! Er war sich fast sicher, daß er von einem Gleichnis mit einem Steg gelesen hatte. Vielleicht bargen die Bücher den Schlüssel zu Nietzsches Vertrauensbereitschaft. Breuer erinnerte sich auch schwach an eine weitere Passage, in welcher mit Eifer der Kunst der psychologischen Zergliederung das Wort geredet wurde. Er nahm sich vor, die beiden Werke vor ihrer nächsten Begegnung genauer zu studieren; vielleicht gelänge es ihm, Nietzsche mit Hilfe seiner eigenen Argumente zu gewinnen.

Nur, wie sollte er Argumente aus Nietzsches Werken ins Feld führen können? Wie überhaupt erklären, daß er die Bände besaß? In keiner der drei Wiener Buchhandlungen, in welchen er sich nach den Büchern erkundigt hatte, wußte man überhaupt von einem Friedrich Nietzsche. Breuer war jegliches falsche Spiel verhaßt; einen Augenblick lang war er versucht, Nietzsche alles zu beichten: Lou Salomés Besuche, sein Wissen um Nietzsches Verzweiflung, das Versprechen, das er Fräulein Salomé gegeben hatte, ihr Büchergeschenk.

Nein, dann wäre alles verloren. Nietzsche würde sich ganz ohne Zweifel verraten und düpiert vorkommen. Breuer war fest davon überzeugt, daß Nietzsches Verzweiflung aus seiner Verstrickung in die – in Nietzsches eigenen trefflichen Worten – pythagoräische Freundschaft mit Lou und Paul Rée erwuchs. Wenn Nietzsche von Lou Salomés Besuchen erführe, würde er sie und Breuer gewißlich als Eckpunkte eines weiteren Dreiecks betrachten. Nein, Breuer gelangte zu dem Schluß, daß die Aufrichtigkeit und Gradsinnigkeit, mit denen er sonst Lebenskrisen zu bewältigen gewohnt war, in diesem Falle alles nur verschlimmern würden. Irgendwie mußte er eine Möglichkeit finden, auf statthafte Weise zu den Büchern gekommen zu sein.

Es war spät geworden. Der graue, regnerische Tag neigte sich der Dämmerung zu. Schweigen. Nietzsche bewegte sich unruhig. Breuer war müde. Seine Beute war ihm entwischt, und er war ratlos. Er beschloß, auf Zeit zu spielen.

»Ich denke, Professor Nietzsche, wir sollten für heute Schluß machen. Ich möchte in Ruhe die vorliegenden Befunde studieren und muß die Laboruntersuchungen durchführen.«

Nietzsche seufzte leise. War er enttäuscht? Wünschte er insgeheim, das Gespräch möge fortgesetzt werden? Breuer hatte diesen Eindruck. Da er seiner Einschätzung der Regungen Nietzsches jedoch nicht mehr traute, schlug er einen weiteren Termin Ende der Woche vor. »Freitag nachmittag? Um die gleiche Stunde?«

»Ja, natürlich. Ich stehe Ihnen zur Verfügung, Doktor Breuer. Nichts sonst führt mich nach Wien.«

Soviel also dazu. Breuer erhob sich. Doch nun zögerte Nietzsche und setzte sich dann plötzlich wieder.

»Doktor Breuer, ich habe Sie über Gebühr beansprucht. Glauben Sie mir, ich weiß Ihre Bemühungen zu schätzen; aber gewähren Sie mir bitte noch einen Moment Ihrer kostbaren Zeit. Erlauben Sie mir, Ihnen meinerseits drei Fragen zu stellen!«

6

»Bitte, Professor Nietzsche, fragen Sie«, sagte Breuer und machte es sich wieder in seinem Lehnstuhl bequem. »Verglichen mit dem Hagel von Fragen, welchen Sie über sich haben ergehen lassen müssen, ist Ihr Ansinnen sehr bescheiden. Und sofern das nötige Wissen mir zu Gebote steht, sollen Sie Antworten haben.«

Er war abgekämpft. Es war ein langer Tag gewesen, und es standen ihm noch das Kolleg um sechs und seine abendlichen Hausbesuche bevor. Dennoch kam ihm Nietzsches Bitte nicht ungelegen. Im Gegenteil, sie gab ihm unverhofft neuen Auftrieb. Vielleicht käme es doch noch zum erhofften Durchbruch.

»Wenn Sie meine Fragen erst gehört haben, mögen Sie, wie viele Ihrer Kollegen, Ihre Zusicherung vielleicht bereuen. Hier also meine Fragen-Trinität, drei Fragen, zuletzt jedoch nur eine. Und diese eine Frage – nicht minder Bitte als Frage – lautet: Werden Sie mir die Wahrheit sagen?«

»Aber die drei einzelnen Fragen?« entgegnete Breuer.

»Die erste: Werde ich erblinden? Die zweite: Werde ich für den Rest meines Lebens diese Anfälle erdulden müssen? Die dritte und heikelste: Leide ich an einer fortschreitenden Gehirnerweichung, an der ich genau wie mein Vater früh sterben muß, welche in der Paralyse enden wird, gar im Wahn oder in der Demenz?«

Breuer verschlug es die Sprache. Er blätterte stumm in

Nietzsches Befunden. In seiner langjährigen Praxis hatte noch kein Patient mit solch rückhaltloser Offenheit eine Prognose verlangt.

Nietzsche war sein Unbehagen nicht entgangen. Er sprach weiter: »Verzeihen Sie, daß ich Sie so bedränge. Doch habe ich mit der ausweichenden Art der Ärzte so meine Erfahrungen gemacht; namentlich die deutschen Ärzte feiern sich als Prediger der Wahrheit, geizen jedoch mit ihren Erkenntnissen. Kein Arzt hat das Recht, dem Patienten vorzuenthalten, was ihm rechtmäßig zusteht.«

Breuer mußte über Nietzsches Charakterisierung deutscher Kollegen schmunzeln, sträubte sich jedoch zugleich gegen die Proklamation der Rechte des Patienten. Dieser kleine Philosoph mit dem gewaltigen Schnurrbart zwang einen wahrhaftig zum Nachdenken.

»Ich bin gerne bereit, die medizinischen Fragen mit Ihnen zu erörtern, Professor Nietzsche. Sie fragen ohne Umschweife; ich will versuchen, Ihnen mit gleicher Offenheit zu antworten. Ich teile Ihre Ansicht über die Rechte des Patienten. Doch Sie vergessen einen ebenso wichtigen Gesichtspunkt: *die Pflichten des Patienten.* Auch ich ziehe ein redliches Verhältnis zu meinen Patienten vor. Dieses setzt jedoch Redlichkeit auf beiden Seiten voraus; auch der Patient muß sich zur Aufrichtigkeit gegen mich verpflichten. Aufrichtigkeit – das heißt aufrichtige Fragen, aufrichtige Antworten – ist die beste Medizin. Ich gebe Ihnen also unter dieser Vorbedingung mein Wort: Ich werde nichts beschönigen, Sie sollen wissen, was ich weiß und zu welchen Schlußfolgerungen ich gelange.

Aber, werter Professor«, setzte Breuer hinzu, »ich stimme mit Ihnen nicht darin überein, daß dem *unweigerlich* so sein müsse. Es gibt Patienten, und es gibt Sachlagen, welche den guten, redlichen Arzt nötigen, die Wahrheit – zum Wohle des Patienten – zu verschweigen.«

»Ja, die nämliche Antwort erhielt ich von etlichen Ärzten. Doch wer wollte sich anmaßen, das für einen anderen zu ent-

100

scheiden? Eine solche Haltung verletzt die Autonomie des Patienten.«

»Es ist meine Pflicht«, antwortete Breuer, »den Patienten Trost zu spenden. Eine Pflicht, die nicht auf die leichte Schulter zu nehmen ist, und bisweilen eine undankbare Aufgabe, bisweilen nämlich muß ich dem Patienten schlechte Nachrichten vorenthalten, bisweilen ist es meine Pflicht, zu schweigen und den Schmerz sowohl des Patienten als auch seiner Familie auf mich zu nehmen.«

»Aber sehen Sie denn nicht, Doktor Breuer, daß diese Art von Pflicht eine grundlegendere Pflicht auslöscht, nämlich die Pflicht eines jeden gegen sich selbst, nach Wahrheit zu streben?«

Vor lauter Debattiereifer hatte Breuer vorerst vergessen, daß Nietzsche Patient war. Hier ging es um höchst bedeutsame Fragen, sie nahmen ihn ganz in Anspruch. Er stand auf und begann, hinter seinem Stuhl auf und ab zu gehen, während er sprach.

»Es soll meine Pflicht sein, anderen Wahrheiten zuzumuten, von welchen sie nichts wissen wollen?«

»Wer wollte entscheiden, was ein anderer nicht zu wissen wünscht?« warf Nietzsche ein.

»Darin«, versicherte Breuer entschieden, »zeigt sich eben, was man die hohe medizinische Kunst nennen könnte. Derlei zu sondern lernt man nicht aus Lehrbüchern, sondern am Krankenlager. Erlauben Sie mir, Ihnen ein Beispiel zu geben: Ich habe einen Patienten, den ich heute abend noch im Spital besuchen werde. Was ich Ihnen jetzt sage, sage ich Ihnen unter dem Siegel der Verschwiegenheit, und ich werde selbstredend seinen Namen nicht nennen. Dieser Mann ist verloren, er leidet an einem Leberkarzinom im Endstadium. Das Versagen der Leber hat eine Gelbsucht nach sich gezogen; Galle tritt in die Lymphe über. Es besteht keinerlei Hoffnung. Ich glaube kaum, daß ihm mehr als zwei bis drei Wochen bleiben. Als ich heute morgen bei ihm war, hörte er sich in aller Ruhe meine Erklä-

101

rung für die gelbliche Verfärbung seiner Haut an und bedeckte dann meine Hand mit der seinen, als wollte er *mir* eine Last abnehmen, als hieße er mich schweigen. Darauf wechselte er das Thema. Er erkundigte sich nach meiner Familie – wir kennen uns seit über dreißig Jahren – und sprach von der vielen Arbeit, die ihn nach seiner Entlassung erwartete.

Und ich...« – Breuer holte tief Luft – »...ich weiß, daß es keine Entlassung geben wird. Soll ich ihm das sagen? Sehen Sie, Professor Nietzsche, es ist nicht so einfach. Für gewöhnlich bleibt doch die entscheidende Frage ungestellt! Wenn er es hätte wissen wollen, dann hätte er nach dem Grund für das Versagen der Leber gefragt oder danach, wann ich ihn voraussichtlich zu entlassen dächte. Doch er schweigt. Soll ich so unbarmherzig sein, ihm zu sagen, was er nicht wissen will?«

»Gelegentlich«, murmelte Nietzsche, »muß der Lehrer hart sein. Die Menschen brauchen harte Lehren, denn das Leben ist hart und auch das Sterben.«

»Habe ich das Recht, Menschen die Wahl zu nehmen, wie sie ihrem Tod begegnen wollen? Vermöge welchen Rechts, welchen Auftrages, sollte ich diesen Part übernehmen? Sie behaupten, ein Lehrer müsse mitunter hart sein. Mag sein. Die Aufgabe des Arztes hingegen ist es, Not zu lindern und die Heilkräfte des Körpers zu stärken.«

Heftige Regenböen prasselten gegen die Scheiben. Das Glas klirrte leise. Breuer trat ans Fenster und blickte hinaus. Er fuhr herum. »Je länger ich darüber nachdenke, desto mehr schwanke ich, ob Ihnen selbst in der Frage der Härte eines Lehrers zuzustimmen ist. Allenfalls einem besonderen Lehrmeister würde ich sie zugestehen – einem Propheten vielleicht.«

»Ja! Ja!« Die Erregung ließ Nietzsches Stimme eine Oktave höher gleiten. »Ein Verkünder unliebsamer Wahrheiten, ein ungeliebter Prophet! Ich glaube, das bin ich wirklich!« Jedes Wort seines Satzes untermalte er, indem er mit dem Zeigefinger auf seine Brust einhieb. »Sie, Doktor, haben sich der Erleichterung des Lebens verschrieben; ich hingegen setze alles daran, meinen Schülern, den Kindern einer noch unbewiesenen Zukunft, das Leben schwer zu machen.«

»Aber welcher Verdienst liegt darin, unliebsame Wahrheiten zu verkünden, das Leben schwer zu machen? Als ich meinen Patienten heute morgen verließ, sagte er zu mir: ›Ich gebe mich in Gottes Hand.‹ Wer wollte sich anmaßen zu erklären, dies sei nicht auch eine Form von Wahrheit?«

»Ja, wer?« Auch Nietzsche war jetzt aufgesprungen und ging vor dem Schreibtisch ebenso unruhig auf und ab wie Breuer dahinter. »Wer wollte es sich anmaßen?« Er blieb plötzlich stehen, umklammerte die Rückenlehne seines Stuhles und schlug sich auf die Brust. »Ich! Ich maße es mir an!«

Ohne weiteres hätte er, zum Erschrecken einer aufgescheuchten Gemeinde, von einer Kanzel herab sprechen können, fand Breuer, führte den Eindruck jedoch darauf zurück, daß sein eigener Vater Religionslehrer gewesen war.

»Mißtrauen«, fuhr Nietzsche fort, »ist der einzige Weg zur Wahrheit, Mißtrauen und Unglaube, nicht kindliche Wünsche! Der Wunsch Ihres Patienten, sein Leben in Gottes Hand zu geben, ist nicht Wahrheit. Es ist der Wunsch eines Kindes, weiter nichts! Es ist der Wunsch, nicht sterben zu müssen, ist die Sehnsucht nach der ewigen Ammenbrust, welche wir ›Gott‹ heißen! Die Evolutionslehre hat die Verzichtbarkeit Gottes wissenschaftlich hinreichend belegt – auch wenn Darwin selbst nicht den Mut besaß, seinem Beweismaterial zu dessen redlichem Schluß zu folgen. Sie müssen doch einsehen, daß *wir* Gott erschaffen und daß *wir* ihn längst getötet haben.«

Breuer ließ den Argumentationsstrang fallen wie ein glühendes Schüreisen. Es war nicht an ihm, den Theismus zu verteidigen! Seit seiner Jugend Freidenker, hatte er oft, in hitzigen Debatten mit seinem Vater und seinen Religionslehrern, genau den Standpunkt Nietzsches eingenommen. Er setzte sich und sagte dann, als auch Nietzsche wieder auf seinen Platz zurückgekehrt war, in sanfterem, versöhnlicherem Ton: »Welch glühende Wahrheitsliebe! Verzeihen Sie, Professor Nietzsche,

103

wenn es provokatorisch klingt, doch haben wir uns ja geeinigt, daß wir offen miteinander reden wollen. Sie sprechen mit einem so heiligen Eifer von der Wahrheit, als wollten Sie die eine Religion durch eine andere ersetzen. Lassen Sie mich einen Augenblick lang den Advocatis diaboli spielen: Weshalb diese Leidenschaft für, diese Ehrfurcht vor der Wahrheit? Was nützt sie meinem Patienten von heute morgen?«

»Nicht die Wahrheit als solche ist mir heilig, sondern die Suche nach der eigenen Wahrheit. Welche Handlung wäre heiliger als die Selbsterforschung? Mein philosophisches Werk – sagen manche – sei auf Sand gebaut; meine Anschauungen wanderten wie Dünen. Doch einer meiner unverrückbaren Grenzsteine lautet: ›Werde, der du bist.‹ Und wie sollte man zu dem vordringen, *wer* und *was* man sei, ohne Wahrheit?«

»Die Wahrheit ist, daß mein Patient nur kurze Zeit noch leben wird. Soll ich ihm diese Wahrheit verheißen?«

»Wirkliche Freiheit«, erwiderte Nietzsche, »blüht nur an der Sonne der Wahrheit auf. Wie sollte es anders sein?«

Breuer erkannte, daß Nietzsche sehr eindringlich – und endlos – im Abstrakten über Wahrheit und Freiheit zu reden vermöchte und daß er ihn zwingen müßte, konkreter zu werden. »Und mein Patient von heute morgen? Welche Freiheit besitzt er? Vielleicht ist das Vertrauen auf Gott *seine* Freiheit!«

»Diese Freiheit besitzt der Mensch nicht, ist dem menschlichen Wollen nicht zugänglich, sie ist der Griff nach einem jenseits eines Selbst liegenden Trugbilde. Das Wollen des anderen, des Übernatürlichen, kann nur schwächen. Sie macht den Menschen geringer, als er ist. Ich schätze das, was uns erhebt, uns über uns selbst hinausträgt!«

»Sprechen wir doch nicht über das blutlose Abstraktum Mensch«, beharrte Breuer, »sondern über diesen *einen* Menschen aus Fleisch und Blut, meinen Patienten. Bedenken Sie seine Lage. Er hat nur noch Tage oder Wochen zu leben! Was hätte es für einen Sinn, ihm von Freiheit zu sprechen?«

Keineswegs entmutigt, reagierte Nietzsche sofort: »Wenn er

aber doch nicht weiß, *daß* er sterben muß, wie sollte Ihr Patient wählen können, *wie* er sterben will?«

»*Wie* er sterben will, Professor Nietzsche?«

»Freilich. Er muß sich entscheiden, wie er dem Tod begegnen will: Ob er mit anderen sprechen will, letzten Rat erteilen will, die Dinge aussprechen will, welche er sich für das Ende aufgespart hat, sich von den anderen verabschieden will, allein sein will, weinen will, sich gegen den Tod auflehnen will, ihn verfluchen will, ihn dankbar annehmen will...«

»Sie erwägen abstrakte Möglichkeiten, während es mir zufällt, dem leibhaftigen Manne beizustehen, dem Manne aus Fleisch und Blut. Ich weiß, daß er sterben muß, und unter Qualen sterben wird, schon bald. Warum ihn mit dieser Keule niederschlagen? Es gilt vor allen Dingen, die Hoffnung zu bewahren. Und wer sollte Hoffnung geben, wenn nicht der Arzt?«

»Hoffnung? Hoffnung ist das übelste der Übel!« Nietzsche erhob die Stimme. »In meinem Buche *Menschliches, Allzumenschliches* behaupte ich folgendes: Als Pandora das Faß öffnete und die Übel, welche Zeus hineingelegt hatte, in die Welt der Menschen ausgeflogen waren, blieb, von allen unbemerkt, ein letztes Übel zurück – die Hoffnung. Seit dieser Zeit betrachten die Menschen das Faß und seinen Inhalt, die Hoffnung, irrigerweise als Schatz, als größtes Glücksgut. Dabei haben wir vergessen, daß Zeus den Menschen wünschte, sie möchten sich weiterhin quälen lassen. Die Hoffnung ist das übelste der Übel, weil sie die Qual der Menschen verlängert.«

»Das hieße demnach auch, daß man sein Ende beschleunigen dürfte, so man es wünschte?«

»Das wäre eine mögliche Freiheit, gewiß, aber nur mit vollem Bewußtsein.«

Breuer frohlockte innerlich. Er war geduldig gewesen, er hatte den Dingen ihren Lauf gelassen, und jetzt würde er die Früchte seines Vorgehens ernten! Das Gespräch bewegte sich genau in die gewünschte Richtung.

»Wir sprechen also vom Freitod, Professor Nietzsche. Darf der Selbstmord wahrhaftig zur freien Disposition stehen?«

Und wieder äußerte sich Nietzsche bestimmt und unzweideutig: »Jedem Menschen gehört sein eigener Tod. Jeder sollte ihn auf seine Weise leben. Vielleicht – ich sage vielleicht – gibt es ein Recht, wonach wir einem anderen das Leben nehmen dürfen, aber keines, wonach wir ihm das Sterben nehmen dürfen. Dies ist nicht Trost, dies ist nur Grausamkeit!«

Breuer faßte nach: »Käme für Sie der Selbstmord jemals in Betracht?«

»Sterben ist schwer. Ich habe stets empfunden, daß das Vorrecht der Toten das sei, nicht mehr sterben zu müssen!«

»Das Vorrecht der Toten: nicht mehr sterben zu müssen!« Breuer nickte anerkennend und nahm den Füller zur Hand. »Darf ich mir das notieren?«

»Gewiß. Aber ich will mich nicht selbst plagiieren; das war keine plötzliche Eingebung, es steht in meinem anderen Buche: *Die fröhliche Wissenschaft.*«

Breuer traute seinen Ohren nicht. Was hatte er für ein Glück! Innerhalb von wenigen Minuten hatte Nietzsche beide Bücher erwähnt, die ihm Lou Salomé überlassen hatte. Breuer war in Gedanken noch ganz bei dem anregenden Gespräch, und er unterbrach dessen Fluß nur ungern, aber er konnte sich diese einmalige Gelegenheit, das Dilemma um die zwei Werke zu lösen, nicht entgehen lassen.

»Professor Nietzsche, was Sie über Ihre beiden Bücher sagen, interessiert mich sehr. Gibt es eine Möglichkeit, sich diese Schriften zu beschaffen? In einer Wiener Buchhandlung möglicherweise?«

Nietzsche fühlte sich geschmeichelt, das war unverkennbar. »Wissen Sie, mein Verleger, Schmeitzner in Chemnitz, hat den falschen Beruf gewählt. Viel besser geeignet wäre er für die internationale Diplomatie oder gar die Spionage. Er ist ein Meister der Intrige, und meine Werke sind sein bestgehütetes Geheimnis. In den letzten acht Jahren hat er nicht einen Pfennig für die Bewerbung ausgegeben. Er hat nicht ein Exemplar an Rezensenten geschickt, nicht ein Buch den Buchhandlungen zugeführt.

Sie werden meine Bücher daher in den Wiener Buchhandlungen umsonst suchen. Desgleichen in den Wiener Privatbibliotheken. Es wurden nämlich so wenig Exemplare verkauft, daß ich die Namen der meisten Käufer kenne, und soweit ich mich entsinne, befand sich kein Wiener darunter. Sie müßten sie also direkt beim Verlage ordern. Hier die Adresse.« Nietzsche öffnete seine Mappe, kritzelte rasch ein paar Zeilen auf einen Zettel und reichte ihn Breuer. »Ich könnte ihm natürlich persönlich schreiben, zöge es jedoch vor, wenn er von Ihnen einen Brief erhielte. Vielleicht, daß ihn die Order eines hochangesehenen Mediziners bewegte, auch anderen die Existenz meiner Bücher zu offenbaren.«

Breuer schob den Zettel in seine Westentasche und sagte: »Ich will die Bücher gleich heute abend noch bestellen. Nur schade, daß ich nicht rascher Kopien kaufen oder leihen kann. Da ich mich für sämtliche Lebensumstände meiner Patienten interessiere, einschließlich ihrer Arbeit und ihrer Wertsetzungen, wäre es denkbar, daß Ihre Bücher bei der Erforschung Ihres Gesundheitszustandes behilflich wären – ganz zu schweigen von dem Genuß, Ihre Werke studieren und anschließend mit Ihnen debattieren zu können!«

»Ah«, sagte hierauf Nietzsche, »da wüßte ich Abhilfe. Ich führe meine eigenen Exemplare im Gepäck mit. Ich borge sie Ihnen mit Vergnügen. Ich will sie gerne noch heute hier in der Praxis abgeben.«

Froh, daß ihm sein kleiner Coup gelungen war, wollte Breuer seinerseits Nietzsche Gutes tun. »Sein Leben dem Schreiben zu widmen, sein Herzblut in seine Schriften fließen zu lassen und dann so wenige Leser zu finden – das ist bitter! Für viele Schriftsteller meiner Bekanntschaft hier in Wien wäre dies ein Los schlimmer als der Tod. Wie haben Sie das ertragen? Wie ertragen Sie es in diesem Augenblick?«

Nietzsche dankte Breuer sein Entgegenkommen weder mit einem Lächeln noch durch einen veränderten Tonfall. Mit starrem Blick sagte er: »Wo gäbe es schon einen Wiener, der nicht vergessen hätte, daß auch jenseits der Ringstraße Raum und Zeit existieren? Ich bin geduldig. Vielleicht werden die Menschen im Jahre Zweitausend den Mut finden, meine Bücher zu lesen.« Er erhob sich. »Also Freitag?«

Breuer fühlte sich zurückgewiesen. Woher diese plötzliche Kälte? Zum zweitenmal geschah es nun; das erstemal war es die Sache mit dem Steg gewesen. Und in beiden Fällen, erkannte Breuer, war er zurückgestoßen worden, nachdem er Nietzsche sein Mitgefühl bekundet hatte. ›Welche Bewandtnis hat es damit?‹ grübelte er. ›Erträgt Professor Nietzsche nicht, wenn jemand ihm nahetritt oder Hilfe anbietet?‹ Ihm fiel Lou Salomés Warnung vor jedem Versuch ein, Nietzsche zu hypnotisieren; es war dabei um dessen Anschauungen über Macht gegangen…

Breuer erlaubte sich kurz, sich auszumalen, wie sie wohl Nietzsches Schroffheit begegnet wäre. Sie wäre gewiß nicht darüber hinweggegangen, sondern hätte ihn unmittelbar darauf angesprochen. Hätte vielleicht gesagt: ›Friedrich! Warum müssen Sie nur jeden, der Sie mit freundlichen Worten bedenkt, gleich verprellen?‹

Welche Ironie, dachte Breuer, daß er, dem doch Lou Salomés Impertinenz sauer aufgestoßen war, jetzt ihr Bild heraufbeschwor, damit sie ihm den Weg wies! Rasch ließ er diese Gedanken vorbeihuschen. Sie mochte Nietzsche Derartiges auf den Kopf zusagen, er durfte es nicht. Schon gar nicht, wo der frostige Professor Nietzsche bereits der Tür zustrebte.

»Ja, Freitag, zwei Uhr, Professor Nietzsche.«

Mit einer angedeuteten Verbeugung trat Nietzsche rasch zur Tür hinaus. Breuer beobachtete vom Fenster aus, wie er die Treppe hinabstieg, wie er unwirsch einen Fiaker ablehnte, zum sich verdüsternden Himmel hochblickte, den Schal bis zu den Ohren hochzog und die Straße hinunterstapfte.

7

Morgens um drei Uhr glaubte Breuer erneut, die Erde unter sich nachgeben zu fühlen. Erneut stürzte er, auf der Suche nach Bertha, vierzig Fuß hinab auf die Marmorplatte mit den rätselhaften Zeichen. Er schreckte mit jagendem Herzen hoch, Nachthemd und Kopfkissen waren schweißnaß. Sachte, um Mathilde nicht zu wecken, stieg er aus dem Bett, schlich auf Zehenspitzen ins Bad, benutzte das Wasserklosett, wechselte das Hemd, kehrte ins Bett zurück, drehte sein Kissen um und suchte Vergessenheit im Schlaf.

· Doch an Schlaf war in dieser Nacht nicht mehr zu denken. Er lag wach und lauschte Mathildes tiefem, gleichmäßigem Atem. Alles schlief: die fünf Kinder, Louis, das Mädchen, die Köchin Marta, das Kinderfräulein Gretchen – alle außer ihm. Er wachte für sie alle. Ihm, der am schwersten arbeitete und den Schlaf am dringendsten benötigte, fiel das Los zu, wach zu liegen und sich für alle zu sorgen.

Chimären fielen über ihn her. Einige konnte er abwehren, andere stürmten immer wieder auf ihn ein. Dr. Binswanger hatte aus dem Sanatorium Bellevue geschrieben: um Bertha stehe es schlechter denn je. Noch beunruhigender war die Nachricht, daß der junge Anstaltspsychiater Dr. Exner sich in die Patientin verliebt hatte. Er hatte ihr einen Antrag gemacht und ihre Behandlung darauf einem Kollegen übertragen müssen! Hatte sie seine Gefühle erwidert? Sie mußte ihm doch Anlaß zu Hoffnungen gegeben haben! Immerhin war Dr. Exner unverheiratet und so vernünftig, den Fall kurzentschlossen abzugeben. Die Vorstellung einer dem jungen Exner in der gleichen, besonderen Weise wie einst ihm zulächelnden Bertha fraß sich wie eine Säure in Breuers Bewußtsein.

Bertha kränker als zuvor! Wie leichtfertig von ihm, sich der Mutter gegenüber seiner neuen hypnotischen Behandlungsmethode zu brüsten! Was mochte sie jetzt wohl von ihm denken? Was tuschelten die Kollegen hinter seinem Rücken? Wenn er doch bloß Berthas Fall nicht mit stolzgeschwellter Brust seinen Studenten präsentiert hätte – im nämlichen Kolleg, welches Lou Salomés Bruder besucht hatte! Wann würde er endlich lernen, sich zu zügeln? Es schauderte ihn gleichsam vor Scham und Schuldempfinden.

Mochte irgend jemand erraten haben, daß er in Bertha verliebt war? Alle Welt mußte sich doch gewundert haben, wie ein stark eingespannter Arzt durch Monate hindurch täglich ein bis zwei Stunden einer einzigen Patientin widmen konnte! Er hatte gewußt, daß Bertha ungewöhnlich stark an ihrem Vater hing. Und hatte nicht er, der Arzt ihres Vertrauens, diese Anhänglichkeit selbstsüchtig mißbraucht? Wie sonst hätte sie einem Manne seines Alters, seiner Unscheinbarkeit solche Zuneigung entgegenbringen können?

Breuer wand sich, als er daran dachte, wie sein Glied sich jedesmal aufgerichtet hatte, sobald Bertha in Trance fiel. Dem Himmel sei Dank, daß er seiner Wollust nie stattgegeben, ihr nie seine Liebe erklärt, nie ihre Brüste berührt hatte. Er stellte sich vor, wie er sie massierte; da plötzlich packte er sie bei den Handgelenken, riß ihre Arme in die Höhe, schob ihr Nachthemd hoch, drückte mit den Knien ihre Schenkel auseinander, umfing ihre Gesäßbacken und hob sie sich entgegen. Er war im Begriffe, seinen Gürtel zu lösen und seine Hose aufzuknöpfen, als unzählige Menschen – Pflegerinnen, Kollegen, Frau Pappenheim – ins Zimmer schwärmten!

Er sank zurück, zerschlagen, mutlos. Weshalb quälte er sich so? Wieder und wieder wurde er die Beute übermächtiger Sorgen. Auch jüdischer Sorgen: wegen des erstarkenden Antisemitismus, welcher ihm die Universitätslaufbahn versperrt hatte, Schönerers neuer Partei, des Deutschnationalen Vereins, der antisemitischen Hetzreden des Österreichischen Reformvereins, welche die Handwerksbetriebe aufstacheln sollten, gegen Juden vorzugehen – Kapitaljuden, Nordbahnjuden, Theaterjuden, Judenpresse. In dieser Woche hatte Schönerer die Wiedereinführung alter gesetzlicher Restriktionen für die jüdische Gemeinde gefordert und vereinzelt Krawalle in der Stadt angezettelt. Es würde noch ärger kommen, das wußte Breuer. Die Universität war bereits affiziert. Burschenschaften hatten kürzlich beschlossen, daß Juden, da ›ehrlos geboren‹, bei Beleidigungen kein Recht auf Satisfaktion durch Duelle haben sollten. Verunglimpfungen von jüdischen Ärzten waren ihm noch nicht zu Ohren gekommen, doch auch hiermit war zu rechnen.

Er lauschte Mathildes sanftem Schnarchen. Neben ihm lag seine größte Sorge! Sie hatte ihn zum Mittelpunkt ihres Lebens gemacht – eine liebende Gattin, eine fürsorgliche Mutter. Dank der Mitgift, welche sie aus ihrer, der Altmann-Familie, in die Ehe eingebracht hatte, war er ein wohlhabender Mann. Wenn sie verbittert war Berthas wegen, wer konnte es ihr verdenken? Sie hatte allen Grund, verbittert zu sein.

Breuer betrachtete seine schlafende Frau. Als er sie geheiratet hatte, war sie für ihn die schönste Frau gewesen, die er je gesehen hatte, und sie war es noch. Sie war schöner als die Kaiserin, schöner als Bertha und sogar Lou Salomé. Gab es in Wien einen einzigen Mann, der ihn nicht beneidete? Was machte also, daß er sie nicht berühren mochte, nicht küssen? Weshalb erschreckte ihn ihr offener Mund? Weshalb der beängstigende Wahn, er müsse ihren Fängen entkommen? Sie wäre die Ursache seines Leids?

Er studierte sie im dämmrigen Licht. Die süßen Lippen, die fein modellierten Wangenknochen, die samtene Haut. Im Geiste sah er ihre Züge altern, faltig werden, die Haut ledrig und spröde, sah sie abblättern und den elfenbeinernen Schädel freilegen. Sein Blick ruhte auf der Rundung der Brüste über den Rippenbögen des Brustkorbes, und er mußte an einen windigen Strandspaziergang denken, bei welchem er unverhofft auf das Gerippe eines gewaltigen Fisches gestoßen war, halb verwest schon, aus dessen geborstenem Leib ihm die gebleichten, blanken Knochen entgegenbleckten.

Breuer versuchte, den Gedanken an den Tod zu vertreiben. Er sagte sich seinen Lieblingsspruch her, einen Satz des Lukrez: ›Der Tod geht uns nichts an; denn solange wir existieren, ist der Tod nicht da, und wenn der Tod da ist, existieren wir nicht mehr‹, doch umsonst.

Er warf den Kopf hin und her, wollte die morbiden Gedanken abschütteln. Wo kamen sie bloß her? Entstammten sie dem Gespräch mit Nietzsche übers Sterben? Nein, Nietzsche hatte ihm diese Gedanken nicht eingegeben, allenfalls *freigesetzt;* sie waren immer schon dagewesen, er hatte sie alle schon gedacht. Und wo wohnten sie in seinem Bewußtsein, wenn er sie nicht dachte? Freud hatte recht: Es *mußte* ein Reservoir komplexer Gedanken im Gehirn geben, außerhalb des Bewußtseins, doch immer in Rufnähe, jederzeit bereit zur Musterung und zum Aufmarsch auf die Bühne des bewußten Denkens.

Und nicht allein Gedanken waren in diesem unbewußten Reservoir, auch Affekte! Vor wenigen Tagen, als er im Fiaker unterwegs gewesen war, hatte Breuer flüchtig zur Droschke neben der seinen hinübergeblickt, deren Gespann friedlich vor dem Wagen mit seinen zwei Insassen hertrabte, einem mißlaunig dreinblickenden, älteren Paar. *Aber es fehlte der Kutscher.* Ein Gespensterfiaker! Ein gewaltiger Schreck war ihm in die Glieder gefahren, und seine Kleider waren innerhalb von Sekunden von Angstschweiß durchnäßt gewesen. Dann jedoch war der Kutscher in sein Blickfeld geraten; er hatte sich lediglich vornüber gebeugt und sich an seinen Stiefeln zu schaffen gemacht.

Zunächst hatte Breuer über seine kopflose Reaktion lachen müssen. Doch je länger er gegrübelt hatte, desto klarer hatte er erkannt, daß er, obschon Verstandesmensch und Freidenker, doch Wucherungen abergläubischer Schrecknisse im Kopf beherbergte. Und nicht einmal in allzu großer Tiefe, sondern knapp unter der Oberfläche harrten sie in der Tat des nichtigsten Anlasses. Ach, gäbe es doch ein Tonsillotom, mittels dessen sich diese Wucherungen mit Stumpf und Stiel herausreißen ließen!

Immer noch fand er keinen Schlaf. Breuer stieg aus dem Bett, zog sich das verrutschte Nachthemd gerade und schüttelte die Kissen auf. Er mußte wieder an Nietzsche denken. Was für ein seltsamer Mann! Was für erregende Gespräche sie geführt hatten! Er liebte solche Gespräche, er fühlte sich dabei in seinem Element. Wie lautete noch die Setzung auf Nietzsches Grenzstein? ‚Werde, der du bist!‘ ›Und wer bin ich?‹ fragte sich Breuer. ›Wer habe ich werden sollen?‹ Sein Vater war Talmudschüler gewesen; vielleicht, daß ihm das Philosophieren im Blut lag. Er war froh um die wenigen philosophischen Vorlesungen, die er während seines Studiums gehört hatte – mehr immerhin als bei Medizinern üblich, weil er, auf Drängen seines Vaters, sich das erste Jahr an der philosophischen Fakultät inskribiert hatte, ehe er sein Medizinstudium ernsthaft aufnahm. Und er war froh, daß er den Verkehr mit Brentano und Jodl, seinen Philosophielehrern, auch späterhin gepflegt hatte. Er müßte sich wirklich öfter mit ihnen treffen. Sich gedanklich in der Welt der reinen Ideen zu bewegen, hatte etwas Läuterndes. Dort, vielleicht nur dort, blieb er unbefleckt von Bertha und seinen sinnlichen Begierden. Wie es wohl wäre, sich allezeit, wie Nietzsche, in jener Welt aufzuhalten?

Wie unerschrocken sich Nietzsche äußerte! Man denke nur: Zu sagen, die Hoffnung sei das übelste der Übel! Gott sei tot! Die Wahrheit sei die Art von Irrtum, ohne welche wir nicht leben könnten! Die Feinde der Wahrheit seien nicht Lügen, sondern Überzeugungen! Das Vorrecht der Toten sei es, nicht mehr sterben zu müssen! Ärzte hätten kein Recht, den Menschen den eigenen Tod vorzuenthalten! Böse Gedanken! Jeden hatte er angefochten, doch es waren Scheingefechte gewesen; in seinem Innersten gab er Nietzsche recht.

Und wie frei war Nietzsche! Wie mochte es wohl sein, so frei zu leben? Kein Heim, keine Verpflichtungen, keine Salärs zu zahlen, keine Kinder großzuziehen, keine Termine, keine Rolle, keine Stellung in der Gesellschaft. Solche Freiheit hatte etwas sehr Verlockendes. Warum besaß Friedrich Nietzsche so viel von ihr und Josef Breuer so wenig? Nietzsche hatte sich seine Freiheit einfach genommen. ›Weshalb kann ich es nicht?‹ stöhnte Breuer. Er lag im Bett, dachte, bis ihm schwindelte und um sechs der Wecker rasselte.

»Guten Morgen, Herr Doktor.« Frau Becker erwartete ihn, als er um halb elf nach seiner morgendlichen Hausbesuchsrunde in der Praxis eintraf. »Ihr Professor Nietzsche saß bereits im Vestibül, als ich frühe kam, um aufzuschließen. Er hat diese Bücher für Sie abgegeben und mich gebeten, Ihnen auszurichten, es handele sich um seine eigenen Exemplare mit handschriftlichen Anmerkungen, welche Einfälle für künftige Arbeiten betreffen. Es seien sehr private Notizen, meinte er, und Sie dürften sie unter keinen Umständen einer Menschenseele zeigen. Er sah übrigens recht elend aus, und er benahm sich wunderlich.«

»Wunderlich, Frau Becker?«

»Er blinzelte unentwegt, als könne er nicht sehen oder wolle nicht wahrhaben, was er sehe. Und bleich! Als müßte ihn jeden Moment eine Ohnmacht überkommen. Ich fragte, ob er Hilfe brauche, ob ich ihm einen Tee bringen könne oder ob er sich vielleicht einen Moment im Sprechzimmer hinlegen wolle. Ich habe es gut gemeint, doch er schien ärgerlich, geradezu erbost. Er hat sich kommentarlos umgedreht und ist die Stufen hinuntergestolpert.«

Breuer nahm seiner Ordinationshilfe Nietzsches Päckchen

114

ab – zwei sauber in die Vortagsausgabe der *Neuen Freien Presse* gewickelte und verschnürte Bücher. Er packte sie aus und legte sie auf seinen Schreibtisch neben die Ausgaben, welche ihm Lou Salomé überlassen hatte; Nietzsche irrte zwar, als er sich zu der Behauptung verstiegen hatte, im Besitz der einzigen Exemplare dieser Werke in ganz Wien zu sein, er, Breuer, war jedenfalls mit Sicherheit der einzige Wiener, der sich brüsten konnte, sie gleich *doppelt* in Händen zu haben.

»Ach! Sind das nicht die gleichen Bücher, die die vornehme russische Dame hiergelassen hat?« Frau Becker war soeben mit der Post erschienen, und als sie Zeitungspapier und Schnur von seinem Schreibtisch räumte, bemerkte sie die gleichlautenden Titel der Bücher.

Wie doch die eine Lüge die nächste gleich nach sich schleppte, dachte Breuer, und wie sehr doch ein Lügner ständig auf der Hut sein mußte. Frau Becker nämlich verkehrte, wiewohl in ihrer Arbeit beflissen und förmlich, privat mit einigen Patienten. Stand zu befürchten, sie könne Nietzsche gegenüber die ›russische Dame‹ erwähnen und die Bücher, welche diese ihm überreicht hatte? Er mußte sie warnen.

»Frau Becker, ich muß Sie darüber aufklären, daß die Russin, Fräulein Salomé – zu der Sie offenbar eine so herzliche Neigung gefaßt haben –, eine gute Bekannte von Professor Nietzsche ist oder vielmehr *war*. Sie sorgte sich um die Gesundheit des Professors, und ihrer Fürsprache ist es zu verdanken, daß weitere Bekannte Nietzsche zu mir geschickt haben. Doch weiß er hiervon nichts, da er und Fräulein Salomé miteinander zerstritten sind. Wenn ich auch nur die geringste Aussicht haben soll, ihm zu helfen, darf er *unter keinen Umständen* von meiner Unterredung mit Fräulein Salomé erfahren.«

Frau Becker nickte lediglich auf die ihr eigene diskrete Weise. Dann erblickte sie durchs Fenster zwei eintreffende Patienten. »Herr Hauptmann und Frau Klein. Wen soll ich zuerst hereinführen?«

Daß er Nietzsche eine bestimmte Stunde genannt hatte, war

eher ungewöhnlich. Für gewöhnlich gab Breuer, wie die meisten Wiener Kollegen, nur den Tag an und nahm dann die Patienten in der Reihenfolge ihres Erscheinens dran.

»Schicken Sie Herrn Hauptmann herein. Er muß wieder zur Arbeit zurück.«

Als der letzte Patient des Vormittages gegangen war, beschloß Breuer die Zeit zu nutzen, um vor Nietzsches Besuch am kommenden Tag dessen Schriften zu studieren, und bat Frau Bekker, seiner Frau auszurichten, daß er nicht eher hinaufkommen wolle, als bis das Essen tatsächlich auf dem Tisch stände. Er nahm die einfach gebundenen Bücher in die Hand, beide waren weniger als dreihundert Seiten stark. Er fühlte sich verpflichtet, Nietzsches Ausgaben zu lesen – als könnte ihn dies von seinem Falschspiel exkulpieren –, wiewohl er es vorgezogen hätte, Lou Salomés Exemplare zu benutzen, damit er nach Gutdünken unterstreichen und sich am Rand Notizen machen könnte. Nietzsches eigene Zusätze empfand er als überaus störend: vielfache Unterstreichungen, am Rande Ausrufezeichen, kurze Bekräftigungen wie ›JA! JA!‹ oder gelegentliche Zurechtweisungen wie ›NEIN!‹ oder ›NARR! TROPF!‹. Dazu allerhand Kritzeleien, welche Breuer nicht entziffern konnte.

Merkwürdige Bücher waren es, dergleichen er noch nie gelesen hatte. Jedes Buch bestand aus Hunderten von bezifferten Abschnitten, von welchen sehr viele wenig miteinander zu tun zu haben schienen. Die Abschnitte waren recht kurz, höchstens zwei, drei Absätze lang, oft nur wenige Sätze, bisweilen erschöpften sie sich in einem Aphorismus: ›Gedanken sind die Schatten unserer Empfindungen – immer dunkler, leerer, einfacher als diese.‹ ›Niemand stirbt jetzt an tödlichen Wahrheiten; es gibt zu viele Gegengifte.‹ ›Was ist an einem Buch gelegen, das uns nicht einmal über alle Bücher hinwegträgt?‹

Offenbar fühlte sich Professor Nietzsche jedem erdenklichen Sujet gewachsen, gleichviel, ob es sich um Musik, Kunst, Natur, Politik, Hermeneutik, Geschichte oder Psychologie handelte. Lou Salomé hatte ihn einen großen Philosophen genannt. Schon möglich. Breuer fühlte sich nicht berufen, ein Urteil über die Bücher abzugeben. Eines jedoch stand fest: Nietzsche war ein Dichter.

Manche seiner Aussagen klangen lächerlich – etwa die törichte Feststellung, Väter und Söhne schonten sich stets mehr als Mütter und Töchter. Doch viele der Aphorismen forderten zur Selbstprüfung heraus: ›Das Siegel der erreichten Freiheit: Sich nicht mehr vor sich selbst schämen.‹ Eine Passage machte besonderen Eindruck auf ihn:

Wie die Knochen, Fleischstücke, Eingeweide und Blutgefäße mit einer Haut umschlossen sind, die den Anblick des Menschen erträglich macht, so werden die Regungen und Leidenschaften der Seele durch Eitelkeit umhüllt; sie ist die Haut der Seele.

Was war nur von diesen Schriften zu halten? Sie ließen sich schlecht einordnen, allenfalls mochte man von ihnen als Gesamtheit sagen, daß sie mutwillig provozierten, sie liefen gegen sämtliche Konventionen Sturm, würdigten konventionelle Tugenden herab, ja, stellten sie in Frage, und predigten Anarchie.

Breuer blickte auf die Uhr. Viertel zwei. Keine Zeit zur behaglichen Lektüre. Sich dessen bewußt, daß er jeden Augenblick zu Tisch gerufen würde, überflog er die Seiten auf der Suche nach Abschnitten, welche ihm bei der neuerlichen Begegnung mit Nietzsche am nächsten Tag von praktischem Nutzen sein mochten.

Freuds Stundeneinteilung im Spital gestattete ihm für gewöhnlich nicht, an einem Donnerstage auswärts zu Mittag zu speisen, doch heute hatte ihn Breuer ausdrücklich gebeten, sich freizumachen, damit sie den Besuch Nietzsches besprechen könnten. Nach einem üppigen Mahl bestehend aus einer Karfiolsuppe, gefolgt von Schnitzeln mit Nockerln, Kohlsprossen, gefüllten Paradeisern und Martas selbstgebackenem Pumpernickel und schließlich Bratäpfeln mit Zimt und Schlagobers, zu dem sie Selterswasser tranken, zogen sich Breuer und Freud ins Studierzimmer zurück.

Während er ausführlich Krankengeschichte und Beschwerden des Eckhardt Müller genannten Patienten beschrieb, bemerkte Breuer, wie Freud langsam die Augen zufielen. Er kannte die Lethargie, die Freud nach einem schweren Essen befiel, und er wußte auch, wie dieser zu begegnen war.

»Nun, Sigmund«, sagte er energisch, »dann wollen wir etwas für das erfolgreiche Bestehen Ihrer Prüfung tun. Ich werde in die Rolle Professor Nothnagels schlüpfen. Ich habe diese Nacht nicht geschlafen, mein Magen macht mir zu schaffen, und Mathilde grollt mir, weil ich wieder zu spät zum Essen gekommen bin; ich bin also durchaus reizbar genug, um das Ungeheuer trefflich zu geben.«

In näselndem norddeutschen Akzent und in der steifen, herrischen Haltung des Preußen bellte er: »Herr Doktor, ich habe Ihnen die Anamnese des Eckhardt Müller skizziert. Sie schreiten nun zur ärztlichen Untersuchung; erläutern Sie doch einmal, wonach Sie Ausschau werden halten müssen?«

Freud lockerte sich mit unsicheren Fingern den Kragen. Er teilte Breuers Vergnügen an diesen simulierten Prüfungen keineswegs. Auch wenn er einräumte, daß sie eine gute Übung seien, kosteten sie ihn doch einiges an Nerven.

»Fraglos«, begann er, »liegt eine Verletzung des zentralen Nervensystems vor. Die Cephalgia, die abnehmende Sehkraft, die neuropathologische Vorgeschichte des Vaters, die Gleichgewichtsstörungen – all dieses deutet darauf hin. Ich tippe auf einen Gehirntumor; möglicherweise Multiple Sklerose. Ich würde eine genaue neuropathologische Untersuchung vornehmen, vor allem die Hirnnerven gewissenhaft prüfen, im besonderen I, II, V und XI. Sodann würde ich die jeweiligen Gesichtsfelder exakt bestimmen – ein Tumor könnte auf den Sehnerv drücken.«

»Und die übrigen Sehstörungen, Doktor Freud? Das Flimmern, die Unschärfe morgens, welche im Tagesverlauf abnimmt? Ist Ihnen ein Karzinom bekannt, das dergleichen bewirkt?«

»Nun, man müßte die Netzhaut genau untersuchen. Es könnte eine Makulaatrophie vorliegen.«

»Eine Makulaatrophie, welche nachmittags besser wird? Erstaunlich! Eine Entdeckung, welche der Fachwelt nicht vorenthalten bleiben sollte! Und die Erschöpfungsperioden des Patienten, seine rheumatischen Symptome, das Blutbrechen? Alles Folgen eines Karzinoms?«

»Doktor Nothnagel, möglicherweise leidet der Patient an zwei verschiedenen Krankheiten. Flöhe *und* Läuse, wie Oppolzer gern sagte. Er könnte anämisch sein.«

»Wie würden Sie eine Anämie feststellen?«

»Durch eine Überprüfung des Hämoglobins und Stuhls.«

»Nein! Nein! Nein! Mein Gott! Was lehrt man Sie bloß auf der Wiener medizinischen Fakultät! Etwa nicht, die eigenen fünf Sinne zu benutzen? Vergessen Sie die Laborbefunde, diese jüdische Medizin! Die Laboratoriumsergebnisse bestätigen nur, was die ärztliche Untersuchung Ihnen längst gezeigt hat! Nehmen Sie an, Sie befänden sich auf dem Schlachtfeld, Doktor – ja, wollen Sie da eine Stuhluntersuchung vornehmen?«

»Ich würde eine auffallend blasse Farbe der Haut, voran der Handfurchen und der Schleimhäute, also Gaumen, Zunge, Konjunktiva, erwarten.«

»Richtig. Sie vergessen allerdings das Wichtigste: dünne, brüchige Fingernägel!«

Breuer räusperte sich, immer noch den gestrengen Nothnagel markierend: »Nun, lieber Kollege in spe; dann will ich Ihnen jetzt die Untersuchungsbefunde angeben. Erstens: Die neuropathologische Untersuchung ergibt keinerlei Auffälligkeiten, alles bestens, vollkommen normal. Da wird es wohl nichts werden mit Ihrem Hirntumor oder einer Multiplen Sklerose, Doktor Freud, übrigens von vornherein eine wenig wahrscheinliche Diagnose, es sei denn, es wären Ihnen Fälle bekannt, die jahrelang latent blieben, nur periodisch aufträten, um dann schwere vierundzwanzig- bis achtundvierzigstündige Symptomatiken auszulösen und daraufhin ohne alle neuropathologischen Folgen wieder zu verschwinden. Nein, nein, nein! Es liegt keine funktionelle Hirnerkrankung vor, sondern es handelt sich um episodische physiologische Störungen!« Breuer schien zu wachsen, als er nun in überzogenem preußischen Befehlston dekretierte: »Es gibt nur eine mögliche Diagnose, Doktor Freud.«

Freud wurde puterrot. »Ich weiß es nicht.« Er blickte so zerknirscht drein, daß Breuer das Theater ließ, Nothnagel in die Kulissen verbannte und mit sanfter Stimme sagte: »Doch, doch, Sigmund, natürlich wissen Sie es. Wir sprachen beim letztenmal darüber. Hemikranie oder Migräne. Und Sie brauchen sich nicht zu schämen, weil es Ihnen nicht eingefallen ist; die Migräne ist eine Hausbesuchskrankheit. In der Klinik begegnet man ihr selten, weil Migräneopfer kaum ins Spital gehen. Doch unser Herr Müller leidet zweifelsohne an schwerer Hemikranie. Er zeigt sämtliche klassischen Symptome. Fassen wir sie noch einmal zusammen: episodisch auftretender, starker, halbseitiger Kopfschmerz – oft vererbt übrigens –, begleitet von Anorexia, Übelkeit und Erbrechen, dazu Sehstörungen wie vorausgehendes Flimmern und Funkensehen oder gar Hemianopsie.«

Freud hatte einen kleinen Block aus der Innentasche seines Rockes gezogen und machte Notizen. »Jetzt fällt mir auch einiges wieder ein, was ich über die Hemikranie gelesen habe, Josef. Du Bois-Reymond geht davon aus, daß es sich um eine Gefäßkrankheit handelt, bei welcher die Schmerzen durch einen Krampf der Kopfschlagader verursacht werden.«

»Betreffs der Gefäßerkrankung hat Du Bois-Reymond ganz recht, doch nicht alle Patienten erleiden Arteriolenkrämpfe. Ich habe etliche erlebt, bei welchen genau das Gegenteil der

Fall ist – Erweiterung der Gefäße. Mollendorff vermutet, nicht der Krampf, sondern die sich wieder ausdehnenden Blutgefäße verursachten die Schmerzen.«

»Aber was ist mit der Sehschwäche?«

»Da haben wir die Flöhe und Läuse! Sie rührt woanders her, nicht von der Migräne. Ich konnte meinen Augenspiegel nicht auf seine Netzhaut einstellen. Irgend etwas behindert die Sicht. Nicht etwa in der Linse, also keine Katarakt, sondern in der Hornhaut. Ich kenne die Ursache dieser Hornhauttrübung nicht, doch sie ist mir schon begegnet. Möglicherweise ein Hornhautödem – das würde erklären, weshalb er morgens am schlechtesten sieht. Ein Hornhautödem wirkt sich am stärksten aus, nachdem die Augen die ganze Nacht geschlossen waren, und bessert sich, wenn auf den geöffneten Augen bei Tage mehr Flüssigkeit verdunstet.«

»Und seine Schwäche?«

»Er wird wohl leicht anämisch sein. Möglicherweise aufgrund von Magenblutungen, wahrscheinlich aber eher ernährungsbedingt. Sein Magen reagiert so empfindlich, daß er durch Wochen hindurch kein Fleisch verträgt.«

Freud schrieb immer noch mit. »Wie sieht die Prognose aus? Leidet er an der nämlichen Krankheit, der sein Vater erlegen ist?«

»Genau diese Frage stellte auch er mir, Sigmund. Ich glaube wahrhaftig, ich habe noch niemals einen Patienten gehabt, der so darauf beharrte, die ungeschminkte Wahrheit zu hören. Er hat mich zur Aufrichtigkeit verpflichtet und dann drei Fragen gestellt: Ob seine Krankheit zunehmend schlimmer würde, ob er vollends erblinden werde, ob er sterben müsse. Haben Sie jemals einen Patienten erlebt, der so unverblümt fragte? Ich habe ihm versprochen, ihm in der morgigen Sprechstunde seine Fragen zu beantworten.«

»Und was werden Sie ihm sagen?«

»Nun, wenn ich mich auf eine hervorragende Untersuchung von einem britischen Kollegen, Liveling, stütze, die auf diesem

Gebiete zum besten gehört, was in jüngster Zeit in England erschienen ist, kann ich ihn beruhigen. Sie sollten Livelings Monographie unbedingt lesen.« Breuer hielt eine dicke Schwarte hoch und reichte sie dann Freud, der sogleich anfing, darin zu blättern.

»Leider noch nicht übersetzt«, fuhr Breuer fort, »aber Sie beherrschen das Englische ja vorzüglich. Liveling stellt fest, wie bei einer großen Stichprobe von Migräneleidenden die Anfälle mit zunehmendem Alter zurückgehen und wie sich zwischen der Migräne und anderen Gehirnerkrankungen keine erkennbaren Zusammenhänge erkennen lassen. Es ist daher sehr unwahrscheinlich, daß sein Vater, selbst angenommen, Nietzsche habe die Migräne von ihm geerbt, an diesem Leiden gestorben ist.«

»Allerdings«, fügte Breuer hinzu, »ist Livelings Methode schlampig. Aus der Monographie geht nicht hervor, ob seine Ergebnisse auf Langzeit- oder Querschnittserhebungen beruhen. Kennen Sie den Unterschied, Sigmund?«

Freud antwortete wie aus der Pistole geschossen. Offenbar war er in Forschungsmethoden besser bewandert als in der klinischen Praktik. »Bei Langzeitstudien werden einzelne Patienten über Jahre hinweg beobachtet, wodurch sich feststellen läßt, daß Anfälle mit zunehmendem Alter weniger häufig auftreten. Ist es nicht so?«

»So ist es«, bestätigte Breuer. »Während eine Querschnitts —«

Freud unterbrach ihn mit dem Eifer eines Musterschülers: »— eine einmalige Erhebung zu einem gegebenen Zeitpunkt darstellt, das heißt in diesem Falle: Die älteren Patienten einer Stichprobe erleiden weniger Anfälle als die jüngeren.«

Breuer freute sich am Stolz seines jungen Freundes und gab ihm eine weitere Gelegenheit zu brillieren: »Welche Methode ist Ihrer Meinung nach exakter?«

»Die Querschnittserhebung kann gar nicht so exakt sein, denn die Stichprobe berücksichtigt unter Umständen sehr wenige alte Patienten mit schwerer Migräne, und zwar nicht deswegen, weil die Anfälle nachlassen, sondern weil die betroffenen Patienten zu krank oder zu sehr von den Ärzten enttäuscht sind, um sich bereit zu erklären, an einer Studie mitzuwirken.«

»Ganz recht, und leider wohl ein Makel, über welchen sich Liveling nicht im klaren war. Ausgezeichnet geantwortet, Sigmund. Das müssen wir feiern!« Freud nahm nur zu gern eine von Breuers guten Brasilzigarren entgegen, und dann zündeten die beiden Männer sie sich an und genossen das Aroma.

»Nun«, meinte schließlich Freud, »dann können wir doch jetzt zu den anderen Aspekten des Falles kommen, nicht wahr?« Und fügte in verschwörerischem Flüsterton hinzu: *»Den interessanten.«*

Breuer schmunzelte.

»Vermutlich sollte ich es für mich behalten«, verriet Freud, »da aber Nothnagel sich verabschiedet hat, will ich Ihnen – im Vertrauen – gestehen, daß mich die psychologischen Aspekte des Falls weit stärker reizen als die klinischen.«

Breuer bemerkte, daß sein junger Freund tatsächlich sehr angeregt wirkte. Freuds Augen blitzten vor Neugier, als er fragte: »Wie ernst ist die Gefahr eines Freitodes? Konnten Sie den Patienten bereden, Beistand zu suchen?«

Jetzt war es an Breuer, verlegen zu werden. Die Erinnerung daran, wie er bei ihrer letzten Unterredung sein Talent zur Gesprächsführung gepriesen hatte, ließ ihn schamrot werden. »Er ist ein rechter Kauz, Sigmund. Noch nie bin ich auf solchen Widerstand gestoßen; er gleicht einer Mauer. Einer *intelligenten* Mauer. Er bot immer wieder Veranlassung, nachzufragen. Er sprach davon, daß er sich an nur fünfzig Tagen im Jahr wohl befinde, sprach von Mitternächten der Seele, davon, daß er verraten worden sei, von seiner Vereinsamung, davon, ein Autor ohne Leser zu sein, von Schlaflosigkeit und bösen Nachtgedanken…«

»Aber Josef, dann boten sich Ihnen doch genau die Gelegenheiten, auf welche Sie, wie Sie sagten, nur warteten!«

»Ja, allerdings. Doch Mal um Mal stand ich, kaum daß ich eine solche Gelegenheit beim Schopfe ergreifen wollte, mit leeren Händen da. So gab er zwar zu, oft krank zu sein, beharrte jedoch darauf, daß nur sein Leib erkranke, nicht *er*, nicht sein Wesen. Und betreffs der Mitternächte der Seele sagte er, er sei stolz darauf, den Mut zu ihnen zu haben! ›Stolz auf den Mut zu Mitternächten der Seele‹ ist das zu fassen? Verrückte Reden! Verrat? Ich vermute, er meint das, was zwischen ihm und Fräulein Salomé vorgefallen ist, doch behauptet er, alle Anfechtungen überwunden zu haben, und wünscht nicht, darüber zu sprechen. Und was den Selbstmord angeht, so streitet er ab, sich mit derlei Absichten zu tragen, verteidigt jedoch anderenteils das Recht des Patienten auf seinen eigenen Tod. Zwar mag ihn der Tod locken – in seinen Worten genießen die Toten das Vorrecht, nicht mehr sterben zu müssen! –, doch hat er noch zu vieles zum Abschluß zu bringen, zu viele Bücher zu schreiben, ja, er spricht davon, daß sein Geist schwanger gehe mit Büchern, und die Kopfschmerzen seien zerebrale Geburtswehen.«

Freud schüttelte mitfühlend den Kopf. »Zerebrale Geburtswehen – was für ein Bild! Eine Minerva, die der Stirn des Zeus entspringt! Seltsame Gedanken – zerebrale Geburtswehen, das Recht auf den eigenen Tod, der Mut zu Mitternächten der Seele. Ein Mann von Geist, Josef. Fragt sich nur, ob verwirrter Geist oder geistvolle Verwirrung?«

Breuer schüttelte seinerseits ratlos den Kopf. Freud lehnte sich zurück, blies eine dicke blaue Rauchwolke aus und sah zu, wie sie aufstieg und zerfloß, ehe er wieder sprach. »Der Fall wird von Tag zu Tag kurioser. Was ist dann noch von Fräulein Salomés Darstellung lebensmüder Verzweiflung zu halten? Lügt er ihr etwas vor? Oder Ihnen? Oder sich selbst?«

»Sich selbst, Sigmund? Wie vermag man sich selbst etwas vorzulügen? Wer wäre denn der Lügner, wer der Belogene?«

»Ein Teil von ihm spielt mit dem Gedanken an Selbstmord, doch der bewußte Teil ahnt nichts davon.«

Breuer wandte den Kopf und musterte seinen jungen Freund eindringlich. Er hatte eine spöttische Miene erwartet, doch Freud blieb vollkommen ernst.

»Sigmund, Sie reden immer öfter von diesem kleinen Homunkulus im Unbewußten, welcher ein von dem seines Wirtes gesondertes Eigenleben führte. Bedenken Sie, was ich Ihnen geraten habe: Debattieren Sie diese Theorie mit niemandem außer mir. Ach was, Theorie! Es fehlen ja die Belege; nennen wir es lieber ein Gedankenspiel. Lassen Sie keinesfalls Brücke von diesem Gedankenspiel erfahren, er würde sich vom Verdachte freigesprochen fühlen, nicht den Mut besessen zu haben, einen jüdischen Bewerber zu unterstützen.«

Freud reagierte ungewohnt entschieden. »Gut, das bleibt unter uns, bis gesicherte Erkenntnisse vorliegen. Dann aber wird mich nichts von einer Veröffentlichung zurückhalten.«

Zum erstenmal wurde Breuer inne, daß seinem jungen Freunde kaum noch etwas von einem Grünschnabel anhaftete. Statt dessen zeigten sich immer deutlicher eine bewunderungswürdige Kühnheit und Bereitschaft, für die eigenen Überzeugungen einzustehen – Eigenschaften, die Breuer nur zu gern selbst gehabt hätte.

»Sigmund, Sie sprechen von *gesicherten Erkenntnissen*, als ob es sich um einen Gegenstand wissenschaftlicher Erforschung handelte. Doch Ihr kleiner Homunkulus hat keine manifeste Realität. Er ist ein Konstrukt, eine platonische Idee. Was vermöchte denn als empirischer Beleg zu dienen? Können Sie mir ein einziges Beispiel nennen? Und kommen Sie mir nicht mit Träumen, die erkenne ich nicht als Beweise an. Sie sind ihrerseits nichts als gegenstandslose Gebilde.«

»Sie selbst haben doch den Beweis geliefert, Josef. Sie erklären, Bertha Pappenheims Affektleben sei von Ereignissen beherrscht worden, welche akkurat zwölf Monate zuvor stattgefunden hätten – Ereignisse, von denen sie keine bewußte Kenntnis haben konnte. Und die dennoch detailliert beschrieben waren im Merkheft der Mutter aus der fraglichen Zeit.

Meiner Ansicht nach kommt dem die nämliche Beweiskraft zu wie Laborergebnissen.«

»Aber das setzte voraus, daß Bertha eine zuverlässige Zeugin wäre, daß ihr in der Tat die betreffenden Ereignisse nicht erinnerlich waren.«

›Aber, aber, aber. Typisch!‹ dachte Breuer. Da war er wieder, der ‚Dämon Aber‘. Er hätte sich ohrfeigen mögen. Sein Leben lang schwankte er zwischen stets wechselnden Aber-Positionen – wie jetzt wieder mit Freud und zuvor mit Nietzsche –, wo er doch in beiden Fällen im tiefsten Herzen vermutete, daß sie recht hatten.

Freud kritzelte wieder ein paar Zeilen in sein Notizheft. »Josef, ob es sich wohl einrichten ließe, daß ich Frau Pappenheims Journal studieren dürfte?«

»Ich habe es ihr zurückgegeben, aber ich denke, ich könnte es ihr noch einmal abschmeicheln.«

Freud zog seine Uhr aus der Tasche. »Ich muß bald wieder ins Spital, zur Visite Nothnagels. Aber sagen Sie mir doch vorher noch rasch, was Sie mit Ihrem widerstrebenden Patienten zu tun gedenken.«

»Also wenn es allein nach mir ginge, das folgende. Zunächst gälte es, ein solides Vertrauensfundament zu schaffen. Dann hätte ich ihn gern einige Wochen zum Studium seiner Hemikranie wie zur Erprobung und Dosierung einiger Medikamente in der Klinik. Ferner käme ich während dieser Zeit gern regelmäßig mit ihm zusammen, um mit ihm ausführlich über seine Verzweiflung zu sprechen.« Breuer seufzte. »Aber meinem bisherigen Eindruck nach besteht wenig Aussicht darauf, daß er auch nur in einem einzigen Punkte Konzilianz zeigte. Irgendwelche Vorschläge, Sigmund?«

Freud, der immer noch in Livelings Monographie blätterte, hielt nun Breuer eine aufgeschlagene Seite entgegen. »Hier, hören Sie sich das an. Unter ›Ätiologie‹ heißt es hier: ›Migräneanfälle können auch durch Dyspepsie, Überreizung der Augen oder allgemeine nervliche Anspannung hervorgerufen werden.

Bettruhe kann angezeigt sein. Jungen Migräneleidenden sollten unter Umständen die Belastungen der Schulerziehung erspart werden zugunsten einer Unterrichtung in vertrauter häuslicher Umgebung. Bei älteren Patienten empfehlen einige Ärzte die Wahl eines weniger fordernden Berufs.‹«

Breuer warf ihm einen fragenden Blick zu: »Und?«

»Ich glaube, hier liegt die Lösung! Nervliche Anspannung! Warum nicht die Anspannung zum Kardinalpunkt Ihrer Behandlung machen? Sie könnten vertreten, Herr Müller müsse, um seine Migräne zu überwinden, übermäßige Belastungen reduzieren, namentlich die geistige Anspannung. Sie könnten ihm auseinandersetzen, wie die Anspannung eine Form unterdrückten Affektes sei und daß diese – ähnlich wie im Falle Berthas – gelindert werden könne, indem ein Ablauf geschaffen werde. Sie könnten die Methode des ›chimney-sweeping‹ anwenden. Sie könnten ihm sogar diese Abhandlung von Liveling zeigen und das ganze Gewicht der fachlichen, medizinischen Autorität in die Waagschale werfen.«

Freud sah, daß Breuer lächelte, und fragte bekümmert: »Sie finden meinen Vorschlag unsinnig?«

»Ganz und gar nicht, Sigmund. Im Gegenteil: Ich finde ihn glänzend, und ich werde ihm genauestens folgen. Schmunzeln mußte ich über Ihre letzten Worte: ›das ganze Gewicht der fachlichen, medizinischen Autorität in die Waagschale werfen‹. Sie müßten den Patienten kennen, um die Komik zu erfassen; ich jedenfalls muß bei der Vorstellung, daß er sich von einer medizinischen – oder überhaupt irgendeiner – Autorität beeindrucken ließe, lachen.«

Und hierauf schlug Breuer Nietzsches *Fröhliche Wissenschaft* auf und las einige Passagen vor, die er angestrichen hatte. »Herr Müller stellt jegliche Autorität, alle Konventionen, in Frage«, schickte er voraus. »Er stellt Tugenden auf den Kopf und nennt sie Laster. Hier etwa die Treue: ›Er hält aus Trotz an einer Sache fest, die ihm durchsichtig geworden ist – er nennt es aber Treue.‹

Oder die Höflichkeit: ›Er ist so höflich! Ja, er hat immer einen Kuchen für den Zerberus bei sich und ist so furchtsam, daß er jedermann für den Zerberus hält, auch dich und mich – das ist seine Höflichkeit.‹

Oder hier haben Sie ein treffliches Gleichnis sowohl für die Sehschwäche als auch für die Verzweiflung: ›Alle Dinge tief finden – das ist eine unbequeme Eigenschaft: sie macht, daß man beständig seine Augen anstrengt und am Ende immer mehr findet, als man gewünscht hat.‹«

Freud hatte mit großer Aufmerksamkeit zugehört. »›Mehr findet, als man gewünscht hat‹«, murmelte er. »Ich wüßte zu gern, was er gefunden hat. Darf ich das Buch mal sehen?«

Doch Breuer war vorbereitet: »Sigmund, er hat mir das Versprechen abgenommen, daß ich es niemandem zeige, weil es persönliche Anmerkungen enthält. Im Moment steht das Vertrauen zwischen uns noch auf solch tönernen Füßen, daß ich wohl beraten bin, seine Bitte zu ehren. Späterhin vielleicht.«

Nach einer Pause fuhr er fort: »Eines war sehr merkwürdig an der Unterredung mit Herrn Müller...« – er ließ den Finger auf einer der letzten angestrichenen Stellen ruhen – »...wann immer ich Mitempfinden zeigte, zog er sich zurück. Ah! Da ist es: ›Über den Steg‹! Ja, das ist die Stelle, die ich suchte.«

Während Breuer vorlas, schloß Freud die Augen, um sich besser sammeln zu können.

»›Wir sind uns einmal im Leben so nahe gewesen, daß nichts unsere Freundschaft und Brüderschaft mehr zu hemmen schien und nur noch ein kleiner Steg zwischen uns war. Indem du ihn eben betreten wolltest, fragte ich dich: ‚Willst du zu mir über den Steg?‘ – Aber da wolltest du nicht mehr; und als ich nochmals bat, schwiegst du. Seitdem sind Berge und reißende Ströme und was nur trennt und fremd macht, zwischen uns geworfen, und wenn wir auch zueinander wollten, wir könnten es nicht mehr! Gedenkst du aber jetzt jenes kleinen Steges, so hast du nicht Worte mehr – nur noch Schluchzen und Verwunderung.‹«

Breuer ließ das Buch sinken. »Was halten Sie davon, Sigmund?«

»Ich bin mir nicht ganz einig.« Freud erhob sich und ging vor den Bücherregalen auf und ab, während er sprach: »Eine wunderliche kleine Geschichte. Wollen wir sie enträtseln: Einer ist im Begriff, über den Steg zu kommen – das heißt, dem Freunde sich zu nähern –, als der andere ihn zu dem auffordert, was ohnedies sein Vorhaben war. Prompt ist dem ersten der Schritt nicht mehr möglich, da es ihm nun erschiene, als gebe er dem anderen nach – die Macht kommt der Nähe ins Gehege.«

»Ja! Ja, Sie haben vollkommen recht, Sigmund. Ausgezeichnet! Ich verstehe. Das heißt, Herr Müller muß jeden Ausdruck des Wohlwollens oder der Hinwendung als Griff nach der Macht empfinden. Wie seltsam; es vereitelt nachgerade jeden Versuch einer Annäherung. An anderer Stelle sagt er auch, wir empfinden Haß gegen die, welche unsere Heimlichkeiten sehen und uns bei zärtlichen Gefühlen ertappen. Was wir in diesen Momenten benötigen, sei nicht Mitempfinden, sondern die Gelegenheit, die Beherrschung über unsere Gefühle wiederzuerlangen.«

»Josef«, hob Freud an, setzte sich und streifte Zigarrenasche in den Aschenbecher, »letzte Woche hatte ich das Glück, Billroth bei der Anwendung seiner brillanten neuen Eingriffstechnik zur Resektion eines karzinösen Magens zusehen zu dürfen. Wenn ich Sie höre, will es mir fast scheinen, als hätten Sie eine ähnlich schwierige und heikle psychologische Operation durchzuführen. Sie wissen von dem Fräulein um seine Selbstmordimpulse, dürfen ihn jedoch nicht ahnen lassen, daß Sie es wissen. Sie müssen ihn dazu bringen, seine Verzweiflung offenzulegen, doch sollte es Ihnen gelingen, wird er Sie dessetwegen hassen, daß Sie ihn beschämen. Sie müssen sein Vertrauen gewinnen, doch sobald Sie ihm Mitgefühl entgegenbringen, wird er Sie des Versuchs verdächtigen, Macht über ihn gewinnen zu wollen.«

»Eine psychologische Operation – ein interessanter Vergleich«, sinnierte Breuer. »Vielleicht entwickeln wir eine ganz eigene medizinische Fachrichtung. Warten Sie, ich wollte Ihnen noch etwas vorlesen, das mir wichtig erscheint.«

Er blätterte minutenlang in *Menschliches, Allzumenschliches.* »Ich finde die Stelle leider nicht, aber sie besagt in etwa, daß der, welcher nach der Wahrheit forsche, sich einer Seelenprüfung unterziehen müsse – ›psychologische Zergliederung‹ nennt er sie. Er geht sogar noch weiter: Er sagt, daß die Irrtümer selbst der Größten unter den Philosophen auf ihre Unkenntnis der eigenen Motive zurückzuführen seien. Er behauptet, um die Wahrheit zu finden, müsse man zuerst sich selbst ganz kennen. Und dazu müsse man seinen gewohnten Sehwinkel verlassen, sein Jahrhundert und sein Heimatland – um sich dann aus der Ferne zu studieren!«

»Die eigene Psyche zergliedern! Kein leichtes Unterfangen«, sagte Freud und stand auf, um sich zu verabschieden. »Doch eines, bei dem gewißlich die Begleitung eines objektiven, erfahrenen Führers hilfreich wäre!«

»Der nämliche Gedanke kam auch mir!« rief Breuer. Er begleitete Freud den Flur hinab. »Und das Allerschwerste wird sein, ihn für diesen Gedanken zu erwärmen!«

»Das halte ich nicht einmal für so schwierig«, meinte Freud. »Schließlich können Sie sich auf seine eigenen Argumente zur psychologischen Zergliederung berufen; und überdies auf die medizinische Theorie – natürlich möglichst unter der Hand. Es wird Ihnen sicherlich gelingen, Ihren widerstrebenden Professor vom Nutzen einer Selbstbetrachtung unter Ihrer weisen Führung zu überzeugen, da zweifle ich nicht. Auf Wiedersehen, Josef.«

»Danke, Sigmund«, sagte Breuer und umfaßte seinem Freund kurz die Schulter. »Es war ein lehrreiches Gespräch, eines, bei welchem der Lehrer viel von seinem Schüler gelernt hat.«

Elisabeth Nietzsche an Friedrich Nietzsche

26. November 1882

Mein lieber Fritz,
seit Wochen haben Mama und ich keine Nachricht mehr. Jetzt ist nicht die Zeit, es dem Vogel Strauß gleichzutun! Deine russische Äffin verbreitet weiterhin ihre Lügen über Dich. Sie reicht jenes abscheuliche Photo von Dir und dem Juden Rée herum, unter ihrem Joche, und sagt jedem, der es hören und der es nicht hören will, wie gern Du Ihre Peitsche schmecktest. Du weißt, ich flehte Dich an, das Bild wieder an Dich zu bringen – für den Rest unseres Lebens wird sie uns damit erpressen! Sie tritt überall Deinen guten Ruf in den Schmutz, und ihr Galan, dieser Rée, stimmt in den Refrain ein. Sie behauptet, wie Nietzsche, der weltenfremde Philosoph, nur eines im Sinn habe: ihre... – von einem Teil des Körpers ist die Rede; mein Zartgefühl verbietet mir, ihre unanständigen Reden zu wiederholen. Ich überlasse es Deiner Phantasie. Unterdessen lebt sie schamlos mit Deinem Freunde Rée zusammen, direkt unter den Augen seiner Mutter – Gesindel! Natürlich nimmt es niemanden mehr wunder, *mich* mindestens überrascht es nicht (wiewohl es mich immer noch schmerzt, wie Du meine Warnungen in Tautenberg in den Wind schlugst), doch entartet dies alles zu einem immer tödlicheren Spiele – sie hat bereits Basel mit ihrem eklen Geschwätze vergiftet und hat, wie ich höre, sowohl Kemp als auch Wilhelm geschrieben! Fritz, glaube mir, *sie wird nicht eher ruhen, als bis daß sie Dich um Deine Pension gebracht hat.* Du magst vornehm schweigen, ich werde es nicht, ich werde vielmehr eine polizeiliche Untersuchung ihrer Umtriebe mit Rée veranlassen! Wenn ich Erfolg habe – *und dazu brauche ich deine Mitwirkung* –, wird man sie binnen Monatsfrist wegen Unzucht deportieren! Fritz, bitte laß mich Deine Adresse wissen.

Deine einzige Schwester,
Elisabeth

8

Der morgendliche Ablauf im Breuerschen Haushalt war stets der gleiche: Der Bäcker an der Ecke, ein Patient Breuers, lieferte um sechs ofenfrische Kaisersemmeln. Während ihr Mann sich ankleidete, deckte Mathilde den Tisch, brühte ihm seinen Kaffee mit Zimt auf und stellte die röschen Semmeln, Butter und Schwarzkirschenkonfitüre bereit. Trotz des ehelichen Zerwürfnisses besorgte Mathilde wie sonst auch das Frühstück, indes sich Louis und Gretchen um die Kinder kümmerten.

Breuer, an diesem Morgen in Gedanken schon bei der bevorstehenden Begegnung mit Nietzsche, blätterte so eifrig in *Menschliches, Allzumenschliches*, daß er kaum aufblickte, als ihm Mathilde Kaffee einschenkte. Er frühstückte schweigend und murmelte, daß die Sprechstunde mit dem neuen Patienten eventuell seine Mittagsstunde beanspruchen würde. Mathilde wurde ärgerlich.

»Es ist von nichts anderem mehr die Rede als diesem Philosophen; allmählich bekümmert mich das. Mit Sigmund redest du stundenlang über ihn! Am Mittwoch hast du keine Mittagspause gemacht, gestern bist du in der Praxis geblieben und hast seine Werke studiert, bis das Essen auf dem Tisch stand, du sitzt hier beim Frühstück und liest. Und jetzt erklärst du, du kämest nicht zum Mittagessen! Die Kinder wollen ihren Vater auch mal zu Gesicht bekommen. Bitte, Josef, verrenne dich nicht in diese Geschichte. Wie schon in andere.«

Breuer verstand die Anspielung auf Bertha sehr wohl, doch es war ja nicht allein Bertha gemeint. Oft schon hatte Mathilde beklagt, daß er außerstande sei, die Zeit, die er seinen Patienten schenke, auf ein raisonnables Maß zu beschränken. Ihm war seine Pflicht gegen die Patienten in der Tat heilig. Hatte er erst einen Fall übernommen, so widmete er ihm alle Zeit und Kraft, welche er für erforderlich hielt. Seine Honorare waren bescheiden, und mittellosen Patienten stellte er oft seine Bemühungen gar nicht in Rechnung. Bisweilen glaubte daher Mathilde, Breuer vor sich selbst schützen zu müssen – namentlich, wenn sie selbst noch etwas von ihm haben wollte.

»Welche anderen, Mathilde?«

»Du weißt schon, was ich meine, Josef.« Sie weigerte sich immer noch, Berthas Namen auszusprechen. »Für vieles bringt eine Frau Verständnis auf: die Stammtischabende im Kaffeehaus zum Beispiel; ich verstehe, daß dir am regulären Verkehr mit den Freunden liegt, dulde das Tarockspiel, die Tauben im Labor, die Schachpartien. Doch darüber hinaus? Mußt du so unnötig viel von dir hergeben?«

»Bei welcher Gelegenheit? Wovon sprichst du?« Breuer merkte wohl, daß er durch seine Verstocktheit mutwillig eine Auseinandersetzung heraufbeschwor.

»Denke an die viele Zeit, welche du stets Fräulein Berger geopfert hast!«

Von allen Beispielen, die Mathilde hätte wählen können, war ausgerechnet dieses am ehesten geeignet, ihn zu verstimmen. Eva Berger, Frau Beckers Vorgängerin, hatte ihm zehn Jahre lang, vom Tage der Eröffnung der Praxis an, unschätzbare Dienste geleistet. Sein ungewöhnlich inniges Verhältnis zu seiner Ordinationshilfe hatte Mathilde fast ebensosehr ergrimmt wie seine Beziehung zu Bertha. Denn mit den Jahren hatten Breuer und seine Ordinationshilfe freundschaftliche Bande geknüpft, welche die Standesbarrieren aufhoben. Sie hatten sich intim persönliche Dinge anvertraut, und wenn sie allein waren, hatten sie sich mit ihren Vornamen angeredet –

möglicherweise als einzige in ganz Wien, doch Breuer wollte es so.

»Du hast meine Beziehung zu Fräulein Berger stets mißdeutet«, sagte Breuer in eisigem Ton. »Bis heute bereue ich bitterlich, daß ich auf dich hörte. Sie vor die Türe gesetzt zu haben, empfinde ich als eine der schmachvollsten Verfehlungen meines Lebens.«

Vor einem halben Jahr, an jenem verhängnisvollen Tage, da Bertha verkündet hatte, sie bekomme Breuers Kind, hatte Mathilde nicht nur verlangt, daß er die Behandlung abbreche, sondern zudem, daß er Eva Berger entlasse. Mathilde war außer sich gewesen vor Empörung, tief verletzt hatte sie Bertha samt allem, was an sie gemahnte, aus ihrem Leben verbannen wollen. Voran Eva, denn Mathilde wußte, daß ihr Mann mit seiner Ordinationshilfe alles besprach, und betrachtete diese als Komplizin in der ganzen schmählichen Affäre Bertha.

In dieser schweren Stunde hatten Reumut, Beschämung und Demütigung sowie schreckliche Selbstvorwürfe Breuer bewogen, Mathildes Forderungen stattzugeben. Wohl wissend, daß Eva die Rolle des Sündenbockes zufiel, hatte er nicht den Mut gefunden, für sie einzustehen. Schon am nächsten Tage hatte er nicht nur Berthas Fall einem Kollegen überantwortet, sondern überdies die schuldlose Eva Berger aus dem Dienst entlassen.

»Ich komme ungern darauf zurück, Josef, doch was bleibt mir anderes, wenn ich mitansehen muß, wie du dich mir und den Kindern mehr und mehr entziehst. Wenn ich dich um etwas bitte, dann nicht, um dich zu quälen, sondern weil ich – weil wir – dich brauchen. Fasse es doch als Kompliment, als Einladung auf.« Mathilde lächelte gewinnend.

»Einladungen lasse ich mir gefallen, Befehle nicht!« Kaum hatte er gesprochen, tat es Breuer leid. Wären ihm doch nur die unbedachten Worte nicht herausgeschlüpft! Doch es ließ sich nicht ungeschehen machen. Stumm beendete er sein Frühstück.

Nietzsche war eine Viertelstunde vor der Zeit eingetroffen. Breuer fand ihn still in einer Ecke des Wartezimmers sitzend, den breitkrempigen grünen Biberfilzhut auf dem Kopf, den Mantel bis zum Kinn zugeknöpft, die Augen geschlossen. Während sie gemeinsam ins Sprechzimmer hinübergingen und Platz nahmen, plauderte Breuer ungezwungen.

»Ich bin Ihnen sehr verbunden, daß Sie mir Ihre eigenen Buchausgaben überlassen haben. Und sollten Ihre Randbemerkungen allzu Vertrauliches enthalten haben, so kann ich Sie beruhigen: Ich vermag Ihre Schrift beim besten Willen nicht zu entziffern. Sie notieren wie ein Kollege, fast so unleserlich wie ich selbst! Vielleicht, daß Sie einst eine medizinische Laufbahn ins Auge faßten?«

Als Nietzsche Breuers mißlungenen Scherz lediglich mit einer müden Kopfbewegung quittierte, ließ dieser sich nicht entmutigen und fuhr fort: »Aber erlauben Sie mir einige Bemerkungen zu Ihren ganz ausgezeichneten Werken. Zwar hatte ich gestern nicht die Muße zur ausführlichen Lektüre, doch war ich gefesselt und von etlichen Passagen tief ergriffen. Sie schreiben bewunderungswürdig gut. Ihr Verleger ist nicht nur faul, er ist ein Tor! Es sind Bücher, für welche ein Verleger sein Herzblut geben müßte.«

Nietzsche erwiderte immer noch nichts, neigte nur leicht den Kopf in Anerkennung des Kompliments. ›Vorsicht‹, mahnte sich Breuer, ›womöglich empfindet er selbst Lob als Drangsal!‹

»Aber zur Sache, Professor Nietzsche. Verzeihen Sie, daß ich abschweife. Wollen wir uns Ihrer körperlichen Verfassung zuwenden. Gestützt auf die vorliegenden Befunde, mein eigenes Krankenexamen und die Laborergebnisse, gehe ich mit Sicherheit davon aus, daß das ursächliche Leiden die Hemikranie, die Migräne ist. Ich vermute, das wird Ihnen nicht neu sein: zwei der konsultierten Kollegen erwähnen sie in ihren Krankenberichten.«

»Ja, auch andere Ärzte sagten mir bereits, mein Kopfübel

zeige alle charakteristischen Merkmale einer Migräne: die Heftigkeit des Schmerzes, die Halbseitigkeit, das vorausgehende Flimmern vor den Augen und das begleitende Erbrechen. Diese Symptome liegen unbestreitbar vor. Ist Ihre Auslegung des Begriffes umfassender, Doktor Breuer?«

»Möglicherweise. Es gibt neuere Erkenntnisse in der Erforschung der Migräne; ich wage zu behaupten, daß wir diese Krankheit innerhalb der nächsten Generation überwunden haben werden. Einige der jüngsten Forschungen berühren die drei Fragen, die Sie stellten. Erstens dazu, ob die schrecklichen Anfälle fürderhin Ihr Los bleiben müssen: Ergebnisse von Erhebungen deuten darauf hin, daß die Migräneattacken mit zunehmendem Alter schwächer werden. Verstehen Sie recht, es handelt sich um statistische Größen, die allenfalls Wahrscheinlichkeiten anzeigen – sie haben keinerlei gültige Aussagekraft im Einzelfalle.

Dann zur schwerwiegendsten – wie Sie meinten – Ihrer Fragen: der nämlich, ob Sie gleich Ihrem Vater an einer konstitutionellen Erkrankung leiden, die unabwendbar im Tode, im Wahn oder in der Dementia enden werde. Dies war doch die Reihe und Folge Ihrer Aufzählung?«

Nietzsches Augen weiteten sich. Er schien überrascht, auf seine Fragen so unumwunden Antwort zu erhalten. ›Gut‹, dachte Breuer, ›mag er sich ruhig verwundern. Vermutlich ist ihm noch kein Arzt mit einer der seinen ebenbürtigen Unerschrockenheit begegnet.‹

»Weder die einschlägige Literatur«, fuhr er energisch fort, »noch meine eigene, langjährige klinische Praktik liefern den *geringsten* Anhalt dafür, daß eine Migräne progressiven Charakter hätte oder mit einer anderen Gehirnerkrankung in Zusammenhang stünde. Ich weiß nicht, welcher Art das Leiden Ihres Vaters war – ich tippe auf ein Karzinom, möglicherweise erlitt er eine Hirnblutung –, aber es fehlt, wie gesagt, jeglicher Hinweis darauf, wie eine Migräne sich zu einem anderen Leiden auswachsen könnte.« Er machte eine Pause.

»Nun, ehe wir fortfahren – habe ich Ihre Fragen aufrichtig behandelt?«

»Zwei von dreien, Doktor Breuer. Es gab eine weitere: Werde ich erblinden?«

»Ich fürchte, auf diese Frage gibt es keine letztgültige Antwort. Ich will Sie so weit als möglich aufklären. Erstens finde ich keine Anzeichen für einen Zusammenhang zwischen der Migräne und der abnehmenden Sehkraft. Es ist selbstredend verlockend, alle Symptome als Triebe ein und desselben Krankheitsstammes zu betrachten, doch in diesem Falle verhält es sich nicht so. Eine Überanstrengung der Augen vermag zwar einen Migräneanfall zu verschlimmern oder gar zu beschleunigen – dazu später mehr –, Ihre Sehstörungen jedoch haben eine andere Ursache. Ich konnte feststellen, daß Ihre Cornea, die dünne Schicht, welche die Iris bedeckt – ich will Ihnen das rasch aufzeichnen...« Auf seinem Rezeptblock skizzierte Breuer die Anatomie des Auges und machte deutlich, daß Nietzsches Hornhaut trüber war als gewöhnlich, mutmaßlich aufgrund eines Ödems, also gestauter Flüssigkeit.

»Wir kennen die Ursache dieser krankhaften Veränderung nicht, wir wissen lediglich, daß der Zustand sich nur sehr langsam verschlechtert, daß Sie also, wiewohl Ihr Augenlicht schwächer werden mag, höchstwahrscheinlich nicht vollends erblinden werden. Ich kann mich allerdings nicht dafür verbürgen, denn die Trübung der Hornhaut macht es mir unmöglich, Ihre Netzhaut mit dem Augenspiegel genauer zu studieren. Sie verstehen also, daß ich Ihre diesbezügliche Frage nicht abschließend beantworten kann.«

Nietzsche, der nur wenige Minuten zuvor seinen Mantel abgelegt und sich ihn, zusammen mit dem Hut, über den Schoß gelegt hatte, stand nun auf und hängte beides an einen der Haken neben der Tür. Als er auf seinen Platz zurückkehrte, atmete er tief aus. Er wirkte ruhiger.

»Ich danke Ihnen, Doktor Breuer. Sie haben in der Tat Wort gehalten. Und Sie verschweigen mir auch nichts?«

›Eine vortreffliche Gelegenheit‹, dachte Breuer, ›Nietzsche zu ermutigen, mehr von sich preiszugeben. Aber ich muß behutsam vorgehen.‹ ———

»Verschweigen? Eine ganze Menge! Viele meiner Eindrücke, Gefühle, Reaktionen betreffs Ihrer Person! Manchmal frage ich mich, wie Gespräche wohl verlaufen möchten, wenn unsere gesellschaftlichen Gepflogenheiten andere wären, wenn nichts ungesagt bleiben dürfte! Aber ich versichere Ihnen, ich enthalte Ihnen in bezug auf Ihre Gesundheit nichts vor. Und Sie? Bedenken Sie, daß wir uns beide zur Redlichkeit verpflichtet haben. Ich darf also Sie fragen, ob Sie mir etwas verschweigen?«

»Gewiß nichts, was mit meiner Gesundheit zu tun hat«, erwiderte Nietzsche. »Dagegen verberge ich weitgehend solche Gedanken, welche nicht dazu bestimmt sind, geteilt zu werden! Sie spekulieren über ein Gespräch, bei dem nichts vorenthalten werden dürfte – sein wahrer Name lautete ›Hölle‹, meine ich. Sich ganz seinem Gegenüber zu offenbaren, wäre der Auftakt zu Verrat, und Verrat macht krank, oder nicht?«

»Eine provokatorische Frage, Professor Nietzsche. Wenn wir aber schon über Offenlegung sprechen, dann will ich Ihnen einen geheimen Gedanken verraten. Unser Gespräch vom Mittwoch empfand ich als ungemein anregend, und die Aussicht auf weitere Gespräche wäre sehr verlockend. Ich habe eine Schwäche für die Philosophie, auch wenn ich mir während des Studiums ein schändlich geringes Wissen angeeignet habe. Meine tägliche Arbeit bietet dieser Leidenschaft wenig Nahrung, sie schwelt vor sich hin, und es fehlt der Funke.«

Nietzsche lächelte, sagte aber nichts. Breuer war zuversichtlich; er hatte sich gut vorbereitet. Die Saat des Vertrauens keimte, das Gespräch verlief nach Wunsch. Jetzt würde er die Behandlung ansprechen: Arzneien und die eine oder andere Dosis der ›Redekur‹.

»Aber zurück zur Behandlung der Migräne. Es gibt eine ganze Reihe von neuen Mitteln, welche sich bei einigen Patienten sehr bewährt haben. Ich meine Stoffe wie Bromide, Koffein, Baldrian, Belladonna, Amylnitrat, Nitroglyzerin, Kolchizin, Mutterkorn, um nur einige zu nennen. Aus Ihren Unterlagen ersehe ich, daß Sie es mit manchen schon versucht haben. Bei vielen kann man den Heileffekt nicht einmal erklären, einige wirken durch ihre schmerzstillenden oder sedativen Eigenschaften, wieder andere, indem sie am zugrundeliegenden Mechanismus der Migräne ansetzen.«

»Und der wäre?« fragte Nietzsche.

»Ein vaskulärer. Die Sachkenner sind sich einig, wie die Blutgefäße, besonders die Schläfenschlagadern, bei einem Migräneanfall betroffen sind. Sie krampfen sich zusammen und schwellen an. Der Schmerz mag von den Wänden der sich ausdehnenden oder zusammenkrampfenden Blutgefäße selbst herrühren oder aber von jenen Organen hervorgerufen sein, welche aufs schmerzlichste ihrer gewohnten Blutzufuhr entbehren, voran die Hirnhäute: Dura mater und Pia mater.«

»Und der Grund für diesen Aufruhr der Blutgefäße?«

»Bislang unbekannt«, gab Breuer zu. »Ich bin jedoch überzeugt, daß auch dieses Rätsel in Bälde gelöst sein wird. Bis dahin können wir nur spekulieren. Viele Kliniker, zu denen auch ich mich zähle, finden vor allem die zugrundeliegende krankhafte Rhythmizität der Hemikranie auffällig. Einige gehen sogar so weit zu behaupten, die rhythmische Störung sei bedeutsamer als der Kopfschmerz.«

»Ich kann nicht ganz folgen, Doktor Breuer.«

»Damit meine ich, die rhythmische Störung vermag sich in beliebige Organe fortzupflanzen: Die Kopfschmerzen müssen bei einem Anfall gar nicht auftreten; denkbar wäre etwa eine Unterleibsmigräne, erkennbar an scharfen Leibkrämpfen, ohne daß Kopfschmerz auftritt. Einige Patienten berichten von unerklärlichen Anflügen von Niedergeschlagenheit oder auch Euphorie, andere von dem periodisch auftretenden Empfinden, alles gegenwärtig Erlebte schon einmal erlebt zu haben. Auch das könnte eine Variante der Migräne sein.«

»Und die ursächliche Arhythmie? Die erste Ursache? Führt sie uns womöglich zuletzt zu einem Gott zurück – dem letzten Irrtum der fehlgeleiteten Suche nach der letzten Wahrheit?«

»Nein, sie führt uns vielleicht in den medizinischen Mystizismus, aber nicht zu Gott! Nicht in meinem Ordinationszimmer!«

»Das ist beruhigend«, bemerkte Nietzsche sichtlich erleichtert. »Ich fürchtete schon, ich könnte durch meine freimütige Rede vielleicht religiöse Gefühle Ihrerseits verletzt haben.«

»Es steht nichts zu befürchten, Professor Nietzsche. Ich halte mich für einen ebenso überzeugten jüdischen Freidenker, wie Sie ein lutherischer sind.«

Nietzsche lächelte – breiter als überhaupt bisher – und nahm auf seinem Stuhl eine noch gelöstere Haltung ein.

»Wenn ich noch rauchte, Herr Doktor, wäre dies der rechte Augenblick, Ihnen eine Zigarre anzubieten.«

Breuer fühlte sich ermutigt. ›Freuds Vorschlag, ich solle doch die Anspannung als ursächlichen Auslöser der Migräneanfälle in den Vordergrund stellen, war sehr weise‹, dachte er, ›so wird es gehen! Die Bühne ist bereitet; nun mein großer Auftritt!‹

Er beugte sich vor und sprach gemessen und mit Überzeugungskraft: »Ihre Frage nach den Ursachen eines gestörten biologischen Rhythmus finde ich höchst interessant. Ich bin – wie die meisten Kenner der Materie – der Ansicht, daß einer der vornehmlichen Gründe für die Migräne im jeweiligen Grade der Anspannung liegt. Diese wiederum kann verstärkt sein durch verschiedenerlei seelische Umstände: Krisen der Arbeit, etwa, der familialen Beziehungen, der geschlechtlichen. Einige mögen diese Sicht der Dinge für unorthodox halten; ich hingegen sehe gerade auf diesem Gebiete große Neuerungen in der Medizin voraus.«

Schweigen. Es war Breuer nicht möglich einzuschätzen, was Nietzsche dachte. Einerseits nickte er wie zur Bekräftigung, andererseits wippte er mit der Fußspitze – ein untrügliches Zeichen innerer Unruhe.

»Was halten Sie von meiner These, Professor Nietzsche?«

»Folgt aus Ihrer Sichtweise, daß der Patient sich seine Krankheit aussucht?«

›Vorsicht, Josef, eine Fangfrage!‹ dachte Breuer.

»Nein, dergleichen wollte ich nicht implizieren, Professor Nietzsche, wiewohl ich selbst Patienten erlebt habe, die auf eigentümliche Weise von ihren körperlichen Gebrechen profitiert haben.«

»Sie meinen nach der Art junger Männer, welche sich selbst verletzen, um dem Militärdienste zu entgehen?«

Eine tückische Frage. Breuer war jetzt auf der Hut. Nietzsche hatte berichtet, er habe kurze Zeit in der preußischen Feldartillerie gedient, bis er aufgrund eines dummen Unfalls noch während der Ausbildung entlassen werden mußte.

»Nein, ich meine weit raffiniertere Vorgänge.« Ach! Wie ungeschickt! Breuer erkannte seinen Fehler sofort. Nietzsche würde Anstoß nehmen an der Formulierung. Nun, zu spät. Er ergänzte: »Eher einen jungen Mann im tauglichen Alter, der dem Militärdienst aufgrund des Ausbruchs einer klinischen Krankheit entgeht – etwa…« – Breuer suchte nach einem Leiden, das jenen Nietzsches möglichst fern sei –»…Tuberkulose oder einer beschwerlichen Hautinfektion.«

»Haben Sie derartiges schon erlebt?«

»Jeder Arzt kennt dergleichen seltsame ›Zufälle‹. Aber um zu Ihrer Frage zurückzukehren: ich wollte keineswegs andeuten, daß Sie sich Ihr Leiden ausgesucht hätten – es sei denn natürlich, Sie schöpften aus Ihrer Migräne irgendeinen Gewinn. Ist dem so?«

Nietzsche schwieg, offenbar tief in Gedanken. Breuer entspannte sich etwas und gratulierte sich insgeheim dazu, sich glimpflich aus der Affäre gezogen zu haben. So war diesem Patienten beizukommen. Geradewegs auf die Dinge zugehen, ihn herausfordern – das gefiel ihm offenbar. Und Fragen in einer Weise stellen, daß sie seinen Intellekt ansprachen!

»Ob ich Gewinn aus meinem Elend ziehe?« griff Nietzsche

141

schließlich die Frage auf. »Darüber habe ich selbst lange Jahre nachgedacht. Vielleicht ja! In zweierlei Hinsicht. Sie vermuten, daß die Anfälle von allzu großer Anspannung hervorgerufen würden, doch manches Mal verhält es sich nachgerade umgekehrt: die Attacken lösen die Spannung! Meine Arbeit spannt an. Sie zwingt mich, der Nachtseite der Existenz ins Auge zu blicken, und ein Migräneanfall, so abscheulich er auch sei, beschert mir gleichsam eine reinigende Konvulsion, welche es mir gestattet, fortzufahren.«

Eine starke Antwort! Eine, mit der Breuer nicht gerechnet hatte; er mußte sich erst wieder fangen.

»Sie sagten, Sie profitierten möglicherweise in zweierlei Hinsicht. Welche wäre die zweite?«

»Ich glaube, ich ziehe aus meiner schwachen Sehkraft Nutzen. Seit Jahren bin ich außerstande, die Werke anderer Denker zu lesen. Darum kann ich vollkommen unbehelligt von jenen anderer meinen eigenen Gedanken folgen. Geistig habe ich vom eigenen Fette zehren müssen. Und das war wohl recht so; vielleicht konnte ich nur vermöge dessen ein redlicher Philosoph werden. Ich schreibe einzig über Dinge, die ich kenne. Ich schreibe mit meinem Blute; und für mich sind alle Wahrheiten blutige Wahrheiten!«

»Sie haben allem wissenschaftlichen Verkehre entsagt?« Wieder ein Fauxpas! Breuer merkte es sogleich. Seine Frage ging an der Hauptsache vorbei, sie verriet allenfalls, wie sehr er selbst vom Wunsch nach Anerkennung durch Kollegen besessen war.

»Das schert mich wenig, Doktor Breuer, namentlich in Anbetracht des beklagenswerten Zustandes der heutigen deutschen Philosophie. Ich bin vor langer Zeit aus dem Hause der Gelehrten ausgezogen, und die Türe habe ich noch hinter mir zugeworfen. Und wenn ich darüber nachdenke, dann will mir fast scheinen, auch dies sei ein Vorzug der Migräne.«

»Inwiefern, Professor Nietzsche?«

»Meine Krankheit hat mich befreit. Sie zwang mich, den

Lehrstuhl in Basel aufzugeben. Wäre ich geblieben, müßte ich meine Zeit darauf vergeuden, mich gegen die Polemiken von Kollegen zu verteidigen. Schon mein erstes Werk, *Die Geburt der Tragödie*, eine verhältnismäßig konventionelle Schrift, rief innerhalb der Wissenschaft so viel Widerspruch und Zwist hervor, daß die Baseler Fakultät Studenten dagegenriet, meine Vorlesungen zu belegen. Während meiner beiden letzten Jahre dort las ich – als vermutlich bester Dozent in der Baseler Geschichte – vor zwei bis drei Hörern. Es heißt, Hegel habe auf dem Totenlager beklagt, daß er nur einen Studenten habe, der ihn verstünde, doch selbst dieser eine *mißverstünde* ihn! Ich kann mich nicht einmal eines einzigen, mich mißverstehenden Schülers rühmen.«

Breuers Naturell hätte es entsprochen, jetzt Trost zu spenden. Aus Angst, Nietzsche erneut zu befremden, begnügte er sich jedoch mit einem verständigen Nicken bar jedes Mitleids.

»Und mir drängt sich noch ein weiterer Vorzug meiner Krankheit auf, Doktor Breuer. Meine Krankheit führte zu meiner Entlassung aus dem Militär. Es gab Zeiten, da ich so töricht war zu meinen, mich durch den Erwerb einer Mensur…« – Nietzsche tippte mit dem Finger auf die winzige Narbe auf seinem Nasenbein – »…und durch meine Trinkfestigkeit beweisen zu müssen. Ich war sogar so verblendet, eine militärische Laufbahn in Betracht zu ziehen. Sie müssen bedenken, daß es mir in jenen Tagen an väterlichem Rat, an Führung mangelte. Vor alledem hat mich meine Krankheit bewahrt. Und mir fallen noch im Reden weit bedeutsamere Aspekte ein, in welchen mir die Krankheit dienlich war…«

Bei allem Interesse an dem, was Nietzsche sagte, wurde Breuer ungeduldig. Sein Ansinnen war es schließlich, den Patienten für eine ›Redekur‹ zu gewinnen, und er hatte die These vom Nutzen der Krankheit nur aufgebracht, um zu seinem eigentlichen Vorschlage überzuleiten. Er hatte nicht mit der Fruchtbarkeit von Nietzsches Geist gerechnet. Jedwede Frage ließ Gedanken ins Kraut schießen.

Nietzsche gab sich jetzt einer wahren Wortflut hin. Er schien stundenlang über dieses Thema reden zu können und zu wollen. »Meine Krankheit hat mich überdies gezwungen, dem Tod ins Auge zu blicken. Einige Zeit glaubte ich, an einer unheilbaren Krankheit zu leiden, welche mich in jungen Jahren aus dem Leben reißen müßte. Das Gespenst eines unmittelbar bevorstehenden Todes geriet zur Wohltat: Ich habe ohne Rast und Ruh gearbeitet, da ich fürchtete zu sterben, ehe ich zu Papier brächte, was ich zu sagen hätte. Und wird nicht jedes Kunstwerk erst recht erhaben, wenn das Ende tragisch ist? Der bittere Geschmack des Todes auf den Lippen verlieh mir Perspektive und Mut. Den Mut, *ich selbst* zu sein; das ist das Wesentliche. Bin ich Professor? Bin ich Philologe? Philosoph? Was liegt daran?« Nietzsche schien sich an seinen eigenen Worten zu berauschen, am Fluß der Gedanken. »Ich schulde Ihnen Dank, Doktor Breuer. Das Gespräch mit Ihnen hat mir größere Klarheit verschafft. Ja, ich müßte meine Krankheit gutheißen, sie segnen. Für einen Psychologen ist das eigene Leiden ein Segen – die Kriegsschule des Lebens.«

Nietzsche schien gebannt von einer inneren Vision. Dies war kein Zwiegespräch mehr, fand Breuer. Es hätte ihn nicht im mindesten überrascht, wenn sein Patient jetzt zur Feder gegriffen und begonnen hätte zu schreiben.

Doch dann blickte Nietzsche hoch und richtete das Wort unmittelbar an sein Gegenüber: »Erinnern Sie sich an meinen ›Grenzstein‹ vom Mittwoch: ›Werde, der du bist!‹? Ich will Sie heute zu meinem zweiten ›Grenzstein‹ führen: ›Was mich nicht umbringt, macht mich stärker.‹ Ich kann daher nur betonen: Ja, meine Krankheit ist ein Segen.«

Wie fortgeblasen war Breuers Überzeugung, den Verlauf zu bestimmen, und seine Sicherheit. Geistiger Schwindel erfaßte ihn, indes Nietzsche erneut alles auf den Kopf stellte: Weiß war schwarz; gut war böse; die Marter der Migräne ein Segen. Breuer spürte, wie ihm das Gespräch zunehmend entglitt. Er rang darum, die Oberhand wiederzugewinnen.

»Eine faszinierende Perspektive, Professor Nietzsche, und mir bisher neu. Dennoch sind wir uns wohl einig, denke ich, daß Sie den Gewinn Ihrer Krankheit im großen ganzen abgeschöpft haben? Jetzt, da Sie in der Mitte des Lebens stehen, gewappnet mit aller Erkenntnis und aller Weitsicht, welche die Krankheit begünstigte, nehme ich doch an, daß Ihre Arbeit fruchtbarer wäre ohne Störungen. Die Krankheit hat ihren Zweck erfüllt, meinen Sie nicht?«

Im Sprechen und während er seine Gedanken zu sammeln suchte, rückte Breuer die Gegenstände auf seinem Schreibtisch hin und her: das hölzerne Modell des Innenohrs, den Briefbeschwerer aus Muranoglas mit seinen blauen und goldenen Schlieren, den Bronzemörser, den Rezeptblock, das dicke pharmazeutische Handbuch.

»Zudem sprechen Sie, soweit ich aus Ihren Worten ersehen kann, nicht so sehr von der Wahl einer Krankheit als von ihrer Überwindung und ihrem Nutzen, nicht wahr?«

»Ja, ich meine tatsächlich den Sieg über die Krankheit, ihre *Überwindung*«, bestätigte Nietzsche. »Was die Wahl anbetrifft, da bin ich mir nicht einig. Mag sein, man sucht sich auch seine Krankheit. Das hängt vermutlich davon ab, wer ›man‹ ist. Die Psyche arbeitet ja nicht als Einheit; Teile unseres Bewußtseins können unabhängig von anderen tätig werden. Vielleicht haben sich mein Ich und mein Leib sozusagen hinter dem Rücken meines Bewußtseins verbündet. Dem Bewußtsein eignet, wie Sie wahrscheinlich wissen, eine Vorliebe für Schlupf- und Schleichwege.«

Breuer war verblüfft über die Ähnlichkeit der Bemerkung Nietzsches mit der Auffassung, welche tags zuvor Freud vertreten hatte. »Wollen Sie damit sagen, es gebe selbständige, gesonderte Domänen innerhalb des Bewußtsein?« fragte er.

»Der Schluß drängt sich nachgerade auf. Wir müssen doch davon ausgehen, daß unsere Lebensgeschicke zu einem bedeutenden Teil von den Instinkten gelenkt werden. Möglich, daß die bewußten gedanklichen Manifestationen Nachgedanken sind – Vorstellungen, welche sich *im nachhinein* bilden, damit der Anschein der Oberherrschaft gewahrt bleibe. Doktor Breuer, ich muß mich abermals bei Ihnen bedanken: Unsere Unterhaltung gibt mir eine wichtige Denkaufgabe für den kommenden Winter auf. Wenn Sie gestatten...«

Nietzsche schlug seine Mappe auf, entnahm ihr einen Bleistiftstummel und ein Merkheft und notierte sich ein paar Zeilen. Breuer verrenkte sich den Hals in seinem – vergeblichen – Bemühen, die für ihn auf dem Kopf stehenden Kritzeleien zu entziffern.

Nietzsche schoß in seiner philosophischen Gedankenführung weit über das bescheidene Ziel Breuers hinaus. Aber was blieb ihm armen Ignoramus anderes übrig, als stur seine Sache weiter voranzutreiben? »Als Ihr Arzt muß ich den Standpunkt einnehmen, daß unterdessen, selbst wenn Ihre Krankheit reiche Früchte getragen haben mag, wie Sie so überzeugend darlegen, der Zeitpunkt gekommen ist, dem Leiden den Kampf anzusagen, ihm seine Geheimnisse zu entreißen, es am schwächsten Punkte zu packen und auszutilgen. Wollen Sie mir hierin fürs erste folgen?«

Nietzsche sah von seinen Notizen hoch und nickte gnädig.

»Ich vermute«, fuhr Breuer fort, »daß man seine Krankheit ›unfreiwillig‹ wählt, indem man eine Lebensführung wählt, welche Spannung erzeugt. Wird diese Anspannung übermächtig oder chronisch, dann greift sie wiederum auf einen empfindlichen Teil des Organismus über – im Falle der Migräne eben die Gefäße. Es handelt sich demnach, wie Sie sehen, um eine verdeckte Wahl. Niemand trifft streng genommen unter möglichen Leiden eine Wahl, doch man wählt die Anspannung, und *die Anspannung wählt die Krankheit*!«

Von einem anerkennenden Nicken Nietzsches ermutigt, sprach Breuer weiter: »Demzufolge wäre die Anspannung unser Gegner, und meine Aufgabe, als Arzt, bestünde darin, Ihnen zu helfen, die Spannung in Ihrem Lebenswandel herabzudrücken und zu vermindern.«

Breuer atmete auf; sie waren jetzt wieder auf Kurs. Nun war der Boden bereitet für den nächsten, den entscheidenden Schritt: das Anerbieten, Nietzsche mittels der Freilegung der seelischen Ursachen der Anspannung zu helfen.

Nietzsche schob Bleistift und Merkheft in die Mappe. »Doktor Breuer, die Frage der Anspannung in meinem Leben bedenke ich nunmehr seit vielen Jahren. Spannung mindern! sagen Sie. Zu eben diesem Behufe kehrte ich 1879 der Universität von Basel den Rücken. Ich führe ein Leben ohne jede Belastung. Ich lehre nicht mehr, ich verwalte kein Vermögen, ich habe kein Heim, keine Untergebenen, kein zänkisches Eheweib, keine zu bändigenden Kinder. Ich habe die Anspannung in meinem Leben auf den denkbar niedrigsten Pegel gesenkt, ein irreduzibles Maß. Wie sollte dieses weiter reduziert werden?«

»Ich halte es keineswegs für irreduzibel, Professor Nietzsche. Eben dies möchte ich mit Ihnen erörtern. Denn —«

»Aber bedenken Sie doch«, unterbrach ihn Nietzsche, »ich habe ein überaus empfindliches Nervenkostüm geerbt; das zeigt mir meine Empfänglichkeit für die Musik und die Kunst. Als ich zum erstenmal Carmen hörte, sprühten alle Nervenzellen in meinem Hirn zugleich Funken. Ähnlich begründet ist mein Ansprechen auf die geringste Nuance einer Veränderung im Wetter und im atmosphärischen Druck.«

»Eine derartige neutrale Überansprechbarkeit muß nicht notwendigerweise konstitutioneller Natur sein«, widersprach Breuer. »Sie kann durchaus ein Ausdruck der aus anderen Quellen gespeisten Überspannung sein.«

»Aber nein!« protestierte Nietzsche und schüttelte ungeduldig den Kopf, als habe Breuer das Wesentliche nicht erfaßt. »Verstehen Sie, meines Erachtens ist die Überansprechbarkeit, wie Sie sie nennen, *wünschenswert*, ja *notwendig* für meine Arbeit. Ich *will* ansprechbar sein. Ich will von keinem Aspekt meiner inneren Erfahrung abgeschnitten sein! Und wenn die Anspannung der Preis der Selbsterkenntnis ist, wohlan! Ich bin reich genug, ihn zu entrichten.«

Breuer wußte nichts zu sagen. Mit solch kategorischem Widerstand hatte er nicht gerechnet. Ehe er überhaupt noch dazu kam, seinen Behandlungsplan zu skizzieren, wurden nicht einmal ins Feld geführte Argumente vorweggenommen und zunichte gemacht. Im stillen mühte er sich um eine neue Schlachtordnung.

Nietzsche führte aus: »Sie kennen meine Bücher. Sie müssen doch wissen, daß meine Schriften nicht deshalb überzeugen, weil ich geistreich oder gelehrt schreibe, nein, sondern weil ich die Kühnheit besitze, den Willen, mich von der Behaglichkeit der Herde zu entfernen und mich starken, bösen Neigungen zu stellen. Die Erforschung, die Wissenschaft beginnt mit dem Unglauben. Und Unglaube ist notwendig spannungsvoll! Nur der Starke hält ihm stand. Wissen Sie, wie die entscheidende Frage für den Denker lautet?« Er wartete nicht auf Antwort. »Die entscheidende Frage lautet: ›Wieviel von der Wahrheit hält er gerade noch aus?‹ Kein Beruf für diejenigen unter Ihren Patienten, welche Spannung zu vermindern suchen, welche ein ruhiges, beschauliches Leben zu führen wünschen.«

Breuer fiel keine Entgegnung ein. Freuds Strategie lag in Trümmern. Legen Sie alle Ihre Stoßkraft in die Idee der Verringerung der Anspannung, hatte er empfohlen. Doch vor ihm saß einer, der darauf beharrte, daß sein Lebenswerk, das, was ihn am Leben erhielt, Anspannung *voraussetzte*.

Breuer richtete sich auf und rettete sich in die ärztliche Autorität. »Ich begreife Ihr Dilemma sehr wohl, Professor Nietzsche, doch erlauben Sie mir ein paar Bemerkungen. Möglicherweise werden Sie feststellen, daß es Wege gibt, weniger zu leiden und dennoch Ihre philosophische Forschung weiter voranzutreiben. Ich habe über Ihren Fall gründlich nachgedacht. In den langen Jahren meiner medizinischen Praxis – und meiner Erfahrung mit der Migräne – habe ich vielen Patienten zu helfen vermocht. Ich glaube, auch Ihnen helfen zu können. Lassen Sie mich Ihnen meinen Behandlungsplan unterbreiten.«

Nietzsche nickte und lehnte sich in seinen Stuhl zurück – sich hinter der errichteten Barrikade sicher wähnend, wie Breuer meinte.

»Ich schlage vor, daß Sie sich für vier Wochen in die Lauzon-Klinik hier in Wien begeben, wo wir die Symptome Ihrer Krankheit gründlicher studieren könnten. Die Wahl hat gewisse Vorteile: Wir könnten systematisch einige der neuen Migränemittel erproben. Ihren Krankenberichten entnehme ich, daß zum Beispiel niemals unter ärztlicher Anleitung ein Versuch mit Ergotamin unternommen wurde, einem vielversprechenden neuen Migränepräparat, welches allerdings mit Bedacht gehandhabt werden muß. Das Mittel muß sofort eingenommen werden, wenn sich ein Anfall einstellt, Fehler können ernste Nebenwirkungen zeitigen. Ich ziehe es deshalb vor, die richtige Dosis bei einem Klinikaufenthalt des Patienten zu ermitteln. Das Studium kann zudem wertvollen Aufschluß über Veranlassungsmomente der Migräne geben. Ich habe Sie als scharfsichtigen Selbstdiagnostiker kennengelernt, nichtsdestotrotz spricht einiges für die Beobachtung durch das geschulte Auge eines Spezialisten.

Ich weise regelmäßig Patienten in die Lauzon-Klinik ein«, fuhr Breuer hastig fort, um Einwänden zuvorzukommen. »Man ist dort komfortabel untergebracht, die Klinik untersteht einer sehr achtbaren Leitung. Der neue Direktor hat viele Neuerungen eingeführt, es werden jetzt Heilwasser aus Baden-Baden gereicht. Zudem liegt die Klinik in der Nähe meiner Praxis, ich könnte Sie mit Ausnahme der Sonntage täglich besuchen, und wir könnten gemeinsam die Ursachen der Überspannung in Ihrem Leben ergründen.«

Er sah, daß Nietzsche leise, aber bestimmt den Kopf schüttelte.

»Gestatten Sie mir«, sagte Breuer, »Ihre mutmaßlichen Bedenken auszuräumen: Eine Sorge nannten Sie bereits, nämlich wie die Anspannung so untrennbar zu Ihrer Arbeit und Ihrer Mission gehöre, daß Sie, selbst gesetzt, es wäre möglich, selbige zu beseitigen, eine solche Prozedur gar nicht begrüßen würden. Verstehe ich Sie recht?«

Nietzsche nickte. Breuer entdeckte mit Wonne einen Glimmer Neugierde im Blick seines Gegenübers. ›Ausgezeichnet!‹ dachte er sich. ›Der Professor hält das letzte Wort zur Anspannung für gesprochen. Und staunt, daß ich den Kadavar abermals hervorzerre!‹

»Meine klinische Erfahrung hingegen hat mich gelehrt, daß es unzählige Quellen der Überspannung gibt, Quellen, die jenseits des bewußten Zugriffes desjenigen liegen können, welcher unter Spannung steht, und die eines Außenstehenden zu ihrer Erhellung bedürfen.«

»Und welche sollten diese Spannungsquellen sein, Doktor Breuer?«

»Im Verlaufe unserer Unterredung – es war, als ich Sie fragte, ob Sie jemals Buch geführt hätten über die Begleitumstände Ihrer Migräneanfälle – erwähnten Sie Umwendungen und Erschütterungen, welche Sie daran gehindert hätten. Ich nehme an, daß diese Ereignisse – die Sie noch nicht näher geschildert haben – Anlaß zu einiger Anspannung boten, von welcher Sie durch die Mitteilung Erleichterung fänden.«

»Diese Übelstände habe ich bereits überwunden, Doktor Breuer«, verkündete Nietzsche mit Entschiedenheit.

Doch Breuer ließ nicht locker. »Nun, vermutlich gibt es andere derartige Quellen. Sie spielten zum Beispiel am Mittwoch auf einen kürzlichen Verrat an. Ein solcher Verrat muß doch Spannung erzeugen. Und da kein Mensch frei von Angst ist, entgeht keiner der Not, welche der Verlust eines Freundes gebiert. Oder der Not der Einsamkeit. Ich muß gestehen, Professor Nietzsche, daß ich, als Ihr Arzt, in Ihrer Lebensführung Anlaß zu Besorgnis sehe. Wer erträgt schon auf die Dauer eine solche Vereinzelung? Zwar führten Sie eben das Fehlen von Weib, Kindern und Kollegen als Beweis dafür ins Feld, daß Sie Spannungen von sich ferne hielten, doch ich urteile da anders: Die Einsamkeit vermindert nicht Spannung, sie erzeugt, sie ist selber Spannung. Die Einsamkeit gibt einen vorzüglichen Nährboden für Krankheit ab.«

Nietzsche schüttelte jetzt heftig den Kopf. »Ich muß Ihnen aufs entschiedenste widersprechen, Doktor Breuer. Große Denker ziehen stets ihre eigene Gesellschaft vor, folgen ihren eigenen Gedanken, fern der Herde. Denken Sie nur an Thoreau, Spinoza oder die religiösen Asketen – den heiligen Hieronymus, den heiligen Franziskus oder Buddha, den Erleuchteten.«

»Thoreau ist mir nicht bekannt, aber sind denn die anderen wahrhaftig Musterbeispiele geistiger Gesundheit? Im übrigen…« – Breuer lächelte durchtrieben, in der Hoffnung, dem Gespräch den bitteren Ernst zu nehmen – »… schiene mir die Stringenz Ihrer Argumente in Gefahr, wollten Sie ausgerechnet religiöse Vorbilder bemühen.«

Nietzsche verstand hierin offenbar keinen Spaß. »Doktor Breuer, ich bin Ihnen ob Ihrer Bemühungen sehr verbunden, und die Konsultation ist für mich recht ergiebig gewesen, doch ein Klinikaufenthalt kommt für mich nicht in Frage. Meine Kuren in diversen Badeorten – mehrere Wochen in St. Moritz, Hex, Steinabad – haben allesamt nichts gefruchtet.«

Breuer blieb hartnäckig. »Aber Sie dürfen eine Behandlung in der Lauzon-Klinik doch nicht mit den Kuren der europäischen Bäder vergleichen! Hätte ich bloß die Baden-Badener Wasser nicht erwähnt! Die Vorzüge der Klinik, welche ich ärztlich mitbetreue, erschöpfen sich keineswegs in Heilwassern.«

»Doktor Breuer, lägen Ihre Praxis und die Klinik anderswo – in Tunesien etwa, Sizilien oder selbst Rapallo –, würde ich Ihren Vorschlag bedenken. Doch ein Wiener Winter wäre Gift für mein Nervensystem. Ich glaube kaum, daß ich mit dem Leben davonkäme.«

Zwar wußte Breuer von Lou Salomé, daß Nietzsche keinerlei Einwände gegen den Plan vorgebracht hatte, ihre Dreieinigkeit möge in Wien überwintern, doch konnte er dieses Wissen

151

leider nicht benutzen. Allerdings fiel ihm eine noch bessere Entgegnung ein.

»Aber Professor Nietzsche, eben hierin liegt doch die Krux! Wollten wir Sie auf Sardinien oder in Tunesien behandeln, und Sie blieben vier Wochen migränefrei, was wäre dann gewonnen? Die medizinische Forschung unterscheidet sich in einem nicht von der philosophischen Erkenntnissuche: *Ohne Wagnis geht es nicht!* Unter Beobachtung wäre ein nahender Migräneanfall in der Lauzon-Klinik kein Grund zur Beunruhigung, sondern im Gegenteil nachgerade ein *Himmelsgeschenk* – eine Schatzgrube neuer Erkenntnisse über Ihr Befinden und eine geeignete Behandlung. Seien Sie versichert, daß ich jederzeit zur Stelle wäre, um einen Anfall mit Ergotamin oder Nitroglyzerin im Keime zu ersticken.«

Breuer ließ es erst einmal dabei bewenden. Das zuletzt Vorgebrachte hatte bewunderungswürdig überzeugend geklungen. Er verkniff sich ein triumphierendes Lächeln.

Nietzsche schluckte, ehe er entgegnete: »Zugestanden, Doktor Breuer. Und doch kann ich Ihrer Empfehlung nicht nachkommen. Meine Einwände gegen Ihren Plan und die vorgesehene Behandlung entspringen tiefsten inneren Überzeugungen. Diese werden jedoch gegenstandslos im Lichte eines anderen, profanen, aber gewichtigen Hemmnisses – des Geldes! Selbst unter günstigsten Voraussetzungen würde mein Etat durch einen Monat intensiver medizinischer Pflege über die Maßen belastet. Zur Zeit undenkbar.«

»Nun sagen Sie selbst, Professor Nietzsche: Ist es nicht seltsam, daß ich Sie über die intimsten Einzelheiten Ihres körperlichen Befindens und Ihres Lebens ausfrage, mich aber – gleich den meisten Kollegen – scheue, Auskunft über Ihre Vermögenslage zu erbitten?«

»Ihre Diskretion war ganz unnötig, Doktor Breuer, es geniert mich keineswegs, über Finanzen zu sprechen. Geld bedeutet mir wenig – solange die Mittel reichen, um weiterarbeiten zu können. Ich lebe sehr anspruchslos; abgesehen von gelegentlichen Bücherkäufen, gebe ich nur soviel aus, wie ich zum Leben benötige. Als ich vor drei Jahren meinen Lehrstuhl in Basel abgab, gewährte die Universität mir ein kleines Ruhegehalt. Das sind meine Mittel! Ich habe kein anderes Vermögen oder Einkommen. Kein väterliches Erbe, keine Stipendien von Gönnern – dafür haben meine Widersacher gesorgt! – und, wie ich bereits andeutete, haben mir meine Publikationen nicht einen Pfennig eingebracht. Vor zwei Jahren beschloß die Universität Basel eine bescheidene Erhöhung meiner Bezüge. Ich vermute fast, die Pension möchte die Prämie fürs Fortgehen gewesen sein – und die Erhöhung die Prämie fürs Fortbleiben.«

Nietzsche griff sich in die Rocktasche und zog ein Schreiben hervor. »Ich hatte angenommen, die Pension stünde mir lebenslang zu. Doch erst heute morgen erhielt ich einen Brief meiner Schwester, mir von Overbeck nachgesandt, in welchem sie andeutet, die Fortzahlung der Gelder könnte fraglich sein.«

»Aber weshalb denn, Professor Nietzsche?«

»Eine gewisse, meiner Schwester zutiefst verhaßte Person verleumdet mich. Im Augenblick vermag ich noch nicht zu beurteilen, ob die Behauptungen meiner Schwester der Wahrheit entsprechen oder ob sie übertreibt – wie sie es gern tut. Wie dem auch sei; der springende Punkt ist der, daß ich derzeit unmöglich eine größere finanzielle Belastung auf mich nehmen kann.«

Breuer war entzückt und erleichtert. Endlich eine leicht überwindbare Hürde! »Professor Nietzsche, wie ich sehe, hegen wir ähnliche Ansichten über das Geld. Auch mir hat Geld nie sonderlich viel bedeutet. Zufällig jedoch trifft es sich so, daß meine Verhältnisse andere sind. Hätte Ihr Vater lange genug gelebt, um Ihnen etwas hinterlassen zu können, verfügten Sie über ererbtes Geld. Von meinem Vater, einem geachteten Lehrer des Hebräischen, ist mir zwar nur eine bescheidene Hinterlassenschaft zugefallen, doch hat er für mich die Heirat

153

mit einem Mädchen aus einer der wohlhabendsten jüdischen Familien Wiens arrangiert. Beide Familien waren es zufrieden: eine beachtliche Mitgift gegen einen vielversprechenden medizinischen Forscher.

Lange Rede, kurzer Sinn, Professor Nietzsche: Ihre finanziellen Nöte sind kein Hemmnis. Die Familie meiner Frau, die Altmanns, haben der Lauzon-Klinik zwei Betten gestiftet, über welche ich frei verfügen kann. Es würden Ihnen daher weder in dieser Hinsicht Kosten erwachsen noch Honorare für meine Dienste anfallen. Für mich ist jede unserer Unterhaltungen eine Bereicherung! Gut, das wäre also abgemacht! Ich werde in der Klinik Bescheid geben. Sollen wir Ihre Einweisung gleich heute noch veranlassen?«

9

Nichts, gar nichts war abgemacht! Nietzsche verharrte lange reglos mit geschlossenen Augen auf seinem Stuhl. Dann, plötzlich, schlug er die Augen auf und sagte mit Bestimmtheit: »Doktor Breuer, ich habe Ihre kostbare Zeit lange genug in Anspruch genommen. Sie haben mir ein großzügiges Angebot gemacht, das ich Ihnen so bald nicht vergessen werde. Aber ich kann und werde davon keinen Gebrauch machen. Es gibt letzte Gründe, welche nicht weiter begründet werden können.« Seine Worte klangen endgültig, als verbitte er sich jede weitere Debatte. Er machte sich zum Gehen bereit und ließ die Schlösser seiner Tasche einschnappen.

Breuer war sprachlos. Ihre Unterredung glich bisher eher einer Schachpartie denn einer ärztlichen Konsultation. Er hatte gezogen, seinen Plan unterbreitet; Nietzsche hatte sofort pariert. Darauf hatte er Einwand um Einwand entkräftet, nur um sich dem nächsten Einwande Nietzsches gegenüberzusehen. Spielten sie ewiges Schach? Breuer, ein alter Hase im Hinblicke auf Patientenparaden, griff nun auf eine Taktik zurück, die selten fehlschlug.

»Professor Nietzsche, ich möchte Sie bitten, einen Augenblick in die Rolle des Therapeuten zu schlüpfen. Stellen Sie sich folgende verzwickte Lage vor – vielleicht können Sie zu ihrer Erhellung beitragen. Zu mir kommt ein Patient, der seit geraumer Zeit schwer krank ist. Er erfreut sich an kaum einem Tag von dreien auch nur leidlicher Gesundheit. Er unternimmt zudem eine lange, beschwerliche Reise, um einen Spezialisten zu konsultieren. Der Arzt macht seine Sache gründlich. Er untersucht den Patienten gewissenhaft und stellt eine ordentliche Diagnose. Patient und Arzt bringen sich allem Anscheine nach Respekt entgegen. Der Arzt empfiehlt eine breit angelegte Behandlung, von deren Wirksamkeit er fest überzeugt ist. Doch der Patient zeigt keinerlei Interesse am Behandlungsplan, ja: nicht einmal Neugier. Im Gegenteil, er verwirft diesen auf der Stelle und bringt Einwand um Einwand hervor. Können Sie mir dieses Rätsel erklären?«

Nietzsches Augen weiteten sich. Breuers drolliger Schachzug schien ihn aufhorchen zu lassen, doch er schwieg.

Breuer blieb beharrlich. »Vielleicht sollten wir an den Anfang des Rätsels zurückkehren. Wie kommt es dazu, daß ein Patient, welcher nicht behandelt zu werden wünscht, einen Arzt aufsucht?«

»Ich tat es auf Drängen meiner Freunde.«

Breuer war enttäuscht, daß sein Gegenüber bei seiner kleinen Komödie nicht mitspielte. So sehr Nietzsches Werke vor Geist und Witz sprühten, so wenig Sinn für Späße ließ ihr Verfasser erkennen.

»Ihre Baseler Freunde?«

»Ja. Professor Overbeck und auch seine Frau stehen mir sehr nahe. Überdies redete mir ein guter Freund aus Genua zu. Ich habe nicht viele Freunde – eine Folge meines Wanderlebens –, und es war schon bemerkenswert, wie einhellig alle in mich drangen, ich solle doch einen Arzt aufsuchen! Ebenso, daß sie allesamt gerade Ihren Namen im Munde führten.«

Breuer erkannte mühelos die geschickt gezogenen Fäden Lou Salomés. »Ich nehme an«, sagte er, »Ihr schlechtes Befinden hat allenthalben Besorgnis erregt.«

»Oder übermäßige Klagen in meinen Briefen.«

»Welche aber doch nur Ihre eigene Besorgnis widerspiegeln, oder nicht? Wozu sonst beunruhigende Briefe schreiben? Doch nicht, um Besorgnis zu erregen? Oder Mitleid?«

Bravo! Schach! Breuer klopfte sich innerlich auf die Schulter. Nietzsche wäre gezwungen, sich zurückzuziehen.

»Ich besitze zu wenige Freunde, als daß ich es riskieren dürfte, sie zu verlieren. Ich hielt es für geboten, zum Beweise meiner Verbundenheit alles zu unternehmen, um ihre Sorgen zu zerstreuen. Daher mein Kommen.«

Breuer beschloß, seinen Vorteil zu nutzen. Er wurde waghalsig.

»Sie selbst empfinden keine Besorgnis? Kaum glaublich! Über zweihundert Tage im Jahr von Martern zur Untätigkeit gezwungen! Ich habe zu viele Patienten auf der Höhe eines Migräneanfalls erlebt, um zu dulden, daß die Schmerzen heruntergespielt werden.«

Eine Glanzleistung! Wieder eine Linie auf dem Schachbrett abgeschnitten. Welche Antwortzüge blieben dem Gegner? überlegte Breuer.

Nietzsche, der offenbar inne wurde, daß er seine Figuren entwickeln müßte, richtete sein Augenmerk wieder aufs Zentrum. »Viele Namen hat man mir schon verliehen: Philosoph, Psychologe, Heide, Agitator, Antichrist – auch *unschmeichelhafte.* Ich selbst nenne mich lieber Forscher, denn der Eckpfeiler meiner philosophischen Methode ruht – nicht minder als bei der naturwissenschaftlichen – auf dem *Unglauben.* Ich pflege stets den strengsten Skeptizismus, und skeptisch bin ich auch jetzt. Ich kann einem allein vermöge Ihrer medizinischen Autorität begründeten Vorschlag einer psychischen Erforschung nicht gelten lassen.«

»Aber Professor Nietzsche, darin sind wir uns ja vollkommen einig. Einzig gültige Autorität ist die Vernunft; und meine Empfehlung stützt sich auf diese. Ich behaupte nur zweierlei: Erstens, daß übermäßige Anspannung krank mache – und für diese Behauptung gibt es empirische Belege –, zweitens, daß Ihr Leben großer Anspannung unterliege – und hier spreche ich von einer *anderen* Art von Anspannung als jener, welche der philosophischen Erforschung eignet.

Lassen Sie uns die gegebenen Tatbestände gemeinsam prüfen«, fuhr Breuer fort. »Nehmen wir zum Beispiel den erwähnten Brief Ihrer Schwester. Sie werden doch kaum bestreiten wollen, daß es Spannungen erzeugt, der Verleumdung zum Opfer zu fallen! Übrigens haben Sie unsere Verpflichtung zur beiderseitigen Redlichkeit verletzt, indem Sie mir diesen Verleumdungsfall verschwiegen.« Breuer wagte sich noch weiter vor. Ein anderer Weg stand ihm nicht offen; er hatte nichts zu verlieren.

»Und zweifelsohne erzeugt die Aussicht, Ihrer Pension, Ihres einzigen Unterhaltes, verlustig zu gehen, ebenfalls Spannung. Sollte es sich auch lediglich um Unkenrufe und Übertreibungen Ihrer Schwester handeln, so bleibt zuletzt die Belastung durch eine Schwester, welche sich nicht scheut, Sie zu beunruhigen!«

War er zu weit gegangen? Breuer sah Nietzsches Hand seitlich am Stuhl hinabfahren und sich dem Bügel der Dokumententasche nähern. Doch nun gab es kein Zurück mehr. Breuer suchte ein Matt zu erzwingen.

»Meine Position läßt sich noch überzeugender untermauern: nämlich durch ein geniales Werk, unlängst erschienen...« – er streckte die Hand aus und klopfte auf das geliehene Exemplar von *Menschliches, Allzumenschliches* – »...aus der Feder eines nächstens – sofern es auf dieser Welt noch Gerechtigkeit gibt – eminenten Philosophen. Hören Sie!«

Er schlug das Buch an der Stelle auf, welche er Freud beschrieben hatte, und las einzelne Passagen vor, die ihn beeindruckt hatten: »*›Die psychologische Betrachtung*‹ gehört ›*zu den Mitteln, vermöge deren man sich die Last des Lebens erleichtern*‹ kann. Ein, zwei Seiten weiter betont der Verfasser, wie nötig die moralische Beobachtung geworden sei; ich zitiere: ›*und der grausame Anblick des psychologischen Seziertisches*‹ kann ›*der Menschheit nicht länger erspart bleiben*‹. Er legt dar, wie die Irrtümer der größten Philosophen gewöhnlich ihren Ausgangspunkt in einer falschen Erklärung menschli-

cher Handlungen und Empfindungen hätten, so daß ›eine falsche Ethik sich aufbaut, dieser zu Gefallen dann wiederum Religion und mythisches Unwesen zu Hilfe genommen werden‹.
Ich könnte zahllose Belege finden...« – Breuer ließ die Seiten unter seinem Daumen hindurchgleiten – »...die Quintes-
senz dieses vortrefflichen Werkes lautet jedoch: Wer Glaube
und Handeln der Menschen verstehen will, muß zuerst alle
Konvention, Mythologie und Religion hinwegfegen. Dann
erst, *ohne alle Voraussetzungen*, darf man sich an das Studium
des Menschen heranwagen.«

»Ich kenne die Schrift recht genau«, tadelte Nietzsche.

»Und doch wollen Sie ihren Lehren nicht folgen?«

»Mein ganzes Leben gilt diesen Lehren. Sie haben die Lektüre zu früh unterbrochen. Seit Jahren betreibe ich dergleichen
psychologische Vivisektion. Ich habe mich selbst zum Studien-
objekt meiner Forschung gemacht. Ich bin jedoch nicht bereit,
mich zu *Ihrem* Studienobjekte zu machen! Wollten denn Sie
sich zum Objekt eines anderen machen? Gestatten Sie mir eine
persönliche Frage, Doktor Breuer. Welcher Art sind eigentlich
Ihre Motive betreffs dieser experimentellen Kur?«

»Sie haben sich hilfesuchend an mich gewandt; ich will Ihnen helfen. Ich bin Arzt. Helfen ist mein Beruf.«

»Viel zu simpel! Wir wissen beide, daß die Motive der Menschen weit komplexer sind und zugleich weit primitiver. Ich
wiederhole meine Frage: Welches sind Ihre Motive?«

»Die Sache *ist* so einfach, Professor Nietzsche! Jeder geht
seinem Berufe nach: Der Schuster schustert, der Bäcker bäckt,
der Doktor doktert. Jeder verdient sich seinen Lebensunterhalt
auf seine Weise, übt seinen Beruf aus; meiner besteht darin, zu
helfen und Schmerzen zu lindern.«

Breuer gab sich alle Mühe, überzeugend und überzeugt zu
klingen, tatsächlich jedoch wurde ihm mulmig. Nietzsches
jüngster Schachzug gefiel ihm ganz und gar nicht.

»Dies sind keine befriedigenden Antworten auf meine
Frage, Doktor Breuer. Wenn Sie sagen: ein Doktor doktere,

159

ein Bäcker backe oder ein jeder gehe seiner Arbeit nach, so hat dergleichen nicht das mindeste mit Motiven zu tun; es handelt sich um Gewohnheit. Sie unterschlagen bei Ihrer Antwort: Bewußtheit, Wille, Eigeninteresse. Dann ziehe ich doch die Erklärung vor, man verdiene sich seinen Lebensunterhalt, das wenigstens ist begreiflich. Man muß leben. Und doch verlangen Sie kein Geld von mir.«

»Ich könnte die Frage ebensogut an Sie zurückgeben, Professor Nietzsche. Sie sagen, Ihre Arbeit bringe nichts ein; warum philosophieren Sie dann?« Breuer hatte Not, nicht in die Defensive zu geraten. Er hatte Schlagkraft eingebüßt, das spürte er.

»Ah! Aber in einem Behufe unterscheiden wir uns ganz gewaltig. Ich gebe nicht vor, *für Sie* zu philosophieren, während Sie, verehrter Doktor, als Motiv auf Ihrem Wunsch beharren, mir zu dienen und mein Leid zu lindern. Derlei Behauptungen haben mit menschlichen Beweggründen nichts zu tun, sie gehören der Sklavenmoral an, geschuldet den Verführungskünsten der Priesterkaste! Sezieren Sie Ihre Beweggründe ganz! Sie werden feststellen, daß niemand *jemals* etwas ausschließlich für andere tut. Alles Tun ist auf das Selbst gerichtet, aller Dienst dient dem Selbst, alle Liebe ist Selbstliebe.«

Nietzsches Worte sprudelten immer schneller. »Überrascht Sie meine Bemerkung? Vielleicht denken Sie an Ihre Nächsten und Liebsten. Graben Sie tiefer, und Sie werden feststellen, daß es nicht *jene* sind, die Sie lieben. Was Sie lieben, ist die angenehme Empfindung, die eine solche Liebe in Ihnen selbst weckt! Man liebt zuletzt seine Begierde. Ich frage Sie also erneut: Warum wünschen Sie mir zu dienen? Abermals Doktor Breuer...« – Nietzsches Ton wurde streng – »...welches sind Ihre Motive?«

Breuer schwindelte. Er bezwang seinen ersten Impuls: sich gegen die Häßlichkeit und Krudität der Worte Nietzsches zu verwehren und somit zweifellos dem ganzen ärgerlichen ›Kapitel Nietzsche‹ ein Ende zu setzen. Einen Augenblick lang malte er sich aus, wie der Rücken eines erzürnt aus dem Raum stapfenden Nietzsche seinen Blicken entschwand. Mein Gott, den wäre er los! Wäre die ganze, leidige Sache los! Doch die Vorstellung, Nietzsche nie wieder zu sehen, stimmte ihn traurig. Es zog ihn stark zu diesem Mann hin. Weshalb nur? Ja, welches *waren* denn seine Motive?

Breuer mußte wieder an die Schachpartien gegen seinen Vater denken, bei denen er unweigerlich die gleichen Fehler gemacht hatte: nämlich sich zu stark auf den Angriff zu konzentrieren, diesen zu weit voranzutreiben, die eigene Deckung zu vernachlässigen, bis seines Vaters Dame wie der Blitz hinter seine schwache Verteidigung fuhr und Schach bot. Er vertrieb das Bild; allerdings nicht ohne zuvor dessen warnende Botschaft klar erfaßt zu haben: daß er diesen Professor Nietzsche nie, nie wieder unterschätzen dürfe.

»Also, Doktor Breuer, *Ihre Motive?*«

Breuer rang mit sich. Seine Motive? Er staunte, wie erbittert sich sein Bewußtsein der Frage Nietzsches widersetzte. Er rief sich zur Ordnung. Sein Wunsch, Nietzsche zu helfen, wann hatte dieser Gestalt angenommen? In Venedig natürlich, als er wie behext der schönen Lou Salomé gelauscht hatte. So sehr war er ihrem Zauber erlegen, daß er sofort eingewilligt hatte, ihrem Freunde zu helfen. Die Heilung Professor Nietzsches unternehmen zu wollen, gestatte ihm nicht nur, Verbindung mit Fräulein Salomé zu halten, sondern überdies, ihre Bewunderung zu ernten. Dann gab es noch den Zusammenhang mit Wagner. Hierin allerdings war Breuer gespalten: Er liebte die Musik Wagners, verabscheute jedoch dessen Antisemitismus.

Was weiter? In den vergangenen Wochen war Lou Salomés Bild allmählich verblaßt. *Sie* war nicht mehr der Grund für seine Bemühungen um Nietzsche. Nein, unterdessen reizte ihn vielmehr die Herausforderung, welche sich seinem Intellekt bot. Selbst Frau Becker hatte kürzlich bemerkt, kein anderer Arzt in Wien hätte einen solch schwierigen Fall übernommen.

Dann gab es zudem noch Freud. Da er Freud den Patienten

161

Nietzsche als ›Schulfall‹ in Aussicht gestellt hatte, stünde er, im Falle, daß der Professor sein Angebot ausschlüge, dumm da. Oder suchte er etwa den Abglanz geistiger Größe? Gut möglich, daß Lou Salomé recht hatte mir ihrer Behauptung, Nietzsche sei die Zukunftshoffnung der deutschen Philosophie. Mindestens atmeten seine Bücher Genie.

Keiner dieser Beweggründe, erkannte Breuer, hatte das geringste mit dem Menschen Nietzsche zu tun, dem Mann aus Fleisch und Blut, der ihm gegenübersaß. Also müßte er sich ausschweigen über seine Verbindung zu Lou Salomé, betreffs seiner Genugtuung, sich auf neues Terrain vorzuwagen, welches seine Kollegen mieden, betreffs seiner Gier nach dem Abglanz der Größe. Vielleicht, räumte Breuer unwillig ein, sprach doch einiges für die Triftigkeit von Nietzsches häßlichen Thesen über menschliche Motive! Gleichviel, er dachte gar nicht daran, die unerhörte Meuterei gegen seine erklärte Hilfsbereitschaft auch noch gutzuheißen! Wie sollte er dann aber auf Nietzsches lästige, unbequeme Frage antworten?

»Meine Motive? Wer kennte die Antwort auf eine solche Frage? Es bestehen mannigfaltige Motive. Wer wollte bestimmen, daß einzig die Motive der äußeren, der instinkthaft animalischen Schicht zählten? Nein, Augenblick! Ich sehe wohl, daß Sie Ihre Frage wiederholen wollen; geben Sie mir Gelegenheit, in Ihrem Geiste zu antworten. Ich habe zehn Jahre medizinischer Studien genossen. Soll ich zehn Lehrjahre in den Wind schlagen, allein deswegen, weil ich nicht länger auf einen Brotberuf angewiesen bin? Die Arzttätigkeit ist meine Art, die Mühsal der frühen Jahre zu rechtfertigen – meine Art, dem Leben Beständigkeit und Wert zu verleihen. Und Sinn! Soll ich den ganzen Tag müßig herumsitzen und mein Geld zählen? Wollten *Sie* das? Gewiß nicht! Und dann gibt es da noch ein anderes Motiv: ich genieße die intellektuelle Stimulanz der Begegnungen mit Ihnen.«

»Diese Motive entbehren zum mindesten nicht den Beiklang der Wahrhaftigkeit«, gestand ihm Nietzsche zu.

»Soeben fällt mir ein weiteres ein. Mir gefällt Ihr Grenzstein: ›Werde, der du bist.‹ Wenn nun ›der ich bin‹ oder ›der ich zu werden bestimmt bin‹ derjenige wäre, welcher zum Dienen, zum Helfen bestimmt ist, dazu, zum medizinischen Fortschritt beizutragen und zur Linderung von Leid?«

Breuer fühlte sich schon besser. Er erlangte die Fassung wieder. ›Vielleicht war ich zu raisonniersüchtig‹, dachte er. ›Etwas mehr Konzilianz vielleicht.‹ »Und ein letztes Motiv: Nehmen wir einmal an – und ich bin überzeugt, daß dem so ist –, Sie wären dazu bestimmt, ein großer Philosoph zu werden. Dann diente meine Behandlung nicht allein Ihrem physischen Wohlbefinden, sondern auch der Verwirklichung Ihres Vorhabens, nämlich der zu werden, der *Sie* sind.«

»Und sollte ich, wie Sie sagen, Großes vollbringen, dann vollbrächten Sie, als mein Wiederbeleber, mein Erlöser, noch Größeres, wie?« Nietzsche stieß die Worte so heftig hervor, als sei er sich ganz sicher, blindlings ins Schwarze zu treffen.

»Nichts dergleichen habe ich gesagt!« Breuers Geduld, im Umgang mit Kranken für gewöhnlich unerschöpflich, war allmählich am Ende. »Ich betreue zahlreiche Patienten, welche auf Ihrem Gebiete groß sind – die führenden Wissenschaftler, herausragendsten Künstler, begnadetsten Musiker Wiens. Bin ich deshalb größer als sie? Wer weiß denn schon, daß ich sie behandele?«

»Ich weiß es, denn Sie haben es mir soeben gesagt, und nun schlagen Sie daraus Kapital, um Ihr Ansehen in meinen Augen zu erhöhen!«

»Professor Nietzsche, ich traue meinen Ohren nicht. Glauben Sie allen Ernstes, ich würde – sollte Ihnen eine große Zukunft beschieden sein – umherlaufen und überall herumposaunen, ich, Josef Breuer, sei Ihr Schöpfer?«

»Glauben Sie allen Ernstes, dergleichen gäbe es *nicht*?«

Breuer rang mit sich. ›Obacht, Josef! Halte deinen Zorn im Zaum. Betrachte die Dinge doch einmal von *seiner* Warte. Versuche zu verstehen, woher sein Argwohn rührt.‹

»Professor Nietzsche, Sie sagten, Sie seien in der Vergangenheit verraten worden und deshalb wohl beraten, auch in Zukunft Verrat zu fürchten. Sie haben mein Wort, daß Ihnen von meiner Seite kein Verrat droht. Ich verspreche Ihnen, daß ich niemals Ihren Namen preisgeben werde. Noch soll er in den klinischen Akten auftauchen. Wir werden uns ein Pseudonym ausdenken.«

»Mir ist es nicht um das zu tun, was Sie anderen erzählen könnten, darin *haben* Sie mein Vertrauen. Mir ist es um das zu tun, was Sie *sich selbst* vorerzählen würden und was ich *mir* selbst vorerzählen würde. In alledem, was Sie mir bisher über Ihre Motive verrieten, war von *mir* – entgegen Ihren Beteuerungen, helfen und Not lindern zu wollen – nichts enthalten. Und so sollte es sein. Sie würden mich für Ihre Selbstgestaltung mißbrauchen; auch das versteht sich, es entspricht der menschlichen Natur. Aber sehen Sie denn nicht: *Ich würde von Ihnen aufgebraucht!* Ihr Mitleiden, Ihre Güte, Ihre Teilnahme, Ihre Methoden, mir zu helfen, mich zu bevormunden – dies alles würde Sie stärken auf Kosten meiner Stärke. Ich bin nicht reich genug, mir solche Hilfe leisten zu können!«

›Ein unbeschreiblicher Mensch!‹ dachte Breuer. ›Die übelsten, die niedersten Motive für alles wühlt er aus der Tiefe empor.‹ Jeder letzte dürftige Rest klinischer Nüchternheit, der Breuer noch geblieben war, löste sich in Nichts auf. Er verlor die Beherrschung.

»Professor Nietzsche, ich will ganz offen sprechen. Sie haben heute viel Bedenkenswertes vorgebracht, doch diese letzte Behauptung, dieser Wahn, ich bezweckte Ihre Schwächung oder wollte mich an Ihrer Stärke weiden, ist barer Unfug!«

Breuer sah Nietzsches Hand auf den Bügel der Tasche zuwandern und konnte doch nicht an sich halten. »Begreifen Sie denn nicht, Mann! Wir haben hier das beste Beispiel dafür, warum Sie Ihre Psyche nicht eigenhändig sezieren *können*; Ihre Sicht ist getrübt!«

Er sah, wie Nietzsche den Bügel packte und sich langsam

aufrichtete. Er sprach weiter. »Ihren mißlichen Erfahrungen mit der Freundschaft ist es zuzuschreiben, daß Sie die absonderlichsten Fehlschlüsse ziehen!«

Nietzsche knöpfte bereits seinen Mantel zu, und immer noch konnte Breuer seinen Worten nicht Einhalt gebieten: »Sie erachten Ihre persönlichen Anschauungen für letztgültig, Sie wollen für die gesamte Menschheit verstehen, was Sie an sich selbst nicht verstehen.«

Nietzsches Hand lag auf der Türklinke.

»Verzeihen Sie, daß ich unterbreche, Doktor Breuer, aber ich muß mich um ein Billett für den Nachmittagszug nach Basel kümmern. Wenn Sie erlauben, komme ich in zwei Stunden noch einmal, um meine Rechnung zu begleichen und meine Bücher zu holen. Den Krankenbericht können Sie mir nachsenden; ich lasse Ihnen eine Adresse da.« Er verbeugte sich steif und wandte sich ab. Breuer verzog schmerzlich das Gesicht, als er Nietzsches Rücken zur Tür hinaus verschwinden sah.

10

Breuer rührte sich nicht, als die Tür leise ins Schloß fiel, und wie versteinert saß er auch noch hinter seinem Schreibtisch, als Frau Becker ins Sprechzimmer eilte.

»Was ist nur geschehen, Herr Doktor? Eben stürmte Professor Nietzsche an mir vorbei und murmelte im Vorübergehen nur rasch etwas davon, daß er in Kürze wiederkäme, um seine Rechnung und seine Bücher zu holen.«

»Ach, heute mißrät mir alles!« stöhnte Breuer und schilderte knapp den Verlauf der letzten Stunde mit Nietzsche. »Als er schließlich die Flucht ergriff, war ich nicht mehr Herr über mich selbst.«

»Er muß Sie aufgereizt haben. Da sucht Sie ein kranker Mann auf, Sie geben Ihr Bestes, und dann widersetzt er sich allem, was Sie sagen! Mein vormaliger Chef, Doktor Ulrich, würde ihn längst vor die Tür gesetzt haben, glauben Sie mir.«

»Der Mann braucht dringend Hilfe.« Breuer erhob sich und trat ans Fenster. Ganz in Gedanken sagte er wie zu sich selbst: »Aber er ist zu stolz, um Hilfe anzunehmen. Sein Stolz wiederum ist Teil seines Leidens, ebenso, wie es ein befallenes Organ wäre. Wie töricht von mir, aufzubrausen! Gewiß hätte es eine Möglichkeit gegeben, Fühlung zu nehmen und ihn bei allem Stolz für eine Behandlung zu gewinnen.«

»Wenn aber der Stolz ihm verbietet, sich helfen zu lassen, wie sollten Sie ihn dann behandeln können? Nachts vielleicht, im Schlaf?«

Sie erhielt keine Antwort von Breuer, der am Fenster stand und hinausstierte, leicht auf den Fußsohlen wippend, sich mit Selbstvorwürfen quälend.

Frau Becker versuchte es erneut: »Erinnern Sie sich an den Fall vor wenigen Monaten, als Sie der alten Frau Kohl helfen wollten, die sich nicht aus ihrem Zimmer heraustraute?«

Breuer nickte, wandte sich jedoch nicht nach Frau Becker um. »Ja, ich erinnere mich.«

»Sie brach die Behandlung just in dem Moment ab, da Sie sie hatten überreden können, ein anderes Zimmer zu betreten, wenn Sie sie bei der Hand nahmen. Als Sie mir davon erzählten, fand ich, es müsse zu arg sein, jemanden bis auf die Schwelle zur Genesung zu begleiten, nur um dann erleben zu müssen, wie der Betreffende zurückschreckt.«

Breuer nickte ungeduldig; worauf wollte sie hinaus? »Und?«

»Sie sagten damals etwas sehr Weises. Sie sagten, das Leben sei lang und es gebe Patienten mit einer langen Behandlungslaufbahn; manche lehnten etwas dem einen Arzte ab und bewahrten es im Gedächtnis, bis sie späterhin bereit seien, den nächsten Schritt zu tun. Sie hätten eben den Schritt begleitet, zu welchem diese Patientin gerade bereit gewesen sei.«

»Ja. Und?« drängte Breuer.

»Nun, vielleicht verhält es sich bei Professor Nietzsche ähnlich. Vielleicht, daß er auf Ihre Wort hören wird, wenn er soweit ist – irgendwann in der Zukunft.«

Jetzt wandte sich Breuer seiner Ordinationshilfe zu. Ihre Worte rührten ihn. Weniger ihres Inhalts wegen – denn er bezweifelte, daß irgend etwas von dem, was sich in seinem Sprechzimmer zugetragen hatte, Nietzsche jemals von Nutzen sein könnte – als deswegen, weil sie ihn zu trösten suchte. Anders als Nietzsche begrüßte Breuer Hilfe, wenn er Not litt.

»Hoffentlich behalten Sie recht, Frau Becker. Ich danke Ihnen für die aufmunternden Worte – eine ungewohnte Aufgabe für Sie. Noch ein paar solcher Patienten wie unseren Professor

Nietzsche, und Sie bringen es darin zu Meisterschaft. Wen haben wir denn heute nachmittag? Mir wäre ein weniger verwikkelter Fall sehr willkommen – eine schlichte Tuberkulose oder chronische Herzinsuffizienz!«

Etliche Stunden später präsidierte Breuer über das freitägliche Nachtmahl im Kreise der Familie, an diesem Abend nebst seinen drei Ältesten, Robert, Bertha und Margarethe – Johannes und Dora waren bereits von Louis gefüttert worden –, drei Schwestern Mathildes: Hanna und Minna, beide noch unverheiratet, sodann Rachel und ihr Mann Max mit deren drei Kindern, außerdem Mathildes Eltern und eine ältere, verwitwete Tante. Freud, mit dem man ebenfalls gerechnet hatte, war nicht erschienen. Er hatte Nachricht geschickt: Er müsse leider mit Wasser und Brot vorliebnehmen und seiner eigenen Gesellschaft, denn es habe sechs Neuzugänge zu später Stunde gegeben, um die er sich kümmern müsse. Breuer war enttäuscht. Immer noch aufgewühlt von Nietzsches überstürztem Aufbruch, hatte er sich auf eine Erörterung mit dem jungen Freunde gefreut.

Obgleich Breuer selbst, Mathilde und alle drei Schwestern als weitgehend assimilierte ›Drei-Tages-Juden‹ nur die drei höchsten Festtage begingen, wahrten sie respektvoll Schweigen, während Mathildes Vater Aaron und Max – die einzigen beiden praktizierenden Juden in der Familie – ihre Gebete über Brot und Wein sprachen. Die Breuers hielten nicht die jüdischen Speisegebote ein, doch um Aarons willen tischte Mathilde an diesem Abend kein Schweinefleisch auf. Breuer aß gern Schweinefleisch, und sein Leibgericht – ein mit Backpflaumen garnierter Schweinsbraten – wurde oft gereicht. Breuer und auch Freud waren überdies große Freunde der saftigen Wiener Würstl, die im Prater feilgeboten wurden. Kein Spaziergang dort ohne *Haaße* als kleine Stärkung.

Zum Auftakt gab es, wie immer bei Mathilde, eine heiße Suppe – heute eine Gersteneinmachsuppe mit Puffbohnen –, gefolgt, als Entreegericht, von einem gewaltigen, mit Möhren und Zwiebeln gebackenen Karpfen und dann, als Hauptgang, einer zarten, mit Rosenkohl gefüllten Gans.

Als der nach Zimt duftende Kirschstrudel frisch aus dem Ofen auf den Tisch kam und portioniert worden war, nahmen Breuer und Max ihre Teller und schlenderten den Flur hinab zu Breuers Studierzimmer. Seit fünfzehn Jahren schon nahmen die beiden im Anschluß an das Freitagsmahl ihr Dessert gleich mit und zogen sich zum Schachspielen zurück.

Josef kannte Max noch aus Studienzeiten – lange bevor sie beide Altmann-Töchter geheiratet hatten. Wären sie allerdings nicht Schwager geworden, hätten sie sich vermutlich aus den Augen verloren, denn so sehr Breuer Maxens Intelligenz, chirurgisches Geschick und virtuoses Schachspiel schätzte, so sehr gingen ihm die schlichte Ghetto-Mentalität und der vulgäre Materialismus seines Schwagers gegen den Strich. Gelegentlich war ihm sogar der Anblick Maxens zuwider; nicht allein, daß dieser häßlich war – kahlköpfig, mit unreiner, fleckiger Haut, dazu von makabrer Fettleibigkeit –, nein, er sah überdies alt aus. Und Breuer wurde nicht gern daran erinnert, daß er und Max gleich alt waren.

An diesem Abend gäbe es kein Schach. Breuer hatte Max sogleich gewarnt, daß er zum Spielen zu unruhig sei und lieber reden wolle. Sie wurden selten vertraulich, er und Max. Doch mit Ausnahme Freuds hatte Breuer sonst unter Männern keinen Vertrauten – genau genommen überhaupt niemanden mehr seit der Entlassung seiner früheren Ordinationshilfe Eva Berger. Er hob daher gleich zu sprechen an – wiewohl er Max nicht allzuviel Einfühlungsvermögen zutraute –, sprach zwanzig Minuten lang ohne Punkt und Komma von Nietzsche, den er natürlich Müller nannte, und schüttete dem Schwager sein Herz aus; er berichtete sogar von der Begegnung mit Lou Salomé in Venedig.

»Aber Josef«, meinte Max wegwerfend, »warum machst du dir Vorwürfe? Wer könnte einen solchen Querkopf behan-

169

deln? Ein Spintisierer, weiter nichts! Wenn ihm eines Tages der Kopf zerspringt, kommt er noch auf Knien angerutscht!«

»Max, begreifst du denn nicht! Hilfe abweisen zu müssen gehört zu seiner Krankheit. Er leidet nachgerade unter Verfolgungswahn, von allen erwartet er das Schlimmste.«

»Josef, in Wien wimmelt es von Kranken. Wir könnten beide hundertundfünfzig Stunden in der Woche arbeiten und würden dennoch Patienten an Kollegen überweisen müssen. Habe ich nicht recht?«

Breuer sagte nichts.

»Stimmt's?« beharrte Max.

»Darum geht es doch nicht, Max.«

»Doch, akkurat darum geht es, Josef. Patienten rennen dir die Türe ein, und du, du bekniest jemanden, sich helfen zu lassen. Das ergibt doch keinen Sinn! Hast du es nötig, zu betteln?« Max griff nach einer Flasche und zwei Schnapsgläsern. »Einen Slibowitz?«

Breuer nickte, und Max schenkte ein. Obgleich die Altmanns ihr Vermögen mit dem Spirituosenhandel gemacht hatten, war dieses kleine Gläschen Schach-Slibowitz der einzige Tropfen Alkohol, den die beiden Männer je anrührten.

»Max, hör doch mal zu. Angenommen, du hättest einen Patienten mit... – Max, du hörst mir gar nicht zu! Du wendest den Kopf ab.«

»Doch, ich höre, ich bin ganz Ohr«, beteuerte Max.

»Angenommen also, du hättest einen Patienten mit einer Vergrößerung der Prostata und Harnröhrenstenose«, sagte Breuer. »Dein Patient leidet an Urinverhaltung, es kommt zum Nierenrückstau, es droht eine Harnvergiftung, und doch weist er jede Hilfe ab. Warum? Möglicherweise aufgrund von Altersschwachsinn, möglicherweise ist seine Angst vor deinen Instrumenten, den Kathetern und den Sonden größer als die Angst vor der Urämie, möglicherweise ist er psychotisch und bildet sich ein, du wolltest ihn kastrieren. Was dann? Was würdest du tun?«

170

»Zwanzig Jahre praktiziere ich«, sagte Max. »Noch nie vorgekommen.«

»Aber es *könnte* vorkommen. Nur mal des Disputs halber; gesetzt, der Fall träte ein, was würdest du tun?«

»Die Entscheidung läge bei den Angehörigen, nicht bei mir.«

»Max, komm schon! Weiche nicht ständig aus. Gesetzt, es gäbe keine Angehörigen?«

»Wie soll ich das wissen? Wohl das, was sie in den Heilanstalten tun – ihn in eine Zwangsjacke stecken, narkotisieren, katheterisieren, die Harnröhre mit Sonden weiten.«

»Tag für Tag? Zwangsweise einen Katheter einführen? Unsinn, Max, binnen Wochenfrist wäre er tot! Nein, du würdest doch versuchen, seine Einstellung gegen dich und die Behandlung zu ändern. Ähnlich wie bei der Behandlung von Kindern. Welches Kind läßt sich schon *gern* behandeln?«

Das, worauf Breuer hinauswollte, ließ Max beiseite. »Du willst also den guten Mann einweisen und dich jeden Tag mit ihm unterhalten. Josef, bedenke doch, wieviel Zeit du hierfür opfern müßtest! Kann er sich so viel deiner kostbaren Zeit leisten?«

Als Breuer hierauf die Mittellosigkeit des Patienten erwähnte, und daß er beabsichtigte, eines der von der Familie gestifteten Betten in Anspruch zu nehmen und kein Honorar zu berechnen, wuchs Maxens Besorgnis.

»Josef, du machst mir angst! Nein wirklich: Ich mache mir Sorgen. Nur weil eine hübsche Russin, mit welcher du kaum näher bekannt bist, bei dir vorspricht, bist du bereit, einen Verrückten zu behandeln, der eine Krankheit, die er zu haben leugnet, gar nicht behandeln lassen will? Und das Ganze umsonst. Nun sage du mir...« – und Max erhob mahnend den Zeigefinger – »...wer ist toll, er oder du?«

»Ich werde dir einmal sagen, was toll ist, Max! Toll ist, wie du immer wieder auf das Geld zu sprechen kommst! Die Zinsen der Mitgift Mathildes häufen sich auf der Bank. Wenn dereinst alle ihren Anteil am Altmann-Erbe erhalten, werden wir beide in Geld schwimmen. Schon längst vermag ich nicht mehr auszugeben, was ich einnehme, und ich weiß sehr wohl, daß du noch über sehr viel mehr verfügst als ich. Wozu also ewig vom Geld reden? Wozu sich den Kopf zerbrechen, ob dieser oder jener Patient bezahlen kann? Manchmal, Max, siehst du nur noch den Mammon.«

»Also gut, vergessen wir einen Augenblick lang das Geld. Vielleicht hast du recht. Gelegentlich frage ich mich selber, wozu ich überhaupt arbeite oder noch Honorare in Rechnung stelle. Ein Glück nur, daß uns niemand hört, man würde uns beide für komplett meschugge halten! Ißt du deinen Strudel nicht mehr?«

Breuer schüttelte den Kopf, worauf Max den eigenen Teller nahm und des Schwagers Nachtisch daraufschob.

»Nur bedenke doch, Josef, das hat mit Medizin nichts mehr zu tun. Die Art von Patienten, welche du behandelst – dieser Professor, woran gebricht es ihm? Wie soll die Diagnose lauten: Stolz-Karzinom? Oder das Pappenheim-Mädchen, das sich vor einem Schluck Wasser fürchtete, war nicht sie es, die plötzlich kein Deutsch mehr sprechen konnte, nur noch Englisch? Und Tag für Tag eine neue Paralyse entwickelte? Oder der Jüngling, der sich für den Sohn des Kaisers hielt. Oder die Dame, die ihr Zimmer nicht zu verlassen wagte. Irrsinn! Du hast doch nicht die beste Ausbildung in Wien genossen, um dich mit Irren abzuplagen!«

Max verschlang Breuers Strudel in einem gewaltigen Bissen, spülte ihn mit einem zweiten Glas Slibowitz hinunter und fuhr dann fort: »Du bist als Diagnostiker in ganz Wien unerreicht. Keiner in dieser Stadt weiß mehr über Erkrankungen der Atemwege und über den Gleichgewichtssinn. Alle Welt kennt deine Forschungsarbeiten! Glaube mir, eines Tages werden sie dich noch in die Akademie der Wissenschaften aufnehmen. Wärest du nicht Jude, du hättest inzwischen einen Lehrstuhl, alle Welt weiß das. Wenn du aber weiterhin diese Verrückten behandelst, weißt du, was dann aus deinem Ruf wird? Die Antisemiten werden sagen: ›Seht ihr wohl!‹« – und Max fuchtelte mit erhobenem Zeigefinger – »›Deshalb! Deshalb ist er nicht Professor der Medizin geworden! Der Mann ist unzuverlässig!‹«

»Max, laß uns lieber Schach spielen!« Breuer riß unwirsch den Deckel der Schatulle hoch und kippte die Figuren aufs Brett. »Da bitte ich dich, mir heute abend ausnahmsweise zuzuhören, und was habe ich davon? Du bist wahrhaftig eine feine Hilfe! Ich bin verrückt, meine Patienten sind verrückt, ich sollte sie alle auf die Straße setzen! Ich ruiniere meinen Ruf, ich sollte lieber Gulden scheffeln, die ich nicht brauche –!«

»Nicht doch! Das mit dem Geld habe ich zurückgenommen!«

»Ist das etwa eine Art, zu helfen? Du hörst ja nicht hin!«

»Also gut, sag's noch einmal. Ich will besser hinhören.« Maxens massiges, ausdrucksvolles Gesicht wurde mit einem Mal ernst.

»Heute kam ein Mann zu mir in die Praxis, der Hilfe braucht, der leidet, und ich habe ihn falsch angefaßt. Zwar mag bei diesem Patienten das Kind schon in den Brunnen gefallen sein, Max, doch es kommen immer häufiger neurotische Patienten zu mir, und ich muß den Umgang mit ihnen lernen. Es eröffnet sich ein gänzlich neues Feld. Es gibt keine Lehrbücher. Es gibt Tausende Patienten, die der Hilfe bedürfen, und kein Mensch weiß, wie ihnen zu helfen ist!«

»Davon verstehe ich nichts, Josef. Du befaßt dich zunehmend mit dem Denken und dem Gehirn. Ich stehe am entgegengesetzten Ende...« – Max griente, und Breuer wappnete sich – »...die ›Münder‹, mit denen ich zu tun habe, führen keine Widerrede. Aber das eine kann ich dazu vielleicht sagen: Mir drängt sich der Eindruck auf, daß du mit diesem Professor Kräfte mißt, wie früher in den philosophischen Kollegs mit Brentano. Weißt du noch, wie er dich eines Tages anherrschte? Es ist zwanzig Jahre her, aber ich erinnere mich noch so deut-

173

lich, als wäre es gestern gewesen. Er schnautze: ›Kollege Breuer, warum machen Sie sich nicht das Wissen zu eigen, welches ich Ihnen weitergeben kann, anstatt mir nachweisen zu wollen, wieviel ich nicht weiß?‹«

Breuer nickte. Max fuhr fort: »Nun, ähnlich klingt für mich das, was du von der Sprechstunde berichtetest. Auch der Kunstgriff, deinem Müller mit Zitaten aus seinen eigenen Werken zu kommen und ihn so in die Falle zu locken. Das war töricht, wie hätte das gelingen sollen? Wenn er nicht in die Falle geht, hat er gewonnen; wenn er in die Falle tappt, ist er so wütend, daß alle Konzilianz auf seiner Seite verspielt ist.«

Breuer saß wie betäubt da und berührte geistesabwesend diese und jene Schachfigur. Er bedachte Maxens Einwände. »Du magst recht haben. Weißt du, noch während ich es tat, ahnte ich schon, daß es ein Fehler sei. Ich hätte nicht auf Freud hören dürfen. Ich ahnte, daß es unklug wäre, ihn selbst zu zitieren, aber unentwegt parierte er, forderte mich heraus. Seltsam, die gesamte Konsultation hindurch mußte ich wiederholt ans Schachspielen denken: Wenn ich ihm diese Falle stellte, würde er sich auf jene Weise herauswinden und mir dafür mittels dieses oder jenes Gegenzuges Kontra bieten. Vielleicht lag es tatsächlich an mir; du sagst, ich sei schon als Student so gewesen. Und doch habe ich mich seit Jahren mit keinem Patienten in dieser Weise gemessen, Max. Ich vermute, irgend etwas an ihm weckt bei mir diesen Drang – bei jedem womöglich, und flugs erklärt er eben dies zur menschlichen Natur. Hiervon ist er tatsächlich überzeugt! Und in diesem entscheidenden Punkte schlägt seine gesamte Philosophie fehl.«

»Siehst du, Josef! Du tust es immer noch, du versuchst, die Schwachstellen seiner Philosophie aufzuspüren. Du hältst ihn für ein Genie. Nun, wenn er ein solches Genie ist, dann solltest du vielleicht *von ihm lernen* und nicht ihn übertrumpfen wollen!«

»Bravo, Max, das ist es! Es geht mir zwar wider den Strich, aber es klingt raisonnabel. Ein hilfreicher Hinweis.« Breuer entfuhr ein tiefer Seufzer. »So, und nun wollen wir spielen! Ich habe mir da etwas ausgedacht, mit dem sich vielleicht dem Damengambit begegnen läßt.«

Max spielte also Damengambit, und Breuer antwortete mit einem gewagten Mittelgambit, geriet jedoch acht Züge später in Not. Max bedrohte Läufer und Springer mit einer Bauerngabel und bemerkte ohne aufzublicken: »Josef, wenn wir heute abend schon einmal so aufgeknöpft reden, dann möchte auch ich mich erleichtern. Du wirst sagen, es geht mich nichts an, aber ich kann nicht ständig die Ohren auf Durchzug stellen. Mathilde hat sich bei Rachel darüber beklagt, daß du sie seit Monaten nicht mehr anrührst.«

Breuer widmete sich noch einige Minuten dem verfahrenen Spiel, dann, als er einsehen mußte, daß es keine Möglichkeit gab, der Gabel zu entkommen, schlug er Maxens Bauern, ehe er antwortete: »Ja, es sind Wolken am häuslichen Himmel. Aber wie sollte ich mich dir anvertrauen können, Max, ebensogut könnte ich gleich zu Mathilde hingehen. Ich weiß doch, daß du es deiner Frau weitersagst und deine Frau es ihrer Schwester weitersagt.«

»Nein, ich versichere dir, ich kann sehr wohl etwas vor Rachel geheimhalten. Zum Beweis will ich dir etwas verraten: Wenn Rachel wüßte, was zwischen mir und meiner neuen Ordinationshilfe Fräulein Wittner vorgeht, dann säße ich auf der Straße – und zwar holterdiepolter! Es geht mir wie dir mit Eva Berger – die Liebeshändel mit den Praxisdamen müssen in der Familie liegen.«

Breuer starrte aufs Brett. Maxens Worte bestürzten ihn. So also deutete man in der Gemeinde sein Verhältnis zu Eva! Zwar entbehrten die Gerüchte jeder Grundlage, schuldig aber fühlte er sich wegen eines Monate zurückliegenden, flüchtigen Augenblicks starker sexueller Versuchung dennoch: In einem heiklen Zwiegespräch hatte Eva ihm eröffnet, sie fürchte, er sei drauf und dran, sich in eine verhängnisvolle Liaison mit Bertha zu stürzen, und sie hatte sich erboten, ›alles zu tun‹, wenn sie ihn nur vor seinem Besessensein von seiner jungen Patientin retten könnte. Hieß das denn nicht, daß Eva selbst sich ihm hinzugeben bereit war? Breuer meinte: ja. Doch hatte der Dämon ›Aber‹ interveniert, so daß sich Breuer in diesem Fall so wenig als in manch anderem zum Handeln hatte durchringen können. Und doch war ihm Evas Offerte oft in den Sinn gekommen, und die vertane Gelegenheit hatte ihn zutiefst gereut!

Nun, Eva war fort. Und er hatte die Dinge nie in Ordnung gebracht. Nach ihrer Entlassung hatte sie nicht mehr mit ihm gesprochen, hatte jede finanzielle Hilfe und sein Anerbieten, ihr eine neue Stellung zu vermitteln, ausgeschlagen. Obschon sein Versäumnis, sie gegen Mathilde in Schutz genommen zu haben, nicht wiedergutzumachen war, beschloß er, sie dafür zum mindesten jetzt gegen Maxens Verdächtigungen zu verteidigen.

»Nein, Max, du irrst dich! Ich bin zwar kein Heiliger, aber ich schwöre dir, ich habe Eva niemals kompromittiert. Sie war eine Freundin, eine gute Freundin.«

»Verzeih, Josef, vermutlich habe ich vorschnell von mir auf dich und Eva —«

»Ich kann es dir nicht verdenken. Wir standen uns ungewöhnlich nahe. Sie war meine engste Vertraute, wir haben über alles gesprochen. Und wie schändlich habe ich ihr die vielen Jahre aufopferungsvoller Arbeit gedankt! Ich hätte mich niemals Mathildes Zorn beugen dürfen. Ich hätte mich behaupten müssen.«

»Kann das der Grund für die derzeitige Entfremdung zwischen dir und Mathilde sein?«

»Vielleicht, daß ich deswegen einen Groll hege, aber es ist nicht die eigentliche Ursache der Mißhelligkeiten. Es geht viel tiefer, Max. Ich *weiß* nicht, was es ist. Mathilde ist eine gute Frau. Ja, zugegeben, ich fand es abscheulich, wie sie sich Berthas und Evas wegen aufgeführt hat, aber in einem hatte sie ja recht: Ich habe beiden mehr Aufmerksamkeit geschenkt als ihr. Doch was derzeit geschieht, ist seltsam. Wenn ich sie ansehe, finde ich sie nach wie vor wunderschön.«

»Aber?«

»Aber ich kann mich ihr nicht nähern. Ich muß mich abwenden. Ebensowenig ertrage ich, daß sie mir nahekommt.«

»Möglicherweise nicht einmal so ungewöhnlich. Rachel mag Mathilde nicht das Wasser reichen können, doch ohne Liebreiz ist auch sie nicht – und dennoch zieht es mich stärker zu Fräulein Wittner hin, die – unter uns – etwas Froschähnliches an sich hat. Manchmal schlendere ich die Kirstenstraße entlang, ich sehe die zwanzig, dreißig Mizzis, welche da aufgereiht stehen, und ich gerate sehr in Versuchung. Nicht eine von ihnen ist so hübsch wie Rachel, viele leiden an Gonorrhöe oder Syphilis, und doch lockt es mich. Wenn ich mir vollkommen gewiß wäre, daß mich niemand erkennte, wer weiß? Vielleicht würde ich schwach! Keiner ißt gern tagaus, tagein dieselbe Speise. Weißt du, Josef, auf jede schöne Frau kommt ein armer Tropf, der es leid ist, sie zu *schtupn*!«

Breuer ermutigte Max nicht gern zu seiner vulgären Ausdrucksweise, doch über diesen Aphorismus – so treffend wie derb – mußte er dennoch lachen. »Nein, Max, im Überdruß besteht das Malheur auch nicht.«

»Vielleicht solltest du dich einmal untersuchen lassen. Es gibt unterdessen etliche Urologen, die über die Geschlechtsfunktion forschen und schreiben. Kennst du Kirschs Abhandlung über die Impotenz als Folge der Diabetes? Jetzt, da es nicht mehr verpönt ist, darüber zu sprechen, stellt sich heraus, daß die Impotenz viel weiter verbreitet ist, als lange angenommen wurde.«

»Impotent bin ich nicht«, entgegnete Breuer. »Wohl enthalte ich mich dem Verkehr, aber ich stehe im Saft. Die junge Russin beispielsweise ... Und auch mir sind die Anfechtungen nicht fremd, die dich angesichts der Dirnen auf der Kirstenstraße plagen. Im Gegenteil, ich gebe mich so vielen erotischen Phantasien über andere Frauen hin, daß ich Mathilde nicht

177

ohne Schuldempfinden berühren kann.« Breuer merkte, daß Maxens Bekenntnisse es ihm erleichterten, sich seinerseits auszusprechen. Womöglich wäre der gute Max bei aller Ungehobeltheit besser mit Nietzsche zu rechtgekommen als er.

»Doch selbst das ist nicht das Entscheidende«, hörte sich Breuer weitersprechen. »Es geht noch um etwas anderes! Um einen verborgenen diabolischen Zug in mir, denn weißt du, ich spiele manchmal mit dem Gedanken, fortzugehen. Beunruhige dich nicht; ich würde es niemals tun, doch ich male mir wieder und wieder aus, wie ich alles hinter mir lasse – Mathilde, die Kinder, Wien – alles. Ich bin von der irrwitzigen Vorstellung besessen – und ich weiß, daß sie irr ist, das brauchst du mir gar nicht erst zu erzählen, Max! –, daß ich aller Sorgen ledig wäre, wenn ich nur einen Weg fände, Mathilde zu entkommen.«

Max schüttelte den Kopf, seufzte, schlug dann Breuers Läufer und leitete einen starken Angriff am Damenflügel ein. Breuer ließ sich mutlos in seinen Sessel zurückfallen. Wie um alles in der Welt sollte er es noch zehn, noch zwanzig, noch dreißig Jahre ertragen, ständig vor Maxens Französischer Verteidigung und dem verteufelten Damengambit kapitulieren zu müssen?

11

Breuer lag in seinem Bett wach und sann immer noch über das Damengambit nach und Maxens Bemerkungen zu schönen Frauen und verdrossenen Männern. Seine Bestürzung Nietzsches wegen war abgeklungen. Auf eigene Weise hatte ihm die Unterredung mit dem Schwager doch wohlgetan. Möglich, daß er Max diese vielen Jahre doch unterschätzt hatte. Mathilde, die nach den Kindern gesehen hatte, stieg nun zu ihm ins Bett, schmiegte sich an ihn und flüsterte: »Gute Nacht, Josef!« Er stellte sich schlafend.

Bumm! Bumm! Bumm! Es donnerte unten ans Portal. Breuer blickte auf die Uhr. Viertel vor fünf. Da er nie sonderlich tief schlief, kam er rasch zu sich, griff nach seinem Morgenrock und hastete den Flur hinunter. Louis steckte den Kopf aus ihrer Kammer, doch er winkte ab. Wenn er schon wach war, konnte er auch selbst an die Türe gehen.

Der Hausmeister entschuldigte sich beflissen, daß er ihn wecke, doch draußen stehe ein Herr, sagte er, der wegen eines Notfalles gekommen sei. Unten im Vestibül trat Breuer ein älterer Mann entgegen. Er trug keinen Hut, und er hatte offensichtlich einen weiten Weg zurückgelegt; er war außer Atem, sein Kopf war schneebedeckt, und der Rotz, der ihm aus der Nase gelaufen war, hatte seinen üppigen Schnurrbart zu einer steifen Bürste gefrieren lassen.

»Doktor Breuer?« fragte er mit zittriger Stimme.

Als Breuer nickte, stellte er sich vor: Herr Schlegel, duckte kurz den Kopf und hob die Finger der Rechten hastig an die Stirn – atavistisches Überbleibsel eines zackigen militärischen Grußes aus offenbar besseren Tagen. »Bei mir liegt einer Ihrer Patienten sterbenskrank im Gasthaus«, erklärte er. »Er kann nicht sprechen, aber ich fand diese Karte in seiner Rockta-sche.«

Breuer studierte die Visitenkarte, die Herr Schlegel ihm überreichte. Während auf der einen Seite sein eigener Name und seine Anschrift notiert waren, las er auf der anderen:

PROF. DR. FRIEDRICH NIETZSCHE

ORDENTLICHER PROFESSOR FÜR KLASSISCHE PHILOLOGIE

UNIVERSITÄT BASEL

Breuer mußte nicht lange überlegen. Er gab Herrn Schlegel ge-naue Anweisungen, wie er Fischmann und den Fiaker herbei-zuschaffen habe. »Bis Sie zurück sind, bin ich angekleidet und aufbruchsbereit. Sie können mir auf dem Wege zum Gasthaus erzählen, wie es um meinen Patienten steht.«

Zwanzig Minuten später wurden Herr Schlegel und Breuer, in Decken eingepackt, durch die kalten, verschneiten Straßen kutschiert. Der Wirtshausbesitzer berichtete, Professor Nietz-sche sei zu Beginn der Woche bei ihm abgestiegen. »Ein ruhi-ger, bescheidener Gast. Keine Unannehmlichkeiten.«

»Schildern Sei mir sein Befinden.«

»Die ganze Woche über ist er meist droben auf seinem Zim-mer geblieben. Was er dort oben treibt, weiß ich nicht. Wenn ich ihm morgens den Tee hinauftrage, sitzt er am Tisch und schreibt. Das wundert mich, wissen Sie, weil ich bemerkt habe, daß er zu schlecht sieht, um lesen zu können. Vor zwei, drei Tagen nämlich kam ein Brief aus Basel. Den habe ich ihm hinaufgebracht, und schon wenige Minuten hernach stand er blinzelnd unten. Er meinte, er hätte es an den Augen, und ob ich wohl so gütig wäre, ihm den Brief vorzulesen. Von seiner Schwester, sagte er. Ich fing also an, aber schon nach wenigen Zeilen – der Brief handelte von einem russischen Skandal –,

180

regt er sich furchtbar auf und verlangt den Brief zurück. Ich habe geschwind nach den übrigen Zeilen geschielt, konnte aber nur noch die Worte ›deportieren‹ und etwas von ›Polizei‹ erkennen.

Er ißt immer auswärts, obgleich meine Frau angeboten hat, ihn zu beköstigen. Ich weiß nicht, wo er seine Mahlzeiten einnimmt, gefragt hat er nicht nach Gasthäusern. Er ist sehr wortkarg, nur einmal erzählte er des Abends, er gehe in ein Freikonzert. Scheu wirkt er eigentlich nicht, daran liegt es nicht, daß er so wenig gesprächig ist. Mir ist so allerlei aufgefallen an seiner Zurückhaltung –«

Der Gastwirt, der zehn Jahre bei der Geheimen Polizei gedient hatte, trauerte seinem ehemaligen Metier nach, und so vergnügte er sich damit, seine Gäste rätselhaft zu finden und mittels kleinster Gewohnheiten zu versuchen, einen ›Steckbrief‹ zu erstellen. Auf seinem langen Fußmarsch in die Bäkkerstraße hatte er im Geiste sämtliche Beobachtungen über den Herrn Professor Nietzsche gesammelt und ihren Vortrag vor dem Doktor geprobt. Eine einmalige Gelegenheit: für gewöhnlich fehlte ihm das rechte Publikum; seine Frau und die übrigen Gasthausbesitzer waren zu schwerfällig, um die Kunst der Induktion würdigen zu können.

Doch der Doktor unterbrach ihn: »Sein Befinden, Herr Schlegel?«

»Ja freilich.« Herr Schlegel schluckte seine Enttäuschung hinunter und berichtete, daß Nietzsche am Freitag morgen, neun Uhr, seine Rechnung beglichen und die Pension verlassen habe. Er werde am Nachmittag abreisen, hatte es geheißen, und denke, kurz vor zwölf wiederzukehren, um sein Gepäck zu holen. »Ich muß einen Augenblick hinten gewesen sein, denn ich habe nicht gesehen, wie er zurückgekommen ist. Er geht fast geräuschlos, wissen Sie, als müsse er Obacht geben, daß ihm niemand folgt. Und weil er keinen Schirm hat, konnte ich nicht am Schirmständer erkennen, ob er zurück ist oder nicht. Ich glaube fast, ihm ist wohler, wenn keiner weiß, wo er steckt, wann er im Hause ist, wann nicht. Er ist geschickt darin – verdächtig geschickt –, ungesehen herein und heraus zu schlüpfen.«

»Und sein Zustand?«

»Ja, dazu komme ich sofort, Herr Doktor. Ich habe nur gedacht, manche Hinweise könnten für die Diagnose wichtig sein. Nun, am Nachmittag, so gegen drei Uhr, steigt meine Frau wie immer hinauf, ums Zimmer sauberzumachen, und da liegt er! Er war gar nicht abgereist! Er liegt auf dem Bett, stöhnt und hält sich den Kopf. Meine Frau ruft mich hinzu. Ich hab' sie hinuntergeschickt, um mich drunten zu vertreten; ich lasse mein Pult im Vestibül niemals unbeaufsichtigt. Deswegen, wissen Sie, war ich überrascht, daß er aufs Zimmer gelangt sein konnte, ohne daß ich was merke.«

»Ja? Und weiter!« Breuer verlor allmählich die Geduld. Herr Schlegel, beschloß er, mußte übermäßig viele kriminalistische Groschenhefte und Schauerromane gelesen haben. Nun, es bliebe Zeit genug, dem übermächtigen Wunsch seines Begleiters stattzugeben, alles haarklein zu berichten, was er beobachtet hatte; vom Gasthaus, im 3. oder Landstraßenbezirk gelegen, waren sie noch gut einen Kilometer entfernt, und im dichten Schneetreiben war die Sicht so schlecht, daß der arme Fischmann bereits vom Kutschbock gestiegen war und sein Gespann am Zügel durch die vereisten Straßen führte.

»Ich bin hinein und hab' mich erkundigt, ob er krank ist. Er meint, er befinde sich nicht wohl, er habe etwas Kopfschmerz; er werde eine weitere Übernachtung bezahlen und morgen abreisen. Er sagte, er leide häufiger am Kopfübel, und am besten wär's, wenn er nicht spreche und sich mucksmäuschenstill verhalte. Da könne man nur abwarten, sagte er. Er war recht frostig – das ist er meist, wissen Sie, aber an diesem Tag um so mehr. Frostig. Soviel stand fest: Er wollte seine Ruhe haben.«

»Und dann?« Breuer fröstelte. Die Kälte kroch ihm ins Mark. So lästig Herr Schlegel war, Breuer hörte dennoch mit Freuden, daß auch andere ihre liebe Not mit Nietzsche hatten.

»Ich bot ihm an, einen Arzt zu rufen, doch das regte ihn sehr auf! Sie hätten ihn hören sollen: ›Nein! Nein! Nein! Keinen Arzt! Sie machen alles nur ärger! Nur keinen Arzt!‹ Er wurde nicht grad unhöflich, das ist er nie, nur eben frostig und kühl. Oh! seine Manieren sind tadellos. Man erkennt den Wohlgeborenen. Teure Privatschule, möchte ich wetten. Bewegt sich in den besten Kreisen. Zuerst konnte ich mir nicht erklären, weshalb er nicht im Hotel abgestiegen ist. Aber ich habe seine Kleidung inspiziert, an der Kleidung läßt sich viel ablesen, wissen Sie – alles bester Marke, gutes Tuch, guter Zuschnitt, feine italienische Schuhe aus Leder. Aber alles, selbst die Wäsche, ist vertragen, ziemlich vertragen, oft geflickt, und so lang trägt man die Röcke schon zehn Jahre nicht mehr. Erst gestern sage ich zur Wirtin: bestimmt ein verarmter Aristokrat, der sich in der heutigen Welt recht und schlecht durchschlägt. Mitte der Woche habe ich mir erlaubt, ihn nach der Herkunft des Namens Nietzsche zu fragen, und da murmelt er was von altem polnischen Adel.«

»Was geschah, nachdem er sich einen Arztbesuch verbeten hatte?«

»Er versicherte immer wieder, das tät' schon vorübergehen, wenn man ihn nur in Ruhe läßt. Auf die feine Art hat er klargestellt, ich soll mich gefälligst um meine eigenen Angelegenheiten kümmern. Er gehört zu den stillen Duldern, würde ich meinen, oder er hat etwas zu verbergen! Und störrisch! Wenn er nicht so störrisch gewesen wäre, hätte ich Sie schon gestern abend gerufen, ehe es zu schneien anfing, und ohne Sie aus dem Bett zu holen.«

»Was ist Ihnen noch aufgefallen?«

Herr Schlegel strahlte. »Also, zum einen wollte er keine Nachsendeadresse hinterlassen, und die vorige Anschrift ist verdächtig: poste restante, Rapallo, Italien. Von Rapallo habe ich noch nie gehört, und als ich ihn fragte, wo das liegt, meinte er bloß: ›An der Küste.‹ Selbstverständlich muß die Gendarmerie benachrichtigt werden: diese Geheimniskrämerei, ohne

Schirm umeinanderschleichen, keine Adresse und dann dieser Brief! Russische Verwicklungen, Deportation, Polizei! Ich habe natürlich alles nach dem Brief durchsucht, als wir bei ihm saubergemacht haben, aber nichts gefunden. Verbrannt wahrscheinlich, oder versteckt.«

»Sie haben doch nicht die Polizei gerufen?« fragte Breuer besorgt.

»Noch nicht. Damit warte ich lieber bis Tagesanbruch. Schlecht fürs Geschäft. Möchte ja nicht, daß die Gendarme die anderen Gäste mitten in der Nacht stören. Und dann zu allem Überfluß dieses Leiden! Wissen Sie, was ich glaube? Vergiftet!«

»Du lieber Himmel!« rief Breuer überlaut. »Nein, gewiß nicht. Ich bitte Sie, Herr Schlegel, kein Wort mehr von der Polizei! Ich versichere Ihnen, es besteht nicht der geringste Anlaß zur Sorge. Ich kenne den Herrn, ich kann mich für ihn verbürgen. Er ist kein Spion. Er ist akkurat das, als was seine Visitenkarte ihn ausweist, ein Universitätsprofessor. Und er leidet *in der Tat* häufig an Kopfschmerzen; aus diesem Grunde suchte er mich auf. Also bitte, legen Sie Ihren Argwohn ab.«

Im schwach von flackerndem Kerzenschein beleuchteten Fiaker sah Breuer, daß Herrn Schlegels Bedenken keineswegs zerstreut waren, und fügte hinzu: »Ich verstehe natürlich, wie ein scharfer Beobachter zu diesem Schluß gelangen muß. Aber verlassen Sie sich in dieser Sache nur ganz auf mich. Ich übernehme die volle Verantwortung.« Erneut versuchte er, den Wirt auf die Krankheitssymptome Nietzsches zu sprechen zu bringen. »Sagen Sie nun, was ereignete sich, nachdem Sie nachmittags auf seinem Zimmer gewesen waren?«

»Zweimal habe ich noch bei ihm hineingeschaut und gefragt, ob er was braucht – Tee, wissen Sie, oder eine Kleinigkeit zu essen. Beide Male bedankt er sich und lehnt ab, ohne auch nur den Kopf zu wenden. Er wirkte geschwächt und sehr bleich.«

Herr Schlegel schwieg einen Augenblick lang, und dann –

184

offenbar konnte er sich den Kommentar nicht verkneifen – fügte er hinzu: »Das ist der Dank dafür, daß meine Frau und ich uns gekümmert haben! Kein umgänglicher Mensch, wissen Sie. Er schien beinahe ärgerlich über unsere Freundlichkeit. Da gibt man sich alle Mühe, und er wird ärgerlich! Na, Sie können sich vorstellen, wie das der Wirtin geschmeckt hat! Prompt wird auch sie böse und will nichts mehr mit ihm zu schaffen haben; ›morgen ist der draußen!‹ verlangt sie.«

Breuer ging nicht weiter auf die Anklage ein, sondern fragte nur: »Und dann?«

»Dann war ich um drei Uhr in der Früh wieder oben. Herr Spitz, sein Zimmernachbar, war davon aufgewacht, daß er Möbel poltern hörte, wie er sagte, und daß jemand stöhnte, nein: schrie. Als sich auf sein Klopfen nichts regte, und weil die Tür abgesperrt war, hat Herr Spitz dann Alarm geschlagen. Ein ganz Verhuschter, der Herr Spitz. Tausendmal entschuldigt hat er sich, daß er mich wecken kommt. Aber er hat gut daran getan. Das habe ich ihm gleich gesagt.

Der Professor hatte von innen abgesperrt. Ich mußte das Schloß aufbrechen – und ich muß schon darauf bestehen, daß er es mir ersetzt. Als ich in die Kammer trat, fand ich ihn bewußtlos, stöhnend und nur mit seiner Wäsche bekleidet, auf der nackten Matratze liegend. Seine Kleidung und das Bettzeug lagen verstreut umher. Ich schätze, er hat nimmer vom Bett hoch können und hat daher die Sachen, sowie er sie auszog, auf den Boden geworfen, weil es lag alles im Umkreis von einem Meter vom Bett. Das sah ihm gar nicht ähnlich, so überhaupt nicht ähnlich, Doktor, er ist in allem ein peinlich ordentlicher Mann. Meine Frau ist schier in Ohnmacht gefallen, als sie das Remasari sieht: alles vollgespieben; es wird eine Woche dauern, bis das Zimmer wieder vermietet werden kann, bis der Gestank heraus ist. Von Rechts wegen müßte er für die ganze Woche aufkommen. Und das Laken voller Blutflecken. Ich habe ihn umgedreht und untersucht, konnte aber keine Wunden entdecken; das Blut muß er mit ausgespieben haben.«

Herr Schlegel schüttelte den Kopf. »Da habe ich seine Taschen untersucht, habe Ihre Adresse gefunden und bin losgelaufen. Die Wirtin meinte, ich solle bis zum Morgengrauen warten, aber ich hatte Angst, unterdessen könnte er sterben. Ich brauche Ihnen wohl kaum sagen, was das bedeuten würde: Leichenbeschau, amtliche Untersuchung, Gendarmerie im Haus. Wie oft habe ich das schon erlebt; die anderen Gäste machen sich innerhalb von vierundzwanzig Stunden alle aus dem Staub. Im Gasthaus von meinem Schwager im Schwarzwald sind zwei Gäste innerhalb einer einzigen Woche verstorben. Können Sie sich vorstellen, daß noch zehn Jahre danach die Leute sich weigern, sich in die beiden Sterbezimmer einquartieren zu lassen? Dabei hat er sie ganz neu hergerichtet: neue Vorhänge, neuer Anstrich, neue Tapeten. Trotzdem machen die Leute einen Bogen. Das spricht sich herum, die Leute tratschen, die vergessen so was nicht.«

Herr Schlegel steckte den Kopf zum Fenster hinaus, sah sich witternd um und rief Fischmann zu: »Die nächste rechts!« Er duckte sich wieder zu Breuer ins Wageninnere. »Da wären wir! Das nächste Haus, Herr Doktor.«

Breuer bat Fischmann zu warten und folgte Herrn Schlegel ins Gasthaus hinein und vier Stockwerke die schmalen Stiegen hinauf. Das schmucklose Stiegenhaus lieferte die Bestätigung für Nietzsches Behauptung, zu mehr als einem schlichten Leben oder Überleben reiche es nicht: spartanische Reinlichkeit, zerschlissene Läufer – auf jedem Stockwerk von einem anderen fahlen Muster –, kein Treppengeländer, keine Möbel auf den Treppenabsätzen. Weder Bilder noch Ornamente schmückten die unlängst frisch getünchten Wände – nicht einmal die obligate amtliche Hygieniebescheinigung im schlichten Holzrahmen hing dort.

Außer Atem vom Treppensteigen folgte Breuer dem Wirt ins Zimmer Nietzsches. Es dauerte einen Moment, ehe er sich an den beißenden, süßlich vergorenen Geruch des Erbrochenen gewöhnt und die Szene in sich aufgenommen hatte. Herr

Schlegel hatte sie trefflich beschrieben. Alles entsprach genau seiner Schilderung. Und der Gastwirt war nicht nur ein aufmerksamer Beobachter, er hatte überdies nichts angerührt – um nicht wertvolle Hinweise zu vernichten.

Nietzsche, bis auf die Unterkleider bloß, lag in tiefem Schlaf – oder im Koma – auf einem schmalen Bette in einer Ecke der Kammer. Er rührte sich nicht, als sie eintraten. Breuer gestattete Herrn Schlegel, Nietzsches verstreute Kleidung und das mit Vomitus und Blut besudelte Bettzeug aufzulesen.

Sobald diese entfernt waren, trat die kahle Strenge des Raumes zutage, welcher nicht wenig mit einer Gefängniszelle gemein hatte, fand Breuer: An der einen Wand stand ein armseliger Holztisch, darauf eine Lampe und ein halbvoller Wasserkrug. Ein einfacher Holzstuhl mit gerader Lehne war vom Tisch zurückgezogen, unter den Nietzsche seinen Koffer und seine Dokumententasche geschoben, mit einer dünnen Kette umschlungen und mit einem Schloß gesichert hatte. Über dem Bett befand sich ein kleines, schmutziges Fenster mit traurigen, längs der Falten verschossenen gelben Gardinen – einziger Schmuck in der nackten Kammer.

Breuer bat darum, mit dem Patienten alleingelassen zu werden. Herr Schlegels Neugier wollte über seine Müdigkeit obsiegen, und er protestierte zunächst, gab jedoch nach, als Breuer ihn an seine Pflichten gegen die übrigen Gäste erinnerte; als guter Wirt müsse er schließlich einigermaßen ausgeschlafen sein.

Sobald er ungestört war, drehte Breuer das Gaslicht hoch und besah sich das Tableau, das sich ihm darbot, genauer. Die Emailleschüssel auf dem Fußboden neben dem Bett war halbvoll von erbsgrünem Erbrochenen mit Blutsprengseln. Die Matratze und auch Nietzsches Gesicht und Brust glänzten vor getrocknetem Vomitus; zweifelsohne war er zu elend oder zu benommen gewesen, um noch nach der Schüssel zu greifen, neben der ein halbvolles Wasserglas stand und ein kleines Pillenfläschchen, welches zu drei Vierteln mit großen, ovalen Tabletten gefüllt war. Breuer besah sie sich und kostete dann. Wahrscheinlich Chloral-Hydrat; das würde den Stupor erklären. Aber sicher ließ es sich nicht sagen, denn er wußte nicht, wann Nietzsche die Pillen eingenommen hatte. War soviel Zeit verstrichen, daß der Wirkstoff ins Blut gelangt war, ehe Nietzsche speien mußte? Breuer überschlug, wie viele Tabletten aus dem Fläschchen fehlten und rechnete sich aus, daß, selbst gesetzt, Nietzsche hätte am Vorabend alle fehlenden Tabletten eingenommen und das Chloral wäre noch vom Magen resorbiert worden, die Dosis zwar bedenklich gewesen war, aber nicht tödlich. Wären es jedoch noch mehr gewesen, erkannte Breuer, dann hätte er für Nietzsche nichts mehr tun können: eine Magenspülung wäre zwecklos gewesen, denn der Magen war längst leer, und andererseits war der Patient viel zu stuporös – und wahrscheinlich zu sehr Opfer anhaltenden Brechreizes –, als daß er ein ihm von Breuer verabreichtes Stimulans bei sich behalten hätte.

Nietzsche sah sterbenskrank aus: das Gesicht aschfahl, die Augen eingesunken, der ganze Körper wächsern, kalt und mit Gänsehaut überzogen. Er atmete mit Mühe, der Puls war schwach und jagte mit einhundertsechsundfünfzig. Plötzlich fröstelte Nietzsche, doch als Breuer ihm eine der Decken überwarf, stöhnte er und strampelte sie beiseite. Hyperästhesie, dachte Breuer: alles bereitet Schmerzen, selbst der federleichte Druck einer Decke.

»Professor Nietzsche!« rief er, »Professor Nietzsche!« Keine Regung. Auch nicht, als er noch lauter rief: »Friedrich! Friedrich!« Erst beim Anruf: »Fritz! Fritz!« zuckte Nietzsche zusammen, und abermals, als Breuer versuchte, ihm die Augenlider hochzudrücken. Überempfindlichkeit auch gegen Geräusche und Licht, konstatierte Breuer, erhob sich, dämpfte das Licht und drehte am Regler die Flamme des Gasheizofens hoch.

Eine genauere Untersuchung bestätigte Breuers Diagnose beiderseitiger Migränekrämpfe. Nietzsches Gesicht, voran

Stirn und Ohren, waren blutleer und kalt, die Pupillen geweitet und beide Schläfenschlagadern so gekrampft, daß sie sich wie schmale, hartgefrorene Schnüre anfühlten.

Breuers Hauptsorge galt allerdings nicht der Migräne, sondern der lebensbedrohlich hohen Pulsfrequenz. Er machte sich daher, ungeachtet des wilden Strampelns Nietzsches, daran, die rechte Halsschlagader mit dem Daumen fest abzudrücken. In weniger als einer Minute hatte sich der Puls seines Patienten auf achtzig verlangsamt. Breuer überwachte die Herztätigkeit noch eine Viertelstunde, dann, zufrieden, nahm er sich der Migräne an.

Er fischte aus seiner Arzttasche Nitroglyzerin-Pastillen und bat Nietzsche, den Mund zu öffnen. Keine Reaktion. Als er versuchte, ihm den Kiefer mit Gewalt herunterzudrücken, biß Nietzsche so hartnäckig die Zähne zusammen, daß Breuer aufgeben mußte. ›Vielleicht wirkt Amylnitrit ebensogut‹, dachte Breuer. Er träufelte vier Tropfen auf ein Tuch und hielt es Nietzsche unter die Nase. Nietzsche atmete ein, zuckte und riß den Kopf herum. ›Widerstand bis zum letzten‹, dachte Breuer, ›selbst bewußtlos.‹

Er legte Nietzsche auf beiden Seiten die Hände an die Schläfen und begann ihm, zunächst nur leicht, dann jedoch immer kräftiger, den gesamten Kopf und auch den Hals zu massieren – namentlich die Stellen, welche, den Reaktionen des Patienten nach zu urteilen, am empfindlichsten waren. Nietzsche schrie und warf verzweifelt den Kopf hin und her. Doch Breuer machte eisern weiter. Dabei raunte er Nietzsche ins Ohr: »Erdulde den Schmerz, Fritz, erdulde den Schmerz; es hilft.« Nietzsches Strampeln und Umsichschlagen wurden schwächer, doch er wimmerte weiterhin, und aus seinem tiefsten Innern stieg wiederholt ein gequältes, kehliges Stöhnen auf: »Neiiiin.«

Zehn Minuten verstrichen, fünfzehn. Breuer massierte weiter. Nach zwanzig Minuten ließ Nietzsches Stöhnen nach, ebbte ab und versiegte ganz, obschon seine Lippen sich bewegten und lautlos Worte formten. Breuer legte ihm das Ohr an den Mund, konnte aber nicht verstehen. War es ›laß mich‹ oder ›ich verlaß mich‹? Es ließ sich nicht mit Gewißheit sagen.

Dreißig Minuten, fünfunddreißig. Breuer massierte weiter. Nietzsches Gesicht fühlte sich schon wärmer an, die Farbe kehrte zurück. Offenbar ließ der Krampf nach. Obwohl er noch im Stupor war, schien Nietzsche jetzt ruhiger. Die Lippen bewegten sich weiterhin stumm, dann wurde ein Murmeln hörbar, ein wenig lauter und dann noch ein wenig deutlicher. Wieder beugte Breuer das Ohr an Nietzsches Lippen. Jetzt verstand er die Worte, konnte allerdings kaum glauben, was er hörte. »Hilf mir!« flüsterte Nietzsche, »hilf mir, hilf mir, hilf mir!«

Breuer ergriff tiefes Mitgefühl. ›Hilf mir! Also doch!‹ dachte er. ›Nichts anderes hat er die ganze Zeit hindurch von mir gewollt. Lou Salomé irrt. Ihr Freund ist *sehr wohl* imstande, um Hilfe zu bitten, nur habe ich hier einen anderen Nietzsche vor mir, einen mir bisher unbekannten Nietzsche.‹

Breuer ließ die Hände sinken. Er gönnte sich eine Pause und ging mehrere Minuten in Nietzsches kleiner Zelle auf und ab. Dann tränkte er ein Handtuch in kaltem Wasser aus dem Krug, legte dem schlafenden Patienten die Kompresse auf die Stirn und raunte ihm zu: »Ja, ich will dir helfen, Fritz. Du *kannst* dich auf mich verlassen.«

Nietzsche fuhr zusammen. Immer noch überempfindlich, dachte Breuer, entfernte die Kompresse aber dennoch nicht. Nietzsche öffnete einen Spaltbreit die Augen, sah Breuer an und fuhr sich dann mit der Hand an die Stirn. Sehr wahrscheinlich nur, um das Tuch wegzuschieben, doch seine Hand näherte sich der Breuers, und einen kurzen, einen flüchtigen Moment lang berührten sich ihre Hände.

Es verging nahezu eine Stunde. Der Morgen brach an; es war fast halb acht. Nietzsches Zustand erschien Breuer nun stabil. Viel mehr konnte er im Augenblick nicht tun, überlegte er. Es wäre besser, sich jetzt um seine anderen Patienten zu kümmern und später zu Nietzsche zurückzukehren, wenn die Wirkung des Chlorals abgeklungen war. Nachdem er eine dünne Decke über den Patienten gebreitet hatte, schrieb Breuer rasch eine Nachricht des Inhalts, daß er gegen Mittag wiederkäme, rückte einen Stuhl dicht ans Bett heran und legte den Zettel gut sichtbar darauf. Dann stieg er die Treppen hinunter und beauftragte Herrn Schlegel, alle halbe Stunde nach Nietzsche zu schauen. Breuer weckte nun Fischmann, der auf einem Schemel im Vestibül eingenickt war, und sie traten hinaus in den noch jungen, verschneiten Tag, um zu ihrer Runde morgendlicher Hausbesuche aufzubrechen.

Als Breuer vier Stunden später wieder eintraf, begrüßte ihn Herr Schlegel von seinem Platz hinterm Katheder. Nein, es gebe nichts Neues. Nietzsche habe die ganze Zeit geschlafen. Ja, er wirke ruhiger und habe sich anständig benommen – ein gelegentliches Stöhnen, aber kein Schreien, Umsichschlagen oder Erbrechen mehr.

Nietzsches Augenlider zuckten, als Breuer den Raum betrat, doch er schlief tief und fest, selbst dann noch, als Breuer ihn direkt ansprach: »Professor Nietzsche, hören Sie mich?« Keine Antwort. »Fritz!« rief Breuer. Es war statthaft, den Patienten mit Vornamen anzureden, denn bewußtlose Kranke, das wußte er, reagierten oft eher auf ihre früheren Rufnamen, und doch war ihm nicht ganz wohl dabei, denn er gestand sich ein, daß er es auch sich selbst zu Gefallen tat: Ihm selbst bereitete es Freude, so vertraut zu werden. »Fritz! Breuer hier. Hören Sie mich? Können Sie die Augen öffnen?«

Fast augenblicklich schlug Nietzsche die Augen auf. Spiegelte sich Mißbilligung in ihnen? Breuer kehrte auf der Stelle zur förmlichen Anrede zurück.

»Professor Nietzsche. Wieder unter den Lebenden, wie ich mit Erleichterung sehe. Wie fühlen Sie sich?«

»Nicht froh...« – Nietzsche sprach sehr leise und nuschelte leicht – »...wieder unter den Lebenden zu weilen. Nicht froh. Fürchte Dunkelheit nicht. Erbärmlich. Es geht erbärmlich.«

Breuer legte Nietzsche die Hand auf die Stirn, einesteils, um zu prüfen, ob er Temperatur habe, aber auch zum Troste. Nietzsche zuckte zurück, er riß den Kopf tatsächlich mehrere Zoll zurück. Immer noch die Hyperästhesie, dachte Breuer. Doch wenig später, als er den kalten Umschlag erneuerte und Nietzsche an die Stirn drückte, flüsterte dieser mit kraftloser, erloschener Stimme: »Lassen Sie, das kann ich selbst besorgen«, nahm ihm das Tuch ab und hielt es selber.

Breuers kurze Untersuchung ergab ansonsten nur Erfreuliches: Der Puls war auf sechsundsiebzig gesunken, die Gesichtsfarbe frischer, die Schläfenarterien hatten sich entkrampft.

»Als wollte mir der Schädel zerspringen!« klagte Nietzsche. »Der Schmerz hat sich verändert: nicht mehr scharf, eher wie eine tiefe, pochende Hirnwunde.«

Ihm war noch zu übel, als daß er Medikamente hätte einnehmen können, doch eine Nitroglyzerin-Pastille ließ er sich von Breuer widerstandslos unter die Zunge schieben.

Eine Stunde verbrachte Breuer am Krankenlager und unterhielt sich leise mit seinem Patienten, der allmählich ansprechbar wurde.

»Ich war sehr besorgt um Sie. Um ein Haar hätten Sie ihren letzten Atemzug getan. Soviel Chloral ist Gift und keine Arznei. Sie brauchen ein Mittel, welches entweder dem Migräneanfall zuvorkommt oder den Schmerz lindert. Chloral bewirkt weder das eine noch das andere, es ist ein Sedativum; und sich angesichts solcher Schmerzen bis zur Bewußtlosigkeit zu betäuben, erfordert eine Dosis, die sehr wohl tödlich sein kann. Und beinahe war. Ihr Puls ging bedenklich unregelmäßig.«

Nietzsche schüttelte müde den Kopf. »Ich teile Ihre Sorge nicht.«

»Wie –?«

»Betreffs des Ausganges«, flüsterte Nietzsche.

»Eines tödlichen Ausganges, wollen Sie damit sagen?«

»Nein, in jedem Betreff, in jedem.«

Nietzsche klang geradezu wehleidig. Breuer senkte ebenfalls die Stimme: »Hatten Sie zu sterben gehofft?«

»Lebe ich denn? Sterbe ich? Wen kümmert's. Nirgends hin. Nirgends.«

»Was meinen Sie mit ›nirgends‹?« fragte Breuer. »Daß Sie nirgends hinkönnen? Daß man Sie nicht vermissen würde? Daß es keinen kümmern würde?«

Lange wurde nichts gesagt. Die beiden Männer schwiegen miteinander, und bald atmete Nietzsche wieder tiefer und glitt neuerlich in den Schlaf hinüber. Breuer beobachtete ihn noch ein paar Minuten lang, dann hinterließ er auf dem Stuhl die Nachricht, er käme am späten Nachmittag oder frühen Abend noch einmal. Wieder trug er Herrn Schlegel auf, öfter nach dem Patienten zu schauen; allerdings brauche er sich nicht die Mühe zu machen, ihm Speis und Trank zu bieten, höchstens heißes Wasser; feste Nahrung könne der Professor die nächsten vierundzwanzig Stunden nicht verkraften.

Als er um sieben Uhr zurückkehrte, schrak Breuer beim Betreten des Zimmers zusammen. Das fahle Licht einer einzigen Kerze ließ grausige Schatten an den Wänden tanzen, im Halbdunkel, die Hände auf der Brust gefaltet und voll bekleidet im schwarzen Anzug und mit grobem, schwarzem Schuhwerk, lag sein Patient. Hatte er Gesichte? fragte sich Breuer. Sah er den feierlich aufgebahrten Nietzsche, einsam und unbeweint?

Doch Nietzsche war weder tot, noch schlief er. Als er Breuers Stimme vernahm, regte er sich und richtete sich dann mit Mühe und offensichtlich unter Schmerzen auf, bis er auf der Bettkante saß, den Kopf in die Hände gestützt. Er winkte Breuer an seine Seite.

»Wie geht es Ihnen inzwischen?«

»Mein Kopf drückt mich noch so, als säße er in einem Schraubstock. Der Magen dreht sich mir allein beim Gedanken ans Essen um. Im Nacken, da...«–Nietzsche faßte sich ins Genick und strich sich über die Schulterblätter – »...zieht es fürchterlich. Abgesehen davon geht es abscheulich.«

Breuer entging die Ironie. Es dauerte bestimmt eine Minute, ehe er das schiefe Grinsen des Patienten bemerkte und mit einem Lächeln erwiderte.

»Aber immerhin bewege ich mich in heimischen Gewässern. Diesen Schmerz habe ich viele, viele Male angelaufen.«

»Der Fortgang entspricht dem sonst Üblichen?«

»Dem Üblichen? Lassen Sie mich überlegen. Der Heftigkeit nach zu urteilen, würde ich sagen, es war ein schwerer Anfall. Unter den letzten hundert waren nur fünfzehn oder zwanzig heftiger. Und doch gab es etliche *schlimmere* Anfälle.«

»Inwiefern?«

»Insofern, als sie länger anhielten, mich über zwei Tage quälten. Das kommt selten vor, sagten mir einige Ärzte.«

»Und wie erklären Sie sich die kurze Dauer dieses Anfalles?« Breuer wollte in Erfahrung bringen, wieviel Nietzsche von den letzten sechzehn Stunden erinnerlich war.

»Die Antwort auf Ihre Frage kennen wir beide, Doktor Breuer. Ich stehe tief in Ihrer Schuld. Ich weiß, daß ich immer noch schmerzgekrümmt auf dem Bette läge, wenn Sie nicht gewesen wären. Ich wünschte nur, ich könnte es Ihnen in angemessener Weise entgelten. Notfalls müssen wir auf die Landeswährung zurückgreifen. Meine Einstellung zu Schulden und dem Abtrag von Schulden bleibt unverändert, und ich erwarte, daß Sie mir die Zeit, die Sie mir geopfert haben, voll und ganz in Rechnung stellen. Nach Auskunft Herrn Schlegels – die von erschöpfender Genauigkeit war – dürfte sich eine stattliche Summe ergeben.«

Obwohl es ihn schmerzte, daß Nietzsche zu seinem förmlichen, kühlen Ton zurückgekehrt war, versicherte Breuer, er werde Frau Becker anweisen, die Rechnung für Montag fertig zu machen.

Nietzsche schüttelte den Kopf. »Ich vergaß, daß Sie am Sonntag keine Sprechstunde halten, doch morgen reise ich nach Basel ab. Läßt sich die Sache nicht jetzt regeln?«

»Nach Basel? Morgen? Aber das kommt überhaupt nicht in

194

Frage, Professor Nietzsche! Sie werden doch wohl zum mindesten warten wollen, bis das Schlimmste überstanden ist! Vergessen wir für den Moment unsere Meinungsverschiedenheiten der letzten Woche, und lassen Sie mich als Arzt sprechen. Noch vor wenigen Stunden waren Sie tief bewußtlos. Es zeigten sich böse Unregelmäßigkeiten des Herzschlags. Es wäre nicht nur unklug, morgen zu reisen, es wäre lebensgefährlich. Und bedenken Sie auch dies: Wie viele Migräneattacken wiederholen sich, wenn man sich die nötige Ruhe zur Rekonvaleszenz nicht gönnt! Das müssen Sie doch aus Erfahrung wissen.«

Nietzsche schwieg einen Augenblick. Offensichtlich überdachte er Breuers Einwände. Dann nickte er. »Gut, ich werde Ihren Rat beherzigen. Ich werde also einen Tag länger bleiben und erst am Montag abreisen. Darf ich also Montag vorsprechen?«

Breuer nickte. »Wegen der Rechnung, meinen Sie?«

»Deswegen und weil ich Ihnen dankbar wäre, wenn Sie mir Ihren Krankenbericht und ein kurzes Resümee der Maßnahmen geben wollten, welche Sie zur Abwendung dieses jüngsten Anfalls ergriffen haben. Eine Kenntnis Ihrer Methode dürfte Ihren Nachfolgern, besonders den italienischen Kollegen, von großem Nutzen sein, und ich werde ja die kommenden Monate im Süden verbringen. Unzweideutig spricht die Heftigkeit des Anfalls gegen den mitteleuropäischen Winter.«

»Sie sollten jetzt ruhen und sich erholen, Professor Nietzsche, wir wollen uns nicht in weitere Dispute verwickeln. Erlauben Sie mir nur zwei oder drei Bemerkungen, über die Sie bis Montag nachdenken möchten.«

»Nach allem, was Sie heute für mich getan haben, wie könnte ich anders als sehr aufmerksam zuhören.«

Breuer wägte seine Worte sorgfältig ab. Er wußte sehr wohl, daß dies seine letzte Chance war. Wenn er jetzt verspielte, säße Nietzsche Montag nachmittag im Zug nach Basel. Er ermahnte sich, nicht seine bisherigen Fehler im Umgang mit Nietzsche zu wiederholen. ›Ruhig bleiben‹, sagte er sich. ›Versuche nicht, gescheiter zu sein als er; ihm kannst du nichts vormachen. Keinen Gelehrtenstreit, du ziehst doch nur den kürzeren, und selbst wenn du gewönnest, verlörest du. Denn der andere Nietzsche, der, welcher sterben möchte und doch um Hilfe fleht, der, welchem du zu helfen versprachst, dieser Nietzsche ist augenblicklich nicht anwesend. Richte also nicht an ihn das Wort.‹

»Professor Nietzsche, lassen Sie mich noch einmal betonen, wie ernst es vorhin um Sie stand. Ihr Herz schlug bedenklich irregulär und hätte zu jeder Zeit aussetzen können. Warum, weiß ich nicht. Das zu ergründen erfordert Zeit. Die Ursache war jedoch weder die Migräne noch meines Erachtens das Chloral; dergleichen Auswirkungen bei Chloral sind mir unbekannt.

Das ist das erste. Das zweite betrifft unmittelbar das Chloral. Die Menge, die Sie eingenommen haben, hätte verhängnisvoll sein können. Möglicherweise hat Ihnen nur das von der Migräne hervorgerufene Erbrechen das Leben gerettet. Als Ihr Arzt muß mich Ihr selbstzerstörerisches Handeln beunruhigen.«

»Verzeihen Sie, Doktor Breuer.« Nietzsche sprach mit geschlossenen Augen und hielt sich den Kopf. »Ich wollte Sie zu Ende hören, doch ich fürchte, mein Geist arbeitet zu schwerfällig, um die Gedanken lange festzuhalten. Ich sollte sie lieber aussprechen, solange ich ihrer gewärtig bin. Das Ungeschick mit dem Chloral war purer Leichtsinn, und ich hätte gewarnt sein müssen, denn es ist mir schon einmal ähnlich ergangen. Ich hatte nur eine Tablette nehmen wollen – denn das Chloral macht die Schneide des Schmerzes doch ein wenig stumpfer – und das Fläschchen sogleich wieder in den Koffer legen. Als jedoch das Chloral zu wirken begann, vergaß ich in meiner Benommenheit, daß ich bereits eine Tablette genommen hatte und schluckte eine zweite. Das muß sich mehrere Male wiederholt haben. Wie früher schon mal. Leichtsinnig, aber nicht lebensmüde, falls Sie dergleichen andeuten wollten.«

Eine durchaus plausible Erklärung, stellte Breuer fest. Nicht anders erging es vielen seiner älteren, vergeßlichen Patienten, so daß er stets deren Angehörige bat, die Mittel zu verabreichen. Und doch überzeugte ihn die Erklärung für Nietzsches Verhalten nicht restlos. Weshalb sollte dieser, selbst unter Schmerzen, vergessen haben, das Chloral wieder in den Koffer zu packen? Trug man nicht auch für seine Vergeßlichkeit noch Verantwortung? Nein, entschied Breuer, das Verhalten des Patienten war auf sublime Weise zerstörerischer, als er zugab. Zeigte das nicht die schwache Stimme, welche geklagt hatte: ›Leben? Sterben? Wen kümmert's?‹ Doch diesen Einwand konnte er nicht geltend machen. Er mußte Nietzsches Behauptung unangefochten lassen.

»Gut, Professor Nietzsche, angenommen, das wäre die Erklärung. Selbst dann minderte sie nicht die Gefahr. Ihre gewohnte Medikamenteneinnahme bedarf einer gründlichen Überprüfung. Doch lassen Sie mich eine weitere Beobachtung machen – in diesem Falle zum Einsetzen des Anfalls. Sie schreiben die Attacke dem Klima zu. Dieses ist zweifelsohne von Belang; schließlich haben Sie den Einfluß atmosphärischer Umstände auf Ihre Migräne lange beobachtet. Doch müssen meist mehrere Faktoren zusammentreffen, um einen Migräneanfall auszulösen, und bei Ihrem jüngsten muß ich mir selbst einen Teil Verantwortung zuschreiben, denn Ihre Kopfschmerzen setzten kurz nach meinen scharfen und ungebührlichen Vorhaltungen ein.«

»Ich muß Ihnen abermals widersprechen, Doktor Breuer. Sie haben nichts gesagt, was nicht jeder gewissenhafte Arzt angemerkt hätte und was nicht andere Ärzte weniger schonungsvoll angemerkt hätten. Sie trifft keinerlei Schuld an dieser Attacke. Ich spürte schon lange vor unserer letzten Unterredung, wie ein Anfall im Anzuge war. Aufrichtig gesprochen befürchtete ich so etwas schon auf der Reise nach Wien.«

Breuer gab nur ungern nach. Doch dies war nicht der geeignete Moment für Debatten.

»Ich will Sie nicht über Gebühr strapazieren, Professor Nietzsche. Erlauben Sie mir nur noch die Feststellung, daß ich aufgrund Ihrer allgemeinen gesundheitlichen Verfassung noch entschiedener als zuvor einen Klinikaufenthalt mit gründlichem Studium für notwendig erachte. Obschon ich erst Stunden nach Beginn der Migräne gerufen wurde, konnte ich doch in diesem Fall den Anfall abkürzen. Weilten Sie in der Klinik, könnte ich mit Sicherheit einen Behandlungsplan erstellen, welcher es erlaubte, die Anfälle noch rascher abzufangen. Ich rate Ihnen daher noch einmal dringend zu einem Aufenthalte in der Lauzon-Klinik.«

Breuer ließ es dabei bewenden. Mehr gab es nicht zu sagen. Er hatte sich maßvoll, klar, klinisch nüchtern geäußert. Mehr konnte er nicht tun. Es entstand eine lange Pause. Er wartete geduldig ab, lauschte den Geräuschen im winzigen Zimmer: Nietzsches Atem, seinem eigenen, dem Heulen des Windes, einem Schritt und dem Knarren der Dielen im Zimmer über ihnen.

Dann endlich sprach Nietzsche. Sein Ton war sanft, fast gewinnend. »Ich habe noch nie einen Arzt kennengelernt, der Ihnen ähnelte, so fähig, so fürsorglich. Und so persönlich. Von Ihnen könnte ich wahrscheinlich viel lernen. Lernen, Mensch zu werden; an diesem Pensum habe ich fast alles noch zu lernen. Ich stehe tief in Ihrer Schuld, glauben Sie mir, ich weiß, *wie* tief.«

Nietzsche unterbrach sich. »Ich bin erschöpft, ich muß mich hinlegen.« Er legte sich auf den Rücken, streckte sich aus, faltete die Hände auf der Brust und richtete den Blick starr an die Decke. »Eben weil ich Ihnen so sehr viel schulde, bekümmert es mich, Ihrer Empfehlung nicht nachkommen zu können. Doch die Gründe, die ich Ihnen gestern aufgab – war es wahrhaftig erst gestern?, mir ist, als unterhielten wir uns seit vielen Wochen –, diese Gründe nannte ich nicht leichtfertig, ersann sie nicht Ihnen zum Trotze. Wenn Sie fürderhin meine Werke studieren, werden Sie feststellen, daß die genannten Gründe im Fundament meines Denkens und somit meines Daseins verankert sind.

Diese Gründe erscheinen mir heute noch weitaus triftiger als gestern, ohne daß ich wußte, weshalb. Ich verstehe heute nicht viel von mir selbst. Gewiß haben Sie recht, das Chloral bekommt mir nicht, ist mindestens kein Geisteselixier; ich vermag noch immer keinen klaren Gedanken zu fassen. Wie dem auch sei, die Gründe, welche ich Ihnen nannte, erscheinen mir zehn-, nein hundertmal zwingender.«

Er wandte Breuer das Gesicht zu. »Bemühen Sie sich nicht weiter um mich, Doktor! Ihren Rat und Ihr Angebot jetzt in den Wind schlagen und dies ein ums andere Mal tun zu müssen, läßt mich die Demütigung um so bitterer empfinden, so tief in Ihrer Schuld zu stehen.

Bitte...« – Nietzsche wandte den Kopf wieder ab – »...ich sollte jetzt ruhen und Sie heimkehren. Sie erwähnten, daß Sie Familie haben, Ihre Lieben werden mir grollen, und das zu Recht. Ich bin mir darüber im klaren, daß Sie heute mehr Zeit mit mir zugebracht haben als mit ihnen. Bis Montag, Doktor Breuer.« Nietzsche schloß die Augen.

Ehe er sich verabschiedete, versicherte Breuer, daß er, sollte er gebraucht werden, binnen Stundenfrist durch einen von Herrn Schlegel geschickten Laufburschen herbeigeholt werden könne, auch an einem Sonntag. Nietzsche dankte, ohne die Augen noch wieder aufzuschlagen.

Als Breuer die Treppen des Gasthauses hinunterstieg, konnte er über Nietzsches Beherrschtheit und Widerstandskraft nur staunen. Selbst noch auf dem Krankenlager, in einer armseligen Kammer, welche noch vom Gestank des Aufruhrs von vor wenigen Stunden durchdrungen war, zu einem Zeitpunkte, da die meisten Migränepatienten dankbar wären, einfach nur still in einer Ecke zu sitzen und Atem zu schöpfen, wurde Nietzsches Geist bereits wieder geschäftig: unterdrückte die Verzweiflung, plante die Heimreise, verteidigte seine Glaubenssätze, drängte darauf, daß der behandelnde

199

Arzt sich seiner Familie widme, bat um einen Untersuchungs-
befund und eine Abrechnung.

Als Breuer den bereitstehenden Fiaker erreichte, beschloß
er, daß eine Stunde Fußmarsch bestens geeignet wäre, den
Kopf auszulüften. Er entließ Fischmann und drückte ihm einen Gulden in die Hand, ein Trinkgeld für eine warme Mahl-
zeit – die ewige Warterei in der Kälte war ein hartes Los –, und
stapfte die verschneite Straße hinunter.

Nietzsche würde am Montag nach Basel abreisen, das stand
fest. Weshalb machte es ihm soviel aus? Gleich, wie sehr
Breuer sich den Kopf darüber zerbrach, es entzog sich seiner
Kenntnis. Er wußte nur, daß ihm an Nietzsche viel gelegen
war, daß er sich auf geradezu übernatürliche Weise zu ihm hingezogen fühlte. Warum? ›Wir sind in jeder Hinsicht grundver-
schieden – betreffs unserer Herkunft, Kultur, Lebenswege. Be-
neide ich ihn um sein Leben? Was sollte an diesem kalten, bitter einsamen Dasein beneidenswert sein?

Zum mindesten‹, überlegte Breuer, ›haben meine Empfindungen für Nietzsche nichts mit Schuld zu tun. Als Arzt habe
ich meiner Pflicht genügt, ich habe keinen Grund, mir etwas
vorzuwerfen. Frau Becker und Max haben recht: Welcher Kollege hätte sich denn lange mit einem solch überheblichen, un-
verträglichen, aufreizenden Patienten abgeplagt?‹

Und dünkelhaft! Wie selbstverständlich hatte Nietzsche –
ganz en passant – im Brustton der Überzeugung und keineswegs aus hohler Prahlerei festgestellt, er sei der beste Dozent
in der Universitätsgeschichte Basels gewesen! Oder daß die
Menschheit vielleicht im Jahre Zweitausend den Mut fände,
sein Werk zu lesen! Doch an alledem störte sich Breuer nicht.
Was, wenn Nietzsche recht hatte? War denn seine Sprach-
mächtigkeit in Wort und Schrift nicht überwältigend, war
nicht sein Denken unwiderstehlich machtvoll und erhellend –
bis in die falschen Gedanken?

Was immer die Gründe, Breuer haderte nicht damit, daß
ihm Nietzsche wichtig war. Im Vergleich zu den wild wüten-

den Bertha-Phantasien erschien ihm sein Besessensein von der Person Nietzsche nachgerade wohltuend, ja gnadevoll. Mehr noch, Breuer ahnte, daß die Begegnung mit diesem unbegreiflichen Mann für ihn persönlich in irgendeiner Weise erlösend wirken könnte.

Breuer marschierte weiter. Jener zweite Nietzsche, welcher sich hinter dem äußeren verschanzte, der Mann, der um Hilfe gerufen hatte, wo war er jetzt? »Der Mann, der meine Hand berührte«, murmelte Breuer, im Selbstgespräch versunken, »wie erreiche ich ihn? Es muß einen Weg geben! Doch der andere ist wild entschlossen, am Montag aus Wien abzureisen. Wie halte ich ihn auf? Ich *muß* einen Weg finden!«

Schließlich gab er es auf. Er hörte auf zu denken, überließ sich der Bewegung der Beine, schritt energisch aus, einem warmen, hell erleuchteten Heim entgegen, den Kindern und seiner liebenden, ungeliebten Mathilde. Er achtete nur noch auf das Einatmen eiskalter Luft, umfing sie mit seinen Lungenflügeln, wärmte sie, um sie dann als Dampf wieder auszustoßen. Er lauschte dem Wind, seinen Schritten, dem Knirschen der feinen Harschkruste unter seinen Füßen. Und plötzlich tat sich ein Weg auf, der *einzig* mögliche Weg!

Er beschleunigte seinen Schritt. Er knirschte heimwärts durch den Schnee, und mit jedem Schritt juchzte er innerlich: »Ich weiß einen Weg! Ich weiß einen Weg!«

12

Montag morgen erschien Nietzsche in der Breuerschen Ordination, um seine Angelegenheiten zu regeln. Nachdem er Breuers detaillierte Rechnung über ärztliche Bemühungen akribisch geprüft und sich davon überzeugt hatte, daß nichts vergessen worden war, stellte er einen Bankwechsel aus und überreichte diesen Breuer. Breuer wieder händigte Nietzsche seinen Krankenbericht aus und schlug vor, er möge ihn doch gleich an Ort und Stelle lesen, für den Fall, daß er noch Fragen hätte. Nietzsche überflog den Bericht, öffnete seine Dokumententasche und legte ihn zu den übrigen Krankengeschichten in seine Mappe.

»Ein ausgezeichneter Bericht, Doktor Breuer, so vollständig wie verständlich, und im Gegensatz zu anderen Krankenberichten enthält er keinen Jargon, welcher profundes Wissen vorspiegelt und in Wirklichkeit die Sprache der Unwissenheit ist. Und nun auf nach Basel. Ich habe schon viel zuviel Ihrer kostbaren Zeit beansprucht.«

Nietzsche klappte seine Tasche zu und ließ die Schlösser einschnappen. »Ich verabschiede mich, Doktor. Ich stehe tiefer in Ihrer Schuld als bislang der irgendeines Menschen. Für gewöhnlich gibt man beim Abschied vor, der Akt wäre kein endgültiger; man sagt: ›Auf Wiedersehen.‹ Man beeilt sich, ein Wiedersehen in Aussicht zu stellen, und hat es noch eiliger, dies zu vergessen. *Ich* halte es nicht so. Ich gebe der Wahrheit die Ehre und verhehle nicht, daß wir uns sehr wahrscheinlich nie wiedersehen werden. Ich werde kaum je nach Wien zurückkehren, und ich möchte doch bezweifeln, daß es Sie so sehr nach einem Patienten meines Schlages verlangte, daß Sie mich in Italien aufspüren wollten.« Nietzsche packte den Bügel seiner Tasche fester und wollte sich erheben.

Auf diesen Moment hatte sich Breuer sorgfältig vorbereitet. »Professor Nietzsche, einen Augenblick noch, bitte. Es gäbe da noch eine Sache, die ich gerne mit Ihnen besprechen würde.«

Nietzsche versteifte sich. ›Gewiß rechnet er mit einer weiteren eindringlichen Empfehlung zu einem Aufenthalt in der Lauzon-Klinik‹, dachte Breuer, ›und es graut ihm.‹

»Seien Sie unbesorgt, Professor Nietzsche, Ihnen droht nicht, was Sie befürchten. Beruhigen Sie sich. Es geht um etwas anderes. Ich habe aus Gründen, die sich Ihnen gleich offenbaren werden, bisher damit hinterm Berg gehalten.«

Breuer machte eine Pause und holte tief Luft. »Ich möchte Ihnen einen Vorschlag machen – einen ungewöhnlichen Vorschlag, vermutlich einen, den kein Arzt zuvor einem Patienten gemacht hat. Ach, ich halte Sie hin; es fällt mir schwer, es auszusprechen, wiewohl ich in der Regel um Worte nicht verlegen bin. Am besten sage ich es freiheraus.

Ich schlage Ihnen ein Geschäft vor: Ich biete Ihnen an, mich in den nächsten vier Wochen als Kliniker Ihres Körpers anzunehmen und mein Augenmerk dabei allein auf Ihre physischen Symptome und deren Behandlung zu richten. Sie dagegen stellen sich mir als Arzt des Geistes und der Seele zur Verfügung.«

Nietzsche, der immer noch seine Tasche fest umklammert hielt, schien im ersten Augenblick verwirrt, im nächsten auf der Hut. »Was meinen Sie damit: des Geistes und der Seele? Wie sollte ich Arzt sein können? Handelt es sich nicht lediglich um eine Variation über ein Thema der letzten Woche: daß nämlich Sie mich behandeln können, während ich Ihnen Unterricht in Philosophie erteile?«

»Nein, mein Ansinnen ist ein gänzlich anderes. Ich suche keine Belehrung, sondern *Heilung*.«

»Heilung wovon, wenn ich fragen darf?«

»Eine schwierige Frage. Und doch stelle ich sie meinen Patienten unentwegt. Auch Ihnen habe ich sie gestellt, nun bin ich an der Reihe. Ich möchte Sie bitten, mich von der Verzweiflung zu heilen.«

»Verzweiflung, Doktor?« Nietzsche lockerte den eisernen Griff, mit dem er den Bügel seiner Tasche gepackt hielt, und beugte sich vor. »Welche Art von Verzweiflung denn? Ich sehe keine Verzweiflung.«

»Nein, anzusehen ist sie mir wohl kaum. Äußerlich betrachtet führe ich ein erfülltes Leben. Doch in meinem Herzen regiert die Verzweiflung. Sie fragen, was für eine Verzweiflung? Ich will es so ausdrücken: mein Geist ist nicht frei, er gehört nicht mir; ich werde von fremden und liederlichen Gedanken heimgesucht. Daraus erwachsen mir Selbsthaß und Zweifel an meiner Integrität. Ich hänge an meiner Frau und meinen Kindern, aber ich *liebe* sie nicht! Schlimmer noch, ich verarge ihnen, daß sie mich fesseln. Mir fehlt der Mut, mein Leben zu ändern oder unverändert fortzuführen. Ich weiß nicht mehr, *wozu* ich lebe, worin der Sinn des Ganzen besteht. Ich bin besessen vom Gedanken an den Verfall, das Alter. Obwohl ich mich dem Tod Tag um Tag nähere, fürchte ich ihn zutiefst. Nichtsdestoweniger denke ich gelegentlich an Selbstmord.«

Breuer hatte seinen Vortrag am Sonntag einstudiert. Doch heute waren seine Worte – auf wunderliche Weise, bedachte man die dem Plan zugrundeliegende Maskerade – aufrichtig. Breuer war ein schlechter Lügner, das wußte er. Er hatte sich daher vorgenommen, mit Ausnahme der einen dicken Lüge – daß nämlich sein Vorschlag ein Winkelzug war, mit dem er Nietzsche einzufangen hoffte – in allem die Wahrheit zu sagen. Und so hatte er bei seinen ›Proben‹ seine Lage aufrichtig, wenn auch leicht übertrieben dargestellt und hatte bewußt Gesichtspunkte ausgewählt, welche in irgendeiner Weise Nietzsches eigenen, verschwiegenen Nöte berührten.

Zum erstenmal wirkte Nietzsche vollkommen entgeistert.

Er schüttelte langsam den Kopf, offensichtlich von dem Plane alles andere als erbaut. Und doch fiel es ihm anscheinend schwer, triftige Einwände vorzubringen.

»Aber nein, Doktor Breuer, das ist undenkbar. Diese Kunst beherrsche ich nicht, ich bin für dergleichen nicht geschult. Bedenken Sie die Gefahren; womöglich würde alles nur schlimmer.«

»Aber Professor Nietzsche, diese Kunst läßt sich an keiner Akademie erlernen. Wer wäre schon geschult? An wen sollte ich mich wenden? Einen Arzt? Heilung dieser Art fällt nicht in unser Fach. Einen Seelenhirten? Soll ich mich ins Märchenreich des Glaubens stürzen? Mir ist, wie Ihnen, der Sinn für Kniefälle abhanden gekommen. Sie aber, ein Lebensphilosoph, haben sich der Erforschung eben der Fragen verschrieben, welche mein Leben aus dem Gleichgewicht bringen. An wen sollte ich mich denn wenden, wenn nicht an Sie?«

»Zweifel über sich, Ihre Ehe, Ihre Kinder? Was weiß ich schon davon?«

Breuer ließ ihn kaum ausreden: »Und den Verfall, den Tod, die Freiheit, den Selbstmord, die Sinnsuche – darauf verstehen Sie sich wie kein anderer! Sind nicht ebendies die Fragen, auf welche Ihre Philosophie Antworten sucht? Sind nicht Ihre Bücher nachgerade Abhandlungen über die Verzweiflung?«

»Ich kuriere keine Verzweiflung, Doktor Breuer, ich studiere sie. Verzweiflung ist der Preis, den man für die Selbsterkenntnis zu zahlen hat. So tief man in das Leben sieht, so tief sieht man in das Leiden.«

»Ich weiß es wohl, Professor Nietzsche, und erwarte keine Erlösung, allenfalls Linderung. Ich möchte Sie bitten, mich zu beraten. Ich möchte, daß Sie mir zeigen, wie ich ein Leben in Verzweiflung ertragen kann.«

»Aber ich weiß nicht, wie man dergleichen zeigt! Und ich habe dem einzelnen Menschen keinen Rat zu bieten. Ich schreibe für die Menschheit als solche.«

»Professor Nietzsche, auch Sie befürworten doch wissenschaftliche Methoden; wenn ein Volk, ein Dorf, eine Herde von Krankheit befallen ist, dann beginnt der Forscher doch damit, daß er stellvertretend ein Individuum aus der Gesamtpopulation sondert und studiert, um von ihm Rückschlüsse auf alle zu ziehen. Ich habe zehn Jahre darauf verwandt, einen winzigen Teil des Ohrlabyrinths der Tauben zu zerlegen, um dahinterzukommen, wie Tauben ihr Gleichgewicht halten! An der gesamten ›Taubenheit‹ hätte sich dies nicht erforschen lassen; ich mußte es an einzelnen Tauben tun. Daraufhin erst war es mir möglich, meine Ergebnisse auf alle Tauben zu übertragen, auf Vögel allgemein und zuletzt auf Säugetiere, auch den Menschen. Nur so kann man vorgehen. Man kann keine Experimente mit der gesamten Menschheit durchführen.«

Breuer schwieg und wartete auf Nietzsches Replik. Sie blieb aus. Sein Gegenüber war tief in Gedanken versunken.

Breuer fuhr fort: »Letzthin äußerten Sie den Verdacht, in Europa gehe das Gespenst des Nihilismus um. Sie sagten, Darwin habe Gott obsolet gemacht, und ebenso wie wir Gott erschaffen hätten, hätten wir ihn späterhin getötet. Wir verstünden es nicht mehr, ohne unsere religiösen Mythologien zu leben. Zwar sagten Sie dies nicht ausdrücklich – also bitte korrigieren Sie mich, wenn ich irre –, aber ich habe Sie dahingehend verstanden, daß Sie es als Ihre Mission betrachten, zu zeigen, daß der Unglaube den Weg zu einem neuen Verhaltenskodex für die Menschen weist, einer neuen Moral, einer neuen Aufklärung, welche die aus Aberglauben und dem Hang zum Übernatürlichen geborenen ersetzen können.« Er wartete.

Nietzsche forderte ihn mit einem Nicken auf, weiterzusprechen.

»Ich darf also annehmen, wiewohl Sie selbst vielleicht andere Begriffe wählen würden, daß Ihre Mission die ist, die Menschheit vor Nihilismus und Trug zu retten?«

Wieder ein verhaltenes Nicken von Nietzsche.

»Dann retten Sie *mich*!« Führen Sie das Experiment an mir durch! Ich bin das ideale Versuchsobjekt. Ich habe Gott getötet. Ich glaube nicht an das Übernatürliche. Ich ersaufe in Nihilismus. Ich weiß nicht, *wozu* ich leben soll! Ich weiß nicht, *wie* ich leben soll!«

Noch immer keinerlei Reaktion von Nietzsche.

»Wenn Sie einen Plan für die gesamte Menschheit entwerfen – oder auch nur ein paar wenige Auserwählte –, machen Sie doch mit mir die Probe aufs Exempel. Üben Sie an mir. Ergründen Sie, was tauglich sei und was nicht – das könnte Ihre Einsichten vertiefen.«

»Sie bieten sich selbst als Opfertier der Forschung an?« fragte Nietzsche. »*Auf diese Weise* soll ich meine Schuld bei Ihnen abtragen?«

»Die Gefahren scheue ich nicht. Ich glaube an die Heilkraft von Gesprächen. Was ich möchte: die Gelegenheit, mein Leben unter dem Blick eines Mannes Ihres Intellekts einer Überprüfung zu unterziehen. Das wäre gewiß sehr hilfreich.«

Nietzsche schüttelte verwundert den Kopf. »Denken Sie an ein bestimmtes Vorgehen?«

»Nur insoweit, als Sie sich wie bereits vorgeschlagen inkognito in die Klinik begäben, wo ich mich Ihren Migräneanfällen widmen würde. Bei meinen täglichen Visiten würde ich zuerst dies erledigen, würde Ihre körperliche Verfassung prüfen und die erforderlichen Mittel verschreiben. Dann tauschten wir die Rollen; als Arzt hülfen Sie mir, meine Lebensprobleme zu ergründen. Sie brauchten mir lediglich zuzuhören und dazu zu bemerken, was immer Sie wollen. Mehr nicht. Mehr weiß ich gegenwärtig dazu nicht zu sagen. Wir müßten versuchsweise verfahren, mal dies, mal jenes probieren.«

»Nein.« Nietzsche schüttelte energisch den Kopf. »Ausgeschlossen, Doktor Breuer. Ich gebe zu, Ihr Plan ist verlockend. Und dennoch ist er zum Scheitern verurteilt. Mein Metier ist das geschriebene Wort, nicht das gesprochene. Und ich schreibe für die wenigen, nicht die vielen.«

»Aber Ihre Bücher sind nicht für die wenigen verfaßt«, wandte Breuer rasch ein. »Im Gegenteil: Sie überschütten jene

207

Philosophen mit Hohn, welche nur für die eigenen Reihen schreiben, deren Werk dem Leben entfremdet ist, die ihre Philosophie nicht *leben*.«

»Ich schreibe gewiß nicht für Philosophen, wohl aber für die wenigen, welche die Zukunft sind. Mir ist es nicht bestimmt, unter die Menschen zu gehen, *inmitten* ihrer zu leben. Mein Talent zum Verkehre mit den Menschen, zum Vertrauen, zur Sorge für die anderen – ist längst versiegt, wenn ich überhaupt jemals dazu auch nur mäßig begabt war. Ich bin immer allein gewesen. Ich werde immer allein bleiben. Das ist mein Los, ich heiße es gut.«

»Aber Professor Nietzsche, Sie wollen doch mehr. Sie blickten traurig drein, als Sie sagten, Ihre Bücher fänden womöglich erst im Jahre Zweitausend Leser. Sie *wollen* gelesen werden. Ich bin überzeugt, einen Teil von Ihnen verlangt es noch nach den anderen.«

Nietzsche saß wie versteinert auf seinem Stuhl.

»Erinnern Sie sich an die Anekdote, welche Sie mir erzählten: von Hegel auf seinem Totenbett?« fuhr Breuer fort. »Darüber, daß der *eine* Student, der ihn verstünde, ihn lediglich *mißverstünde*? Und wie Sie hinzufügten, daß Sie sich auf Ihrem Sterbebett wahrscheinlich nicht einmal dieses einen würden rühmen können? Nun, warum auf das Jahr Zweitausend warten? Ich stehe zur Verfügung! Hier haben Sie Ihren Studenten! Hier und jetzt. Und dieser Student wird Ihnen sehr aufmerksam zuhören, denn sein Leben hängt davon ab, daß er Sie verstehe.«

Breuer mußte erst einmal Atem schöpfen. Er war sehr mit sich zufrieden. Bei seiner Generalprobe am Tage zuvor hatte er jeden Einwand Nietzsches richtig vorhergesehen und entkräftet. Seine Falle war kunstvoll. Er konnte es kaum erwarten, Freud davon zu erzählen.

Er wußte, er sollte es dabei bewenden lassen, ging es doch vor allen Dingen darum zu verhindern, daß Nietzsche heute den Zug nach Basel bestieg – aber er konnte es sich nicht verkneifen, ein letztes Argument ins Feld zu führen. »Außerdem möchte ich Sie nur daran erinnern, daß Sie bei unserer letzten Begegnung sagten, nichts behage Ihnen so wenig, als in jemandes Schuld zu stehen und keine Möglichkeit zum Ausgleich zu sehen.«

Nietzsche fuhr ihn scharf an: »Wollen Sie etwa sagen, Sie täten dies *mir* zuliebe?«

»Nein, mitnichten. Möglich, daß mein Ansinnen auch Ihnen in irgendeiner Weise nützt, aber *das* ist nicht mein Ziel! Mein Motiv ist gänzlich egoistisch. Ich brauche Hilfe! Sind Sie stark genug, mir zu helfen?«

Nietzsche erhob sich von seinem Stuhl.

Breuer hielt den Atem an.

Nietzsche machte einen Schritt auf Breuer zu und streckte ihm die Hand entgegen. »Einverstanden«, sagte er.

Per Handschlag besiegelten Josef Breuer und Friedrich Nietzsche ihr seltsames Abkommen.

Brief Friedrich Nietzsches an Peter Gast

4. Dezember 1882

Mein lieber Freund!

Es hilft nichts! Wieder muß ich alle Reisepläne ins Weite schieben. Ich werde einen ganzen Monat in Wien bleiben und muß Ihnen mit Betrübnis melden, daß es mit unserer Reise nach Rapallo nicht gehen wird. Genaueres teile ich Ihnen mit, sobald ich feste Pläne habe. Es gab mancherlei Bewegung, überwiegendenteils sehr interessant. Ich erhebe mich eben von einem leichten Anfall (der sich gewißlich zu einem zweiwöchigen Märtyrium ausgewachsen hätte, wäre nicht Ihr Dr. Breuer gewesen), und ich bin noch zu elend, um Ihnen viel mehr als ein kurzes Resümé dessen geben zu können, was sich ereignet hat. Ausführlicher baldigst.

Ihnen verdanke ich einen wertvollen Menschenfund: Dr.

Breuer, ein Kuriosum!, ein *wissenschaftlicher* denkender Arzt von vitalem Intellekt. Da staunen Sie, nicht? Er zeigt die größte Bereitwilligkeit, mir aufrichtig zu sagen, was er von meinem Leiden weiß und – noch *erstaunlicher*: was er *nicht* weiß!

Ein Mann, der sich sehr zu wagen wünscht und der, wie ich glaube, sich zu meinem verwegenen Wagen sehr hingezogen fühlt. Immerhin wagt er, mir einen außerordentlichen Vorschlag zu machen, und ich habe zugestimmt. Die kommenden vier Wochen will er mich in der Lauzon-Klinik einquartieren, um dortselbst meine Krankheit genau zu studieren und zu behandeln. (Noch dazu auf *seine* Kosten! Das bedeutet, lieber Freund, daß Sie sich in diesem Winter nicht um meine pekuniäre Lage sorgen müssen.)

Und, fragen Sie? Was muß ich im Gegenzug offerieren? Ich, von dem wohl niemand mehr annahm, daß ich jemals noch ein ›nützlicher‹ Mensch sein könnte, bin aufgefordert, vier Wochen lang Dr. Breuers Leibphilosoph zu sein und ihm als philosophischer Lebensberater zu dienen. Sein Leben ist eine Qual, er denkt daran, ein Ende zu machen, und hat mich gebeten, ihn aus dem Dickicht der Verzweiflung herauszuführen.

Welche Ironie, denken Sie wohl, ausgerechnet Ihr armer Freund soll des Todes Sirenenklänge zu ersticken suchen, der nämliche, welchem Sie selbst so lieblich lockend in den Ohren säuselten, daß er Ihnen letzthin schrieb, ein Pistolenlauf sei ihm eine Quelle relativ angenehmer Gedanken!

Mein teurer Freund, von der Vereinbarung mit Dr. Breuer berichte ich unter dem Siegel *absoluter* Verschwiegenheit. Die Nachricht ist für niemandes Ohr bestimmt, nicht einmal die des braven Overbeck. Sie sind der *einzige*, dem ich sie anvertraue. Dieses Stillschweigen bin ich dem wackeren Doktor schuldig.

Unser bizarrer Handel erwuchs widrigen Umständen. Zunächst machte sich der Doktor anheischig, *mich* zu beraten – als Teil seiner ärztlichen Behandlung! Ein durchsichtiges Manöver! Er gab vor, nur mein Wohl im Sinne zu haben, sein einziger Wunsch, sein einziger Lohn, *mich* gesund und heil zu sehen! Aber wir kennen die asketischen Priester zur Genüge, die ihre Schwäche anderen andichten und ihnen sodann ihre Hilfe angedeihen lassen, um ihre eigene Macht zu mehren. O ja, wir kennen die ›christliche Nächstenliebe‹!

Freilich entdeckt sich mir die List sogleich, und ich nannte das Kind beim Namen. Es würgte ihn die Wahrheit zunächst tüchtig – er hieß mich verblendet und niederträchtig. Er beteuerte, seine Motive seien rein, er brachte falsche Mitleidsbekundungen und lächerliche Altruismen vor, doch schließlich, und das sei ihm hoch angerechnet, fand er die Kraft, freimütig und aufrichtig bei mir Kraft zu suchen.

Ihr Freund Nietzsche auf dem Markte. Schaudert es Sie nicht bei dem Gedanken? Mein *Menschliches, Allzumenschliches* oder die *Fröhliche Wissenschaft* in einen Käfig gesperrt, gezähmt, domestiziert! Stellen Sie sich vor, meine Aphorismen würden umbuchstabiert zu einem Weisheitsbrevier für den Hausgebrauch! Auch ich war zunächst bestürzt! Doch nicht länger. Das Unternehmen lockt mich: ein Forum für meine Ideen, ein Gefäß, in welches mein Reichtum überfließen kann, eine Gelegenheit – ja, ein Laboratorium zur Erprobung meiner Gedanken an einem Musterexemplar im Vorwege zu ihrer Anwendung auf die gesamte Menschheit (so Dr. Breuer).

Ihr guter Doktor scheint mir übrigens ein Prachtexemplar, dem es nicht mangelt an Einsichtsvermögen und dem Streben nach Höherem. Ja, er hat *Lust*. Und er hat den Geist dazu. Doch ob er die Augen hat – und das Herz – zu sehen? Wir werden sehen!

Heute erhole ich mich und denke still über praktische *Nutzanwendungen* nach – ein neues Wagnis. Vielleicht irrte ich in dem, daß ich mich allein als Forscher nach der Wahrheit betrachtete. Die kommenden Wochen werden zeigen, ob meine Erkenntnis es einem anderen ermöglicht, die Verzweiflung zu überwinden. Und weshalb kommt er zu *mir*? Er meint, Kostproben unserer Gespräche und aus *Menschliches Allzu-menschliches* hätten ihm Appetit auf meine Philosophie gemacht. Wer weiß, vielleicht glaubte er, die schwere Last, die meine mannigfaltigen Leiden mir aufdrücken, machten, daß ich ein Experte des Überlebens, der Überwindung sei.

Er kennt freilich das wahre Gewicht meiner Last nicht. Die russische Teufelin, diese Äffin mit ihren falschen Brüsten, läßt nicht ab von ihrer verleumderischen Ranküne. Elisabeth, welche mir berichtete, Lou lebte jetzt ungeniert mit Rée in wilder Ehe, setzt alles daran, ihre Deportation wegen ihrer Unmoral zu bewirken.

Elisabeth schrieb mir auch, daß meine Freundin Lou ihre haßerfüllte Lügenkampagne nach Basel weitergetragen habe, in der Absicht, mich um meine Pension zu bringen. Ich verfluche den Tag in Rom, da ich sie das erstemal sah. Wie oft habe ich Ihnen beteuert, daß alle Widrigkeit – selbst der Verkehr mit dem Bösen – mich stärke; ob mir jedoch das Kunststück gelingt, auch aus diesem Kote Gold zu machen… ich weiß es nicht.

Lieber Freund, ich bin zu entkräftet, eine Abschrift dieses Briefes anzufertigen, ich bitte Sie, ihn mir wiederzuschicken.

Treulich

FN

13

Auf dem Wege in die Klinik brachte Breuer am Montag nachmittag im Fiaker die Frage der Diskretion zur Sprache und meinte, Nietzsche sei es vielleicht lieber, unter einem Decknamen – genauer: als ein gewisser Eckhardt Müller, den Namen, den er im Gespräch mit Freud erfunden hatte – eingewiesen zu werden.

»Eckhardt Müller, Eck-harrrdt Müll-lerrr, Eckharrrdt Müllerrr.« Nietzsche, der ungewöhnlich aufgeräumt schien, ließ den Namen von der Zunge rollen, als prüfe er dessen Wohlklang. »Warum nicht? So gut wie jeder andere Name. Hat es damit eine besondere Bewandtnis? Womöglich«, spekulierte er verschlagen, »der Name eines ähnlich obstinaten Patienten?«

»Nein, lediglich das Ergebnis einer Eselsbrücke.« Breuer erläuterte seine Methode der Umbenennung von Patienten. »Rücke ich die Anfangsbuchstaben Ihrer Vor- und Nachnamen im Alphabet jeweils einen Buchstaben zurück, erhalte ich E. M.; ›Eckhardt Müller‹ war schlichtweg der erste E. M., der mir einfiel.«

Nietzsche schmunzelte. »Nun, sollte dereinst ein Medizinhistoriker ein Buch über berühmte Wiener Ärzte verfassen, wird er sich verwundern, weshalb der eminente Kollege Josef Breuer so oft einen gewissen Eckhardt Müller besuchte – einen rätselhaften Zeitgenossen ohne Vergangenheit und Zukunft.«

Zum erstenmal erlebte Breuer, daß Nietzsche zu Späßen

aufgelegt war. Ein gutes Omen. Breuer dankte es ihm: »Und erst die beklagenswerten philosophischen Biographen, welche einst vergeblich versuchen werden aufzudecken, wo sich Professor Friedrich Nietzsche im Dezember des Jahres achtzehnhundertundzweiundachtzig nur aufgehalten haben mag!«

Wenige Minuten später bereute Breuer jedoch bei eingehenderer Betrachtung seinen Vorschlag, ein Pseudonym zu verwenden. Nietzsche vor dem Klinikpersonal mit falschem Namen anreden zu müssen, verlieh einem ohnedies schon bedenklichen Versteckspiel etwas unnötig Zwielichtiges. Weshalb machte er es sich noch schwerer? Schließlich bedurfte Nietzsche zur Behandlung einer Hemikranie, eines klaren klinischen Krankheitsbildes, nicht den Schutz eines Inkognitos. Wenn überhaupt ging bei ihrer beider Vereinbarung eher er selbst Risiken ein; demzufolge war wohl er derjenige, nicht Nietzsche, dem daran gelegen war, alles im verborgenen zu halten!

Der Fiaker erreichte den Achten Bezirk, Josefstadt genannt, und hielt vor den Toren der Lauzon-Klinik. Der Pförtner, welcher Fischmann gleich erkannte, versagte es sich diskret, einen neugierigen Blick ins Innere des Wagens zu werfen, und beeilte sich, die großen, schmiedeeisernen Torflügel zurückzuschieben. Dann schwankte und holperte der Fiaker über die hundert Meter kopfsteingepflasterter Auffahrt zum Portikus des Hauptgebäudes mit seinen weißen Säulen. Die Lauzon-Klinik, ein stattlicher, vierstöckiger weißer Bau, bot vierzig neurologischen und psychiatrischen Patienten Platz. Dreihundert Jahre zuvor als Stadtpalais des Baron Friedrich Lauzon errichtet, hatte das von einer umlaufenden Mauer umfriedete, zwanzig Morgen Parkland und Obstgärten samt Ställen, Remise und Gesindehäuser umfassende Anwesen noch vor den Toren Wiens gelegen. Hier war Generation um Generation junger Lauzons gezeugt, großgezogen und zur Wildschweinjagd hinausgeschickt worden. Nach dem Tode des letzten Baron Lauzon bei der Typhusepidemie von 1858 war der Besitz an Baron

Wertheim gefallen, einen entfernten, verarmten Kusin, der nur selten seinen Landsitz in Bayern verließ.

Da die Nachlaßverwalter dem Baron bald deutlich gemacht hatten, wie er sich nur dadurch der Last dieses Erbes entledigen könne, indem er es einem wohltätigen Zweck zuführte, hatte Baron Wertheim beschieden, das Haus solle als Hospiz Rekonvaleszenten dienen, und zur einzigen Bedingung gemacht, daß seiner Familie allezeit unentgeltliche Behandlung eingeräumt werden müsse. Eine Stiftung wurde ins Leben gerufen und ein Beirat bestimmt – letzterer ungewöhnlich insofern, als ihm nicht nur mehrere der ersten katholischen Familien Wiens angehörten, sondern auch zwei philanthropische jüdische Familien, die Gomperz' und die Altmanns. Obschon die 1860 eröffnete Klinik vor allem wohlsituierte Patienten aufnahm, wurden sechs der vierzig Betten von der Stiftung unterhalten und mittellosen, aber ordentlichen Patienten zur Verfügung gestellt.

Und eines dieser sechs Betten hatte Breuer, welcher im Beirat die Altmann-Familie vertrat, für Nietzsche requiriert. Breuers Einfluß in der Lauzon-Klinik ging weit über Sitz und Stimme im Beirat hinaus; er war Hausarzt des Spitalleiters und einiger anderer Verwaltungsmitglieder.

Als Breuer und sein neuer Patient eintrafen, wurden sie mit großer Zuvorkommenheit empfangen; man verzichtete auf alle förmlichen Aufnahme- und Anmeldeprozeduren, und der Direktor und die leitende Krankenwärterin führten Arzt und Patient persönlich die unbelegten Zimmer vor.

»Zu dunkel«, befand Breuer im ersten Raum. »Herr Müller benötigt besseres Licht zum Lesen und für die Korrespondenz. Wir wollen sehen, ob es nicht etwas Passenderes gibt.«

Das zweite Zimmer war klein, aber hell und freundlich, und Nietzsche sagte sogleich: »Vortrefflich. Es hat viel mehr Licht.«

Doch Breuer legte ein Veto ein. »Zu klein, zu wenig durchlüftet. Was haben wir sonst noch frei?«

Nietzsche gefiel auch der dritte besichtigte Raum. »Ja, das wird wunderbar gehen.«

Wieder fand Breuer etwas auszusetzen: »Zuviel Betrieb ringsumher, zu laut. Ob sich nicht etwas finden läßt, das weniger dicht am Aufsichtszimmer liegt?«

Als sie den nächsten Raum betraten, wartete Nietzsche Breuers Urteil gar nicht erst ab, sondern stellte seine Dokumententasche sogleich in den Schrank, zog sich die Schuhe aus und legte sich aufs Bett. Keine Widerrede; Breuer war mit dem hellen, luftigen Eckzimmer im dritten Stock, welches zudem einen großen Kamin hatte und einen herrlichen Ausblick auf die Anlagen, vollauf zufrieden. Arzt und Patient bewunderten pflichtschuldigst den großen, abgetretenen, doch unverändert prächtigen blau und lachsfarben gemusterten Isfahan – offensichtlich ein Relikt aus besseren, liquideren Zeiten auf dem Herrensitz der Lauzons. Nietzsche nickte dankbar anerkennend, als Breuer darum bat, daß ein Schreibpult, eine Tischlampe und ein bequemer Stuhl herbeigeschafft würden.

Kaum waren sie allein, gestand Nietzsche, daß er sich wohl zu rasch nach dem eben überstandenen Anfall erhoben habe. Er fühle sich wie zerschlagen, und die Kopfschmerzen kehrten wieder. Ohne zu murren erklärte er sich bereit, die nächsten vierundzwanzig Stunden im Bett zu verbringen. Breuer ging auf den Flur hinunter ins Dienstzimmer, um Anweisungen zu Arzneien und Dosen zu geben: gegen die Schmerzen Colchicin, zum Einschlafen Chloral-Hydrat. Nietzsche hatte sich an derart hohe Dosen dieses zweiten Mittels gewöhnt, daß eine Entziehung mehrere Wochen dauern würde.

Als Breuer noch einmal bei Nietzsche anklopfte, um sich zu verabschieden, hob Nietzsche den Kopf vom Kissen und prostete seinem Arzt mit dem kleinen Wasserglase vom Nachttisch zu: »Also dann bis zum offiziellen morgigen Beginn unseres Versuches! Nach einer kurzen Rast denke ich, mir eine Strategie für die philosophische Beratung zurechtzulegen. Auf Wiedersehen, Doktor Breuer.«

Eine Strategie! Ja, dachte Breuer auf dem Heimweg im Fiaker, es wurde höchste Zeit, daß auch *er* sich eine Strategie überlegte. So sehr war er damit beschäftigt gewesen, Nietzsche in die Falle zu locken, daß er bislang keinen Gedanken daran verschwendet hatte, wie er den Fang zähmen sollte, der nun auf Zimmer 13 der Lauzon-Klinik festsaß. Während der Fiaker schwankte und holperte, wandte sich Breuer also strategischen Überlegungen zu. Ein schöner Schlamassel; Anhaltspunkte gab es keine, geschweige denn Schulfälle. Er müßte eine vollkommen neue Behandlungsmethode erfinden. Am besten, er besprach die ganze Sache mit Freud; der begrüßte jede solche Herausforderung. Breuer bat Fischmann, am Spital anzuhalten und Doktor Freud ausfindig zu machen.

Das Wiener Allgemeine Krankenhaus, in dem Freud als Aspirant klinische Erfahrung für die spätere eigene Praxis sammelte, glich einer Stadt in der Stadt: In einem Dutzend Gebäudekarrees mit jeweils geschlossenem Hof, von welchen jedes eine eigene Abteilung beherbergte und welche alle durch ein Labyrinth unterirdischer Gänge miteinander in Verbindung standen, waren zweitausend Patienten untergebracht. Eine vier Meter hohe Mauer riegelte die Außenwelt ab.

Fischmann, mit den verschlungenen Wegen bestens vertraut, eilte von dannen, um Freud von seiner Abteilung zu holen. Minuten später schon kehrte er allein zurück. »Doktor Freud ist nicht im Hause. Doktor Hauser sagte mir, er wäre vor einer Stunde in sein Stammlokal gegangen.«

Das von Freud frequentierte Kaffeehaus, das Café Landtmann am Franzensring, lag nur wenige Straßenzüge entfernt, und dort traf Breuer seinen Freund auch an. Er saß allein vor einem Braunen und studierte ein französisches Literaturjournal. Im Café Landtmann verkehrten vorwiegend Ärzte, klinische Aspiranten und Medizinstudenten. Obschon weniger exklusiv als Breuers Stammcafé Griensteidl, abonnierte das Landtmann über achtzig Zeitungen und Zeitschriften, mehr vielleicht als jedes andere Wiener Kaffeehaus.

»Sigmund, lassen Sie uns auf eine Leckerei zu Demel gehen. Ich habe Neuigkeiten über den Migräne-Professor.«

Im Nu war Freud aufbruchsbereit. Er schwärmte leidenschaftlich für die illustre Wiener Hofzuckerbäckerei, konnte sich einen Besuch jedoch nur dann leisten, wenn er eingeladen wurde. Zehn Minuten darauf saßen sie an einem ruhigen Ecktisch. Breuer bestellte zwei Braune, ein Stück Schokoladenkuchen für sich selbst und für Freud Zitronencremetorte mit Schlag, welche dieser so gierig verschlang, daß Breuer seinen jungen Freund drängte, sich vom silbernen Kuchenwagen ein zweites Stück auszuwählen. Als Freud sich nebst einem zweiten Braunen einen mit Schokoladencreme gefüllten Tausendblätterkuchen zu Gemüte geführt hatte, zündeten sich die beiden Männer genüßlich Zigarren an. Und dann schilderte Breuer haarklein, was sich zwischen ihm und Herrn ›Müller‹ seit ihrer beider letzten Unterhaltung zugetragen hatte, erzählte von der Weigerung des Professors, eine psychologische Kur in Betracht zu ziehen, dem Eklat zum Abschied, dem nächtlichen Migräneanfall, dem denkwürdigen Hausbesuch, der Überdosis und dem seltsamen Zustand des Patienten, dem geflüsterten Hilferuf und schließlich der ungewöhnlichen Abmachung, welche sie am Morgen in Breuers Praxis getroffen hatten.

Freuds bohrender Blick ließ nicht einmal von Breuer ab, während dieser sprach. Breuer kannte das; Freuds Konzentrationsstarre zeigte an, daß er nicht nur alles im Detail in sich aufnahm und bedachte, nein, das Gesagte brannte sich ihm förmlich ins Gedächtnis ein. Ein halbes Jahr später würde er das Gespräch fast wörtlich wiedergeben können. Freuds Miene wechselte jedoch schlagartig, als Breuer von seinem letzten Vorschlag sprach.

»Sie haben *was* getan, Josef? Diesem Herrn Müller eine Behandlung seiner Migräne angeboten, wenn er sich im Gegenzuge *Ihrer Verzweiflung* annähme? Das ist doch wohl nicht Ihr Ernst! Was soll das heißen?«

»Sigmund, glauben Sie mir, es war die einzige Möglichkeit. Jeder andere Vorschlag, und er wäre jetzt – *husch!* – auf dem Wege nach Basel. Erinnern Sie sich an die ausgeklügelte Strategie, die wir entwickelt hatten? Ihn zu bereden, sich mit seiner Überspannung zu befassen und diese zu vermindern? Nun, diese schöne Strategie machte er innerhalb von Minuten zuschanden, indem er nämlich die Anspannung verklärte. Er stimme ein Loblied auf die Spannung an. Was ihn nicht umbringe, mache ihn stärker. Je länger ich ihm zuhörte und seine Werke bedachte, desto klarer dämmerte mir auf, wie dieser Mann sich selbst als ›Arzt‹ betrachtet – nicht für den einzelnen, nein, für unsere gesamte Kultur.«

»Und da haben Sie ihn damit geködert, daß Sie vorschlugen, er möge mit der Heilbehandlung der abendländischen Kultur beginnen, indem er sich einem ihrer Vertreter widme, nämlich Ihnen?«

»Ganz recht. Allerdings hat zunächst *er mich* geködert! Oder sagen wir, es hat mich der Homunkulus, von dem Sie behaupten, er agiere in uns allen, geködert – mit seinem herzerweichenden Verzweiflungsruf: ›Hilf mir! Hilf mir!‹ Fast möchte mich das zu Ihren Ideen über ein selbständiges Unbewußtes bekehren.«

Freud grinste und sog selig an seiner Zigarre. »Und jetzt, da er Ihnen ins Netz gegangen ist?«

»Erst einmal, Sigmund, müssen wir Ausdrücke wie ›ködern‹ oder ›ins Netz gehen‹ verbannen. Die Vorstellung, ein Eckhardt Müller ginge jemandem ins Netz, ist lächerlich; als wollte man einen Gorilla von zehn Zentnern mit einem Schmetterlingsnetz einfangen.«

Freud grinste noch breiter. »Gut, lassen wir das Bild vom Netz und sagen wir doch einfach, Sie haben ihn in der Klinik und werden ihn täglich besuchen. Wie wollen Sie vorgehen? Gewiß ist er längst eifrig dabei, einen Plan auszuhecken, wie *Ihrer* Verzweiflung beizukommen sei, und zwar ab morgen.«

»Selbiges hat er angekündigt. Vermutlich brütet er in diesem

Moment darüber. Höchste Zeit, daß auch ich Pläne mache, und ich hoffe auf Ihre Hilfe. Ich habe die Sache noch nicht bis ins Letzte durchdacht, aber in groben Zügen ist mir das Vorgehen klar. *Während ich ihn glauben mache, er hülfe mir, muß ich langsam, unmerklich Rollen mit ihm tauschen, bis er Patient ist und ich wieder Arzt bin.*«

»Ganz meine Meinung«, sagte Freud. »So muß es vonstatten gehen.«

Breuer staunte, wie sicher sich Freud seiner Sache immer schien, selbst dort, wo es keinerlei Gewißheit gab.

»Ihr Herr Müller«, fuhr Freud fort, »versteht sich als ›Arzt‹, der Ihre Verzweiflung kurieren wird. Dieser Erwartung müssen Sie entsprechen. Lassen Sie uns das Schritt für Schritt durchspielen. Als erstes müssen Sie ihn freilich davon überzeugen, daß Sie wirklich verzweifelt sind. Fangen wir doch damit an. Was wollen Sie ihm erzählen?«

»Das bereitet mir wenig Kopfzerbrechen, Sigmund. Ich wüßte vieles, worüber man sprechen könnte.«

»Aber Josef, wie wollen Sie glaubhaft wirken?«

Breuer zögerte. Wieviel durfte er preisgeben? Und sagte dann: »Nichts leichter als das, Sigmund. Ich brauche nur die Wahrheit zu sagen!«

Freud sah Breuer groß an. »Die Wahrheit? Was wollen Sie damit sagen, Josef? Sie, verzweifelt? Aber Sie haben doch alles: Sie sind der Neid aller Kollegen in dieser Stadt, ganz Europa buhlt um Ihre Dienste. Zahllose begabte Studenten – wie der vielversprechende junge Doktor Freud – hängen an Ihren Lippen. Ihre Forschungsergebnisse sind bemerkenswert, Ihre Frau ist die betörendste und zartfühlendste im Kaiserreich. Verzweiflung? Aber Josef, Sie stehen im Zenit Ihres Lebens!«

Breuer bedeckte Freuds Hand mit seiner. »Im Zenit! Eben das ist es ja, Sigmund. Am Höhepunkt, auf dem Gipfel des Lebensweges! Nur ist es mit Gipfeln leider so, daß der Weg von dort nurmehr *talwärts* führt. Oben vom Gipfel sehe ich mein restliches Leben vor mir ausgebreitet; die Vista mißfällt mir.

Ich sehe lediglich das Altern, das Nachlassen, die Vater- und Großvaterpflichten.«

»Josef!« Freuds Augen weiteten sich vor Entsetzen. »Wie können Sie etwas derartiges sagen! Ich sehe ringsum nur Erfolg, keine Talfahrt! Ich sehe eine gesicherte Stellung, Ruhm – Ihr Name wird für immer mit zwei wichtigen physiologischen Entdeckungen verbunden sein!«

Breuer wand sich. Wie sollte er zugeben können, daß er bei diesem Glücksspiel sein Leben zum Einsatz gemacht hatte, nur um am Ende feststellen zu müssen, daß ihm der Gewinn nicht zusagte? Nein, er müßte es für sich behalten. Es gab Dinge, mit denen belastete man die Jungen nicht.

»Ich will es einmal so sagen, Sigmund. Mit vierzig betrachtet man das Leben in einer Weise, von der man sich mit fünfundzwanzig keine Vorstellung macht.«

»Sechsundzwanzig. Fast siebenundzwanzig.«

Breuer mußte lachen. »Verzeihung, mein Lieber, ich wollte Sie nicht belehren. Aber glauben Sie mir, es gibt eine Fülle von persönlichen Fragen, welche ich mit Müller besprechen kann. Etwa eheliche Mißhelligkeiten, eine Krisis, welche ich nicht mit Ihnen erörtern wollte, damit Sie nicht Dinge vor Mathilde verheimlichen müssen, welche euer herzliches Verhältnis stören könnte. Ich versichere Ihnen, es gibt mehr als genug Gesprächsstoff für Herrn Müller, und ich werde schon glaubhaft wirken, wenn ich mich im ganzen an die Wahrheit halte. Nein, Kopfzerbrechen bereitet mir eher der zweite Schritt!«

»Sie meinen das, was geschieht, wenn tatsächlich *er* sich hilfesuchend an *Sie* wendet, und die Frage, wie Sie ihm seine Bürde erleichtern sollen?«

Breuer nickte.

»Gesetzt, Sie könnten diese Etappe ganz nach Ihrem Gutdünken planen, Josef. Was würden Sie sich wünschen? Was vermag denn ein Mensch einem anderen zu geben?«

»Ausgezeichnet! *Sie geben mir* hervorragende Denkanstöße. Darin sind Sie ein wahrer Meister, Sigmund!« Breuer dachte minutenlang nach. »Obgleich ich es mit einem Mann zu tun habe, und so besehen natürlich nicht mit einer Hysterika, denke ich nichtsdestoweniger, daß mir das Liebste wäre, er hielte es wie Bertha.«

»Im Hinblick auf das ›chimney-sweeping‹?«

»Ja. Wenn er sich mir anvertraute. Ich bin fest davon überzeugt, daß es heilsam ist, sich alles von der Seele zu reden. Denken Sie nur an die Katholiken; seit Jahrhunderten nehmen ihre Priester die Beichte ab.«

»Wer weiß jedoch«, gab Freud zu bedenken, »ob die Erleichterung in der Entlastung liegt oder im Glauben an die göttliche Absolution?«

»Ich habe Patienten erlebt, agnostische Katholiken, denen die Beichte dennoch Erleichterung verschaffte. Und auch für mich gab es Zeiten im Leben, vor Jahren, da es mir half, mich einem Freunde anvertrauen zu können. Und Sie, Sigmund? Kennen Sie das befreiende Gefühl, welches einem eine Beichte verschaffen kann? Haben Sie sich jemals einem Menschen ganz anvertraut?«

»Gewiß doch. Meiner Braut. Ich schreibe Martha täglich.«

»Na, na! Sigmund.« Breuer schmunzelte und legte seinem Freund die Hand auf die Schulter. »Sie wissen sehr wohl, daß es Dinge gibt, die Sie Martha niemals anvertrauen könnten – am allerwenigsten ihr!«

»Aber nein, Josef. Ich sage ihr *alles*. Was sollte ich ihr denn nicht sagen können?«

»Wenn man eine Frau liebt, möchte man sich stets von seiner besten Seite darstellen. Also unterschlägt man natürlich dieses und jenes, Dinge, die einem zum Nachteil gereichen könnten. Betreffs der Erotik etwa.«

Freud schoß das Blut in die Wangen. Noch nie hatte Breuer mit ihm über dergleichen gesprochen. Möglich, daß Freud überhaupt noch nie ein solches Gespräch geführt hatte.

»Aber meine erotischen Empfindungen gelten allein Martha. Andere Frauen ziehen mich nicht an.«

»Nun, dann bevor Sie Martha kannten.«

»Es gab kein ›vor Martha‹. Sie ist die einzige Frau, die ich je begehrt habe.«

»Also hören Sie, Sigmund, es *muß* andere gegeben haben. Jeder Medizinstudent in Wien hat sein süßes Mädel. Der junge Schnitzler scheint sie alle Woche zu wechseln.«

»Genau dies sind die Abseiten des Lebens, vor denen ich Martha bewahren will! Schnitzler ist zügellos, das ist bekannt. Mir steht nicht der Sinn nach dergleichen Tändelei. Dazu habe ich keine Zeit. Auch kein Geld; ich brauche jeden Gulden für meine Bücher.«

Besser, das Thema rasch fallenzulassen, beschloß Breuer. Aber er hatte dazugelernt: Er wußte nun, wo die Grenzen dessen lagen, was er mit Freud zu teilen hoffen konnte.

»Sigmund, ich schweife ab. Lassen Sie uns zum Vorherigen zurückkehren; Sie fragten soeben, wie ich mir den Verlauf wünschte. Ich sagte, ich hoffte, Herr Müller werde über seine Verzweiflung sprechen. Ich hoffe, er wird in mir einen ›Beichthörer‹ finden. Vielleicht erweist sich allein dies schon als heilsam, vielleicht führt ihn das in den Schoß der menschlichen Gemeinde zurück. Denn ein so einsames Geschöpf wie er es ist, ist mir mein Lebtag noch nicht begegnet. Ich glaube kaum, daß er sich jemals auch nur *einer* Menschenseele anvertraut hat.«

»Erzählten Sie mir nicht, er sei von anderen verraten worden? Dann muß er diesen zum mindesten doch vertraut, sich ihnen anvertraut haben. Sonst läge kein Verrat vor.«

»Ja, Sie haben recht. Die Frage des Verrats ist eine heikle. Wahrscheinlich müßte ich mir sogar das *primum non nocere* zum Grundsatz, zum obersten Gebot meines Vorgehens erheben: ihn keinesfalls verletzen oder in einer Weise handeln, welche er als Verrat deuten könnte.«

Breuer überlegte einen Augenblick lang und fügte dann hinzu: »Wissen Sie, so halte ich es stets bei meinen Patienten, warum sollte es in der Arbeit mit Müller hierin Hemmnisse geben? Allerdings lastet mein ursprüngliches Falschspiel auf mir – das möchte er wohl als Verrat empfinden. Nun, es läßt sich nicht ungeschehen machen. Ich wünschte zwar, ich könnte mich reinwaschen und ganz offen sprechen: von der Begegnung mit Fräulein Salomé, dem Komplott seiner Freunde, ihn nach Wien zu schaffen, und vor allem der Finte der vertauschten Rollen von Arzt und Patient.«

Freud schüttelte energisch den Kopf. »Auf gar keinen Fall! Eine solche Gewissensentlastung wäre zu Ihrem Wohle, nicht seinem. Nein, ich fürchte, wenn Sie Ihrem Patienten wirklich helfen wollen, werden Sie mit Ihrer Lüge leben müssen.«

Breuer nickte. Freud hatte recht. »Gut. Lassen Sie uns zusammenfassen. Was haben wir bisher?«

Freud ging mit Eifer an die Sache. Diese Art geistiger Übung war ganz nach seinem Geschmack. »Wir haben verschiedene Schritte. *Erstens*, ihn herauslocken, indem *Sie* sich zunächst *ihm* anvertrauen. *Zweitens*, die Rollen tauschen. *Drittens*, ihn ermutigen, *sich Ihnen* anzuvertrauen. Und wir haben eine Grundregel aufgestellt: Sie dürfen sein Vertrauen nicht erschüttern, müssen also alles meiden, was nach Verrat riecht. Und der nächste Schritt? Gesetzt, er gestände Ihnen seine Verzweiflung ein, was dann?«

»Vielleicht bedarf es gar keiner weiterer Schritte«, erwiderte Breuer. »Vielleicht, daß die Aussprache schon ein solch entscheidender Fortschritt, eine solch einschneidende Wendung in seinem Umgang wäre, daß sie allein ausreichte?«

»Allein die Beichte kann keine derartige Verwandlungskraft besitzen, Josef. Wäre dem so, gäbe es keine neurotischen Katholiken!«

»Ja, natürlich. Nun, ich denke…« – Breuer zog seine Uhr hervor – »…weiter können wir im Augenblick nicht vorausplanen.« Er winkte dem Ober.

»Josef, mir hat unsere Unterredung große Freude gemacht. Es ehrt mich, daß Sie sich mit mir beraten und meine Vorschläge ernst nehmen.«

»Sie haben eine Begabung dafür, Sigmund. Wir geben ein gutes Gespann ab. Auch wenn die Nachfrage nach unseren neuen Methoden nicht bedeutend sein dürfte. Wie oft hat man denn schon Patienten, die derart byzantinische Beratschlagungen erfordern? Fast will mir scheinen, wir hätten soeben weniger eine medizinische Kur ausgebrütet denn eine Konspiration. Wissen Sie, wen ich lieber als Patienten sähe? Den anderen, den, der um Hilfe gerufen hat!«

»Sie meinen das unbewußte Bewußtsein, welches in Ihrem Patienten eingeklemmt ist?«

»Ja«, bestätigte Breuer und reichte dem Ober einen Guldenschein, ohne einen Blick auf die Rechnung zu werfen. Das tat er nie. »Ja, mit ihm wäre leichter arbeiten. Überhaupt, Sigmund, vielleicht sollte eben hierin das Ziel der Behandlung bestehen: das verborgene Bewußtsein zu befreien, damit es mit seinem Hilferuf das Licht nicht zu scheuen brauchte.«

»Das ist gut, Josef! Ob ›befreien‹ allerdings der treffende Ausdruck ist? Schließlich hat dieser ›andere Müller‹ ja keine gesonderte Existenz, er ist ein unbewußter Teil von unserem Müller. Drehte es sich nicht vielmehr darum, diesem Teile die Aufnahme ins Ich zu ermöglichen?« Freud schien selbst von seinem Einfall beeindruckt. Er schlug die Faust sanft auf den Tisch und wiederholte: »Aufnahme ins Ich!«

»Aber ja!« Breuer war begeistert. »Eine bedeutsame Einsicht!« Er ließ ein paar Kupferkreuzer auf dem Tisch liegen, und dann schlenderten er und Freud hinaus auf den Michaelerplatz. »Wenn mein Patient diesen anderen Teil in sein Ich aufnehmen könnte, wäre viel gewonnen. Wenn er einzusehen vermöchte, wie natürlich es ist, Trost von seinen Mitmenschen zu erhoffen, das genügte schon!«

Sie gingen den Kohlmarkt hinab und trennten sich dann im Gedränge am Graben. Freud schlug den Weg durch die Naglergasse zum Krankenhaus ein, Breuer schlenderte über den Stephansplatz Richtung Bäckerstraße. Die Nummer 7 lag schräg hinter den hochaufragenden romanischen Türmen des

Westwerkes des Stephansdoms. Nach der Unterredung mit Sigmund fühlte er sich zuversichtlicher, was die morgige Begegnung mit Nietzsche anbetraf. Wenn sich aber doch alle sorgfältige Vorbereitung als trügerisch erwiese, sich in Nichts auflöste? Wenn Nietzsches Strategie, und nicht die seine, ihrer beider Begegnung bestimmte?

14

Nietzsche war in der Tat gewappnet. Kaum hatte ihn Breuer am nächsten Morgen untersucht, übernahm er die Führung.

»Wie Sie sehen«, erklärte er und hielt Breuer ein großformatiges neues Notizheft hin, »bin ich gut gerüstet. Herr Kaufmann, einer der Pfleger, war gestern so freundlich, es mir zu besorgen.«

Er erhob sich vom Bett. »Außerdem habe ich um einen zweiten Lehnstuhl gebeten. Wollen wir uns hinübersetzen und mit der Arbeit beginnen?«

Breuer, auf den Nachdruck nicht vorbereitet, mit welchem sein Patient die Zügel in die Hand nahm, kam der Aufforderung nach und setzte sich neben Nietzsche. Beide Stühle waren dem Kamin zugewandt, in dem ein munteres Feuer prasselte. Nachdem er sich einen Moment lang an den gelb züngelnden Flammen gewärmt hatte, rückte Breuer seinen Stuhl so hin, daß er Nietzsche gegenübersaß, und bat ihn, das gleiche zu tun.

»Ich denke«, begann Nietzsche, »wir sollten zunächst die Grundkategorien der Analyse bestimmen. Ich habe mir erlaubt, die Belange zu notieren, welche Sie gestern nannten, als Sie um meine Hilfe baten.«

Nietzsche schlug sein Heft auf, blätterte und las die je auf einer eigenen Seite aufgeführten Punkte ab: »Erstens: Niedergeschlagenheit. Zweitens: von fremden Gedanken heimgesucht. Drittens: Selbstverachtung. Viertens: Angst vor dem Altern.

Fünftens: Angst vor dem Tode. Sechstens: Selbstmordimpulse. Ist die Liste vollständig?«

Breuer, den Nietzsches förmlicher Ton befremdete, war wenig angetan, seine intimsten Sorgen und Nöte derart papiern und nüchtern aufgezählt zu hören. Erst einmal jedoch zeigte er sich konziliant. »Nicht ganz. Mich bedrückt zudem mein Verhältnis zu meiner Frau; ich fühle mich auf unerklärliche Weise entfremdet – als wäre ich in einer Ehe, einem Leben gefangen, welche ich so nicht gewählt hatte.«

»Würden Sie das als *ein* weiteres Problem bezeichnen, oder *zwei*?«

»Das hinge von Ihrer Definition der Kategorien und Dimensionen ab.«

»Ja, das bereitet Schwierigkeiten, nicht minder die Tatsache, daß die einzelnen Punkte nicht derselben logischen Stufen angehören. Einige könnten Folge oder auch Ursache anderer sein.« Nietzsche blätterte in seinem Heft. »›Niedergeschlagenheit‹ etwa könnte eine Folge der ›fremden Gedanken‹ sein. ›Selbstmordimpulse‹ könnten sowohl Folge als Ursache der ›Angst vor dem Tode‹ sein.«

Breuer wurde noch unbehaglicher. Ihm gefiel die Wendung, die das Gespräch nahm, ganz und gar nicht.

»Wozu überhaupt eine solche Liste erstellen? In irgendeiner Weise ist mir die Vorstellung einer Liste unangenehm.«

Nietzsche blickte bekümmert drein. Offenbar war es mit seinem sicheren Auftreten nicht weit her: das leiseste Murren von Breuer, und seine Haltung änderte sich schlagartig. Mit einem Mal bescheiden, erklärte er: »Ich hatte gedacht, es wäre uns gedient, wenn wir Ihre Probleme in eine Abstufung bringen könnten. In Wahrheit bin ich mir jedoch nicht im klaren darüber, ob es besser wäre, mit der schwerwiegendsten Bedrängung zu beginnen – nehmen wir einmal an, diese wäre die Angst vor dem Tode – oder mit der am wenigsten schwerwiegenden oder abgeleitetsten – etwa, um etwas willkürlich herauszugreifen: den fremden Gedanken. Oder empfiehlt es sich,

228

mit der klinisch gewichtigsten, also lebensbedrohlichsten anzufangen – vielleicht den Selbstmordimpulsen. Oder mit der lästigsten, der, welche Sie im Alltag am meisten beeinträchtigt – etwa der Selbstverachtung.«

Breuer wurde immer unwohler. »Ich bezweifle, daß eine solche Vorgehensweise überhaupt geeignet ist.«

»Dabei habe ich mir aber doch nur Ihre ärztliche Methode zum Vorbild genommen«, entgegnete Nietzsche. »Wenn ich mich recht entsinne, forderten Sie mich auf, zunächst ganz ungeordnet mein Befinden zu schildern. Dann erstellten Sie eine Liste meiner Beschwerden und nahmen sich diese systematisch – überaus systematisch, wie ich mich erinnere – der Reihe nach vor. Ist es nicht so?«

»Ja, das stimmt. So gehe ich tatsächlich bei einer Untersuchung vor.«

»Nun, Doktor Breuer, weshalb widersetzen Sie sich jetzt diesem Vorgehen? Haben Sie einen anderen Vorschlag?«

Breuer schüttelte den Kopf. »Nein, bei genauerer Betrachtung halte ich den eingeschlagenen Weg doch für den besten. Es erscheint mir nur sehr gewollt oder künstlich, über meine tiefsten, innersten Belange in sauber geschiedenen Kategorien zu sprechen. Ich betrachte die einzelnen Probleme eher als untrennbar miteinander verquickt. Zudem wirkt Ihre Liste so *kalt*. Es geht um sehr delikate, lichtscheue Dinge, über welche sich nicht so unbekümmert sprechen läßt wie über Kreuzweh oder Hautausschläge.«

»Verwechseln Sie bitte Ungeschicklichkeit nicht mit mangelndem Zartgefühl, Doktor Breuer. Bedenken Sie, daß ich – das sagte ich Ihnen bereits – Eigenbrötler bin. Ich habe Sie gewarnt. Ich bin ungeübt im herzlichen und geselligen Umgange.«

Nietzsche klappte sein Notizheft zu und starrte eine kurze Weile aus dem Fenster. »Lassen Sie es uns auf anderem Wege versuchen. Sie meinten gestern, wir müßten *gemeinsam* eine Methode entwickeln. Sagen Sie mir, Doktor Breuer, kennen

229

Sie aus Ihrer klinischen Praktik ähnliche Erfahrungen, aus denen wir Nutzen ziehen könnten?«

»Ähnliche Erfahrungen? Hm!... es gibt streng genommen keine Schulfälle für das, was wir hier versuchen. Ich weiß nicht einmal, wie unser Experiment zu bezeichnen wäre – als Verzweiflungskur oder philosophische Therapeutik oder ähnliche, noch zu benennende Therapie. Zwar stimmt es, daß Ärzte gelegentlich mit der Behandlung bestimmter Formen von psychischen Störungen befaßt sind, etwa denjenigen, welche organische Ursachen haben wie das Delir bei einer Meningitis, die im Tertiärstadium der Syphilis auftretende Paranoia oder die durch Bleivergiftung verursachte Psychose, und wir übernehmen auch Patienten, deren seelische Verfassung ihre Gesundheit oder ihr Leben gefährdet – etwa bei den schwer Melancholischen oder der Manie.«

»Das Leben gefährdet? Inwiefern?«

»Melancholiker hungern sich zu Tode oder bringen sich um. Maniker überspannen sich oft bis zur tödlichen Erschöpfung.«

Nietzsche schwieg und starrte in die Glut.

»Freilich«, fuhr Breuer fort, »haben diese extremen Fälle wenig mit meiner eigenen Lage gemein, und sie werden nicht philosophisch oder psychologisch kuriert, sondern zunächst klinisch behandelt – etwa mittels elektrischer Massagen, Bäder, Arzneikuren, Bettruhe und so fort. Gelegentlich gilt es bei Patienten mit irrationalen Ängsten eine Methode zu ihrer psychischen Beruhigung zu erfinden. Erst kürzlich wurde ich zu einer älteren Dame gerufen, die nicht wagte, aus dem Hause zu gehen; sie hatte ihr Zimmer seit Monaten nicht verlassen. Ich habe ihr gut zugeredet, konnte allmählich ihr Vertrauen gewinnen. Bei jedem Besuch nahm ich sie an die Hand wie ein kleines, ängstliches Kind und führte sie ein Stückchen weiter aus dem Zimmer. Doch war hierbei nicht mehr als gesunder Menschenverstand und etwas Improvisationstalent gefordert – wie in der Kindererziehung. Zu dergleichen benötigt man keinen Arzt.«

»Das alles erscheint mir jedoch angesichts unserer Aufgabe sehr entlegen«, sagte Nietzsche. »Gab es keine Fälle, die ähnlicher gewesen wären?«

»Es gibt natürlich noch die unzähligen Patienten, die in neuerer Zeit Ärzte wegen körperlicher Beschwerden aufsuchen – Paralysen, Sprechstörungen, Formen von Blind- oder Taubheit – deren Ursachen in seelischen Konflikten zu suchen sind. Diese Zustände faßt man unter dem Begriffe der ›Hysterie‹, abgeleitet von der griechischen Bezeichnung für die Gebärmutter: hystéra.«

Nietzsche nickte unwirsch, als wolle er zu verstehen geben, es sei unnötig, ihm griechische Vokabeln zu erläutern. Breuer fiel siedendheiß ein, daß sein Gegenüber klassische Philologie gelesen hatte, und redete rasch weiter. »Früher stellte man sich als Auslöser solcher Symptome einen wandernden Uterus vor, eine Annahme, die anatomisch natürlich unsinnig ist.«

»Wie erklärt man sich die Erscheinung bei Männern?«

»Aus noch unbekannten Gründen scheint es eine Frauenkrankheit zu sein; bis heute sind keine Fälle von Hysterie bei Männern bekannt. Die Hysterie, habe ich stets gedacht, müßte eigentlich von besonderem Interesse für die Philosophen sein. Vielleicht werden eines Tages sie – und nicht die Mediziner – erklären können, weshalb die auftretenden Symptome nicht in den anatomisch üblichen Bahnen verlaufen.«

»Wie meinen Sie das?«

Breuer entspannte sich allmählich. Einem aufmerksamen Zuhörer medizinische Zusammenhänge zu erklären, war ihm als Part geläufig und angenehm.

»Nun, ich will Ihnen ein Beispiel geben. Ich habe Patienten erlebt, deren Hände in einer Weise fühllos sind, die schlechterdings nicht durch eine neuralgische Störung zu erklären ist. Sie leiden an einer Handschuhparese – also Empfindungslosigkeit von den Handgelenken bis hinab in die Fingerspitzen –, als hätte man ihnen die Handgelenke mit einem Betäubungsband umwickelt.«

»Und das widerspricht der Funktionsweise des Nervensystems?« fragte Nietzsche.

»Ja. Die Nervenstränge in die Hand verlaufen anders. Die Hand wird von drei verschiedenen Nerven – Radialis, Ulnaris und Medianus – versorgt, von welchen ein jeder einem anderen Teile des Gehirns zugeordnet ist. Noch einzelne Finger werden zur Hälfte von dem einen und zur Hälfte von einem anderen Nerv versorgt. Dies kann die Patientin nicht wissen. Vielmehr hat es den Anschein, als meinte die Patientin, die gesamte Hand werde von einem einzigen Nerven – nennen wir ihn einmal den ›Handnerven‹ – versorgt, und entwickelte daher ein Symptom, welches mit dieser irrigen Vorstellung übereinstimmte.«

»Sehr interessant!« Nietzsche schlug sein Notizheft auf und kritzelte hastig ein paar Wörter hinein. »Angenommen, eine der Anatomie kundige Frau erkankte an Hysterie; würde diese ein anatomisch stimmiges Krankheitsbild aufweisen?«

»Ich bin davon überzeugt. Der Hysterie liegen abnorme Bewußtseinszustände zugrunde, kein organisches Leiden. Zahlreiche Hinweise deuten darauf hin, daß die Nerven anatomisch überhaupt nicht in Mitleidenschaft gezogen sind. Es gibt hypnotisierbare Patienten, deren Symptome unter Hypnose binnen Minuten verschwinden.«

»Dann ist die Heilung durch Hypnose die gängige Behandlungsmethode?«

»Nein, keineswegs! Leider ist der Mesmerismus unter Medizinern verpönt, jedenfalls in Wien. Seinen schlechten Ruf verdankt er in erster Linie wohl der Tatsache, daß zu viele frühe Anhänger Scharlatane waren ohne jede medizinische Kenntnis. Dazu kommt, daß die hypnotische Kur meist nur vorübergehend wirkt. Doch daß sie wirkt, und sei es nur flüchtig, erbringt einen Beleg für die psychische Natur der Krankheit.«

»Haben Sie selbst Patienten auf diese Weise behandelt?« fragte Nietzsche.

»Einige wenige. In nur einem Falle habe ich die Methode

ausgiebig angewandt, und den sollte ich Ihnen vielleicht schildern. Weniger, weil ich dafür plädierte, daß Sie die Methode bei mir anwendeten, als deshalb, weil uns das auf Ihre Liste zurückführt, auf den Punkt zwei, wenn ich mich recht entsinne.«

Nietzsche klappte das Notizheft auf und las laut ab: »›Von fremden Gedanken heimgesucht.‹ Ich verstehe nicht. Weshalb eigentlich *fremd?* Und in welcher Verbindung steht dies zur Hysterie?«

»Ich will es Ihnen erklären. Zunächst nenne ich die Gedanken ›fremd‹, weil mir ist, als überfielen mich Eindringlinge von außen. Ich will sie nicht denken, doch wenn ich sie verscheuche, entschwinden sie nur kurz, um bald schon auf heimtückische Weise wieder mein Bewußtsein zu erobern. Was für Gedanken? Nun, es sind Gedanken an eine betörende Frau, die Patientin, deren Hysterie ich behandelte. Soll ich Ihnen nicht lieber die ganze Geschichte von Anfang an erzählen?«

Nietzsche ließ keinerlei Neugierde erkennen, ihm schien die Frage im Gegenteil unbehaglich zu sein. »Wir wollen uns darauf einigen, daß Sie mir immer nur soviel mitteilen, als zum Verständnis des Problems erforderlich ist. Ich möchte Sie dringend bitten, sich weder bloßzustellen noch zu erniedrigen, das nützt niemandem.«

Nietzsche war ein verschlossener Mann, das wußte Breuer. Doch er hatte nicht damit gerechnet, daß Nietzsche von ihm eine ebensolche Zugeknöpftheit erwarten würde. Breuer erkannte, daß er in dieser Frage aufbegehren müßte: Es war unabdingbar, daß er sich so vollständig als möglich offenbarte. Nur dann, so seine Überlegung, wurde Nietzsche erfahren können, daß rückhaltlose Offenheit zwischen zwei Menschen keine Schrecken barg.«

»Sie mögen recht haben, aber mir will es scheinen, daß ich mich um so besser entlasten könnte, je ungehemmter ich von meinen innersten Gedanken spräche.«

Nietzsche erstarrte, nickte aber dann zum Zeichen, daß Breuer fortfahren möge.

»Alles begann vor zwei Jahren, als eine meiner Patientinnen mich bat, die ärztliche Betreung ihrer Tochter zu übernehmen – die ich hier Anna O. nennen will, damit ich ihre wahre Identität nicht preisgeben muß.«

»Aber Sie haben mir doch Ihre Findungsmethode für Pseudonyme erläutert, so daß ich schließe, die Initialen des Namens der Patientin müßten B. P. sein.«

Breuer schmunzelte. ›Der Gute ist in seiner Merkfähigkeit genau wie Sigmund‹, dachte er belustigt und beschrieb dann die Umstände von Berthas Leiden. »Sie sollten auch wissen, daß Anna O. einundzwanzig Jahre alt war, außerordentlich intelligent, gebildet und ergreifend schön. Eine frische Brise – ach was! ein Zyklon! – für einen in die Jahre kommenden Mann, der die Vierzig erreicht hat. Kennen Sie den Frauentypus?«

Nietzsche überging die Frage. »Und Sie wurden ihr Arzt?«

»Ja, ich wurde ihr Arzt – und habe niemals gegen die ärztliche Ethik verstoßen! Alle Überschreitungen, welche ich Ihnen offenlegen werde, äußerten und äußern sich in Gedanken, in Phantasien, nicht Taten. Lassen Sie mich aber zunächst die psychologische Behandlungsmethode schildern.

Bei meinen täglichen Hausbesuchen ließ sie sich stets mühelos hypnotisieren, und in einer leichten Trance besprach sie dann sämtliche drückenden Ereignisse und Gedanken der vorausgegangenen vierundzwanzig Stunden – oder ›erzählte sie weg‹, wie sie selbst dies nannte. Diese Prozedur, welche sie ›chimney sweeping‹ taufte, half ihr insofern, als sie dank ihrer sich für die nächsten vierundzwanzig Stunden wohler befand, doch sie hatte keinerlei heilsamen Einfluß auf die hysterischen Symptome. Dann stieß ich eines Tages zufällig auf eine *wirksame* Heilmethode.«

Und Breuer schilderte, wie er nicht nur jedes der Symptome Berthas hatte zum Verschwinden bringen können, sobald er dessen ursprünglichen Anlaß ermittelt hatte, sondern schließlich alle Merkmale der Krankheit, als er ihr dazu verhelfen konnte, das veranlassende Ereignis zu reproduzieren, nämlich das Trauma des Todes ihres Vaters.

Nietzsche, der fleißig mitgeschrieben hatte, rief: »Aber Ihre Behandlung dieser Patientin ist ja unglaublich! Möglicherweise haben Sie eine bahnbrechende Entdeckung für die psychologische Therapeutik gemacht. Und vielleicht, daß Ihre Methode auch bei der Bearbeitung Ihrer eigenen Schwierigkeiten von Nutzen sein mag. Es gefiele mir, wenn Ihnen Ihre eigene Entdeckung weiterhülfe! Denn im Grunde kann keiner einem anderen helfen; immer muß man die Kraft finden, sich *selbst* zu helfen. Vielleicht müssen Sie, wie schon Anna O., jeder Ihrer psychischen Bedrängungen auf den Grund gehen. Doch sagten Sie nicht eingangs, daß Sie die Behandlungsmethode in Ihrem Fall nicht für ratsam hielten? Weshalb nicht?«

»Aus verschiedenen Gründen«, erwiderte Breuer mit dem ganzen Gewicht unerschütterlicher medizinischer Autorität. »Meine Verfassung unterscheidet sich grundlegend von der Annas. Zum einen besitze ich kein Talent zur Hypnose; ich habe noch nie ungewöhnliche Bewußtseinszustände erfahren. Das ist nicht unwesentlich, denn ich glaube, der Boden für eine Hysterie wird nur dann bereitet, wenn die betreffende Person in einem Zustande geistiger Abwesenheit ein Trauma erleidet. Traumatische Erinnerung und kortikale Erregung leben in einem eigenständigen, getrennten Bewußtseinsbereich fort und entziehen sich daher jeder ›Handhabe‹, sie finden weder Aufnahme ins Ich noch können sie im Alltagserleben sich abnutzen.« Ohne seinen Vortrag zu unterbrechen, stand Breuer auf, schürte das Feuer und legte ein Scheit Holz nach. »Zudem – und das ist möglicherweise von größerer Bedeutung – sind meine Symptome nicht hysterischer Art; sie greifen weder das Nervensystem noch andere Organkomplexe an. Bedenken Sie: Die Hysterie ist eine *weibliche Krankheit.* Meine Verfassung liegt, meine ich, *qualitativ* näher bei der normalen, menschlichen Angst und dem Seelenschmerz. Quantitativ sprengt sie natürlich den Rahmen des Üblichen!

Überdies sind meine Symptome nicht *akut.* Sie sind das Resultat langer Inkubationsjahre. Konsultieren Sie Ihre Liste. In keinem Punkte könnte ich den Entstehungszeitpunkt des Problems bestimmen. Und ein letzter Grund, weshalb die Methode, welche ich bei der Patientin anwandte, mir selbst wahrscheinlich nicht weiterhelfen würde, ist der folgende – und ein eher ernüchternder. Als Berthas Symptome –«

»Aha! Bertha! Ich hatte also recht, als ich auf den Anfangsbuchstaben B tippte.«

Breuer schloß gequält die Augen. »Ach, wie ungeschickt von mir! Mir ist sehr daran gelegen, die Patientin nicht bloßzustellen. Namentlich diese Patientin. Sie entstammt einer bekannten Wiener Familie, und es ist weithin bekannt, daß ich der behandelnde Arzt war. Ich habe mich aus dem nämlichen Grunde auch in Gesprächen mit Kollegen sehr zurückhaltend über meine Arbeit mit ihr geäußert. Und doch ist es lästig, Ihnen gegenüber den falschen Namen verwenden zu müssen.«

»Sie meinen, es fällt Ihnen schwer, freiheraus zu sprechen und sich zu entlasten, wenn Sie sich zugleich hüten müssen, damit Ihnen nicht der wahre Name herausrutscht?«

»Ja.« Breuer seufzte. »Jetzt bleibt mir keine Wahl, als ihren wahren Namen zu verwenden: Bertha. Aber Sie müssen mir Ihr Wort geben, daß Sie ihn niemandem verraten.«

Auf Nietzsches bereitwillige Zusicherung hin zog Breuer ein ledernes Zigarrenetui aus der Rocktasche, entnahm ihm eine Zigarre und zündete sie sich, nachdem er auch Nietzsche eine angeboten und dieser abgelehnt hatte, an. »Wo war ich stehengeblieben?« fragte er.

»Sie erläuterten, weshalb Ihre neue Behandlungsmethode sich zur Anwendung in Ihrem Falle nicht empfehle – es war die Rede von einer ›Ernüchterung‹.«

»Ach ja, die Ernüchterung.« Breuer blies einen langen blauen Rauchschwaden aus, ehe er fortfuhr. »Ich war so vermessen, mich vorschnell einer wichtigen Entdeckung zu brüsten, als ich ihren Fall einigen Kollegen und Medizinstudenten präsentierte. Doch nur wenige Wochen später, ich hatte sie indessen an einen anderen Arzt überwiesen, hörte ich, daß fast alle Symptome wiederkehrten. Verstehen Sie, in welch mißlicher Lage ich mich befinde?«

»Mißlich, weil Sie eine Kur anpriesen, die es möglicherweise gar nicht gibt?« fragte Nietzsche nach.

»In Wachträumen sehe ich mich die Teilnehmer des damaligen Kollegs einzeln aufsuchen und ihnen erklären, daß meine Schlüsse Fehlschlüsse waren – eine nur zu vertraute Schreckensvision. Die Furcht vor dem, was die Kollegen von mir denken mögen, quält mich oft. Obgleich sie mir deutliche Anerkennung zollen, ändert dies nichts daran, daß ich mich insgeheim für einen Scharlatan halte. Eine weitere Sorge. Nehmen Sie sie in Ihre Liste auf.«

Nietzsche schlug gehorsam sein Notizheft auf und schrieb.

»Aber zurück zu Bertha. Ich bin mir über die Ursache ihres Rückfalls unklar. Denkbar wäre, daß meine Methode – ähnlich dem Mesmerismus – nur vorübergehend wirksam ist. Denkbar wäre aber auch, daß die Behandlung zwar erfolgreich war, ihr Erfolg jedoch durch ihr unglückseliges Ende zunichte gemacht wurde.

Nietzsche griff erneut nach seinem Stift. »Welches ›unglückseliges Ende‹?«

»Damit Sie verstehen, muß ich Ihnen zuvor berichten, was sich zwischen mir und Bertha zutrug. Da nützt keine Beschönigung, besser, ich erzähle es gerade heraus. Ich alter Esel verliebte mich in das Mädchen! Ich war besessen von ihr. Ich dachte nur noch an sie.« Breuer war überrascht, wie leicht – geradezu beglückend – es war, soviel preiszugeben.

»Jeder Tag zerfiel in zwei Phasen: das Zusammensein mit Bertha und das Warten darauf, wieder bei ihr sein zu können! Ich sah sie jeden Tag eine Stunde, dann begann ich sogar, sie zweimal täglich zu besuchen. Wann immer ich sie sah, wurde ich von leidenschaftlichen Gefühlen ergriffen. Wann immer sie mich berührte, erregte mich dies.«

»Weshalb berührte sie Sie?«

»Sie konnte nur unter Mühen gehen und mußte sich auf mich stützen, wenn wir spazierengingen. Oft zwangen mich plötzliche, schwere Kontrakturen, ihre Oberschenkelmuskulatur intensiv zu massieren. Manches Mal weinte sie so bitterlich, daß ich sie zum Troste in die Arme nehmen mußte. Mitunter fiel sie neben mir spontan in Trance, legte den Kopf an meine Schulter und gab sich eine Stunde lang dem ›chimney sweeping‹ hin. Oder sie bettete den Kopf in meinen Schoß und schlief selig wie ein Kind. Es gab viele, viele Gelegenheiten, bei denen es mich fast übermenschliche Anstrengung kostete, meine Lüsternheit im Zaume zu halten.«

»Möglich«, bemerkte Nietzsche abwesend, »daß nur wer Mannes genug ist, im Weib das Weib erlösen wird.«

Breuers Kopf flog hoch. »Ich hoffe, ich verstehe Sie nicht miß! Sie wissen natürlich, daß jede sexuelle Einlassung mit einem Patienten sich verbietet – das verstieße gegen den Geist des hippokratischen Eides.«

»Und die Frau? Welche Verantwortung trägt die Frau?«

»Doch nicht diese Frau – es handelt sich hier um eine *Patientin*! Ich begreife nicht recht, worauf Sie hinaus wollen?«

»Wir kommen darauf zurück«, sagte Nietzsche nur gelassen. »Ich weiß noch nicht um das ›unglückselige Ende‹.«

»Nein. Also mir schien, daß es Bertha von Tag zu Tag besser ging. Ihre Symptome verschwanden eines nach dem anderen. Dagegen verschlimmerte sich die Lage ihres Arztes. Meine Frau Mathilde, eine verständnisvolle und warmherzige Frau, begann mir einesteils die viele Zeit zu verübeln, die ich bei Bertha zubrachte, anderenteils – und das weit erbitterter –, daß ich von nichts anderem mehr sprach. Glücklicherweise war ich nicht so leichtsinnig, Mathilde gegenüber meine Gefühle für Bertha anzudeuten, doch ich glaube, sie schöpfte Verdacht. Eines Tages entbrannte sie in Zorn und verbot mir, in ihrer Anwesenheit Berthas Namen jemals wieder zu erwähnen. Ich nährte daraufhin meinerseits einen Groll gegen meine Frau und entwickelte die fixe Idee, sie stünde mir im Wege, wenn nur sie nicht wäre, würde ich ein neues Leben mit Bertha beginnen können.«

Breuer brach ab, denn Nietzsche hatte die Augen geschlossen. »Wird es Ihnen zuviel?«

»Ich höre. Oft sehe ich besser mit geschlossenen Augen.«

»Es gab noch einen weiteren erschwerenden Umstand. Meine damalige Ordinationshilfe, Eva Berger, die Vorgängerin Frau Beckers, war im Verlaufe unserer zehnjährigen Zusammenarbeit eine enge Freundin und Vertraute geworden. Eva machte sich Sorgen. Sie fürchtete, ich würde mich durch mein leidenschaftliches Besessensein von Bertha ins Verderben stürzen, würde meine Begierde nicht mehr zügeln können und etwas Unbedachtes tun. Aus freundschaftlicher Zuneigung zu mir war sie bereit, sich selbst zu opfern.«

Nietzsche riß die Augen auf. So weit, daß Breuer viel vom Weiß der Augäpfel sah.

»Was heißt das: opfern?«

»Dem Wortsinne nach sagte sie, sie würde alles geben, um mich vor Unheil zu bewahren. Eva wußte, daß Mathilde und ich keinen geschlechtlichen Verkehr mehr hatten, und vermutete hierin den Grund für meine Hinwendung zu Bertha. Ich verstand sie so, daß sie sich erbot, meine sexuelle Not zu lindern.«

»Und Sie meinen, das tat sie um Ihretwillen?«

»Aber ja! Eva ist eine begehrenswerte Frau, die unter vielen Verehrern wählen könnte. Und Sie dürfen mir glauben: Mein Aussehen hat sie bestimmt nicht zu diesem Schritt bewogen; sehen Sie sich nur diese Glatze, diesen wilden Bart und diese ›Löffel‹ an – wie meine Spielkameraden sie nannten!« Breuer packte seine großen, abstehenden Ohren. »Überdies hatte sie mir anvertraut, wie sie Jahre zuvor ein intimes und verhängnisvolles Verhältnis mit einem Arbeitgeber unterhalten hatte, welches sie schließlich die Stellung kostete, und sie hatte sich geschworen: ›Nie wieder!‹«

»Und brachte Evas ›Opfer‹ Ihnen Erleichterung?«

Breuer überging Nietzsches spöttische, möglicherweise sogar geringschätzige Betonung des Wortes ›Opfer‹ und antwortete sachlich: »Ich habe von ihrem Angebot nie Gebrauch gemacht. Ich war so töricht zu meinen, bei Eva zu liegen wäre Verrat an Bertha. Mitunter bedauere ich dies zutiefst.«

»Ich verstehe nicht.« Nietzsches weitaufgerissene Augen verrieten nebst Interesse erste Anzeichen von Ermüdung – als habe er bereits mehr gesehen und gehört, als er wünschte. »Was bedauern Sie?«

»Evas Angebot ausgeschlagen zu haben, natürlich. Ich muß oft an die vertane Chance denken. Wieder einer der Gedanken, die mich ungebeten heimsuchen.« Breuer deutete auf Nietzsches Notizheft. »Nehmen Sie auch dies mit auf.« Nietzsche ergriff seinen Bleistift und wiederholte, während er Breuers länger werdende Liste ergänzte: »Dieses Bedauern ist mir, fürchte ich, nach wie vor nicht einsichtlich. Hätten Sie Evas Angebot angenommen, inwiefern wären Sie heute ein anderer?«

»Ein anderer? Was tut Anderssein zur Sache? Es war eine einmalige Gelegenheit – eine, welche sich mir nicht mehr bieten wird.«

»Ebenso eine einmalige Gelegenheit, nein zu sagen! Einem Raubtier ein heiliges Nein entgegenzuschleudern. *Diese* Gelegenheit haben Sie ergriffen!«

Breuer wußte auf Nietzsches Kommentar nichts zu erwidern. Offenbar hatte Nietzsche keinen Begriff von der Macht sinnlicher Begierden. Doch war dies nicht der geeignete Moment, darüber zu debattieren. Oder hatte er nicht deutlich gemacht, daß er Eva hätte haben können? Verstand Nietzsche nicht, daß man Gelegenheiten, die sich boten, beim Schopfe packen mußte? Andererseits lag in seiner Bemerkung über das ›heilige Nein‹ etwas Berückendes. ›Eine eigentümliche Mischung, der Mann‹, dachte Breuer, ›von kaum glaublicher Verblendung und blitzheller Originalität.‹ Wieder fragte sich

Breuer, was dieser seltsame Mann ihn wohl Wertvolles zu lehren hätte.

»Wo waren wir stehengeblieben? Ach ja, das Ende mit Schrecken! Die ganze Zeit war ich davon ausgegangen, daß mein erotisches Besessensein von Bertha vollends solipsistisch sei – also nur in meinem Kopf stattfinde – und ihr verborgen bleibe. Sie werden sich meine Bestürzung vorstellen können, als mir eines Tages bei meinem Hausbesuch die Mutter eröffnete, Bertha glaube, sie trage mein Kind unterm Herzen!«

Breuer schilderte Mathildes Empörung, als sie von der Scheinschwangerschaft erfuhr, und ihr wütendes Ultimatum, er habe den Fall umgehend einem Kollegen zu übertragen und überdies Eva zu entlassen.

»Und was taten Sie?«

»Was sollte ich schon tun? Meine Karriere, meine Familie, meine ganze Existenz stand auf dem Spiele. Es war der schlimmste Tag meines Lebens. Ich mußte Eva bitten zu gehen. Ich bot ihr natürlich an, sie könne so lange noch für mich arbeiten, bis ich ihr zu einer neuen Stellung verholfen hätte. Eva versicherte mir zwar, sie verstehe mich, aber sie erschien am nächsten Tag nicht mehr in der Praxis, und ich habe sie nie wiedergesehen. Ich habe ihr mehrmals geschrieben, doch sie antwortete nicht.

Und der Abschied von Bertha war noch weit ärger. Als ich sie am nächsten Tag besuchte, war das Delirium hystericum überstanden, und die Wahnvorstellung, ich hätte sie geschwängert, ebenfalls. Tatsächlich hatte sie an die gesamte Episode keine Erinnerung, und bei meiner Ankündigung, ich könne sie nicht mehr betreuen, geriet sie außer sich. Sie weinte, sie flehte mich an, es mir anders zu überlegen, flehte mich an, ihr zu sagen, was sie falsch gemacht habe. Sie hatte natürlich *gar nichts falsch gemacht.* Die Mär von ›Doktor Breuers Kind‹ war Teil des Krankheitsbildes der Hysterie. Nicht *sie* hatte gesprochen, das Delirium hatte aus ihr gesprochen.«

»Aber *wessen* Delirium war es denn?« fragte Nietzsche.

»Gewiß, es war *ihr* Delirium, aber sie ist doch nicht verantwortlich zu machen, ebensowenig, wie man für die Willkür und Bizarrerien eines Traums verantwortlich zu machen ist. Die Leute reden die verrücktesten, unsinnigsten Dinge in einem solchen Zustande.«

»*Mir* erscheinen ihre Worte alles andere als unsinnig oder willkürlich. Sie hatten mich doch zu Bemerkungen aufgefordert, Doktor Breuer. Wenn Sie also erlauben: Ich finde es merkwürdig, daß *Sie* für alle *Ihre* Gedanken und alle *Ihre* Taten verantwortlich sein sollen, während *sie*…« – Nietzsches Ton wurde streng, und er drohte Breuer mit erhobenem Zeigefinger – »…*sie*, vermöge ihrer Krankheit, von *jeder* Verantwortung freigesprochen werden soll!«

»Aber Professor Nietzsche, Sie vertreten doch selbst die Ansicht, wie die Frage der Macht das Entscheidende sei. Ich hatte kraft meiner Stellung die größere Macht inne. Sie erwartete meine Hilfe und Unterstützung. Ich wußte um ihre Verletzlichkeit, ich wußte, wie sehr sie ihren Vater vergöttert hatte, zu sehr vielleicht, und daß ihre Krankheit durch seinen Tod verschlimmert worden war. Ich wußte auch, daß sie die Liebe, welche sie ihm entgegengebracht hatte, auf mich übertrug, und dies habe ich ausgenutzt. Ich *wollte*, daß sie mich liebte. Wissen Sie, was ihre letzten Worte an mich waren? Nachdem ich ihr eröffnet hatte, daß ich ihre Betreuung einem Kollegen übertrüge, entfernte ich mich, und sie rief mir nach: ›*Sie werden stets der einzige Mann in meinem Leben sein – es wird nie einen anderen Mann in meinem Leben geben!*‹ Schreckliche Worte! Sie bezeugen, wie sehr ich ihr geschadet hatte. Doch das Schlimmste war, daß ich ihr Eingeständnis *genoß*! Ich *genoß* es, aus ihrem Munde zu hören, welche Macht ich über sie hatte! Sie sehen also, ich habe sie geschwächt. Verkrüppelt. Ich hätte ihr ebensogut die Füße einschnüren können!«

»Und was«, wollte Nietzsche wissen, »ist seit Ihrer letzten Begegnung aus diesem Krüppel geworden?«

242

»Sie wurde in ein Sanatorium nach Kreuzlingen gebracht. Viele der ursprünglichen Symptome sind zurückgekehrt: ihre Stimmungswechsel; ihre Unfähigkeit, morgens ihre Muttersprache zu sprechen; Schmerzen, denen nur mit Morphium zu begegnen ist, was zu einer Abhängigkeit geführt hat. Eine Sache ist von besonderem Interesse: Der behandelnde Arzt verliebte sich prompt in sie, hat sich von dem Fall zurückgezogen, ihr aber daraufhin einen Antrag gemacht!«

»Ah! Das Muster wiederholt sich also mit Ihrem Nachfolger, begreifen Sie nicht?«

»Ich begreife nur, daß mich die Vorstellung von Bertha mit einem anderen Mann rasend macht. Fügen Sie Ihrer Liste doch bitte noch die Eifersucht hinzu, eine meiner größten Anfechtungen. Ich werde von Visionen der beiden heimgesucht, die sich unterhalten, sich berühren, ja sogar vereinigen. Obschon diese Bilder sehr schmerzhaft sind, kann ich nicht ablassen, mich zu quälen. Verstehen Sie das? Haben Sie jemals quälende Eifersucht erlebt?«

Die Frage stellte einen Wendepunkt der Begegnung dar. Zunächst hatte Breuer sich bewußt offenbart, um Nietzsche mit gutem Beispiel voranzugehen, hoffend, dieser werde es ihm gleichtun. Dann hatte ihn jedoch seine eigene ›Beichte‹ ganz vereinnahmt. Schließlich lief er keine Gefahr – Nietzsche, der glaubte, *er* berate *Breuer*, hatte sich zum Stillschweigen verpflichtet.

Es war eine vollkommen neue Erfahrung: Noch nie in seinem Leben hatte Breuer so viel von sich preisgegeben. Da hatte es zwar das Zwiegespräch mit Max gegeben, doch Max gegenüber war er zu sehr darauf bedacht gewesen, das Gesicht zu wahren, und hatte seine Worte sorgfältig abgewägt. Und selbst Eva Berger hatte er nicht alles preisgegeben, hatte sich über seine Zipperlein, seinen Wankelmut und seine Selbstzweifel ausgeschwiegen – alle jene Eigenschaften, die einen älteren Mann in den Augen einer anziehenden jungen Frau schwächlich oder als Spießbürger hätten erscheinen lassen können.

Doch im selben Moment, da er seine Eifersuchtsempfindungen betreffs Bertha und ihres neuen Arztes zu schildern begonnen hatte, war Breuer wieder in die Rolle des Arztes Nietzsches geschlüpft. Nicht, daß er log; es kursierten in der Tat Gerüchte über Bertha und einen Kollegen, und ihn hatte tatsächlich Eifersucht gequält, doch er übertrieb seine Empfindungen im Bemühen, Nietzsche Geständnisse zu entlocken. Denn Nietzsche mußte doch unter Eifersucht gelitten haben in der ›pythagoräischen‹ Freundschaft mit Lou Salomé und Paul Rée.

Seine Strategie erwies sich jedoch als vollkommen wirkungslos. Zumindest ließ Nietzsche kein besonderes Interesse an dem Thema erkennen. Er nickte nur abwesend, blätterte in seinem Heft und studierte seine Notizen. Die Männer verstummten. Sie starrten in die Glut des erlöschenden Feuers. Dann griff Breuer in seine Westentasche und zog seine schwere Golduhr hervor – ein Geschenk seines Vaters. Die Rückseite trug die Inschrift ›Meinem Sohne Josef. Trage den Geist meines Geistes in die Zukunft‹. Er schaute zu Nietzsche hinüber. Spiegelte sich in dessen müden Augen die Hoffnung, die Unterredung möge bald ein Ende haben? Zeit sich zu verabschieden.

»Professor Nietzsche, es ist eine Wohltat, mit Ihnen reden zu können. Doch ich trage auch Verantwortung für Sie, und mir fällt mit Schrecken ein, wie ich Ruhe verordnet hatte, damit Ihre Migräne nicht erneut aufflackern möge – und dann raube ich sie Ihnen gleich wieder, indem ich Sie zwinge, mir allzulange zuzuhören. Und noch etwas: Ich entsinne mich Ihrer Beschreibung eines typischen Tagesablaufs, eines Tages, der Sie wenig in Berührung mit anderen brachte. Ist nicht möglicherweise die Dosis an Berührung zu hoch für den Anfang? Nicht nur zu lang und zuviel, sondern vielleicht auch zuviel eines anderen Innenlebens?«

»Unsere Abmachung verlangt Redlichkeit, Doktor Breuer, und es wäre unredlich, Ihnen widersprechen zu wollen. Es war ein wenig viel heute, und ich bin erschöpft.« Er ließ sich in seinen Stuhl zurückfallen. »Aber sonst: nein. Ich habe nicht zuviel Ihres Innenlebens zur Ansicht bekommen. Ich lerne auch daraus, wissen Sie. Es war mir durchaus ernst, als ich sagte, am Pensum, Mensch zu werden, hätte ich noch fast alles zu lernen!

Als Breuer sich erhob und seinen Mantel holte, fügte Nietzsche hinzu: »Eine letzte Bemerkung, wenn Sie erlauben. Sie sprachen länger über Punkt zwei auf unserer Liste, ›von fremden Gedanken heimgesucht‹. Möglich, daß wir die Kategorie heute erschöpfend behandelt haben, denn ich habe sehr wohl eine Vorstellung davon gewonnen, wie diese unwürdigen Gedanken Sie bedrängen und sich Ihres Geistes bemächtigen. Und dennoch bleiben es *Ihre* Gedanken und *Ihr* Geist. Ich frage mich, welchen Gewinn Sie daraus schöpfen, daß Sie es geschehen lassen oder – um es kraß auszudrücken – es geschehen *machen*.«

Breuer, mit einem Arm schon im Ärmel, erstarrte. »Geschehen *machen*? Davon weiß ich nichts. Ich kann nur sagen, *innerlich* ist mir *nicht* so. Mir ist, als *geschähe* es *mir*. Ihre Behauptung, daß ich es geschehen machte, mangelt – wie soll ich sagen? – jedes Empfindungsgehaltes für mich.«

»Nun, wir werden dem Gehalt *verleihen* müssen.« Nietzsche stand auf und begleitete Breuer zur Tür. »Wir wollen es mit einem Gedankenexperiment versuchen. Bitte bedenken Sie doch bis zur morgigen Unterredung folgende Frage: Wenn Sie nicht diese fremden Gedanken dächten – diese belanglosen – was dächten Sie dann?«

Auszüge aus Dr. Breuers Verlaufsbericht
zum Falle Eckhardt Müller – 5. Dezember 1882

Ein glücklicher Beginn! Viel gewonnen. Er erstellte eine Liste meiner Bedrängungen und will sie sich einzeln vornehmen. Gut. Mag er glauben, daß dies unser Vorhaben sei. Um ihn zur Selbstoffenbarung zu ermutigen, legte ich mich heute bloß.

Wenn er es nicht mit Eingeständnissen vergolten hat, so wird das gewiß noch kommen. Zum mindesten war er verblüfft – und beeindruckt – von meiner Freimütigkeit.

Mir ist ein interessanter Einfall zur Vorgehensweise gekommen! Ich werde seine Lage schildern, als sei es meine, werde ihn mich beraten lassen und somit stillschweigend sich selbst. Zum Beispiel sollte es mir möglich sein, ihn sein Dreieck – mit Lou Salomé und Paul Rée – bearbeiten zu lassen, indem ich um Rat betreffs meines Dreiecks mit Bertha und ihrem neuen Arzte bitte. Verschlossen wie er ist, mag dieser Weg der einzige sein, der ihm hilft. Denn es ist durchaus möglich, daß er sich nie wird dazu durchringen können, direkt um Hilfe zu bitten.

Er ist ein origineller Kopf. Ich kann nicht vorhersagen, wie er reagieren wird. Vielleicht hat Lou Salomé recht; vielleicht ist ihm als Philosoph Großes bestimmt. Solange er sich seiner Äußerungen zu den Menschen *enthält! Gegen die allermeisten Bereiche menschlicher Beziehungen zeigt er sich in einem kaum glaublichen Maße blind – und wenn er auf das Weib zu sprechen kommt, wird er zum Barbaren, zum Unmenschen. Gleich welche Frau oder welche Situation, seine Ansicht heißt stets: Das Weib ist raubgierig und berechnend. Er kennt nur eine Antwort: Es schuldig sprechen, es strafen! Ach, und: Es meiden!*

Und was erotische Empfindungen angeht: Kennt er solche überhaupt? Betrachtet er die Frauen ohne Ausnahme als zu bedrohlich? Er muß doch sinnliche Begierden kennen. Was geschieht mit ihnen? Werden sie angestaut, bis der Druck sich Bahn bricht? Könnte dies die Ursache der Migräne sein?

Auszüge aus Friedrich Nietzsches Notizen
zu Dr. Breuer – 5. Dezember 1882

Die Liste wird länger. Meinen sechs Punkten fügte Doktor Breuer weitere fünf an.

7. *Gefühl, in der Falle – der Ehe, des Lebens – zu sitzen*
8. *Gefühl der Entfremdung von der Ehefrau*
9. *Bedauern, Evas Hingabe-›Opfer‹ verschmäht zu haben*
10. *Übertriebenes Gewicht, das der Meinung der Kollegen über ihn beigemessen wird*
11. *Eifersucht – Bertha und ein Nebenbuhler*

Wird die Liste endlos werden? Wird jeder Tag neue Probleme gebären? Wie öffne ich ihm die Augen für die Erkenntnis, daß seine Nöte alle Aufmerksamkeit auf sich ziehen, damit im Dunkel bleibe, was er nicht sehen will? Kleine Gedanken überwuchern seinen Geist wie Pilze. Schließlich werden sie seinen Leib faulen lassen. Als er mich heute verließ, fragte ich ihn, was er sähe, wäre er nicht von Trivialitäten geblendet. Um ihm die Richtung zu weisen. Wird er sie einschlagen?

Er ist eine sonderbare Zwitternatur: intelligent und doch blind, redlich und doch falsch. Weiß er um seine Unredlichkeit? Er sagte, ich hülfe ihm. Er lobt mich. Ahnt er, wie sehr mir Lob verhaßt ist? Ahnt er, wie mir sein Lob ein Stachel-Gürtel ist, welcher mich noch kratzt, wenn ich ihn von mir tue? Gehört er zu jenen, die vorgeben zu geben – nur um einem Geschenke zu entlocken? Ich schenke nichts. Gehört er zu jenen, welche die Verehrung verehren? Gehört er zu jenen, die vielmehr mich als sich selbst finden wollen? Ich darf ihm nichts schenken! Einem Freunde, der eine Ruhestätte braucht, biete man lieber ein hartes Bett!

Er ist einnehmend, liebenswürdig. Vorsicht! Hinsichtlich mancher Dinge gelingt es ihm, sich zu erheben, doch seinen Eingeweiden will es nicht gelingen. Was das Weib angeht, ist er kaum menschlich. Eine Tragödie – sich in derartigem

*Schlamm zu wälzen! Ich kenne den Schlamm; es ist wohltu-
end, hinabzublicken und zu sehen, was ich überwunden habe.*

*Je mehr der Baum hinauf in die Höhe und Helle will, um so
stärker streben seine Wurzeln ins Dunkle – selbst ins Böse; er
strebt jedoch weder hinauf, noch strebt er abwärts. Animali-
sche Lüste zehren an seiner Kraft – und seinem Verstande.
Drei Frauen zerreißen ihn, und er dankt es ihnen. Er leckt ihnen noch die bluttriefenden Fänge.*

*Die eine besprengt ihn mit ihrem Moschus und gibt vor, zu
opfern. Sie bringt ihm die ›Opfergabe‹ der Knechtschaft dar –
seiner Knechtschaft.*

*Die zweite quält ihn. Sie täuscht Schwäche vor, um sich
beim Gehen an ihn drängen zu können. Sie stellt sich schlafend, um den Kopf an seine Männlichkeit legen zu können,
und kaum wird sie dieser kleinen Quälereien überdrüssig, demütigt sie ihn öffentlich. Ist das Spiel ausgespielt, zieht sie weiter und treibt Schindluder mit dem nächsten Opfer.* Und er
sieht es nicht. *Gleichviel, er liebt sie. Was immer sie tut, er hat
Mitleid mit der Kranken und liebt sie.*

*Die dritte erlegt ihm ewige Gefangenschaft auf. Doch sie ist
mir von den dreien die liebste. Sie zeigt wenigstens ihre Krallen!*

Brief Friedrich Nietzsches an Lou Salomé, Dezember 1882

Meine liebe Lou,
… Sie haben in mir den besten Advokaten, aber auch den uner-
bittlichsten Richter! Ich will, daß Sie sich selbst verurteilen
und sich Ihre Strafe bestimmen… Ich habe damals in Orta bei
mir beschlossen, Sie zuerst mit meiner ganzen Philosophie bekannt zu machen. Ach, Sie ahnen nicht, was das für ein Entschluß war: ich glaubte, daß man kein größeres Geschenk jemandem machen kann…

Damals war ich geneigt, Sie für eine Vision und die Erscheinung meines Ideals auf Erden zu halten. Bemerken Sie: ich sehe sehr schlecht!

Ich glaube, es kann niemand besser von Ihnen denken, aber auch niemand schlimmer.

Hätte ich Sie geschaffen, so würde ich Ihnen gewiß eine bessere Gesundheit gegeben haben, aber vor allem einiges andere, an dem mehr liegt – und vielleicht auch ein bißchen mehr Liebe zu mir (obwohl daran gerade am allerwenigsten liegt), und es steht ganz so wie mit Freund Rée – ich kann weder mit Ihnen, noch mit ihm auch nur ein Wort von dem sprechen, was mir am meisten am Herzen liegt. Ich bilde mir ein, Sie wissen ganz und gar nicht, was ich will? – Aber diese erzwungene Lautlosigkeit ist mitunter fast zum Ersticken, namentlich wenn man die Menschen lieb hat.

FN

15

Im Anschluß an ihre erste Beratungsstunde widmete Breuer, der Arzt, dem Patienten Nietzsche nur noch wenige Minuten seiner Zeit: Er machte einen Eintrag in Eckhardt Müllers Krankenblatt, setzte die Pflegerinnen vom jüngsten Stande der Migräne desselben in Kenntnis und machte sich später in seiner Praxis etwas ausführlichere Notizen in einem Heft von der nämlichen Art, wie es sich Nietzsche seinerseits für seine Aufzeichnungen beschafft hatte.

Doch während der nächsten vierundzwanzig Stunden nahm Nietzsche viel von Breuers außerdienstlicher Zeit in Beschlag – Zeit, welche anderen Patienten gestohlen wurde und auch Mathilde und den Kindern, vor allem jedoch seiner Nachtruhe. Nach dem Zubettgehen schlief Breuer unruhig, die Beute lebhafter, quälender Träume.

Er träumte, er und Nietzsche unterhielten sich in einem Raum ohne Wände – auf der Bühne eines Theaters möglicherweise. Arbeiter, die Möbel vorbeitrugen, lauschten ihrem Gespräch. Der Raum hatte etwas Provisorisches, als könnte er jederzeit zusammengeklappt und fortgeschafft werden.

In einem zweiten Traum saß er in der Badewanne. Als er den Wasserhahn aufdrehte, schoß ein Strom Insekten und kleiner Maschinenteile heraus nebst dicken Tropfen Sputum, welcher an langen, ekelerregenden Fäden vom Hahn herabbaumelte. Die Maschinenteile verwirrten ihn. Sputum und Insekten ekelten ihn.

Um drei Uhr morgens schreckte er aus seinem wiederkehrenden Alptraum hoch: bebende Erde, die Suche nach Bertha, der unter seinen Füßen nachgebende Boden. Er versank, stürzte vierzig Fuß tief, ehe er auf einer weißen Steinplatte mit unentzifferbarer Inschrift auftraf.

Breuer lag wach und lauschte dem wilden Pochen seines Herzens. Er versuchte, sich mit Denkaufgaben zu beruhigen. Zunächst überlegte er, weshalb Dinge, die um zwölf Uhr mittags freundlich und sonnig erschienen, nachts um drei solche Schrecken bargen. Als dies nicht half, wandte er sich anderem zu und suchte sich alles in Erinnerung zu rufen, was er Nietzsche am Tage über sich anvertraut hatte. Doch je mehr ihm einfiel, desto mehr quälte es ihn. Hatte er zuviel preisgegeben? Hatten seine Bekenntnisse Nietzsche abgestoßen? Was war bloß in ihn gefahren, daß er seine geheimen, schändlichen Empfindungen für Bertha und Mathilde offengelegt hatte? In jenem Augenblick war es ihm angemessen, ja befreiend erschienen, sich restlos zu offenbaren, jetzt aber wand er sich, wenn er daran dachte, was Nietzsche von ihm halten mußte. Wohl wissend, daß Nietzsches Ansichten über die Geschlechtsliebe puritanisch waren, hatte er ihn dennoch mit diesen Dingen behelligt. Vielleicht unwillentlich? Hatte er, mit der Tarnkappe des Patienten angetan, sein Gegenüber schokkieren und empören wollen? Aber wozu?

Bald jedoch hielt Bertha, Herrscherin über sein Bewußtsein, Einzug, drängte alle anderen Gedanken beiseite und beanspruchte ausschließliche Aufmerksamkeit. Ihre erotische Lockkraft war in dieser Nacht ungewöhnlich stark: Er sah eine Bertha, die langsam und scheu ihren Spitalkittel aufknöpfte; eine nackte Bertha, die in Trance fiel; Bertha, die ihm ihre Brüste entgegenhob; ihre zarte, steil aufgerichtete Brustwarze zwischen seinen Lippen; Bertha, die ihre Beine spreizte und flüsterte ›Nimm mich!‹, die ihn in ihre Arme zog. Breuer verging vor Verlangen, schon wollte er die Hand nach Mathilde ausstrecken, doch die Vorstellung, sich – wieder – an ihrem

Körper zu vergreifen und sich Bertha indes vorzustellen, war unerträglich, und tiefes Schuldempfinden hielt ihn davon ab. Er stand früh auf, um sich Erleichterung zu verschaffen.

»Mir will scheinen«, bemerkte Breuer später an diesem Morgen zu Nietzsche, dessen Krankenblatt er studierte, »daß Herr Müller eine weit bessere Nachtruhe genossen hat als Doktor Breuer.« Und er berichtete von seinem unruhigen Schlaf, dem Grauen, den Träumen, den Zwangsvorstellungen, seiner Befürchtung, er habe zuviel gesagt.

Nietzsche nickte weise zu allem, was Breuer vorbrachte, und notierte sich die Träume in seinem Heft. »Wie Sie wissen, kenne ich solche Nächte nur zu gut. Heute nacht habe ich, bei nur einem Gramm Chloral, fünf Stunden an einem Stücke geschlafen – doch eine solche Nacht hat Seltenheitswert. Oft ergeht es mir wie Ihnen: Ich träume, ich würge an nächtlichem Grauen. Oft habe auch ich mich gefragt, weshalb wohl Angst die Nacht regiert. Nach zwanzig Jahren des Nachdenkens bin ich zu dem Schluß gelangt, daß die Angst nicht aus der Dunkelheit geboren wird, sondern eher den Sternen gleicht – stets unverrückbar da, nur unsichtbar im grellen Licht des Tages.

Und Träume«, fuhr Nietzsche fort, erhob sich vom Bett und durchquerte an Breuers Seite den Raum zu den Stühlen vorm Kamin, »Träume sind die Königinnen unter den Rätseln und verlangen nach Auflösung. Ich neide Ihnen Ihre Träume. Meine eigenen fange ich selten ein. Ich teile nicht die Ansicht eines Schweizer Arztes, der mir riet, meine Zeit nicht mit der Deutung von Träumen zu vergeuden, weil sie nichts als zufälliges Abfallmaterial seien, die nächtlichen Ausscheidungen des Bewußtseins. Er behauptete, das Hirn reinige sich alle vierundzwanzig Stunden selbst, indem es überschüssige Tagesgedanken in Gestalt von Träumen ausscheide!«

Nietzsche schwieg einen Augenblick und studierte seine Aufzeichnungen zu Breuers Träumen. »Ihr Alptraum gibt tatsächlich Rätsel auf, die anderen beiden Träume scheinen mir hingegen unserem gestrigen Gespräch zu entspringen. Sie befürchten, zuviel preisgegeben zu haben, und Sie träumen von einem öffentlichen Schauplatz ohne Wände. Desgleichen der Traum vom Wasserhahn, aus dem Schleim und Insekten quellen – entspricht er nicht Ihrer Befürchtung, Sie hätten zu vieles aus den dunklen, unerquicklichen Quellen ihres Selbst hervorsprudeln lassen?«

»Ja, und die Vorstellung wurde um so quälender, je weiter die Nacht fortschritt. Ich befürchtete, ich könnte Ihre Empfindungen verletzt, Sie schockiert oder angewidert haben. Ich hatte Angst, was Sie wohl von mir denken könnten.«

»Aber habe ich Sie nicht gewarnt?« Nietzsche, mit übergeschlagenen Beinen im Lehnstuhl Breuer gegenübersitzend, klopfte zum Nachdruck mit dem Bleistift auf den Deckel seines Notizheftes. »Diese Sorge, was *ich* denken und empfinden möchte, eben sie fürchtete ich; aus eben diesem Grunde drängte ich Sie, mir nicht mehr anzuvertrauen als nötig. Ich möchte Ihnen helfen, sich zu erheben und zu wachsen, nicht sich zu verkleinern, indem Sie Ihre Verfehlungen beichten.«

»Professor Nietzsche, hier besteht zwischen uns grundlegende Uneinigkeit. In der vergangenen Woche gerieten wir sogar über ebendiese Frage in Streit. Lassen Sie uns dieses Mal zu einem versöhnlicheren Schluß kommen. Soviel ich aus Ihren Worten und auch Ihren Schriften ersehe, bildet nach Ihrem Dafürhalten die Macht die Grundlage jeglicher Beziehung. Doch trifft dies für mich einfach nicht zu. Ich trete nicht zum Wettkampfe an, ich will Sie nicht übertrumpfen. Ich wünsche mir lediglich Ihre Unterstützung in dem Bemühen, mein Leben zurückzugewinnen. Das Spiel der Kräfte zwischen uns – wer gewinnt, wer verliert – erscheint mir trivial und ohne Belang.«

»Und weshalb schämen Sie sich dann, mir gegenüber Schwäche zu erkennen gegeben zu haben, Doktor Breuer?«

»Nicht, weil ich glaubte, in einem Wettkampfe unterlegen zu sein! Was liegt schon daran? Nein, ich schäme mich aus einem einzigen Grund: Ich lege Wert auf Ihre gute Meinung von mir, und ich fürchte, Sie könnten nach meinen gestrigen Geständnissen geringer von mir denken! Sehen Sie doch in Ihrer Liste nach...« – Breuer wies auf Nietzsches Notizheft – »... haben Sie den Punkt ›Selbstverachtung‹ vergessen? Nummer drei, glaube ich. Mein wahres Selbst muß ich verbergen, denn es hat viele verabscheuungswürdige Seiten. Dann jedoch verachte ich mich um so mehr, weil ich von den anderen abgeschnitten bin. Wenn es mir je gelingen soll, diesen Teufelskreis zu durchbrechen, dann nur, indem ich mich anderen zeige, wie ich bin!«

»Mag sein, aber sehen Sie...« – Nietzsche tippte mit dem Finger auf Punkt 10 seiner Liste – »... hier heißt es, Sie meßten der Meinung Ihrer Kollegen über Sie übertriebene Bedeutung zu. Ich habe zahlreiche Menschen erlebt, die sich selbst haßten und dafür einen Ausgleich zu schaffen trachteten, indem sie *andere* dazu zu bringen suchten, ihnen wohl zu sein. Erst wenn das vollbracht war, konnten sie gegen *sich selbst* wohlwollend sein. Doch diese Lösung ist falsch, sie verlangt die Unterwerfung unter andere. Ihre Aufgabe muß sein, *sich selbst* wohlwollend und wohltuend zu sein, nicht, Wege und Mittel zu suchen, mein Wohlwollen zu erheischen.«

Breuer schwamm der Kopf. Er besaß einen regen, scharfen Verstand und war es nicht gewohnt, in einem fort widerlegt zu werden. Offenbar war es wenig ratsam, mit Nietzsche zu raisonnieren; mit Argumenten würde er ihn nie schlagen oder zu einer Ansicht bekehren können, die seinen Überzeugungen widersprach. ›Vielleicht‹, dachte Breuer, ›fahre ich besser mit einer impulsiven, irrationalen Taktik.‹

»Nein, nein, nein! Glauben Sie mir, Professor Nietzsche, das ist ja alles schön und gut, doch das verfängt bei mir nicht! Ich weiß lediglich, daß ich Ihre Anerkennung suche. Sie haben recht: Das *letzte* Ziel sollte sein, unabhängig zu werden vom Urteile anderer, doch der *Weg* zum Ziel – und ich spreche hier ausschließlich für *mich*, nicht für Sie – liegt in der Erkenntnis, daß ich nicht unzumutbar bin, wie ich mich *ganz* preisgeben und erfahren kann, auch ich bin einfach... menschlich.«

Als Nachgedanken fügte er hinzu: »Menschlich, allzu menschlich!«

Bei der Erwähnung des Titels seines Werkes lächelte Nietzsche. »Gratuliere, Doktor Breuer! Wer vermöchte etwas gegen diese glückliche Wortverbindung? Es wird mir deutlich, wie Sie empfinden, doch werde ich mir nicht recht klar, was dies für unser weiteres Vorgehen bedeutet.«

Breuer wählte seine Worte mit Bedacht, tastete sich behutsam vor. »Ich ebensowenig. Klar wird mir nur dies eine: daß ich mir keine Schranken auferlegen darf. Es kann nicht gelingen, müßte ich stets abwägen, was ich Ihnen anvertrauen darf. Ich will Ihnen von einer Begebenheit berichten, die hier vielleicht von Bedeutung sein könnte. Ich sprach letzthin mit meinem Schwager Max. Da ich mit Max zuvor nie intim persönlich geworden war, hielt ich ihn psychologisch für wenig einfühlsam. Um meine Ehe stand es jedoch so schlecht, daß ich mich aussprechen *mußte*. Ich suchte während des Gesprächs mit Max eine Gelegenheit, genierte mich jedoch so, daß ich ins Stocken geriet. Da vertraute er mir seinerseits unverhofft ähnliche Probleme an, mit denen er zu kämpfen hatte. Und auf unerklärliche Weise wirkten seine Bekenntnisse auf mich *befreiend*. Zum allerersten Male führten wir ein sehr vertrauliches Gespräch. Es war ungemein hilfreich.«

»Sie sagen ›hilfreich‹«, hakte Nietzsche sofort ein. »Meinen Sie damit, daß Ihre Verzweiflung abnahm? Oder daß das Verhältnis zu Ihrer Frau sich besserte? Oder lediglich, daß die Unterhaltung vorübergehend entlastend wirkte?«

Ach! Sofort erkannte Breuer, daß er in der Klemme saß! Wenn er sagte, das Gespräch mit Max habe ihm tatsächlich geholfen, würde Nietzsche zu wissen verlangen, wozu er dann noch *seines*, Nietzsches Rat bedurfte. Vorsicht, Vorsicht!

»Ich weiß nicht recht, was ich meine. Ich weiß nur, daß es mir wohltat. In der darauffolgenden Nacht lag ich nicht wach und wand mich vor Scham. Und ich fühle mich seither offener, eher bereit, eine Selbstprüfung zu wagen.«

›Ungeschickt‹, dachte Breuer. ›Möglich, daß ein schlichter, direkter Appell klüger wäre.‹

»Ich bin davon überzeugt, Professor Nietzsche, daß ich mich rückhaltloser aussprechen könnte, wenn ich mir Ihrer Teilnahme *gewiß* sein dürfte. Wenn ich über meine obsessive Liebe oder meine Eifersucht spreche, wäre es wohltuend zu wissen, daß auch Sie dergleichen Erfahrungen kennen. Ich fürchte zum Beispiel, die Erotik sei ihnen zuwider und Sie mißbilligten meine Präokkupation mit dem Geschlechtlichen zutiefst. Es bereitet mir daher Unbehagen, diese Seiten meines Wesens offenzulegen.«

Schweigen. Nietzsche starrte gedankenverloren an die Zimmerdecke. Breuer wartete gespannt, hatte er doch auf nicht ungeschickte Weise den Druck verstärkt. Er hoffte, Nietzsche werde nun endlich von sich etwas preisgeben.

»Vielleicht«, sagte Nietzsche, »habe ich meine Position nicht hinreichend klargestellt. Sind die Bücher unterdessen eingetroffen, welche Sie bei meinem Verleger bestellten?«

»Noch nicht. Weshalb fragen Sie? Enthalten sie Passagen, die für unser heutiges Gespräch bedeutsam sein könnten?«

»Ja. Voran *Die fröhliche Wissenschaft*. Dort lege ich dar, wie die Liebe der Geschlechter sich darin von anderen Trieben und Bestrebungen keinen Deut unterscheidet, als auch bei ihr um Eigentum und Macht gerungen wird. Der Liebende will im letzten Grunde eine unbedingte Macht über Seele wie Leib der ersehnten Person.«

»Das klingt nicht überzeugend. Jedenfalls nicht betreffs *meiner* Triebe!«

»Aber ja! Doch!« beharrte Nietzsche. »Blicken Sie tiefer, und Sie werden sehen, daß die Lust auch die Begierde nach Herrschaft ist. Der ›Liebende‹ ist nicht einer, welcher ›liebt‹; im Gegenteil, er strebt nach Alleinherrschaft, Alleinbesitz der Geliebten. Er hat den Wunsch, alle Welt von einem kostbaren Gut auszuschließen. Er ist ein selbstsüchtiger Drache seines goldenen Hortes! Er liebt nicht die Welt – nein, vielmehr sind ihm alle anderen Lebewesen nichts. Sagten Sie es nicht selbst? Deshalb freuten Sie sich, als – wie war noch ihr Name, der Name des Krüppels?«

»Bertha, aber sie ist kein Krüpp-...«

»Doch, doch, Sie frohlockten, als Bertha beteuerte, Sie würden auf immer der einzige Mann in ihrem Leben bleiben!«

»Aber Sie entkleiden die Geschlechtsliebe ihres Geschlechts! Meine Begierden haben ihren Sitz in meinen Genitalien, nicht in einer rein geistigen Arena der Macht!«

»Keineswegs«, erklärte Nietzsche, »ich nenne das Kind lediglich bei seinem wahren Namen! Ich wende nichts dagegen ein, daß ein Mann seine Lust befriedigt, wenn nötig. Doch ich verabscheue den, der sich die Befriedigung erbettelt, der seine Macht dem sich hingebenden Weibe abtritt, dem listigen Weib, das seine Schwäche und des Mannes Stärke zu *weiblicher* Stärke verwandelt!«

»Wie können Sie nur das Sinnliche leugnen? Wollen Sie etwa den Drang leugnen, den biologischen Trieb, welcher uns eingepflanzt ist, welcher uns erlaubt, uns fortzupflanzen? Die Sinnlichkeit ist Teil des Lebens, der Natur.«

»*Teil*, aber nicht der *erhabene* Teil! Vielmehr der Erzfeind alles Höheren. Lassen Sie mich Ihnen einen Gedanken vortragen, den ich heute früh niederschrieb.«

Nietzsche setzte seine dicke Brille auf, langte zu seinem Schreibpult hinüber, ergriff ein abgewetztes Merkheft und blätterte in Seiten, die mit unleserlicher Schrift bedeckt waren. Auf der letzten Seite hielt er inne und las, die Nase fast aufs Papier gedrückt: »Die Sinnlichkeit ist eine Hündin, die nach unseren Fersen schnappt. Und wie artig weiß die Hündin Sinnlichkeit um ein Stück Geist zu betteln, wenn ihr ein Stück Fleisch versagt wird.«

Er klappte das Heft zu. »Das Problem besteht also nicht in der Existenz der Sexualität, sondern darin, daß diese etwas anderes zum Verschwinden bringt – etwas weit Wertvolleres, unendlich viel Kostbareres! Lust, Erregung, Wollust – sie versklaven! Der Pöbel vertut sein Leben gleich Säuen, die am Troge der Lust fressen.«

»Troge der Lust!« wiederholte Breuer mehr zu sich selbst, überrascht von Nietzsches Heftigkeit. »Sie nehmen in dieser Frage eine sehr entschiedene Haltung ein. Sie sprechen hitziger, leidenschaftlicher als je zuvor.«

»Es bedarf großer Leidenschaft, um die Leidenschaft zu überwinden! Zu viele sind schon von dem Rade geringerer Leidenschaft gerädert worden.«

»Und *Ihre* Erfahrungen diesbezüglich?« fragte Breuer aufs Geratewohl. »Sind es *eigene* leidvolle Erfahrungen, die Ihnen diese Erkenntnisse nahegelegt haben?«

»Ein Wort noch zu Ihrer vorherigen Bemerkung über den arterhaltenden Zweck der Fortpflanzung – ich frage Sie…« – und Nietzsche bohrte im Takt den Zeigefinger in die Luft – »…müssen wir nicht *schaffen*, müssen wir nicht *werden*, ehe wir fortpflanzen? Diese Verantwortung gegen das Leben liegt doch im Schaffen eines Höheren, nicht der Vermehrung des Niederen. Der Entwicklung des Helden in uns darf nichts im Wege stehen. Und wenn die Lust im Wege steht, dann muß auch sie überwunden werden.«

›Gib es nur gleich zu!‹ dachte Breuer. ›In Wahrheit bist du bei diesen Gesprächen *machtlos*, Josef. Nietzsche übergeht einfach alle Fragen, die er nicht zu beantworten wünscht.‹

»Wissen Sie, Professor Nietzsche, vom Intellekt her stimme ich mit vielem, was Sie sagen, überein, doch unsere Debatten sind zu theoretisch. Zu wenig *persönlich*, als daß sie mir von Nutzen sein könnten. Vielleicht bin ich gar zu pragmatisch veranlagt, immerhin besteht meine Arbeit in ihrem Kerne in der Diagnose und dem Kurieren von greifbaren Leiden.«

Er beugte sich vor und blickte Nietzsche geradewegs ins Gesicht. »Wohl weiß ich, daß *mein* Gebrechen nicht auf so direktem Wege zu heilen ist, doch schweifen wir in unseren Gesprächen zu sehr ins gegenteilige Extrem ab. Ich kann mit ihren Worten nichts *anfangen*. Sie sagen, ich müsse meine Lust überwinden, meine niederen Begierden. Sie sagen, ich müsse nach Höherem streben, aber Sie sagen mir nicht, *wie* ich überwinden, *wie* ich den Helden in mir stärken soll – schöne Worte voller Poesie, aber für mich, in meiner Lage, nichts als Schall und Rauch.«

Offenbar ungerührt von Breuers Appell, antwortete Nietzsche wie der Lehrer einem ungeduldigen Schüler: »Ich werde Sie beizeiten noch lehren, *wie* Sie überwinden. Sie wollen fliegen, doch man erfliegt das Fliegen nicht. Zuerst müssen Sie gehen lernen, und der erste Schritt hierzu liegt in der Erkenntnis, daß dem, welcher sich nicht selbst gehorcht, von anderen befohlen wird. Es ist leichter, weitaus leichter, anderen zu gehorchen, als sich selbst zu befehlen.« Mit diesen Worten zog Nietzsche seinen kleinen Taschenkamm hervor und begann, seinen Schnurrbart zu ordnen.

»›Leichter anderen zu gehorchen, als sich selbst zu befehlen?‹ Wieder frage ich, Professor Nietzsche, weshalb Sie mich nicht unmittelbar ansprechen? Ich verstehe Ihre Aussage dem Sinne nach, doch bin *ich* gemeint? Was soll ich damit anstellen? Verzeihen Sie, wenn ich allzu bodenständig klinge. Im Augenblick sind meine Wünsche ganz profane irdische. Ich wünsche ganz schlichte Dinge – nachts frei vom Alpdruck schlafen zu können, auch länger als bis drei Uhr, eine gewisse Erleichterung durch das Nachlassen der Herzbeklemmung. Denn hier richtet sich meine Angst häuslich ein, hier.« Er tippte sich auf die Mitte des Brustbeins. »Wessen ich bedarf«, fuhr er fort, »sind nicht dichterische Höhenflüge, sondern etwas unmittelbar Menschliches. Ich bedarf der persönlichen Teilnahme; wollen Sie mir nicht verraten, wie es Ihnen in diesen Dingen ergangen ist? Haben *Sie* je eine Liebe oder Obsession wie die meine erlebt? Wie haben *Sie* sie verwunden, überwunden? Wie lange brauchten Sie dazu?«

»Eines hatte ich noch mit Ihnen besprechen wollen«, sagte Nietzsche, steckte seinen Kamm weg und überging Breuers Frage abermals vollkommen. »Bleibt uns noch Zeit?«

Breuer ließ sich entmutigt in seinen Stuhl zurücksinken. Allem Anschein nach beabsichtigte Nietzsche, seine Fragen weiterhin beiseite zu lassen. Er mahnte sich zur Geduld. Er blickte auf seine Uhr und versicherte, er habe noch eine Viertelstunde Zeit. »Ich denke, jeden Tag um zehn zu kommen und dreißig bis vierzig Minuten zu bleiben, obschon es mitunter vorkommen mag, daß mich ein Notfall zwingt, vorzeitig aufzubrechen.«

»Gut! Ich habe Ihnen etwas Wichtiges zu sagen. Sie klagen, Sie seien unglücklich.« Nietzsche blätterte in seinem Notizheft nach der Problemliste Breuers. »›Niedergeschlagenheit‹ steht sogar an erster Stelle unserer Liste. Heute sprachen Sie von Ihrer Angst, der Herzbeklemmung, der Kordialangst –«

»Präkordial – an der Spitze des Cor, des Herzens.«

»Gut, danke, so lernen wir voneinander. Ihrer Präkordialangst, Ihren nächtlichen Schrecken, Ihrer Schlaflosigkeit, Ihrer Verzweiflung – Sie sprechen viel von diesen Belastungen und auch von Ihrem ›bodenständigen‹ Wunsche nach schneller Erlösung vom Leid. Sie beklagen, daß unsere Gespräche Ihnen nicht in gleicher Weise Erleichterung verschaffen wie jene mit Max.«

»Ja. Und –«

»Und Sie wünschten, ich möchte auf Ihre Beklemmung unmittelbar eingehen, möchte Ihnen Trost schenken.«

»Ganz recht.« Breuer beugte sich wieder auf seinem Stuhl vor. Er nickte ermutigend.

»Vor zwei Tagen widersetzte ich mich heftig Ihrem Vorschlag, ich möchte die Rolle Ihres – wie wollen wir es nennen – Beraters übernehmen und Ihnen helfen, Ihrer Verzweiflung Herr zu werden. Ich widersprach, als Sie mich zum Sachkenner ernannten, vermöge dessen, daß ich seit vielen Jahren diese Fragen erforsche. Wenn ich es mir aber genauer überlege, muß ich Ihnen recht geben: Ich *bin* Spezialist. Ich kann Sie vieles lehren; ich habe einen Großteil meines Lebens dem Studium der Verzweiflung gewidmet. Einen wie großen Teil läßt sich leicht belegen. Vor wenigen Monaten zeigte meine Schwester Elisabeth mir einen Brief, den ich ihr achtzehnhundertundfünfundsechzig geschrieben hatte, mit einundzwanzig Jahren. Elisabeth händigt mir meine Briefe nie wieder aus, sie hortet alles, denn sie gedenkt, eines Tages ein Museum mit meinen Effekten einzurichten und Eintritt zu verlangen. So wie ich Elisabeth kenne, wird sie mich aller Wahrscheinlichkeit nach ausstopfen lassen und als Hauptattraktion ausstellen. In diesem Brief behauptete ich, es gebe grundsätzlich zwei Lebenshaltungen: diejenige derer, welche Seelenfrieden und Glück suchten und welche glaubten und am Glauben festhalten müßten, und diejenige *derer, welche die Wahrheit suchten und welche allem Seelenfrieden entraten und ihr Leben der Erkenntnissuche weihen müßten.*

Das war mir also bereits mit einundzwanzig klar, vor einem halben Leben. Nun wird es Zeit, daß Sie es lernen. Es muß Ihr erster Anhalt sein. Sie müssen wählen zwischen der Behaglichkeit und wirklichem Wahrheitsstreben! Entscheiden Sie sich für die Erkenntnissuche, entscheiden Sie sich für die Befreiung von der tröstlichen Knechtschaft durch das Übernatürliche, entscheiden Sie sich, wie Sie es zu wollen vorgeben, dafür, den Glauben zu verschmähen und sich zur Gottlosigkeit zu bekennen, dann können Sie nicht im selben Atemzuge nach der kleinen Behaglichkeit der Gläubigen rufen! Wenn Sie Gott töten, dann müssen Sie auch den geschützten Tempelbezirk verlassen.«

Breuer blieb still sitzen, blickte aus dem Fenster in den Park des Sanatoriums, wo ein älterer Herr mit geschlossenen Augen im Rollstuhl saß, während eine junge Pflegerin mit ihm auf den Rundwegen ihre Bahnen zog. Nietzsches Bemerkung besaß große Verführungskraft. Es war nicht leicht, sie als philosophischen Schall und Rauch abzutun. Und doch gab er sich abermals alle Mühe.

»Sie stellen es dar, als hätte ich im vollen Bewußtsein gewählt. Meine Wahl war nicht so bewußt, so tief empfunden.

Meine Entscheidung für die Gottlosigkeit entsprang weniger einer bewußten Wahl als dem Unvermögen, an fromme Märchen zu glauben. Ich wählte die Wissenschaft, weil sie die einzige Möglichkeit bot, hinter die Geheimnisse des Körpers zu kommen.«

»Dann haben Sie Ihren Willen vor sich selbst verborgen. *Jetzt* müssen Sie lernen, Ihr Leben anzunehmen und den Mut zu haben zu sagen: ›So wollte ich es!‹ Das entscheidende Abzeichen der Selbstherrlichkeit und Kraft des Menschen ist der Wille!«

Breuer konnte kaum stillsitzen. Nietzsches Ton erinnerte an eine Predigt und war ihm unbehaglich. Woher hatte er das bloß? Doch wohl nicht von seinem Pastorenvater, den Nietzsche verloren hatte, als er noch keine fünf war. War denn die Vererbung einer Begabung und Neigung zum Predigen denkbar?

Nietzsche fuhr mit seiner Kanzelrede fort: »Wenn Sie zu den wenigen gehören wollen, die ihre Lust an der Erhöhung und der Glückseligkeit gottloser Freiheit haben, dann müssen Sie der größten Schmerzen gewärtig sein. Beides sind Kehrseiten ein und derselben Medaille; sie lassen sich nicht getrennt erfahren! Wollen Sie weniger Schmerz, dann müssen Sie sich verkleinern, wie die Stoiker es taten, und sich der höchsten Lust begeben.«

»Ich bin keineswegs überzeugt, Professor Nietzsche, daß man sich diese morbide Weltanschauung zu eigen machen muß. Das klingt sehr nach Schopenhauer, aber es gibt schließlich andere, weniger pessimistische Sichten.«

»Pessimistisch? Fragen Sie sich doch einmal, Doktor Breuer, weshalb alle großen Philosophen pessimistisch seien? Fragen Sie sich doch folgendes: Wer sind die, welche Sicherheit, Behagen, ewige Heiterkeit erlangen? Ich will es Ihnen sagen: jene mit den stumpfen Augen, das Volk und die Kinder!«

»Professor Nietzsche, Sie meinen, Wachstum sei der Lohn des Schmerzes —«

Nietzsche unterbrach ihn. »Nicht allein Wachstum. Auch Stärke. Ein Baum, der stolz in die Höhe wachsen will, kann der Stürme nicht entbehren. Schöpferische Kraft und schöpferische Erkenntnis werden unter Schmerzen errungen. Wenn Sie erlauben, zitiere ich mich selbst; ich habe vor wenigen Tagen etwas dazu notiert.«

Wieder blätterte Nietzsche in seinen Aufzeichnungen, dann las er: »Man muß noch Chaos in sich haben, um einen tanzenden Stern gebären zu können.«

Breuer störte sich zunehmend an Nietzsches Vortragsstil. Die Sprache des Dichters schob sich wie eine Wand zwischen sie. Alles wäre viel einfacher, fand Breuer, wenn es ihm gelänge, Nietzsche von den Sternen herunterzuholen!

»Wieder werden Sie mir zu abstrakt. Bitte verstehen Sie mich nicht falsch, Professor Nietzsche, Ihre Worte sind kraftvoll und ergreifend, doch wenn Sie mir Ihre Zeilen vorlesen, dann verliert das Ganze allen Charakter eines *Zwiegespräches*. Mein Verstand begreift, was Sie sagen: Ja, gewiß Schmerz trägt Früchte – Wachstum, Stärke, Schöpferkraft. Ich erfasse Ihre Worte *hiermit*...« – Breuer zeigte auf seinen Kopf – »...aber es regt sich *hier* nichts...« – er klopfte sich auf den Unterbauch. »Wenn mir geholfen werden soll, müssen Ihre Worte mich erreichen, wo alle Erfahrung ihre Wurzeln hat. *Hier*, in meinen Eingeweiden, spüre ich nichts von Wachstum, gebäre ich keine tanzenden Sterne! Allenfalls das Chaos, das spüre ich!«

Nietzsche lächelte breit und hob den Zeigefinger. »Aber genau das ist es doch! Sie sagen es selbst! Exakt dort liegt das Problem! Und *weshalb* verspüren Sie kein Wachstum? *Weshalb* keine erhabeneren Gedanken? Darauf zielte meine abschließende Frage gestern, als ich von Ihnen wissen wollte, was Sie dächten, wenn Sie nicht von Ihren fremden Gedanken in Beschlag genommen würden. Bitte, lehnen Sie sich zurück, schließen Sie die Augen und unternehmen Sie mit mir ein Gedankenexperiment.

Wir wollen uns an einen fernen Aussichtspunkt begeben, vielleicht auf einen Berggipfel, und von dort aus gemeinsam schauen. Dort in der Ferne sehen wir einen Mann, einen Mann mit einem ebenso scharfen wie empfindsamen Intellekt. Wir wollen ihn beobachten. Möglich, daß er einst tief in den Schreckensgrund seiner eigenen Existenz schaute. Möglich, daß er mehr sah, als er wünschte! Möglich, daß ihn die Reißzähne der Zeit streiften oder seine eigene Bedeutungslosigkeit – Stäubchen vom Staube, welches er ist – oder die Vergänglichkeit und Zufälligkeit des Lebens. Seine Angst war eine schmerzende Wunde – bis zu dem Tage, an dem er die Lust als Mittel der Bändigung von Angst entdeckte. Dankbar gewährte er also der Lust Einlaß in sein Bewußtsein, und die Lust, welche keine Rivalen duldet, verdrängte alsbald schon alle anderen Gedanken. Doch die Lust denkt nicht, sie begehrt, sie erinnert. Also begann der Mann sich lustvoll den Erinnerungen an Bertha, den Krüppel, hinzugeben. Er blickte nicht mehr in die Ferne, sondern verwandte seine Zeit darauf, solcher Wunder zu gedenken wie denen, daß Bertha die Finger bewegte, die Lippen, wie sie sich entkleidete, wie sie sprach und stotterte, ging und hinkte.

Bald schon wurde sein ganzes Dasein von Kleinheit verschlungen. Die breiten Alleen seines Bewußtseins, angelegt für erhabene Gedanken, waren verstopft mit Unflat. Seine Erinnerung an das Denken großer Gedanken wurde schemenhaft und verblaßte. Seine Angst verblaßte ebenfalls. Es blieb nur eine nagende Unruhe zurück, eine dunkle Ahnung, daß irgend etwas nicht stimmte. Verwirrt suchte er inmitten des Unflats in seinem Bewußtsein nach der Ursache seiner Unruhe. Und so sehen wir ihn heute, im Unflat wühlend, als enthielte dieser die Antwort. Er bittet zudem *mich*, mit ihm zu wühlen!«

Nietzsche verstummte. Er wartete auf eine Reaktion Breuers. Schweigen.

»Sagen Sie«, drängte Nietzsche, »was halten Sie von dem Manne, den wir beobachten?«

Schweigen.

»Doktor Breuer, was denken Sie?«

Breuer saß stumm, mit geschlossenen Augen, als hätten ihn Nietzsches Worte hypnotisiert.

»Josef! Josef, wo sind Sie in Gedanken?«

Breuer gab sich einen Ruck, öffnete die Augen und sah Nietzsche an. Immer noch sagte er nichts.

»Sehen Sie nicht, Josef, daß Ihr Problem gar nicht das Unbehagen ist? Was liegt an Ihrer Anspannung oder dem Druck auf der Brust? Wer in der Welt hat Ihnen Behaglichkeit versprochen? Sie schlafen also schlecht! Und? Wer in der Welt hat Ihnen gesunden Schlaf versprochen? Nein, Ihr Problem ist nicht das Unbehagen. Ihr Problem ist, daß *Ihnen ob der falschen Sache unbehaglich ist!*«

Nietzsche blickte auf die Uhr. »Wie ich sehe, halte ich Sie zu lange fest. Wir wollen die Stunde mit derselben Aufforderung beschließen, welche ich gestern schon aussprach. Bitte, denken Sie darüber nach, was Sie dächten, wenn nicht Bertha Ihren Geist verstopfte. Einverstanden?«

Breuer nickte und verabschiedete sich.

Auszüge aus Dr. Breuers Verlaufsbericht zum Falle Eckhardt Müller – 6. Dezember 1882

Seltsame Dinge trugen sich im Laufe unseres heutigen Gesprächs zu. Nichts kam, wie ich es vorgesehen hatte. Er antwortete auf keine einzige meiner Fragen, gab nichts von sich preis. Er nimmt seine Beraterrolle so ernst, daß ich mitunter fast lachen muß. Und doch, aus seiner Perspektive betrachtet, ist sein Vorgehen absolut folgerichtig. Er hält Wort und müht sich nach Kräften, mir zu helfen. Ich achte ihn dafür.

Es ist fesselnd zu beobachten, wie sein Intellekt mit dem Problem ringt, wie er einem Einzelwesen, einem Menschen aus Fleisch und Blut – mir – behilflich sein könne. Bisher bleibt er darin jedoch merkwürdig einfallslos und verläßt sich ganz auf die Rhetorik. Glaubt er denn wahrhaftig, rationale Erklärungen und Gutzureden möchten das Problem lösen?

In einem seiner Werke führt er aus, die persönliche moralische Struktur eines Philosophen gebe vor, welche Art Philosophie er schaffe. Ich bin indessen der Meinung, selbiges gelte für diese Art Beratung: Die Persönlichkeit des Beraters bestimmt seine Beratungsmethode. Aufgrund seiner Scheu im Umgange und seiner Misanthropie pflegt er einen unpersönlichen, distanzierten Stil. Er ist sich dessen natürlich nicht bewußt, er entwickelt beharrlich Theorien, um seine Vorgehensweise zu legitimisieren und zu erklären. Er bietet keinerlei persönliche Unterstützung, reicht niemals mitfühlend die Hand, doziert von einer hohen, fernen Warte aus, weigert sich, eigene Probleme anzuerkennen, und verweigert mir menschliche Teilnahme. Mit einer Ausnahme! Gegen Ende unseres heutigen Gesprächs – mir ist entfallen, worüber wir sprachen – redete er mich plötzlich mit ›Josef‹ an. Vielleicht glückt es mir besser, als ich dachte, Vertrauen zu schaffen.

Wir ringen auf sonderbare Weise darum, wer wem die größere Hilfe sein kann. Mich bekümmert dieses Buhlen. Ich fürchte, es könnte ihm zum Beweis für sein albernes ›Macht‹-Postulat betreffs menschlicher Beziehungen geraten. Vielleicht sollte ich Maxens Rat beherzigen: aufhören, mich zu messen, und von ihm soviel als möglich lernen. Für ihn ist es entscheidend, Herr der Situation zu bleiben. Ich sehe vielerlei Anzeichen dafür, daß er sich siegreich wähnt: Er betont, wieviel er mich zu lehren habe, er liest mir aus seinen Notizen vor, er sieht auf die Uhr und entläßt mich gnädig, nicht ohne mir eine Hausaufgabe zu stellen. Dies alles ist ärgerlich! Doch dann beruhige ich mich wieder damit, daß ich Arzt bin; ich suche ihn nicht zu meinem persönlichen Vergnügen auf. Schließlich bereitet die Entfernung der Mandeln eines Patienten oder eines Kotballen auch kein persönliches Vergnügen!

Es gab heute einen kurzen Moment, da ich eine eigenartige

Absence erlebte. Mir war geradezu, als befände ich mich in Trance. Vielleicht bin ich doch empfänglich für den Mesmerismus.

Auszüge aus Friedrich Nietzsches Notizen zu Dr. Breuer – 6. Dezember 1882

Gelegentlich ist es ärger für den Philosophen, verstanden denn mißverstanden zu werden. Er will mich übergenau verstehen; er versucht, mir exakte Anweisungen zu entlocken. Er möchte meinen Weg entdecken und ihn selber gehen. Noch versteht er nicht, daß es meinen und deinen Weg gibt, nicht aber den Weg. Doch fragt er nicht rundheraus nach dem Weg, bedrängt mich statt dessen und gibt sein Drängen als etwas anderes aus, nämlich: Er versucht mir weiszumachen, daß Enthüllungen von meiner Seite unverzichtbar seien für unseren Erkundungsprozeß, daß sie ihm die Zunge zu lösen vermöchten, daß sie ein ›menschliches‹ Klima zwischen uns schüfen – als wäre ein gemeinsames Schlammbad gleichbedeutend mit Mensch-Sein! Ich versuche ihm klarzumachen, daß Sucher nach der Wahrheit Stürme und schmutziges Wasser nicht fürchten. Einzig seichte Wasser fürchten wir!

Wenn ich die medizinische Praxis als Leitbild für dieses Unternehmen heranziehe, muß ich dann nicht zu einer ›Diagnose‹ gelangen? Eine gänzlich neue Wissenschaft – die Diagnostik der Verzweiflung! Meine Diagnose lautet in seinem Falle: einer, der sich danach sehnt, seinen Geist freizusetzen, und dennoch die Fesseln des Glaubens nicht abzuwerfen vermag. Er will nur das Ja, das Zustimmende der Wahl, nichts vom Nein, vom Verzicht. Er ist ein Selbstbetrüger. Er trifft Entscheidungen, will jedoch nicht derjenige gewesen sein, der entschied. Er weiß, daß er unglücklich ist, doch er will nicht sehen, daß er ob des Falschen unglücklich ist! Er erwartet von mir Erleichterung, Trost und Glück. Ich jedoch muß ihm noch mehr

Unglück aufbürden. Ich muß ein kleines, belangloses Unglück in das große, erhabene Unglück zurückverwandeln, welches es einst war.

Wie stößt man das kleine Unglück von seinem Sockel? Wie verleiht man Leiden wieder Redlichkeit? Ich wandte seine eigene Methode an – von sich oder dem anderen in der dritten Person zu sprechen –, welche er vergangene Woche an mir erprobte bei seinem ungeschickten Versuch, mich dazu zu verführen, mich in seine Hände zu begeben; ich leitete ihn an, sich von einer höheren Warte zu betrachten. Doch es ging fast über seine Kraft, fast schwanden ihm die Sinne. Ich mußte zu ihm sprechen wie zu einem Kinde, ihn ›Josef‹ rufen, um ihn wiederzubeleben.

Ich trage eine schwere Last. Ich ringe um seine Befreiung. Und auch die meine. Aber ich bin kein Breuer; ich erkenne mein Unglück und empfange es mit offenen Armen. Und Lou Salomé ist kein Krüppel. Doch auch ich weiß, was es heißt, von einem Menschen besessen zu sein, den man gleichermaßen liebt und haßt!

16

Als Virtuose in der Behandlungskunst verstand es Breuer meisterhaft, seine Patientenbesuche im Spital mit einem Schwatz am Krankenlager einzuleiten und diesen geschickt in die klinische Visite zu überführen. Doch zu solchem Vorgeplänkel sollte es am nächsten Morgen auf Zimmer 13 der Lauzon-Klinik gar nicht kommen; Nietzsche verkündete unumwunden, er befinde sich ausnehmend wohl und wolle keine kostbare Zeit mit der Erörterung seiner nicht vorhandenen Symptome verschwenden. Er schlug vor, sie möchten gleich zur Sache schreiten.

»Ohne Zweifel werde auch ich wieder an der Reihe sein, Doktor Breuer, denn meine Krankheit entfernt sich niemals sehr weit oder sehr lange. Da sie sich aber momentan verabschiedet hat, wollen wir uns Ihren Problemen widmen. Haben Sie Fortschritte mit dem Gedankenexperiment gemacht, welches ich gestern vorschlug? Was dächten Sie, wären Sie nicht von Phantasien über Bertha besessen?«

»Professor Nietzsche, lassen Sie mich zuvor noch etwas anderes ansprechen. Gestern haben Sie kurze Zeit die förmliche Anrede fallengelassen und mich Josef genannt, was mir angenehm war. Ich fühlte mich Ihnen näher, und das gefiel mir sehr. Wie wohl das unsrige ein ›Arbeitsverhältnis‹ ist, verlangt die Natur unserer Sache einige Intimität. Wären Sie damit einverstanden, wenn wir uns beim Vornamen nennen?«

Nietzsche, der sich sein ganzes Leben so einrichtete, daß

sich eben solche Vertraulichkeit tunlichst meiden ließ, stutzte, wand sich und suchte nach Worten. Als er sich offensichtlich außerstande sah, auf schickliche Weise abzulehnen, nickte er schließlich unwillig. Auf Breuers anschließende Frage hin, ob er ihn mit Friedrich oder Fritz anreden solle, bellte Nietzsche geradezu: »Friedrich, wenn ich bitten darf! Und jetzt an die Arbeit!«

»Ja, an die Arbeit! Zu Ihrer Frage also. Was steckt hinter Bertha? Ich weiß, daß dahinter ein Strom tieferer und dunklerer Bedrängungen liegt, der nach meiner Überzeugung seit einigen Monaten, genauer seit meinem vierzigsten Geburtstag, anschwillt. Wissen Sie, Friedrich, eine Erschütterung um das vierzigste Jahr ist nicht ungewöhnlich. Machen Sie sich gefaßt, es bleiben Ihnen nur zwei Jahre, um sich darauf einzustellen.«

Breuer wußte sehr wohl, daß sein familiärer Ton Nietzsche unbehaglich war, aber auch, daß ein Teil von ihm sich nach größerer Nähe sehnte.

»In dieser Hinsicht mache ich mir keine Sorgen«, erwiderte Nietzsche vorsichtig, »ich bin schließlich vierzig, seit ich zwanzig bin!«

Nanu, was war das? Ohne Frage, eine zaghafte Fühlungnahme! Breuer mußte an das Kätzchen denken, welches sein Sohn Robert letzthin auf der Straße aufgelesen hatte. ›Stelle ihm ein Schälchen Milch hin‹, hatte er Robert geraten, ›und dann tritt einen Schritt zurück. Laß es in Ruhe trinken und sich an deine Gegenwart gewöhnen. Später, wenn es sich sicher fühlt, magst du es streicheln.‹ Breuer trat einen Schritt zurück.

»Wie soll ich diese Gedanken am besten beschreiben? Ich hege morbide, düstere Gedanken. Oft ist mir zumute, als habe mein Leben seinen Zenit überschritten.« Breuer schwieg und überlegte, wie er es Freud gegenüber dargestellt hatte. »Ich bin auf dem Gipfel angelangt, und wenn ich auf der anderen Seite hinunterblicke, um zu sehen, was noch kommt, bietet sich mir ein Anblick des Verfalls – des Abstiegs ins Alter, Greisentum, weißes Haar oder vielmehr...« – und er tippte sich auf die beginnende Glatze – »...überhaupt kein Haar mehr. Ach nein, das trifft es nicht ganz. Mich beunruhigt weniger, daß es *abwärts* als daß es nicht mehr *aufwärts* geht.«

»Nicht aufwärts, Doktor Breuer? Weshalb sollte es nicht weiter hinaufgehen?«

»Ich weiß, es ist schwer, mit alten Gewohnheiten zu brechen, aber bitte nennen Sie mich Josef.«

»Also gut: Josef. Erzählen Sie mir, Josef, vom Fehlen eines Aufwärts.«

»Von Zeit zu Zeit stelle ich mir vor, daß es für einen jeden eine geheime Losung gibt, Friedrich, ein tiefverwurzeltes Leitmotiv, welches zum alles beherrschenden Mythos des eigenen Lebens wird. Als ich Kind war, sprach einmal jemand von mir als einem ›unendlich vielversprechenden Knaben‹. Mich bezauberte diese Wendung. Abertausendmal wiederholte ich die Worte im stillen, sang sie mir vor. Ich malte mir oft aus, ich sänge sie mit heller Tenorstimme: der uuun-endlich viiiiel-verrrsprechende Knaaaaaabe; ich deklamierte sie in tragendem Bühnenton, jede Silbe hervorhebend. Bis heute rühren mich diese Worte!«

»Und was ist aus dem ›unendlich vielversprechenden Knaben‹ geworden?«

»Eine gute Frage! Ich stelle sie mir oft. Was *ist* aus ihm geworden? Ich weiß nur, daß es kein Versprechen mehr gibt – es ist aufgebraucht!«

»Erklären Sie mir genauer, was Sie unter Versprechen verstehen.«

»Ich bin mir nicht sicher, ob ich es weiß. Einst glaubte ich es zu wissen: das nötige Rüstzeug mitbringen, um hoch hinaus zu gelangen. Das Versprechen stand für Erfolg, Ansehen, wissenschaftliche Entdeckungen. Ich habe die Ernte des Versprechens eingefahren. Ich bin ein angesehener Arzt, ein angesehener Bürger. Ich habe einige wichtige Forschungsbeiträge geleistet – solange Annalen darüber geführt werden, wird mein

Name immer mit der Entdeckung des Anteils der Bogengänge des Ohrlabyrinths am Gleichgewichtssinn verbunden sein. Zudem war ich beteiligt an der Entdeckung eines wichtigen Atemregulierungsvorgangs, der als Hering-Breuer-Reflex bekannt ist.«

»Sind Sie dann nicht ein vom Glück begünstigter Mann, Josef? Haben Sie Ihr Versprechen nicht eingelöst?«

Nietzsches Tonfall verwirrte Breuer. Wollte er es tatsächlich wissen? Oder gab er den Sokrates zu Breuers Alkibiades? Breuer beschloß, die Frage als ernstgemeint zu betrachten.

»Das Vorhaben eingelöst, das wohl. Das Ziel erreicht. Doch ohne Genugtuung. Anfangs währte der Rausch eines neuen Erfolges Monate. Allmählich verflog er rascher – innerhalb von Wochen, dann Tagen oder gar Stunden. Heute verflüchtigt sich die Freude so rasch, daß sie mich kaum noch berührt. Heute glaube ich, die gesteckten Ziele waren Scheinziele – nie die Größe, welche dem unendlich vielversprechenden Knaben hätte beschieden sein sollen. Ich finde mich nicht mehr zurecht: Die alten Ziele locken nicht mehr, doch ebensowenig verstehe ich mich darauf, mir neue zu stecken. Wenn ich über mein Leben nachdenke, so fühle ich mich betrogen oder hereingelegt, als wäre mir ein kosmologischer Streich gespielt worden, als hätte ich mein Leben zur falschen Weise vertanzt.«

»Zur falschen Weise?«

»Der Weise des unendlich vielversprechenden Knaben, der Melodie, welche ich mir mein Leben lang vorgesummt habe!«

»Es war die rechte Weise, Josef, nur der falsche Tanz!«

»Die rechte Weise, aber der falsche Tanz? Wie meinen Sie das?«

Nietzsche schwieg.

»Sie meinen, ich könnte das Wort ›Versprechen‹ fehlgedeutet haben?«

»Und ebenso das Wort ›unendlich‹, Josef.«

»Ich verstehe nicht. Könnten Sie sich deutlicher ausdrükken?«

»Vielleicht müssen *Sie* lernen, sich klarer auszudrücken, und zwar sich selbst gegenüber. In diesen Tagen habe ich erkannt, daß die philosophische Kur darin bestehen muß, auf die eigene, innere Stimme hören zu lernen. Sagten Sie mir nicht, Ihre Patientin Bertha habe sich selbst kuriert, indem sie alle ihre Gedanken in jedem Hinblick aussprach? Wie nannten Sie den Vorgang noch?«

»›Chimney-sweeping‹ – eine Wortschöpfung von ihr selbst. Den Kamin fegen hieß soviel wie einen Stopfen ziehen, damit sie den Kopf freibekäme und ihr Bewußtsein von allen störenden Gedanken reinigen könnte.«

»Ein treffendes Bild«, sagte Nietzsche. »Vielleicht sollten wir die Methode in unseren Gesprächen anwenden. Jetzt gleich. Was hielten Sie davon, wenn Sie das chimney-sweeping in bezug auf den ›unendlich vielversprechenden Knaben‹ versuchten?«

Breuer legte den Kopf zurück. »Ich meine, dazu bereits alles gesagt zu haben. Der Knabe ist in die Jahre gekommen. Er hat im Leben den Punkt erreicht, wo er keinen Sinn mehr sieht. Sein Lebenszweck – mein Zweck, meine Ziele, die zu erntenden Früchte, welche mich im Leben vorantrieben – alles dies erscheint mir heute unsinnig. Wenn ich zu lange darüber nachdenke, daß ich unsinnige Ziele verfolgt haben sollte, daß ich mein einmaliges und einziges Leben vergeudet haben sollte, dann befällt mich der Mehltau der Verzweiflung.«

»Was hätten Sie denn für Ziele verfolgen *müssen*?«

Breuer fühlte sich bestärkt, denn Nietzsche sprach jetzt mit mehr Wärme und Zuversicht, als bewege er sich auf vertrautem Terrain.

»Das ist ja das Schlimme daran! Das Leben ist eine Prüfung ohne richtige Antworten. Hätte ich mein Leben noch einmal zu leben, ich fürchte, ich würde alles genauso machen, die nämlichen Fehler machen. Unlängst kam mir ein guter Einfall für eine Novelle. Wenn ich nur Talent zum Schreiben hätte! Stellen Sie sich einen Mann mittleren Alters vor, der ein unerfülltes

Leben geführt hat und der von einem Flaschengeiste aufgesucht wird, welcher ihm in Aussicht stellt, sein Leben noch einmal leben zu dürfen, im vollen Bewußtsein des vorangegangenen Lebens. Der Mann läßt sich das natürlich nicht zweimal sagen. Doch zu seinem Erstaunen und Schrecken muß er feststellen, daß er das gleiche Leben lebt, die gleichen Entscheidungen trifft, die gleichen Fehler begeht, den gleichen falschen Zielen und Göttern huldigt.«

»Diese Ziele, nach denen Sie Ihr Leben ausgerichtet haben, woher stammten sie? Woher nahmen Sie den Willen zu ihnen?«

»Den Willen zu ihnen? Wille, Wollen – Ihre Lieblingswörter! Knaben von fünf oder zehn oder zwanzig ›wollen‹ ihr Leben nicht. Ich weiß nicht einmal, wie ich über Ihre Frage nachdenken sollte.«

»Denken Sie nicht«, entgegnete Nietzsche, »fegen Sie!«

»Ziele? Ziele entspringen der Kultur, der Atmosphäre, mit der Luft atmet man sie ein. Alle Knaben, mit denen ich aufwuchs, atmeten die gleichen Ziele ein. Alle wollten wir dem jüdischen Ghetto entwachsen, unseren Weg in der Welt machen, es zu Erfolg, Reichtum, Ansehen bringen. Alle Welt wollte das! Kein einziger unter uns hat je bewußt den Willen zu den Zielen gehabt – sie waren einfach *da*, bildeten das Saatgut meiner Zeit, meines Volkes, meiner Familie.«

»Und doch nützten sie Ihnen nichts, Josef. Sie waren nicht Grundfeste genug, um ein Leben zu tragen. Für manche wohl, für die Kurzsichtigen, für die Fußlahmen, welche ihr ganzes Leben hinter Besitzgütern herhumpeln, oder selbst noch für jene, welche zum Erfolg emporklimmen und die Gabe besitzen, sich stets von neuem Ziele zu stecken, die knapp außer Reichweite liegen. Doch Sie besitzen, wie ich, scharfe Augen. Sie sehen zu tief ins Leben hinein. Sie sahen, daß es unnütz sei, falsche Ziele zu erreichen, und unnütz, neue falsche Ziele zu stecken. Malnehmen mit Null gibt doch wieder Null!

Auf Breuer übten diese Worte einen gewaltigen Sog aus. Alles um ihn her – Wände, Fenster, Kamin, selbst Nietzsches Gestalt – verblaßte. Sein Leben lang hatte er auf dieses Gespräch gewartet.

»Ja, Sie haben in allem recht, Friedrich – bis auf Ihre hartnäckige Überzeugung, man wählte seinen Lebensweg kraft seines Willens. Der einzelne wählt seine Lebensziele nicht bewußt; sie sind Wechselfälle der Umstände und Zeit – oder nicht?«

»Seinen Lebensweg nicht bestimmen zu wollen hieße, sein Dasein zum grausen Zufall werden zu lassen.«

»Aber wer hat denn schon die Freiheit zu bestimmen!« protestierte Breuer. »Niemand vermag aus der Perspektive seiner Zeit, seiner Kultur, seiner Familie herauszutreten, seiner –«

»Einst«, unterbrach ihn Nietzsche, »riet ein weiser jüdischer Lehrmeister seinen Jüngern, wenn sie frei werden wollten, müsse ihnen die Stunde kommen, wo sie vor ihren Liebsten flöhen. *Das* wäre ein Schritt würdig eines unendlich vielversprechenden Knaben! Das möchte wohl der rechte Tanz zur rechten Weise gewesen sein.«

›Der rechte Tanz zur rechten Weise!‹ Breuer gab sich Mühe, sich auf den Wortsinn zu konzentrieren, fühlte sich jedoch mit einem Mal tief entmutigt.

»Friedrich, ich spreche leidenschaftlich gern über diese Dinge, doch eine innere Stimme fragt ohne Unterlaß: ›Bringt uns das weiter?‹ Unsere Debatte entschwebt in allzu luftige Höhen, dem Pochen in meiner Brust und der Schwere in meinem Kopf allzu entlegen.«

»Geduld, Josef. Wie lange verbrachte Ihre Anna O. mit dem ›chimney-sweeping‹?«

»Sie haben recht, es dauerte. Monate! Doch wir beide haben nicht Monate. Und es bestand auch ein grundlegender Unterschied: Sie wandte das chimney-sweeping stets auf ihren Schmerz an, während unser Theoretisieren über Ziele und Lebenszweck für mein Empfinden mit meinem Schmerz nicht das mindeste zu tun hat!«

Nietzsche fuhr unbekümmert fort, als hätte Breuer nicht gesprochen: »Josef, meinten Sie nicht, daß alle diese Lebensfragen in jüngster Zeit, seit Ihrem vierzigsten Geburtstage, dringlicher wurden?«

»Ihre Ausdauer ist bewundernswert, Friedrich! Sie nötigt mich, mehr Geduld mit mir selbst aufzubringen. Wenn Sie also mein vierzigstes Jahr von Interesse finden, dann muß ich mir wohl einen Ruck geben und Ihnen antworten. Das vierzigste Jahr – nun, es war ein schweres Jahr, das Jahr meiner zweiten Krisis. Einen ersten Tiefschlag erlebte ich mit neunundzwanzig, als Oppolzer, Inhaber des Lehrstuhls für innere Medizin, einer Typhus-Epidemie zum Opfer fiel. Am sechzehnten April achtzehneinundsiebzig – ich werde das Datum nie vergessen. Er war mir Lehrer, Fürsprecher, zweiter Vater.«

»Ah! Zweite Väter interessieren mich höchstlich«, sagte Nietzsche, »bitte erzählen Sie doch mehr darüber.«

»Er war mein wichtigster Lehrer. Jeder wußte, daß er in mir seinen Erben und Nachfolger sah. Als fähigstem Kandidaten hätte man eigentlich mir seine Dozentur anbieten müssen. Man tat es nicht. Vielleicht trug ich zu wenig dazu bei. Aus politischen Erwägungen, möglicherweise auch konfessionellen, wurde der nachrangige Bewerber gewählt. Da es für mich hierauf keinen Platz mehr gab, verlegte ich mein Labor samt Tauben in mein eigenes Heim und eröffnete meine Praxis. *Das*«, schloß Breuer traurig, »war das Ende meiner unendlich vielversprechenden akademischen Laufbahn.«

»Sie sagten, vielleicht hätten Sie selbst nicht genug beigetragen; wie ist das zu verstehen?«

Breuer sah Nietzsche mit großen, erstaunten Augen an. »Sieh einer an! Unversehens ist aus dem Philosophen der Kliniker geworden! Sie spitzen die Ohren wie ein Mediziner. Nichts entgeht Ihnen. Die kleine Bemerkung fügte ich ein, weil ich doch aufrichtig sein wollte. Dennoch schmerzt die Wunde bis heute. Ich hatte nicht weiter darüber reden wollen, und auf eben diese Bemerkung stürzen Sie sich.«

»Merken Sie eigentlich, daß Sie immer *dann*, wenn ich Sie dränge, gegen Ihren Willen über etwas zu sprechen, die Macht an sich zu reißen versuchen, indem Sie mir Komplimente machen? Wollen Sie immer noch behaupten, das Ringen um die Macht spielte in unserem Verhältnis keine Rolle?«

Breuer ließ sich in seinen Stuhl zurücksinken. *»Dieses* leidige Thema!« Er winkte ab. »Lassen Sie uns nicht wieder *darüber* debattieren! Bitte, lassen Sie es gut sein.«

Dann fügte er hinzu: »Nein, warten Sie! Eine letzte Bemerkung dazu: Indem Sie sich jegliche anerkennende Äußerung verbitten, *führen* Sie eben die Art Beziehung *herbei*, welche vorzufinden Sie erwartet haben. Das ist schlechter wissenschaftlicher Stil – Sie beeinflussen das Ergebnis.«

»Schlechter wissenschaftlicher Stil?« Nietzsche überlegte einen Augenblick lang. Dann nickte er. »Sie haben recht! Debatte beendet! Kehren wir zu dem zurück, was es heißt, daß Sie Ihrer eigenen Karriere nicht eben förderlich waren.«

»Nun, einiges weist in diese Richtung: Ich ließ mir mit dem Verfassen und Veröffentlichen wissenschaftlicher Aufsätze viel Zeit. Ich unterließ es, den nötigen Formalien zur Berufung zu genügen. Ich trat nicht den wichtigen medizinischen Vereinigungen bei, saß nicht in den richtigen Universitätsausschüssen, knüpfte nicht die richtigen politischen Verbindungen. Warum, weiß ich nicht. Mag sein, daß *hierbei* Macht eine Rolle spielte. Vielleicht, daß ich wirklich den Kampf scheue. Mir fällt es leichter, mich am Rätsel des Gleichgewichtssinnes einer Taube zu beweisen als mich mit einem Rivalen zu messen. Ich vermute, es ist die nämliche Angst vor Konkurrenz, welche mich so peinigt, wenn ich an Bertha und einen anderen denke.«

»Vielleicht waren Sie immer der Auffassung, ein unendlich vielversprechender Knabe dürfe es nicht nötig haben, seinen Weg unter Zuhilfenahme von Zähnen und Klauen zu machen?«

»Ja, so habe ich es tatsächlich empfunden. *Was immer* jedoch der ursächliche Grund ist, meine Universitätslaufbahn war jäh beendet. Für mich die erste Verletzung, welche mir das Bewußtsein meiner Sterblichkeit zufügte, der erste Schlag gegen den Mythos der unendlichen Versprechungen.«

»Mit achtundzwanzig. Und als Sie vierzig wurden, kam es zur zweiten Krise?«

»Einer noch tieferen Wunde. Vierzig zu werden, zerstörte die Illusion, daß mir alles offenstünde. Mit einem Schlage erkannte ich eine Binsenwahrheit des Lebens: daß sich die Zeit nicht zurückdrehen ließ, daß mein Leben zerrann. Ich wußte es auch zuvor, doch mit vierzig nimmt dieses Wissen eine andere Gestalt an. Jetzt *weiß* ich, daß der ›unendlich vielversprechende Knabe‹ lediglich das Banner war, welches ich hochhielt, ›Versprechen‹ ein Trug, ›unendlich‹ bedeutungslos und daß ich mit meinen Brüdern im Gleichschritt auf den Tod zumarschiere.«

Nietzsche schüttelte ärgerlich den Kopf. »Sie nennen Sehen und Erkennen eine *Wunde*? Bedenken Sie doch, wieviel Sie gelernt haben, Josef! Daß der Lauf der Zeit nicht zu brechen ist, daß der Wille nicht rückwärts wollen kann. Nur den Glücklichen werden solche Erkenntnisse zuteil!«

»Den Glücklichen? Seltsame Bezeichnung! Ich erkenne, daß der Tod näher rückt, daß ich machtlos bin und bedeutungslos, daß das Leben keinen wirklichen Sinn kennt oder Wert – und Sie heißen mich glücklich!«

»Die Tatsache, daß der Wille nicht rückwärts wollen kann, heißt *nicht*, daß der Wille machtlos ist! Daß Gott – Gott sei Dank! – tot ist, heißt *nicht*, daß das Dasein eines Sinnes entbehrt! Daß der Tod naht, heißt *nicht*, daß das Leben ohne Wert ist. Doch dies sind Dinge, die ich Ihnen noch nahebringen werde. Für heute ist es genug; vielleicht zuviel. Ich möchte Sie bitten, bis morgen über unser heutiges Gespräch noch einmal nachzusinnen, zu meditieren!«

Überrascht von Nietzsches abrupten Schlußworten, blickte Breuer auf die Uhr und sah, daß noch zehn Minuten Zeit gewesen wären. Doch er protestierte nicht, und er entfloh Nietz-

278

sches Zimmer erleichtert wie ein Schuljunge, der vorzeitig nach Hause darf.

Auszüge aus Dr. Breuers Verlaufsbericht zum Falle Eckhardt Müller – 7. Dezember 1882

Geduld, Geduld, Geduld. Jetzt erst erfahre ich Bedeutung und Gewicht dieses Wortes. Ich darf mein letztes Ziel nicht aus dem Blick verlieren. Jeder übereilte, mutwillige Schritt ist im Augenblick zum Scheitern verurteilt. Denke an die Eröffnung beim Schach: Die Figuren langsam und systematisch entwickeln, für ein starkes Zentrum sorgen, mit keiner Figur mehr als einmal ziehen, die Dame nicht zu früh ins Spiel bringen!

Und es fruchtet! Der große Schritt vorwärts heute war der Übergang zum Vornamen. Ihm blieb regelrecht die Luft weg, als ich ihm den Vorschlag machte. Bei aller Freigeisterei ist er im Herzen Wiener: Er liebt seine Titel – fast so sehr wie die Unpersönlichkeit! Erst als ich ihn mehrfach mit Vornamen ansprach, fügte er sich ins Unvermeidliche.

Prompt herrschte eine ganz andere Stimmung. Schon wenige Minuten später schob er die Tür einen schmalen Spaltbreit auf. Er deutete nämlich an, er selbst habe sein gerüttelt Maß an Krisen erlebt, mit zwanzig schon habe er sich als Vierzigjähriger gefühlt. Ich bin nicht weiter darauf eingegangen – vorerst! Aber ich muß darauf zurückkommen!

Vielleicht wäre es vorläufig klüger, auf alle Bemühungen, ihm zu helfen, zu verzichten und statt dessen mich dem Lauf der Dinge und seinen Hilfsanstrengungen zu überlassen. Je unverstellter ich mich gebe, je weniger ich lenken will, desto besser. Er ähnelt Sigmund; er ist scharfsinnig wie ein Habicht und durchschaut alle Heuchelei.

Ein anregendes Gespräch war das heute, wie in den alten Zeiten des philosophischen Kollegs von Brentano. Mitunter nahm es mich vollkommen gefangen. Doch war es förderlich?

Ich legte ihm abermals meine Beunruhigung über das Altern, die Vergänglichkeit und Sinnlosigkeit dar – meine ganzen morbiden Grübeleien. Namentlich der alte Refrain vom ›unendlich vielversprechenden Knaben‹ schien es ihm angetan zu haben. Sonderbar. Ich bin mir nicht sicher, ob ich recht erfaßte, worauf er hinaus wollte – sofern es etwas Bestimmtes war!

Heute meinte ich, seine Vorgehensweise klarer zu erkennen. Da er der Anschauung ist, das Besessensein von Bertha diene mir lediglich dazu, von den Existenzfragen *abzulenken, trachtet er, mich auf letztere zu stoßen, sie herauszuschälen, wahrscheinlich, um mein Unbehagen zu verstärken. Deshalb bohrt er ohne Erbarmen und bietet keinerlei Hilfe. Bei seinem Naturell fällt ihm dies natürlich nicht schwer.*

Er scheint der Überzeugung, mir sei mit dem Mittel des philosophischen Disputs beizukommen; ich versuche, ihm deutlich zu machen, daß dieser mich nicht berührt. Doch er experimentiert – ähnlich wie ich es selbst tue – unbeirrt weiter und erfindet ad hoc neue Methoden. Eine zweite Neuerung war heute die Anwendung meiner ›chimney-sweeping‹-Technik. Eigenartig, der Feger zu sein und nicht der Aufseher – eigenartig, aber nicht unangenehm.

Unangenehm und ärgerlich finde ich seinen Hochmut, der immer wieder hervorblitzt. Heute versprach er mir, mich die Bedeutung und den Wert des Lebens zu lehren. Aber noch nicht! Ich bin nicht reif!

Auszüge aus Friedrich Nietzsches Notizen zu Dr. Breuer – 7. Dezember 1882

Endlich! Eine meiner Aufmerksamkeit würdige Unterredung – eine Debatte, die mir viele Vermutungen bestätigte. Ich habe es mit einem Manne zu tun, den die Schwerkraft – seine Kultur, seine Stellung, seine Familie – so niederdrückt, daß er seinen eigenen Willen nie erfahren hat. So sehr wurde er zur Konfor-

mität geknetet, daß er mich verständnislos ansieht, wenn ich vom Wollen, vom Wählen spreche, als redete ich in fremder Zunge. Vielleicht engt die Angleichung namentlich die Juden ein – äußere Verfolgung bindet ein Volk so eng, daß der einzelne sich nicht mehr herauszulösen vermag.

Halte ich ihm vor, er habe sein Leben zum Zufall geraten lassen, bestreitet er die Möglichkeit einer Wahl und entgegnet, daß niemand, der in eine Kultur eingebunden sei, frei wählen könne. Zitiere ich ihm behutsam den Auftrag des Nazareners, mit Eltern und Kultur zu brechen und nach Freiheit zu streben, dann erklärt er meine Methode für zu geistig hochfliegend und wechselt das Thema.

Merkwürdig, wie nahe er in jungen Jahren der Erkenntnis gekommen ist, zum Greifen nahe, und doch nicht den Scharfblick besaß zu sehen. Er war der ›unendlich vielversprechende Knabe‹ – wie wir alle –, doch ist ihm niemals das Wesen des Versprechens durchsichtig geworden. Er hat nicht erkannt, daß es seine Pflicht gewesen wäre, die Natur zu vervollkommnen, sich selbst zu überwinden, seine Kultur, seine Familienherkunft, seine Lüste, seine niederen Triebe, der zu werden, der er war, was er war. Er ist nicht gewachsen, er hat sich nie gehäutet, er hat ›Vielversprechen‹ mit der Anhäufung irdischer und beruflicher Güter verwechselt. Und kaum hatte er diese Ziele erreicht, ohne je die innere Stimme zum Schweigen gebracht haben zu können, die flüsterte: ›Werde, der du bist!‹, fiel er der Verzweiflung anheim und zeterte, es sei ihm übel mitgespielt worden. Dies begreift er bis jetzt nicht!

Besteht noch Hoffnung für ihn? Zum mindesten denkt er über die rechten Fragen nach und gibt sich keinen religiösen Täuschungen hin. Doch ist er voller Angst. Wie kann ich ihn nur lehren, hart zu werden? Mir gegenüber pries er einst den Nutzen kalter Bäder für die Abhärtung der Haut; gibt es ein Mittel zur Abhärtung des Willens? Er hat erkannt, daß wir nicht dem Willen Gottes unterliegen, sondern den Launen der Zeit. Er begreift, daß der Wille machtlos ist gegen das ›So war es‹. Bin ich imstande, ihn zu lehren, wie das ›So war es‹ in das ›So wollte ich es‹ umzuschaffen ist?

Er besteht darauf, mich beim Vornamen zu nennen, obgleich er sehr wohl weiß daß dies nicht meinen Vorlieben entspricht. Doch diese Qual ist unbedeutend; ich bin stark genug, ihm seinen kleinen Triumph zu gönnen.

Brief Friedrich Nietzsches an Lou Salomé, Dezember 1882

Lou,
ob ich viel gelitten habe, das ist mir alles nichts gegen die Frage, ob Sie sich selber wiederfinden, liebe Lou, oder nicht. Ich bin noch nie mit einem so armen Menschen umgegangen, wie Sie sind

reich an der Ausnützung der Gewährenden,
unwissend – aber scharfsinnig
ohne Geschmack, aber naiv in diesem Mangel
ehrlich und geradezu im einzelnen, aus Trotz zumeist;
im Ganzen, was die Gesamthaltung der Seele betrifft, unehrlich
ohne jedes Feingefühl für Nehmen und Geben
ohne Gemüt und unfähig der Liebe
im Affekt immer krankhaft und dem Irrsinn nahe
ohne Dankbarkeit, ohne Scham gegen den Wohltäter

insbesondere
unzuverlässig
nicht ›brav‹
grob in Ehrendingen…
ein Gehirn mit einem Ansatz von Seele
Charakter der Katze – des Raubtiers, das sich als Haustier stellt
das Edle als Reminiszenz an den Umgang mit edlen Menschen

ein starker Wille, aber ohne großes Objekt
ohne Fleiß und Reinlichkeit
grausam versetzte Sinnlichkeit
rückständiger Kinder-Egoismus – in Folge geschlechtlicher
Verkümmerung und Verspätung
ohne Liebe zu Menschen, doch Liebe zu Gott
Bedürfnis der Expansion
schlau und voll Selbstbeherrschung in bezug auf die Sinnlichkeit der Männer

Ihr FN

17

Den Pflegerinnen der Lauzon-Klinik bot Herr Müller von der Numero 13, der Patient Dr. Breuers, wenig Gesprächsstoff. Für das sehr eingespannte Klinikpersonal war Herr Müller nachgerade der ideale Patient. In der ersten Woche erlitt er keine Migräneanfälle. Er war anspruchslos und machte wenig Arbeit, abgesehen von der Überwachung von Puls, Temperatur, Atemfrequenz und Blutdruck, welche täglich sechsmal gemessen wurden. Die Pflegerinnen lernten Herrn Müller – wie schon Breuers Ordinationshilfe – als Mann von ausgesuchter Höflichkeit und vollendeten Manieren kennen.

Eines jedoch war unverkennbar: Er zog seine eigene Gesellschaft vor und suchte nicht das Gespräch mit anderen. Vom Pflegepersonal oder von Patienten angesprochen, antwortete er höflich und zuvorkommend, aber knapp. Er nahm die Mahlzeiten auf seinem Zimmer ein, und mit Ausnahme der allmorgendlichen Visiten Dr. Breuers (welche nach Mutmaßung der Pflegerinnen Massagen und elektrischer Therapie dienten), verbrachte er den Großteil des Tages allein, schrieb auf seinem Zimmer oder wandelte, sofern das Wetter es erlaubte, in den Anlagen umher und machte sich im Gehen Notizen. Hinsichtlich seiner ›Literatur‹ erstickte Herr Müller auf denkbar zuvorkommendste Weise jede Anfrage im Keime. Man wußte nur, daß er sich für einen frühen parsischen Propheten, einen gewissen Zarathustra, interessierte.

Breuer staunte über den Kontrast zwisches Nietzsches Artigkeit und Liebenswürdigkeit in der Klinik und dem scharfen, oft reizbaren Ton seiner Schriften. Als er seinen Patienten hierauf ansprach, lächelte Nietzsche und bemerkte: »Daran ist nichts Geheimnisvolles. Wenn man ohne Widerhall bleibt, erhebt man zwangsläufig die Stimme!

Er schien mit seinem Leben in der Klinik durchaus zufrieden. Breuer versicherte er, nicht nur verstrichen die Tage auf angenehme, nämlich schmerzfreie Weise, sondern ihre täglichen Unterhaltungen erwiesen sich überdies als befruchtend für seine Philosophie. Er habe, sagte er, stets Philosophen wie Kant und Hegel verachtet, die sich eines professoralen Stils befleißigten, der ausschließlich einem akademischen Publikum zugedacht sei. Seine Philosophie hingegen spreche *vom* Leben und *fürs* Leben. Die besten Wahrheiten, sagte er, seien die blutigen, dem Fleische der eigenen Existenz entrissenen Wahrheiten.

Vor seiner Begegnung mit Breuer habe er keinerlei Versuch unternommen, seine Philosophie auf die Probe zu stellen. Er habe die Frage der Anwendbarkeit vernachlässigt, denn diejenigen, so habe er argumentiert, welche ihn nicht verstünden, verdienten ohnedies keine weiteren Mühen, die wenigen dagegen fänden von selbst zu seiner Weisheit – wenn nicht heute, dann in hundert Jahren! Erst seine Gespräche mit Breuer nähmen ihn stärker in die Pflicht.

Tatsächlich aber waren die sorgenfreien, geistig fruchtbaren Lauzon-Tage für Nietzsche weniger idyllisch, als es nach außen hin schien. Unterirdische Gegenströmungen zehrten an seiner Kraft. Fast täglich entwarf er zornige, sehnsüchtige, verzweifelte Briefe an Lou Salomé. Ihr Bild drängte sich ihm auf und zog seine Aufmerksamkeit von Breuer, von Zarathustra und von der reinen, ungetrübten Freude am Himmelsgeschenk der beschwerdefreien Tage weg.

Breuer verlebte während der ersten Woche des Aufenthalts Nietzsches in der Klinik äußerlich wie innerlich gehetzte, quälende Tage. Die Stunden in der Lauzon-Klinik strapazierten sein ohnedies beträchtliches Pensum zusätzlich. Eine unumstößliche Regel der Wiener Heilkunst besagte: je schlechter das Wetter, desto beschäftigter der Arzt. Seit Wochen trieb ein grimmiger Winter mit unverändert bleiernem Himmel, eisigem Nordwind und schwerer, feuchter Luft einen nicht abreißenden Strom von Patienten in sein Sprechzimmer.

Die Dezemberleiden machten das Gros der Fälle Breuers aus: Bronchitis, Pneumonitis, Sinusitis, Tonsillitis, Otitis, Pharyngitis und Emphyseme. Zudem gab es immer auch Patienten mit nervösen Leiden. In der ersten Dezemberwoche suchten ihn zwei neue, junge Patienten mit Multipler Sklerose auf – ein Befund, welchen Breuer besonders fürchtete, denn er konnte für diese Erkrankung keinerlei Behandlung bieten und haderte mit sich, ob er die jungen Patienten über das Schicksal, welches ihrer harrte, aufklären sollte: die zunehmende Behinderung, die jederzeit drohenden Anfälle von Schwäche, Paralyse oder Blindheit.

In der nämlichen Woche konsultierten zwei neue Patientinnen Breuer, denen organisch nichts fehlte und die Breuers Überzeugung nach an Hysterie litten. Die eine, eine Frau in mittlerem Alter, erlitt seit zwei Jahren spastische Krämpfe, sobald sie alleingelassen wurde. Der anderen, einem siebzehnjährigen Mädchen, versagten aufgrund einer spastischen Lähmung die Beine den Dienst, und sie konnte nur mit Hilfe zweier als Krücken benutzter Schirme gehen. Episodisch litt sie an Absencen und stieß Unverständliches aus wie ›Laß mich! Fort! Ich bin nicht da! Ich bin es nicht!‹.

Beide Patientinnen, dachte Breuer, wären nachgerade prädestiniert für die Redekur der Anna O. Doch diese Behandlungsmethode war ihn teuer zu stehen gekommen, hatte seine Zeit, seinen Ruf, sein seelisches Gleichgewicht, seine Ehe schwer belastet. Wiewohl er sich schwor, die Finger von Redekuren zu lassen, bedrückte es ihn, auf die herkömmlichen, unwirksamen therapeutischen Maßnahmen zurückgreifen zu müssen: Tiefenmassagen und elektrische Reizung gemäß den präzisen, doch empirisch ungesicherten Richtlinien, welche Wilhelm Erb in seinem vielbenutzten *Handbuch der Elektrotherapie* aufgestellt hatte.

›Wenn es doch nur einen Kollegen gäbe, an den ich die beiden Frauen überweisen könnte! Doch wen?‹ Keiner legte Wert auf solche Patienten. Im Dezember 1882 gab es außer ihm in Wien – ach was, in ganz Europa! – niemanden, der die Hysterie zu behandeln verstand.

Es waren jedoch nicht allein die beruflichen Anforderungen, die an Breuers Kraft zehrten, es war vor allen Dingen die selbstauferlegte psychologische Tortur, die er erlitt. Die vierte, fünfte und sechste Zusammenkunft mit Nietzsche waren nach dem in der dritten Stunde entstandenen Muster verlaufen: Nietzsche hatte ihn gedrängt, sich denjenigen Lebensfragen zu stellen, welche sein Dasein im Kern berührten, insbesondere die der Sinnleere, seiner Konformität und der fehlenden Freiheit sowie seiner Angst vor dem Altern und dem Tod. ›Sofern es Nietzsche tatsächlich darum zu tun ist, daß mein Unbehagen wächst‹, dachte Breuer, ›müßte er über meine Fortschritte hocherfreut sein.‹

Breuer fühlte sich erbärmlich. Der Graben zwischen ihm und Mathilde wurde immer tiefer. Angst lastete zentnerschwer auf ihm, hockte auf seinem Brustkorb. Ihm war, als drückte ihm ein gewaltiger Schraubstock die Rippen ein. Er atmete flach. Ständig mußte er sich dazu anhalten, tief durchzuatmen, doch wie sehr er sich auch mühte, es gelang ihm nicht, die gepreßte Spannung auszuatmen, welche ihm die Brust zuschnürte. Die Chirurgen beherrschten mittlerweile die Kunst des Intubierens und konnten ihren Patienten auf diese Weise Flüssigkeit aus der Lunge absaugen; gelegentlich stellte sich Breuer vor, er rammte sich Schläuche in die Brust und unter die Achseln und saugte seine Angst ab. Nacht für Nacht quälten ihn schreckliche Träume oder Schlaflosigkeit. Nach wenigen Tagen nahm er bereits zum Schlafen mehr Chloral ein als Nietzsche. Wie lange konnte er das noch durchhalten? War ein solches Leben noch lebenswert? Hin und wieder spielte er mit dem Gedanken, eine Überdosis Veronal zu schlucken. Einige seiner Patienten erduldeten solche Martern seit Jahren. Ach, sollten sie doch! Sollten sie sich an ein bedeutungsloses, erbärmliches Leben klammern; er würde es nicht!

Nietzsche, angetreten, ihm zu helfen, bot wenig Trost. Wenn er seine Pein beschrieb, tat Nietzsche sie als nichtig ab. »Gewiß leiden Sie, das ist der Preis des Sehens. Gewiß haben Sie Angst, das Leben bedeutet Gefahr. Werden Sie hart!« befahl er. »Sie sind keine Kuh, und ich predige nicht das Wiederkäuen!«

Am Montag abend, acht Tage nach Besiegelung ihres Abkommens, stand für Breuer fest, daß Nietzsches Plan bedenklich in die Irre gegangen war. Nietzsche betrachtete die Bertha-Phantasien als Finte des Bewußtseins – einen jener Schlupfwege des Geistes, eine List, um sich den weit schmerzhafteren Daseinsfragen nicht stellen zu müssen, die um Aufmerksamkeit buhlten. Wenn er sich den wichtigen *Lebensfragen* zuwendete, so Nietzsche, werde sich das Besessensein von Bertha in Luft auflösen.

Tat es aber nicht! Die Zwangsvorstellungen überrannten seine Schutzwälle mit zunehmender Wucht! Sie klagten ihr Recht mit neuer Unerbittlichkeit ein: noch mehr Aufmerksamkeit, noch mehr von seiner Zukunft. Wieder stellte sich Breuer einen Neubeginn vor, den Ausbruch aus seinem Käfig – dem Käfig von Ehe, Kultur und Beruf –, die Flucht aus Wien an Berthas Seite.

Ein bestimmtes Bild suchte ihn immer öfter heim: Er kehrt abends in die Bäckerstraße zurück und wird von einer Menschentraube empfangen, Nachbarn und Feuerwehr. Das Haus brennt lichterloh! Er wirft sich den Mantel über den Kopf und stürmt durch ein Spalier von Armen, die nach ihm greifen und ihn zurückhalten wollen, die Treppen hinauf ins lodernde Haus, um seine Familie zu retten. Doch das Flammenmeer, der Rauch vereiteln jeden Rettungsversuch. Er verliert das Bewußtsein und wird von Feuerwehrleuten herausgetragen. Es wird ihm schonend beigebracht, seine gesamte Familie sei bei dem Brand umgekommen: Mathilde, Robert, Bertha, Dora, Margarethe und Johannes. Alle Welt preist seinen Heldenmut, alle sind erschüttert von seinem unfaßbaren Verlust. Er fällt in tiefe Trauer, leidet unbeschreibliche Qualen. Und doch ist er frei! Frei für Bertha, frei mit ihr zu entkommen, sei es nach Italien, sei es nach Amerika, frei, ganz von vorne zu beginnen.

Könnte das denn gutgehen? War sie nicht zu jung für ihn? Hatten sie überhaupt gemeinsame Interessen? Wäre ihre Liebe von Dauer? Kaum tauchten diese Fragen auf, fand er sich prompt wieder am Beginn der Szene: auf der Straße vor seinem brennenden Heim!

Die Bilderfolge wehrte sich hartnäckig gegen jede Störung. Hatte sie erst eingesetzt, mußte sie bis zu ihrem Ende durchlaufen werden. Nicht selten fand sich Breuer sogar in den kurzen Pausen zwischen zwei Patienten vor seinem brennenden Haus wieder. Trat in einem solchen Augenblick Frau Becker ins Sprechzimmer, gab Breuer vor, einen Eintrag in die Akte eines Patienten vorzunehmen und bedeutete ihr, sie möge ihn jetzt nicht stören.

Zu Hause konnte er Mathilde nicht ins Gesicht sehen, ohne vor Scham zu vergehen, weil er sie in ein brennendes Haus sperrte. Er mied daher ihren Anblick, brachte noch mehr Zeit in seinem Labor bei seinen Tauben zu, ging noch häufiger ins Kaffeehaus, spielte zweimal die Woche Tarock mit seinen Freunden, nahm noch mehr Patienten an und kehrte abends müde, müde, müde heim.

Und das Unternehmen Nietzsche? Er hatte alle bewußten Hilfsbemühungen von seiner Seite eingestellt. Er redete sich auf seinen neuen Einfall hinaus: *Vielleicht hülfe er Nietzsche am besten dadurch, daß er Nietzsche ihm helfen ließ!* Nietzsche schien wohlauf. Er nahm nicht überviel von seinen Drogen ein, er schlief mit nur einem halben Gramm Chloral tief und fest, er hatte einen gesunden Appetit, keine Magenbeschwerden, und die Migräne war nicht wiedergekehrt.

Breuer konnte nicht mehr umhin, sich seine eigene Verzweiflung und Hilfsbedürftigkeit einzugestehen. Er verzichtete auf allen Selbstbetrug, gab nicht mehr vor, sich mit Nietzsche um dessetwillen zu unterhalten oder daß die Gesprächsstunden eine List wären, ein Winkelzug, um Nietzsche dazu zu bewegen, von *seiner* Verzweiflung zu sprechen. Breuer staunte über die verführerische Kraft der Redekur. Sie nahm ihn gefangen; sich in die Rolle des Behandelten zu begeben, machte ihn zum Behandelten. Es war berauschend, sich aussprechen, jemandem seine dunkelsten Geheimnisse anvertrauen zu können, die ungeteilte Aufmerksamkeit eines Menschen zu genießen, der zumeist verstand, gelten ließ und ihm sogar zu vergeben schien. Auch wenn er aus manchen Gesprächen niedergeschlagener als zuvor hervorging, fieberte er unerklärlicherweise dem nächsten schon entgegen. Sein Vertrauen in Nietzsches Fähigkeiten und Weisheit wuchs. Er zweifelte nicht mehr im geringsten daran, daß Nietzsche die Kraft hatte, ihn zu heilen – wenn nur er, Breuer, den Schlüssel zu dieser Kraft fände!

Und der Mensch Nietzsche? ›Verkehren wir nach wie vor ausschließlich als gemeinsam Forschende miteinander?‹ fragte sich Breuer. ›Immerhin kennt er mich besser – oder weiß zum mindesten mehr von mir – als jeder andere. Bin ich ihm zugetan? Ist er mir zugetan? Sind wir *Freunde*?‹ Breuer wußte auf keine dieser Fragen Antwort – noch auf die, ob er für einen Menschen Zuneigung empfinden konnte, der ihn so auf Abstand hielt. ›Werde ich ihm die Treue halten? Oder werde auch ich ihn eines Tages verraten?‹

Dann ereignete sich etwas Unerwartetes. Bei seiner Rückkehr von einem morgendlichen Besuch bei Nietzsche wurde Breuer in der Praxis wie üblich von Frau Becker empfangen. Sie reichte ihm eine Liste von zwölf Namen, von denen einige, nämlich die solcher Patienten, die bereits im Wartezimmer saßen, mit einem roten Häkchen gekennzeichnet waren, und dazu einen steifen, blauen Umschlag, der unverkennbar die

290

Handschrift Lou Salomés trug. Breuer riß den versiegelten Umschlag auf und zog ein Billett mit Silberrand hervor.

11. Dezember 1882

Dr. Breuer,
ich hoffe, Sie heute nachmittag anzutreffen.

Lou

Lou! *Sie* kannte keine Scheu vor Vornamen! dachte Breuer. Dann erst bemerkte er, daß Frau Becker sprach.

»Das russische Fräulein kam vor einer Stunde ganz unverhofft und verlangte Sie zu sprechen«, berichtete Frau Becker, die sonst glatte Stirn gerunzelt. »Ich habe mir erlaubt, ihr darzulegen, wieviel Sie heute morgen zu tun hätten, und da sagte sie, sie käme um fünf wieder. Ich machte keinen Hehl daraus, daß auch der Nachmittag verplant sei. Worauf sie sich nach Professor Nietzsches Wiener Adresse erkundigte. Ich erwiderte, davon wüßte ich nichts, da müßte sie schon mit Ihnen sprechen. War es recht so?«

»Freilich, Frau Becker, vollkommen korrekt, wie immer. Was beunruhigt Sie denn?« Breuer wußte wohl, daß Frau Becker schon bei der ersten Begegnung eine tiefe Abneigung gegen Lou Salomé gefaßt hatte und sie überdies für die ganze, lästige Angelegenheit mit Nietzsche verantwortlich machte. Seine täglichen Besuche in der Lauzon-Klinik verknappten die Sprechzeit in der Bäckerstraße derart, daß Breuer kaum noch Muße blieb, ein Wort mit seiner Ordinationshilfe zu wechseln.

»Ehrlich gesprochen, Doktor, war ich etwas ärgerlich. Das Wartezimmer war voll von Patienten, und da kommt sie hereinspaziert und nimmt einfach an, alle Welt hätte nur auf sie gewartet und sie würde selbstredend vorgelassen. Zu allem Überfluß fragte sie dann noch *mich* nach der Adresse des Professors! Das kann doch nicht mit rechten Dingen zugehen – daß sie einerseits Sie hintergeht und den Professor obendrein!«

291

»Daher sage ich ja, Sie haben wunderbar umsichtig gehandelt«, beschwichtigte sie Breuer. »Sie waren diskret, haben sie an mich verwiesen, und haben sich vor unsere Patienten gestellt. Keine hätte es besser machen können. Und jetzt schikken Sie bitte Herrn Wittner zu mir herein.«

Gegen Viertel nach fünf meldete Frau Becker das Eintreffen Lou Salomés. Im selben Atemzug teilte sie Breuer mit, es säßen noch fünf Patienten im Wartezimmer.

»Wen soll ich als nächsten zu Ihnen lassen? Frau Mayer wartet bereits fast zwei Stunden.«

Breuer befand sich in der Zwickmühle. Lou Salomé würde selbstverständlich erwarten, sofort vorgelassen zu werden.

»Schicken Sie Frau Mayer herein. Und danach stehe ich Fräulein Salomé zur Verfügung.«

Zwanzig Minuten später, Breuer saß noch an Frau Mayers Befund, geleitete Frau Becker Lou Salomé ins Ordinationszimmer. Breuer sprang auf und führte flüchtig die ihm dargebotene Hand an die Lippen. Seit ihrer letzten Begegnung war ihr Bild für ihn verblaßt. Jetzt stockte ihm angesichts ihrer Erscheinung fast wieder der Atem. Um wieviel heller wirkte es gleich in seinem Sprechzimmer!

»Ah, gnädiges Fräulein, was für eine angenehme Überraschung! Das hatte ich vergessen.«

»Sie hatten mich schon vergessen, Doktor?«

»Aber nein, doch nicht Sie! Vergessen, welche Freude es macht, Sie zu sehen.«

»Nun, dann sehen Sie noch einmal genauer hin. Zuerst diese Seite…« – Lou Salomé wandte kokett den Kopf nach rechts – »…und nun diese…« – und dann nach links – »…es heißt, letztere sei meine Schokoladenseite. Wie lautet Ihr Urteil? Haben Sie meine Nachricht erhalten? Und sagen Sie mir aufrichtig, hat sie Sie brüskiert?«

»Brüskiert? Aber keineswegs! – Höchstens bin ich untröstlich, daß ich Ihnen so wenig Zeit widmen kann – allenfalls eine Viertelstunde.« Er deutete auf einen Stuhl und nahm, als sie

292

sich graziös und ohne Hast, so als habe sie alle Zeit der Welt, gesetzt hatte, neben ihr auf einem zweiten Stuhl Platz. »Sie haben sicher bemerkt, wie voll das Wartezimmer ist. Leider bleibt mir heute gar keine Marge.«

Lou Salomé schien unbekümmert. Zwar nickte sie verständnisvoll, vermittelte jedoch den Eindruck, Breuers Wartezimmer könne nicht im entferntesten mit ihr zu tun haben.

»Ich muß«, fügte er hinzu, »noch mehrere Hausbesuche machen und heute abend zu einem Treffen der Gesellschaft der Ärzte.«

»Ah, der Erfolg fordert seinen Tribut, Herr Professor.«

Breuer konnte es immer noch nicht dabei bewenden lassen. »Verraten Sie mir doch, mein Fräulein, weshalb Sie ein so hohes Risiko eingingen? Warum haben Sie sich nicht brieflich angekündigt, damit ich mir hätte Zeit nehmen können? An manchen Tagen komme ich kaum zum Luftholen, an anderen werde ich nach auswärts gerufen. Sie hätten ohne weiteres nach Wien kommen und mich nicht antreffen können. Weshalb eine unter Umständen vergebliche Reise auf sich nehmen?«

»Mein Leben lang bin ich vor solchen Unwägbarkeiten gewarnt worden. Und doch habe ich bis heute keine einzige Enttäuschung erlebt. Nehmen wir heute, diesen selben Augenblick. Hier sitzen wir nun und unterhalten uns. Vielleicht bleibe ich über Nacht in Wien, und wir sehen uns morgen noch einmal. Warum, Doktor, sagen Sie mir das doch bitte, sollte ich ein Verhalten ändern, mit dem ich trefflich gefahren bin? Überdies bin ich viel zu ungestüm; oft kann ich mich deswegen nicht ankündigen, weil ich nicht vorausplane. Ich entscheide blitzschnell und handle danach.

Wie dem auch sei, verehrter Doktor Breuer«, fuhr Lou unbekümmert fort, »nichts von alledem hatte ich im Sinn, als ich Sie fragte, ob meine Karte Sie vor den Kopf gestoßen haben könnte. Ich wollte wissen, ob Sie die Vertraulichkeit störte, die Tatsache, daß ich mit meinem Vornamen unterschrieb. Für ge-

293

wöhnlich fühlen sich die Wiener bedroht oder bloß ohne ihre Titel, während mir jede unnötige Förmlichkeit zuwider ist. Ich würde mich daher freuen, wenn Sie mich Lou nennen wollten.«

Teufel! Welches Format – und was für eine aufreizende Art besaß doch diese Frau! dachte Breuer. Trotz seines Unbehagens sah er keine Möglichkeit, ihrer Bitte nicht zu entsprechen, ohne dem Lager der allzu penibel auf Form bedachten Wiener zugeschlagen zu werden. Mit einem Male konnte er das Mißvergnügen nachempfinden, welches er vor wenigen Tagen Nietzsche bereitet haben mußte. Doch er und Nietzsche waren immerhin Altersgenossen, während Lou Salomé halb so alt war wie er selbst.

»Gewiß, gerne. An mir soll es nicht sein, künstliche Barrieren zwischen uns zu errichten.«

»Gut, dann also Lou. Und was Ihre wartenden Patienten anbetrifft, glauben Sie mir, ich hege den allergrößten Respekt vor Ihrem Beruf. Mein Freund Paul Rée und ich erwägen sogar des öfteren die Aufnahme eines Medizinstudiums. Ich habe daher jedes Verständnis für Ihre Pflicht gegen Ihre Patienten, und ich will gleich zur Sache kommen. Sie haben zweifellos erraten, daß ich heute mit Fragen und wichtigen Nachrichten über unseren Patienten gekommen bin – das heißt vorausgesetzt, Sie stehen noch in Verbindung? Ich weiß von Professor Overbeck lediglich, daß Nietzsche aus Basel abgereist ist, um Sie zu konsultieren. Weiter nichts.«

»Ja, er hat mich aufgesucht. Doch sagen Sie mir, Fräulein Lou, welcher Art sind diese Nachrichten, die Sie mir bringen?«

»Briefe von Nietzsche – so wild, so wütig, so außer sich, daß es manches Mal klingt, als habe er den Verstand verloren. Hier sind sie.« Sie überreichte Breuer einen Stoß Blätter. »Während ich heute darauf wartete, Sie sprechen zu können, habe ich Abschriften angefertigt.«

Breuer studierte den ersten, in Lou Salomés klarer Hand beschrifteten Bogen:

Ah, diese Melancholie! ... Wo ist noch ein Meer, in dem man wirklich noch *ertrinken* kann!

Ich verlor das Wenige, was ich noch besaß, meinen guten Namen; das Vertrauen einiger Menschen, ich verliere viel. Noch einen Freund: Rée – ich verlor das ganze Jahr durch die schrecklichen Qualen, denen ich bis heute ausgesetzt bin.

Man vergibt seinen Freunden viel schwerer als seinen Feinden.

Es folgte noch mehr, doch Breuer hielt plötzlich inne. Mochten ihn Nietzsches Worte noch so fesseln, jede weitere Zeile, die er las, bedeutete Verrat an seinem Patienten.

»Nun, Doktor Breuer, was halten Sie von den Briefen?«

»Erläutern Sie mir doch, weshalb Sie der Ansicht waren, ich sollte sie kennen.«

»Ich erhielt sie alle auf einmal. Paul hatte sie mir zunächst vorenthalten, beschloß dann jedoch, daß er dazu kein Recht habe.«

»Aber weshalb hielten Sie es für geboten, sie mir zu zeigen?«

»Lesen Sie doch weiter! Lesen Sie nur, was Nietzsche schreibt! Ich glaubte, ein Arzt *müsse* einfach davon wissen. Er spricht von Selbstmord; zudem sind viele der Briefe ungereimt, ich fürchte, sein Verstand könnte sich verwirrt haben. Und dann bin ich ja auch nur Mensch, diese Angriffe auf mich – so bitter, so schmerzlich – ich kann sie nicht einfach so abschütteln. Wenn ich aufrichtig bin, brauche ich Ihre Hilfe!«

»Inwiefern Hilfe?«

»Ich gebe große Stücke auf Ihre Meinung; Sie sind geschulter Beobachter. Sehen Sie mich in nämlicher Weise?« Sie blätterte in den Briefen. »Hören Sie sich diese Vorwürfe an: ›ohne jedes Feingefühl‹ ... ›ohne Gemüt‹ ... ›unfähig der Liebe‹ ... ›unzuverlässig‹ ... ›grob in Ehrendingen‹. Oder hier: ›Raubtier, das sich als Haustier stellt‹, oder gar dieses: ›Aber Sie sind ja ein kleiner Galgenvogel! Und einst hielt ich Sie für die leibhafte Tugend und Ehrbarkeit‹.«

Breuer schüttelte aufgebracht den Kopf. »Aber nein! Gewiß nicht, natürlich sehe ich Sie nicht so. Doch welche Bedeutung ist schon meiner Ansicht – bei unseren wenigen, zudem kurzen und zweckgebundenen Begegnungen – beizumessen? Sollte dies wirklich Ihr ganzes Anliegen sein?«

»Ich bin mir bewußt, daß vieles von dem, was Nietzsche schreibt, im Affekt, im Zorn geschrieben ist, um mich zu treffen. Sie haben mit ihm gesprochen. Und Sie haben doch gewiß auch von mir gesprochen. Ich muß wissen, was er *wirklich* von mir denkt. Das ist meine Bitte an Sie. Wie spricht er von mir? Haßt er mich tatsächlich? Bin ich in seinen Augen wahrhaftig ein solches Ungeheuer?«

Breuer saß und schwieg eine Zeitlang. Er mußte erst einmal alle Implikationen der Fragen Lou Salomés überdenken.

»Doch ich greife vor«, fuhr sie fort. »Ich bestürme Sie mit Fragen, wo Sie noch nicht einmal die eingangs gestellten beantwortet haben. Konnten Sie Nietzsche bereden, mit Ihnen zu sprechen? Verkehren Sie *noch* mit ihm? Machen Sie Fortschritte? Haben Sie ein Arzt für die Verzweiflung werden können?«

Sie hielt inne, fixierte Breuer mit aufforderndem Blick und wartete auf Antwort. Er verspürte wachsenden Druck, Druck von allen Seiten – von ihr, von Nietzsche, seinen wartenden Patienten, Frau Becker. Er hätte schreien mögen.

Schließlich holte er tief Luft und sagte: »Gnädiges Fräulein, ich bedaure zutiefst, Ihnen sagen zu müssen, daß die einzige Antwort, die ich Ihnen geben kann, keine ist.«

»Gar keine!« rief sie überrascht. »Herr Doktor, ich verstehe nicht!«

»Bedenken Sie meine Situation. Ihre Fragen sind keinesfalls ungebührlich, doch ich kann auf sie nicht antworten, ohne einem Patienten gegenüber meine Schweigepflicht zu verletzen.«

»Das heißt also, *daß* er bei Ihnen in Behandlung ist, daß Sie ihn sehen?«

»Bedaure, selbst diese Frage darf ich nicht beantworten.«

»Aber bei *mir* werden Sie doch eine Ausnahme machen!« empörte sie sich. »Ich bin doch kein Eindringling, kein Schuldeneintreiber.«

»Die Motive des Fragenden sind unwichtig. Einzig wichtig ist das Recht des Patienten auf Verschwiegenheit.«

»Aber es handelt sich doch hier nicht um die übliche ärztliche Betreuung! Das ganze Unternehmen war meine Idee! Ich habe Nietzsche Ihnen zugeführt, um das Schlimmste zu verhindern. Da steht mir doch gewiß zu zu erfahren, was aus meinen Bemühungen geworden ist.«

»Ich verstehe durchaus. Ihre Lage ist der jemandes vergleichbar, welcher einen Versuchsaufbau geplant hat und nun wissen möchte, was aus ihm geworden ist.«

»So ist es. Das können Sie mir doch nicht verwehren?«

»Was aber, wenn die Bekanntgabe des Ergebnisses den Versuch gefährdete?«

»Wie sollte das möglich sein?«

»Vertrauen Sie in dieser Frage auf mein Urteil. Bedenken Sie, daß Sie sich an mich wandten, weil Sie mich für einen Sachkenner hielten. Ich muß Sie bitten, entsprechend auch auf meine Sachkenntnis zu vertrauen.«

»Aber Doktor Breuer, ich bin doch keine unbeteiligte Beobachterin, keine Passantin, die zufällig Zeugin eines Unfalls wird und aus Sensationsgier das Schicksal des Opfers kennen will! Nietzsche hat mir viel bedeutet – bedeutet mir *noch* viel. Überdies trage ich, wie ich letzthin sagte, einen Teil Verantwortung an seiner Not.« Ihr Ton wurde dünner, spitzer. »Und auch ich leide Not. Ich habe ein *Recht*, es zu erfahren.«

»Ja, ich höre die Not in Ihrer Stimme. Doch als Arzt gilt meine erste Pflicht dem Patienten, vor den ich mich stellen muß. Vielleicht werden Sie eines Tages, sollten Sie Ihren Plan,

Ärztin zu werden, verwirklichen, meinen Standpunkt verstehen.«

»Und *meine* Not? Zählt die für nichts?«

»Ihre Not dauert mich, aber ich bin machtlos. Ich muß Ihnen leider raten, sich anderwärts Hilfe zu holen.«

»Können Sie mir Nietzsches Adresse nennen? Ich erreiche ihn nur über Overbeck, von dem ich nicht sicher weiß, ob er meine Briefe weiterleitet!«

Allmählich wurde Breuer ungehalten über Lou Salomés Hartnäckigkeit. Er erkannte, welche Haltung er einnehmen müßte. »Sie werfen heikle Fragen über die Verantwortung des Arztes gegen seine Patienten auf. Sie zwingen mich zu einer Position, welche ich nicht bis ins letzte durchraisonniert habe. Dennoch gelange ich zu der Überzeugung, daß ich Ihnen gar nichts sagen darf, weder wo er wohnt, noch wie er sich befindet, noch ob er bei mir in Behandlung ist. Und wo wir schon von Patienten sprechen, Fräulein«, sagte er abschließend und erhob sich von seinem Stuhl, »ich muß mich jetzt wieder den meinigen widmen.«

Als Lou Salomé sich gleichfalls erhob, händigte ihr Breuer die Briefe wieder aus, die sie mitgebracht hatte. »Nehmen Sie sie bitte wieder an sich. Zwar habe ich Verständnis dafür, daß Sie sie mir brachten, doch wenn ihm, wie Sie sagen, Ihr Name verhaßt ist, Gift, dann habe ich keine Verwendung für diese Briefe – ich fürchte, es war ein Fehler, sie auch nur überflogen zu haben.«

Sie riß ihm die Briefe aus der Hand, wirbelte auf dem Absatz herum und stürzte ohne ein Wort aus dem Zimmer.

Breuer trocknete sich den Schweiß von der Stirn und ließ sich auf seinen Stuhl sinken. War das Lou Salomés letzter Auftritt gewesen? Er bezweifelte es. Als Frau Becker klopfte, um sich zu erkundigen, ob sie nun Herrn Pfefferman vorlassen dürfe, der im Wartezimmer soeben einen heftigen Hustenanfall erlitt, bat Breuer sie, ihm ein paar Minuten Zeit zu lassen.

»So lange Sie wollen, Doktor, sagen Sie nur Bescheid. Soll ich Ihnen eine Tasse Tee bringen?« Doch er schüttelte nur den Kopf und schloß, als sie die Tür hinter sich zugezogen hatte, in der Hoffnung auf einen kurzen Moment der Entspannung die Augen. Sogleich erschien ihm Bertha.

18

Je länger Breuer über Lou Salomés Besuch nachsann, desto ärgerlicher wurde er. Nicht ärgerlich auf sie – sie flößte ihm mittlerweile vorwiegend Furcht ein –, sondern ärgerlich auf Nietzsche. Während all dieser Zeit, da Nietzsche ihn ob seines Besessenseins von Bertha gescholten und ihm vorgehalten hatte, er – wie hatte er sich gleich noch ausgedrückt? – ›fresse am Troge der Lust‹ und ›wühle im Unflat seines Bewußtseins‹ –, während all dieser Zeit hatte an seiner Seite, wer? jawohl! Nietzsche selbst friedlich gewühlt und geschmatzt!

Nein, er hätte nicht eine Zeile dieser Briefe lesen dürfen! Doch war ihm das nicht rasch genug aufgegangen, und nun? Was sollte er jetzt mit dem beginnen, was er erfahren hatte? Nichts! Nichts von alledem, weder die Briefe noch Lou Salomés Besuch, konnte er mit Nietzsche teilen.

Erstaunlich, daß Nietzsche und er ein und dieselbe Lüge gemein hatten, jeder dem anderen seine Verbindung zu Lou Salomé verschwieg. Focht die Täuschung Nietzsche ebenso an wie ihn? Fand auch Nietzsche sich niederträchtig? Schuldig? Gab es eine Möglichkeit, dergleichen Schuldempfinden zu Nietzsches Gunsten zu wenden?

›Langsam vortasten!‹ mahnte sich Breuer Sonntag morgen, als er die breite Treppenflucht aus Marmor zum Zimmer 13 hinaufstieg. ›Nur nichts überstürzen! Es vollzieht sich Bedeutsames. Bedenke nur, wie weit wir in der letzten Woche gelangt sind!‹

»Friedrich«, begann Breuer prompt, nachdem er eine flüchtige Untersuchung vorgenommen hatte, »gestern nacht träumte ich seltsam von Ihnen: Ich befinde mich in der Küche einer Restauration. Unachtsame Köche haben Öl auf den Fliesen verschüttet. Ich gleite aus und lasse ein Rasiermesser fallen, welches sich in einer Ritze verfängt. Dann kommen Sie – allerdings in fremder Gestalt; Sie tragen eine Generalsuniform, aber ich weiß, daß Sie es sind. Sie wollen mir helfen, das Rasiermesser wiederzuerlangen. Ich warne Sie, daß Sie es lediglich tiefer hineintreiben werden. Sie versuchen es trotzdem, und tatsächlich, das Messer rutscht noch tiefer. Es sitzt jetzt ganz in dem Spalt fest, und mit jedem neuerlichen Versuch, es hervorzuholen, zerschneide ich mir die Finger.« Er verstummte und blickte Nietzsche erwartungsvoll an. »Wie deuten Sie diesen Traum?«

»Wie deuten *Sie* ihn, Josef?«

»Der größte Teil ist, wie bei der Mehrzahl meiner Träume, Unfug – nur Ihr Auftreten muß von Bedeutung sein.«

»Haben Sie den Traum noch klar vor Augen?«

Breuer nickte.

»Betrachten Sie ihn und probieren Sie es mit dem ›chimneysweeping‹.«

Breuer zögerte zunächst, blickte erschrocken drein, versuchte dann jedoch, sich zu sammeln. »Nun, dann wollen wir mal sehen. Also, ich lasse etwas fallen, mein Rasiermesser, und dann erscheinen Sie –«

»In der Uniform eines Generals...«

»Ja, Sie sind gekleidet wie ein General, und Sie wollen mir zu Hilfe kommen, sind jedoch keine Hilfe.«

»In Wahrheit mache ich alles nur schlimmer; ich treibe die Klinge noch tiefer in den Spalt.«

»Nun, das paßt zu meinen Bedenken. Die Lage verschlechtert sich: mein Besessensein von Bertha, die Phantasie vom brennenden Haus, die Schlaflosigkeit. Wir müssen andere Wege einschlagen!«

»Ich trage die Uniform eines Generals?«

»Ja, das läßt sich jedoch leicht erklären: Die Uniform symbolisiert wohl Ihre hochfahrende Art, Ihre hehre poetische Sprache, Ihre Proklamation.« Die neuen Kenntnisse, welche ihm Lou Salomé zugespielt hatte, ließen Breuer etwas auftrumpfen: »Sie bezeichnet Ihren Unwillen, sich zu mir in die Niederungen herabzubegeben. Nehmen Sie etwa meine Not mit Bertha. Ich weiß doch aus meiner klinischen Praxis, wie sehr verbreitet Schwierigkeiten mit dem anderen Geschlecht sind. Es entgeht kaum einer dem Liebesleid. Schon Goethe wußte dies. Deshalb besitzen seine *Leiden des jungen Werther* solche Kraft: Werthers Liebeskummer ist jedermanns Kummer. Gewiß haben auch Sie ihn erfahren?«

Als er von Nietzsche keine Antwort erhielt, wagte sich Breuer noch weiter vor. »Ich würde um einen beträchtlichen Einsatz wetten, daß Ihnen ähnliche Erfahrungen zuteil wurden. Warum erzählen Sie mir nicht davon, damit wir offen sprechen können, von gleich zu gleich?«

»Und nicht länger als General und gemeiner Soldat, als Machthaber und Machtloser! Ah! Verzeihen Sie, Josef, ich hatte ja von der Macht nicht mehr sprechen wollen, wenngleich die Frage der Macht sich hier so deutlich stellt, daß sie einem förmlich ins Gesicht springt! Und was die Liebe angeht, so will ich nicht leugnen, daß Sie recht haben. Ich bestreite keineswegs, daß jedermann – folglich auch ich – den bitteren Wermut des Liebesleids zu kosten bekommt. Sie erwähnen die *Leiden des jungen Werther*, darf ich Sie aber auch an Goethes Vers erinnern: ›Sei ein Mann und folge mir nicht nach.‹ Ist Ihnen bekannt, daß er dieses Motto der zweiten Auflage voranstellte, weil allzu viele junge Männer dem Beispiel Werthers gefolgt waren und Selbstmord begangen hatten? Nein, Josef, es wäre Ihnen nicht damit gedient, daß ich Ihnen *meinen* Weg schilderte, ich kann allenfalls *Ihnen* helfen, selbst einen Weg zu finden, über die Verzweiflung hinauszuwachsen. Also, was ist mit dem Rasiermesser in Ihrem Traum?«

Breuer zögerte. Nietzsches Eingeständnis, auch er habe Bekanntschaft mit dem Liebesleid gemacht, war eine ungeheure Offenbarung. Müßte er nicht dabei verweilen? Nein, für den Augenblick war es genug. Er besann sich wieder auf sich selbst.

»Ich habe keine Erklärung dafür, daß im Traum ein Rasiermesser erscheint.«

»Vergessen Sie die Regeln nicht, Josef. Versuchen Sie nicht, zu erklären, halten Sie sich strikt ans ›chimney-sweeping‹. Sagen Sie, was immer Ihnen in den Sinn kommt. Übergehen Sie nichts.« Nietzsche lehnte sich zurück und schloß die Augen.

»Rasiermesser, Rasiermesser... – gestern abend traf ich einen bartlosen Bekannten, einen Ophthalmologen namens Carl Koller. Heute morgen überlegte ich, ob ich mir nicht endlich den Bart abnehmen lassen solle – aber das überlege ich mir oft.«

»Weiterfegen!«

»Rasiermesser – Pulsadern – ich habe einen Patienten, einen jungen Mann, welcher an seinen homosexuellen Neigungen verzweifelt, und dieser hat sich vor wenigen Tagen mit einem Rasiermesser die Pulsadern aufgeschnitten. Ich werde ihn heute noch besuchen. Er heißt übrigens Josef. Obgleich ich nicht auf die Idee käme, mir die Pulsadern aufzuschneiden, kenne ich sehr wohl, wie ich Ihnen schon sagte, Selbstmordimpulse. Es sind flüchtige Gedanken, keine Pläne. Die Vorstellung des tatsächlichen Aktes liegt mir sehr fern. Der Vollzug dürfte so wahrscheinlich sein wie das, daß ich meine Familie in Brand steckte oder Bertha nach Amerika entführte; allerdings kommt mir der Gedanke an einen Freitod immer häufiger.«

»Alle ernstzunehmenden Denker ziehen den Selbstmord in Betracht«, bemerkte Nietzsche. »Der Gedanke an den Selbstmord ist ein Trostmittel in langen Nächten.« Er öffnete die Augen und wandte sich Breuer zu. »Sie meinen, wir müßten einen anderen Weg finden, Ihnen zu helfen. Was für einen Weg?«

»Der Obsession direkt auf den Leib gehen! Sie wird mir

303

sonst zum Verhängnis. Sie verschlingt mein ganzes Leben. Ich lebe nicht hier und jetzt. Ich lebe in der Vergangenheit oder in der Zukunft, die nie sein wird.«

»Früher oder später muß die Besessenheit weichen, Josef. Es besteht kein Zweifel an der Richtigkeit meiner These, daß sich hinter Ihrer Besessenheit nämlich die grundlegendere Existenzangst verbirgt. Nichts könnte sinnfälliger sein, und es zeigt sich doch: Je eingehender wir über diese Angst sprechen, desto stärker wird die Obsession. Sehen Sie denn nicht, wie Ihre Obsession Ihre Aufmerksamkeit von den tiefer liegenden Lebensfragen abzulenken versucht? Es ist das einzige Ihnen bekannte Mittel zur Bändigung der Angst.«

»Friedrich, wir sind ja nicht geteilter Meinung; ich neige immer mehr Ihrer Anschauung zu, auch ich halte diese These für richtig. Doch die Obsession bei den Hörnern packen hieße mitnichten, daß Ihre Erklärung hinfällig würde. Sie haben meine Obsession unlängst als Pilzbefall oder als Unkraut bezeichnet. Das ist richtig. Ferner ist richtig, daß die Obsession, hätte ich weit früher meinen Geist in anderer Weise geschult, niemals hätte Wurzeln schlagen können. Indes, sie überwuchert alles und muß getilgt, muß ausgerissen werden. Ihre Methode ist zu langwierig.«

Nietzsche rutschte auf seinem Stuhle hin und her, offenbar unangenehm berührt von Breuers Kritik. »Und haben Sie einen Vorschlag zu ihrer Tilgung?«

»Ich bin ein Gefangener der Obsession; *sie* wird mir kaum den Fluchtweg weisen. Eben darum frage ich doch nach *Ihren* Erfahrungen mit solchen Seelenschmerzen, danach, welche Mittel Ihnen ein Entrinnen ermöglicht haben.«

»Aber nichts anderes habe ich doch letzte Woche versucht, als ich Sie bat, sich aus der Ferne zu betrachten«, entgegnete Nietzsche. »Die kosmische Perspektive verkleinert alles Tragische. Wenn wir uns hoch genug erheben, erreichen wir Höhen, von wo aus gesehen selbst die Tragödie aufhört, tragisch zu wirken.«

»Ja, ja, ja.« Breuer wurde immer ungehaltener. »Mit dem Verstande erfasse ich das wohl. Nichtsdestoweniger, Friedrich, eine Aussage wie ›Höhen, von wo aus gesehen selbst die Tragödie aufhört, tragisch zu wirken‹ verschaffen mir einfach keine Erleichterung. Verzeihen Sie, wenn ich ungeduldig klinge, aber es klafft ein Abgrund, ein gewaltiger Abgrund, zwischen der Erkenntnis des Intellektes und jener der Empfindung. Oftmals, wenn ich nachts in Todesangst wachliege, bete ich mir Lukrez' Spruch vor: ›Solange wir existieren, ist der Tod nicht da, und wenn der Tod da ist, existieren wir nicht mehr.‹ Wundervoll raisonnabel und unbestreitbar wahr. Doch schlottere ich vor Angst, so *nützt dies nie*, beruhigt mich nie. Hier versagt die Philosophie. Philosophie zu lehren und sie auf das Leben *anzuwenden*, sind zwei grundverschiedene Dinge.«

»Das Dilemma ist nur folgendes, Josef: Wann immer wir dem Verstande abschwören und vermöge niederen Trachtens die Menschen zu beeinflussen suchen, erhalten wir am Ende niedere und mindere Menschen. Indem Sie verlangen, es solle nützen, rufen Sie nach Mitteln, welche die Affekte beeinflussen. Nun, es gibt Meister dieser Kunst! Wer sind sie? Die Prediger des Todes! Sie kennen das Geheimnis der Verführung! Sie ködern mit Liedern voll süßem Tiefsinn, sie machen mit ihren aufragenden Kirchtürmen und – gewölben aus uns Zwergen, sie wecken Lust an der Unterwerfung, sie predigen göttliche Weisung, Erlösung, ja ewiges Leben. Doch sehen Sie sich an, um welchen Preis! Religiöse Versklavung, Verehrung der Schwäche, Stockung, Verachtung des Leibes, der Freude, der Welt. Nein, dieser betäubende, menschenverächtliche Weg ist uns versperrt! Wir müssen andere Mittel ersinnen, die Kraft unserer Vernunft zu schärfen.«

»Doch der Spielleiter auf der Bühne meines Unbewußten«, entgegnete Breuer, »der, welcher mir Bilder von Bertha und meinem brennenden Heim zudenkt, bleibt ungerührt von aller Vernunft.«

»Aber *begreifen* Sie denn nicht!« Nietzsche schüttelte die ge-

305

ballten Fäuste. »Ihre Anfechtungen entbehren jeder *Realität!* Ihre Verklärung Berthas, die Aureole der Anziehungskraft und Liebe, welche sie umgibt – diese Dinge existieren nicht! Diesen erbärmlichen, menschlichen Phantasmen eignet nichts Übernatürliches. Alles Sehen, alle Erkenntnis sind relativ. Wir erfinden das, was wir erleben, und was wir erfinden, können wir auch zerstören.«

Breuer wollte gerade einwenden, daß eben diese Art Vorhaltung zwecklos sei, doch Nietzsche war nicht zu bremsen.

»Ich will es Ihnen verdeutlichen, Josef. Ich habe einen Freund – hatte! –: Paul Rée, ein Philosoph. Beide sind wir davon überzeugt, daß Gott tot ist. Er folgert daraus, daß ein gottloses Leben sinnlos sei, und seine Verzweiflung ist derart, daß er mit dem Freitode liebäugelt; er trägt für alle Fälle stets eine Giftkapsel als Medaillon um den Hals. Mir dagegen ist die Gottlosigkeit Anlaß zu Jubel. Ich delektiere die Freiheit. Ich sage mir: ›Was bliebe zu schaffen, wenn Götter existieren?‹ Verstehen Sie? Die nämliche Ausgangslage, das nämliche Sinnesmaterial, wenn Sie so wollen – und zwei Wirklichkeiten!«

Breuer sank in seinem Lehnstuhl zusammen, zu niedergeschlagen, um sich Nietzsches Erwähnung Paul Rées zunutze zu machen. »Aber ich sage Ihnen doch, daß dergleichen Argumente mich nicht *bewegen*«, klagte er. »Was nützt das Philosophieren? Selbst wenn wir die Wirklichkeit erfinden, ist unser Geist so beschaffen, daß er noch diese Tatsache vor uns verschleiert.«

»Sehen Sie sich doch *Ihre* Wirklichkeit genauer an«, wandte Nietzsche ein. »Sie müßten auf einen Blick erkennen, welche Flickschusterei sie ist, wie grotesk! Betrachten Sie doch nur das Ideal Ihrer Liebe – den Krüppel Bertha – welcher verständige Mann könnte sie denn lieben? Sie sagten mir, oft hörte sie nicht, schielte, verrenkte und verknotete Arme und Schultern. Sie könne kein Wasser trinken, nicht gehen, sei morgens des Deutschen nicht mächtig, an manchen Tagen spreche sie Englisch, an anderen Französisch. Wie wollte man sich da überhaupt nur mit ihr unterhalten? Sie müßte sich eine Tafel anhängen, wie es Speiselokale tun, auf dem die *langue du jour* angezeigt würde.« Nietzsche lachte über seinen eigenen Witz.

Breuer konnte daran nichts Komisches finden. Seine Miene verfinsterte sich. »Warum schmähen Sie sie? Sie vermögen nicht einmal ihren Namen zu nennen, ohne hinzuzufügen: ›der Krüppel‹!«

»Ich wiederhole nur, was Sie mir berichteten.«

»Wohl ist sie krank, doch das Wesen dieser Frau *erschöpft* sich nicht in ihrer Krankheit. Sie ist schön. Gingen Sie mit ihr die Straße hinunter, würden sich die Köpfe nach ihr drehen. Sie ist klug, talentiert, schöpferisch – eine große Stilistin, eine wohlunterrichtete Kunstverständige, sanftmütig, empfindsam und – wie ich meine – liebevoll.«

»So über die Maßen liebevoll und empfindsam nicht, will mir scheinen. Wie sieht ihre Liebe für Sie denn aus? Sie versucht, Sie zum Ehebruch zu verführen!«

Breuer schüttelte abwehrend den Kopf. »Nein, das –«

Nietzsche schnitt ihm das Wort ab. »Aber ja! Aber ja! Das können Sie nicht leugnen. Verführung trifft es akkurat. Sie stützt sich auf Sie. Sie legt Ihnen den Kopf in den Schoß, ihre Lippen dicht an Ihrer Männlichkeit. Sie setzt alles daran, Ihre Ehe zu zerstören. Sie demütigt Sie vor aller Welt, indem sie simuliert, ein Kind von Ihnen zur Welt zu bringen! Ist das Liebe? Man bewahre mich vor solcher Liebe!«

»Ich urteile nicht über meine Patienten, noch mokiere ich mich über ihre Gebrechen, Friedrich. Ich sage Ihnen, Sie kennen diese Frau nicht!«

»Dem Himmel sei Dank dafür! Ich kenne ihre Sorte. *Glauben Sie mir, Josef, diese Frau liebt Sie nicht, sie will Sie vernichten!*« beteuerte Nietzsche und klopfte zur Untermalung seiner Worte im Takt auf sein Notizheft.

»Sie beurteilen sie nach anderen Frauen, Frauen, die Sie gekannt haben. Aber Sie irren; alle, die sie kennen, empfinden wie ich. Welchen Nutzen haben Sie von Ihrem Spott?«

»Hierin, wie in so vieler Hinsicht, knebeln Sie Ihre Tugenden. Auch Sie sollten lernen zu spotten! Das wäre ein Schritt zur Genesung.«

»Betreffs der Frauen, Friedrich, sind Sie viel zu hart.«

»Und Sie zu nachsichtig, Josef. Warum beharren Sie darauf, Bertha in Schutz zu nehmen?«

Zu aufgebracht, um stillsitzen zu können, stand Breuer auf und trat ans Fenster. Er blickte hinaus in den Park, wo ein Mann mit bandagierten Augen sich am Stocke Schritt um Schritt tastend vorschob, gestützt von einer Pflegerin.

»Machen Sie Ihren Gefühlen Luft, Josef. Halten Sie nichts zurück.«

Den Blick starr zum Fenster hinaus gerichtet, sprach Breuer über die Schulter zurück: »Für Sie ist es ein leichtes, Bertha zu verunglimpfen. Wenn Sie sie aber sähen, ich schwöre es, Sie würden andere Töne anstimmen. Sie lägen vor ihr auf Knien. Sie ist ein Wesen ersten Ranges, eine trojanische Helena, der Inbegriff betörender Weiblichkeit. Ich sagte Ihnen doch, daß auch mein Nachfolger sich sogleich in sie verliebt hat.«

»Ihr Nachfolger? Berthas nächstes Opfer!«

»Friedrich!« Breuer fuhr herum. »Was bezwecken Sie? Ich kenne Sie kaum wieder! Wozu dieser Nachdruck?«

»Ich tue nur, worum Sie mich baten: suche nach anderen Möglichkeiten, Ihrer Obsession beizukommen. Ich denke, Josef, daß Ihre Not zu einem beträchtlichen Anteil verborgenem Groll entspringt. Irgend etwas – eine Furcht, eine Scheu – in Ihnen verbietet es, Ihrem Zorne Luft zu machen. Statt dessen kehren Sie Ihre Duldsamkeit hervor, Sie machen aus der Not eine Tugend, Sie vergraben Ihre Gefühle in der Tiefe, um sich dann, da Sie nicht einmal mehr Groll empfinden, zum Heiligen zu erklären. Sie übernehmen nicht nur den Part des verständnisvollen Arztes, Sie werden *eins* mit dieser Figur. Sie sind sich zu schade, um Zorn zu empfinden. Josef, ein Quantum Rachsucht ist *heilsam*. Heruntergewürgter Groll macht krank!«

Breuer schüttelte den Kopf. »Nein, Friedrich, zu verstehen

heißt zu vergeben. Ich habe jedes der Symptome Berthas bis an seinen Ursprung verfolgt. Sie ist die Güte selbst. Wenn überhaupt, ist sie zu gut. Als großherzige, aufopferungsvolle Tochter erkrankte sie, als ihr Vater starb.«

»Alle Väter sterben – Ihrer, meiner, jedermanns. Das genügt als Erklärung der Krankheit nicht. Ich gebe den Taten den Vorzug vor den Ausreden. Die Zeit für Ausreden – für Bertha, für Sie – ist abgelaufen.« Nietzsche klappte sein Notizheft zu. Die Stunde war beendet.

Die nächste Begegnung begann ähnlich hitzig. Breuer hatte schließlich zum Sturm auf seine Obsession geblasen. »Gut«, sagte Nietzsche, dem der Krieger schon immer viel gegolten hatte, »wenn Sie Krieg wollen, sollen Sie Krieg haben!« Drei Tage währte sein gewaltiger psychologischer Feldzug, eine der einfallsreichsten – und bizarrsten – Kampagnen in der Geschichte der Wiener Medizin.

Als erstes nahm Nietzsche Breuer das Versprechen ab, seinen sämtlichen Anweisungen frag- und widerstandslos Folge zu leisten. Sodann trug Nietzsche Breuer auf, er solle eine Liste von zehn Anwürfen erstellen und sich ausmalen, wie er diese gegen Bertha richtete. Als nächstes regte Nietzsche an, Breuer solle sich vorstellen, daß er mit Bertha zusammenlebe und wie sie ihm gegenüber am Frühstückstisch sitze, mit zuckenden Armen und Beinen, schielend, stumm, schiefhalsig, halluzinierend, stotternd. Darauf entwarf Nietzsche noch abstoßendere Bilder: eine Bertha, die sich erbrach; Bertha auf dem Klosett; Bertha in den Wehen einer Scheinschwangerschaft. Doch keines dieser Experimente vermochte dem strahlenden Bilde Berthas den Glanz zu nehmen.

Bei ihrer folgenden Zusammenkunft erprobte Nietzsche noch radikalere Mittel. »Wann immer Sie allein sind und Bertha sich in Ihre Gedanken einschleicht, rufen Sie ›Nein!‹ oder ›Halt!‹ aus Leibeskräften. Sind Sie nicht ungestört, dann zwicken Sie sich ganz fest, sobald sie Ihnen in den Sinn kommt.«

Zwei Tage lang hallten die Breuerschen Privaträume vor Rufen wider, und Breuers Unterarm war bald schon mit blauen Flecken übersät. Einmal, im Fiaker, brüllte er so laut ›Halt!‹, daß Fischmann sein Gespann verdutzt zum Stehen brachte und auf Anweisung wartete. Ein andermal kam auf ein besonders gellendes ›Nein!‹ hin Frau Becker ins Sprechzimmer gestürzt. Doch die mittels dieser Kriegslisten errichteten Barrikaden gegen die sehnsüchtigen Gedanken waren dürftig und konnten der Besessenheit nicht Einhalt gebieten.

Bei anderer Gelegenheit wies Nietzsche Breuer an, seine Gedanken aufs genaueste zu verfolgen, und alle halbe Stunde in seinem Notizbuch festzuhalten, wie oft und in welcher Weise er an Bertha dachte. Breuer war baß erstaunt, feststellen zu müssen, wie kaum eine Stunde verging, ohne daß sie ihm im Kopfe spukte. Nietzsches Berechnungen zufolge opferte Breuer etwa einhundert Minuten am Tag seiner Obsession, über fünfhundert Stunden im Jahr. Das bedeute, so Nietzsche, daß Breuer in den kommenden zwanzig Jahren über sechshundert kostbare Tage den immer gleichen, ermüdend eintönigen Phantasien widmen würde. Breuer stöhnte auf. Indessen zollte er der Obsession weiterhin Tribut.

Nietzsche ersann daraufhin eine neue Strategie. Er schrieb Breuer vor, er müsse zu genau festgelegten Zeiten an Bertha denken, ob er wolle oder nicht.

»Sie bestehen darauf, an Bertha zu denken? Wohlan! Dann bestehe ich darauf, daß Sie es auch wahrhaftig tun! Ich bestehe darauf, daß Sie sechsmal am Tag je eine Viertelstunde über sie nachdenken. Wir wollen uns Ihre Stundeneinteilung einmal genau ansehen und die Viertel über den Tag verteilen. Ihrer Ordinationshilfe können Sie sagen, Sie brauchten Ruhe, um Berichte zu schreiben und dergleichen. Wenn Sie darüber hinaus zu anderen Zeiten an Bertha denken wollen, bitte, das liegt ganz bei Ihnen. Doch während dieser sechs Viertelstunden *müssen* Sie an Bertha denken. Späterhin, je mehr Sie sich an diese Meditationen gewöhnt haben, werden wir die vorgesehenen Zeiten verkürzen.« Breuer hielt sich treulich an Nietzsches Zeitplan, seine Phantasien jedoch folgten dem Berthas.

Dann wiederum schlug Nietzsche vor, Breuer möge eine Geldbörse bei sich tragen, in welche er jedesmal, wenn er an Bertha denke, fünf Kreuzer legen müsse; dieses Geld solle er dann einem wohltätigen Zwecke zuführen. Gegen diesen Plan erhob Breuer Einspruch. Diese Methode müsse scheitern, dessen war er sich sicher, denn er gab *gerne* für gute Zwecke. Also bestimmte Nietzsche, er müsse das Geld dem antisemitischen Deutschnationalen Verein Georg von Schönerers spenden. Selbst das half nicht.

Nichts half.

Auszüge aus Dr. Breuers
Verlaufsbericht zum Falle Eckhardt Müller –
9. bis 14. Dezember 1882

Zwecklos, mir noch etwas vormachen zu wollen. Bei unseren Begegnungen sitzen zwei Patienten sich gegenüber, von diesen zweien bin ich der dringlichere Fall. Seltsam, je mehr ich mir dies selbst eingestehe, desto einmütiger scheinen er und ich zusammenarbeiten zu können. Vielleicht haben auch die Eröffnungen Lou Salomés zu einer gewandelten Arbeitsweise beigetragen.

Ich habe sie ihm gegenüber natürlich mit keinem Wort erwähnt. Noch spreche ich darüber, daß ich unterdessen tatsächlich Patient geworden bin. Doch ich glaube, er spürt diese Dinge. Möglich, daß ich sie ihm auf unabsichtliche, wortlose Weise mitteilte. Wer weiß? Etwa mittels der Stimme, des Tonfalls, der Gesten. Rätselhaft; ich sollte mich mit Freud darüber unterhalten, er interessiert sich sehr für solche Aspekte des menschlichen Verkehres.

Je mehr ich vergesse, daß eigentlich ich ihm helfen wollte, desto öfter gibt er etwas preis. Etwa heute! Er bekannte, wie

Paul Rée einst sein Freund gewesen *sei. Wie auch* er *Liebesleid erfahren habe. Wie er einst eine Frau wie Bertha gekannt habe. Vielleicht ist uns beiden eher gedient, wenn ich mich mir selbst zuwende, statt von ihm Offenbarungen erzwingen zu wollen!*

Er spricht von den Kunstgriffen, welche er anwendet, um sich selbst zu helfen – etwa seinem ›Perspektivwechsel‹, vermöge dessen er sich aus einer fernen, kosmischen Warte betrachtet. Er hat recht: Wägt man den trivialen Gegenwartsmoment vor dem Hintergrund eines langen Lebens, der Geschichte der Menschheit, der Evolution des Bewußtseins, dann verliert dieser natürlich seine überragende Bedeutung.

Doch wie meine Perspektive wechseln? Seine Anweisungen und Vorhaltungen verfangen nicht, noch tut es der Versuch, mir vorzustellen, ich träte einen Schritt von mir selbst zurück. Ich vermag mich nicht mit meinen Empfindungen aus der Mitte des mich betreffenden Geschehens zu entfernen, ich kann nicht weit genug entkommen. Und nach den Briefen zu urteilen, welche er Lou Salomé geschrieben hat, so scheint mir, daß es auch ihm nicht gelingen will!

… Großen Wert legt er auf Zornesäußerungen. Er hielt mich dazu an, Bertha heute auf zehn gesonderte Weisen zu schmähen und zu beleidigen. Das ist immerhin eine Methode, die mir einleuchtet. Die Entladung von zornigen Affekten ergibt physiologisch gesehen Sinn: Angestaute kortikale Spannung muß gelegentlich abgebaut werden. Lou Salomés Charakterisierung seiner Schmähbriefe zufolge scheint dies seine bevorzugte Methode zu sein. Ich kann mir vorstellen, daß er einen schier unerschöpflichen inneren Vorrat an Zorn angelegt hat. Worüber, frage ich mich? Seine Krankheit? Die ausgebliebene fachliche Anerkennung? Oder darüber, daß ihm nie Liebe und Wärme einer Frau vergönnt waren?

Und was für Schmähungen! Könnte ich mich doch nur einiger seiner Glanzleistungen entsinnen! Unnachahmlich, wie er Lou Salomé zum ›Raubtier, das sich als Haustier stellt‹ deklarierte.

Dergleichen geht ihm leicht von den Lippen, anders mir. Er trifft ins Schwarze, was mein Unvermögen angeht, Zorn zu zeigen. Es liegt in der Familie. Mein Vater, meine Onkel. Für uns Juden war die Unterdrückung von Zorn von jeher überlebenswichtig. Ich empfinde *den Zorn nicht einmal. Er beharrt darauf, daß er da sei, daß er Bertha gelte – doch in diesem Punkte verwechselt er zweifellos meinen Zorn mit seinem eigenen auf Lou Salomé.*

Welch ein Jammer, daß er gerade ihr in die Fänge geraten mußte! Ich wünschte, ich dürfte ihm mein Mitleid bekunden. Wenn man bedenkt! Ein Mann fast ohne Erfahrung im Umgange mit Frauen verliebt sich ausgerechnet in eine Frau, die mit Leichtigkeit die gefährlichste sein könnte, die mir je begegnet ist. Und das mit einundzwanzig Jahren! Gott helfe uns allen, wenn sie erst zur vollen Blüte gelangt ist! Und die einzige andere Frau in seinem Leben, seine Schwester Elisabeth: Der möchte ich gar nicht erst begegnen. Es klingt, als sei sie nicht minder energisch als Lou Salomé, bösartiger ist sie wohl allemal!

… Heute bat er mich, mir Bertha als Wickelkind vorzustellen, mit vollen Windeln – und ihr zu sagen, wie schön sie sei, während sie mich scheeläugig und schiefhalsig anstiere.

… Heute forderte er mich auf, mir für jede Phantasie einen Kreuzer in den Schuh zu stecken und darauf den ganzen Tag umherzugehen. Wo nimmt er bloß diese Einfälle her! Sie gehen ihm offenbar nicht aus.

… lauthals ›Nein!‹ zu rufen und mich zu zwicken, Buch zu führen über die Phantasien, auf Münzen zu gehen, Schönerer Geld zu spenden… mich dafür zu strafen, daß ich mich quäle. Irrsinn!

Es heißt, man lehre die Bären auf den Hinterbeinen zu tanzen, indem man die Pflastersteine unter ihren Tatzen zum Glühen bringe. Machen wir es denn sehr viel anders? Mit seinen sublimen kleinen Strafen will er meinen Geist etwas lehren. Doch ich bin kein Tanzbär, und mein Geist ist zu entwickelt für Tierbändiger-Methoden. Diese Bemühungen zeitigen keinen Erfolg – und sie sind entwürdigend!

Daran trifft nicht ihn die Schuld. Schließlich bat ich ihn, auf meine Symptome loszugehen. Er entspricht nur dieser Bitte. Ohne rechte Überzeugung; von Anbeginn an hat er darauf bestanden, daß Wachstum wichtiger sei als Trost.

Es muß einen anderen Weg geben.

Auszüge aus Friedrich Nietzsches Notizen zu Dr. Breuer – 9. bis 14. Dezember 1882

Wie verführerisch ist doch ein ›System‹! Heute ließ ich mich vorübergehend verleiten! Ich vermutete hinter Josefs sämtlichen Schwierigkeiten unterdrückten Zorn, und ich habe mich bei dem Versuche verausgabt, ihn aufzuwiegeln. Vielleicht jedoch bewirkt die lange Unterdrückung von Leidenschaften ihre Wandlung und Abschwächung.

… Er hält sich für ›gut‹, fügt er doch niemandem Schaden zu – außer sich selbst und der Natur! Ich muß ihn davon abbringen, einer von jenen zu sein, die sich gutheißen, weil sie keine Krallen haben.

Seinem Großmute mag ich nicht trauen, ehe er nicht fluchen lernt. Er empfindet keinen Zorn! Muß er so sehr fürchten, verletzt zu werden? Will er aus diesem Grunde bescheiden ein kleines Glück umarmen? Und nennt es Tugend: ob es schon Feigheit heißt!

Er ist bescheiden und sittsam, von artiger Höflichkeit. Er hat seine Wildheit gezähmt, seinen Wolf zum Schoßhund gemacht. Und nennt es Mäßigkeit: ob es schon Mittelmäßigkeit heißt!

… Unterdessen vertraut er mir, glaubt an mich. Ich habe ihm mein Versprechen gegeben, seine Heilung zu befördern. Doch muß sich der Arzt gleich dem Weisen zuerst selbst heilen. Nur dann sieht der Kranke mit eigenen Augen einen, der sich

314

selbst zu heilen vermochte. Ich jedoch bin nicht geheilt. Ärger noch, ich leide an den gleichen Anfechtungen, welche Josef heimsuchen. Mache ich mich durch mein Schweigen genau dessen schuldig, was niemals zu tun ich mir einst schwor: einen Freund zu verraten?

Soll ich von meiner Not sprechen? Er müßte das Vertrauen in mich verlieren. Müßte ihm das nicht schaden? Würde er nicht einwenden: Ehe ich mich selbst nicht geheilt hätte, könne ich ihn nicht heilen? Oder böten ihm meine Bedrängungen Grund, es zu unterlassen, mit seinen eigenen zu ringen? Ist ihm mit Schweigen besser gedient? Oder mit dem Bekenntnis, daß wir Leidensgenossen seien und mit vereinten Kräften nach einer Lösung suchen müßten?

... Ich sehe, wie sehr er verändert ist ... weniger falsch ... und er dringt nicht mehr in mich in dem Versuche, sich stärker zu machen, indem er mir meine Schwäche vorführt.

... Dieser Ansturm auf seine Symptome, welchen er wünschte, führte zum schlimmsten Schlammbade in seichten Wassern, das ich je unternommen. Ein Erheber will ich sein, kein Herabminderer! Ihn wie ein Kind zu behandeln, dessen Verstand Backpfeifen verdient, wenn es ungezogen ist, heißt ihn herabmindern. Ebenso mich selbst! WENN DIE HEILUNG DEN HEILER HERABMINDERT, WIE SOLLTE SIE DANN DEN KRANKEN ERHEBEN?

Es muß einen höheren Weg geben.

Brief Friedrich Nietzsches an Lou Salomé, Dezember 1882

Meine liebe Lou,
meine liebe Lou, schreiben Sie mir doch nicht solche Briefe! Was habe ich mit diesen Armseligkeiten zu tun! Bemerken Sie doch: ich wünsche, daß Sie sich vor mir erheben, damit ich Sie nicht verachten muß.

Aber Lou, was schreiben Sie denn für Briefe! So schreiben ja kleine, rachsüchtige Schulmädchen. Was habe ich mit diesen Erbärmlichkeiten zu tun! Verstehen Sie doch: ich will, daß Sie sich vor mir erheben, nicht, daß Sie sich noch verkleinern. Wie kann ich Ihnen denn vergeben, wenn ich nicht erst das Wesen wieder an Ihnen entdecke, um dessentwillen Ihnen überhaupt vergeben werden kann!

Nein, meine liebe Lou, wir sind noch lange nicht beim ›Verzeihen‹. Ich kann das Verzeihen nicht aus den Ärmeln schütteln, nachdem die Kränkung vier Monate Zeit hatte, in mich hineinzukriechen.

Adieu, meine liebe Lou, ich werde Sie nicht wiedersehen. Bewahren Sie Ihre Seele vor ähnlichen Handlungen, und machen Sie an andern und namentlich an meinem Freund Rée gut, was Sie an mir nicht mehr gut machen können.

Ich habe die Welt und Lou nicht geschaffen: ich möchte, ich hätte es getan – dann würde ich alle Schuld daran allein tragen können, daß es so zwischen uns gekommen ist.

Adieu, liebe Lou, ich las Ihren Brief noch nicht zu Ende, aber ich las schon zuviel...

FN

19

»Es geht nicht voran, Friedrich. Ich werde immer elender.«

Nietzsche, über sein Schreibpult gebeugt, hatte Breuer nicht eintreten hören. Er wandte sich um, hob zu sprechen an – und schwieg.

»Erschrecken Sie meine Worte, Friedrich? Es muß doch erschreckend sein, wenn einen der eigene Arzt aufsucht und die Verschlechterung seines Zustands beklagt! Namentlich, wenn er in solch tadelloser Garderobe einherkommt und seine schwarze Arzttasche mit der ganzen Zuversicht seiner Zunft vor sich herträgt.

Aber glauben Sie mir, der äußere Schein trügt. In Wahrheit sind meine Kleider von Schweiß durchtränkt, das Hemd klebt mir auf der Haut. Das Besessensein von Bertha gleicht einem Mahlstrom in meinem Hirn, jeder raisonnable Gedanke wird verschlungen!

Sie trifft keine Schuld!« Breuer setzte sich neben das Schreibpult. »Daß wir nicht vorankommen, liegt einzig an *mir.* Ich war derjenige, der Sie drängte, der Obsession direkt zu Leibe zu rücken. Sie haben recht – wir dringen nicht genügend in die Tiefe. Wir stutzen lediglich das Blattwerk, wo wir das Kraut mit der Wurzel herausreißen müßten.«

»Ja, die Wurzel abzugraben will uns nicht gelingen!« stimmte Nietzsche zu. »Wir müssen unsere Vorgehensweise überdenken. Auch ich bin entmutigt. Unsere letzten Begegnungen waren falsch und oberflächlich. Denn was suchten wir schon zu erreichen? Ihre Gedanken und Ihr Verhalten zu reglementieren! Mittels gedanklicher Disziplinierung und praktischer Vorschriften. Untaugliche Mittel im menschlichen Bereich! Sind wir denn Tierbändiger?«

»Nein! Tatsächlich kam ich mir nach der letzten Stunde vor wie der Bär, der lernen soll, sich auf die Hinterbeine zu stellen und zu tanzen.«

»Ganz recht! Ein Lehrer sollte die Menschen erheben. Was aber habe ich die letzten Male getan? Sie und auch mich verkleinert. Für menschliche Belange taugen keine Methoden, welche für die Bändigung von Tieren ersonnen wurden.«

Nietzsche stand auf und wies mit einer Handbewegung auf die Stühle. »Wollen wir?« Während er es sich bequem machte, überlegte Breuer, daß die künftigen ›Verzweiflungs-Ärzte‹ zwar wohl dem herkömmlichen medizinischen Rüstzeug – Stethoskop, Otoskop, Ophthalmoskop – entraten mochten, wahrscheinlich jedoch auf Dauer ihre eigenen Requisiten hätten; angefangen mit zwei bequemen Lehnstühlen.

»Nun«, begann Breuer, »lassen Sie uns an den Punkt zurückkehren, an welchem wir uns befanden, ehe wir uns auf diese fragwürdige Erstürmung meiner Obsession kaprizierten. Sie hatten die These aufgestellt, Bertha diene der Ablenkung und sei nicht Anlaß und Ursprung meiner Bedrängnis, welche in der Angst vor dem Tode und der Gottlosigkeit wurzelte. Sie mögen recht haben! Zum mindesten stimmt es, daß mein Besessensein von Bertha mich an der Oberfläche der Dinge gefangenhält und mir keine tiefergehenden oder dunkleren Gedanken gestattet.

Und doch befriedigt mich diese Erklärung nicht ganz, Friedrich. Erstens bleibt das Rätsel ›Warum Bertha?‹. Von allen möglichen Zufluchten vor der Angst, weshalb gerade diese eine törichte Obsession? Weshalb nicht andere Bemäntelungen, andere Phantasien?

Sie halten Bertha für Blendwerk, welches von meiner Grundangst ablenken soll. Doch ›Werk‹ ist ein blutloses Wort, es drückt nichts von der Macht der Obsession aus. Der Impuls, an Bertha zu denken, ist geradezu übernatürlich stark, unwiderstehlich; er muß eine geheime, machtvolle Bedeutung bergen.«

»*Bedeutung!*« Nietzsche schlug mit der flachen Hand auf die Stuhllehne. »Das ist es! Seit wir uns gestern trennten, gehen meine Gedanken in eine ganz ähnliche Richtung. Ihre letzte Bemerkung möchte sehr wohl der Schlüssel sein. Vielleicht gingen wir von vornherein darin fehl, daß wir die *Bedeutung* Ihrer Obsession außer acht ließen. Sie behaupten, Sie hätten alle hysterischen Symptome Berthas zur Auflösung bringen können, indem Sie sie bis zu ihrem ursprünglichen Anlaß zurückverfolgten. Ferner, daß eine derartige Suche nach dem Anlaß in Ihrem Falle ohne Belang sei, weil der Anlaß Ihres Besessenseins von Bertha offenliege – es habe seinen Anfang genommen, als Sie Bertha kennenlernten, und sich nach dem Abbruch der Behandlung verstärkt.

Wäre es jedoch nicht denkbar«, fuhr Nietzsche fort, »daß Sie den falschen Begriff wählten? Mag sein, das Entscheidende ist gar nicht das erste veranlassende Ereignis des Symptoms, sondern die *Bedeutung* des Symptoms! Mag sein, Sie irrten und heilten Bertha gar nicht durch die Aufdeckung des Ursprunges jedes Symptoms von diesen, sondern durch die Freilegung seiner jeweiligen Bedeutung. *Vielleicht...*« – Nietzsche hatte die Stimme zu kaum mehr als einem Flüstern gesenkt, als verrate er ein Geheimnis von großer Tragweite – »*...vielleicht sind Symptome die Übermittler von Bedeutungen und verschwinden erst, wenn ihre Botschaft erfaßt wurde.* Wenn ja, ist der weitere Weg vorgezeichnet: Wollen wir die Symptome bezwingen, so müssen wir ermitteln, welche *Bedeutung* das Besessensein von Bertha für Sie besitzt!«

Das wurde ja immer toller! dachte Breuer. Wie um alles in der Welt wollte man die *Bedeutung* einer Obsession aufdecken? Nietzsches Eifer war ansteckend, Breuer war gespannt, was nun folgen würde. Doch Nietzsche lehnte sich in seinen

319

Stuhl zurück, zog seinen Kamm hervor und widmete sich der Pflege seines Schnurrbartes. Breuer hätte aus der Haut fahren mögen.

»Und, Friedrich? Ich warte!« Er rieb sich die Brust, holte tief Luft. »Je länger ich hier sitze und warte, desto unerbittlicher schnürt es mir die Brust zu. Es fehlt nicht viel, und ich zerspringe. Ich kann den Druck nicht fortraisonnieren. Sagen Sie mir, wie ich es anstellen soll! Wie soll ich diese Bedeutung aufdecken, welche ich mir selbst verhüllt habe?«

»Bemühen Sie sich nicht, irgend etwas aufzudecken oder zu lösen!« erwiderte Nietzsche, der weiter seinen Schnurrbart kämmte. »Das wird meine Aufgabe sein! Sie brauchen sich lediglich dem ›chimney-sweeping‹ zu überlassen. Erzählen Sie einfach, was Bertha Ihnen *bedeutet*.«

»Habe ich nicht schon mehr als genug von ihr erzählt? Soll ich tatsächlich ein weiteres Mal im Unrat meiner Phantasien zu Bertha stöbern? Sie kennen sie alle – Bertha berühren, sie entkleiden, sie liebkosen; das brennende Haus, die Toten, mit Bertha nach Amerika fliehen. Wollen Sie diesen ganzen Dreck wirklich noch mal hören?« Breuer sprang auf und begann, hinter Nietzsches Stuhl auf und ab zu gehen.

Nietzsche blieb ruhig und sprach bedächtig. »Die Hartnäckigkeit Ihrer Obsession fesselt mich. Sie gleicht einer Seepocke, die sich am Fels festsaugt. Ob es uns nicht gelingen möchte, Josef, sie einen kurzen Augenblick hochzustemmen, um darunterzublicken? Geben Sie sich dem ›chimney-sweeping‹ hin, sage ich! Dem ›chimney-sweeping‹ über die folgende Frage: Was wäre ein Leben – Ihr Leben – ohne Bertha? Reden Sie. Es soll Sie nicht kümmern, ob es Sinn ergibt oder auch nur vollständige Sätze. Sagen Sie, was ihnen gerade so in den Sinn kommt!«

»Ich kann nicht. Ich bin zum Zerreißen angespannt, wie eine überdehnte Feder!«

»Lassen Sie das Aufundabgehen. Schließen Sie die Augen und versuchen Sie zu beschreiben, was Sie hinter den Augenlidern sehen. Lassen Sie Ihre Gedanken schweifen – ganz frei und ungegängelt.«

Breuer blieb hinter Nietzsches Stuhl stehen und umklammerte die Rückenlehne. Mit geschlossenen Augen wiegte er sich vor und zurück, wie es sein Vater stets getan hatte, wenn er betete, und fing dann langsam murmelnd an, Bruchstücke von Gedanken zusammenzutragen:

»Leben ohne Bertha – kohlschwarzes Leben, ohne Farben – abgezirkelt, abgewogen, abgemessen – Grabmarmor – alles entschieden, ein und für alle Male – ich hier, hier an diesem Orte anzutreffen, immer, immer! Auf diesem selben Fleck, mit dieser selben Arzttasche, diesem selben Anzuge, diesem selben Gesicht, das von Tag zu Tag dunkler werden wird und hagerer.«

Breuer atmete tief durch, fühlte sich freier. Er setzte sich. »Ein Leben ohne Bertha... was weiter? – Ich bin Forscher, doch die Forschung ist ohne Farbe. Man sollte in der Forschung nur *arbeiten*, nicht darin leben wollen – ich brauche Magie – und Leidenschaft – ohne Magie kann man nicht leben. *Das* ist Berthas Bedeutung: *Leidenschaft und Magie.* Ein Leben ohne Leidenschaft – wer vermöchte es zu ertragen?« Er schlug die Augen auf. »Sie etwa? Vermöchte es überhaupt jemand?«

»Wenden Sie das ›chimney-sweeping‹ auf Leidenschaft und Leben an«, drängte Nietzsche.

»Eine meiner Patientinnen ist Hebamme«, begann Breuer wieder. »Ein altes Hutzelweiblein, allein auf der Welt. Ihr Herz wird schwächer. Und doch nimmt sie leidenschaftlich Anteil am Leben. Ich fragte sie einmal nach der Quelle ihrer Leidenschaft. Sie erklärte, sie entspringe dem winzigen Augenblick zwischen dem Hochnehmen eines neugeborenen Säuglings und dem ersten Schrei. Sie erfahre ein ums andere Mal eine Erneuerung, wenn sie in dieses Mysterium eintauche, den Moment, welcher den Bogen schlägt zwischen Leben und Nichts.«

»Und *Sie*, Josef?«

»Ich ähnele jener Hebamme! Ich will dem Mysterium nahe sein. Die Leidenschaft, welche ich für Bertha empfinde, ist nicht wirklich, sie ist unwirklich, das weiß ich, aber mich verlangt nach Magie. Ich kann nicht in Schwarz und Weiß leben.«

»Uns alle verlangt nach Leidenschaft, Josef«, bemerkte Nietzsche. »Dionysische Leidenschaft ist Leben. Muß jedoch Leidenschaft darum gleich Zauberei sein und entwürdigend? Kann man seine Leidenschaft nicht *meistern*?

Lassen Sie mich Ihnen von einem buddhistischen Mönch berichten, dem ich im vergangenen Jahre im Engadin begegnete. Er lebt asketisch. Er meditiert den halben Tag und spricht wochenlang mit keiner Menschenseele ein Wort. Seine Kost ist kärglich, er ißt einmal am Tag, was immer er gerade erbetteln kann, und sei es nur ein Apfel. Doch er meditiert über den Apfel, bis dieser schier birst vor Saft und Rotbackigkeit. Wenn sich der Tag zum Abend neigt, sieht er mit leidenschaftlicher Freude dem ärmlichen Bissen entgegen. Sinn meiner Rede, Josef: Sie müssen gar nicht der Leidenschaftlichkeit entsagen. *Doch Sie müssen die Voraussetzungen Ihrer Leidenschaft ändern.*«

Breuer nickte.

»Weiter«, forderte ihn Nietzsche auf. »Weiter mit dem ›chimney-sweeping‹ – zu Bertha, zu dem, was sie Ihnen bedeutet.«

Breuer schloß die Augen. »Ich sehe uns beide laufen. Davonlaufen. Bertha bedeutet *Entkommen* – gefahrenvolles Entkommen!«

»Inwiefern?«

»Bertha bedeutet Gefahr. Ehe ich Bertha kannte, hielt ich die Regeln ein. Unterdessen spiele ich mit dem Feuer, mit der Übertretung der Regeln, womöglich meinte die Hebamme etwas Ähnliches. Ich spiele mit dem Gedanken, mein Leben zu zersprengen, meine Karriere zu opfern, Ehebruch zu begehen, auf meine Familie zu verzichten, auszuwandern, ein neues Leben mit Bertha zu beginnen.« Breuer schlug sich leicht auf den

Kopf. »Tollheiten! Ich weiß sehr wohl, daß ich es niemals tun werde!«

»Und doch lockt Sie der gefährliche Taumel am Rande des Abgrundes?«

»Locken? Ich weiß es nicht. Darauf weiß ich keine Antwort. Ich liebe die Gefahr nicht! Wenn mich etwas lockt, dann nicht die Gefahr – eher das *Entkommen*, und zwar nicht der Gefahr, sondern der *Sicherheit*. Vielleicht habe ich zu sicher gelebt!«

»Wer weiß, Josef, ob ein sicheres Leben nicht tatsächlich gefährlich sei. Gefährlich, tödlich.«

»Ein sicheres Leben gefährlich...« – Breuer murmelte die Worte ein paarmal vor sich hin – »...ein sicheres Leben gefährlich. Ein mächtiger Gedanke, Friedrich. Das also ist die Bedeutung Berthas: dem gefährlich tödlichen Leben entkommen! Vielleicht, daß Bertha mein Streben nach Freiheit – das Entkommen aus der Falle der Zeit symbolisiert?«

»Möglicherweise der Falle *Ihrer* Zeit, Ihrer Jetztzeit.« Nach einer Pause sagte Nietzsche mit großem Ernst: »Josef, begehen Sie nicht den Fehler zu glauben, Bertha könnte Sie der Zeit entheben! Die Zeit läßt sich nicht brechen; darin liegt unsere schwerste Bürde. Und die größte Herausforderung besteht darin, mit und *trotz* dieser Bürde zu leben.«

Ausnahmsweise wehrte sich Breuer nicht dagegen, daß Nietzsche in seinen sonoren Philosophenton verfiel. Hier begegnete ihm ein gänzlich anderes Philosophieren. Zwar wußte er nicht, was er mit Nietzsches Worten *anfangen* würde, aber er spürte, sie erreichten ihn, bewegten ihn.

»Ich kann Sie beruhigen«, sagte er, »ich träume nicht von Unsterblichkeit. Das Leben, welchem ich entkommen will, ist das Leben eines bürgerlichen Wiener Arztes des Jahres achtzehnhundertzweiundachtzig. Es gibt solche, die mich um mein Leben beneiden – mir graut vor ihm. Mir graut vor seiner Gleichförmigkeit und Berechenbarkeit. Mir graut so sehr, daß ich mein Leben gelegentlich als Todesurteil empfinde. Verstehen Sie, was ich meine, Friedrich?«

Nietzsche nickte. »Erinnern Sie sich, daß Sie mich fragten – möglicherweise schon bei unserer ersten Unterredung –, ob ich einen Nutzen aus meiner Migräne zöge? Eine gute Frage. Sie verhalf mir dazu, mein Leben aus einem anderen Blickwinkel zu betrachten. Und wissen Sie auch noch, was ich Ihnen antwortete? Daß die Migräne mich gezwungen habe, meine Dozentur aufzugeben? Alle Welt – meine Familie, meine Freunde, selbst Kollegen – beklagte mein schweres Los, und ich zweifle nicht, daß die Historiker dereinst darlegen werden, wie Nietzsches Krankheit zum vorzeitigen, tragischen Abbruch seiner Karriere führte. Doch dem ist nicht so! Das Gegenteil trifft zu! Der Lehrstuhl an der Universität Basel war *mein* Todesurteil. Er verurteilte mich zu einem leeren akademischen Leben und dazu, für den Rest meiner Tage meine Mutter und Schwester zu unterhalten. Eine tödliche, ausweglose Falle.«

»Und dann, Friedrich, stieg die Migräne, die große Erlöserin, zu Ihnen hernieder!«

»Nicht so sehr verschieden von dieser Obsession, welche auf Sie niederkommt, wie, Josef? Vielleicht haben wir mehr gemein, als wir dachten!«

Breuer schloß die Augen. Es tat wohl, sich Nietzsche verbunden zu fühlen. Tränen schossen ihm in die Augen; er täuschte einen Hustenanfall vor, um den Kopf abwenden zu können.

»Lassen Sie uns fortfahren«, meinte Nietzsche gleichmütig. »Wir machen Fortschritte. Wir haben erkannt, daß Bertha Leidenschaft, Mysterium, gefährliches Entkommen vorstellt. Und überdies, Josef? Welche weiteren Bedeutungen vereinigt sie auf sich?«

»Schönheit! Berthas Schönheit hat einen wichtigen Anteil am Mysterium. Hier, ich habe Ihnen eine Photographie mitgebracht.«

Er öffnete seine Arzttasche und holte ein Bild hervor. Nietzsche setzte seine dicke Brille auf und trat ans Fenster, um das

Portrait im Lichte zu betrachten. Bertha, von Kopf bis Fuß dunkel gekleidet, trug ein Reitkostüm. Die Jacke schnürte sie ein und drückte den stattlichen Busen hoch; zwei Reihen winziger Knöpfe verliefen vom kurzen Schoß der Jacke bis zum Hals. In der Linken hielt sie anmutig den gerafften Rock und ihre Reitpeitsche. In der anderen Hand lag lose ein Paar Handschuhe. Bertha hatte eine kräftige Nase und große, dunkle Augen. Sie trug das Haar kurz und streng geschnitten, darauf saß keck ein Bowler. Sie blickte nicht zum Photographen hin, sondern seitlich in die Ferne.

»Eine beeindruckende Erscheinung, Josef«, lautete Nietzsches Kommentar, als er die Aufnahme zurückgab und wieder Platz nahm. »Zugegeben, sie ist schön – allerdings schwärme ich selbst nicht für Frauen, welche Peitschen tragen.«

»Schönheit also«, fuhr Breuer fort, »gehört untrennbar zur Bedeutung Berthas. Ich bin sehr empfänglich für solche Schönheit. Mehr als die meisten Männer, glaube ich. Schönheit ist ein Mysterium. Ich kann es schlecht in Worte fassen, doch eine Frau, welche sich auszeichnet durch ein bestimmtes Zusammenspiel in der Beschaffenheit ihrer Haut, Brüste, Ohren, Augen, Nase, Lippen – namentlich die Form der Lippen ist entscheidend –, verschlägt mir die Sprache. Ich weiß, es klingt töricht, und doch bin ich geneigt, solchen Frauen geradezu übermenschliche Fähigkeiten zuzusprechen!«

»Fähigkeiten wozu?«

»Ach, Sie werden mich auslachen!« Breuer schlug die Hände vors Gesicht.

»Überlassen Sie sich einfach dem ›chimney-sweeping‹, Josef. Setzen Sie Ihren kritischen Verstand außer Kraft – und reden Sie! Ich versichere Ihnen, ich werde Sie nicht aburteilen!«

»Ich kann es nicht in Worte kleiden.«

»Versuchen Sie, den folgenden Satz zu vollenden: ›Angesichts der Schönheit Berthas empfinde ich…‹«

»Angesichts der Schönheit Berthas empfinde ich, empfinde ich… ja, was? Ist mir, als säße ich in den Eingeweiden der

Welt, am Herzschlag des Seins. Dem rechten Ort für mich. Ich befinde mich an dem Orte, wo alle Fragen nach Leben und Sinn überflüssig werden – in der Mitte, in Sicherheit. Ihre Schönheit verspricht unendliche Geborgenheit.« Er blickte hoch. »Sehen Sie, es ergibt alles keinen Sinn!«

»Weiter«, ermunterte ihn Nietzsche.

»Damit ich in Bann geschlagen werde, muß die Frau einen bestimmten Blick haben. Einen anbetungsvollen Blick – ich sehe ihn im Geiste ganz deutlich: weit offene Augen voll Glanz, auf den geschlossenen Lippen ein kleines, zärtliches Lächeln. Als wollten sie sagen – ach, ich weiß nicht!«

»Weiter, Josef, bitte! Beschwören Sie das Lächeln herauf! Sehen Sie es noch?«

Breuer schloß die Augen und nickte.

»Was teilt es Ihnen mit?«

»Es sagt: ›Du bist allerliebst, anbetungswürdig. Was immer du tust, es ist gut. Mein Herz, du bist so ungestüm, aber das ist bei einem Knaben nicht anders zu erwarten.‹ Jetzt sehe ich, wie sie sich anderen umstehenden Frauen zuwendet und sagt: ›Ist er nicht einzig? Ist er nicht herzig? Ich will ihn in den Arm nehmen und trösten.‹«

»Können Sie zu dem Lächeln noch mehr sagen?«

»Es bedeutet mir, ich möge nach Herzenslust spielen und toben, könne tun, was immer ich wolle. Und wenn ich etwas anstellte, sei's drum, sie werde von mir immer entzückt sein, mich anbeten.«

»Hat das Lächeln für Sie persönliche Bedeutung, Josef, eine Geschichte?«

»Wie meinen Sie?«

»Gehen Sie weiter zurück. Enthält Ihre Erinnerung ein solches Lächeln?«

Breuer schüttelte den Kopf. »Nein, ich habe daran keine Erinnerung.«

»Sie antworten vorschnell!« beharrte Nietzsche. »Sie schüttelten bereits den Kopf, ehe ich die Frage noch ganz ausgesprochen hatte. Betrachten Sie einfach weiterhin das Lächeln vor Ihrem geistigen Auge und warten Sie ab.«

Breuer schloß die Augen und blätterte im Album seiner Erinnerung. »Ich habe dasselbe Lächeln schon bei Mathilde beobachtet, wenn sie unseren Johannes anblickt. Und als ich selbst zehn oder elf war, liebte ich ein Mädchen namens Marie Gomperz – sie schenkte mir dieses Lächeln! Genau dieses Lächeln! Ich war untröstlich, als ihre Familie fortzog. Ich habe sie gewiß dreißig Jahre nicht gesehen, aber ich träume gelegentlich noch von Marie.«

»Und weiter? Vergessen Sie nicht das Lächeln Ihrer Mutter?«

»Erzählte ich Ihnen das gar nicht? Meine Mutter starb, als ich drei war. Sie war erst achtundzwanzig, und sie starb im Wochenbett, nach der Geburt meines jüngeren Bruders. Es heißt, sie sei eine bildschöne Frau gewesen, aber ich habe keine Erinnerung an sie, keine einzige.«

»Und Ihre Frau? Hat Mathilde dieses bezaubernde Lächeln?«

»Nein. Dessen bin ich mir ganz sicher. Mathilde ist wunderschön, aber ihr Lächeln besitzt keine Macht. Ich weiß, es ist töricht, behaupten zu wollen, daß Marie mit zehn diese Macht besaß, während sie Mathilde fehlte. Doch so empfinde ich es. In unserer Ehe bin *ich* derjenige, der Macht über *sie* hat, sie sucht bei mir Schutz. Nein, Mathilde eignet diese Magie nicht. Ich weiß nicht, weshalb dem so ist.«

»Die Magie braucht das Dunkle, das Mysterium«, sinnierte Nietzsche. »Vielleicht hat die Vertrautheit einer vierzehnjährigen Ehe ihr alle Magie genommen. Kennen Sie sie zu gut? Vielleicht ertragen Sie eine wahrhaftige Liebesbeziehung mit einer schönen Frau nicht.«

»Mir dämmert, ich benötige ein anderes Wort als ›Schönheit‹. Mathilde erfüllt alle Voraussetzungen zur Schönheit – alle äußerlichen, ästhetischen, ohne daß ihre Schönheit Macht zu entfalten vermöchte. Sie könnten recht haben: Sie ist mir allzu vertraut. Bei ihr sehe ich zu deutlich die Frau aus Fleisch und Blut hinter der schönen Erscheinung. Hinzu kommt, daß es keine Rivalen gibt; es hat in Mathildes Leben nie einen anderen Mann gegeben. Unsere Ehe war abgesprochen, arrangiert.«

»Mich erstaunt, daß Sie sich Konkurrenten wünschen sollten, Josef. Noch vor wenigen Tagen sagten Sie, jeder Wettkampf sei Ihnen ein Greuel.«

»Ich wünsche mir einesteils Konkurrenten, anderenteils nicht. Sie selbst sagten, meine Worte müßten keinen Sinn ergeben. Ich spreche aus, was mir gerade einfällt. Warten Sie, lassen Sie mich einen Augenblick meine Gedanken sammeln. – Doch, die schöne Frau besitzt um so mehr Macht, als auch andere Männer sie begehren. Zugleich ist eine solche Frau zu gefährlich; ich müßte mir die Finger verbrennen. Möglich, daß Bertha die goldene Mitte darstellt: eine noch nicht ganz geformte Frau! Die Schönheit im embryonalen Zustande, noch unvollkommen.«

»Besagt dies«, fragte Nietzsche, »daß sie ungefährlicher ist, weil es keine Nebenbuhler gibt?«

»Nein, das trifft die Sache nicht ganz. Sie ist ungefährlicher, weil ich im Vorteile bin. Selbst wenn andere sie begehrten, könnte ich alle Rivalen mühelos aus dem Feld schlagen. Sie ist – oder war es – vollkommen von mir abhängig. Wochenlang verweigerte sie jede Nahrung, wenn nicht *ich* sie fütterte.

Als Arzt beklagte ich selbstverständlich die Regression meiner Patientin. ›Ts! ts!‹ schnalzte ich mißbilligend. ›Welch ein Jammer!‹ Als Arzt äußerte ich der Familie gegenüber Bedenken, doch insgeheim, als Mann – und das würde ich niemals jemand anderem als Ihnen anvertrauen – *genoß ich meine Eroberung*. Als sie mir eines Tages erzählte, sie habe von mir geträumt, frohlockte ich. Welch ein Triumph – in ihr Innerstes einzudringen, an einen Ort, zu dem keinem anderen Mann je Zutritt gewährt worden war! Und da Traumbilder nicht sterben, war es ein Ort, an dem ich ewig überdauern würde!«

»Sie siegen also, ohne je gegen Konkurrenten antreten zu müssen!«

»Ja, auch das ist eine der Bedeutungen von Bertha: *gefahrloser Kampf, sicherer Sieg.* Doch eine schöne Frau voller Gefahr – das steht auf einem ganz anderen Blatte.« Breuer verstummte.

»Sprechen Sie weiter, Josef. Wohin irren Ihre Gedanken jetzt?«

»Ich dachte an eine ›gefährliche‹ Frau, eine voll gereifte Schönheit von etwa Berthas Alter, welche mich vor einigen Wochen in der Praxis aufsuchte, eine Frau, der viele Männer zu Füßen gelegen sind. Ich war bezaubert – und gelähmt vor Angst! So wenig war ich fähig, ihr Paroli zu bieten, daß ich es nicht wagte, sie warten zu lassen, und ihr vor anderen Patienten den Vortritt ließ. Als sie von mir etwas verlangte, was gegen das ärztliche Ethos verstieß, mußte ich alle Kraft aufbieten, es ihr zu verwehren.«

»Ah! Ich kenne dieses Dilemma«, sagte Nietzsche. »Die begehrenswerteste Frau ist am meisten zu fürchten. Freilich nicht vermöge dessen, was sie *ist*, sondern dessen, wozu wir sie machen. Tragisch!«

»Tragisch, Friedrich?«

»Tragisch für die Frau, welche stets unerkannt bleibt, und tragisch ebenso für den Mann. Ich kenne diese Tragik.«

»Es gab auch in Ihrem Leben eine Bertha?«

»Nein, vielmehr eine, welche der Patientin glich, die Sie schildern – eine, der man nichts auszuschlagen vermag.«

›Lou Salomé!‹ dachte Breuer. ›Lou Salomé, kein Zweifel! Endlich spricht er von ihr!‹ Nur ungern verzichtete Breuer darauf, im Mittelpunkt zu stehen, doch er fragte nach.

»Und was geschah mit der Dame, der Sie nichts ausschlagen konnten, Friedrich?«

Nietzsche zögerte. Er zog seine Uhr hervor. »Heute haben wir einen Goldschacht aufgedeckt, und möglicherweise beide reiche Beute gemacht. Doch die Zeit läuft uns davon, und ich bin sicher, daß Sie noch viel zu sagen haben. Bitte fahren Sie mit Ihrer Erforschung dessen fort, was Bertha Ihnen bedeutet.«

Breuer war sich darüber im klaren, daß Nietzsche noch nie so kurz davor gestanden hatte, seine eigenen Probleme offenzulegen. Vielleicht hätte ein letzter behutsamer Anstoß gereicht. Als ihn jedoch Nietzsche abermals aufforderte: »Hören Sie jetzt nicht auf; die Ideen sprudeln«, nahm Breuer dankbar seinen Faden wieder auf.

»Ich beklage die Verwicklungen eines Doppellebens, eines geheimen Lebens. Und doch ist es mir auch teuer. Das äußere Leben des Bürgers ist tödlich – zu durchsichtig, allzu leicht erkennt man, wohin es führt, sieht das Ende und jeden einzelnen Schritt auf dem Wege. So verrückt es klingen mag, das Doppelleben ist ein zusätzliches, geschenktes Leben. Es verspricht eine Verlängerung und Erweiterung des Lebens.«

Nietzsche nickte. »Sie meinen, die Zeit verschlingt die Möglichkeiten des äußeren Lebens, wohingegen das geheime, verborgene Leben unerschöpflich ist?«

»Ja, so habe ich mich zwar nicht ausgedrückt, aber es entspricht dem, was ich meine. Zudem gibt es – und dies mag das Wichtigste überhaupt sein – das unvergleichliche Empfinden, welches mich stets überkam, wenn ich bei Bertha war, mich selbst jetzt noch überkommt, wenn ich an sie denke. Glückseligkeit! Das ist der Begriff, der ihm am nächsten kommt.«

»Ich war immer schon der Ansicht, daß man zuletzt seine Begierde liebt und nicht das Begehrte, Josef.«

»*Zuletzt seine Begierde liebt und nicht das Begehrte!*« wiederholte Breuer verblüfft. »Hätten Sie wohl ein Blatt Papier für mich; ich möchte mir das notieren.«

Nietzsche riß aus dem hinteren Teil seines Notizheftes eine Seite heraus und wartete, bis Breuer den Satz niedergeschrieben, das Blatt zusammengefaltet und in seine Rocktasche geschoben hatte.

»Außerdem«, fuhr Breuer fort, »nimmt Bertha meinem Alleinsein den Stachel. So weit ich zurückdenken kann, habe ich mich vor der Leere in mir selbst gefürchtet. Wenn auch das Alleinsein nichts mit der An- oder Abwesenheit anderer Menschen zu tun hat. Wissen Sie, was ich meine?«

»Ah! Wer wüßte es besser! Manchmal glaube ich, kein Mensch auf der ganzen Welt ist so allein, wie ich es bin. Und das hängt für mich ebensowenig wie für Sie von der Gegenwart anderer ab – ich verabscheue sogar Menschen, die meine Einsamkeit stören und mir dennoch nicht wirkliche Gefährten sein wollen.«

»Wie meinen Sie das, Friedrich?«

»Indem sie nicht hochhalten, was ich hochhalte! Manches Mal blicke ich so weit ins Leben hinein, daß ich, wenn ich mich umsehe, erschrocken feststelle, daß mich keiner begleitet hat und mein einziger Zeitgenosse die Zeit ist.«

»Ich bin mir nicht sicher, ob mein Alleinsein dem Ihren vergleichbar ist. Mir scheint, so weit habe ich mich nie ins Alleinsein vorgewagt.«

»Vielleicht«, gab Nietzsche zu bedenken, »hindert Sie Bertha daran, weiter ins Alleinsein vorzudringen.«

»Ich glaube nicht, daß ich weiter vordringen will. Im Gegenteil, ich bin Bertha *dankbar*, daß *sie meine Einsamkeit aufhebt*. Eine weitere Facette dessen, was sie mir bedeutet. In den letzten zwei Jahren war ich nie allein – immer war Bertha da, ob in ihrem Elternhaus, ob im Spital, immer wartete sie auf meinen Besuch. Und heute wartet sie unverändert in meinem Innern auf mich.«

»Sie schreiben Bertha etwas zu, was Ihr eigenes Werk ist.«

»Wie soll ich das verstehen?«

»Tatsächlich sind Sie genauso allein wie vordem, so allein, wie es jeder Mensch notwendig ist. Sie haben sich selbst eine Ikone geschaffen und finden in ihr Trost. *Vielleicht sind Sie doch gläubiger, als Sie denken!*«

»Aber es stimmt doch in gewisser Weise«, wehrte sich Breuer, »daß sie stets da ist. Oder war – anderthalb Jahre lang.

So schrecklich die ganze Angelegenheit auch war, es bleibt die beste, die lebendigste Zeit meines Lebens. Ich habe sie täglich gesehen, ich habe unentwegt an sie gedacht, ich habe des Nachts von ihr geträumt.«

»Sie haben mir jedoch auch eine Situation geschildert, Josef, da sie nicht da war, in Ihrem wiederkehrenden Traum nämlich. Wie ging er noch? Sie suchten Bertha…?«

»Er beginnt stets mit einem Schrecknis: Die Erde verflüssigt sich unter meinen Füßen, ich suche Bertha und kann sie nicht finden —«

»Ja, es besteht nicht der geringste Zweifel, daß dieser Traum einen wichtigen Schlüssel birgt. Welcher Art ist das Schrecknis? Tut sich der Boden auf?«

Breuer nickte.

»Weshalb aber sollten Sie just in diesem Moment Bertha suchen, Josef? Um sie zu beschützen? Oder damit sie Sie beschützt?«

Es entstand eine lange Pause. Zweimal riß Breuer den Kopf hoch, als müsse er sich zum Aufmerken zwingen. »Ich kann nicht weiter. Es ist unfaßbar, aber mein Bewußtsein verweigert sich. Ich fühle mich erschöpft wie nie zuvor. Wir haben noch nicht Mittag, und mir ist zumute, als hätte ich Tage und Nächte ohne Pause laboriert.«

»Ja, ich spüre es auch. Schwerarbeit heute.«

»Aber gute Arbeit, denke ich. Ich muß mich verabschieden. Bis morgen, Friedrich.«

Auszüge aus Dr. Breuers Verlaufsbericht zum Falle Eckhardt Müller – 15. Dezember 1882

Ist es wirklich erst wenige Tage her, daß ich ihn beschwor, sich zu offenbaren? Heute, endlich, war er bereit, drängte es ihn förmlich, mir einzugestehen, daß er seine Universitätslaufbahn als Falle empfunden, es übelgenommen habe, seine Mut-

ter und Schwester unterhalten zu sollen, daß er einsam sei und einer schönen Frau wegen leide.

Ja, endlich wollte er sich mir anvertrauen. Und doch unterließ ich es, ihn dazu so nachhaltig zu ermutigen, wie ich es hätte tun können. Nicht, weil ich ihn nicht hätte anhören wollen. Nein, schlimmer! Ich mißgönnte ihm die Zeit zum Reden; wollte mir die Zeit nicht stehlen lassen!

Liegt es nicht erst vierzehn Tage zurück, daß ich mit aller List versuchte, ihm wenigstens kleinste Details über sich zu entlocken, daß ich mich Max und Frau Becker gegenüber beklagte über seine Verschlossenheit, daß ich das Ohr an seine Lippen legte und ihn flüstern hörte: ›Hilf mir! Hilf mir!‹, daß ich ihm versicherte: ›Verlasse dich auf mich!‹?

Was macht, daß ich ihn heute beiseite zu drängen bereit war? Bin ich unersättlich geworden? Diese Beratung – je länger sie andauert, desto weniger begreife ich, was vorgeht. Doch sie übt einen Sog aus. Immer öfter gehen mir die Gespräche mit ihm durch den Kopf; gelegentlich vertreiben sie sogar eine Bertha-Phantasie. Unsere Zusammenkünfte bestimmen meine Tage. Ich sehne meine Stunde herbei und kann schon die nächste oft kaum erwarten. Habe ich mich aus diesem Grunde mit seinen Ausflüchten zufriedengegeben?

In Zukunft – wer weiß wann, vielleicht in fünfzig Jahren? – könnten solche ›Redekuren‹ an der Tagesordnung sein. ›Angstdoktoren‹ würden ebenso ausgebildet wie andere Spezialisten – an den medizinischen Fakultäten (oder vielleicht an den philosophischen!).

Wie hätte das Curriculum dieser künftigen ›Angstdoktoren‹ wohl auszusehen? Zum gegenwärtigen Zeitpunkt schwebt mir nur ein Pflicht-Kolleg vor: die Verhältnislehre! Denn dieses bereitet die größten Schwierigkeiten. Ebenso wie die Chirurgen mit der Anatomie beginnen, müßten die künftigen ›Angstdoktoren‹ als allererstes die Natur des Verhältnisses zwischen dem ärztlichen Helfer und dem, welchem geholfen wird, verstehen lernen. Wenn ich also zur Theoriebildung solcher Heilmethoden beitragen will, muß ich lernen, das Heilverhältnis ebenso objektiv zu untersuchen wie das Gehirn einer Taube.

Doch ein Verhältnis zu untersuchen, von welchem ich selbst ein Teil bin, ist nicht leicht. Gewisse bemerkenswerte Tendenzen fallen mir trotzdem auf.

Einst betrachtete ich ihn mit kritischem Blick, heute nicht mehr. Im Gegenteil, jetzt hänge ich ihm an den Lippen, und von Tag zu Tag wird meine Überzeugung unerschütterlicher, daß er mir helfen kann.

Einst glaubte ich, ihm helfen zu können. Heute nicht mehr. Ich habe ihm wenig zu bieten. Er mir alles.

Einst maß ich mich mit ihm. Ich legte mir wie beim Schach Fallen zurecht. Heute nicht mehr! Sein Tiefblick ist beträchtlich. Sein Intellekt überflügelt alles. Ich blinzle ihn an wie das Huhn den Habicht. Verehre ich ihn zu sehr? Will ich, daß er mich überragt? Vielleicht möchte ich deshalb nicht hören, was er über sich zu sagen hätte? Vielleicht möchte ich nichts wissen von seinem Leid, seiner Fehlbarkeit.

Einst grübelte ich, wie ich ihn ›anfassen‹ müßte. Heute nicht mehr. Oft durchströmt mich warme Zuneigung zu ihm. Das ist neu. Einst verglich ich unsere Lage mit der Roberts, als dieser sein Kätzchen zähmte: ›Trete einen Schritt zurück, laß es in Ruhe seine Milch trinken. Späterhin magst du es streicheln.‹ Heute, mitten im Gespräch, schoß mir ein anderes Bild durch den Kopf: zwei getigerte Kätzchen, Seite an Seite, Kopf an Kopf aus einer Milchschale trinkend.

Noch etwas Seltsames. Warum nur erwähnte ich die ›voll gereifte Schönheit‹, die mich letzthin in der Praxis aufgesucht habe? Möchte ich, daß er von meiner Begegnung mit Lou Salomé erfährt? Spielte ich mit dem Feuer? Wollte ich ihn narren? Einen Keil zwischen uns treiben?

Und weshalb sagte er, er verabscheue Frauen mit Peitschen? Er kann nur auf die Photographie von Lou Salomé angespielt haben, von der er nicht weiß, daß ich sie kenne. Er muß sich darüber im klaren sein, daß seine Gefühle für Lou Salomé sich *gar nicht so sehr unterscheiden von meinen für Bertha. Heißt das, daß er mich heimlich narrte? Sich einen privaten Scherz erlaubte? Da sitzen wir, zwei Männer, die redlich miteinander verkehren wollten, und beide reitet der Teufel der Verstellung.*

Eine neue Erkenntnis! Was mir Nietzsche ist, war ich Bertha. Sie überschätzte meine Weisheit, überhöhte alles, was ich sagte, brannte auf unsere Begegnungen, konnte sie kaum erwarten – ja, flehte mich an, sie zweimal täglich zu besuchen!

Aber wie schamlos auch immer ihre Idealisierung, ich stattete sie mit noch größerer Macht aus. Sie war das Allheilmittel für meine Nöte. Ein Blick von ihr erlöste mich von meiner Einsamkeit. Sie verlieh meinem Leben Sinn und Bedeutung. Ihr schlichtes Lächeln salbte mich, machte mich begehrenswert, erteilte mir die Absolution für alle meine niederen Impulse. Eine seltsame Liebe: Jeder sonnten wir uns an des anderen Magie!

Aber ich schöpfe Hoffnung. In unseren Gesprächen ist Heilkraft, und ich bin fest davon überzeugt daß sie keine Einbildung sei.

Eigenartig, daß ich schon nach Stunden vieles von dem vergesse, was wir debattierten. Ein eigentümliches Vergessen, nicht vergleichbar dem Verfliegen einer alltäglichen Kaffeehausunterhaltung. Wäre es möglich, daß es so etwas wie ein tätiges Vergessen gibt, daß etwas nicht deshalb vergessen wird, weil es unwichtig, *sondern weil es zu wichtig ist?*

Ich habe einen erschütternden Satz niedergeschrieben: ›Man liebt zuletzt seine Begierde und nicht das Begehrte.‹

Und diesen: ›Ein sicheres Leben ist gefährlich.‹ Nietzsche behauptet, mein gesamtes bürgerliches Leben sei ein gefährliches Leben. Ich glaube, er meint, daß ich Gefahr laufe, mein wahres Selbst zu verlieren, nicht der zu werden, der ich bin. Doch wer bin ich?

Auszüge aus Friedrich Nietzsches Notizen
zu Dr. Breuer – 15. Dezember 1882

Endlich ein erhabener Ausflug! Tiefe Wasser, kurze Bäder.
Kaltes Wasser, erfrischendes Wasser. Ich schätze nur eine Phi-
losophie nach dem Leben! Ich schätze eine Philosophie, wel-
che aus dem rohen Granit der Erfahrung gehauen wird. Sein
Mut wächst. Sein Wille und sein Leid weisen den Weg. Ist es
nicht an der Zeit, die Gefahren zu teilen?

Die Menschen sind noch nicht reif für die Anwendung der
Lehren meiner Philosophie. Wann werden sie so weit sein? In
fünfzig, in hundert Jahren? Die Zeit wird kommen, da die Men-
schen die Erkenntnis nicht mehr fürchten, Schwäche nicht
mehr als ›Tugend‹ verkleiden, den Mut finden, die Fesseln des
›Du sollst!‹ zu sprengen. Dann wird es die Menschen nach
meiner lebendigen Weisheit verlangen. Dann werden die Men-
schen des Wegweisers zu einem redlichen Leben bedürfen, ei-
nem Leben des Unglaubens und der Entdeckungsfreude. Ei-
nem Leben der Überwindung. Der überwundenen Lust. Und
welche Lust wäre mächtiger als die Lust an der Unterwer-
fung?

Ich habe noch viele Lieder zu singen. Mein Geist geht
schwanger mit Melodien, und Zarathustra ruft immer lauter.
Die Praktik ist nicht mein Metier. Gleichwohl muß die Arbeit
getan werden, müssen Sackgassen und gerade Wege sorgfältig
kartographiert werden.

Heute erfuhr unsere Arbeit eine Umwendung. Der Anstoß?
Das Denkbild der Bedeutung *anstelle jenes des ›Ursprunges‹!*

Vor zwei Wochen berichtete mir Josef, er habe Bertha von je-
dem ihrer Symptome befreien können, indem er dieses auf das
veranlassende Ereignis zurückführte. Von der Trinkhemmung
zum Beispiel kurierte er sie, indem er ihr zur Erinnerung an ei-
nen Tag verhalf, da sie ihre Gesellschafterin dabei überraschte,
wie diese ihrem Hund erlaubte, aus Berthas Wasserglas zu
trinken. Schon damals war ich skeptisch, bin es heute um so

*mehr. Der Anblick eines Hundes, der aus einem Glase trinkt –
abscheulich? Für manche, vielleicht! Ein Weltuntergang?
Kaum! Ursache einer Hysterie? Niemals!*

Nein, hier zeigte sich nicht die ›Ursache‹, *sondern die* Manifestation *einer tieferliegenden, hartnäckigeren Angst! Deshalb
war Josefs Kur kein andauernder Erfolg beschieden.*

Der Schlüssel liegt in der Bedeutung. *Das Symptom ist lediglich der Bote, welcher die Kunde bringt, daß Angst aus dem Innersten auszubrechen droht! Tief verwurzelte Bedrängungen
ob der Endlichkeit, des toten Gottes, der Vereinzelung, des Daseinszweckes, der Freiheit – Bedrückungen, die ein Leben lang
weggesperrt wurden und jetzt ihre Ketten sprengen und an Türen und Fenstern des Bewußtseins rütteln. Sie wollen gehört
werden. Nein, nicht allein gehört,* gelebt!

Die seltsamen russischen ›Aufzeichnungen aus dem Untergrund‹ *verfolgen mich. Dostojewski sagt, es gebe Dinge, die gestehe man nur Freunden; andere nicht einmal diesen, und
dann gebe es noch die* Dinge, *die man nicht einmal sich selbst
gestehe! Es müssen eben diese Dinge sein, die Josef niemals
auch nur sich selbst gestanden hat, welche jetzt in ihm aufbrechen.*

Nehmen wir das, was Bertha Josef bedeutet. *Sie ist das Entkommen, ein gefährliches Entkommen, ein Entkommen vor
der Gefahr des sicheren Lebens. Überdies Leidenschaft, Mysterium und Magie. Sie ist die Erlöserin, welche den zu Tode Verurteilten begnadigt. Ihr eignen übermenschliche Kräfte; sie ist
die Wiege des Lebens, die Beichtmutter, sie vergibt ihm seine
Wildheit und Tierheit. Sie gewährt ihm unweigerlich den Sieg
über alle Rivalen, kraft ihrer immerwährenden Liebe, steten
Anwesenheit und des ewigen Fortlebens in ihren Träumen. Sie
ist der Schild gegen die Reißzähne der Zeit, Rettung vor dem inneren Abgrund, Schutz vor der Bodenlosigkeit.*

*Bertha ist das Füllhorn, aus welchem Mysterium, Schutz
und Erlösung quellen! Josef Breuer nennt dies* Liebe: *ob es
schon* Gebet *heißt.*

*Der Teufel ist der Feind des Glaubens. Die Pastoren, wie
mein Vater, haben die Herde stets vor dem Teufel beschützt.
Um den Glauben zu unterhöhlen, nimmt der Teufel beliebige
Gestalt an – und keine ist gefährlicher und tückischer als die
Bemäntelung des Skeptizismus und Zweifels.*

*Doch wer schützt uns – die heiligen Skeptiker? Wer warnt
uns vor Gefahren, welche der Weisheitsliebe und dem Abscheu
vor Knechtschaft drohen? Sollte das meine Berufung sein? Wir
Skeptiker haben unsere eigenen Feinde, unseren eigenen Teufel, der unsere Skepsis unterhöhlt und die Saat des Glaubens in
die unvermutetsten Winkel streut. Also töten wir die Götter,
sprechen jedoch die Lückenbüßer heilig – Lehrer, Künstler,
schöne Frauen. Und Josef Breuer, anerkannter Forscher, ver-
klärt seit vierzig Jahren das anbetungsvolle Lächeln eines kleinen Mädchens mit Namen Marie.*

*Wir Skeptiker müssen auf der Hut sein. Und hart. Das Ver-
langen nach Glauben ist unbändig. Man sehe nur wie Breuer,
ein Atheist, sich danach verzehrt, fortzuleben, den liebevollen
Blick auf sich ruhen zu wissen, begnadigt, angebetet und beschützt zu sein. Sollte ich zum Hohenpriester der Zweifler berufen sein? Soll ich mich der Aufdeckung und Zerstörung religiösen Verlangens weihen, in welcher Maskierung es auch immer auftreten mag? Der Feind ist mächtig; die Glut des Glaubens wird immer neu von der Angst vor dem Tode, vor der Vergessenheit und Bedeutungslosigkeit angefacht.*

*Wohin wird uns die Bedeutung führen? Gelänge es, die Be-
deutung der Obsession aufzudecken, was geschähe dann?
Würden Josefs Symptome abklingen? Und meine? Wann?
Wird hierzu ein kurzes Tauchbad in den Fluten der ›Teilnahme‹ genügen? Oder erfordert es ein Versinken?*

*Und welche Bedeutung? Es scheinen ein und demselben
Symptom eine Fülle von Bedeutungen zuzugehören, und Josef
hat die vielfältigen Bedeutungen des Besessenseins von Bertha
noch längst nicht ausgeschöpft.*

Vielleicht müssen wir die Bedeutungen eine um die andere

abstreifen, bis Bertha nicht mehr bedeutet als eben Bertha. Ist sie erst ihres Ballastes an Bedeutung beraubt, wird er in ihr das verängstigte, nackte, menschliche, allzu menschliche Wesen erkennen, welches sie ist, welches er ist, welches wir alle sind.

20

Am nächsten Morgen betrat Breuer Nietzsches Krankenzimmer im pelzgefütterten Mantel, einen schwarzen Zylinder in der Hand. »Friedrich, schauen Sie hinaus! Jene verschämte blaßgelbe Scheibe am Himmel – erkennen Sie sie wieder? Unsere Wiener Sonne gibt sich endlich einmal die Ehre. Wollen wir nicht zur Feier des Tages einen Spaziergang unternehmen? Beide behaupten wir doch, im Freien könnten wir am trefflichsten denken.«

Nietzsche schnellte wie von unsichtbaren Federn emporgedrückt von seinem Platz am Pulte hoch. Nie zuvor hatte Breuer an ihm eine so behende Bewegung gesehen. »Nichts wäre mir lieber. Die guten Pflegerinnen ließen mich diese drei Tage schon keinen Fuß mehr vor die Tür setzen. Wohin könnten wir gehen? Reicht die Zeit, um allem Kopfsteinpflaster zu entrinnen?«

»Ich dachte es mir folgendermaßen. Einmal im Monat besuche ich am Sabbat das Grab meiner Eltern. Wenn Sie mich heute begleiten wollten...? Der Friedhof liegt weniger als eine Stunde Fahrt von hier entfernt. Ich bleibe nur kurz, allenfalls lange genug, um einen Strauß Blumen aufs Grab zu legen, sodann könnten wir in die Simmeringer Heide weiterfahren und eine Stunde durch Wald und Wiesen streifen. Zu Mittag wären wir zurück. Am Sabbat halte ich erst nachmittags Sprechstunde.«

Breuer wartete, während Nietzsche sich ankleidete. Letzterer hatte oft betont, wie er zwar das kalte Wetter liebe, jedoch auf wenig Gegenliebe stoße – um sich also vor einem Migräneanfall zu schützen, zog er zwei dicke Westen übereinander und wand sich einen fast zwei Meter langen Wollschal mehrfach um den Hals, ehe er sich in seinen Überrock zwängte. Er setzte, gegen allzu grelles Licht, eine grüne Augenblende auf und zu guter Letzt seinen grünen bayerischen Trachtenhut.

Während der Fahrt fragte Nietzsche nach der Bedeutung der Stöße von Krankenakten, medizinischen Schriften und Journalen, welche in den Taschen der Wagenschläge steckten und über die Polster verstreut lagen. Breuer erklärte ihm, der Fiaker sei sozusagen seine zweite Praxis.

»An manchen Tagen verbringe ich mehr Zeit unterwegs als in der Bäckerstraße. Unlängst bat ein junger Medizinstudent namens Sigmund Freud, mich einen Tag lang begleiten zu dürfen, da er sich aus eigener Anschauung ein Bild des Alltages eines praktischen Arztes zu machen wünschte. Er war entsetzt über die endlosen Stunden, welche ich im Fiaker verbrachte, und beschloß auf der Stelle, eine Forscherkarriere sei der des Praktikers unbedingt vorzuziehen.«

Der Fiaker trug sie auf der Ringstraße durch den südlichen Teil der Stadt, überquerte via Schwarzenbergbrücke den Wienfluß, passierte das Belvedere und erreichte über den Rennweg und die Simmeringer Hauptstraße bald schon den Zentralfriedhof. In den dritten großen Torweg zum jüdischen Teil des Friedhofs einbiegend, lenkte Fischmann, welcher Breuer seit einem Jahrzehnt regelmäßig zum Grab seiner Eltern kutschierte, den Fiaker unbeirrt durch ein Labyrinth von Alleen und Wegen, einige davon kaum breit genug für die Droschke, und hielt schließlich am Mausoleum der Rothschilds. Als Breuer und Nietzsche ausgestiegen waren, holte Fischmann ein großes Blumengebinde unter dem Kutschbock hervor und reichte es Breuer hinunter. Die beiden Männer schritten schweigend einen ungepflasterten Weg zwischen Reihen von Grabmalen hinab. Einige nannten nur Namen und

341

Todestag der Verstorbenen, andere trugen kurze Gedenkin-schriften, wieder andere den Davidstern oder im Relief das Symbol der segnenden Priesterhände für Tote aus dem Cohen-geschlecht.

Breuer wies auf die Sträuße frischer Blumen, welche viele Gräber zierten. »In diesem Land der Toten liegen *hier* die To-ten und *dort*...« – er deutete hinüber zu einem älteren, ver-wahrlosten Teil des Friedhofs – »... die wahrhaft Toten. Keiner pflegt ihre Gräber, weil keiner unter den Lebenden sich noch ihrer entsinnt. *Sie* wissen, was es heißt, tot zu sein.«

Am Ziel angelangt, blieb Breuer vor einem großen, von einer zierlichen steinernen Einfriedung umgebenen Familiengrab stehen. Zwei Male standen darauf: ein kleiner, aufrechter Grabstein, welcher die Daten ›Adolf Breuer 1844–1874‹ trug, und eine große Grabplatte aus grauem Marmor, in welche zwei Inschriften gemeißelt waren:

LEOPOLD BREUER 1791–1872

GELIEBTER VATER UND LEHRER

DEN SÖHNEN UNVERGESSEN

BERTHA BREUER 1818–1845

VEREHRTE MUTTER UND EHEFRAU

HINGESCHIEDEN IM SCHMUCK DER JUGEND UND DER SCHÖNHEIT

Breuer nahm eine kleine Steingutvase von der Platte, entfernte die vertrockneten Blumen des letzten Monats, schob behutsam den mitgebrachten Strauß hinein und ordnete die Stiele. Nach-dem er je einen kleinen, glatten Kieselstein auf Grabplatte und -stein gelegt hatte, verharrte er schweigend mit gesenktem Kopf.

Nietzsche, dessen Taktgefühl ihm gebot, Breuer einen Au-genblick allein zu lassen, schlenderte einen mit Granit- und Marmorgrabsteinen gesäumten Pfad hinunter. Bald befand er sich im vornehmen, den wohlhabenden Wiener Juden vorbe-haltenen Friedhofsbezirk – unter Goldschmidts, Gomperzens,

Altmanns, Wertheimers – im Tode wie im Leben um Assimilation in die nichtjüdische Wiener Hautevolee bemüht. Prächtige Mausoleen, letzte Ruhestätte ganzer Familien, vor deren schweren, mit rankenden Eisenreben verzierten, schmiedeeisernen Gittern prunkvolle Grabesstatuen wachten, legten hiervon Zeugnis ab. Ein Stück weiter schwebten überkonfessionelle Engel auf gewaltigen Grabsteinen, mit erhobenen steinernen Armen flehten sie, so schien es Nietzsche, um Aufmerksamkeit und Gedenken.

Nach zehn Minuten etwa holte Breuer ihn ein. »Sie zu finden war kinderleicht, Friedrich. Sie summten gut hörbar vor sich hin.«

»Ich unterhalte mich auf meinen Spaziergängen oft mit dem Reimen«, sagte dieser, als Breuer sich seinem Schritt anpaßte. »Was halten Sie hiervon:

Obschon nur blinder, tauber Stein,
fleht er doch stumm: Gedenke mein!«

Dann fragte er übergangslos: »Wer war Adolf, jener dritte Breuer neben Ihren Eltern?«

»Adolf war mein einziger Bruder. Er starb vor acht Jahren. Nach seiner Geburt, so heißt es, verschied meine Mutter. Meine Großmutter zog an ihrer Statt zu uns, doch auch sie lebt lange nicht mehr. Sie sind alle fort«, murmelte Breuer, »und ich folge als nächster.«

»Und die Kieselsteine? Ich sah zahlreiche Gräber, auf welchen Kieselsteine lagen.«

»Ein uralter jüdischer Brauch – zu Ehren der Toten und zum Zeichen dessen, daß man sie nicht vergessen hat.«

»Zeichen für wen? Verzeihen Sie, Josef, wenn ich Ihnen zu nahetrete.«

Breuer schob zwei Finger unter den Mantel, um sich den Kragen zu lockern. »Keineswegs. Sie stellen die Art von ikonoklastischen Fragen wie ehedem ich, Friedrich. Doch ist es seltsam, selber in Bedrängnis zu geraten, wie ich einst andere in Bedrängnis geraten sah. Ich habe keine Antwort auf Ihre Frage. Ich lasse die Kiesel für niemanden liegen. Nicht um der Form zu genügen oder damit es andere sehen sollen – ich habe sonst keine Familie, ich bin der einzige, der je dieses Grab besucht –, noch aus Aberglauben oder Angst, und gewiß nicht in der Hoffnung auf Entgeltung im Jenseits; schon als Kind stellte ich mir das Leben als Funken zwischen zwei Leeren vor, dem Dunkel vor der Geburt und dem Dunkel nach dem Tode.«

»Leben als Funke zwischen zwei Leeren. Ein hübsches Bild, Josef. Und ist es recht eigentlich nicht seltsam, daß wir dem zweiten Dunkel soviel Aufmerksamkeit schenken, nicht aber dem ersten?«

Breuer nickte zustimmend und sprach nach einer kurzen Pause weiter: »Zu den Kieselsteinen. Sie fragen, für wen ich die Kiesel liegenlasse. Vielleicht führte mir die Pascalsche Wette die Hand. Was steht schließlich zu verlieren? Kleiner Kiesel, kleine Mühe.«

»Und eine kleine Frage, Josef. Eine, die ich stellte, um Zeit zum Bedenken einer viel größeren zu gewinnen!«

»Und zwar?«

»Weshalb haben Sie mir verschwiegen, daß Ihre Mutter Bertha hieß?«

Nicht im entferntesten hatte Breuer mit dieser Frage gerechnet. Entgeistert wandte er sich Nietzsche zu. »Weshalb hätte ich es tun sollen? Ich habe auch nie erwähnt, daß meine älteste Tochter ebenfalls Bertha heißt. Es ist nicht von Belang. Ich sagte Ihnen doch, meine Mutter starb, als ich drei Jahre alt war, und ich habe keinerlei Erinnerung an sie.«

»Keine *bewußte* Erinnerung«, verbesserte ihn Nietzsche. »Doch der Großteil unserer Erinnerungen lebt im Unbewußten fort. Sie kennen doch gewiß von Hartmanns *Philosophie des Unbewußten*? In jeder Buchhandlung zu haben.«

Breuer nickte. »Ja, ich kenne das Werk gut. Im Kaffeehaus debattierten wir viele Stunden darüber.«

»In diesem Buche steckt Genie – allerdings des Verlegers, nicht des Verfassers. Hartmann ist als Philosoph bestenfalls ein Dilettant, der sich die Gedanken von Goethe, Schopenhauer und Schelling anverwandelt hat. Aber Hut ab vor dem Verleger Duncker!« Nietzsche lüpfte seinen grünen Trachtenhut. »Da haben Sie einen Mann, der es versteht, jedem Leser Europas ein Buch unter die Nase zu halten. Die neunte Auflage! Overbeck sagte mir, es seien über einhunderttausend Exemplare verkauft worden! Stellen Sie sich nur vor! Und ich kann froh sein, wenn zweihundert Leser sich eines meiner Bücher annehmen!«

Er seufzte und drückte sich den Hut wieder in die Stirn.

»Aber um zu Hartmann zurückzukehren: Er erörtert gut zwei Dutzend gesonderte Aspekte des Unbewußten und läßt schließlich keinen Zweifel daran, daß der Großteil unserer Gedächtnis- und Denkvorgänge sich außerhalb des Bewußtseins vollziehen. Ich teile diese Anschauung, nur geht er mir nicht weit genug. Nach meinem Dafürhalten läßt sich kaum überschätzen, in welchem Maße das Leben – das wirkliche Leben – vom Unbewußten bestimmt wird. Das Bewußtsein ist kaum mehr als eine durchscheinende Haut, welche das Dasein umschließt; das geschulte Auge sieht durch sie hindurch – sieht urgewaltige Triebe, Instinkte, ja bis hinein in die Werkstätten des Willens zur Macht.

Erst gestern, Josef, spielten Sie selbst auf das Unbewußte an, als Sie sich ausmalten, wie Sie in Berthas Träume eindrängen. Wie sagten Sie noch? Sie hätten Zutritt zu ihrem Innersten erlangt, dem heiligen Bezirk, wo nichts vergeht? Wenn aber Ihr Bild immer in ihren Gedanken ist, wo wird es bewahrt, wenn sie gerade an anderes denkt? Fraglos *muß* es weitere Kammern unbewußter Erinnerung geben.«

In diesem Augenblick stießen sie auf eine kleine Gruppe Trauernder, welche sich um ein mit einem Baldachin überspanntes offenes Grab scharten. Vier kräftige Friedhofsdiener hatten an dicken Seilen den Sarg herabgelassen, die Trauergäste, auch die Gebrechlichen und die Alten, reihten sich auf, damit ein jeder drei Schaufeln voll Erde ins Grab werfe. Breuer und Nietzsche gingen schweigend weiter, den feuchten, süß-herben Duft frisch gebrochener Erde einatmend. An einer Weggabelung berührte Breuer flüchtig Nietzsches Arm, um ihm zu bedeuten, sie müßten den rechten Pfad einschlagen.

»Was die unbewußten Erinnerungen angeht«, nahm Breuer den Gesprächsfaden auf, als sie außer Hörweite der dumpf aufs Holz prasselnden Erdschollen waren, »stimme ich vollkommen mit Ihnen überein. Meine Hypnoseversuche mit Bertha waren hierfür ein eindrucksvoller Beleg. Nur worauf wollen Sie hinaus, Friedrich? Doch gewiß nicht darauf, daß ich Bertha liebe, weil sie den Namen meiner Mutter trägt?«

»Finden Sie daran nicht bemerkenswert, Josef, daß Sie mir, obgleich wir uns viele Stunden über Ihre Patientin Bertha unterhalten haben, erst heute morgen anvertrauen, daß Bertha der Name Ihrer Mutter war?«

»Ich habe es Ihnen doch nicht mit Absicht vorenthalten. Ich habe lediglich nie einen Zusammenhang zwischen meiner Mutter und Bertha gesehen. Auch jetzt erscheint mir dieser an den Haaren herbeigezogen. Für mich ist Bertha Bertha Pappenheim. An meine Mutter denke ich nie. Ihr Bild erscheint nie vor meinem inneren Auge.«

»Und doch haben Sie Ihr Lebtag Blumen auf ihr Grab gelegt.«

»Auf das Grab meiner Familie!«

Wiewohl er sich selbst als halsstarrig empfand, wollte Breuer nicht darauf verzichten, offen seine Meinung kundzutun. Die Beharrlichkeit allerdings, mit welcher Nietzsche klaglos und unbeirrt seine psychologische Erkundung fortsetzte, erfüllte ihn mit Bewunderung und Respekt.

»Gestern haben wir uns jede nur erdenkliche Bedeutung von Bertha vorgenommen. Ihr ›chimney-sweeping‹ förderte zahlreiche Erinnerungen zutage. Wie ist es möglich, daß Ihnen der Name Ihrer Mutter nicht einmal in den Sinn kam?«

346

»Wie soll ich diese Frage beantworten? Nicht-bewußte Erinnerungen entziehen sich meiner bewußten Kenntnis. Ich weiß nicht, wo sie schlummern. Sie führen ein Eigenleben. Ich kann doch nur von meiner Erfahrung sprechen, von dem, was *wirklich* ist. Und wirklich ist für mich vor allem Bertha *als* Bertha.«

»Aber Josef, eben hierin besteht doch das Dilemma! Was hätte gestern deutlicher zutage treten können, als daß Ihre Beziehung zu Bertha *unwirklich* ist, eine Illusion, gewoben aus Bildern und Sehnsüchten, welche mit der leibhaftigen Bertha nicht das mindeste zu tun haben?

Gestern erkannten wir, wie Ihre Phantasien über Bertha Sie vor der *Zukunft* schützen, vor den Schrecken des Alterns, des Todes, der Vergessenheit. Heute dämmert mir, daß Ihr Bild Berthas überdies von Gespenstern aus der *Vergangenheit* bevölkert ist. Josef, allein der gegenwärtige Augenblick ist wirklich. Wir erfahren uns zuletzt nur im gegenwärtigen Augenblick. Bertha ist nicht wirklich. Sie ist ein Phantom, Abgesandte der Zukunft wie der Vergangenheit.«

Noch nie hatte Breuer bei Nietzsche diesen Brustton der Überzeugung gehört – in jedem Worte schwang absolute Gewißheit mit.

»Lassen Sie es mich anders ausdrücken«, sagte er. »Sie betrachten sich und Bertha als untrennbare Zweiheit – als denkbar innigste, intimste Verbindung, ist es nicht so?«

Breuer nickte.

»Dennoch«, versicherte Nietzsche, »bin ich der festen Überzeugung, daß *Sie und Bertha in keiner Weise eine persönliche Beziehung verbindet*. Ich glaube vielmehr, daß Ihre Obsession sich in Nichts auflösen wird, sobald Sie diese eine entscheidende Frage zu beantworten vermögen: *Wie viele Personen gehören dieser Beziehung an?*«

Voraus wartete der Fiaker. Sie stiegen ein, und Breuer wies Fischmann an, sie in die Simmeringer Heide hinauszufahren.

Im Wageninnern griff Breuer das eben Gesagte auf. »Ich verstehe Ihre Frage nicht, Friedrich.«

»Es liegt doch auf der Hand, daß es zwischen Ihnen und Bertha nie zu einem privaten Tête-à-tête kommt. Nie sind nur Sie und Bertha zugegen. Stets herrscht in Ihren Phantasien das reinste Gedränge: Schöne Frauen bieten Erlösung und Schutz, gesichtslose Männer werden von Ihnen im Kampf um Berthas Gunst besiegt. Es treten auf: Bertha Breuer, Ihre Mutter, sowie ein zehnjähriges Mädchen mit einem huldvollen Lächeln. Wenn sich eines zeigt, Josef, dann doch dieses: daß Ihr Besessensein von Bertha *gar nicht Bertha gilt!*«

Breuer nickte und versank in Grübelei. Nietzsche schwieg ebenfalls und starrte während der restlichen Fahrt aus dem Fenster. Als sie ausstiegen, bat Breuer Fischmann, sie in einer Stunde abzuholen.

Die Sonne war indessen hinter einer dräuenden, dunkelgrauen Wolke verschwunden, und die beiden Männer mußten sich gegen einen eisigen Wind lehnen, der noch tags zuvor über russische Steppen hinweggefegt war. Sie knöpften ihre Mäntel bis zum Kinn hinauf und schritten zügig aus. Nietzsche brach als erster das Schweigen.

»Es ist seltsam, Josef, welch beruhigende Wirkung Friedhöfe auf mich ausüben. Ich erzählte Ihnen wohl daß mein Vater lutherischer Pastor war. Erwähnte ich überdies, daß der dörfliche Friedhof mir als Spielwiese diente? Kennen Sie Montaignes Essay über den Tod, in welchem er uns ein Zimmer mit Blick auf einen Friedhof empfiehlt? Dies halte den Kopf frei, behauptet er, und bewahrte einem den Sinn für des Lebens Prioritäten. Nützen auch Ihnen Friedhöfe in dieser Weise?«

Breuer nickte. »Ich schätze diesen Essay sehr und kenne ihn gut. Ja, es gab Zeiten, da ich Friedhofsbesuche als wohltuend empfand. Vor Jahren, als ich das Scheitern meiner Universitätslaufbahn nicht verwinden zu können glaubte, suchte ich Trost bei den Toten. In gewisser Weise beruhigten mich die Gräber, sie erlaubten mir, das Unwesentliche in meinem Leben auch unwesentlich zu heißen. Bis sich dies mit einem Schlage änderte!«

»Weshalb?«

»Ich weiß nicht weshalb, doch war mir der Friedhof immer weniger Balsam oder Lehre. Ich verlor die Ehrfurcht, ich empfand die Friedhofsengel, die Epitaphe über das Ruhen in Gott zunehmend als dümmlich, ja erbärmlich. Vor wenigen Jahren wandelte sich mein Empfinden abermals. Nun begann mich der Friedhof mit seinen Grabsteinen, Statuen, Totenhäusern zu erschrecken. Gleich einem Kind sah ich überall Gespenster, und ich blickte nun, wenn ich das Grab meiner Eltern besuchte, immerfort ängstlich über die Schulter zurück. Ich begann, die Besuche hinauszuschieben und kam nur in Begleitung. Mit jedem Mal werden meine Besuche kürzer. Oft graut mir vor dem Anblick des Grabes meiner Eltern, und manches Mal, wenn ich vor ihm stehe, sehe ich mich im Erdboden versinken und verschlungen werden.«

»Wie in Ihrem Alptraum, in welchem der Boden unter Ihren Füßen nachgibt.«

»Wie seltsam, daß Sie es erwähnen, Friedrich! Vor wenigen Minuten erst spukte mir eben dieser Traum im Kopfe!«

»Vielleicht handelt es sich ja tatsächlich um einen Friedhofstraum. War es in Ihrem Traume nicht so, daß Sie vierzig Fuß stürzten und auf einer Steinplatte zu liegen kamen – sprachen Sie nicht von einer Platte?«

»Einer *Marmor*platte!« rief Breuer. »Einer, welche Inschriften trug, die ich nicht entziffern konnte! Ach, da gibt es noch etwas, was ich meines Wissens nie erwähnte. Dieser junge Student und Freund, Sigmund Freud, von dem ich vorhin sprach – der nämliche, welcher mich einen Tag lang auf meinen Hausbesuchen begleitete…«

»Ja?«

»Nun, dessen Steckenpferd sind Träume. Er befragt oft seine Freunde zu ihren Träumen. Besonders fesseln ihn genaue Zahlenangaben und Wortfolgen in Träumen, und als ich ihm meinen Alptraum schilderte, stellte er eine neue These über den Sturz von akkurat vierzig Fuß auf. Da ich den Traum zum erstenmal um meinen vierzigsten Geburtstag herum geträumt habe, so Freud, können die vierzig Fuß die vierzig Jahre vorstellen!«

»Vortrefflich!« Nietzsche verlangsamte den Schritt und klatschte in die Hände. »Nicht Fuß, sondern Jahre! Des Traumrätsels Lösung dämmert auf! Als Sie vierzig wurden, bemächtigte sich Ihrer die Vorstellung, Sie stürzten ins Erdinnere hinab und kämen auf einer Marmorplatte zu liegen. Doch bedeutet die Platte das Ende? Ist sie der Tod? Oder bezeichnet sie in irgendeiner Weise einen gebrochenen Fall und somit die Rettung?«

Ohne auf Antwort zu warten, überlegte Nietzsche laut weiter: »Es fragt sich überdies, um welche Bertha es sich bei der Bertha handelt, die Sie suchten, als die Erde nachzugeben begann: die junge Bertha, die scheinbar Schutz bietet? Oder die Mutter, die einst wirklichen Schutz bot und deren Name in die Grabplatte eingraviert ist? Oder eine Vereinigung beider Berthas? Immerhin, sie stehen sich im Alter recht nahe – als Ihre Mutter starb, war sie wenig älter als Bertha!«

»Um welche Bertha es sich handelt?« Breuer schüttelte ratlos den Kopf. »Wie sollte ich darauf je eine Antwort geben können? Wenn ich bedenke, daß ich noch vor Monaten glaubte, die Redekur könne eines Tages zur exakten Wissenschaft reifen! Doch wie sollten solche Fragen jemals verläßlich zu beantworten sein? Vielleicht ließe sich die Gültigkeit an der schieren Wucht messen: Ihre Worte besitzen für mich Kraft, sie bewegen mich, sie *fühlen* sich wahr an. Kann man sich aber auf ein *Gefühl* verlassen? Allenorts *fühlen* religiöse Fanatiker eine göttliche Gegenwart. Sollten ihre Gefühle als weniger verläßlich gelten dürfen denn die meinigen?«

»Ich frage mich«, sinnierte Nietzsche, »ob nicht unsere Träume dichter bei dem siedeln, wer wir sind, als Verstand oder Gefühl.«

»Ihr Interesse an Träumen überrascht mich, Friedrich. In Ihren Werken erwähnen Sie sie kaum. Ich entsinne mich lediglich Ihrer Spekulationen darüber, ob der Geist des Wilden nicht bis heute im Traum fortlebt.«

»Ja, ich glaube, im Traume machen wir das Pensum früherer Menschentums noch einmal durch. Doch Träume besitzen für mich Anreiz nur aus entfernter Warte; ich selbst behalte leider selten Träume – obgleich ich kürzlich einen von erstaunlicher Klarheit hatte.«

Die beiden Männer gingen schweigend, die einzigen Laute waren hier und da das Knacken von Zweigen und das Rascheln des trockenen Laubes. Würde Nietzsche seinen Traum erzählen? Breuer hatte inzwischen gelernt, daß Nietzsche sich um so bereitwilliger mitteilte, je weniger man nachfragte. Am besten gar nicht.

Nach Minuten sprach Nietzsche wieder. »Der Traum ist kurz und dreht sich, wie Ihrer, um das Weib und den Tod. Mir träumte, ich teilte das Bett mit einem Weibe, und es käme zu einer Balgerei. Vielleicht zogen wir beide an der Bettdecke. Jedenfalls fand ich mich einige Minuten später im Bettzeuge verzurrt, so fest, daß ich mich nicht mehr zu rühren vermochte und zu ersticken drohte. Ich schreckte schweißgebadet hoch, mit dem Aufschrei auf den Lippen: ›Lebe! Lebe!‹«

Breuer gab sich Mühe, Nietzsche zu weiteren Erinnerungen an den Traum zu verhelfen, doch vergeblich. Nietzsches einzige gedankliche Verbindung bestand in der Ähnlichkeit zwischen dem gewickelten Laken und der ägyptischen Einbalsamierungskunst. Er sei demnach zur Mumie geworden.

»Mir fällt auf«, bemerkte Breuer, »wie unsere Träume genau entgegengesetzt sind. Ich träume von einer Frau, welche mich vor dem Tod rettet, während die Frau in Ihrem Traum das Werkzeug des Todes ist!«

»Ja, das will mein Traum wohl besagen. Und es entspricht ganz meiner Überzeugung! Das Weib lieben heißt das Leben verachten!«

»Ich verstehe nicht, Friedrich. Sie sprechen wieder in Gleichnissen.«

»Ich meine damit, daß man kein Weib lieben kann, ohne die Augen vor der Häßlichkeit unter der Haut zu verschließen – Blut, Venen, Fett, Muskeln, Kot –, alle Physiologie ist ein Greuel. Der Liebende bedarf des verklärten Blickes, er muß die Wahrheit leugnen. Für mich jedoch ist ein unwahres Leben wie der lebende Tod!«

»Das heißt, in Ihrem Leben wird nie Platz für die Liebe sein?« Breuer seufzte tief. »Und sollte die Liebe mich noch ins Verderben stürzen, so befällt mich bei Ihren Worten doch große Traurigkeit um Ihretwillen, mein Freund.«

»Ich träume von einer Liebe, die mehr wäre als die Begierde zweier Menschen, sich gegenseitig zu besitzen. Einmal, vor nicht langer Zeit, glaubte ich, sie gefunden zu haben. Ich irrte.«

»Was geschah?«

Weil er glaubte, gesehen zu haben, wie Nietzsche leise den Kopf schüttelte, drang Breuer nicht in ihn. Sie gingen weiter. Nietzsche griff den Faden wieder auf. »Ich träume von einer Liebe, bei der zwei Menschen durch einen gemeinsamen höheren Durst nach einem über ihnen stehenden Ideal verbunden seien. Doch vielleicht ist Liebe dafür nicht das treffende Wort, vielleicht wäre der rechte Name Freundschaft.«

Wie anders als sonst war ihr heutiges Gespräch! Breuer fühlte sich Nietzsche sehr nahe, gern wäre er Arm in Arm mit ihm gegangen. Zugleich verspürte er Enttäuschung. Er wußte, an diesem Tage konnte er nicht die Hilfe erwarten, welche er brauchte. Eine Unterhaltung im Gehen erlaubte nicht die nötige tiefe Einkehr. Allzu leicht verfiel man, kaum wurde einem unbehaglich, in Schweigen oder ließ sich ablenken von den kleinen Wölkchen ausgestoßenen Atems und dem Knarren der sich im Wind wiegenden und aneinanderreibenden nackten Zweige.

Einmal fiel Breuer ein Stück zurück. Nietzsche, der sich nach ihm umwandte, staunte, seinen Begleiter – den Zylinder in der Hand – sich vor einer kleinen, unscheinbaren Pflanze verbeugen zu sehen.

»Fingerhut«, erläuterte dieser. »Ich habe wenigstens vierzig Patienten mit schwachem Herzen, deren Überleben von der Großzügigkeit dieses gemeinen Gewächses abhängt.«

Der Friedhofsbesuch hatte bei beiden Männern alte Wunden aufgerissen, und während sie gingen, gaben sie sich Reminiszenzen hin. Nietzsche erzählte einen Traum, den er mit sechs gehabt hatte, ein Jahr nach dem Tode seines Vaters.

»Ich erinnere mich noch so deutlich, als hätte ich ihn letzte Nacht geträumt. Ein Grab öffnet sich, und es entsteigt demselben mein Vater im Sterbekleid. Er eilt in die Kirche und kehrt mit einem kleinen Kind im Arm wieder. Er steigt mit dem Kinde ins Grab zurück. Die Erde schließt sich über beiden, die Grabplatte gleitet über die Öffnung.

Das Abscheuliche daran war, daß kurz darauf mein jüngerer Bruder krank wurde und an Krämpfen starb.«

»Gräßlich!« rief Breuer. »Wie schauerlich, dergleichen vorherzusehen! Wie erklären Sie sich das?«

»Ich habe keine Erklärung. Lange Zeit graute mir vor allem Übernatürlichen, und ich betete mit Inbrunst. Doch in den letzten Jahren drängt sich mir der Gedanke auf, daß der Traum in keinerlei Beziehung zu meinem Bruder stand, daß *ich* es war, den mein Vater holen kam, und daß der Traum Ausdruck meiner Angst vor dem Tode war.«

Die beiden Männer, die sich auf bisher nicht gekannte selbstverständliche Weise einer in des anderen Gegenwart wohl fühlten, überließen sich ihren Erinnerungen. Breuer entsann sich eines Traumes von einem Unglück unbestimmter Art in seinem Elternhause: Sein Vater, den blauweißen Gebetsschal umgetan, wiegte sich hilflos im Gebet. Und Nietzsche beschrieb einen Alptraum, in dem er seine Schlafkammer betrat und auf seinem Bette einen sterbenden Alten vorfand, der schrecklich röchelnd atmete.

»Beide sind wir früh mit dem Tod in Berührung gekommen«, meinte Breuer nachdenklich, »und beide erlitten wir einen bitteren, frühen Verlust. Für meinen Teil habe ich den Verdacht, daß ich ihn nie recht verwunden habe. Und Sie, was ist mit Ihrem *Verlust?* Fehlte Ihnen nicht der beschützende Vater?«

»Beschützend – oder *erdrückend?* War es ein solcher Verlust? Ich bin mir da nicht einig. Es mag dem Kind ein Verlust gewesen sein, aber nicht dem Manne.«

»Das heißt?« fragte Breuer.

»Das heißt, mich beugte nie die Last eines Vaters, den ich auf dem Rücken trug, mich erstickte nie die Last seines Urteils, mich lehrte niemand, wie mein Lebensziel darin bestünde, ihn für enttäuschte Hoffnungen zu entschädigen. Sein Tod mag ebensogut ein Segen gewesen sein, befreiend. So konnten seine Vorlieben mir nie zur Vorschrift werden. Ich wurde mir selbst überlassen, konnte mir meinen Weg selbst suchen, einen, der nicht ausgetreten war. Bedenken Sie doch! Wie hätte denn ich, der Anti-Christ, falschen Glauben austreiben und neue Wahrheiten suchen können, hätte ein Pastorenvater bei jeder meiner Errungenschaften schmerzlich das Gesicht verzogen, ein Vater, welcher meine Kreuzzüge gegen die Illusion als persönliche Angriffe auf *sich* hätte auffassen müssen?«

»Andererseits«, gab Breuer zu bedenken, »wenn Sie zur rechten Zeit seinen Schutz genossen hätten, hätten Sie dann noch der Anti-Christ werden müssen?«

Nietzsche erwiderte nichts, und Breuer ließ die Sache auf sich beruhen. Allmählich lernte er, sich Nietzsches Rhythmus anzupassen: Fragen, die der Suche nach Wahrheit dienten, waren statthaft, ja willkommen; jedes zusätzliche Drängen jedoch rief Widerstand hervor. Breuer zog seine Uhr hervor, das Geschenk seines Vaters. Es war Zeit, zum Fiaker zurückzukehren. Mit dem Wind im Rücken ging es sich leichter.

»Wer weiß, ob Sie nicht aufrichtiger sind, als ich es bin«, überlegte Breuer. »Vielleicht haben mich die Ansichten meines Vaters stärker niedergehalten, als ich mir klarmachte. Doch für gewöhnlich fehlt er mir sehr.«

»*Was* fehlt Ihnen?«

Breuer dachte an seinen Vater. Wie der alte Mann, Gebetskäppchen auf dem Kopf, das Tischgebet sprach, ehe er sich ein schlichtes Mahl aus gekochten Kartoffeln und Heringen munden ließ. Sein Lächeln, wenn er in der Synagoge saß und beobachtete, wie der Sohn sich gelangweilt die Fransen des Gebetsschals um die Finger wickelte. Seine Weigerung, den Sohn beim Schach einen Zug zurücknehmen zu lassen: ›Berührt – geführt, Josef. So etwas laß ich dir gar nicht erst durchgehen!‹ Sein tiefer Bariton, der durchs Haus hallte, wenn er den jungen Schülern, die sich auf die Bar Mizwa vorbereiteten, einzelne Passagen vorsprach.

»Am meisten, glaube ich, seine Hinwendung. Er war stets mein erstes Publikum, selbst ganz am Ende seines Lebens, als sein Geist sich gelegentlich verwirrte und sein Gedächtnis ihn im Stich ließ. Ihm unterbreitete ich unfehlbar meine Erfolge, meine diagnostischen Glanzleistungen, meine Forschungsergebnisse, selbst meine Spenden für wohltätige Zwecke zählte ich ihm auf. Und auch nach seinem Tode blieb er mein Publikum. Jahrelang blickte er mir über die Schulter, prüfte, billigte. Je mehr sein Bild verblaßt, desto mehr muß ich gegen die Angst ankämpfen, mein Tun und mein Erfolg seien vergänglich und ohne wirkliche Bedeutung.«

»Wollen Sie damit andeuten, Josef, daß, solange Ihre Erfolge im körperlosen Geiste Ihres Vaters fortlebten, ihnen Bedeutung zukäme?«

»Irrational, ich weiß. Ähnlich der Frage nach dem Geräusch eines umstürzenden Baumes in einem menschenleeren Wald. Ist unbeobachtetes Tun von Bedeutung?«

»Der Unterschied ist nur, daß der Baum keine Ohren hat, Sie hingegen derjenige sind, welcher Bedeutung verleiht.«

»Friedrich, Sie sind selbstgenügsamer als ich – mehr als irgendein Mensch, den ich bisher kennenlernte! Ich weiß noch, wie ich bei unserer ersten Begegnung über Ihre Fähigkeit staunte, sich Schaffenskraft und -drang zu erhalten, ohne die geringste Anerkennung durch Ihresgleichen.«

»Josef, eines habe ich vor langer Zeit erkannt: Man wird mit seinem schlechten Ruf leichter fertig als mit seinem schlechten Gewissen. Zudem bin ich nicht gierig; ich schreibe nicht für die vielen. Und ich habe Geduld. Schon möglich, daß meine Schüler noch nicht leben, doch ich weiß, mir gehört das Übermorgen. Manche Philosophen werden posthum geboren!«

»Aber Friedrich, unterscheidet sich die Überzeugung, posthum geboren zu sein, denn wirklich so grundlegend von meiner Sehnsucht nach dem wohlwollenden Blick meines Vaters? Sie können warten, und sei es auf ein Übermorgen, doch auch Sie sehnen sich nach Antwort.«

Eine lange Pause. Nietzsche nickte schließlich und sagte leise: »Mag sein. Vielleicht gibt es auch bei mir noch Eitelkeiten, die es zu überwinden gilt.«

Breuer nickte wortlos. Es war ihm keineswegs entgangen, daß Nietzsche ihm zum ersten Male in Betreff seiner Person recht gab. Sollten sie an einem Wendepunkt ihrer Beziehung angelangt sein?

Nein, voreilig! Denn nach einer kurzen Denkpause fügte Nietzsche hinzu: »Dennoch besteht ein Unterschied zwischen dem Wunsch nach der Anerkennung eines Elternteils und dem Streben, nachfolgende Generationen zu erheben.«

Breuer enthielt sich eines weiteren Kommentars, wenngleich für ihn feststand, daß Nietzsches Motive nicht vollkommen selbstlos über ihn hinauswiesen; insgeheim buhlte auch er um bleibende Erinnerung. Es kam Breuer an diesem Tage so vor, als entsprängen *alle Motive* – seine wie Nietzsches – einer einzigen Quelle: dem Verlangen, der Vergessenheit des Todes zu entrinnen. Sah er die Dinge zu düster? Womöglich die Wirkung des Friedhofs. Womöglich war schon ein monatlicher Besuch zuviel.

Doch selbst der Anflug von Morbidität konnte die gehobene Stimmung ihres Spaziergangs nicht verderben. Er dachte an Nietzsches Definition der Freundschaft: zwei Menschen, welche ein gemeinsamer höherer Durst nach Wahrheit verband.

War es nicht genau dieser Durst, den er und Nietzsche heute zu stillen suchten? Ja, sie waren Freunde.

Ein tröstlicher Gedanke, fand Breuer, auch wenn er sich nicht verhehlen konnte, daß ihre wachsende Vertrautheit und ihre erhellenden Gespräche ihn einer Erlösung von seinem Seelenschmerz kein Stück näher brachten. Um der Freundschaft willen versuchte er, diesen störenden Gedanken zu vertreiben.

Doch – als Freund – schien Nietzsche seine Gedanken lesen zu können. »Ich genieße den Spaziergang sehr, Josef, doch wir dürfen nicht Sinn und Zweck unserer Zusammenkünfte aus dem Blick verlieren: Ihre psychische Bedrängnis.«

Als sie eine kleine Böschung hinunterstiegen, glitt Breuer aus und suchte Halt an einem jungen Baum. »Obacht, Friedrich, der Schiefergrund ist tückisch.« Nietzsche reichte Breuer die Hand, und sie stützten sich gegenseitig.

»Ich dachte soeben darüber nach«, sagte Nietzsche, »wie unsere Gespräche, ziellos als sie scheinen mögen, sich doch stetig auf eine Lösung zubewegen. Zwar hat sich unsere Erstürmung Ihrer Obsession zugestandenermaßen als fruchtlos erwiesen, doch zeigte sich in den letzten Tagen auch, weshalb: nämlich, weil die Obsession nicht Bertha gilt – oder nicht ihr allein –, sondern einer Reihe von Bedeutungen, die sich in Bertha anhäufen. Sind wir uns so weit einig?«

Breuer nickte und war im Begriff, höflich einzuwenden, daß derlei intellektuelle Weisheit keine Abhilfe zu schaffen vermochte, aber Nietzsche sprach hastig weiter: »Es ist nun offenkundig geworden, daß unser größter Fehler darin bestand, Bertha zum Angriffsziel zu erklären. *Wir haben nicht den richtigen Feind gewählt.*«

»Und welcher wäre der richtige?«

»Sie *wissen es*, Josef! Weshalb zwingen Sie *mich*, ihn zu benennen? Der eigentliche Feind ist die zugrundeliegende *Bedeutung* Ihrer Obsession. Denken Sie an unser heutiges Gespräch. Wieder und wieder sind wir zu Ihrer Angst vor der

Leere, der Vergessenheit, dem Tode zurückgekehrt. Sie steckt in Ihrem Alptraum, im festen Boden, welcher nachgibt, in Ihrem Sturz hinab auf die Marmorplatte, sie steckt in Ihrem Grauen vor dem Friedhof, in Ihrer Furcht, belanglos zu sein, in Ihrem Wunsche, gesehen und in Erinnerung behalten zu werden. Das Paradox, Ihr Paradox, liegt darin, daß Sie sich der Suche nach der Wahrheit verschreiben, den Anblick dessen jedoch, was Sie entdecken, nicht ertragen.«

»Sie müssen doch den Tod und die Gottlosigkeit ebenso fürchten, Friedrich. Von Anbeginn an fragte ich unentwegt: ›Wie ertragen *Sie* es? Wie begegnen *Sie* den Schrecken?‹«

»Möglich, daß die Zeit gekommen ist, es Ihnen zu sagen«, erklärte Nietzsche in feierlichem Ton. »Bisher hielt ich Sie nicht für bereit, mich zu hören.«

Breuer, neugierig auf Nietzsches Botschaft, zog es dieses eine Mal vor, sich nicht an der Stimme des Propheten zu stören.

»Ich lehre nicht, Josef, daß man den Tod ›ertragen‹ oder ihm ›begegnen‹ solle. Das führte geradewegs in den Lebensbetrug! Meine Lehre lautet: *Stirb zur rechten Zeit!*«

»›Stirb zur rechten Zeit!‹« Die Worte erschütterten und erschreckten Breuer zutiefst. Aus einem vergnüglichen Nachmittagsspaziergang wurde plötzlich bitterer, tödlicher Ernst. »›Stirb zur rechten Zeit‹? Was meinen Sie um Himmels willen damit? Ich bitte Sie, Friedrich, ich ertrage es nicht, ich habe es Ihnen schon zigmal gesagt. Jedesmal, wenn Sie Bedeutsames in enigmatische Worte kleideten. Weshalb tun Sie es nur?«

»Sie stellen zwei Fragen. Welche soll ich beantworten?«

»Erklären Sie mir zunächst einmal, was es mit dem Sterben zur rechten Zeit auf sich hat.«

»Wer zur rechten Zeit lebt, wer vollbringend lebt, für den verliert der Tod seinen Schrecken. Wer nie zur rechten Zeit lebt, wird nie zur rechten Zeit sterben können. Lebe siegreich, lebe vollbringend! Der Tod verliert seinen Schrecken, sofern man stirbt, wenn man sein Leben gelebt, wenn man vollbringend gelebt hat! Wenn man nicht zur rechten Zeit lebt, kann man auch nicht zur rechten Zeit sterben.«

»Was heißt nun das wieder?« stöhnte Breuer, der Verzweiflung nahe.

»Fragen Sie sich selbst, Josef. Haben Sie Ihr Leben gelebt?«

»Sie beantworten Fragen mit Fragen, Friedrich!«

»Sie stellen Fragen, deren Antwort Sie kennen!« konterte Nietzsche.

»Wenn dem so wäre, wozu sollte ich noch fragen?«

»Um Ihre eigene Antwort nicht kennen zu müssen!«

Breuer schwieg. Er ahnte, daß Nietzsche recht hatte. Er gab seinen Widerstand auf und blickte nach innen. »Habe ich mein Leben gelebt? Ich habe viel erreicht, mehr als irgend jemand von mir hätte erwarten können. Gesicherte Verhältnisse, wissenschaftlichen Erfolg, Familie, Kinder – doch über all das haben wir bereits gesprochen.«

»Sie weichen immer noch meiner Frage aus. Haben Sie Ihr Leben gelebt? Oder wurden Sie von ihm gelebt? Haben Sie gewollt? Oder wurden Sie gewollt? Das Leben geliebt? Oder gereut? Das meine ich, wenn ich Sie frage, ob Sie Ihr Leben gelebt haben. Ist Ihr Leben aufgebraucht? Denken Sie an den Traum, in dem Ihr Vater hilflos betet, während irgendein Unglück seine Familie befällt. Gleichen Sie ihm nicht? Stehen nicht auch Sie hilflos da und betrauern das Leben, das Sie nie gelebt haben?«

Breuer fühlte, wie in seinem Innern der Druck unerträglich wuchs. Nietzsches Fragen drangen tief in ihn ein, er war machtlos dagegen. Er bekam kaum noch Luft. Die Brust wollte ihm zerspringen. Er blieb einen Augenblick stehen und atmete dreimal tief durch, ehe er antwortete:

»Ihre Fragen – Sie kennen die Antwort! Nein, ich habe nicht gewollt! Nein, ich habe nicht das Leben gelebt, das ich hätte leben wollen! Ich habe das Leben gelebt, das mir bestimmt wurde. Ich – mein wahres Ich – bin in meinem Leben eingeschlossen.«

359

»Und das, Josef, da bin ich ganz sicher, ist die Wurzel Ihrer Angst. Die Herzbeklemmung: all das viele ungelebte Leben, welches Ihnen die Brust sprengen will. Und Ihr Herz schlägt dazu den Takt der verstreichenden Zeit. Und die Zeit will Ewigkeit. Die Zeit verschlingt alles und gibt nichts wieder. Greulich, Sie sagen hören zu müssen, Sie hätten das Leben gelebt, das Ihnen bestimmt wurde! Greulich, dem Tode entgegengehen zu müssen, ohne jemals die Freiheit errungen zu haben, bei aller Gefahr!«

Ohne zu wanken stand Nietzsche auf seiner Kanzel, verkündete unerbittlich seine Lehre mit schrecklicher Prophetenstimme. Enttäuschung bemächtigte sich Breuers, er wußte nun endgültig, daß es keine Rettung gab.

»Friedrich«, murmelte er, »das sind hehre Worte. Sie beeindrucken mich. Sie schlagen eine Saite in meinem Herzen an. Doch sie sind weit, weit entfernt von meinem Leben. Was hieße schon ›Freiheit erringen‹ in meiner Lage? Wie sollte ich frei sein können? Um mich ist es anders bestellt als um Sie, der Sie Junggeselle sind, der Sie der Enge einer akademischen Laufbahn entfliehen konnten. Für mich ist es zu spät! Ich habe Familie, Angestellte, Patienten, Studenten. Es ist viel zu spät! Wir könnten bis ans Ende aller Tage reden, und doch vermöchte ich mein Leben nicht zu ändern – zu eng ist es mit den Lebensfäden anderer verwirkt.«

Es entstand ein langes Schweigen, welches Breuer schließlich brach, um mit müder Stimme zu sagen: »Aber ich kann nicht schlafen, und ich halte den Schmerz, den Druck in meiner Brust nicht mehr aus.« Der eiskalte Wind drang unter seinen Mantel, er fröstelte und wickelte sich den Schal noch dichter um den Hals.

Nietzsche hakte sich bei ihm ein – eine für ihn ungewöhnliche Geste. »Mein Freund«, flüsterte er, »ich *kann* Ihnen nicht sagen, wie Sie Ihr Leben ändern müßten, denn täte ich es, lebten Sie doch unverändert nach dem Lebensplane eines anderen. Aber eines gibt es, Josef, was ich tun kann. Ich kann Ihnen ein Geschenk machen, Ihnen meinen mächtigsten Gedanken zum Geschenk machen, den Gedanken der Gedanken. Mag sein, daß er Ihnen vertraut erscheint, denn ich habe ihn in *Menschliches, Allzumenschliches* vorgezeichnet. Dieser Gedanke wird der Leitgedanke meines nächsten Werkes, vielleicht aller kommenden Werke sein.«

Er hatte die Stimme gesenkt und sprach mit gravitätischem Ernst, als sollte der feierliche Ton anzeigen, wie in den nun folgenden Worten alles Vorangegangene gipfelte. Die beiden Männer gingen Arm in Arm. Breuer blickte angestrengt geradeaus und harrte der ungeheuren Botschaft Nietzsches.

»Josef, versuchen Sie, Ihren Geist zu entleeren. Stellen Sie sich das Folgende vor: Wie, wenn Ihnen ein Dämon sagte: ›Dieses Leben – wie Sie es jetzt leben und gelebt haben – werden Sie noch einmal und noch unzählige Male leben müssen; und es wird nichts Neues daran sein, sondern jeden Schmerz und jede Lust und alles unsägliche Kleine und Große Ihres Lebens muß Ihnen wiederkommen, und alles in derselben Reihe und Folge‹ – ebenso dieser Wind und jene Bäume dort und der schlüpfrige Schieferboden, selbst der Friedhof und das Grauen, auch dieser zärtliche Augenblick zwischen Ihnen und mir, Arm in Arm, dieselben Worte murmelnd?«

Als Breuer nichts erwiderte, fuhr Nietzsche fort: »Stellen Sie sich vor, die ewige Sanduhr des Daseins würde immer wieder umgedreht. Und wir jedesmal mit, Sie und ich, Stäubchen vom Staube.«

Breuer gab sich alle Mühe zu verstehen. »Diese Phantasie... wie...«

»Es ist mehr als Phantasie«, insistierte Nietzsche, »mehr in Wirklichkeit als ein gedankliches Experiment. Lauschen Sie einfach meinen Worten! Schließen Sie alle anderen Gedanken aus! Denken Sie an die Unendlichkeit. Blicken Sie zurück – stellen Sie sich vor, Sie blickten unendlich weit zurück in die Vergangenheit. Die Zeit erstreckt sich in alle Ewigkeit zurück. Wenn aber die Zeit bis in alle Ewigkeit zurückreicht, muß nicht alles, was geschehen *kann*, schon einmal geschehen *sein?* Muß nicht, was *in diesem Augenblicke* vorübergeht, schon einmal hier vorübergegangen sein? Was immer hier geht, muß es nicht schon früher diesen Weg gegangen sein? Und wenn alles in der Unendlichkeit der Zeit bereits hier vorübergegangen ist, wie steht es dann, Josef, mit eben *diesem* Augenblick, da wir miteinander flüstern unter den Baumwipfeln? Muß nicht auch *dies* bereits gewesen sein? Und die Zeit, die ewig zurückreicht, muß sie sich nicht ebenso in alle Ewigkeit voraus erstrecken? Müssen nicht wir, in diesem Augenblick, in jedem Augenblick, ewig wiederkommen?«

Nietzsche verstummte und ließ Breuer Zeit, das Gesagte in sich aufzunehmen. Es war nahezu Mittag, doch der Himmel hatte sich verdüstert. Leichter Schneefall setzte ein. Der Fiaker und Fischmann tauchten vor ihnen auf.

Auf dem Weg zurück in die Klinik setzten die beiden Männer ihr Gespräch fort. Nietzsche behauptete, seine Annahme einer ewigen Wiederkehr lasse sich, wenngleich er sie zunächst als Gedankenexperiment bezeichnet habe, beweisen. Breuer war skeptisch; Nietzsches Beweis stützte sich auf zwei metaphysische Grundsätze: daß die Zeit unendlich sei, und daß die Energie (der Urstoff des Universums) endlich sei. Gehe man von einer endlichen Zahl möglicher Zustände der Welt aus und einer unendlichen Spanne verstrichener Zeit, dann folge hieraus, so Nietzsche, daß alle möglichen Zustände bereits eingetreten sein müßten und daß der gegenwärtige Zustand eine Wiederholung darstelle, genauso wie der, aus dem er hervorgegangen sei, und der, der aus ihm hervorgehen werde, und so weiter und so fort, zurück in die Vergangenheit wie voraus in die Zukunft.

Breuers Ratlosigkeit wuchs. »Sie wollen sagen: Im Verlauf vollkommen willkürlicher Begebenheiten müßte dieser selbe Augenblick bereits einmal eingetreten sein?«

»Denken Sie an die Zeit, die immer war, Zeit, die sich ewig in die Vergangenheit zieht. Innerhalb dieser unendlichen Zeit, müssen da nicht alle Kombinationen aller Begebenheiten, welche die Welt ausmachen, sich unendliche Male wiederholt haben?«

»Wie bei einem gewaltigen Würfelspiel?«

»Ganz recht! Das gewaltige Würfelspiel des Daseins!«

Breuer zweifelte dennoch an Nietzsches kosmologischem Beweis für die ewige Wiederkehr. Eine Zeitlang antwortete Nietzsche bereitwillig auf alle Fragen, schließlich jedoch verlor er die Geduld und warf die Hände hoch.

»Wieder und wieder, Josef, haben Sie mich gebeten, Ihnen praktische Hilfen zu geben. Wie oft haben Sie mich angefleht Ihnen etwas von Belang zu bieten, etwas, was Sie zu verändern vermöchte! Da gebe ich Ihnen also, wonach Sie verlangten, und Sie übergehen es und reiten statt dessen auf Nebensächlichkeiten herum! Hören Sie, mein Freund, hören Sie auf mich; es ist das Bedeutsamste, was ich Ihnen jemals sagen werde: *Lassen Sie diesen Gedanken von sich Besitz ergreifen, und ich versichere Ihnen, er wird Sie von Grund auf verwandeln!*«

Breuer blieb unbeeindruckt. »Aber wie soll ich das ohne einen Beweis hinnehmen können? Wo soll ich plötzlich Glauben hernehmen? Habe ich denn der einen Religion abgeschworen, nur um mich jetzt einer anderen zu verschreiben?«

»Die Beweisführung ist ausnehmend schwierig. Sie ist nicht abgeschlossen und wird noch Jahre Arbeit erfordern. Indes ich bin mir, nach unserer Debatte, gar nicht mehr so sicher, ob ich überhaupt die Zeit für die Ausarbeitung des kosmologischen Beweises opfern sollte, denn auch andere könnten sich zuletzt ebenso von ihm ablenken lassen wie Sie, und wie Sie an den feinen Verästelungen des Beweises herumzupfen und das Wesentliche, nämlich die psychologischen Konsequenzen der ewigen Wiederkehr, gänzlich vernachlässigen.«

Breuer enthielt sich einer Bemerkung. Er blickte aus dem Droschkenfenster und schüttelte leise den Kopf.

»Gut, ich will es auf anderem Wege versuchen«, meinte

Nietzsche. »Wollen Sie mir nicht immerhin zugestehen, daß die ewige Wiederkehr *wahrscheinlich* sei? Oder warten Sie, nicht einmal das wäre notwendig! Sagen wir doch einfach, sie sei *möglich* oder auch nur *eben* möglich. Das reicht. Zum mindesten ist sie eher möglich und eher beweisbar als das Ammenmärchen von der ewigen Verdammnis! Was haben Sie denn zu verlieren, wenn Sie sie als Möglichkeit in Betracht ziehen? Könnten Sie sie nicht einfach als Nietzschens Wette gelten lassen?«

Breuer nickte.

»Dann möchte ich Sie dringend bitten, die *Implikationen* der ewigen Wiederkehr für Ihr Leben zu bedenken – nicht theoretisch, sondern *hier und jetzt* im allerpraktischsten Sinne!«

»Ich soll annehmen«, sagte Breuer, »daß ich jede meiner Taten, jedes Leid, welches mir widerfährt, so bis in alle Ewigkeit immer wieder erleben werde?«

»Ja, die ewige Wiederkehr besagt, daß Sie jede Entscheidung, die Sie treffen, *für alle Ewigkeit* zu treffen bereit sein müßten. Das gleiche gilt für jede *unterlassene* Tat, jeden totgeborenen Gedanken, jede gemiedene Wahl. Und alles ungelebte Leben wird ewig in Ihnen rumoren, ewig ungelebt. Und die nicht gehörte Stimme Ihres Gewissens wird Ihnen ewig kläglich zurufen.«

Breuer schwindelte, es fiel ihm schwer, noch zuzuhören. Er versuchte sich auf Nietzsches gewaltigen, mit jedem Wort auf und ab tanzenden Schnurrbart zu konzentrieren. Da dieser Mund und Lippen vollständig verbarg, gab es keine Vorwarnung, wann die nächsten Worte fallen würden. Bisweilen trafen sich ihre Blicke, doch der Nietzsches war zu durchdringend, und dann ließ Breuer den Blick wieder an der fleischigen und doch kraftvollen Nase herabgleiten oder hinauf zu den buschigen Augenbrauen, die Augenschnurrbärten glichen.

Schließlich brachte Breuer eine Frage hervor. »Dann verspricht die ewige Wiederkehr eine Art Unsterblichkeit?«

»Nein!« rief Nietzsche. »Ich lehre, daß das Leben niemals zugunsten des leeren Versprechens eines anderen Lebens in der Zukunft gelebt oder zermalmt werden darf. Unsterblich ist nur *dieses* Leben, *dieser* Augenblick. Es gibt kein Leben danach, kein Ziel, auf welches dieses Leben zustrebt, kein apokalyptisches Tribunal, kein jüngstes Gericht. *Dieser Moment dauert ewig*, und Sie allein sind Ihr ganzes Publikum.«

Breuer fröstelte. Als ihm die grause Tragweite der Annahme Nietzsches dämmerte, ergab er sich und glitt in einen Zustand überklarer geistiger Wachheit hinüber.

»Josef, ich fordere Sie erneut auf: Lassen Sie diesen Gedanken von sich Besitz ergreifen. Und ich frage Sie: *Ist Ihnen die Vorstellung ein Greuel? Oder ist Ihnen, als hätten Sie niemals Göttlicheres gehört?*«

»Ein Greuel!« entfuhr es Breuer gellend. »*Ewig* in dem Gefühl zu leben, *nicht* gelebt zu haben, die Freiheit *nie* gekostet zu haben!«

»*Dann müssen Sie so leben, daß Sie die Vorstellung gutheißen können!*«

»Alles, was ich *heute* gutheiße, Friedrich, ist der tröstliche Gedanke, daß ich stets meine Pflicht gegen die anderen erfüllt habe.«

»Pflicht? Wie können Sie der Pflicht Vorrechte einräumen vor Ihrer Selbstliebe und vor Ihrem Streben nach unbedingter Freiheit? Wenn Sie sich nicht selbst verwirklicht haben, dann ist ›Pflicht‹ nur ein beschönigendes Wort für den Mißbrauch anderer zum Zwecke der eigenen Erhöhung.«

Breuer nahm alle Kraft zusammen und begehrte ein letztes Mal auf. »Es gibt *sehr wohl* so etwas wie die Pflicht gegen andere, und ich habe diese Pflicht treulich erfüllt. Hierin, wenigstens, stehe ich mutig für meine Überzeugungen ein.«

»Besser, weit besser wäre es, Josef, den Mut zur Änderung Ihrer Überzeugungen aufzubringen. Pflicht und Treue sind Heuchelei, Schleier, hinter denen es sich gut verstecken läßt. Selbstbefreiung ist ein heiliges *Nein*, auch vor der Pflicht.«

Angstvoll starrte Breuer Nietzsche an.

»Sie wollen Sie selbst werden«, fuhr Nietzsche unerbittlich fort. »Wie oft hörte ich Sie das sagen? Wie oft beklagten Sie, daß Sie die Freiheit nie kennengelernt hätten? Ihre Gutmütigkeit, Ihre Pflichterfüllung, Ihre Treue – es sind die Gitterstäbe Ihres Gefängnisses. Sie werden an diesen kleinen Tugenden zugrunde gehen. Sie müssen Ihre eigene Bosheit kennenlernen. Sie können nicht *teilweise* frei sein; Ihre Triebe, auch sie lechzen nach Freiheit, Ihre wilden Hunde bellen vor Lust in Ihrem Keller, sie wollen in die nahe Freiheit. Horchen Sie! Hören Sie sie nicht?«

»Aber ich kann nicht frei sein!« flehte Breuer. »Ich bin den heiligen Bund der Ehe eingegangen. Ich habe Pflichten gegen meine Kinder, gegen meine Studenten, meine Patienten.«

»Um über sich hinauszubauen, muß man erst selber gebaut sein. Andernfalls zeugt man Kinder aus sinnlicher Begierde oder Einsamkeit oder um die Leere in sich selbst auszufüllen. Ihre Aufgabe als Vater ist es nicht, ein zweites Selbst, einen zweiten Josef zu schaffen, sondern etwas Höheres, Züchter und Sämänner der Zukunft zu schaffen.

Und Ihre Frau?« bohrte Nietzsche weiter. »Ist sie nicht in dieser Ehe ebenso eingekerkert, wie Sie es sind? Die Ehe sollte kein Gefängnis sein, sondern ein Garten, in dem etwas Höheres gedeiht. *Vielleicht liegt die einzige Möglichkeit, eine solche Ehe zu retten, darin, sie zu brechen.*«

»Ich bin einen heiligen Bund eingegangen.«

»Die Ehe ist etwas Großes. Es ist etwas Großes, immer zu zweien zu sein, sich lieb zu behalten. Ja, die Ehe ist ein großes Ding. Und doch…« Nietzsche verstummte.

»Und doch?« drängte Breuer.

»Die Ehe ist etwas Großes. Und doch…« – Nietzsches Ton war schneidend – »…*besser, Sie brechen die Ehe, als daß die Ehe Sie bricht!*«

Breuer schloß die Augen und versank in Gedanken. Keiner von beiden sprach während der Fahrt noch ein einziges Wort.

Friedrich Nietzsches Notizen zu
Dr. Breuer – vom 16. Dezember 1882

Ein Spaziergang, der sonnig begann und düster endete. Viel-
leicht sind wir zu tief in den Friedhof hineingewandert. Hätten
wir eher umkehren müssen? Habe ich ihm einen zu schweren
Gedanken aufgebürdet? Die ewige Wiederkehr ist ein mächti-
ger Hammer. Er zerschlägt die, die nicht stark genug sind.

Nein! Ein Psychologe, ein Enträtsler der Seelen, braucht
Härte dringlicher als andere. Sonst wäre er bald gedunsen vor
Mitleiden, und sein Schüler ertrinkt in seichten Wassern.

Und doch wirkte Josef gegen Ende unseres Gangs arg be-
drängt, kaum noch der Sprache mächtig. Manche werden nicht
hart geboren. Ein wahrer Psychologe muß, gleich dem Künst-
ler, seine Palette mit Liebe handhaben. Vielleicht wäre eine
Spur mehr Freundlichkeit, mehr Geduld vonnöten gewesen.
Muß ich mich entblößen, ehe ich lehren kann, Kleider zu we-
ben? Habe ich ihn Freiheit von gelehrt, ohne Freiheit zu zu leh-
ren?

Nein, ein Führer muß ein Geländer am Wasserfall sein,
nicht aber ein Krückstock. Ein Führer muß die Wege weisen,
die vor dem Schüler liegen. Er darf jedoch nicht den Weg wäh-
len.

›Sei mein Lehrer‹, bittet er. ›Hilf mir, die Verzweiflung zu
überwinden.‹ Soll ich mit meinem Wissen hinter dem Berge
halten? Und worin bestünde die Pflicht des Schülers? Er muß
sich in der Kälte abhärten, seine Finger müssen das Geländer
ergreifen, er muß oft und oft auf falschen Wegen irren, ehe er
den richtigen entdeckt.

Im Gebirge ist der nächste Weg von Gipfel zu Gipfel: aber
dazu muß man lange Beine haben. Die Schüler verirren sich,
wenn ich zu weit vorausgehe. Ich muß lernen, kleinere Schritte
zu tun. Heute sind wir möglicherweise zu schnell vorange-
schritten. Ich entwirrte einen Traum, schied die eine Bertha
von der anderen, begrub erneut die Toten und lehrte das Ster-

ben zur rechten Zeit. Und dies alles war lediglich der Auftakt zur großen Lehre der Wiederkehr.

Habe ich ihn zu tief ins Elend gestoßen? Oft wirkte er zu erschüttert, um mir zuzuhören. Doch was habe ich schon herausgefordert? Was zerstört? Hohle Werte und hinfällige Glaubenssätze! Was fällt, das soll man auch noch stoßen!

Heute habe ich erkannt, daß der beste Lehrer der ist, welcher von seinem Schüler lernt. Vielleicht hat er recht; wie anders wäre mein Leben verlaufen, hätte ich nicht in zartem Alter den Vater verloren! Wäre es denkbar, daß ich so hart schmiede, weil ich ihn für sein Sterben hasse? Und so laut schmiede, weil mich immer noch nach einem Publikum verlangt?

Mich beunruhigte sein Schweigen zum Schluß. Seine Augen waren offen, und doch schien er nicht zu sehen. Er atmete kaum.

Aber ich weiß doch: Der Tau fällt auf das Gras, wenn die Nacht am verschwiegensten ist.

21

Die Tauben in die Freiheit zu entlassen, wurde ihm fast so schwer wie der Abschied von den Seinen. Weinend entriegelte Breuer die Türen der Käfige und hob die Bauer ans offene Fenster. Die Tauben schienen zunächst nicht zu begreifen. Verständnislos blickten sie von den gelben Körnern in ihren Futterschalen zu Breuer hoch, der sie mit fuchtelnden Armen hieß, sich in die Freiheit aufzuschwingen.

Erst als er die Käfige rüttelte und darauf einschlug, flatterten die Tauben aus ihren sich auftuenden Gefängnissen und segelten, ohne sich auch nur ein einziges Mal nach ihrem Wärter umzublicken, hinaus in den blutroten Morgenhimmel. Breuer blickte ihnen in tiefer Trauer nach; jeder silberblaue Flügelschlag besiegelte das Ende seiner Forscherkarriere.

Noch lange, nachdem der Himmel leer war, starrte er zum Fenster hinaus. Hinter ihm lagen die schmerzlichsten Stunden seines Lebens, und er war noch ganz betäubt von seinem Auftritt mit Mathilde in der Frühe. Wieder und wieder durchlebte er die Szene im Geiste und suchte verzweifelt nach schonenderen und weniger verletzlichen Worten, mit denen er ihr hätte beibringen können, daß er sie verlasse.

»Mathilde«, hatte er gesagt, »ich weiß nicht, wie ich es anders sagen soll als geradeheraus: Ich muß frei sein. Ich fühle mich gefangen – nicht durch dich, aber durch unser Leben. Ein Leben, welches ich nicht aus freien Stücken gewählt habe.«

Zutiefst erschrocken, hatte Mathilde ihn angesehen.

Er hatte weitergesprochen: »Unversehens bin ich alt geworden. Ich finde mich als alter, in die Gruft meines Lebens eingeschlossener Mann wieder – in Beruf, Karriere, Familie, Kulturerbe. Alles wurde mir vorbestimmt, nichts habe ich gewollt. Ich will noch eine Chance! Ich muß Gelegenheit erhalten, zu mir zu finden.«

»Gelegenheit?« wiederholte Mathilde. »Zu dir finden? Josef, wovon redest du? Ich verstehe nicht. Was verlangst du?«

»Von dir verlange ich gar nichts! Ich verlange nur von mir selbst etwas. Ich *muß* mein Leben ändern! Sonst gehe ich in den Tod, ohne je erfahren zu haben, was es heißt, gelebt zu haben.«

»Josef, das ist Tollheit!« Mathildes Stimme glitt eine Oktave höher. Ihre Augen weiteten sich angstvoll. »Was ist dir nur? Seit wann unterscheiden sich *dein* Leben und *mein* Leben? Wir teilen es; wir haben einen Lebensbund geschlossen.«

»Aber wie sollte ich etwas teilen können, was niemals mein war?«

»Ich begreife dich nicht mehr. ›Frei sein‹, ›zu dir finden‹, ›niemals gelebt haben‹ – deine Worte ergeben für mich keinen Sinn. Was geschieht dir, Josef? Was geschieht uns?« Mathilde brach die Stimme. Sie preßte beide Fäuste an den Mund, wandte sich von ihm ab und schluchzte auf.

Josef hatte hilflos zugesehen, wie Weinkrämpfe ihren Körper schüttelten. Er war zu ihr hingetreten. Den Kopf auf die Lehne des Kanapees gedrückt, rang sie um Atem, während ihr die Tränen in den Schoß fielen und ihr Busen wogte. Er hatte ihr tröstlich die Hand auf die Schulter legen wollen, doch sie schrak vor ihm zurück. Blitzartig wurde ihm klar, daß er an einem Scheideweg seines Lebens angelangt war und sich abkehrte von der Gemeinschaft der anderen; der Bruch war vollzogen. Schulter, Rücken, Brüste seiner Frau, er hatte kein Anrecht mehr auf sie. Er hatte sich des Rechts begeben, Mathilde zu berühren, und fortan müßte er der Welt ohne den Schutz ihres warmen Körpers begegnen.

»Es wird das Beste sein, wenn ich gleich gehe, Mathilde. Ich vermag nicht zu sagen, wohin. Besser, ich weiß es selber nicht. Ich werde alles Geschäftliche mit Max regeln. Ich lasse dir alles, ich nehme nichts außer den Kleidern, die ich am Leibe trage, einen kleinen Koffer und genug Geld, um zu essen zu haben.«

Mathilde schluchzte unaufhaltsam. Sie schien unerreichbar. Hatte sie ihn überhaupt gehört?

»Sobald ich weiß, wo ich bleibe, benachrichtige ich dich.«

Immer noch keinerlei Reaktion.

»Ich muß fort. Ich muß mein Leben ändern und es selbst in die Hand nehmen. Ich hoffe, wenn ich erst fähig bin zu einem gewollten Schicksal, wird es uns beiden besser gehen. Vielleicht will ich ja dasselbe Leben, aber wollen *muß* ich; muß *ich*.«

Die bitterlich schluchzende Mathilde hatte ihn nicht weiter beachtet. Benommen hatte Breuer das Zimmer verlassen.

Das Ganze, die mißglückte Aussprache war unverzeihlich gewesen, dachte er nun, als er die Taubenbauer verriegelte und auf die Laborregale zurückstellte. Ein Käfig mit vier fluguntüchtigen Tauben, deren Gleichgewichtssinn seinen experimentellen Eingriffen zum Opfer gefallen war, blieb zurück. Er müßte sie eigentlich töten, ehe er fortging, das wußte er, doch er weigerte sich, noch für irgend jemand oder irgend etwas Verantwortung zu übernehmen. Also füllte er die Wasser- und Futterschalen und überließ sie ihrem Schicksal.

›Nein, ich hätte nicht von Freiheit reden dürfen, von – Wollen, Gefangensein, Schicksal, Selbstfindung. Wie *sollte* sie mich auch verstehen! Kaum, daß ich mich selbst verstehe. Als Friedrich mich mit derlei Gedanken vertraut machte, verstand ich zunächst ebensowenig. Andere Bezeichnungen wären besser gewesen, etwa ‚akademischer Urlaub‘, ‚Überlastung‘, ‚Erschöpfung‘, ‚längerer Kuraufenthalt in Nordafrika‘. Worte, welche ihr geläufig waren und welche sie der Familie, der Gemeinde als Erklärung bieten könnte.

Du lieber Himmel, die Leute! Was soll sie bloß den Leuten erzählen? In was für eine unmögliche Lage habe ich sie nur gebracht! Nein, halt! Das ist *ihre* Sache! Nicht meine. Die Verantwortung der anderen tragen zu wollen, eben dies gerät zur Falle – mir *und* den anderen!‹

Breuer wurde durch Tritte auf den Stiegen aus seinen Gedanken gerissen. Mathilde stieß die Tür so heftig auf, daß das Türblatt gegen die Wand schlug. Sie sah gespenstisch aus, das Gesicht aschfahl, das Haar gelöst und in wilden Strähnen herabhängend, die Augen gerötet.

»Ich muß nicht mehr weinen, Josef. Jetzt will ich dir antworten. Es ist *falsch*, es ist *böse*, was du mir sagtest. Und einfältig. Freiheit! Freiheit! Du sprichst von Freiheit! Und das ausgerechnet mir! Ha! Welch Hohn! Ich wünschte, ich besäße deine Freiheit – die Freiheit eines Mannes auf Bildung, auf einen Beruf seiner Wahl. Nie zuvor hat mich so sehr nach Bildung verlangt – ich wünschte, mir ständen die Worte und die Logik zu Gebote, dir zu beweisen, wie lächerlich du dich machst!«

Mathilde brach ab und zerrte einen Stuhl vom Schreibtisch zurück. Breuers artige Geste abwehrend, setzte sie sich und wartete einen Augenblick, bis sie wieder zu Atem kam.

»Du willst fort? Du willst neue Lebensentscheidungen treffen? Vergißt du nicht die Entscheidungen, welche du bereits *getroffen* hast? Du hast mich zur Frau gewollt. Und siehst du denn wirklich nicht, daß du damit Verpflichtungen eingegangen bist, gegen mich, gegen uns? Welchen Wert besitzt dein Wollen, wenn du es nicht in Ehren hältst? Was ist es dann – eine Grille, eine flüchtige Laune? Wollen ist es jedenfalls nicht!«

Diese neue Mathilde war beängstigend; Breuer wußte, jetzt durfte er nicht wanken und nicht weichen. »Ich hätte ›Ich‹ werden müssen, ehe ich zum ›Wir‹ schritt. Ich traf Entscheidungen, ehe ich reif war, wirkliche Entscheidungen zu treffen.«

»Auch das war eine Entscheidung«, fuhr ihn Mathilde an. »Wer soll denn dieses ›Ich‹ sein, welches nie ›Ich‹ ward? Wirst du in einem Jahr behaupten, dein *gegenwärtiges* ›Ich‹ sei nicht gereift gewesen und was du in diesem Moment gewollt habest, zähle nicht? Das ist doch alles Selbsttäuscherei, eine Hintertür, durch welche du dich vor der Verantwortung für deine Entscheidungen davonstehlen kannst. Bei unserer Trauung, als wir vor dem Rabbi unter den Baldachin traten, sagten wir zu anderen Möglichkeiten nein. Ich hätte sehr wohl einen anderen nehmen können. O ja! Ich hatte viele Verehrer. Du selbst nanntest mich die schönste Frau von ganz Wien!«

»Das gilt noch immer.«

Mathilde stutzte. Doch sie überging das zwischen den Zeilen Gesagte und fuhr fort: »Verstehst du nicht, du kannst nicht einen Bund mit mir schließen, um dann plötzlich zu sagen: ›Ach nein, ich widerrufe, ich weiß nicht recht.‹ Das ist *amoralisch, böse.*«

Breuer erwiderte nichts. Er wagte kaum zu atmen. Mathilde hatte recht. Und Mathilde hatte unrecht.

»Du willst wählen und dir zugleich alles offenhalten. Ich habe um deinetwillen auf meine Freiheit verzichten müssen – auf das bißchen, das ich hatte: immerhin die Freiheit, einen Mann auszusuchen –, doch du, du willst auf nichts verzichten, auch nicht auf die Freiheit, dich der Wollust und einer einundzwanzigjährigen Patientin hinzugeben.«

Josef errötete. »Das also argwöhnst du? Nein, dies hat nichts mit Bertha oder irgendeiner anderen Frau zu tun.«

»Deine Worte sagen das eine, deine Schamesröte etwas anderes. Ich mag nicht sonderlich gebildet sein, Josef – obschon ich es anders gewollt hätte –, aber dumm bin ich nicht!«

»Mathilde, schmälere nicht mein Anliegen! Ich ringe um den Sinn meines *gesamten Daseins.* Jedermann hat Pflichten gegen andere, aber eine noch heiligere gegen sich selbst. Man –«

»Und eine Frau? Was ist mit ihrer Daseinserfüllung, ihrer Freiheit?«

»Ich spreche nicht ausdrücklich vom *Manne,* ich meine den *Menschen* – Mann wie Frau. Wir alle müssen wählen.«

»Ich bin anders als du. Ich kann nicht meine Freiheit wollen, wenn mein Wollen andere kettet. Hast du auch nur einen einzigen Gedanken daran verschwendet, was deine Freiheit für mich bedeutete? Welche Wahlmöglichkeiten stehen denn einer Witwe oder einer verlassenen Ehefrau offen?«

»Du bist frei, ebenso wie ich. Du bist jung, wohlhabend, anziehend, gesund.«

»Frei? Wo läßt du nur deinen Kopf heute, Josef? Überlege doch! Wieviel Freiheit hat schon eine Frau? Eine Ausbildung wurde mir versagt; ich bin aus dem Hause meines Vaters in dein Haus gezogen; ich mußte mich gegen meine Mutter und meine Großmutter behaupten, um auch nur die Freiheit zu erringen, mir Teppiche und Möbel selbst auszuwählen!«

»Aber Mathilde, nicht die Realität, sondern deine Haltung gegen deine Kultur kettet dich! Vor wenigen Wochen konsultierte mich eine junge Russin. Russischen Frauen wird gewiß keine größere Freiheit zugestanden als den Wienerinnen, und doch nimmt sich diese junge Frau ihre Freiheit: Sie lehnt sich auf gegen ihre Familie, sie besteht auf einer Ausbildung, sie nimmt sich das Recht heraus, das Leben zu leben, welches sie leben will. Das kannst du ebenso! Du bist frei zu tun, was immer dir beliebt. Du bist wohlhabend! Du kannst einen anderen Namen annehmen und nach Italien gehen!«

»Geschwätz! Eine sechsunddreißigjährige Jüdin, die durch die Weltgeschichte reist. Josef, du redest wie ein Schwachkopf! Wach auf! Lebe in der Wirklichkeit, nicht in Worten! Was sollte aus den Kindern werden? Meinen Namen ändern! Sollen auch sie alle ihre Namen ändern?«

»Aber Mathilde, kaum waren wir verheiratet, wünschtest *du* dir nichts sehnlicher als Kinder. Kinder über Kinder. Ich habe dich angefleht, damit zu warten.«

Sie biß sich auf die Zunge, hielt zornige Worte im Zaum und wandte den Kopf ab.

»Ich kann dir nicht sagen, wie du dich befreien sollst, Mathilde. Ich kann dir den Weg nicht weisen, denn es wäre nicht länger *dein* Weg. Doch wenn du den Mut faßt, wirst du den Weg sicherlich finden.«

Sie erhob sich und schritt zur Tür, wandte sich nach ihm um und sagte in gesetzten Worten: »Höre, Josef. Du willst deine Freiheit, du willst frei wählen? Dann wisse: Dieser selbe Moment stellt dich vor die Wahl. Du sagst, du müssest deinen Lebensweg frei wählen – und daß dich dein frei gewählter Weg vielleicht eines Tages hierhin zurückführen werde.

Doch auch ich *wähle*, Josef, und ich sage dir: Es gibt kein Zurück. Du wirst dein Leben an meiner Seite niemals wieder aufnehmen können, denn wenn du heute diesem Hause den Rücken kehrst, werde ich mich *nicht mehr als deine Frau betrachten*. Du wirst nicht in dieses Heim zurückkehren können, weil es *nicht mehr dein Heim sein wird*!«

Josef schloß die Augen und beugte den Nacken. Er hörte die Tür schlagen und Mathildes zornige Absätze auf der Stiege. Er fühlte sich wie betäubt von dem Schlage, den er erhalten hatte, und zu gleich seltsam beflügelt. Mathildes Worte waren schrecklich. Aber sie hatte recht! Die Entscheidung *mußte* unwiderruflich sein.

›Nun ist es soweit‹, dachte er. ›Endlich bewegt sich etwas, und zwar wahrhaftig und nicht nur in Gedanken, nein, im wirklichen Leben. Wieder und wieder habe ich mir diesen Moment ausgemalt. Jetzt *erlebe* ich ihn! Jetzt weiß ich, wie es ist, das Leben selbst in die Hand zu nehmen, sein Schicksal zu bestimmen. Es ist schrecklich und schön.‹

Er packte seine Sachen, küßte jedes der noch schlafenden Kinder und nahm flüsternd Abschied. Nur Robert regte sich, murmelte kurz: »Wohin gehst du, Vater?« und schlief dann gleich wieder ein. Wie unerwartet schmerzlos alles vonstatten ging! Breuer staunte, wie gründlich er seine Empfindungen betäubte, um sich zu schützen. Er stieg die Treppen hinunter zur Praxis. Dort verbrachte er den Vormittag damit, ausführliche Instruktionen für Frau Becker und die drei Kollegen zu verfassen, an welche er seine Patienten zu überweisen gedachte.

375

Sollte er den Freunden Abschiedsbriefe schreiben? Er schwankte. Müßte er nicht alle Brücken hinter sich abbrechen? Nietzsche hatte doch gesagt, ein neues Selbst könne nur aus der Asche des alten Lebens auferstehen. Doch dann fiel ihm ein, daß auch Nietzsche die Verbindung zu einigen alten Freunden aufrecht erhielt. Wenn selbst Nietzsche nicht vollkommen abgeschnitten sein mochte, warum gegen sich selbst härter sein als dieser?

Also setzte er erklärende Briefe an seine engsten Freunde auf: an Freud, Ernst Fleischl und Franz Brentano. Jedem legte er auseinander, warum er fortmüsse, auch wenn ihm durchaus bewußt war, daß die Gründe, rasch in ein paar Briefzeilen skizziert, unzureichend oder unverständlich erscheinen mußten. Jeden bat er um Verständnis und Vertrauen. ›Der unternommene ist kein leichtfertiger Schritt. Ich habe gute Gründe für meine Entscheidung; ich will sie zu einem späteren Zeitpunkt näher erläutern.‹ Fleischl gegenüber, dem befreundeten Pathologen, der sich bei einer Leichensektion lebensbedrohlich infiziert hatte, empfand Breuer große Gewissensnot. Jahrelang war er dem Freunde eine medizinische und seelische Stütze gewesen; diese Hilfe entzog er ihm jetzt. Auch gegen Freud fühlte er sich schuldig, denn dieser war nicht nur auf seine Freundschaft und seinen kollegialen Rat angewiesen, sondern auch auf seine finanzielle Unterstützung. Breuer hoffte, der junge Freund werde trotz seiner großen Bewunderung für Mathilde eines Tages Josefs Schritt verstehen und vergeben. Dem letzten Brief legte Breuer eine kurze Verfügung bei, in der er Freuds sämtliche Schulden bei den Breuers für nichtig erklärte.

Als er die Stufen zum Hause Bäckerstraße Nr. 7 hinunterstieg, liefen Breuer die Tränen übers Gesicht. Während er auf Fischmann wartete, studierte er das Messingschild an der Tür: DOKTOR JOSEF BREUER, PRAKTISCHER ARZT, II. STOCK. Das Namensschild wäre fort, wenn er das nächstemal nach Wien käme. Ebenso die Praxis. Gewiß, Granit und Backsteine wären noch da, und auch das zweite Geschoß, doch es wären nicht mehr

376

seine Backsteine; die Ordinationsräume würden nicht lange seinen Geist bewahren. Das nämliche Gefühl der Fremdheit war ihn stets angekommen, wenn er sein altes Elternhaus besuchte – jenes bescheidene Haus, welches heimelige Vertrautheit atmete und zugleich die schmerzlichste Gleichgültigkeit. Es beherbergte jetzt eine andere, um ein Auskommen ringende Familie, vielleicht einen anderen vielversprechenden Knaben, der in ferner Zukunft einen guten Arzt abgäbe.

Er aber, Josef, war *entbehrlich*; man würde ihn vergessen, die Lücke, welche er hinterließ, würde von der Zeit und anderen Leben geschlossen. In zehn oder zwanzig Jahren wäre er tot. Und er würde allein sterben; ganz gleich in welcher Gesellschaft, dachte er, man starb immer allein.

Er tröstete sich mit dem Gedanken, daß, wenn der Mensch allein war und unverzichtbare Notwendigkeit nichts als Trug, er frei sei! Doch als er in den Fiaker stieg, wich die Gemütsaufhellung erneut der Beklemmung. Er musterte die übrigen Häuser in der Straße. Bemerkte man seinen Fortgang? Standen überall die Nachbarn an den Fenstern? Sie mußten doch merken, daß dies ein Augenblick von immensem Gewicht war! Erführen sie es morgen? Würde Mathilde mit der tatkräftigen Unterstützung ihrer Schwestern und ihrer Mutter seine Siebensachen auf die Straße hinauswerfen? Dergleichen taten geschmähte Ehefrauen, er hatte davon gehört.

Sein erstes Ziel war Maxens Haus. Max erwartete ihn, denn Breuer hatte ihm bereits tags zuvor, gleich nach dem Friedhofsbesuch mit Nietzsche, eröffnet, daß er entschlossen sei, sein Wiener Leben hinter sich zu lassen, und hatte ihn gebeten, sich der finanziellen Angelegenheiten Mathildes anzunehmen.

Wieder setzte Max alles daran, ihn von seinem überstürzten und ruinösen Vorhaben abzubringen. Vergebens: Breuer war nicht umzustimmen. Schließlich gab Max seine Bemühungen auf, er schien sich in die unumstößliche Entscheidung des Schwagers dreinzuschicken. Eine Stunde lang brüteten die beiden Männer über den Vermögensunterlagen der Familie.

Als sich Breuer jedoch zum Aufbruch bereit machte, sprang Max plötzlich auf und versperrte mit seinem massigen Leib die Türe. Einen Augenblick lang fürchtete Breuer – als Max noch dazu die Arme ausbreitete –, er werde ihn mit Gewalt zurückzuhalten versuchen. Wie sich jedoch herausstellte, wollte Max ihn bloß in die Arme schließen. Seine Stimme brach, als er sagte: »Also kein Schach heute abend? Das Leben wird nicht mehr dasselbe sein, Josef. Du wirst mir schrecklich fehlen. Du warst mir von allen der beste Freund.«

Vor Rührung außerstande zu sprechen, drückte Breuer Max einmal fest an sich und eilte hinaus. Im Fiaker wies er Fischmann an, ihn zum Bahnhof zu bringen, und erst kurz vor ihrem Eintreffen erklärte er seinem Kutscher, er werde lange verreisen. Er zahlte Fischmann zwei Monatslöhne und versprach, sich bei ihm zu melden, sobald er nach Wien zurückgekehrt sei.

Während er auf den Zug wartete, ging Breuer hart mit sich ins Gericht; warum hatte er Fischmann nicht gesagt, daß er niemals wiederkehren werde? ›Wie konntest du den guten Mann nur so abspeisen! Nach zehn langen, gemeinsamen Jahren!‹ Dann verzieh er sich jedoch. Es war zuviel für einen Tag, es ging über seine Kraft.

Er wollte in die Schweiz reisen, in den kleinen Ort Kreuzlingen, wo Bertha sich seit mehreren Monaten im Sanatorium Bellevue aufhielt. Es nahm ihn wunder, wie dumpf, wie benommen seine Sinne waren. Wann und wie hatte er entschieden, daß er Bertha aufsuchen werde?

Als der Zug ruckte und sich in Bewegung setzte, ließ Breuer den Kopf in die Polster sinken, schloß die Augen und ließ die Ereignisse des Tages noch einmal an sich vorüberziehen.

Friedrich hatte recht gehabt: Die ganze Zeit über hatte die Freiheit bereitgelegen, er hatte nur zugreifen müssen! ›Vor Jahren bereits hätte ich mein Leben ergreifen können. Wien steht noch. Das Leben wird auch ohne mich weitergehen. Meine Abwesenheit wäre ohnedies gekommen, in zehn, zwanzig Jahren. Was liegt schon daran, aus kosmologischer Warte betrachtet? Ich bin vierzig; mein Bruder ist seit acht Jahren tot, mein Vater seit zehn, meine Mutter seit sechsunddreißig. Ich will, solange ich noch ordentlich sehen und laufen kann, einen Zipfel Leben für mich erhaschen – ist das zuviel verlangt? Ich bin es müde, anderen zu dienen, müde, für andere Sorge zu tragen. Ja, Friedrich hat recht. Soll ich bis ans Ende meiner Tage vor das Joch der Pflicht gespannt sein? Soll ich bis in alle Ewigkeit ein Leben leben, das mich reut?‹

Er versuchte zu schlafen, doch jedesmal, wenn er einnickte, verfolgten ihn Visionen seiner Kinder. Es schmerzte ihn, sie sich vaterlos vorzustellen. Friedrich hatte recht, mahnte er sich, wenn er sagte: ›Kinder soll nicht schaffen, wer nicht selber ein Schaffender ist – und Schaffende zu schaffen reif.‹ Es war verkehrt, Kinder aus Not zu zeugen, falsch, Kinder dazu zu mißbrauchen, die eigene Einsamkeit zu lindern, falsch, für einen Lebenssinn zu sorgen, indem man sich sein Ebenbild schuf. Falsch auch, Unsterblichkeit zu erheischen, indem man seinen Samen in die Zukunft streute – als enthielte der Samen das eigene Bewußtsein!

›Dennoch: Was wird aus den Kindern? Mögen sie auch ein Versehen sein, mögen sie mir aufgedrängt worden sein, ehe ich meines Willens gewahr wurde; sie sind *da*, sie existieren!‹ Darüber hatte Nietzsche nichts gesagt. ›Und Mathilde drohte, ich würde sie nie wiedersehen.‹

Breuer überkam Verzweiflung; rasch schüttelte er sie ab. ›Nein! Hinfort mit diesen düsteren Gedanken! Friedrich hat recht: Pflicht, Anstand, Treue, Selbstlosigkeit, Güte – sie sind Schlafmittel, die einen einlullen, in einen so tiefen Schlaf wiegen, daß man allenfalls am Ende seines Lebens erwacht. Und dann nur, um erkennen zu müssen, daß man nie wirklich gelebt hat. Ich habe nur ein Leben, ein Leben, welches möglicherweise ewig wiederkehrt. Ich will nicht in alle Ewigkeit bereuen, daß ich mich verloren gab, weil ich der Pflicht gegen meine Kinder nachkommen mußte.

Jetzt ist die Gelegenheit, ein neues Selbst aus der Asche des alten Lebens auferstehen zu lassen! Späterhin, als Vollbringender, werde ich schon zu meinen Kindern finden. Dann werde ich nicht mehr von Mathildes Ansichten über das gesellschaftlich Gebotene beherrscht sein! Wer könnte einem Vater den Weg zu den eigenen Kindern verstellen? Einer Axt gleich werde ich mir meinen Weg zu ihnen freischlagen! Im Augenblick aber muß ich sie ihrem Schicksal überlassen. Ich bin machtlos. Ich ertrinke und muß erst mich selbst erretten.

Und Mathilde? Friedrich sagt, die einzige Möglichkeit, die Ehe zu retten, liege darin, sie aufzugeben! ,Lieber die Ehe brechen als von der Ehe gebrochen werden!' Vielleicht ist Mathilde ja selbst fast an der Ehe zerbrochen. Vielleicht, daß es ihr ohne mich besser ergeht. Vielleicht war sie nicht minder gefangen als ich. Lou Salomé wäre gewiß dieser Auffassung. Wie sagte sie noch: niemals wolle sie sich zum freiwilligen Opfertier der Schwächen eines anderen herabwürdigen? Vielleicht wird mein Fortsein Mathilde befreien!‹

Es war später Abend, als der Zug Konstanz erreichte. Breuer stieg in einer bescheidenen Bahnhofspension ab; er würde sich an zweit- und drittklassige Quartiere gewöhnen müssen, sagte er sich. Morgens heuerte er eine Droschke und ließ sich nach Kreuzlingen ins Sanatorium Bellevue bringen. Bei seiner Ankunft erklärte er dem Anstaltsleiter, Robert Binswanger, ein unerwarteter Krankenbesuch führe ihn nach Genf, nahe genug am Bellevue gelegen, daß er seiner ehemaligen Patientin, Fräulein Pappenheim, einen Besuch abstatten könne.

An Breuers Wunsch war nichts Ungewöhnliches. Man kannte ihn gut im Bellevue, er war ein langjähriger Freund des vorigen Direktors Ludwig Binswanger, Vater des jetzigen Leiters, gewesen, der erst kürzlich verstorben war. Dr. Binswanger erbot sich daher, sogleich nach Fräulein Pappenheim zu schicken. »Sie macht einen Spaziergang und berät sich mit dem neuen behandelnden Arzt, Doktor Durkin.« Binswanger trat ans Fenster. »Dort im Garten können Sie sie sehen.«

»Danke, Doktor Binswanger, stören Sie die beiden nicht. Ich bin sehr der Meinung, daß Beratungen zwischen Arzt und Patient Vorrang haben. Zudem scheint heute die Sonne so schön; in Wien haben wir sie lange entbehrt. Wenn Sie erlauben, warte ich im Garten. Es wäre überdies interessant, mir unbemerkt einen Eindruck von Fräulein Pappenheims Verfassung, besonders ihrem Gang, verschaffen zu können.«

Auf einer der unteren Terrassen der weitläufigen Parkanlagen des Bellevue sah Breuer Bertha und ihren Arzt auf einem von hohen, sauber gestutzten Buchsbaumhecken gesäumten Weg auf und ab wandeln. Er wählte seinen Ausguck mit Bedacht: die weiße, fast vollkommen von kahlen Fliederzweigen kaschierte Bank einer Laube auf einer höher gelegenen Terrasse. Von hier oben könnte er Bertha deutlich erkennen, eventuell sogar sprechen hören, wenn sie auf seiner Höhe vorüberging.

Bertha und Durkin waren eben unterhalb seiner Bank vorbeigegangen und entfernten sich. Ihr Lavendelparfüm stieg ihm in die Nase. Er sog den Duft gierig ein und fühlte, wie ihn brennendes Verlangen erfaßte. Wie zerbrechlich sie war! Plötzlich blieb sie stehen. Ihr rechtes Bein erlitt einen Krampf; er erinnerte sich, wie häufig das nämliche passiert war, wenn er mit ihr spazierenging. Sie stützte sich schwer auf Durkin. Wie fest sie sich an ihn klammerte! Ganz genauso hatte sie sich einst an ihn, Breuer, geklammert – mit beiden Armen nun, jetzt preßte sie sich gar gegen ihn. Breuer war der Druck ihres Körpers gut erinnerlich. Ach, wie hatte er die Berührung der drängenden, schwellenden Brüste genossen! Und gleich der Prinzessin, welche noch durch einen Berg Matratzen hindurch die Erbse spürte, hatte er stets ihre weichen, nachgebenden Brüste durch alle Hüllen hindurch gespürt; ihr Persianerumhang und sein gefütterter Mantel hatten nur hauchdünne Barrieren vor seiner Lust gebildet.

Da, jetzt zuckte Berthas rechter Quadrizeps heftig! Sie griff sich an den Oberschenkel. Breuer wußte, was nun käme. Durkin hob die Patientin rasch hoch, trug sie zur nächstgelegenen Bank und bettete sie sanft hin. Jetzt würde eine Massage folgen. Ja, Durkin streifte die Handschuhe ab, ließ die Hände behutsam unter ihren Mantel gleiten und begann mit leichtem Druck, ihren Oberschenkel zu massieren. Würde Bertha jetzt vor Schmerz stöhnen? Ja! Breuer hörte es entfernt. Und würde sie jetzt nicht die Augen schließen, wie in Trance, die Arme über den Kopf heben, das Kreuz durchdrücken und somit die Brüste emporrecken? Ja! Da! Und jetzt würde ihr Umhang auffallen. Ja, er sah ihre Hand unauffällig hinabgleiten und ihn aufknöpfen. Er wußte, daß ihre Röcke hochrutschen würden – so war es stets gewesen. Da! Sie winkelte die Knie an – das allerdings hatte Breuer sie zuvor nie tun sehen –, und der Rock glitt ihr bis fast zur Taille hoch. Durkin stand stocksteif vor ihr und starrte auf den dünnen, roséfarbenen Batist der Hemdhose und den Schatten eines dunklen Dreiecks darunter hinab.

Aus der Höhe blickte Breuer Durkin über die Schulter, gebannt wie dieser. ›Bedecke sie, armer Tropf!‹ Durkin versuchte, ihr den Rock glattzuziehen und den Mantel zuzuknöpfen. Berthas Hände hinderten ihn daran. Sie hielt die Augen geschlossen. War sie in Trance gefallen? Durkin wirkte erregt – ›Das nimmt nicht wunder!‹ dachte Breuer – und blickte sich nervös um. Zum Glück niemand in Sicht! Der Krampf löste sich. Durkin half Bertha auf, sie machte versuchsweise ein paar vorsichtige Schritte.

Breuer war sonderlich zumute, als hätte er seinen Körper verlassen. Die Szene, die sich ihm darbot, hatte etwas Unwirkliches, als folgte er einem Schauspiel vom obersten Range eines gewaltigen Theaters. Was er empfand? Versetzte ihm etwa die Eifersucht auf den jungen, gutaussehenden, unverheirateten Dr. Durkin, an den sich Bertha jetzt noch fester klammerte, einen Stich? Aber nein! Er verspürte keinerlei Eifersucht, keine Feindseligkeit – gar nicht. Im Gegenteil, er fühlte sich Durkin innig verbunden. Bertha stand nicht zwischen ihnen, sie führte sie vielmehr in einer Brüderschaft der Versuchung zusammen.

Das junge Paar setzte seinen Spaziergang fort. Breuer schmunzelte, als er sah, daß es jetzt der Arzt war, nicht die Patientin, der seltsam steifbeinig ging. Er empfand tiefes Mitgefühl mit seinem Nachfolger: Wie oft war nicht er an Berthas Seite gewandelt und hatte eine gewaltige Erektion verbergen müssen! ›Seien Sie froh, Dr. Durkin, daß wir noch Winter haben!‹ murmelte Breuer. ›Im Sommer, ohne Überrock, ist es weit schlimmer. Dann muß man die Rute unter den Gürtel klemmen!‹

Das Paar hatte das Ende des Weges erreicht, kehrte um und bewegte sich nun wieder auf ihn zu. Bertha legte sich die Hand an die Wange. Breuer sah ihre Augenlider zucken, wußte, daß sie Qualen litt; der Tic douloureux trat täglich auf und war so schlimm, daß nur Morphin Linderung brachte. Bertha blieb stehen. Er wußte genau, was jetzt kommen würde. Es war gespenstisch. Wieder kam er sich vor wie im Theater, wie der Spielleiter oder Souffleur, welcher den Auftretenden die nächsten Textzeilen eingab. ›Lege ihr die Hände aufs Gesicht, die Handballen auf die Wangen, so daß sich die Daumen über dem Nasenbein fast berühren. Ja, gut. Und jetzt mit gelindem Druck die Augenbrauen massieren. Wieder. Und wieder. Gut!‹ Er sah, wie sich Berthas Züge entspannten. Sie griff hinauf, packte Durkins Handgelenke und führte sich erst die Rechte und dann die Linke an die Lippen. *Jetzt* versetzte es Breuer doch einen Stich. Ihm hatte sie nur einmal in nämlicher Weise die Hände geküßt; es war ihr innigster Augenblick gewesen. Sie trat näher an Durkin heran. Er hörte ihre Stimme: »Väterchen, Väterchen!« Das Herz drehte sich ihm im Leibe um. So hatte sie einst *ihn* gerufen!

Mehr hörte er nicht, wollte er nicht hören. Es genügte. Er sprang auf und stürmte, ohne ein erklärendes Wort an die Pflegerinnen zu richten, aus dem Bellevue und zur wartenden Droschke. Benommen fuhr er nach Konstanz zurück und gelangte – wie, wußte er nicht – in den Zug. Das schrille Pfeifsignal der Lokomotive brachte ihn zu sich. Mit wild hämmerndem Herzen lehnte er sich in die Polster zurück und dachte über das nach, was er gesehen hatte.

›Das Messingschild, die Wiener Praxis, mein Elternhaus und jetzt auch Bertha – alles besteht unverändert fort, nichts von alledem ist zum Fortbestehen auf *mich* angewiesen. Ich bin zufällig, austauschbar. Ich bin *nicht erforderlich* für Berthas Drama. Wir alle sind es nicht. Nicht ich, nicht Durkin und keiner von jenen, die nach uns kommen werden.‹

Es war überwältigend. Vielleicht brauchte er mehr Zeit, um das alles zu verarbeiten. Er war müde. Er lehnte sich zurück, schloß die Augen und suchte Erleichterung in einer Bertha-Reminiszenz. Doch es geschah nichts! Er unternahm die üblichen Vorbereitungsschritte, beschwor die Anfangsszene herauf, trat gewissermaßen zurück, um den Dingen ihren Lauf zu lassen, und harrte dessen, was kommen mußte – denn stets war es an Bertha gewesen zu bestimmen, was kam, nicht an ihm. Doch es geschah nichts! Nichts regte sich. Die Bühne blieb ein starres Tableau, alles wartete auf seine Anweisungen.

Breuer experimentierte und stellte fest, daß er Bertha ganz nach seinem Willen auf- oder abtreten lassen konnte. Rief er sie auf, erschien sie bereitwillig und nahm jede Gestalt und Haltung an, die er wünschte. Doch sie hatte ihre Selbständigkeit eingebüßt; ihr Bild gefror, bis er sie sich bewegen hieß. Das Band war gerissen, er war nicht mehr gefesselt, sie führte ihn nicht mehr am Gängelband!

Breuer staunte sehr über diese Wendung. Nie zuvor hatte er Berthas mit solcher *Gleichgültigkeit* gedacht. Oder nein, nicht Gleichgültigkeit – Gleichmut, Selbstbestimmtheit. Fort waren glühende Leidenschaft, Sehnsucht, aber auch Bitterkeit. Zum erstenmal erkannte er, daß er und Bertha Leidensgenossen waren. Sie war in gleichem Maße gefangen, wie er es gewesen war. Auch sie war nicht die geworden, die sie war. Auch sie hatte ihr Leben nicht gewollt, sondern war dazu verdammt, Zeugin ihrer immer gleichen, sich endlos selbst inszenierenden Szenen zu sein.

Je länger er darüber nachdachte, desto deutlicher zeichnete sich für ihn die Tragik ihres Lebens ab. Vielleicht wußte Bertha nicht um diese Dinge. Vielleicht hatte sie sich nicht nur der Wahlmöglichkeit, sondern überhaupt der bewußten *Wahrnehmung* begeben. Wie oft befand sie sich nicht in Trance, war abwesend, erlebte nicht einmal ihr Leben! Breuer begriff, daß Nietzsche hierin geirrt hatte. Nicht er war Berthas Opfer. *Beide* waren sie Opfer.

Wieviel hatte er gelernt! Wenn er doch nur von vorne beginnen und noch einmal ihr Arzt werden könnte. Der Tag im Bellevue hatte ihm deutlich gemacht, wie fadenscheinig seine Behandlung gewesen war. Wie töricht, Monat um Monat mit der Bekämpfung der Symptome vergeudet zu haben – läppische vordergründige Scharmützel – während unbemerkt im Untergrunde der wahre Kampf, ein Kampf auf Leben und Tod wütete.

Brausend tauchte der Zug aus einem langen Tunnel auf. Das gleißende Sonnenlicht riß Breuer aus seinen Gedanken und machte ihm sein gegenwärtiges Dilemma wieder bewußt. Er war auf dem Wege nach Wien zu Eva Berger, seiner ehemaligen Ordinationshilfe. Er sah sich verdutzt im Abteil um. ›Nun passiert mir das schon wieder!‹ dachte er. ›Da sitze ich im Zuge, fliege Eva entgegen, und weiß beim besten Willen nicht, wann und wie ich zur Entscheidung gelangte, sie aufzusuchen.‹

Gleich bei seiner Ankunft in Wien heuerte er ein Fiaker und ließ sich zur Wohnung Evas fahren.

Es war vier Uhr nachmittags; um ein Geringes hätte er kehrtgemacht, in der Annahme – nein Hoffnung! –, sie müsse noch bei der Arbeit sein. Doch sie war zu Hause. Sie schien erschrocken, ihn zu sehen, stand ihm wortlos mit weitaufgerissenen Augen gegenüber. Als er darum bat, eintreten zu dürfen, gab sie nach einem seitlichen Blick zu den Türen der Etagennachbarn hin nach. Er fühlte sich in ihrer Gegenwart sogleich getröstet. Ein halbes Jahr war verstrichen, seit er sie zuletzt gesehen hatte, doch es fiel ihm so leicht wie ehedem, sich auszusprechen. Er erzählte ihr alles, was seit ihrer unrühmlichen Entlassung geschehen war, sprach von seiner Begegnung mit Nietzsche, seiner allmählichen Wandlung, seinem Entschluß die Freiheit zu erringen und Mathilde und die Kinder zu verlassen, von seinem Wiedersehen mit Bertha.

»Und nun, Eva, bin ich frei. Zum ersten Male in meinem Leben kann ich tun, was mir beliebt, kann hingehen, wohin ich will. Bald, wahrscheinlich gleich nach unserer Aussprache, werde ich zum Bahnhof fahren und ein Ziel bestimmen. Noch weiß ich nicht, wohin es mich verschlagen wird, vielleicht gegen Süden, in die Sonne, nach Italien.«

Eva, für gewöhnlich eine gesprächige Frau, die ihm sonst jeden seiner Sätze mit ganzen Absätzen vergolten hatte, blieb ungewohnt einsilbig.

»Ich werde freilich einsam sein«, fuhr Breuer fort, »Sie kennen mich ja. Doch werde ich frei sein, Bekanntschaften zu machen, mit wem immer mir beliebt.«

Eva schwieg.

»Oder eine gute alte Freundin aufzufordern, mich nach Italien zu begleiten.«

Breuer traute seinen Ohren nicht. Plötzlich flatterten vor seinem inneren Auge seine Tauben in Schwärmen durchs Laborfenster *in ihre Käfige zurück.*

Zu seinem Entsetzen wie auch seiner Erleichterung ging Eva auf seine Andeutungen nicht ein. Statt dessen bedrängte sie ihn mit Fragen.

»Von welcher Art Freiheit sprechen Sie? Was meinen Sie mit ›ungelebtem Leben‹?« Sie schüttelte ungläubig den Kopf. »Josef, das ergibt alles wenig Sinn für mich. Immer habe ich Sie um Ihre Freiheit beneidet. Welche hatte denn ich? Wenn stets die fällige Miete droht und die Anschreibung beim Metzger wächst, dann kümmert einen so etwas wie Freiheit wenig. Sie wollen von Ihrem Beruf frei sein? Sehen Sie sich doch meinen an! Als Sie mich fortjagten, mußte ich die nächstbeste Anstellung nehmen, die sich mir bot, und im Augenblick ist das einzige, wovon frei zu sein ich mir wünschte, die Nachtschicht im Städtischen Krankenhaus.«

Nachtschicht! Deswegen also war sie um diese Zeit zu Hause. »Ich hatte Ihnen doch angeboten, mich für Sie zu verwenden. Sie haben keinen meiner Briefe beantwortet.«

»Ich taumelte noch unter dem Schlag«, erwiderte Eva. »Ich habe eine bittere Lektion gelernt: Daß man sich auf niemand verlassen soll als sich selbst.« Zum erstenmal hob sie die Augen und blickte Breuer geradewegs ins Gesicht.

Zutiefst beschämt, sie im Stich gelassen zu haben, hob Breuer an, sie um Vergebung zu bitten, doch Eva sprach hastig weiter, erzählte von der Arbeit, der Hochzeit ihrer Schwester, der Gesundheit ihrer Mutter und ihrem Verhältnis zu Gerhardt, einem jungen Advokaten, welchen sie als Patienten im Krankenhaus kennengelernt hatte.

Breuer begriff, daß er sie durch seinen Besuch kompromittierte, und wandte sich zum Gehen. Kurz vor der Tür ergriff er umständlich ihre Hand. Er wollte sie etwas fragen, zögerte jedoch. Hatte er noch das Recht, ihr persönliche Fragen zu stellen? Er beschloß, es zu wagen. Zwar war unleugbar das zarte Band der Freundschaft zwischen ihnen bös zerschlissen, doch ließen sich fünfzehn gemeinsame Jahre nicht so einfach abtun.

»Eva, ich gehe. Aber bitte, beantworten Sie mir eine letzte Frage.«

»Fragen Sie, Josef.«

»Ich kann die alte Zeit, da wir uns nahestanden, nicht vergessen. Wissen Sie noch, wie wir eines Abends spät in der Praxis saßen und ich eine Stunde lang auf Sie einredete? Ich erzählte Ihnen, wie verzweifelt und unwiderstehlich ich mich zu Bertha hingezogen fühlte. Sie sagten, Sie hätten Angst um mich, als Freundin wollten Sie mich nicht ins Verderben rennen sehen. Dann ergriffen Sie meine Hand – wie ich jetzt die Ihre – und beteuerten, Sie würden alles tun, was immer ich verlangte, wenn es mir hülfe. Eva, ich kann Ihnen gar nicht sagen, wie oft, hunderte Male, ich dieses Gespräch erneut durchlebt habe, wieviel es mir bedeutet hat, wie oft ich bedauert habe, so von Bertha besessen gewesen zu sein, daß ich Ihr großherziges Angebot nicht anzunehmen vermochte. Und meine Frage lautet... ich möchte einfach wissen... war es Ihnen ernst? Hätte ich von Ihrem Angebot Gebrauch machen sollen?«

Eva entzog ihm ihre Hand, legte sie ihm zart auf die Schulter und sagte zögernd: »Josef, ich weiß nicht, was ich sagen soll! Ich will aufrichtig sein; es tut mir leid, Ihnen keine andere Antwort auf Ihre Frage geben zu können, doch um unserer alten Freundschaft willen will ich ehrlich mit Ihnen sein. Josef, ich erinnere mich nicht an dieses Gespräch.«

Zwei Stunden später saß Breuer zusammengesunken im Zweite-Klasse-Abteil eines Reisezuges nach Italien.

Es dämmerte ihm, wie wichtig für ihn im vergangenen Jahr Eva als Unterpfand gewesen war. Er hatte auf sie gezählt. Er war sich stets gewiß gewesen, daß sie da sein würde, wenn er sie brauchte. Wie konnte sie es vergessen haben?

›Je nun, Josef, was erwartest du denn?‹ schalt er sich. ›Daß sie sich im Schrankdunkel einmotten ließe und darauf wartete, daß du die Türe aufmachtest und sie ans Licht holtest? Du bist vierzig Jahre alt, alt genug zu begreifen, daß deine Frauen für sich existieren. Sie haben ihr eigenes Leben, ihr Leben geht weiter, sie wachsen, sie altern, sie gehen neue Bindungen ein. Nur die Toten wandeln sich nicht mehr. Nur deine Mutter Bertha treibt schwerelos in den ewigen Wogen der Zeit und wird immer auf dich warten.‹

Und da, mit einem Mal, durchfuhr ihn der schreckliche Gedanke, daß nicht nur Berthas und Evas Leben weitergingen, sondern ebenso Mathildes; auch sie würde ohne ihn existieren, und es würde der Tag kommen, an dem sie einen anderen liebte. Mathilde, seine Mathilde mit einem anderen! – die Vorstellung war unerträglich schmerzlich. Jetzt strömten ihm Tränen über das Gesicht. Er blickte zum Gepäcknetz hoch nach seinem Koffer. Da lag er, in Reichweite, reckte ihm einladend den Messinggriff entgegen. Ja, er wußte, was er zu tun hätte: den Griff packen, den Koffer über die Schiene am Rand des Netzes vornüberkippen lassen, ihn herunterwuchten, an der nächsten Station aussteigen, wo immer das war, mit dem erstbesten Zug nach Wien zurückfahren und sich Mathilde auf Gnade und Ungnade ausliefern. Noch war es nicht zu spät – sie würde ihn doch sicherlich wieder aufnehmen?

Doch dann erschien ihm Nietzsche und durchkreuzte diesen Plan.

›Friedrich, wie konnte ich nur alles aufgeben? Was war ich bloß für ein Narr, Ihrem Rat zu folgen!‹

›Sie hatten bereits vor unserer Begegnung alles Wesentliche aufgegeben, Josef. Deshalb waren Sie verzweifelt. Wissen Sie nicht mehr, wie sehr Sie den Tod des unendlich vielversprechenden Knaben beklagten?‹

›Doch nun bleibt mir gar nichts!‹

›Nichts ist alles! Um stark zu werden, müssen Sie erst Ihre Wurzeln tief ins Nichts hinuntertreiben und lernen, sich Ihrer einsamsten Einsamkeit zu stellen.‹

›Meine Frau! Meine Familie! Ich liebe sie. Wie konnte ich sie nur verlassen? Ich steige an der nächsten Station aus!‹

›Sie fliehen nur sich selbst. Bedenken Sie, daß jeder Augenblick ewig wiederkehrt. Bedenken Sie es wohl: daß Sie bis in alle Ewigkeit Ihre Freiheit fliehen!‹

›Ich habe Pflichten –‹

›Nur die Pflicht, der zu werden, der Sie sind. Werden Sie stark, sonst werden Sie immer andere mißbrauchen, um sich selbst zu erhöhen.‹

›Aber Mathilde! Mein Gelübde! Meine Pflicht gegen –‹

›Pflicht! Pflicht! Sie gehen an solchen kleinen Tugenden zugrunde. Lernen Sie, böse zu werden. Errichten Sie sich ein neues Selbst auf der Asche Ihres alten Lebens.‹

Die ganze Fahrt nach Italien verfolgten ihn Nietzsches Worte.

›Ewige Wiederkunft.‹

›Die ewige Sanduhr des Daseins wird immer wieder umgedreht.‹

›Lassen Sie den Gedanken Besitz von sich ergreifen, und ich
versichere Ihnen, er wird Sie von Grund auf verwandeln.‹

›Ist Ihnen die Vorstellung ein Greuel, oder ist Ihnen, als hätten Sie niemals Göttlicheres gehört?‹

›Leben Sie so, daß Sie die Vorstellung gutheißen.‹

›Nietzschens Wette.‹

›Leben Sie zur rechten Zeit!‹

›Sterben Sie zur rechten Zeit!‹

›Der Mut, Ihre Überzeugungen zu ändern!‹

›Dieses Leben ist Ihr ewiges Leben.‹

Alles hatte, vor zwei Monaten, in Venedig begonnen. Und in
die Stadt der Gondeln kehrte er nun zurück. Als der Zug die
Grenze zwischen der Schweiz und Italien passierte und immer
mehr italienische Wortfetzen an seine Ohren drangen, wandten sich seine Gedanken von der unendlichen Wahrscheinlichkeit ab und der Realität von morgen zu.

Wohin sollte er sich wenden, wenn er in Venedig aus dem
Zug stieg? Wo würde er in dieser Nacht schlafen? Was würde
er morgen tun? Und übermorgen? Was sollte er mit seiner Zeit
anfangen? Wie verbrachte Nietzsche seine Zeit? Sofern er
nicht krank war, ging er spazieren, philosophierte und schrieb.
Doch das war *Nietzsches* Weg. Wie –?

Als erstes, wußte Breuer, müßte er für seinen Lebensunterhalt sorgen. Das Geld, welches er im Gürtel bei sich trug,
würde nur wenige Wochen reichen; späterhin würde ihm seine
Bank, auf Anordnung Maxens, einen bescheidenen monatli-
chen Wechsel auszahlen. Er könnte selbstredend weiterhin als
Arzt praktizieren. Wenigstens drei ehemalige Studenten hatten sich in Venedig niedergelassen. Es wäre nicht schwer, sich
eine Praxis aufzubauen. Auch die Sprache stellte kein unüber-
windbares Hindernis dar; er hatte ein gutes Ohr, beherrschte

überdies etwas Englisch, Französisch und Spanisch und würde
sich daher auch das Italienische rasch aneignen können. Doch
hatte er soviel aufgegeben, nur um in Venedig sein Wiener Leben zu wiederholen? Nein, all das lag hinter ihm.

Vielleicht Beschäftigung in einer Restauration. Aufgrund
des frühen Todes seiner Mutter und der Gebrechlichkeit seiner
Großmutter hatte Breuer kochen gelernt, und auch in der Bäkkerstraße hatte er oft bei der Zubereitung der Mahlzeiten für
die Familie geholfen. Wiewohl ihn Mathilde deswegen neckte
und meist aus der Küche scheuchte, schlich er sich gerne hinter
ihrem Rücken dorthin, um der Köchin auf die Finger zu sehen.
Ja, eine Anstellung in der Gastronomie war vielleicht genau
das Richtige. Allerdings würde er nicht nur die Geschäfte führen oder die Abrechnung unter sich haben wollen; er wollte
mit Speisen hantieren, sie zubereiten, servieren.

Er kam spät in Venedig an und nahm ein Zimmer in einer
Pension nahe dem Bahnhof. Am Morgen fuhr er mit der Gondel in die Stadtmitte und irrte, in Gedanken versunken, Stunden umher. Viele Venezianer drehten sich nach ihm um. Weshalb, das verstand er erst, als er sein Spiegelbild im Schaufen-
ster eines Geschäftes sah: langer Bart, Hut, Mantel, Anzug,
Krawatte – alles in strengem Schwarz. Er wirkte fremd, eben
wie ein in die Jahre kommender, betuchter jüdischer Arzt aus
Wien! Gestern abend war ihm am Bahnhof ein Schwarm italienischer Freudenmädchen aufgefallen, die um Freier warben.
Ihm hatte sich keine von ihnen genähert – und war das ein
Wunder? Bart und Trauerkleidung würde er ablegen müssen.

Langsam reifte in seinem Kopf ein Plan. Er würde als allererstes einen Barbier aufsuchen, dann ein Bekleidungsgeschäft,
wie es Arbeiter frequentierten. Er würde fleißig Italienisch lernen und nach etwa zwei, drei Wochen beginnen, sich in der
Gastronomie umzuschauen. Möglich, daß in Venedig ein gutes
österreichisches oder gar österreichisch-jüdisches Speiselokal
durchaus seine Klientel fände – er hatte unterwegs mehrere
Synagogen gesehen.

Das stumpfe Rasiermesser des Barbiers zerrte ihm den Kopf unsanft hin und her, als sich der Mann den dichten Bewuchs von einundzwanzig Jahren vornahm. Da und dort scherte die Klinge einzelne Bartpartien sauber ab, dann wieder ziepte und riß sie das kräftige, krause, rötlichbraune Haar büschelweise aus. Der Barbier war ein ungeduldiger, mürrischer Geselle. ›Verständlich‹, dachte Breuer, ›sechzig Lire sind zu wenig für soviel Bart.‹ Mit einer Geste gebot ihm Breuer Einhalt, griff sich in die Rocktasche und stellte ihm zweihundert Lire für eine sanftere Rasur in Aussicht.

Zwanzig Minuten darauf, als er ins gesprungene Glas des Barbiers starrte, fand er sein Gesicht, welches er immerhin zwei Jahrzehnte nicht gesehen hatte, zum Erbarmen. Er hatte nicht bedacht, daß auch im Verborgenen, im dunklen Dickicht des Bartes die Jahre nicht spurlos vorübergegangen waren. Bloßgelegt, kamen müde, eingefallene Züge zum Vorschein. Nur Stirn und Brauen hatten der Zeit getrotzt und boten unverdrossen den losen, hängenden Partien der Gesichtshaut Halt. Tiefe Falten gruben sich von den Nasenflügeln abwärts und trennten Wangen von Mundwinkeln. Kleinere Falten verliefen fächerförmig von den Augenwinkeln nach außen. Ein häßlich gefältelter Hühnerhals erschien unter dem Kinn. Und das Kinn selbst! Er hatte vergessen, daß sein Bart die Schande eines fliehenden Kinnes gnädig verborgen hatte, welches sich nun um so wehrloser verschämt unter die feuchte, hängende Unterlippe duckte.

Auf der Suche nach einem Bekleidungsgeschäft studierte Breuer die Garderobe der Passanten und beschloß, einen kurzen, grobgewirkten, marineblauen Überrock zu erstehen, feste Schuhe und einen dicken, gestreiften Pullover. Doch alle, die er in dieser Tracht sah, waren jünger als er. Was trugen die älteren Männer? Wo *steckten* sie überhaupt? Alle erschienen ihm furchtbar jung. Wie sollte er Bekanntschaften schließen? Wie die Bekanntschaft von Frauen? Vielleicht mit einer Serviererin aus einer der Gaststuben oder einer Italienischlehrerin.

›Nein!‹ dachte er. ›Ich will keine neue Frau! Eine Frau, welche Mathilde ebenbürtig wäre, finde ich nie wieder. Ich liebe sie. Dies alles ist Irrsinn. Warum nur habe ich sie verlassen? Ich bin zu alt, um von vorne zu beginnen. Ich bin der älteste Mensch auf der Straße – mit Ausnahme vielleicht des Mütterchens dort mit dem Stock, oder des Gevatters dort drüben, welcher Gemüse feilbietet. Plötzlich drehte sich alles. Er konnte sich kaum auf den Beinen halten. Hinter sich hörte er jemanden rufen.

»Josef, Josef!«

›Wessen Stimme ist es bloß? Ich kenne sie doch?‹

»Doktor Breuer! Josef Breuer!«

›Wer weiß denn, daß ich hier bin?‹

»Josef, hören Sie mich? Ich zähle jetzt von zehn rückwärts zurück bis eins. Auf fünf werden Sie die Augen öffnen. Auf eins werden Sie ganz zu sich kommen. Zehn, neun, acht, sieben…«

›Ich kenne diese Stimme!‹

»Sieben, sechs, fünf…«

Er schlug die Augen auf. Über sich gebeugt sah er Freuds lächelndes Gesicht.

»Vier, drei, zwei, eins! Sie erwachen. *Jetzt.*«

Breuer bekam es mit der Angst. »Was ist geschehen? Wo bin ich, Sigmund?«

»Beruhigen Sie sich, es ist alles in bester Ordnung, Josef. Wachen Sie auf!« Freud sprach in bestimmtem und doch beschwörendem Tone.

»Was ist geschehen?«

»Warten Sie noch ein paar Minuten, Josef. Sie werden sich an alles erinnern.«

Breuer erkannte, daß er auf dem Diwan in seinem Studierzimmer lag. Er setzte sich auf. Und fragte erneut voll Bangheit:

»Was ist geschehen?«

»Das werden Sie *mir* sagen müssen, Josef. Ich habe lediglich getan, was Sie von mir verlangten.«

Als Breuer immer noch verwirrt schien, erklärte Freud: »Erinnern Sie sich nicht? Sie suchten mich gestern abend auf und baten mich, heute morgen um elf zu Ihnen zu kommen, um Ihnen bei einem psychologischen Versuch zu assistieren. Als ich eintraf, forderten Sie mich auf, Sie zu hypnotisieren. Ich benutzte Ihre Taschenuhr als Pendel.«

Breuer griff sich in die Westentasche.

»Hier liegt sie, Josef, auf dem Anstelltischchen. Dann – wissen Sie es nicht mehr? – baten Sie mich, Ihnen einzugeben, wie Sie in tiefen Schlaf versänken und sich eine Reihe Erlebnisse ausmalten. Sie sagten mir, der erste Teil des Experiments solle dem Abschiednehmen gelten – Abschied von Familie, Freunden, selbst Patienten –, und ich solle, wenn es erforderlich scheine, Sie mit Aufforderungen wie ›Nimm Abschied!‹ oder ›Es gibt kein Zurück!‹ leiten. Der zweite Teil sollte dem Beginn eines neuen Lebens gewidmet sein, und dazu sollte ich Sie mit Bemerkungen wie ›Weiter!‹ oder ›Was gedenken Sie als nächstes zu tun?‹ antreiben.«

»Ja, ja, doch. Jetzt kommt es mir wieder, Sigmund. Wie spät ist es?«

»Ein Uhr Sonntag nachmittag. Sie waren zwei Stunden in Trance, wie vorgesehen. Bald werden die anderen zum Essen eintreffen.«

»Erzählen Sie mir genau, was geschehen ist. Was haben Sie beobachtet?«

»Sie sind sehr rasch in Trance gefallen, Josef, und blieben die meiste Zeit hindurch abwesend. Ich bemerkte wohl, daß erschütternde Dinge vorgingen, ein Ringen stattfand, doch das Drama wurde in Ihrem inneren Theater gegeben. Zwei- oder dreimal schien es so, als wollten Sie zu sich kommen, und da vertiefte ich die hypnotische Trance erneut, indem ich Ihnen eingab, Sie reisten und spürten die schaukelnden Bewegungen eines Zuges, legten den Kopf in die Polster zurück und dösten ein. Das schien jedesmal zu wirken. Viel mehr kann ich Ihnen nicht sagen. Einige Male wirkten Sie tief betrübt; mehrmals weinten Sie, und ein, zweimal schienen Sie sehr zu erschrecken. In diesem Augenblick fragte ich Sie, ob Sie aufwachen wollten, da Sie jedoch den Kopf schüttelten, habe ich Sie weiter ermutigt.«

»Habe ich laut gesprochen?« Breuer rieb sich die Augen im Bemühen, ganz zu sich zu kommen.

»Selten. Ihre Lippen bewegten sich oft, so daß ich annahm, Sie träumten Gespräche, aber ich konnte nur vereinzelte Worte verstehen. Mehrmals riefen Sie nach Mathilde, und auch der Name Bertha fiel. Sprachen Sie von Ihrer Tochter?«

Breuer überlegte. Wie sollte er antworten? Es drängte ihn, Sigmund alles zu erzählen, doch sein Instinkt warnte ihn davor. Schließlich war Sigmund erst sechsundzwanzig und betrachtete ihn als Vater oder älteren Bruder. Beide hatten sie sich an diese Rollen gewöhnt, und Breuer fühlte sich Umschwüngen nicht gewachsen.

Zudem wußte Breuer, wie unerfahren und prüde sein junger Freund in Dingen der Liebe und Geschlechtsliebe war. Er entsann sich dessen, wie verwirrt und peinlich berührt Freud gewesen war, als er letzthin behauptet hatte, die große Mehrzahl der schweren Neurosen entstamme dem Ehebett! Und noch vor wenigen Tagen hatte Freud voller Empörung den jungen Schnitzler wegen dessen Tändeleien verurteilt. Wieviel Verständnis konnte man von Sigmund schon für einen vierzigjährigen verheirateten Mann erwarten, der besessen war von einer einundzwanzigjährigen Patientin? Namentlich, wo Sigmund Mathilde nachgerade vergötterte! Nein, sich ihm anzuvertrauen wäre ein Fehler. Lieber mit Max darüber reden oder Friedrich!

»Meiner Tochter? Ich weiß es nicht genau, Sigmund, ich kann mich nicht erinnern. Doch meine Mutter hieß ebenfalls Bertha, wußten Sie das?«

»Ach ja, ich vergaß es. Aber starb sie nicht, als Sie noch sehr jung waren, Josef? Weshalb sollten Sie sich jetzt noch von ihr verabschieden?«

»Vielleicht bin ich niemals wirklich von ihr losgekommen. Ich glaube, bestimmte Erwachsenengestalten treten ins Bewußtsein eines Kindes und weigern sich fortan hartnäckig zu verschwinden. Vielleicht muß man sie mit Gewalt hinausdrängen, ehe man Herr seiner eigenen Gedanken sein kann!«

»Interessant. Lassen Sie mich überlegen, was Sie noch sagten. Ich hörte Sie sagen: ›Nicht mehr Arzt…‹, und dann, unmittelbar bevor ich Sie weckte, ›Zu alt, um von vorne zu beginnen‹! Josef, ich vergehe vor Neugierde. Was bedeutet dies alles?«

Breuer wählte seine Worte mit Bedacht. »Nun, soviel will ich Ihnen verraten, Sigmund. Es hat alles mit diesem Professor Müller zu tun. Er hat mich genötigt über mein Leben gründlich nachzudenken, und da wurde mir klar, daß ich an einem Punkte angelangt bin, da die meisten Entscheidungen hinter mir liegen. Und ich fragte mich mit einem Male, wie es wohl gewesen wäre, anders gewählt zu haben, ein anderes Leben gelebt zu haben – ohne Medizin, Familie, Wiener Gesellschaft. Also entschied ich mich zu diesem gedanklichen Experiment, um – wenn möglich – zu erfahren, was es hieße, mich von diesen willkürlichen Setzungen zu befreien, der Gestaltlosigkeit gegenüberzustehen, möglicherweise sogar in ein anderes Leben zu schlüpfen.«

»Und was haben Sie erfahren?«

»Ich bin noch ganz benommen. Ich werde etwas Zeit brauchen, um meine Gedanken zu ordnen. Eine Empfindung drängt sich jedoch deutlich in den Vordergrund: daß es wichtig ist, nicht vom Leben gelebt zu *werden*. Sonst steht man mit vierzig mit dem Gefühl da, nie gelebt zu haben. Was ich gelernt habe? Vielleicht *jetzt* zu leben, damit ich nicht mit fünfzig voll Bedauern aufs verstrichene Lebensjahrzehnt zurückblicke. Das dürfte auch für Sie gelten, Sigmund. Jedem, der Sie etwas besser kennt, ist klar, daß Sie außerordentlich begabt sind. Sie tragen schwere Verantwortung; je reicher die Saat, je unverzeihlicher das Versäumnis, sie nicht aufgehen zu lassen.«

»Sie wirken *verändert*, Josef. Vielleicht hat Sie die Trance verändert. So haben Sie noch nie zu mir gesprochen. Ich danke Ihnen, Ihr Vertrauen in meine Fähigkeiten spornt mich an – und belastet mich – vielleicht zugleich.«

»Noch etwas habe ich gelernt«, sagte Breuer, »oder gehört das noch zum Vorherigen? Ich weiß es nicht – daß wir leben müssen, als *seien* wir frei. Auch wenn wir das Schicksal nicht bestimmen können, müssen wir dennoch dagegen aufbegehren, wir müssen unser Schicksal *wollen*. Wir müssen zu unserem Schicksal ja sagen. Es ist, als –«

Es klopfte an der Türe.

»Seid ihr beide immer noch dort drinnen?« fragte Mathilde. »Darf ich hereinkommen?«

Breuer ging rasch zur Tür und ließ Mathilde ein, die einen Teller dampfend heißer Würstchen im Schlafrock vor sich hertrug. »Die ißt du doch so gern, Josef. Heute morgen fiel mir ein, daß ich sie dir sehr lange nicht mehr bereitet habe. Das Essen ist fertig. Max und Rachel sind schon da, die anderen sind unterwegs. Und Sie, Sigmund, bleiben natürlich auch. Ihre Patienten müssen halt mal eine Stunde warten.«

Ein leises Nicken von Breuer verstand Freud ganz richtig als Wink und ließ sie allein. Breuer legte Mathilde den Arm um die Taille. »Weißt du, Liebes, es ist eigenartig, daß du fragtest, ob wir noch im Zimmer seien. Ich erzähle es dir später ausführlicher, aber wir haben eine weite Reise gemacht. Mir ist, als sei ich sehr lange fortgewesen. Doch jetzt bin ich wieder heimgekehrt.«

»Das ist gut, Josef.« Sie legte ihm eine Hand an die Wange und kraulte ihm liebevoll den Bart. »Es ist schön, dich wieder bei mir zu haben. Du hast mir gefehlt.«

Das Essen war, an Breuerschen Maßstäben gemessen, eine bescheidene Angelegenheit. Nur neun Erwachsene am Tisch: Mathildes Eltern, Ruth – eine weitere Schwester Mathildes – mit ihrem Mann Meyer, Rachel und Max, Freud. Die acht Kinder hatten einen eigenen Tisch in der Diele.

»Was siehst du mich so unentwegt an?« flüsterte Mathilde
Breuer zu, als sie eine große Terrine Kartoffelsuppe hinaus-
trug. Und als sie eine gewaltige Platte geschmorte Kalbszunge
mit Rosinen abstellte, raunte sie ihm zu: »Du machst mich
ganz verlegen, Josef!« Und noch einmal, als sie die Teller ab-
räumen half, damit das Dessert gebracht werden könne: »Hör
auf, mich so anzustarren!«

Doch Josef dachte gar nicht daran. Er verschlang das Antlitz
seiner Frau mit Blicken, als sähe er es zum erstenmal. Es versetzte ihm einen Stich zu sehen, daß auch sie zuletzt gegen die
Zeit nichts vermochte. Ihre Wangen waren noch glatt – an dieser Front war sie siegreich geblieben –, doch war die Verteidigung nicht überall zugleich möglich, und von den Augen- und
Mundwinkeln strahlten feine Fältchen aus. Ihr Haar, hochge-
kämmt und am Hinterkopf zu einem schweren, glänzenden
Knoten geschlungen, war von breiten, grauen Bändern durch-
zogen. Seit wann? War auch er Schuld daran? Vereint hätten
er und sie vielleicht weniger Verluste hinzunehmen gehabt.

»Warum soll ich damit aufhören?« Josef legte ihr kurz den
Arm um die Taille, als sie seinen Teller wegräumte. Später
folgte er ihr in die Küche. »Warum darf ich dich nicht ansehen? Ich – aber Mathilde! Habe ich dir Kummer gemacht? Du
weinst ja!«

»Ja, Tränen der Freude, Josef. Aber auch der Trauer, wenn
ich bedenke, wie lange ich habe warten müssen. Ach, der ganze
Tag heute ist schon so sonderlich. Worüber habt du und Sigmund eigentlich gesprochen? Weißt du, was er mir beim Essen
sagte? Er will seine erste Tochter nach mir nennen! Er meinte,
er wolle zwei Mathilden in seinem Leben haben.«

»Nun, wir haben immer geahnt, daß Sigmund sehr gescheit
ist, jetzt haben wir den Beweis! Es ist tatsächlich ein wunderli-
cher Tag. Aber ein wichtiger – ich habe beschlossen, dich zu
heiraten!«

Mathilde setzte abrupt das Tablett mit den Mokkatassen ab,
packte mit beiden Händen seinen Kopf, zog sein Gesicht zu

sich heran und gab ihm einen Kuß auf die Stirn. »Hast du Schnaps getrunken, Josef? Du redest Unsinn.« Sie nahm das Tablett wieder hoch. »Aber es gefällt mir.« Ehe sie die Schwingtür zum Eßzimmer aufstieß, wandte sie sich noch einmal um. »Ich dachte, du hättest dich vor vierzehn Jahren schon dazu entschieden?«

»Wichtig ist nur, daß ich mich *heute* dazu entscheide, Mathilde. Heute und jeden Tag.«

Nach einem Stück von Mathildes Linzertorte und Kaffee eilte Freud ins Krankenhaus zurück, während Breuer und Max ihre Gläschen Slibowitz mit ins Studierzimmer nahmen und sich zum Schachspiel niederließen. Nach einer kurzen, schmerzlosen Partie, welche Max mühelos gewann, indem er Breuers Französische Verteidigung mit einem vernichtenden Angriff am Damenflügel vergalt, legte Breuer seine Hand über Maxens, als dieser begann, die Figuren wieder aufzustellen. »Ich möchte reden«, erklärte er dem Schwager. Max schluckte seine Enttäuschung herunter, zündete sich eine zweite Zigarre an, blies eine dicke blaue Rauchwolke aus und wartete.

Seit der kurzen Unterredung vor einigen Wochen, da Breuer Max erstmals von Nietzsche erzählt hatte, waren sich die beiden Männer nähergekommen. Zum geduldigen, aufmerksamen Zuhörer avanciert, hatte Max in den vergangenen zwei Wochen Breuers Berichten von den Begegnungen mit Eckhardt Müller mit großem Interesse gelauscht. Heute schien er geradezu in Bann geschlagen von Breuers ausführlicher Schilderung des gestrigen Friedhofsgespräches und des außerordentlichen Hypnoseversuchs vom Vormittage.

»Also nahmst du in Trance zunächst an, ich wollte dir den Weg verstellen, um dich am Gehen zu hindern? Wahrscheinlich hätte ich es getan. Wen hätte ich sonst, den ich im Schach schlagen könnte? Nein, im Ernst gesprochen, Josef, du wirkst verändert. Und du glaubst tatsächlich, du habest dir Bertha ein für alle Male aus dem Kopf geschlagen?«

»Es ist erstaunlich, Max. Unterdessen kann ich an sie denken wie an jede andere Person. Es ist, als hätte ich mich einer Operation unterzogen, bei welcher das Bild Berthas von den Empfindungen abgetrennt worden wäre, die daran wucherten! Und für mich besteht kein Zweifel, daß der Schnitt in jenem Augenblick vollzogen wurde, da ich sie im Garten mit dem neuen behandelnden Arzt beobachtete!«

»Das begreife ich nicht.« Max schüttelte den Kopf. »Oder sollte es besser sein, nicht zu begreifen?«

»Wir müssen zu begreifen suchen. Möglich, daß es falsch wäre zu behaupten, meine Besessenheit sei in dem Augenblick erstorben, da ich Bertha mit Doktor Durkin sah – oder zu sehen glaubte, wiewohl die Phantasie derart lebensecht war, daß ich das Geschehen tatsächlich für real halte. Ich vermute, daß meine Obsession schon vermöge der Bemühungen Müllers geschwächt war, vornehmlich dadurch, daß er mir zeigte, welche Macht ich Bertha über mich einräumte. Die hypnoide Phantasie von Bertha und Doktor Durkin besorgte dann die letzte Lockerung. Die Zwangsvorstellungen verloren ihre Macht, als ich Bertha alle jene mir vertrauten Handlungen und Gebärden ebenso mit ihm vollziehen sah, mechanisch, wie auswendig gelernt. Da begriff ich mit einem Male, daß sie machtlos ist. Sie ist nicht Herrin ihres Tuns, vielmehr ist sie nicht minder hilflos und getrieben, als ich es war. Wir waren schlicht Gastrollenspieler in unserem gemeinsamen obsessiven Drama, Max.«

Breuer grinste. »Aber stell dir vor, Max, es vollzieht sich eine weit bedeutsamere Wandlung – in meinen Empfindungen für Mathilde nämlich. Es kündigte sich bereits in der Trance an und wird seitdem zunehmend stärker. Das ganze Essen hindurch mußte ich sie immer wieder ansehen, und ich verspürte die zärtlichste Zuneigung.«

»Ja.« Max grinste zurück. »Ich sah, wie du sie anstarrtest. Und wie verlegen wurde sie dabei! Fast wie in alten Zeiten, euch so turteln zu sehen. Vielleicht liegen die Dinge ganz einfach: Du weißt wieder, was du an ihr hast, weil du einen Vorgeschmack dessen bekamst, was es hieße, sie zu verlieren.«

»Ja, das auch, doch es gibt andere Gründe. Weißt du, jahrelang wehrte ich mich gegen die Kandare, an welche ich mich von Mathilde gelegt glaubte; ich fühlte mich durch sie eingeengt und lechzte danach, frei zu sein – frei, andere Frauen zu kennen, ein gänzlich anderes Leben zu führen.

Als ich jedoch Müllers Rat folgte und mir die Freiheit nahm, schwindelte mich vor Angst. Während des gesamten Tranceerlebens setzte ich alles daran, mich meiner Freiheit zu entledigen. Ich hielt erst Bertha und dann Eva die Kandare hin. Ich riß brav das Maul auf und bettelte: ›Lege mich an die Kandare, bitte, bitte! Ich will nicht frei sein!‹ Denn um der Wahrheit die Ehre zu geben, die Freiheit erschreckte mich zu Tode.«

Max nickte betroffen.

»Erinnerst du dich«, fuhr Breuer fort, »was ich dir von der Tranceepisode in Venedig erzählte – vom Besuch beim Barbier und meinem Erschrecken über mein gealtertes Spiegelbild, von der Ladenzeile mit den Bekleidungsgeschäften, wo ich der Älteste war? Dazu fällt mir ein, daß Müller sagte, man müsse ›den richtigen Feind wählen‹. Ich glaube, diese Worte bergen den Schlüssel! Seit vielen Jahren ringe ich mit dem falschen Feind. Nicht Mathilde war der Feind, sondern das Schicksal. Die wahren Feinde waren der Verfall, der Tod und meine eigene Angst vor der Freiheit. Ich hielt Mathilde vor, sie hinderte mich daran, mich Dingen zu stellen, denen ich mich gar nicht stellen wollte! Wie viele von uns das wohl ihren Frauen antun?«

»Unter anderen wohl ich«, bemerkte Max. »Weißt du, ich denke oft an unsere gemeinsame Kindheit, die Studienzeit. ›Ach, dahin! Alles dahin!‹ wehklage ich. ›Wie ist es nur möglich, daß mir diese Zeit entglitten ist?‹ Und dann gebe ich insgeheim Rachel die Schuld; als könnte *sie* dafür, daß die Kindheit endet, daß ich älter werde!«

»Ja, Müller sagt, der wahre Feind seien die ›Reißzähne der Zeit‹. Doch auf unerklärliche Weise fühle ich mich diesen Zähnen nicht mehr so ausgeliefert. Heute ist mir, vielleicht zum ersten Male, als hätte ich mein Leben *gewollt*. Ich heiße das Leben gut, welches ich gewählt habe. Ich wünsche mir nicht mehr, daß ich irgend etwas anders gemacht hätte, Max.«

»So gescheit dein Professor auch sein mag, Josef, mir scheint, mit deinem Tranceversuch hast du ihm ein Schnippchen geschlagen. Du hast einen Weg gefunden, eine unwiderrufliche Entscheidung zu vollziehen, ohne daß sie unwiderruflich sei. Nur eines will mir nicht in den Kopf: Wo blieb derjenige Teil deiner selbst, welcher den Versuch leitete, während du in Hypnose lagst? In der Zeit, da du *in Trance* warst, muß doch ein Teil von dir sich dessen bewußt geblieben sein, was vorging.«

»Das stimmt, Max. Wo war der Zeuge, jenes ›Ich‹, welches die übrigen Anteile meines ›Ich‹ täuschte? Mich schwindelt, wenn ich nur daran denke. Eines Tages mag ein kluger Kopf daherkommen und das Rätsel lösen. Allerdings finde ich nicht, daß ich Müller ein Schnippchen geschlagen habe. Im Gegenteil, mir ist, als hätte ich ihn enttäuscht. Ich bin nicht seiner Lehre gefolgt; oder vielleicht habe ich auch nur meine Grenzen erkannt. Er sagt oftmals, jeder müsse entscheiden, wieviel von der Wahrheit er ertragen könne. Nun, ich habe mich wohl entschieden. Überdies, Max, habe ich als Arzt versagt; ich habe ihm nichts geben können. Schlimmer noch, ich bemühe mich gar nicht mehr darum, ihm zu helfen.«

»Geißle dich nicht, Josef. Du gehst immer zu hart mit dir ins Gericht. Du bist eben anders als er. Erinnerst du dich noch an das Kolleg über die Religionsstifter, welches wir gemeinsam besuchten – bei Professor Jodl? Er nannte sie ›Visionäre‹. Ein ebensolcher ist dein Müller, ein Visionär! Ich könnte schon längst nicht mehr sondern, wer von euch beiden Arzt und wer Patient sei, aber wärest du sein Arzt und vermöchtest du ihn zu ändern – was du nicht kannst –, *wolltest* du es denn wahrhaftig? Hörte man je von einem verheirateten oder häuslichen Visionär? Nein, es wäre sein Untergang. Ich vermute, ihm ist es vom Schicksal vorbestimmt, einsamer Seher zu sein.

Und weißt du, was ich vermute?« Max klappte den Deckel der Schatulle mit den Schachfiguren auf. »Ich vermute fast, es ist genug behandelt worden. Vielleicht ist die Behandlung abgeschlossen. Vielleicht, daß eine Fortsetzung der Kur für Patient wie Arzt verhängnisvoll wäre!«

Max hatte recht. Es war Zeit, zum Ende zu kommen. Und doch überraschte Josef sich selbst, als er am Montag das Zimmer 13 betrat und sich für vollkommen genesen erklärte. Nietzsche, der auf der Bettkante saß und seinen Schnurrbart kämmte, schien noch überraschter als er.

»Genesen!« rief er und ließ den Schildpattkamm auf die Bettdecke fallen. »Ist das wahr? Wie ist es möglich? Als wir uns am Samstag verabschiedeten, schienen Sie vielmehr verstört. Ich hatte Sorge um Sie. War ich zu hart gewesen? Zu fordernd? Ich fragte mich, ob Sie nicht vielleicht unser Unternehmen abzubrechen beschließen möchten. Ich fragte mich allerhand, doch nie hätte ich damit gerechnet, daß Sie sich für geheilt erklären könnten!«

»Ja, Friedrich, ich bin selbst über die Maßen verwundert. Es geschah unerwartet – in der Folge unseres gestrigen Gesprächs.«

»Gestern? Gestern war Sonntag. Wir führten gestern kein Gespräch.«

»Doch, Friedrich. Nur waren Sie nicht zugegen! Es ist eine lange Geschichte.«

»Erzählen Sie mir Ihre Geschichte, Josef! Erzählen Sie sie in allen Einzelheiten. Ich will hören, was Genesung sei.« Und Nietzsche erhob sich sehr plötzlich.

»Dann wollen wir unsere Redeplätze einnehmen«, sagte Breuer und setzte sich in seinen Lehnstuhl. »Es gibt viel zu berichten…«, begann er, während Nietzsche, gebannt, sich in seinem Stuhl so weit vorbeugte, daß er bedenklich weit vorne auf der Stuhlkante balancierte.

»Beginnen Sie mit dem Samstagnachmittag«, drängte ihn Nietzsche, »mit dem, was auf unseren Spaziergang in der Simmeringer Heide folgte.«

»Ach ja! Dieser wilde, windige Streifzug! Ein wundervoller Spaziergang! Und ein schrecklicher! Sie haben recht: Als wir beim Fiaker anlangten, war ich am Ende. Ich fühlte mich wie ein Amboß; Ihre Worte waren wie Hammerschläge. Sie hallten noch lange nach, vornehmlich ein Satz.«

»Welcher?«

»Daß der *einzige Weg, meine Ehe zu retten, der sei, sie aufzugeben.* Einer Ihrer orakelnden Aussprüche; je länger ich über ihn nachdachte, desto mehr schwindelte mich!«

»Dann hätte ich mich wohl klarer ausdrücken müssen, Josef. Ich meinte lediglich, eine treffliche Ehe könne es nur geben, wenn sie nicht für beider Überleben *notwendig* sei.«

Da Breuer ihn fragend anblickte, fügte Nietzsche hinzu: »Ich meinte: Um sich wirklich gegenseitig gut zu sein, müsse sich jeder erst einmal selbst gut sein. Solange wir nicht anerkennen, daß wir allein sind, benutzen wir den anderen nur als Schutzschild gegen die Einsamkeit. Nur wer herzhaft leben kann wie der Adler – dem kein Zeuge zuschaut –, kann sich einem anderen in Liebe zuwenden; nur der ist fähig, die Erhöhung des anderen Daseins, das Wachstum zu wünschen. *Also ist eine Ehe, die man nicht aufgeben kann, zum Scheitern verurteilt.*«

»Sie wollen sagen, die einzige Möglichkeit, die Ehe zu retten, sei die, nötigenfalls zu ihrer Aufgabe *bereit zu sein?* Ja, so ist es klarer.« Breuer überlegte einen Augenblick lang. »Eine Bekundung, welche für den Junggesellen wunderbar erhellend sein mag, den verheirateten Mann jedoch in arge Bedrängnis bringt. Was nützt sie mir? Ebensogut möchte man versuchen, ein Schiff auf hoher See umzurüsten. Am Samstag rang ich

405

also lange mit dem Paradox, meine Ehe unwiderbringlich aufgeben zu müssen, um sie retten zu können. Dann, plötzlich, kam mir die Erleuchtung.«

Nietzsche, ganz Aufmerksamkeit, setzte die Brille ab und lehnte sich gefährlich weit vor. ›Noch ein, zwei Zoll‹, dachte Breuer, ›und er sitzt auf dem Boden.‹ »Was wissen Sie über die Hypnose?«

»Den tierischen Magnetismus? Mesmerismus? Sehr wenig«, erwiderte Nietzsche. »Lediglich, daß Mesmer selbst ein Scharlatan war, doch unlängst las ich, nicht wenige hochangesehene französischen Ärzte verwendeten die Methode Mesmers zur Behandlung einer ganzen Reihe von Leiden. Und dann haben natürlich Sie sie in der Behandlung Berthas angewandt. Ich weiß nur, daß sie einen schlafähnlichen Zustand herbeiführt, in welchem man höchst suggestibel wird.«

»Mehr als dies, Friedrich. Es ist ein Zustand, der einem ermöglicht, sehr lebhafte halluzinatorische Phänomene zu gewärtigen. Die ›Erleuchtung‹, die mir kam, war die Idee, daß ich in einer hypnoiden Trance der Erfahrung einer Lösung meiner Ehe nahekommen, sie dabei jedoch im wirklichen Leben unangetastet lassen könnte.«

Und Breuer beschrieb Nietzsche alles, was ihm widerfahren war. Fast alles! Im Begriff, seine heimliche Beobachtung Berthas und Doktor Durkins in den Anlagen des Bellevue-Sanatoriums zu schildern, entschied er sich im letzten Moment, sie für sich zu behalten. Er erwähnte nur die Fahrt ins Sanatorium und seinen überstürzten Aufbruch.

Nietzsche lauschte, nickte immer häufiger und nachdrücklicher, den Blick stier vor gesammelter Aufmerksamkeit. Als Breuer zum Schluß gekommen war, saß er reglos und schwieg.

»Friedrich, verschlägt es Ihnen die Sprache? Es wäre das erste Mal. Zwar bin auch ich noch durcheinander, aber ich fühle mich blendend. Lebendig. Besser als seit Jahren! Ich fühle mich ganz gegenwärtig – ganz hier bei Ihnen, und nicht nur *vordergründig*, während ich in Gedanken bei Bertha weile.«

Nietzsche lauschte aufmerksam, sagte jedoch nichts. Breuer fuhr fort: »Zugleich bin ich auch ein wenig traurig, Friedrich. Ich verzichte nur ungern auf unsere Gespräche. Sie wissen mehr über mich als sonst ein Mensch auf Erden, mir bedeutet die Verbindung zwischen uns sehr viel. Überdies empfinde ich – Scham! Trotz meiner Genesung schäme ich mich. Mir ist, als hätte ich Sie durch den Rückgriff auf die Hypnose hintergangen. Ich habe gewagt, ohne ein Wagnis einzugehen! Sie müssen enttäuscht sein von mir.«

Nietzsche schüttelte energisch den Kopf. »Nein. Nicht im mindesten.«

»Ich kenne doch Ihre Maßstäbe«, wandte Breuer ein. »Sie *müssen* doch finden, ich sei zurückgefallen! Wiederholt habe ich Sie fragen hören: ›Wieviel Wahrheit können Sie ertragen?‹ Ich weiß, daß Sie daran die Stärke eines Geistes messen. Ich fürchte, meine Antwort lautet: ›Nicht sehr viel!‹ Nicht einmal unter Hypnose habe ich mich bewährt. Ich versuchte mir vorzustellen, ich folgte Ihnen nach Italien, ginge so weit, wie Sie gehen, so weit, wie Sie es von mir erwarten würden – aber mich verließ der Mut.«

Immer noch den Kopf schüttelnd, beugte sich Nietzsche vor, legte die Hand auf die Armlehne von Breuers Stuhl und sagte: »Nein, Josef, Sie sind sehr weit gegangen, weiter als die meisten.«

»Vielleicht bis an die äußersten Grenzen meiner begrenzten Möglichkeiten«, räumte Breuer ein. »Sie haben stets betont, ich müsse meinen eigenen Weg finden und dürfe nicht *den* Weg oder *Ihren* Weg suchen. Vielleicht führt mein Weg zu einem sinnvollen Leben über die Arbeit, die Gemeinschaft, die Familie. Nichtsdestotrotz habe ich das Empfinden, hinter die Erwartungen zurückgefallen zu sein, mich für die Behaglichkeit entschieden zu haben und nicht dafür, ohne zu blinzeln in die helle Sonne der Wahrheit zu blicken, wie Sie es tun.«

»Dagegen wünschte ich mir dann und wann, mich in den Schatten retten zu dürfen.«

407

Nietzsches Stimme klang traurig, voller Sehnsucht. Sein tiefes Seufzen brachte Breuer wieder zu Bewußtsein, daß *zwei* Patienten an ihrem Behandlungsunternehmen teilhatten und daß bisher nur einem geholfen war. ›Vielleicht‹, dachte Breuer, ›ist es ja noch nicht zu spät.‹

»Ungeachtet dessen, daß ich mich selbst für geheilt erkläre, Friedrich, möchte ich unsere Gespräche noch nicht abbrechen.«

Nietzsche schüttelte langsam, bedächtig und endgültig den Kopf. »Nein. Wir sind am Ende angelangt. Es ist Zeit.«

»Es wäre selbstsüchtig, jetzt aufzuhören«, protestierte Breuer. »Ich habe soviel genommen und Ihnen dafür so wenig gegeben. Allerdings haben Sie mir wenig Gelegenheit dazu geboten – Sie waren so widerspenstig, daß Sie mir nicht einmal einen Migräneanfall gönnten!«

»Das größte Geschenk, das Sie mir machen könnten, wäre dieses: mir zum Verständnis der Genesung zu verhelfen.«

»Ich glaube«, antwortete Breuer, »daß der entscheidende Impuls das Erkennen des wahren Feindes war. Sobald ich inne geworden war, daß ich es mit dem *wahren* Feind – der Zeit, dem Altern, dem Tode – aufnehmen müßte, dämmerte mir, daß Mathilde weder meine Widersacherin noch meine Rettung, sondern einfach eine Weggefährtin sei, welche mit mir den Lebenskreis abschreitet. Auf unerklärliche Weise hat dieser einfache Schritt meine ganze abgedrängte Liebe zu ihr freigesetzt. Heute heiße ich die Vorstellung gut, Friedrich, daß ich mein Leben ewig wiederholen sollte. Endlich kann ich sagen: ›Ja, ich *wollte* dieses Leben. Es ist gut.‹«

»Gewiß«, bemerkte Nietzsche ungeduldig, »daß Sie verändert sind, ist nicht zu übersehen. Aber ich muß den *Mechanismus* kennen, muß wissen, *wie* es bewerkstelligt wurde!«

»Ich kann es mir nur so erklären: Zwei Jahre lang lähmte mich die Angst vor dem Älterwerden – oder wie Sie dazu sagen, ›der Zeit Begierde‹. Ich wehrte mich – blind. Ich machte meine Frau zum Ziele meiner Angriffe statt den wahren Feind,

408

und schließlich suchte ich voller Verzweiflung Rettung in den Armen eines Menschen, der keine Rettung zu bieten hatte.«

Breuer schwieg einen Augenblick lang und kratzte sich ratlos am Kopf. »Ich weiß nicht, wie ich es sonst beschreiben soll, aber dank Ihnen weiß ich jetzt, daß der Schlüssel zu einem erfüllten Leben darin liegt, *das Unumgängliche zu wollen und dann das Gewollte zu lieben*.«

Nietzsche stutzte, Breuers Worte ließen ihn seine Ungeduld vorerst vergessen.

»›*Amor fati* – liebe dein Schicksal.‹ Es ist gespenstisch, wie verwandt wir im Geiste sind! Ich hatte die Absicht, das *amor fati* zu meiner nächsten und letzten Lektion Ihrer Rettung zu machen. Ich dachte, Ihnen zu zeigen, wie Sie die Verzweiflung überwinden könnten, indem Sie das ›so war es‹ zum ›so wollte ich es‹ machten. Doch Sie sind mir zuvorgekommen. Sie sind stark geworden, vielleicht sogar reif, nur...« – er hielt erregt inne und rief dann: »...diese Bertha, welche von Ihrem Bewußtsein Besitz ergriffen hatte, welche Ihnen keine Ruhe ließ; Sie haben mir nicht gesagt, wie es Ihnen gelungen ist, sie zu vertreiben!«

»Es ist nicht von Belang. Es ist viel wichtiger, der Vergangenheit nicht länger nachtrauern zu müssen, sondern –«

»Sie sagten eben, Sie wollten auch mir etwas geben, haben Sie es schon vergessen?« rief Nietzsche mit einer Verzweiflung, die Breuer erschreckte. »Dann geben Sie mir etwas an die Hand. *Sagen Sie mir, wie Sie sie vertrieben haben!* In allen Einzelheiten!«

›Vor kaum zwei Wochen‹, entsann sich Breuer, ›war ich der, welcher um praktische Anleitung flehte, und Nietzsche derjenige, der darauf bestand, daß es niemals *den einen* Weg gebe, daß jeder seine eigene Wahrheit finden müsse. Welch bittere Not muß er leiden, daß er jetzt seine eigene Lehre verwirft, in der Hoffnung, in meiner Genesung den Weg zu seiner eigenen zu entdecken.‹ Er durfte Nietzsches Bitte nicht entsprechen, entschied Breuer.

409

»Nichts täte ich lieber, Friedrich«, sagte er, »als etwas an Ihnen wiedergutzumachen, aber es muß ein wirkliches Geschenk sein. Ihr Ton ist in seiner Dringlichkeit sehr beredt, doch Sie verschweigen mir Ihr genaues Anliegen. Vertrauen Sie mir doch dieses eine Mal! Sagen Sie mir genau, was Sie von mir wollen. Wenn es irgend in meiner Macht steht, will ich es Ihnen von Herzen gerne geben.«

Nietzsche schnellte von seinem Stuhl hoch, ging einige Minuten lang erregt auf und ab, trat dann ans Fenster und blickte hinaus, den Rücken Breuer zugewandt.

»Ein tiefer Mann braucht Freunde«, begann er, als spräche er mehr zu sich selbst als zu Breuer. »In Ermangelung dieser bleiben ihm allenfalls noch seine Götter. Ich aber habe weder Freunde noch Götter, ich habe – wie Sie – Lüste, und keine gewaltiger als die nach der vollkommenen Freundschaft, einer Freundschaft *inter pares* – unter Gleichen. Welch berauschendes Wort: *inter pares*, es enthält soviel Trost und Hoffnung für jemanden wie mich, der stets allein gewesen ist, der stets nach einem Menschen suchte – und ihn nie fand –, welcher ganz und gar zu ihm gehörte.

Von Zeit zu Zeit habe ich in Briefen mein Herz ausgeschüttet, meiner Schwester, Freunden, doch wenn ich meinen Mitmenschen von Angesicht zu Angesicht gegenüberstehe, schäme ich mich und wende mich ab.«

»So, wie Sie sich jetzt von mir abwenden?« fragte Breuer leise.

»Ja.« Nietzsche verstummte.

»Wollen Sie mir nicht jetzt Ihr Herz ausschütten, Friedrich?«

Nietzsche, immer noch zum Fenster hinausblickend, schüttelte den Kopf. »So oft ich mich, wurde mir die Einsamkeit unerträglich, in der Gegenwart anderer zu Ausbrüchen von Verzweiflung hinreißen ließ, empfand ich eine unsägliche Erniedrigung vor mir selbst – als sei ich mir fremd und dem Höchsten, das in mir ist, abtrünnig geworden.

Ebensowenig habe ich anderen gestattet, mir ihr Herz auszuschütten – aus Angst, jemanden zu verpflichten, mir zum nämlichen Zwecke zur Verfügung zu stehen. All dies mied ich peinlichst, bis zu jenem Tage natürlich...« – er wandte sich Breuer zu – »...an dem wir per Handschlag unser seltsames Abkommen besiegelten. Sie sind der erste, bei dem ich standgehalten habe. Und selbst von Ihnen fürchtete ich zunächst Verrat.«

»Und weiter?«

»Zu Beginn«, sagte Nietzsche, »schämte ich mich für Sie; in meinem ganzen Leben hatte ich mir nicht solche ungeschminkten Bekenntnisse anhören müssen. Ich wurde ungehalten, dann über die Maßen kritisch und richtend. Darauf wandelten sich meine Empfindungen abermals: Mehr und mehr bewunderte ich Ihren Mut und Ihre Redlichkeit. Bald rührte mich Ihr Vertrauen in mich. Und heute empfinde ich große Traurigkeit bei dem Gedanken, daß wir scheiden müssen. Ich träumte letzte Nacht von Ihnen, es war ein trauriger Traum.«

»Was träumten Sie, Friedrich?«

Nietzsche kehrte vom Fenster an seinen Platz zurück und wandte sich Breuer zu. »Im Traum erwache ich in einer Klinik. Es ist dunkel und kalt. Alle sind fort. Ich suche Sie. Ich zünde eine Lampe an und wandle durch endlose, leere Zimmerfluchten. Dann steige ich die Treppen hinab in den Salon, wo mich ein seltsamer Anblick erwartet: ein Feuer, und zwar kein Kaminfeuer, sondern ein ordentliches Holzfeuer mitten im Raum, umgeben von acht schmalen, hochaufragenden Steinen, welche dort sitzen, als wärmten sie sich. Mit einem Male überkommt mich tiefe Traurigkeit, ich muß weinen... und erwache.«

»Ein seltsamer Traum«, bemerkte Breuer. »Fällt Ihnen zu ihm etwas ein?«

»Ich empfinde nur tiefe Traurigkeit und tiefe Sehnsucht. Ich habe noch niemals im Traum geweint. Wollen Sie mir nicht helfen?«

Breuer wiederholte bei sich Nietzsches schlichte Bitte: ›Wollen Sie mir nicht helfen?‹ Wie sehnsüchtig hatte er eben hierauf gewartet! Hätte er sich vor drei Wochen vorstellen können, jemals diese Bitte von Nietzsche zu hören? Er durfte die Gelegenheit nicht verstreichen lassen.

»Acht Steine, von einem Feuer gewärmt...«, überlegte er laut. »Ein merkwürdiges Bild. Hören Sie, was mir dazu einfällt. Sie erinnern sich gewiß noch an den bösen Migräneanfall im Gasthaus Schlegel?«

Nietzsche nickte. »Größtenteils. Zwischendurch allerdings war ich nicht bei klarem Bewußtsein!«

»Es gibt etwas, was ich Ihnen damals verschwieg«, gestand Breuer. »Als Sie bewußtlos lagen, haben Sie ein paar betrübliche Worte gemurmelt, darunter ›Nirgends hin‹.«

Nietzsches Gesicht blieb ausdruckslos. »›Nirgends hin‹? Was kann ich bloß gemeint haben?«

»Ich vermute ›nirgends hin‹ hieß, daß Sie nirgends hinzugehören glauben, nicht zu den Freunden, nicht in eine Gemeinschaft. Ich vermute, Friedrich, daß Sie sich nach einem Orte sehnen, wo Sie hingehören, Ihre Sehnsucht jedoch fürchten!«

Breuer bemühte sich um einen möglichst sanften Ton: »Diese Jahreszeit muß für Sie eine besonders einsame sein. Viele der anderen Patienten brechen jetzt schon auf, um über die Weihnachtstage zu ihren Familien zurückzukehren. Vielleicht stehen deshalb die Zimmer in Ihrem Traum leer. Sie suchen mich und entdecken ein Feuer, welches acht Steine wärmt. Ich glaube fast, ich kenne deren Bedeutung: Daheim unter meinem Dach sind wir sieben, meine fünf Kinder, meine Frau und ich. Könnten nicht Sie vielleicht der achte Stein sein? Wäre es nicht denkbar, daß Ihr Traum den Wunsch nach meiner Freundschaft ausdrückt, nach meinem Dach. Wenn dem so wäre, hieße ich Sie von Herzen willkommen.«

Breuer beugte sich vor und ergriff Nietzsches Arm.

»Kommen Sie mit zu mir, Friedrich. Meine Verzweiflung mag sich verflüchtigt haben, doch deswegen müssen wir doch nicht Abschied nehmen. Seien Sie doch über die Feiertage unser Gast – oder besser noch, bleiben Sie den Winter über bei uns. Sie würden mir eine große Freude machen.«

Nietzsche bedeckte einen flüchtigen Augenblick lang Breuers Hand mit der eigenen. Dann erhob er sich hastig und durchquerte den Raum zum Fenster. Ein heftiger Wind aus Nordosten peitschte Regenschauer gegen die Scheibe. Er drehte sich um.

»Ich danke Ihnen, mein Freund, für die Einladung in Ihr Heim. Doch ich kann nicht annehmen.«

»Warum nicht? Ich bin überzeugt, es würde Ihnen guttun, Friedrich, und mir ebenfalls. Wir haben ein Gästezimmer von etwa der gleichen Größe wie dieses. Und ein Studierzimmer, wo Sie in Ruhe schreiben könnten.«

Nietzsche schüttelte leise, aber bestimmt den Kopf. »Vor wenigen Minuten, als Sie davon sprachen, daß Sie sich bis an die äußersten Grenzen Ihrer begrenzten Möglichkeiten vorgewagt hätten, war vom Alleinsein die Rede. Auch ich stehe an meiner Grenze – der Grenze meines Vermögens zum menschlichen Verkehre. Noch in diesem Moment, da wir so vertraulich, von Angesicht zu Angesicht sprechen, uns tief in die Seelen sehen, stoße ich an meine Grenzen.«

»Grenzen lassen sich vorrücken, Friedrich. Lassen Sie es uns versuchen!«

Nietzsche ging auf und ab. »Sobald ich gestehe: ›Ich ertrage die Einsamkeit nicht länger!‹, sinke ich unaussprechlich tief in meiner Selbstachtung, denn dann habe ich mein Höchstes verraten. Mein vorgezeichneter Weg verlangt, daß ich den Gefahren der Verlockungen des Wegrandes widerstehe.«

»Aber Friedrich, Sie geben doch nicht sich auf, bloß weil Sie sich anderen zugesellen! Sie sagten einmal, Sie könnten in betreff des Menschwerdens viel von mir lernen. Dann erlauben Sie mir, daß ich es Sie lehre! Mitunter ist es ratsam, argwöhnisch und wachsam zu sein, mitunter muß man jedoch auch alles Mißtrauen beiseite tun und sich berühren lassen.« Er streckte den Arm aus. »Kommen Sie, Friedrich, setzen Sie sich zu mir.«

Gehorsam kehrte Nietzsche auf seinen Platz zurück. Er schloß die Augen und holte tief Luft. Als er sie wieder aufschlug, wagte er den Sprung: »Das Verhängnis, Josef, ist nicht so sehr, daß Sie mich verraten könnten; es ist vielmehr, daß *ich Sie* verraten und betrogen habe. Ich bin gegen Sie nicht aufrichtig gewesen. Und nun, da Sie mich zu sich in Ihr Heim einladen, da wir uns immer näherkommen, nagt mein Verrat an mir! Es ist Zeit, das zu richten! Kein Falsch soll mehr zwischen uns sein! Wenn Sie erlauben, will ich Ihnen doch mein Herz ausschütten; mein Freund, hören Sie meine Beichte.«

Nietzsche wandte den Kopf ab, heftete den Blick auf ein Ornamentendetail des Isfahan und begann mit bebender Stimme zu sprechen: »Vor einigen Monaten geriet ich in den Bann einer außergewöhnlichen jungen Russin namens Lou Salomé. Nie zuvor hatte ich mir gestattet, mein Herz an eine Frau zu verlieren. Mag sein, weil meine Kindheit überstark von Frauen geprägt war. Nach meines Vaters Tod umgaben mich lauter kalte, abständige Frauen – meine Mutter, meine Schwester, meine Großmutter, meine Tanten. Dies muß den Grundstein zu mißfälligen Haltungen gelegt haben, denn allezeit betrachtete ich eine Liaison mit einer Frau mit Abscheu. Die Erotik – das Weib – hielt ich stets für die gefährlichste Lockfalle und Ablenkung, etwas, das meiner Mission im Wege stünde. Doch Lou Salomé war anders – glaubte ich. Wiewohl schön und stolz, war sie allem voran eine Seelenverwandte, ein Geschwistergehirn. Sie verstand mich, sie wies mir neue Wege – hinauf in schwindelnde Höhen, welche zu erforschen ich zuvor nicht den Mut besessen hatte. Ich hoffte, sie würde mir Schülerin, Erbin, Fortdenkerin.

Doch dann: Malheur! Meine Lust regte sich. Lou Salomé benützte diese, sie spielte mich gegen Paul Rée aus, einen engen Freund, der uns miteinander bekannt gemacht hatte, sie ließ mich in dem Glauben, ich wäre der Mann, der ihr vom Schick-

414

sal vorbestimmt sei, doch als ich einen Antrag machte, wies sie mich ab. Von allen wurde ich verraten – von ihr, Rée und meiner Schwester, welche alles daransetzte, die Bande zwischen uns zu zerreißen. Jetzt ist alles zuschanden, und ich lebe als Verbannter fernab von allen, die mir teuer waren.«

»Bei unserer ersten Unterredung«, bemerkte Breuer, »deuteten Sie etwas von *drei* Fällen von Verrat an...?«

»Der erste war Richard Wagner. Wagner verriet mich vor vielen Jahren. Der Stachel ist stumpf geworden. Mit den anderen beiden waren Lou Salomé und Paul Rée gemeint. Ja, auf sie spielte ich damals an, tat jedoch so, als hätte ich die Krisis überwunden. *Darin* lag mein Betrug, denn in Wahrheit habe ich *bis zur Stunde* nichts, gar nichts überwunden. Lou Salomé ist tief in mein Bewußtsein vorgedrungen und hat sich dort eingenistet. Sie will nicht weichen. Kein Tag vergeht, oft keine Stunde, da ich nicht an sie denken müßte. Zumeist voller Haß. Ich will sie treffen, sie öffentlich demütigen, ich will sie im Staub kriechen sehen, sie soll mich anflehen, ihr wieder gut zu sein! Dann wieder empfinde ich das ganze Gegenteil: Ich sehne mich nach ihr, stelle mir vor, ich ergriffe ihre Hand, wir segelten auf dem Orta-See, begrüßten gemeinsam einen adriatischen Sonnenaufgang –«

»Sie ist Ihre Bertha!«

»Ja, sie ist meine Bertha! Wann immer Sie Ihre Obsession schilderten, wann immer Sie verzweifelt versuchten, sie aus Ihrem Bewußtsein zu reißen, wann immer Sie sich mühten, ihre Bedeutung zu erkennen, dann mühten Sie sich stets auch für mich! Sie trugen die doppelte Last – meine und Ihre! Ich verstellte mich – wie ein Weib –, und kroch erst hervor, wenn Sie gegangen waren, setzte die Füße in Ihre Fußstapfen und versuchte, Ihnen zu folgen. Feigling, der ich war, duckte ich mich hinter Sie und ließ Sie alleine den Gefahren und der Schmach des Weges trotzen.«

Tränen rannen Nietzsche über die Wangen, er wischte sie mit einem Taschentuch fort.

Dann hob er den Kopf und blickte Breuer in die Augen. »Da haben Sie meine beschämende Beichte. Begreifen Sie nun, wie brennend mich Ihre Befreiung interessiert? *Ihre* Erlösung kann *mir* zur Erlösung gereichen. Sie werden doch verstehen, weshalb ich wissen *muß, wie* Sie Bertha aus Ihrem Bewußtsein vertrieben haben! Sie müssen es mir verraten!«

Doch Breuer schüttelte den Kopf. »Meine Erinnerung an die Trance verblaßt. Doch selbst wenn ich Einzelheiten wieder heraufbeschwören könnte, Friedrich, was nützten sie Ihnen? Sie selbst haben mir erklärt, es gebe nicht *den* Weg, die einzig erhabene Wahrheit sei die, welche jeder für sich entdeckte.«

Nietzsche ließ den Kopf hängen. »Ja. Ja, Sie haben ja recht.«

Breuer räusperte sich und holte tief Luft. »Was Sie zu hören wünschen, kann ich Ihnen also nicht sagen, Friedrich.« Er machte eine Pause, sein Puls flatterte. Jetzt war es an ihm, sich ein Herz zu fassen. »Doch es gibt etwas, was ich Ihnen sagen muß. Auch ich bin unredlich gewesen, und auch für mich kommt der Moment, da ich beichten muß.«

Eine düstere Ahnung stieg in Breuer auf. Gleich was er sagte oder tat, Nietzsche würde es unweigerlich als vierten schlimmen Verrat seines Lebens auffassen. Doch jetzt gab es kein Zurück mehr.

»Ich fürchte, Friedrich, daß meine Beichte mich vielleicht Ihre Freundschaft kosten wird. Ich hoffe inständig, dem möge nicht so sein. Bitte, glauben Sie mir, daß nur meine Verehrung für Sie, mein Freund, mich zu dieser Beichte bewegt, denn die Vorstellung, Sie könnten von anderer Seite hören, was ich Ihnen zu sagen habe, und sich erneut, zum viertenmal, bitterlich verraten sehen, wäre mir unerträglich.«

Nietzsches Züge waren zur Maske, zur Totenmaske, erstarrt. Er sog den Atem ein, als Breuer fortfuhr:

»Im Oktober, wenige Wochen vor unserer ersten Begegnung, weilte ich zu einem kurzen Ferienaufenthalt mit Mathilde in Venedig. Dort lag im Hotel eine wunderliche Nachricht für mich.«

Breuer griff sich in die Rocktasche und überreichte Nietzsche das Billett Lou Salomés. Er sah, wie sich Nietzsches Augen ungläubig weiteten, als er las:

21. Oktober 1882

Doktor Breuer,
ich muß Sie in einer dringlichen Angelegenheit sprechen. Die Zukunft der deutschen Philosophie steht auf dem Spiele. Ich erwarte Sie morgen früh um neun im Café Sorrento.

Lou Salomé

Nietzsche hielt ihm das Kärtchen mit spitzen, zitternden Fingern hin und stammelte: »Ich verstehe nicht. Was...?«

»Lehnen Sie sich zurück, Friedrich, es ist eine lange Geschichte, und ich muß Sie Ihnen von Anbeginn an erzählen.«

Breuer sprach zwanzig Minuten lang, berichtete von den Begegnungen mit Lou Salomé, davon, wie sie durch ihren Bruder Jenia von der Behandlung der Patientin Anna O. erfahren hatte, von ihrem Hilfsersuchen im Namen Nietzsches, von seiner Einwilligung.

»Sie fragen sich möglicherweise, Friedrich, ob je ein Arzt sich auf eine bizarrere Konsultation einließ. Und wahrhaftig, wenn ich an meine Unterredung mit Lou Salomé zurückdenke, dann vermag ich selbst kaum zu glauben, daß ich ihrer Bitte stattgab. Denn stellen Sie sich doch einmal vor: Sie bat mich, eine Behandlung für einen Fall zu ersinnen, welcher im klinischen Sinne keiner war, und dieselbe unbemerkt einem unwilligen Patienten angedeihen zu lassen. Es gelang ihr, mich zu bereden. Mehr noch, sie gerierte sich als Konsiliarius in dem Unternehmen; bei unserer letzten Begegnung verlangte sie einen Bericht über die Fortschritte ›unseres‹ Patienten!«

»Wie!« rief Nietzsche aufgebracht. »Sie haben sie unlängst gesehen?«

»Sie erschien vor wenigen Tagen unangemeldet in der Praxis

und bestand darauf, ich müsse sie über den Behandlungsverlauf aufklären. Ich verriet ihr nichts, worauf sie indigniert davonstürmte.«

Breuer schilderte hierauf seine Eindrücke des Verlaufs der gemeinsamen Arbeit: seine vereitelten Versuche, Nietzsche zu helfen; sein Wissen darum, daß Nietzsche seine Verzweiflung über den Verlust Lou Salomés verschwieg. Er weihte ihn sogar in seinen Meisterstreich ein, nämlich vorzugeben, er bitte Nietzsche um Hilfe bei der Überwindung seiner eigenen Verzweiflung, nur um dessen Abreise aus Wien zu verhindern.

Bei diesem Eingeständnis fuhr Nietzsche hoch. »Dann war alles Täuschung?«

»Zuerst«, räumte Breuer ein. »Ich beabsichtigte wohl, Sie an der Nase herumzuführen, eifrig den Patienten zu spielen, unterdessen jedoch ganz allmählich mit Ihnen die Rollen zu tauschen. Die eigentliche Ironie lag darin, daß ich mit meiner Rolle *eins* wurde, daß sich mein scheinbar vorgetäuschtes Leiden als wirklich entpuppte!«

Was blieb noch zu beichten? Breuer überlegte gründlich, wußte sich jedoch keiner Auslassungen schuldig. Er hatte ein reines Gewissen.

Nietzsche saß ihm mit geschlossenen Augen gegenüber, den Kopf schwer in die Hände gestützt.

»Friedrich, ist Ihnen nicht wohl?« fragte Breuer besorgt.

»Mein Kopf! Funken – vor beiden Augen! Meine Gesichtsfelder –«

Breuer schlüpfte umgehend in seine Berufsrolle. »Eine Migräne im Anzuge. Noch können wir sie aufhalten. Die beste Medizin sind jetzt Koffein und Ergotamin. Rühren Sie sich nicht vom Fleck! Ich bin gleich wieder da.«

Er stürzte aus dem Zimmer, hastete die Treppe hinunter und zum Wachzimmer und von dort in die Teeküche. Wenige Minuten später kehrte er mit einem Tablett zurück, auf dem er eine Tasse, eine Kanne starken Kaffee, Wasser und Pillen balancierte. »Zuerst nehmen Sie bitte diese Pillen – Mutterkorn und Bittersalz. Sie sollen den Kaffee neutralisieren. Dann möchte ich Sie bitten, diese Kanne Kaffee zu leeren.«

Sobald Nietzsche die Tabletten geschluckt hatte, fragte ihn Breuer: »Wollen Sie lieber liegen?«

»Nein, nein, wir müssen die Sache bereinigen!«

»Dann legen Sie den Kopf möglichst weit zurück. Ich werde das Zimmer etwas abdunkeln. Je weniger optische Reizung, desto besser.« Breuer zog an allen drei Fenstern die Blenden herunter und machte einen kalten Umschlag, den er Nietzsche auf die Augen legte. Minutenlang blieben sie schweigend im Dämmer sitzen. Dann ergriff Nietzsche das Wort. Er flüsterte.

»Wie byzantinisch, Josef! Alles, was zwischen uns gewesen ist – durchweg byzantinisch, unredlich, doppelt unredlich!«

»Aber was hätte ich denn tun sollen?« fragte Breuer leise. Er sprach langsam, um ja die Migräne nicht aufzureizen. »Höchstens, daß ich gleich hätte ablehnen sollen. Oder hätte ich es Ihnen eher gestehen sollen? Sie hätten doch auf dem Absatz kehrt gemacht und wären auf Nimmerwiedersehen verschwunden!«

Keine Antwort.

»Stimmt es nicht?« fragte Breuer.

»Ja, ich wäre mit dem ersten Zug abgereist. Aber Sie haben mich belogen. Sie haben mir Versprechungen gegeben —«

»Die ich sämtlich eingehalten habe, Friedrich. Ich habe versprochen, Ihr Inkognito zu wahren; das habe ich getan. Und als Lou Salomé nach Ihnen fragte – das heißt, *Aufklärung verlangte* träfe es wohl eher –, weigerte ich mich, von Ihnen zu sprechen. Ich weigerte mich sogar, ihr zu sagen, ob wir uns überhaupt noch sähen. Und es gibt noch ein weiteres Versprechen, das ich gehalten habe, Friedrich. Erinnern Sie sich, daß ich Ihnen sagte, Sie hätten während Ihrer Bewußtlosigkeit gesprochen?«

»Ja.«

»Weitere Worte waren: ›Hilf mir!‹ Sie wiederholten sie etliche Male.«

»›Hilf mir‹? Das habe *ich* gesagt?«

»Wieder und wieder! Trinken Sie Ihren Kaffee, Friedrich.« Breuer füllte die leere Tasse erneut mit starkem, schwarzem Kaffee.

»Ich erinnere mich an nichts. Weder an ein ›Hilf mir!‹ noch an den anderen Ausspruch, das ›nirgends hin‹. Es war nicht *ich*, der redete!«

»Aber es war Ihre Stimme, Friedrich. Ihr anderes ›Ich‹ hat zu mir geredet, und diesem ›Ich‹ versprach ich zu helfen. *Und ich habe das Versprechen nie gebrochen.* Hier, trinken Sie noch Kaffee. Vier Tassen verordne ich.«

Während Nietzsche den bitteren Kaffee hinunterzwang, rückte Breuer den kalten Umschlag zurecht. »Wie geht es Ihrem Kopf? Was ist mit dem Funkensehen? Sollen wir nicht lieber unterbrechen, damit Sie etwas ruhen können?«

»Es geht bereits viel besser«, versicherte Nietzsche schwach. »Nein, ich möchte nicht unterbrechen. Jetzt unterbrechen zu müssen, würde mich weit mehr erregen, als das Weiterreden je vermöchte. Ich bin es durchaus gewohnt, in dieser Verfassung noch zu arbeiten. Warten Sie nur einen Augenblick; ich will versuchen, die Muskeln der Schläfen und Kopfhaut ein wenig zu entspannen.« Drei bis vier Minuten lang atmete er tief ein und aus, während er leise zählte. Dann sagte er: »So, schon besser. Ich habe es mir zur Gewohnheit gemacht, die Atemzüge zu zählen und mir vorzustellen, wie die Muskeln sich mit jeder Zahl entkrampfen. Manchmal dient mir die ausschließliche Konzentration auf die Atmung auch zur inneren Sammlung. Ist Ihnen schon aufgefallen, daß der Zug, welchen wir einatmen, stets kühler ist als der Zug, welchen wir ausatmen?«

Breuer beobachtete und wartete. ›Die Migräne ist in diesem Falle ein Himmelsgeschenk!‹ dachte er. ›Sie zwingt Nietzsche – wenn auch nur vorübergehend – zu bleiben, wo er ist.‹ Unter dem kalten Umschlag war nur Nietzsches Mund zu sehen. Sein Schnurrbart zuckte, als habe er soeben etwas sagen wollen, es sich dann aber anders überlegt.

Schließlich erschien auf den Lippen ein Lächeln. »Sie hatten die Absicht, mich zu lenken, und dabei dachte ich, Sie zu lenken.«

»Doch nun, Friedrich, ist, was als Maskerade begann, zur Redlichkeit geläutert.«

»Und hinter alledem verbarg sich Lou Salomé – in ihrer Lieblingsrolle: die Zügel fest in der Hand, die Peitsche erhoben, Herrin über uns beide. Sie haben tapfer gebeichtet, doch eines haben Sie unterschlagen.«

Breuer drehte die Handflächen nach oben. »Ich verberge nichts mehr.«

»Ihre Motive! Die viele Mühe – das Ränkeschmieden, die Machenschaften, die kostbare Zeit, die Kraft. Sie sind ein vielbeschäftigter Arzt. Warum haben Sie dies alles auf sich genommen? Warum haben Sie sich dazu bereit erklärt?«

»Die nämliche Frage habe ich mir oft und oft gestellt«, erwiderte Breuer. »Ich kenne die Antwort nicht; ich kann allenfalls sagen, daß es geschah, um Lou Salomé zu Gefallen zu sein. Sie hat mich auf rätselhafte Weise in Bann geschlagen. Ich konnte ihr die Bitte nicht ausschlagen.«

»Und doch haben Sie sie zuletzt abgewiesen.«

»Gewiß, aber unterdessen hatte ich ja Sie kennengelernt, hatte Ihnen Versprechungen gegeben. Sie dürfen mir glauben, Friedrich, sie war alles andere als erbaut.«

»Meine Hochachtung. Indem Sie sich ihr widersetzten, haben Sie etwas vollbracht, was mir unmöglich blieb. Doch verraten Sie mir eines: Ganz zu Anfang, in Venedig, *wodurch* hat sie Sie in ihren Bann gezogen?«

»Ich bin mir nicht sicher, ob ich die Antwort darauf kenne. Ich weiß nur, daß ich nach kaum einer halben Stunde in ihrer Gesellschaft das Gefühl hatte, ihr nichts ausschlagen zu können.«

»Ja, mir erging es mit ihr ebenso.«

»Sie hätten sehen sollen, wie selbstbewußt sie vorm Café an meinen Tisch trat!«

»O ja, der hoheitsvolle Gang einer römischen Kaiserin«, bestätigte Nietzsche. »Ich kenne ihn wohl. Nie achtet sie auf Hindernisse, als wagte ohnedies nichts und niemand, sich ihr in den Weg zu stellen.«

»Trefflich beschrieben. Diese stolze Selbstsicherheit. Es liegt in ihrer Art etwas so Freies, schon die äußere Erscheinung – die Kleidung, die Haartracht. Sie steht außerhalb aller Konvention.«

Nietzsche nickte. »Ja, bei ihr ist der Grad der erlangten Freiheit unerhört, bewundernswert. In diesem einen Punkte können wir alle von ihr lernen.« Vorsichtig drehte er den Kopf und schien angenehm überrascht, keinen Schmerz zu verspüren. »Ich habe manches Mal gedacht, Lou Salomé müsse als eine Art von Mutation gelten, besonders wenn man bedenkt, daß ihre Freiheit inmitten des Dickichts der Bourgeoisie aufblühte. Ihr Vater war russischer General, wissen Sie.« Er blickte Breuer scharf an. »Ich vermute, sie sprach gleich sehr vertraulich mit Ihnen? Schlug vor, Sie möchten sie doch mit Vornamen anreden?«

»Ganz recht. Zudem blickte sie mir beim Sprechen geradewegs in die Augen und berührte meine Hand.«

»Ah! Das klingt sehr vertraut. Schon bei unserer ersten Begegnung, Josef, nahm sie mich auf der Stelle für sich ein, denn sie hakte sich bei mir unter, als ich aufbrach, und erbot sich, mich in die Pension zurückzubegleiten.«

»Selbiges tat sie bei mir!«

Nietzsche erstarrte, redete aber weiter. »Sie meinte, sie möge sich so bald nicht wieder von mir trennen, sie müsse mehr Zeit mit mir haben.«

»Ihre nämlichen Worte auch an mich, Friedrich. Und sie wurde ungehalten, als ich einwand, meine Frau könnte sich beunruhigen, wenn sie mich Arm in Arm mit einer jungen Dame sähe.«

Nietzsche lachte leise. »Ich kann es mir nur zu gut vorstellen. Sie hält keine großen Stücke auf den Ehebrauch – sie betrach-

tet diesen als Euphemismus dafür, wie sich die Geschlechter zu
freiwilligen Opfertieren herabwürdigten.«

»Genau ihre Worte!«

Auf seinem Stuhl sank Nietzsche in sich zusammen. »Über
alle Konventionen setzt sie sich leichten Herzens hinweg, bis
auf eine: In betreff der Männer und der Geschlechtsliebe ist sie
keusch wie eine Karmeliterin!«

Breuer nickte. »Möglicherweise erregt jedoch ihre Art Mißdeutung. Sie ist ein junges Mädchen, ein Kind, welches sich der
Wirkung seines Liebreizes auf die Männer nicht bewußt ist.«

»Da bin ich anderer Meinung, Josef. Sie ist sich ihres Liebreizes sehr wohl bewußt. Sie benutzt ihn, um sich Männer gefügig
zu machen und sie auszusaugen, ehe sie sich ihr nächstes Opfer
sucht.«

Breuer trieb die Dinge auf die Spitze. »Ach, und mit wieviel
Charme sie sich über die Konventionen hinwegsetzt! Wider
Willen wird man zum Komplizen. So mußte ich mit Entsetzen
feststellen, daß ich durchaus bereit war, einen von Wagner an
Sie gerichteten Brief zu lesen, und das, obgleich ich ahnte, wie
Lou nicht auf rechtschaffene Weise zu jenem Brief gelangt sein
konnte!«

»Wie! Einen Brief Wagners? Ich habe nie bemerkt, daß einer
fehlte. Sie muß ihn während ihres Tautenberger Besuchs ent-
wendet haben. Es ist wohl nichts unter ihrer Würde!«

»Sie zeigte mir sogar einige *Ihrer* Briefe, Friedrich! Worauf
ich mich sogleich aufs Schmeichelhafteste in ihr Vertrauen gezogen fühlte.« Diesen Augenblick hielt Breuer für den heikel-
sten von allen.

Nietzsche fuhr wie von der Tarantel gestochen hoch. Der
kalte Umschlag fiel ihm von den Augen. »Sie hat Ihnen *meine*
Briefe gezeigt? Das Luder!«

»Bitte, Friedrich, denken Sie an Ihre Migräne! Hier, trinken
Sie noch eine letzte Tasse Kaffee, und dann legen Sie sich wieder zurück und lassen Sie mich Ihnen den Umschlag wieder
auflegen.«

»Meinethalben, Herr Doktor! In diesen Belangen füge ich mich Ihrer Weisheit. Aber ich denke, die Gefahr ist gebannt – das Flimmern vor den Augen hat aufgehört. Ihre Arznei beginnt wohl zu wirken.«

Nietzsche stürzte den restlichen, lauwarmen Kaffee in einem Zuge hinunter. »So, genug Kaffee! Mehr, als ich sonst in einem halben Jahr trinke!« Nachdem er versuchsweise den Kopf hin und her gewendet hatte, reichte er Breuer den Umschlag. »Den benötige ich nicht mehr. Die Attacke scheint vorüber. Erstaunlich! Ohne Ihre Hilfe hätte sie sich vermutlich zu einer mehrtägigen Quälerei ausgewachsen. Schade...« – er warf Breuer einen scheuen Blick zu – »...daß ich Sie nicht ständig mitführen kann!«

Breuer nickte.

»Wie konnte sie es *wagen*, Ihnen Briefe von mir zu zeigen, Josef! Und wie konnten Sie sie lesen!«

Breuer wollte sprechen, doch Nietzsche hieß ihn mit erhobener Hand schweigen. »Sie brauchen sich nicht zu rechtfertigen. Ich verstehe Ihre mißliche Lage, verstehe überdies, daß es Ihnen schmeicheln mußte, von ihr ins Vertrauen gezogen zu werden. Mir ging es nicht anders, als sie mir Liebesbriefe von Rée zeigte – und Gillot, einem ihrer russischen Lehrer, der ebenfalls in sie vernarrt war.«

»Nichtsdestoweniger«, sagte Breuer, »muß es schmerzlich für Sie sein, das weiß ich wohl. Ich wäre niedergeschmettert, erführe ich, daß Bertha unsere intimsten Augenblicke mit einem anderen geteilt habe.«

»Schmerzlich vielleicht, aber heilsam. Sagen Sie mir alles, was sich außerdem bei Ihren Begegnungen mit Lou zugetragen hat. Ersparen Sie mir nichts!«

Nun erkannte Breuer, weshalb er Nietzsche seine Trancebilder von Berthas Spaziergang mit Doktor Durkin vorenthalten hatte. Es war eben diese emotionale Erschütterung gewesen, welche ihn selbst von ihr erlöst hatte. Und es war genau das, was Nietzsche brauchte – nicht die Schilderung des Erlebens eines anderen, nicht das Erfassen desselben durch den Intellekt, sondern die eigene Aufrüttelung des Affektes, stark genug, um die trügerischen Schleier der Bedeutungen hinwegzufegen, mit welchen er seine einundzwanzigjährige Russin bemäntelt hatte.

Und welches stärkere Gegengift konnte es für Nietzsche geben, als das ›Belauschen‹ Lou Salomés, wie sie einen anderen mit dem nämlichen faulen Zauber betörte, der einst ihn in Bann geschlagen hatte? Also forschte Breuer in seiner Erinnerung nach jedem kleinsten Detail seiner Begegnungen mit ihr. Er gab Nietzsche ihre Worte wieder: ihren Wunsch, seine Schülerin und sein Protegé zu werden, ihre Schmeicheleien, ihr Begehren, Breuer ihrer Sammlung großer Geister beifügen zu dürfen. Er beschrieb ihr Verhalten: ihre Zurschaustellung, die Art, wie sie den Kopf erst zur einen, dann zur anderen Seite wandte, ihr Lächeln, ihren seitlich geneigten Kopf, ihren unverhohlen bewundernden Blick, die Art, wie ihre Zunge die Lippen umspielte, ihre Hand auf der seinen.

Nietzsche lauschte, das gewaltige Haupt zurückgelegt, die tiefliegenden Augen geschlossen, hilflos dem Sturm seiner Empfindungen ausgeliefert.

»Friedrich, was ging in Ihnen vor, während ich sprach?«

»So viele Dinge, Josef.«

»Beschreiben Sie sie mir.«

»Es ist zu vieles, als daß es Sinn ergäbe.«

»Forschen Sie nicht nach einem Sinn. Versuchen Sie es mit dem ›chimney-sweeping‹.«

Nietzsche riß die Augen auf und sah Breuer prüfend an, wie um sich dessen zu vergewissern, daß es kein weiteres Falschspiel gäbe.

»Tun Sie es«, drängte ihn Breuer. »Betrachten Sie es als ärztliche Anweisung. Ich kenne einen ähnlich affizierten Patienten recht gut, der schwört, es habe ihm geholfen.«

Zögernd fing Nietzsche an. »Als Sie von Lou sprachen, erinnerte ich mich meiner eigenen Erlebnisse mit ihr, meiner eigenen Eindrücke – die gleichen, gespenstisch gleich. Sie gab sich im Umgange mit Ihnen nicht anders als bei mir; ich fühle mich meiner eindringlichsten Momente, meiner heiligen Erinnerungen beraubt.«

Er öffnete die Augen. »Es ist schwer, die Gedanken sprechen zu lassen! Ich schäme mich.«

»Glauben Sie mir, ich kann davon Zeugnis ablegen, daß derlei Schamgefühle einen nicht umbringen! Weiter! Seien Sie hart, indem Sie Milde walten lassen!«

»Ich vertraue Ihnen, denn Sie sprechen mit der Überlegenheit der Stärke. Zudem bin ich –« Nietzsche brach ab und errötete.

Breuer trieb ihn an. »Schließen Sie wieder die Augen. Vielleicht fällt Ihnen das Reden leichter, wenn Sie mich nicht ansehen müssen. Oder strecken Sie sich auf dem Bette aus.«

»Nein, ich bleibe lieber sitzen. Ich wollte sagen, ich bin froh, daß Sie Lou kennenlernten. Jetzt kennen Sie mich. Einesteils fühle ich mich Ihnen verwandt. Anderenteils empfinde ich Zorn und Empörung.« Nietzsche schlug kurz die Augen auf, als müßte er sich vergewissern, daß er Breuer nicht verletzt habe, und fuhr dann mit leiserer Stimme fort: »Mich empört die Entweihung. Sie haben meine Liebe mit Füßen getreten, haben sie in den Staub getreten. Mir ist wehe, hier.« Er schlug sich mit der Faust auf die Brust.

»Ich kenne die Stelle wohl Friedrich. Auch ich habe diesen Schmerz verspürt. Wissen Sie noch, wie böse ich wurde, wann immer Sie Bertha einen Krüppel hießen? Wissen Sie noch –«

»Heute bin ich der Amboß«, unterbrach ihn Nietzsche, »und es sind *Ihre* Worte, welche Hammerschlägen gleichen und welche die Zitadelle meiner Liebe schleifen.«

»Weiter, Friedrich.«

»Anderes empfinde ich nicht – nur Trauer. Und Verlust. Soviel Verlust.«

»Was haben Sie heute verloren?«

»All die lieblichen und teuren Augenblicke mit Lou – dahin.

Die Liebe, welche uns verband, wo ist sie geblieben? Dahin! Alles zu Staub zerfallen. Jetzt begreife ich, daß Lou unwiederbringlich verloren ist!«

»Aber Friedrich, einem Verlust muß der Besitz vorausgehen.«

»Am Orta-See...« Nietzsche senkte die Stimme weiter, wie um zu verhindern, daß noch seine Worte diese zarten Gedanken erdrücken könnten – »...stiegen sie und ich einst auf den Monte Sacro hinauf und sahen golden die Sonne untergehen. Zwei durchscheinende, korallrot angehauchte Wolken von der Gestalt sich berührender Gesichter zogen vorüber. Wir berührten uns. Wir küßten uns. Wir waren vereint in einem heiligen Augenblick – dem einzigen heiligen Augenblick, den ich je gekannt habe.«

»Haben Sie je wieder miteinander von diesem Augenblick gesprochen?«

»Sie wußte um diesen Augenblick! Ich habe ihr oft von Ferne Karten geschickt, in welchen ich von Orta-Sonnenuntergängen, Orta-Winden, Orta-Wolken sprach.«

»Und *sie*?« beharrte Breuer. »Hat sie je wieder von Orta gesprochen? War es auch für sie ein heiliger Augenblick?«

»Sie wußte, was Orta war!«

»Da Lou Salomé der Meinung war, ich müsse alles über ihr Verhältnis zu Ihnen wissen, legte sie Wert darauf, jede Ihrer Begegnungen in allen Einzelheiten zu beschreiben. Sie habe nichts ausgelassen, versicherte sie mir zuletzt. Sie erzählte ausführlich von Luzern, Leipzig, Rom, Tautenberg. Doch Orta – ich schwöre es Ihnen, Friedrich – hat sie nur sehr beiläufig erwähnt. Der Aufenthalt scheint keinen besonderen Eindruck hinterlassen zu haben. Und noch eines, Friedrich: Sie gab sich alle Mühe, sich zu erinnern, ob sie Sie überhaupt je geküßt habe, doch sie meinte, sie könne sich beim besten Willen nicht entsinnen!«

Nietzsche sagte kein Wort. Seine Augen standen voller Tränen, er ließ den Kopf auf die Brust sinken.

Was er tat, war grausam, Breuer wußte es wohl. Doch er wußte auch: Jetzt nicht grausam zu sein wäre die noch größere Grausamkeit. Die Gelegenheit, die sich bot, war einmalig, sie würde sich nie wieder bieten.

»Vergeben Sie mir meine harschen Worte, Friedrich, aber ich folge nur dem Rat eines großen Lehrers. ›Sei den Leiden des Freundes eine Ruhestätte‹, sagt dieser, ›doch gleichsam ein hartes Bett, ein Feldbett.‹«

»Sie haben aufmerksam zugehört«, erwiderte Nietzsche bitter. »Ja, das Bett ist hart. Lassen Sie sich sagen, wie hart. Wie soll ich Ihnen begreiflich machen, wie schmerzlich mein Verlust ist! Seit fünfzehn Jahren teilen Sie mit Mathilde ein Bett. Sie sind der Mittelpunkt ihres Lebens. Sie liebt Sie, liebkost Sie, kennt Ihre Leibgerichte, sorgt sich, wenn Sie sich verspäten. Verstoße ich Lou Salomé aus meinem Bewußtsein – und ich sehe wohl, daß im Augenblick ebendies geschieht –, wissen Sie, was mir dann bleibt?«

Nietzsches Augen sahen nicht Breuer, sondern blickten eher nach innen, als läse er aus einem inneren Text vor.

»Wissen Sie, daß keine andere Frau mich je berührt hat? Niemals geliebt oder berührt werden – niemals? Ein vollkommen unbeachtetes Leben führen – wissen Sie, wie das ist? Oft vergehen Tage, ohne daß ich das Wort an jemand richte – es sei denn, um meinem Wirt guten Morgen zu wünschen oder guten Abend. Ja, Josef, Sie hatten vollkommen recht mit Ihrer Deutung der Worte ›nirgends hin‹. Ich gehöre nirgends hin. Ich habe keine Heimstatt, keinen trauten Kreis von Freunden, mit denen ich täglich sprechen könnte, keinen Schrank mit persönlicher Habe, kein Zuhause. Ich habe nicht einmal ein Land, denn die deutsche Nationalität habe ich aufgegeben, und ich halte mich nie lange genug auf Schweizer Boden auf, um einen schweizerischen Paß erwerben zu können.«

Nietzsche sah Breuer forschend an, als *wünschte* er, dieser möge ihn schweigen heißen. Doch Breuer blieb stumm.

»Ach, Josef, ich bediene mich allerlei Selbsttäuschungen

oder geheimer Kunstgriffe, um das Alleinsein zu erdulden, ja, es zu verherrlichen. Ich sage: ›Ich muß mich von der Herde absondern, um meinen eigenen Gedanken folgen zu können‹; ich sage: ›Die großen Geister der Vergangenheit sind meine Gefährten, sie stehlen sich aus ihren Schlupfwinkeln in meine Sonne.‹ Ich verlache die Angst vor der Einsamkeit. Ich verkünde, großes Leid vergrößere, und ich sei zu weit hinein in die Zukunft geflogen und bliebe ohne Zeitgenossen. ›Es ist ganz *notwendig*‹, beteure ich, ›daß ich mißverstanden werde; mehr noch, ich muß es dahin bringen, schlimm verstanden und verachtet zu werden – eben das beweist, daß ich auf *meiner* Bahn bin!‹ Ich behaupte: Mutig der Einsamkeit zu trotzen, ohne Herde, ohne falschen Glauben an einen Gott, sei Beweis meiner Größe. Doch wieder und wieder sucht mich eine Schrekkensvision heim…« – er zögerte einen Augenblick, dann sprach er eilig weiter: »Bei aller Bravour, bei aller Gewißheit, der posthume Philosoph zu sein, welchem das Übermorgen gehöre, selbst trotz meines Wissens um die ewige Wiederkunft, verfolgt mich die Angst, allein sterben zu müssen. Wissen Sie, was es heißt, damit rechnen zu müssen, wie Ihr Körper bei Ihrem Tode tage- oder wochenlang unentdeckt bliebe, bis der Leichengeruch einen Fremden alarmierte? Ich versuche, mich zu beschwichtigen; oft, in tiefster Einsamkeit, rede ich mit mir selbst. Nicht allzu laut, aus Furcht vor meinem eigenen leeren Echo. Das einzige Menschenwesen, die einzige, welche diese Leere ausfüllte, war Lou Salomé.«

Breuer, der seine Trauer nicht in Worte hätte kleiden können, noch seine Dankbarkeit, denn *ihm* offenbarte Nietzsche seine tiefsten Geheimnisse, hörte ihn schweigend an. Doch im Innersten keimte die Hoffnung, es möchte ihm – vielleicht – doch noch gelingen, ein ›Arzt der Verzweiflung‹ zu sein.

»Und jetzt, dank Ihnen«, schloß Nietzsche, »muß ich erkennen, daß Lou nichts als ein Trugbild war.« Er schüttelte den Kopf und blickte zum Fenster hinaus. »Bittere Medizin, Doktor.«

»Aber Friedrich, müssen wir Forscher nach Wahrheit, um die Wahrheit zu ergründen, nicht aller Illusion abschwören?«

»WAHRHEIT großgeschrieben!« rief Nietzsche. »Nur vergaß ich zu sagen, Josef, daß die Forscher nach Wahrheit eines noch lernen müssen: daß nämlich auch die WAHRHEIT eine Illusion ist – allerdings eine, ohne die wir nicht leben können. Also werde ich Lou Salomé abschwören, um einer neuen, vorerst unbekannten Illusion willen. Es ist schwer einzusehen, daß sie fort ist, daß nichts bleibt.«

»Nichts von Lou Salomé bleibt?«

»Nichts Gutes.« Nietzsche verzog angeekelt das Gesicht.

»Denken Sie über sie nach«, redete ihm Breuer zu. »Lassen Sie Bilder vor sich aufstehen. Was sehen Sie?«

»Einen Raubvogel – einen Adler mit blutigen Krallen. Ein Wolfsrudel, angeführt von Lou, meiner Schwester, meiner Mutter.«

»Blutige Krallen? Aber sie hat sich bemüht, Ihnen Hilfe zukommen zu lassen. Unter erheblichem Einsatze, Friedrich – eine Reise nach Venedig, eine nach Wien.«

»Nicht um *meinetwillen*!« entgegnete Nietzsche. »Vielleicht um ihrer selbst willen, als Sühne für ihre Schuld.«

»Mir erschien sie nicht wie eine, die Schuld beugte.«

»Dann vielleicht um der Kunst willen. Sie schätzt die Künste, und sie schätzte mein Werk, das bereits vorliegende und das noch zu vollendende. Sie hat einen guten Blick, das muß man ihr lassen. Merkwürdig«, sinnierte Nietzsche. »Ich lernte sie im April kennen, vor fast neun Monaten, und jetzt spüre ich ein großes Werk heranreifen. Mein Sohn Zarathustra steht kurz davor, das Licht der Welt zu erblicken. Wer weiß, vielleicht hat sie vor neun Monaten den Samen Zarathustras in die Furchen meines Geistes gesät. Vielleicht ist das ihre Bestimmung – fruchtbare Geister mit großen Werken zu schwängern.«

Breuer machte einen zaghaften Vorstoß: »Demnach wäre es denkbar, daß Lou Salomé, die sich immerhin bei mir für Sie verwand, gar nicht der Feind ist?«

430

»Nein!« Nietzsche schlug mit der Faust auf seine Lehne. »Das sagen Sie, nicht ich. Sie irren! *Niemand* wird mich glauben machen können, daß sie auch nur einen einzigen Gedanken an mich verschwendete! Sie hat sich um ihrer selbst willen an Sie gewandt, folgte *ihrer* Bestimmung. Sie hat mich nie gekannt. Sie hat mich benutzt. Was Sie mir heute anvertrauen, beweist es.«

»Inwiefern?« fragte Breuer, obwohl er die Antwort kannte.

»Inwiefern? Das liegt doch auf der Hand. Sie selbst sagten, Lou gleiche Ihrer Bertha; sie ist eine Marionette, sie tanzt an unsichtbaren Fäden den immer gleichen Tanz, ob mit mir oder Ihnen, mit einem um den anderen. Der einzelne Mann ist ohne Belang, zufällig. Sie hat uns beide auf nämliche Weise becirct, mit der nämlichen weiblichen Tücke, der nämlichen Schläue, den nämlichen Gebärden, den nämlichen Versprechen!«

»Und doch beherrscht Sie diese Marionette, läßt Ihr Bewußtsein tanzen; Sie fragen sich, was sie über Sie denkt, Sie sehnen sich nach Ihrer Berührung.«

»Nein. Keine Sehnsucht. Nicht mehr. Ich empfinde nur noch rasenden Zorn.«

»Auf Lou Salomé?«

»Nein! Sie ist meines Zornes unwürdig. Ich empfinde Selbstverachtung und Zorn auf die Lust, welche mich trieb, ein solches Weib zu begehren.«

›Ist solche Verbitterung‹, fragte sich Breuer, ›einer Obsession oder der Einsamkeit vorzuziehen? Lou Salomé aus Nietzsches Bewußtsein herauszuoperieren ist nur ein Schritt auf dem Wege zur Lösung. Ich muß auch die Wunde, die sie geschlagen, kauterisieren.‹

»Wozu dieser Zorn auf sich selbst?« fragte er laut. »Ich entsinne mich, daß Sie sagten, alle hätten wir wilde Hunde, die vor Lust in unseren Kellern bellten. Ich wünschte so sehr, Sie könnten milder urteilen, nachsichtiger sein mit Ihrer Menschlichkeit!«

»Erinnern Sie sich noch an den ersten meiner neuen Grenzsteine – ich habe Sie viele Male auf ihn hingestoßen, Josef: ›werde, der du bist‹? Das bedeutet, sich nicht nur selbst emporzuschwingen, sondern niemals Beute der Absichten anderer zu werden. Doch selbst der Macht eines anderen im Kampfe zu unterliegen, ist noch dem vorzuziehen, der weiblichen Marionette zum Opfer zu fallen, welche einen nicht einmal sieht! Das ist unverzeihlich!«

»Und *Sie*, Friedrich, haben Sie *Lou Salomé* jemals wirklich gesehen?«

Nietzsche riß den Kopf hoch.

»Wie meinen Sie das?« verlangte er zu wissen.

»Wohl mag sie *ihr* Repertoirestück gegeben haben, aber was ist mit Ihnen? Welches Repertoirestück haben Sie gespielt? Haben wir, Sie wie ich, es denn wirklich soviel anders gemacht als sie? Haben Sie *sie* gesehen? Oder haben auch Sie nur Beute gewittert – die Fortdenkerin, den Acker für Ihre geistige Saat, die Erbin? Oder vielleicht haben Sie, wie ich, ihre Schönheit gesehen, Jugend, ein Kissen aus Satin, ein Gefäß, in welches Sie Ihre Lust entleeren könnten. Und war sie nicht auch Trophäe im schwitzigen Ringen mit Paul Rée? Haben Sie wirklich sie gesehen, haben Sie Paul Rée gesehen, als Sie nach der allerersten Begegnung mit Lou *ihn* baten, dem Mädchen in Ihrem Namen einen Antrag zu machen? Ich vermute, es war gar nicht Lou Salomé, die Sie begehrten, sondern ein Mensch *wie sie*.«

Nietzsche sagte nichts. Breuer fuhr fort: »Ich werde nie unseren Spaziergang in der Simmeringer Heide vergessen. Dieser Spaziergang hat in vielerlei Hinsicht mein Leben verändert. Von allen Dingen, welche ich an jenem Tag lernte, war die bedeutendste Einsicht vielleicht jene, daß ich mich gar nicht auf Bertha bezog, sondern auf die vielen Bedeutungen, welche *ich* ihr übergestreift hatte – Bedeutungen, die nicht das mindeste mit ihr zu tun hatten. Sie haben mir die Augen dafür geöffnet, daß ich sie nie als das gesehen habe, was sie in Wirklichkeit war – daß wir *einander* nie wirklich gesehen haben. Friedrich, trifft das nicht auch für Sie zu? Vielleicht trifft niemanden

Schuld. Vielleicht wurde Lou Salomé ebensosehr mißbraucht wie Sie. Vielleicht sind wir alle Leidensgenossen, die für unsere jeweiligen Wahrheiten blind sind.«

»Es ist mir nicht darum zu tun, daß ich verstehe, was Frauen wollen.« Nietzsche sprach in scharfem, aber heiserem Ton, als drohte seine Stimme zu brechen. »Es ist mir darum zu tun, ihnen aus dem Weg zu gehen. Weiber korrumpieren und verderben. Vielleicht genügt es zu sagen, daß ich nicht für sie gemacht bin, und es dabei bewenden zu lassen. Das mag sich als Verlust für mich erweisen. Manchmal braucht ein Mann eine Frau eben so, wie er manchmal ein gutes Essen braucht.«

Nietzsches schiefe, unversöhnliche Äußerung machte Breuer nachdenklich. Er mußte an die Freude denken, die Mathilde und die Familie ihm schenkten, auch an die Befriedigung, welche ihm seine neue Betrachtungsweise von Bertha bereitete. Wie traurig, sich vorzustellen, daß seinem Freunde diese Erfahrungen niemals vergönnt sein sollten. Doch er sah nicht, wie er Nietzsches Verblendung betreffs der Frauen korrigieren könnte. Vielleicht war dies zuviel verlangt. Vielleicht, daß Nietzsche recht hatte, wenn er sagte, seine Haltung gegen die Frauen sei in seinen ersten Lebensjahren geformt worden. Vielleicht, daß sich diese Haltung inzwischen so tief eingegraben hatte, daß sie allezeit dem Zugriff jeder Redekur entzogen bliebe. Bei dieser Vorstellung angelangt, erkannte Breuer, daß er am Ende seiner Weisheit war. Überdies lief ihm die Zeit davon; Nietzsche bliebe nicht mehr lange so zugänglich.

Plötzlich riß sich dieser auf dem Stuhl neben dem seinen die Brille herunter, vergrub das Gesicht in seinem Taschentuch und brach in Schluchzen aus.

Breuer war fassungslos. Er mußte irgend etwas sagen. »Auch ich weinte, als ich einsah, daß ich Bertha aufgeben müßte. Es ist verteufelt schwer, auf die Illusion, die Magie zu verzichten. Weinen Sie um Lou Salomé?«

Nietzsche, das Gesicht ins Taschentuch gepreßt, schneuzte sich geräuschvoll und schüttelte heftig den Kopf.

»Um Ihrer Einsamkeit willen?«

Wieder ein Kopfschütteln.

»Wissen Sie, weshalb Sie weinen, Friedrich?«

»Nicht genau«, lautete die gedämpfte Antwort.

Plötzlich kam Breuer eine verrückte Idee. »Friedrich, bitte, probieren Sie doch das folgende. Wollen Sie sich bitte vorstellen, daß Ihre Tränen eine Stimme besäßen?«

Nietzsche, der das Taschentuch sinken ließ sah ihn aus geröteten Augen verwundert an.

»Versuchen Sie es doch. Nur ein oder zwei Minuten«, flehte Breuer. »Verleihen Sie Ihren Tränen eine Stimme. Was würden sie sagen?«

»Ich komme mir albern vor.«

»Ich kam mir auch albern vor, als ich auf die vielen sonderlichen Experimente einging, die *Sie* vorschlugen. Also bitte. Tun Sie mir den Gefallen. Versuchen Sie es.«

Breuers Blick meidend, begann Nietzsche: »Wenn eine meiner Tränen sprechen könnte, würde sie sagen... würde sie sagen...« – er sprach nun mit lautem Zischeln – »›Endlich frei! All diese Jahre hindurch eingesperrt! Dieser Mann, dieser vertrocknete, enge Mann, hat mir noch nie freien Lauf gelassen!‹ Ist es das, was Sie meinen?« fragte er mit seiner gewohnten Stimme.

»Ja, gut. Sehr gut. Weiter. Was noch?«

»Was noch? Die Tränen würden sagen...« – und er zischelte wieder – »...›Wohltuend, frei zu sein! Vierzig Jahre in einem stehenden Tümpel. Endlich, endlich macht der alte Hagestolz Hausputz! O, wie gern ich immer entkommen wollte! Aber es gab keinen Ausgang – bis dieser Wiener Arzt die verrostete Pforte aufstieß.‹« Nietzsche verstummte und tupfte sich mit dem Taschentuch die Tränen ab.

»Danke«, sagte Breuer. »Ein Öffner rostiger Pforten – ein ausnehmend hübsches Kompliment. Und jetzt erzählen Sie mir in Ihrer eigenen Stimme von der Trauer, die sich hinter diesen Tränen verbirgt.«

»Es ist keine Trauer. Im Gegenteil, als ich Ihnen vor wenigen Minuten von meiner Angst sprach, allein sterben zu müssen, da erfaßte mich unendliche Erleichterung. Weniger über das, *was* ich sagte, als *daß* ich es sagte, daß ich endlich, endlich mitteilen durfte, was ich empfand.«

»Erzählen Sie mir mehr von *dieser* Empfindung.«

»Ein mächtiges Gefühl. Bewegend. Ein heiliger Augenblick. *Deswegen* mußte ich weinen. Deswegen weine ich noch. Ich habe es nie zuvor vermocht. Sehen Sie sich das an! Ich kann die Tränen nicht zurückhalten!«

»Es ist gut so, Friedrich. Starke Tränen sind läuternd, kathartisch.«

Nietzsche, das Gesicht in den Händen vergraben, nickte.

»Seltsam, aber im nämlichen Augenblick, da ich – zum ersten Male in meinem Leben – meine Einsamkeit in ihrer ganzen Bodenlosigkeit und ihrem ganzen Schrecken zu erkennen gebe, in diesem selben Augenblick schmilzt die Einsamkeit weg! Im nämlichen Augenblick, da ich Ihnen sagte, mich habe noch nie jemand berührt, in eben diesem Augenblick ließ ich mich erstmals berühren. Ein unbeschreiblicher Augenblick, als wäre eine dicke innere Eiskruste plötzlich gerissen und in tausend Stücke gesprungen.«

»Ein Paradox!« sagte Breuer. »Einsamkeit existiert nur in der Einsamkeit; sobald sie geteilt wird, löst sie sich auf.«

Nietzsche hob den Kopf und wischte sich langsam die Tränenspuren aus dem Gesicht. Er fuhr sich fünf- oder sechsmal mit dem Kamm durch den Schnurrbart und setzte dann wieder die dicke Brille auf. Nach einer kurzen Pause sagte er: »Ich muß Ihnen noch etwas beichten.« Er blickte auf die Uhr. »Vielleicht das letzte. Als Sie heute zu mir ins Zimmer traten und verkündeten, Sie seien geheilt, Josef, war ich niedergeschmettert! So sehr hatte ich mit mir selbst zu tun, so verzweifelt war ich, keinen Grund mehr für unsere Gespräche zu haben, daß ich es nicht über mich brachte, mich mit Ihnen zu freuen. Diese Art Selbstsucht ist unverzeihlich.«

»Doch nicht unverzeihlich«, widersprach Breuer. »Sie selbst haben mir erklärt, daß wir alle aus vielen Teilen zusammengesetzt sind, von welchen jedes ans Licht will. Wir können nur für das Endergebnis, den Kompromiß zur Rechenschaft gezogen werden, nicht aber für die Launen der einzelnen Teile. Ihre sogenannte Selbstsucht *ist* verzeihlich, *eben weil* Ihnen so viel an mir gelegen ist, daß Sie es mir jetzt anvertrauen. Ihnen, lieber Freund, möchte ich diesen guten Wunsch mit auf den Weg geben: daß das Wort ›unverzeihlich‹ aus Ihrem Wortschatz verbannt werde.«

Erneut füllten sich Nietzsches Augen mit Tränen. Wieder holte er sein Taschentuch hervor.

»Und *diese* Tränen, Friedrich?«

»Wie Sie eben ›lieber Freund‹ sagten. Oft habe ich das Wort ›Freund‹ verwendet, doch bis zu diesem Augenblicke gehörte das Wort nie wirklich *mir*. Ich habe stets von einer Freundschaft geträumt, die zwei Menschen in ihrem Streben nach Höherem zusammenführte. Und hier, unverhofft, finde ich sie! Sie und mich hat eben dies zusammengeführt! Wir haben jeweils Anteil an der Selbstüberwindung des anderen gehabt. Ich *bin* Ihr Freund. Sie sind mein Freund. Wir sind Freunde. Wir – sind – Freunde.« Einen Moment lang schien Nietzsche beinahe froh. »Wie lieblich das klingt, Josef. Ich möchte es wieder und wieder sagen.«

»Nun, Friedrich, dann nehmen Sie meine Einladung an und bleiben Sie. Denken Sie an Ihren Traum: Sie können hingehören, können sich an meiner Herdstatt wärmen.«

Als Breuer diese Einladung aussprach, wurde Nietzsche steif. Langsam schüttelte er den Kopf, ehe er antwortete: »Der Traum lockt und quält mich gleichermaßen. Ich bin wie Sie. Wohl möchte ich mich an einem häuslichen Herd wärmen. Aber ich fürchte mich davor, der Behaglichkeit zu erliegen. Das hieße mir selbst und meiner Mission untreu werden. Für mich käme das einem Tode gleich. Vielleicht ist eben dies die Deutung des unbeweglichen Steines, der sich wärmt.«

Nietzsche erhob sich, ging eine Weile auf und ab und blieb dann hinter seinem Stuhl stehen. »Nein, mein Freund, meine Bestimmung ist die Suche nach der Wahrheit jenseits der Einsamkeit. Mein Sohn, mein Zarathustra, wird voll gereifter Weisheit sein, doch zum einzigen Begleiter wird er einen Adler haben. Er wird der einsamste Mensch auf Erden sein.«

Nietzsche blickte abermals auf die Uhr. »Ich kenne Ihre Stundeneinteilung indessen gut genug, Josef, um zu wissen, daß andere Patienten auf Sie warten. Ich will Sie nicht länger aufhalten. Wir müssen unserer verschiedenen Wege gehen.«

Breuer schüttelte verzagt den Kopf. »Es bekümmert mich, daß wir Abschied nehmen sollen. Es ist ungerecht! Sie haben soviel für mich getan und so wenig wiederbekommen. Ich wollte, daß Lous Schatten seine Macht über Sie verloren hat. Vielleicht, vielleicht nicht. Die Zeit wird es zeigen. Aber mir scheint, es bleibt so vieles, das wir bewältigen könnten.«

»Unterschätzen Sie nicht, was Sie mir gegeben haben, Josef. Unterschätzen Sie nicht den Wert der Freundschaft, der Einsicht, daß ich kein Ungeheuer bin, des Wissens, daß ich fähig bin, die Hand zu reichen und eine Hand zu ergreifen. Bis zum heutigen Tage glaubte ich nur mit halbem Herzen an meine Lehre des *amor fati*, denn ich hatte mich gezwungen – mich damit *abgefunden*, sollte ich eher sagen –, mein Schicksal zu lieben. Doch jetzt weiß ich, und das verdanke ich Ihnen, Ihnen und Ihrer gastfreien Herdstätte, ich habe die Wahl. Ich werde immer allein sein, aber welch ein Unterschied, welch ein herrlicher Unterschied, zu wollen, was ich tue. *Amor fati* – wähle dein Schicksal, liebe dein Schicksal.«

Breuer und Nietzsche standen sich gegenüber, getrennt von einem Stuhle. Breuer trat um den Stuhl herum. Ein ängstlicher, gehetzter Ausdruck huschte über Nietzsches Gesicht, dann aber, als Breuer mit offenen Armen auf ihn zuschritt, breitete auch er die Arme aus.

Gegen die Mittagsstunde des 18. Dezember 1882 kehrte Josef Breuer in seine Praxis zurück, zu Frau Becker und seinen wartenden Patienten. Später speiste er mit seiner Frau, den Kindern, seinen Schwiegereltern, dem jungen Freud, Max und dessen Familie. Nach dem Essen gönnte er sich einen Mittagsschlaf und träumte vom Schachspiel und der Bauernumwandlung. Noch dreißig Jahre lang praktizierte er zufrieden als Arzt, wandte jedoch nie wieder die ›Redekur‹ an.

Am selben Nachmittag bestieg der Patient von der Nummer 13, Eckhardt Müller, einen Fiaker und ließ sich von der Lauzon-Klinik zur Bahn bringen, um nach dem Süden zu reisen, allein, Richtung Italien, der warmen Sonne, dem reinen Himmel und einem Stelldichein entgegen – einem ehrbaren Stelldichein mit einem parsischen Propheten namens Zarathustra.

Nachwort

Friedrich Nietzsche und Josef Breuer sind sich im Leben nie begegnet. Folglich markiert ihre ›Begegnung‹ auch nicht die Geburtsstunde der Psychotherapie. Doch die im Roman skizzierten Lebensumstände der Hauptfiguren beruhen auf Tatsachen, und die Hauptfäden der Romanerzählung – Breuers Seelenqual, Nietzsches tiefe Depression, Anna O., Lou Salomé, die enge freundschaftliche Verbindung zwischen Breuer und Freud, die aufdämmernde Psychotherapie – brauchten aus dem Lebensstoff des Jahres 1882 nur herausgelöst und neu verknüpft zu werden.

Friedrich Nietzsche lernte die junge Lou Salomé im Frühjahr 1882 durch Paul Rée kennen, und in den folgenden Monaten entspann sich zwischen beiden eine kurze, aber intensive platonische Liebesbeziehung. Lou Salomé sollte sich sowohl als Schriftstellerin wie auch als Analytikerin noch einen Namen machen; man würde sich ihrer nicht zuletzt als einer Vertrauten Freuds und ihrer Liaisons wegen erinnern, vor allem der Verbindung mit Rainer Maria Rilke.

Nietzsches Verhältnis zu Lou Salomé, ein schwieriges Dreiecksverhältnis mit Paul Rée als Drittem im Bunde und ständig unterminiert von Nietzsches Schwester Elisabeth, nahm für diesen einen katastrophalen Ausgang; noch jahrelang quälten ihn Verlustschmerz und der Verdacht, verraten worden zu sein. Während der letzten Monate des Jahres 1882 – der Zeitspanne der Romanhandlung – war Nietzsche schwer depressiv, ja selbstmordgefährdet. Seine verzweifelten Briefe an Lou Salomé, aus denen im Buch an verschiedenen Stellen zitiert wird, sind authentisch, auch wenn sich nicht mit Sicherheit sagen läßt, welche Briefe lediglich Entwürfe blieben und welche tatsächlich abgeschickt wurden. Der Brief Wagners an Nietzsche im ersten Kapitel ist ebenfalls echt.

Der Behandlung Bertha Pappenheims – oder der Anna O. – widmete der Wiener Arzt Josef Breuer im Jahre 1882 viel Zeit und Aufmerksamkeit. Im November desselben Jahres begann er den Fall eingehend mit seinem jungen Freund und Protegé Sigmund Freud zu erörtern, der, wie im Roman dargestellt, häufig bei den Breuers zu Gast war, und 1895 schließlich wurde der Verlaufsbericht der Behandlung der Anna O. als erster einer Fallsammlung in Freud und Breuers gemeinsam veröffentlichten *Studien über Hysterie* aufgenommen, dem Werk, welches die psychoanalytische Revolution einläutete.

Bertha Pappenheim war, wie Lou Salomé, eine bemerkenswerte Frau. Ihre späteren Pionierleistungen als Sozialarbeiterin und Feministin, lange nach ihrer Behandlung durch Breuer, würdigte man in Deutschland 1954 posthum durch die Herausgabe einer Sonderbriefmarke. Daß sie Anna O. war, erfuhr die Öffentlichkeit erst 1953 mit der Publikation der Biographie *The Life and Work of Sigmund Freud* (dt. 1978, *Das Leben und Werk von Sigmund Freud*) von Ernest Jones.

War Josef Breuer tatsächlich von einer leidenschaftlichen Liebe zu Bertha Pappenheim besessen? Wir wissen wenig von Breuers Gefühlsleben, doch schließt die Forschung diese Möglichkeit nicht aus. Widersprüchliche Darstellungen von Zeitgenossen stimmen immerhin darin überein, daß die Behandlung Bertha Pappenheims durch Breuer bei beiden ebenso heftige wie komplexe Emotionen wachrief. Breuer wurde von diesem Fall so in Anspruch genommen und widmete seiner jungen Patientin so viel Zeit, daß seine Frau Mathilde ihm dies in der Tat übelnahm und eifersüchtig wurde. Freud sprach mit sei-

440

nem Biographen Ernest Jones ausführlich über die Verstrik-
kung Breuers mit seiner Patientin, und in einem frühen Brief an
seine Braut Martha Bernays beteuerte er dieser, ihm solle derartiges niemals widerfahren. Der Psychoanalytiker George
Pollock hat die Frage aufgeworfen, ob nicht Breuers starke Reaktion auf Bertha Pappenheim darin gewurzelt haben könnte,
daß er sehr früh seine *Mutter* Bertha verloren hatte.

Die Geschichte der Scheinschwangerschaft der Anna O.
und Breuers kopflosen und überstürzten Abbruchs der Behandlung wuchs sich zur psychoanalytischen Legende aus.
Freud schilderte den Vorfall erstmals 1932 in einem Brief an
den österreichischen Schriftsteller Stefan Zweig, und Ernest
Jones griff ihn in seiner Freud-Biographie auf. Erst in jüngster
Zeit wird angezweifelt, ob es sich tatsächlich so zugetragen
hat. In seiner 1978 erschienenen Breuer-Biographie vertritt Al-
brecht Hirschmüller die Auffassung, die Begebenheit sei eine
Kolportage Freuds. Breuer selbst hat nie Stellung bezogen; er
hat allerdings zur Verwirrung um Anna O. noch beigetragen,
indem er in der 1895 publizierten Fallstudie den Erfolg seiner
Behandlung in unbegreiflicher Weise übertrieb.

In Anbetracht des enormen Beitrags, den Josef Breuer zur
Entwicklung der Psychotherapie geleistet hat, verwundert es,
daß er sich der Psychologie nur so kurze Zeit zuwandte. Den
Medizinhistorikern bleibt Josef Breuer vor allem als bedeutender Erforscher der Physiologie der Atmung und des Gleichgewichtssinnes einerseits und als brillanter Diagnostiker andererseits in Erinnerung, als Hausarzt einer ganzen Generation
von überragenden Persönlichkeiten des Wiener Fin de siècle.

Nietzsche war zeitlebens von schwacher Gesundheit. Obwohl der geistige Zusammenbruch 1889 in die schwere Demenz der progressiven Paralyse mündete (der er 1900 erlag,
möglicherweise als Spätfolge einer Syphilis), gilt allgemein als
gesichert, daß seinen früheren Leiden andere Ursachen zugrunde lagen. Wahrscheinlich plagte Nietzsche (dessen
Krankheitsbild ich auf der Grundlage des sehr eindringlichen

Nietzsche-Porträts von Stefan Zweig aus dem Jahre 1939 skizziert habe) extrem schwere Migräne. Nietzsche hat ihretwegen zahlreiche Ärzte in ganz Europa konsultiert; es ist keineswegs abwegig, daß ihm empfohlen worden sein könnte, sich auch an den namhaften Wiener Internisten Josef Breuer zu wenden.

Dagegen wäre es für Lou Salomé eher untypisch gewesen, sich voller Sorge bei Breuer für Nietzsche zu verwenden. Ihren Biographen zufolge besaß sie kein sonderlich ausgeprägtes Schuldempfinden, und sie hat bekanntermaßen eine ganze Reihe von Liebesbeziehungen ohne viel Federlesens und ohne Reue abgebrochen. Im ganzen war Lou Salomé verschwiegen und hat sich meines Wissens öffentlich nie zu ihrem persönlichen Verhältnis zu Nietzsche geäußert. Ihre Briefe an ihn sind nicht erhalten. Sie wurden vermutlich von Nietzsches Schwester Elisabeth vernichtet, deren erbitterte Fehde mit Lou Salomé ein Leben lang währte. Lou Salomé hatte in der Tat einen Bruder Jenia, der 1882 in Wien Medizin studierte. Allerdings ist es höchst unwahrscheinlich, daß Breuer in diesem Jahr den Fall Anna O. in einem Kolleg präsentiert haben würde. Nietzsches Brief an seinen Freund und Lektor Peter Gast (im Anschluß an Kapitel XII) und auch der Brief Elisabeth Nietzsches (am Ende des Kapitels VII) sind fiktiv, ebenso die Lauzon-Klinik und die Figuren Fischmann und Max, Breuers Schwager. (Es stimmt jedoch, daß Breuer ein leidenschaftlicher Schachspieler war.) Sämtliche geschilderten Träume, mit Ausnahme zweier Nietzsches – des Traums von seinem dem Grab entsteigenden Vater und des Traums vom röchelnden Alten auf dem Sterbelager – sind frei erfunden.

1882 gab es noch keine Psychotherapie, und Nietzsche hat sich natürlich nie explizit diesen Fragen zugewandt. Doch gewann ich bei meiner Nietzsche-Lektüre den Eindruck, daß ihm Selbsterkenntnis und Selbstverwirklichung existentiell bedeutsame Anliegen waren. Der chronologischen Stimmigkeit halber habe ich nur aus jenen Werken Nietzsches zitiert, die vor 1882 entstanden, vor allem *Menschliches, Allzumenschli-*

ches, Unzeitgemäße Betrachtungen, Morgenröte und *Die fröhliche Wissenschaft.* Allerdings bin ich stillschweigend davon ausgegangen, daß Nietzsche die großen Gedanken des *Zarathustra*, mit dessen Niederschrift er nur wenige Monate nach dem Zeitpunkt begann, an dem meine Romanerzählung endet, längst in seinem Geist bewegte.

Ich danke Van Harvey, Professor für Religionswissenschaft und Ethik an der Universität Stanford, der mir gestattete, an seinem hervorragenden Nietzsche-Seminar teilzunehmen – außerdem für viele erhellende Gespräche und für eine kritische Durchsicht des Manuskripts. Ebenso bin ich den Kollegen von der philosophischen Fakultät zu Dank verpflichtet, besonders Eckart Förster und Dagfinn Føllesdal, bei denen ich ähnliche Seminare zur deutschen Philosophie und Phänomenologie besuchte. Zu diesem Buch haben viele durch konstruktive Kritik beigetragen: Morton Rose, Herbert Kotz, David Spiegel, Gertrud und George Blau, Kurt Steiner, Isabel Davis, Ben Yalom, Joseph Frank, die Mitglieder des Stanforder Biographie-Seminars unter der Leitung von Barbara Babcock und Diane Middlebrook – ihnen allen sei an dieser Stelle herzlich gedankt. Betty Vadeboncoeur, Bibliothekarin der medizin-historischen Bibliothek der Universität Stanford, hat mir unschätzbare Dienste geleistet. Timothy K. Donahue-Bombosch übersetzte die zitierten Brieffragmente und – entwürfe Nietzsches an Lou Salomé. Alan Rinzler, Sara Blackburn, Richard Elman und Leslie Becker lektorierten und berieten mich. Von meinem Verlag Basic Books erhielt ich jede erdenkliche Unterstützung, insbesondere von Jo Ann Miller und von meiner Lektorin Phoebe Hosse.

Meine Frau Marilyn, stets meine erste Leserin und schärfste Kritikerin, hat sich bei dieser Arbeit selbst übertroffen, indem sie nicht nur ihre Entstehung vom ersten Entwurf bis zur endgültigen Fassung kritisch begleitete, sondern auch noch den gelungenen Titel *When Nietzsche Wept* beisteuerte.

»Die heilige Dreifaltigkeit«: Lou Salomé, Paul Rée und Friedrich Nietzsche 1882 in Luzern.

Friedrich Wilhelm Nietzsche wurde am 15. Oktober 1844 in Röcken/Sachsen geboren. Seine Mutter und seine Schwester zogen ihn auf, denn sein Vater, ein lutherischer Pfarrer, starb, als Friedrich fünf Jahre alt war. Nach Schulbesuch und Studium der Philologie erhielt Friedrich Nietzsche eine Professur für Philologie in Basel, die er aber 1879 aus Gesundheitsgründen wieder aufgeben mußte. Nietzsches Gesundheitszustand wurde beständig schlechter, Schwierigkeiten im zwischenmenschlichen Bereich, so mit Lou Salomé, schlossen sich an und veränderten seinen Seelenzustand. Sein Zusammenbrechen in den Straßen Turins im Jahre 1889 machte für seine Umwelt die schwere geistige Erkrankung Nietzsches offenbar. Am 25. August 1900 verstarb er in Weimar, nachdem ihn Mutter und Schwester elf Jahre gepflegt hatten.
(Bild: Archiv für Kunst und Geschichte, Berlin)

Josef Breuer wurde am 15. Januar 1842 in Wien geboren. Nach dem Studium der Medizin widmete sich der Internist Breuer vor allen Dingen Fragen des Gleichgewichtssinns und der Physiologie der Atmung in ihren Beziehungen zum Nervensystem. Zusammen mit Sigmund Freud verfaßte er die »Studien über Hysterie«. Josef Breuer verstarb am 20. Juni 1925 in seiner Geburtsstadt Wien.
Das Foto zeigt ihn Ende der 1890er mit seiner Frau Mathilde.
(Bild: Archiv für Kunst und Geschichte, Berlin)

Lou Andreas-Salomé wurde am 12. Februar 1861 in St. Pelersburg als Tochter eines russischen Generals geboren. Seit 1887 verheiratet mit dem Orientalisten Friedrich Carl Andreas, pflegte die Autorin Lou Andreas-Salomé regen Kontakt zu anderen geistigen Größen ihrer Zeit, so zu Nietzsche, Rilke und Sigmund Freud. Ihr Lebenswerk umfaßt Romane, Essays und Erzählungen, sie starb am 5. Februar 1937 in Göttingen.

Sigmund Freud, der Vater und Begründer der Psychoanalyse, wurde am 6. Mai 1856 in Freiburg/Mähren geboren. Er widmete sich besonders Fragen der Physiologie und der Hirnpathologie, bevor er sich zu der psychotherapeutische Tätigkeit entschloß, die er lange Zeit in Wien ausübte. Dort 1902 zum Professor berufen, emigrierte er 1938 wegen seiner jüdischen Abstammung nach England. Er starb am 23. September 1939 in London.
(Bild: Ullstein Bilderdienst, Berlin – Sigmund Freud Copyrights)

Bertha Pappenheim (»Anna O.«) wurde 1859 in Wien geboren und wuchs in einer reichen jüdischen Familie auf. Aufgrund ihrer hysterischen Erkrankung, ausgelöst durch das tödliche Leiden des Vaters, war sie von November 1880 bis Juli 1882 bei Josef Breuer in Behandlung, der ihr auch das Pseudonym »Anna O.« verlieh.
Bertha Pappenheim war Mitbegründerin des Jüdischen Frauenbundes und lange Jahre im Vorstand des Bundes deutscher Frauenvereine. Sie gründete Heime für junge Prostituierte und engagierte sich in Organisationen zur Bekämpfung des Mädchenhandels. Daneben verfaßte sie Märchen und Novellen und theoretische Schriften zur Frauenfrage. Sie starb 1936.
(Bild: Ullstein Bilderdienst, Berlin – Sigmund Freud Copyrights)

Nachwort zur Neuausgabe

Vor Jahren habe ich in einem Aufsatz über die Entstehung von *Und Nietzsche weinte* einen Satz von André Gide zitiert, der lautet: »Geschichte ist Dichtung, die stattgefunden hat. Wohingegen Dichtung Geschichte ist, die *hätte stattfinden können*.«

Eine treffende Bemerkung, fand ich, und schrieb:

»Dichtung ist Geschichte, die hätte stattfinden können. Perfekt! Das ist genau die Art von Literatur, die ich verfassen wollte. Mein Roman *Und Nietzsche weinte* hätte tatsächlich in der Realität passiert sein können. Wenn man bedenkt, wie unwahrscheinlich die Geschichte der Psychotherapie verlief, dann hätten all die Ereignisse in diesem Roman wirklich stattfinden können, falls der historische Verlauf nur ein klein wenig von seiner Bahn abgewichen wäre.« (aus: *The Yalom Reader,* Basic Books, NY, 1998)

Im Februar 2003 ereignete sich etwas, das diese Worte als geradezu unheimliche Vorahnung erscheinen läßt. Renate Müller-Buck, langjährige Mitarbeiterin von Mazzino Montinari in Florenz, schickte mir einen bemerkenswerten Brief, den sie entdeckt hatte, während sie an den Kommentaren zu Nietzsches Briefen arbeitete; diese sind Teil der von Mazzino Montinari und Giorgio Colli herausgegebenen historisch-kritischen Ausgabe von Nietzsches Werk und Briefwechsel. Im Weimarer Goethe- und Schiller-Archiv war sie auf einen Brief aus dem Jahr 1878 gestoßen. Darin versucht Siegfried Lipiner, Heinrich Köselitz dazu zu überreden, Nietzsche nach Wien zu schicken, wo er von Breuer behandelt werden sollte!

Der Wiener Dichter und Philosoph Siegfried Lipiner war ein Freund von Nietzsche und Mahler und sowohl mit Freud als auch mit Breuer bekannt. Als Mitglieder des Pernerstorfer-Kreises, einer Gruppe von Studenten und Intellektuellen, interessierten sie sich für Philosophie und sozialdemokratische Literatur. Heinrich Köselitz (ein Musiker mit dem Pseudonym Peter Gast) war Nietzsches Freund, sein Schüler und sein Sekretär.

Mit anderen Worten: Das rein fiktive Geschehen, das ich mir ausgedacht und das als Grundlage für meinen Roman gedient hatte, wäre nachträglich wirklich beinahe historische Realität geworden. Wie der folgende Brief zeigt, hatte Siegfried Lipiner sein Möglichstes getan, um Nietzsches Freund davon zu überzeugen, daß er für Nietzsche einen Besuch bei seinem Freund Josef Breuer in Wien arrangieren müsse. Er hatte die Geldmittel aufgetrieben, um Nietzsches mehrmonatigen Aufenthalt in Wien zu finanzieren, hatte sich mit Dr. Breuer abgesprochen, hatte einigen von Nietzsches Freunden den Plan mitgeteilt und sich sogar über die Gegend Gedanken gemacht, in der Nietzsche wohnen sollte.

Der Plan wurde jedoch nie historische Wirklichkeit. Köselitz antwortete in seinem nur als Entwurf erhaltenen Brief zwar, daß er die Idee verlockend fände und sogar mit dem Gedanken spiele, Nietzsche zu entführen und ihn nach Wien zu bringen. Aber nachdem er mit Nietzsches Schwester Elisabeth und mit Nietzsches Freund Franz Overbeck gesprochen hatte, beschloß er das Angebot abzulehnen. Nietzsche war zu krank, um sich den Anstrengungen eines größeren Umzugs zu unterziehen. Und er war gerade im Begriff, zu einer Kaltwasser-Kur nach Baden-Baden zu reisen. Zudem hatte er unter seinem ständigen Ärztewechsel genug gelitten, und man hielt es für besser, ihm nicht schon wieder einen neuen Arzt zuzumuten. Aus einigen, noch vor Bekanntwerden dieser Pläne geschriebenen Briefen Nietzsches geht auch hervor, daß er eine Abneigung gegen Siegfried Lipiners Hang, ihn zu bevormunden, hegte, und es ist gut möglich, daß Nietzsche selbst das Angebot abgelehnt hatte.

Irvin D. Yalom, im April 2003

48 Praterstrasse, Wien, 22. Febr. 1878.

Werther Freund Köselitz!

Ich habe Ihnen noch herzlichst für den Brief zu
danken, mit dem Sie mich erfreut haben. – Wollen Sie
die Güte haben, Herrn P. Widemann meinen Gruss zu übermitteln. Es wird mir rechtes Vergnügen gewähren, seine Arbeiten kennen zu lernen. Wie steht es mit Ihrer Cultur-
Arbeit? Kann ich Ihnen vielleict irgendwie behilflich sein?
Wenden Sie sich nur ohne Scheu an mich, ich werde Ihnen
mit Freuden dienen, wo ich kann.
Was Sie über Overbeck schreiben, bestätigt mir die Vorstellung,
die ich von ihm habe, seit ich die Streit- und Friedensschrift
gelesen. Kennen Sie Paul de Lagarde? Wenn nicht –
so holen Sie das Versäumte ja recht bald nach. Seine
Schrift "Über die gegenwärtige Lage des deutschen
Reichs" (Göttingen, Dieterich, 1876) ist grandios; ich liebe
und verehre ihn auf's Höchste.
Nun zum Wichtigsten. Frl. v. Meysenbug hat Schreckliches über Nietzsche geschrieben. Ich war, wie Sie wissen,
damals in Salzburg, von Seydlitz eingeladen. Ihr Tele-

48 Praterstrasse, Wien, 22. Febr. 1878.

Werther Freund Köselitz!

Ich habe Ihnen noch herzlichst für den Brief zu danken, mit dem Sie mich erfreut haben. — Wollen Sie die Güte haben, Herrn Dr Widemann meinen Gruss zu übermitteln. Es wird mir rechtes Vergnügen gewähren, seine liebenswerten Bekannten kennen zu lernen. Wie steht es mit Ihrer Cultur-Arbeit? Kann ich Ihnen vielleicht irgendwie behülflich sein? Wenden Sie sich nur ohne Scheu an mich; ich werde Ihnen mit Freuden dienen, wo ich kann.

Was Sie über Overbeck schreiben, bestätigt mir die Vorstellung, die ich von ihm habe, seit ich die Streit- und Friedensschrift gelesen. Kennen Sie Paul de Lagarde? Wenn nicht — so holen Sie das Versäumte ja recht bald nach. Seine Schrift „über die gegenwärtige Lage des deutschen Reichs" (Göttingen, Dieterich, 1876) ist grandios; ich liebe und verehre ihn aufs Höchste.

Nun zum Wichtigsten. Frl. v. Meysenbug hat Schreckliches über Nietzsche geschrieben. Ich war, wie Sie wissen, damals in Salzburg, von Seydlitz eingeladen Ihr Telegramm bot auch nichts Tröstliches. Eins ist sicher: Nietzsche muß veranlaßt werden, die nächsten Monate ausschliesslich seiner Cur zu widmen. Ich habe nun folgenden Plan: Er soll nach Wien kommen; wenn's notwendig ist, hole ich ihn ab; wie fahren nicht in Einer Tour, sondern theilen sie ein, – dann mag er in Wien unsere tüchtigen Ärzte consultieren, unter steter Aufsicht und Pflege derselben ein zähes und consequentes Heilverfahren beobachten; ein höchst tüchtiger Nervenpathologe, Dr. Breuer, ist mir persönlich befreundet und wird sich seiner mit grösster Aufmerksamkeit annehmen; Prof. Bamberger wird die oberste Leitung der Behandlung übernehmen, ein tüchtiger, sehr kenntnisreicher junger Arzt (Specialist und Secundararzt im allg. Krankenhause) wird ihn unterstützen; die nöthigen Geldmittel, um N. mehrere Monate hier ohne jegliche andere Sorge, als die um seine Gesundheit, leben zu lassen, sind mir zur Verfügung gestellt – in einer Weise, die Nietzschen nicht die geringste Unannehmlichkeit machen, ihm

grauen bot auch nichts Tröstliches. Eins ist wider-
Nietzsche uns veranlasst werden, die nächsten Monate
ausschliesslich seiner Cur zu widmen. Ich habe nun
folgenden Plan: Er soll nach Wien kommen; wenn's
nothwendig ist, hole ich ihn ab. wir fahren nicht
in Einer Tour, sondern theilen sie ein; dann mag
er in Wien unsere tüchtigen Aerzte consultieren, unter
steter Aufsicht und Pflege derselben ein zähes und consequentes Heilverfahren beobachten; ein höchst tüchtiger
Nervenpathologe, Dr Breuer, ist mir persönlich
befreundet und wird sich seiner mit grösster Aufmerksamkeit annehmen; Prof. Bamberger wird die
oberste Leitung der Behandlung übernehmen, ein
tüchtiger, sehr kenntnissreicher junger Arzt (Specialist und Secundararzt im allg. Krankenhause) wird
ihn unterstützen; die nöthigen Geldmittel, um N.
mehrere Monate hier ohne jegliche andere Sorge, als
die um seine Gesundheit, leben zu lassen, sind mir
zur Verfügung gestellt — in einer Weise, die Nietzsche
nicht die geringste Unannehmlichkeit machen, ihm

nicht das geringste Bedenken erwecken kann und darf.
N. wird, wenn er will, nicht <u>in</u>, sondern bei Wien
in unserem milden Klima und in recht gesunder
und freier Gegend wohnen; er kann aber auch eine
<u>ganz stille</u> Wohnung in der Stadt selbst haben. Natür-
lich besorge ich Alles; er hat sich um nichts zu
kümmern, findet Alles vorbereitet. – Von irgend welchen
Dingen, die ihn anstrengen oder erregen, wird <u>nicht ein</u>
Wort gesprochen werden, – er wird die zarteste, aufmerk-
samste, schonungsvollste, stillste Behandlung genie-
ssen. Er hat hier, wenn er Reconvalescent ist,
Zerstreuung im besten Sinne. Kurz: es ist kein
Grund vorhanden und denkbar, der ihn abhalten
könnte herzukommen, und Alles spricht <u>dafür</u>. Baron
von Seydlitz ist von dem Plane entzückt; Hans
Richter, mit dem ich darüber gesprochen habe, findet
ihn auch <u>sehr zu empfehlen</u>.
Ich habe indessen Auftrag gegeben, ein rein ärztliche Berathung der Frage, deren Resultat ganz unzweifelhaft ist,
zu veranlassen. Bitte, liebster Freund, schreiben Sie
mir sofort, was Sie von der Sache halten, sprechen Sie
mit Frl. Nietzsche darüber, suchen Sie jedes Bedenken

nicht das geringste Bedenken erwecken kann und dgl.
N. wird, wenn er will, nicht in, sondern bei Ihnen
in unserem milden Klima und in recht gesunder
und freier Gegend wohnen; er kann aber auch eine
ganz stille Wohnung in der Stadt selbst haben. Natürlich besorge ich Alles; er hat sich um nichts zu
kümmern, findet Alles vorbereitet. – Von irgend welchen
Dingen, die ihn anstrengen oder erregen, wird nicht ein
Wort gesprochen werden; er wird die zarteste, aufmerk-
samste, schonungsvollste, stillste Behandlung genießen. Er hat hier, wenn er Reconvalescent ist,
Zerstreuung im besten Sinne. Kurz: es ist kein
Grund vorhanden und denkbar, der ihn abhalten
könnte herzukommen, und Alles spricht dafür. Bar.
von Seydlitz ist von dem Plane entzückt; Hans
Richter, mit dem ich darüber gesprochen habe, findet
ihn auch sehr zu empfehlen.
Ich habe indessen Auftrag gegeben, ein rein ärztliche Berathung der Frage, deren Resultat ganz unzweifelhaft ist,
zu veranlassen. Bitte, liebster Freund, schreiben Sie
mir sofort, was Sie von der Sache halten, sprechen Sie
mit Frl. Nietzsche darüber, suchen Sie jedes Bedenken

zu zerstreuen und Alles günstig zu stimmen. Namentlich
helfen Sie mir eine Schwierigkeit überwinden: N.
soll nicht glauben, dass er irgend einem Menschen zur
Last fällt oder irgendwie Gewissenszweifel haben darf. Er
soll wissen, dass wir Alle, die wir ihn so lieben, uns
geradezu verletzt fühlen möchten, wenn er aus
solchen Gründen ablehnte. Dankbarkeit ist auch noch
ein Fetzen des principii individuationis. Alles,
was ich gesagt habe, ist im eigentlichen Sinne gemeint.
Auch möge Nietzsche nicht glauben, dass ihn seine
Verehrer belästigen werden; es wird sich Keiner zeigen,
es sei denn, dass er ganz wolauf ist. Ich selbst werde
mit ihm umzugehen wissen; darauf können Sie sich
verlassen, ich weiss, dass für ihn Stille das Wichtigste ist.
– Wenn N. schon in Luzern ist, so wollen Sie mir
freundlichst die Adresse mittheilen. Sonst grüssen Sie
ihn recht herzlich, lesen Sie ihm, wenn Sie wollen, den
Brief vor und wirken Sie jedenfalls für meinen Plan,
dh. für sein Wol. – Übermitteln Sie auch dem verehrten
Frl. Nietzsche meine freundlichsten Empfehlungen. Nietzschen
schreibe ich, wenn ich von Ihnen Antwort erhalten.

    Von ganzem Herzen Ihr

                Lipiner

zu zerstreuen und Alles günstig zu stimmen. Namentlich
helfen Sie mir eine Schwierigkeit überwinden: N.
soll nicht glauben, daß er irgend einem Menschen zur
Last fällt oder irgendwie Gewissenszweifel haben darf. Er
soll wissen, daß wir Alle, die wir ihn so lieben, uns
geradezu verletzt fühlen möchten, wenn er aus
solchen Gründen ablehnte. Dankbarkeit ist auch noch
ein Fetzen des principii individuationis. Alles,
was ich gesagt habe, ist im eigentlichen Sinne gemeint.
Auch möge Nietzsche nicht glauben, daß ihn seine
Verehrer belästigen werden; es wird sich Keiner zeigen
als der Eine, daß er ganz voll auf ist. Ich selbst werde
mit ihm umzugehen wissen; darauf können Sie sich
verlassen, ich weiß daß für ihn Stille das Wichtigste ist.
— Wenn N. schon in Luzern ist, so wollen Sie mir
freundlichst die Adresse mittheilen. Sonst grüßen Sie
ihn recht herzlich, lesen Sie ihm, wenn Sie wollen, den
Brief vor und wirken Sie jedenfalls für meinen Plan,
d. h. für sein Wohl. — Übermitteln Sie auch dem verehrten
Hrn. Nietzsche meine freundlichsten Empfehlungen. Nietzschen
schreibe ich, wenn ich von Ihnen Antwort erhalten.

            Von ganzem Herzen Ihr

                        Wagner

Lipiner   Basel, 2. März 78.

Verehrter Herr!
Zur Beantwortung Ihres lieben Briefes komme ich erst jetzt,
nach der Berathung mit so und so viel sachkundigen Menschen.
Ihre Ungeduld ist durch diese Verzögerung stark auf die Probe
gestellt worden, so sehr ich mich auch beeilt habe.

   Wir sind Alle voll Bewunderung für Ihre Freundschaft, die
Sie in der Darlegung Ihres herrlichen Planes bezeugen. Beim
ersten Durchlesen war ich der Meinung, daß Nietzsche dieser
Einladung kaum widerstehen könne; ehe ich sie jedoch ihm
selber zeigen wollte, hatte ich verschiedene Freunde um ihren
Rath zu fragen. Overbeck und Nietzsche's Schwester meinten, so
ergriffen Sie von Ihrer überschwänglichen Fürsorge auch waren,
es sei rathsam, in Anbetracht der jetzigen Constitution
N.'s ihm Ihr Vorhaben lieber zu verschweigen. Erstens
würde ihn dieß viel zu sehr aufregen, – was allerdings zu
vermeiden ist, da wir ihn hiedurch gleich wieder einen Monat
krank machen können – und dann kommt die Sache
bedauerlicherweise etwas zu spät. Vor 4 Monaten wäre
N. vielleicht zur Folgeleistung auf Ihre Einladung zu
bewegen gewesen; jetzt aber hat er hier seine Ärzte u. zwar
gute, sehr gute, wenn auch gewiß keine Wiener. Es behandelt ihn
Prof. Immermamm (der Sohn des Münchhausen-I.)
u. Prof. Massini 2 höchst intelligente Männer, deren Pflege er
jetzt ohne Gefahr nicht entrißen werden kann. N.'s
Krankheit hat ihren Grund zum Theil mit in dem often Wechsel
der Ärzte, die alle an ihm herumexperimentirten, ohne daß jeder
eigentlich recht wüßte, woran er leide. Jetzt hat er aber wirklich
vorzügliche Ärzte, die ihr Causalitätsvermögen durch Anlage
und Studium aufs eminenteste entwickelt haben. Daher es als
überzeugend erscheint, daß N.

Lizinus   Verehrter Herr!   Basel, 2. März 78.

in deren Huth bleibe. Dieß lässt sich freilich leicht in die
Ferne sagen namentlich nach Wien, das mit Recht auf
seine weltberühmten Ärzte stolz ist; ob es aber
überzeugend ist, namentlich für Sie, der Sie mit allen
Gedanken und aller Liebe auf die endliche
Wiederherstellung unsres armen, armen Freundes
sinnen, das ist zu bezweifeln. Hoffentlich überzeuge ich
Sie aber dadurch, daß ich es ausspreche, wie uns ja
Allen in N.'s Nähe nichts angelegentlicher am
Herzen liegt, als die baldige Genesung N.'s;
wie Jeder zugreifen u. helfen möchte und, gleich wie
gebannt in seinen Bewegungen, vor der schauderhaften
Unerbittlichkeit u. Unnahbarkeit der organischen
Natur steht; wie wir Alles gethan haben, was an
Vorschlägen u. Beiträgen zur Beßrung uns einfiel; wie
uns sogar der Gedanke bekam, N.
zu entführen, wie Sie; ich sage schließlich: hoffentl.
überzeuge ich Sie, wenn uns trotz u. nach alledem
Gesagten, die jetzige Behandlung durch die Ärzte, u.
besonders das beharren bei ihr, als das Zuträglichste für
Nietzsche's Befinden vorkommt. – Aus der Reise nach
Luzern ist nichts geworden; aber nächsten Montag (4.
März) geht N. nach Baden-B. zu einer
Kaltwasser-Cur. Ich werde Ihnen seine Adresse, die ich
Dienstag zu erhalten hoffe, zu wissen thun.
Frl. v. Meysenbugk scheint uns N. Zustand

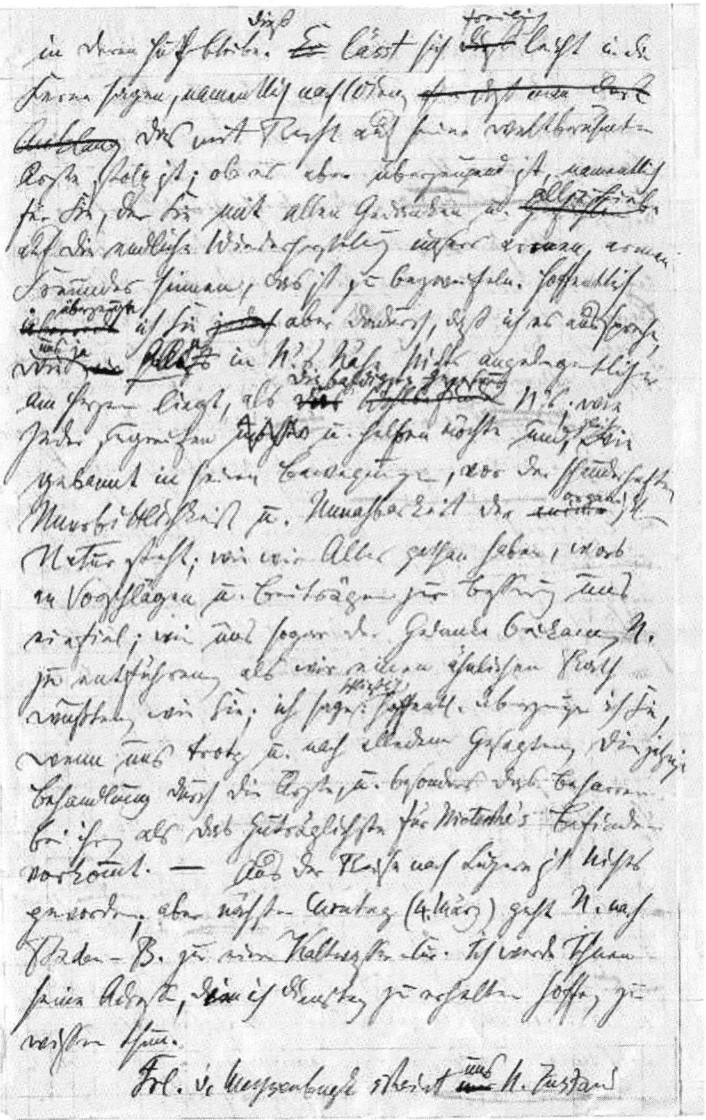

allzusehr zu übertreiben; wenn Sie Nietzsche wieder mit einem Briefe erfreuen (und Sie bereiten ihm allemal ein Fest damit), bitte, so klagen Sie nicht: er hat das nicht gern.

Lagarde kenne ich durch Overbeck der ihm befreundet ist; ich verehre ihn wie Sie; wenn er nur nicht Theist wäre; das thut aber bei ihm wenig zur Sache. O Himmel! fünfzig Männer wie der u. dafür fünfzig andere sogenannte "namhafte" todt!

Die gegen Sie erwähnte Schrift von mir wird nicht gedruckt: es ist besser wenn diese Art Speculationen Privat-Belustigungen bleiben, wenngleich Nietzsche für den Druck, Andere, wie ich, dagegen waren. Lassen wir das auf sich beruhn.

Zum Schluss leben Sie wohl u. zürnen Sie mir bei Ihrer Verneinung nicht, wenn ich Sie frage, ob ich Ihnen wohl Alles recht gemacht habe? Mit den herzlichsten Grüßen von Frl. N. sendet Ihnen, verehrter Herr Lipiner, die seinigen

Ihr ergebener

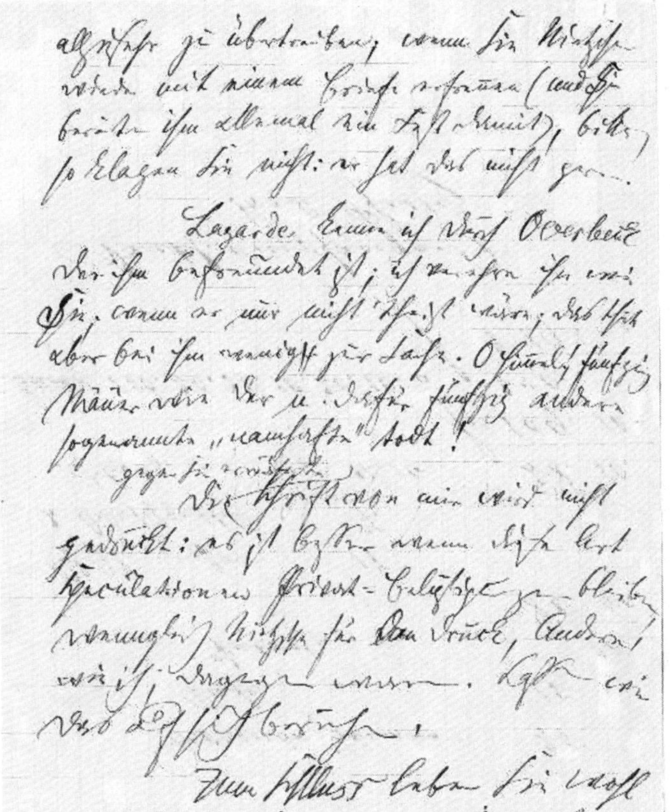